绿地

（上）

中国国门时报 编

中国质检出版社
中国标准出版社
北 京

图书在版编目（CIP）数据

绿地：全2册/中国国门时报编．—北京：中国质检出版社，2012
ISBN 978－7－5026－3666－1

Ⅰ．①绿…　Ⅱ．①中…　Ⅲ．①中国文学—当代文学—作品综合集　Ⅳ．①I217.1

中国版本图书馆CIP数据核字（2012）第211026号

中国质检出版社
中国标准出版社 出版发行
北京市朝阳区和平里西街甲2号（100013）
北京市西城区三里河北街16号（100045）
网址：www.spc.net.cn
总编室：（010）64275323　发行中心：（010）51780235
读者服务部：（010）68523946
中国标准出版社秦皇岛印刷厂印刷
各地新华书店经销

*

开本 880×1230　1/32　印张 20.5　字数 528千字
2012年10月第一版　2012年10月第一次印刷

*

定价（上、下册）：86.00元

《绿地》芬芳

国家质检总局局长、党组书记　支树平

盛夏时节，绿意盎然。由《中国国门时报》编辑出版的散文集《绿地》满目翠色、芬芳扑面、即将付梓。从培育《绿地》专版，到《绿地》汇编成书，几多耕耘，几多辛劳，果实丰硕，可喜可贺。书稿在手，欣然作序。

《绿地》是块好园地。1995 年 11 月，《中国国门时报》的前身《中国商检报》创办；1997 年 6 月，其文艺副刊《绿地》应运而生，至今已辛勤耕耘了 15 年。十几年来，《绿地》先后发表散文、随笔、诗歌、传记近万篇，多次在全国报纸副刊优秀版面评选中获奖，诸多美文在全国副刊评比中屡获大奖，被《读者》、《青年文摘》等知名杂志转发，《绿地》成为《中国国门时报》的一个品牌，做到了“新闻招客，副刊留客”，为检验检疫系统干部职工所青睐，为广大外经贸企业所关注。品读《绿地》，可见检验检疫人的内心世界、理想情怀、精神风貌；鉴赏《绿地》，可修养身心、陶冶情操、锤炼意志、启迪才思；回味《绿地》，可悟生命之宝贵，可知生活之美好，可念天地之悠悠，可感情怀之切切。

《绿地》是部好作品。《绿地》拟出版上下两册，荟萃近 600 篇佳作，大多是千字文章，体裁多样，题材广阔，形式活泼，短小精悍。有的清新隽永，有的文采斐然，有的华丽浓郁，有的朴素直白。大多是各地检验检疫干部职工的精品力作，也不乏名家学者、海关边检、工人士兵、外贸企业以及社会各界人士的倾心之作。“亮马河夜话”、“麦子店随笔”、“人生感悟”、“岁月咀嚼”、“哲思小语”、“艺苑撷英”、“诗丛”……引领时代精神，洋溢生命激情，充满生活情趣，字里行间，凝结着作者对真善美的追求，对假恶丑的鞭笞；凝结着编者对质检事业的挚爱，对质检文化建设的执著。多年耕耘《绿地》，今朝收获《绿地》，“绿叶成荫子满枝”，这是质检干部职工的文化产品，这是质检文化建设的丰硕成果。

《绿地》是个新起点。党的十七届六中全会全面部署文化建设，作出了推动社会主义文化大发展大繁荣的决定。前不久，国家质检总局党组制定了《关于加强质检文化建设的意见》，提出了质检文化建设的方向目标、核心内容、活动载体、重点工作。全国各级质检机构要大力加强质检文化建设，以科学发展为主题，以建设社会主义核心价值体系为根本任务，以满足质检干部职工精神文化需求为出发点和落脚点，紧紧围绕“抓质量、保安全、促发展、强质检”工作方针，在全系统形成统一指导思想、共同理想信念、强大精神力量、基本道德规范。质检系统广大干部职工要积极参与质检文化建设，培养文化自觉，强化文化自信，大兴学习之风，积极开展文化创作、著书立说、研讨讲学，促进质检文化繁荣。《中国国门时报》要努力推动质检文化建设，以《绿地》出版为新的起点，“以质取胜，办好报刊”，更加辛勤地耕耘《绿地》专版，呵护《绿地》园地，多创作、多发表、多汇编无愧于伟大时代、无愧于检验检疫工作、无愧于质量大业的美文佳作，为质检文化繁荣加油助力、多作贡献。

《绿地》本是沃土，期待更加葱茏！

二〇一二年六月

哲思小语

随手拈来

亮马河夜话

麦子店随笔

哲思小语

10秒的沉默

●苏雪莲

一天晚上，全纽约的广播电台正在播放节目，突然间，全市所有广播都在同一时刻向听众播放一则通告：听众朋友，从现在开始播放的是由本市国际银行向您提供的沉默时间。紧接着，正在播出的广播节目全部中断，整个纽约市的电台陷入了长达10秒的沉寂之中，时光仿佛停滞了。突如其来的静默让整个纽约的听众陷入前所未有的慌乱和新奇之中。10秒钟后，广播节目继续播出，听众却依然沉浸在刚才的沉默时间所带来的新鲜和刺激之中，纽约市民对这个莫名其妙的10秒沉默时间议论纷纷，“沉默时间”成了全纽约市民茶余饭后最热门的话题，而“沉默时间”的制造者——美国纽约国际银行的知名度也随之迅速提高，很快便家喻户晓。

纽约国际银行的高明之处就在于采取了激发市民好奇心的广告策略。10秒钟的沉默时间带给纽约市民强烈的心理刺激，在好奇心的驱使下，他们迫切地想了解这则广告和它背后的故事。

此时无声胜有声，虽然，纽约国际银行并没有在广告中播放任何的信息，但它却大大地激发了市民们的好奇心和探寻意识，从而不自觉地去探究根底，使纽约国际银行的名号“不告而人人皆知”，达到了出奇制胜的效果。

10秒钟沉默时间，顺利地帮助纽约国际银行打开了通往成功的大门，也成为了广告界的一段佳话。

棒棒糖中有大智慧

●睿　雪

苏群霖是深圳一个糖果公司的营销主管。一次，公司新研制出一种个大且口感独特的棒棒糖，老总希望苏群霖的营销团队能尽快把这种糖果推广出去，早日抢占市场。

按照以往惯例，苏群霖派出多个推销员到各大商场、幼儿园和住宅区附近的零售店进行推销。然而几天时间过去了，推销员们一无所获，因为没有几个批发商愿意批发他们的糖果。

问题出在哪里？苏群霖干脆随其中一个推销员来到一个推销点查看原因所在。

这是一处闹市区，周围有很多小型的零售商店，按理来说，棒棒糖在这样的地方应该热销才对。正当苏群霖心存疑惑的时候，他看到不远处一对母子很别扭地向他们走来：母亲几乎是被儿子拽着走的。这引起了苏群霖的注意。

只见那位母亲一脸无奈地问苏群霖身旁的推销员："听说你们这里有免费的棒棒糖赠送？"

"是的，是的，我们做这个活动就是希望大家了解公司新推出的一种棒棒糖，它不仅口感好，而且个头大，但零售价却贵不了多少。"推销员一脸笑容地给孩子递过两根棒棒糖。

孩子兴高采烈地接过糖果，母亲却一脸愁云，连声谢谢都没说就拉着孩子走开了。没走几步，苏群霖就见母亲指着儿子的脑门说："再吃这么多糖果牙齿就该蛀掉了……"

"原来如此！"苏群霖一拍脑门，立即开车回到公司，给老总提了一个建议："有没有办法让生产部把糖果中间挖空或者在糖果表面打上大大小小的洞眼?”

“生产部有这样的技术，但我们这样做不就存在欺诈消费者的嫌疑吗?”老总不解。

苏群霖解释说：“甜对孩子绝对是一种诱惑力，可对家长来说，它无疑是一种健康的威胁。虽然我们的棒棒糖里面大大降低了蔗糖成分，但家长们还是会担心孩子吃多了导致蛀牙。挖空糖果或者在糖果表面打洞虽然减少了糖果分量，但会让孩子觉得新奇，也会让家长放心。最关键的是，对于我们来说，这会大大降低成本。如此一举三得的事情，我们为什么不能尝试一下呢?”老总一听也觉得有道理，就立即叫来生产部经理商量给糖果改良。

事实果然如苏群霖预料的一样，当推销员们把经过改良的糖果再次拿去推销时，立即就有一些批发商决定批发了。不到一个月时间，苏群霖就见大街小巷到处都在出售他们公司生产的这种棒棒糖。糖果公司的老总笑开了花，因为新型棒棒糖比其他糖果的成本要低得多，可销量却远远高于它们，公司仅在这款糖果上就赚得了大笔利润。

减去糖果的重量却销得更好，苏群霖的成功告诉我们，只要瞄准了市场所需，减一减就是一种智慧。

被泛化了的“木桶理论”

●张庆和

一只木桶是由一块块长方形木板围箍而成。决定一只木桶最大容量的不是最高的木板，而是它最低的那块板。这就是着名的“木桶理论”。由此，智慧的人们又对应出人事、世事之“底线说”。

然而，人们并不满足于这点小小的发现，瞧着那木桶便继续思索开去。于是，一个“后木桶理论”应运而生：木桶的最大容水量不完全在于它的最低沿，还在于构成这物件的木块与木块的吻合是否严密。否则，这木块的相互之间哪怕只有线一样粗细的缝隙，那木桶里的水也很难存留得住，渗，也能渗它个干干净净。于是，一种由此引发的“细节说”——“细节决定成败”的说法，又幽灵般在人世间游荡起来。

既然人们的思维如此“活跃”，我的思索就难免也要“与时俱进”一番了。当绕着那木桶前后左右地转过几圈之后，于是我想：一只木桶的最大容量，除了以上两个必要条件外，还有一个因素不可忽视，即：如果有人用锥子钻子抑或什么别的物件，在底部在旁侧抑或在一个什么别的重要部位，随意把它弄出一个洞，哪怕是一个小小的洞，试想，那水桶里的水还肯老老实实地待着吗！

我的思索若再生发开去，还可以联想到更多，比如，为一只轮胎打气很费气力，而要给它放气却方便得很，只需扎个小孔就足够了；建造一座大厦颇不容易，而要毁掉它却简单得多。如果上述愚见勉为“后后木桶理论”的话，这“轮胎”和“大厦”可否印证其存在的合理性?！问题是，假如人们的思索不就此打住，如此这般地胡思乱想下去，那人类的末日也许就真的不远了。

不要让生活被沙子填满

● 李剑红

教授站在讲台上，他拿起一盒鹅卵石倒出来放到桌面上，然后他拿起一只瓦罐打开，瓦罐里面有一些高尔夫球，他把鹅卵石也放进瓦罐里，把瓦罐装满后让学生们看，瓦罐已经装满了。教授又拿起旁边放着的一个方框盒子，把里面的沙子倒入瓦罐，沙子填补了瓦罐的空间，然后他又问学生：“这瓦罐是不是满了？”学生回答：“是的。”

然后，这位教授制作两杯咖啡，又向瓦罐里倒，有效地填补了瓦罐的空间。

“现在”教授说：“我要告诉你们，这罐子代表你的生活。高尔夫球是很重要的，代表你们的孩子，您的健康，您的朋友，和您最喜爱的东西，如果您受到严重的损失，只要他们仍然存在，您的生活仍然会是圆满的。这些鹅卵石代表其他的事情，比如你喜欢的工作，你的房子和你的车。沙子代表一切小的事情或小的东西。”

“如果你的罐子里只装满了沙子！”他继续说：“那么还有没有空间，让卵石或高尔夫球成为你生活的一部分呢？如果您把所有的时间和精力，都放在小的东西或小的事情上，那么你的生活就不会幸福。重要的是你的幸福，你要关心照顾好你的孩子，你也要找出时间和你的伴侣出去吃饭。你还要找出时间来清洁卫生和做家务，高尔夫球是第一位的，代表你的爱人和孩子，设定好优先次序。其余的只是沙子。”

一名学生举起了手，并询问咖啡代表什么？教授笑了，他说："我很高兴你提出这个问题。它只是正好说明，不管你的生活如何忙碌，你总要抽出时间陪你的爱人或朋友出去喝一杯咖啡。"

是啊，很多时候，我们都被一些像沙子一样无聊的琐事纠缠，我们很少有时间关心我们的家人，更是无暇顾及自己和家人的健康。我们自己觉得生活是忙不完地忙，甚至很难理出个头绪，我们竟然连和家人在一起喝咖啡的时间都没有，这样的生活对我们还有什么意义呢？有什么比我们的家人和他们的快乐与健康对我们来说更重要呢？

教授充满哲理性的这个比喻，给我们一个耐人寻味的启示，无论你工作有多么忙，无论你被多少千头万绪的琐事所缠绕，都不要忘记，我们的亲人是第一位的，他们的快乐和健康才是最重要的！千万不要让你的生活被沙子填满。

打磨成功的“脚掌”

●阿　蓉

蜿蜒在北美的落基山脉终年云雾缭绕，冰雪和疾风让这里成为全球最危险的地方之一，这里的悬崖和隐藏的石缝陡峭得足以吓退勇敢的登山家。然而，北美山羊居然把家建在这里。

金雕在陡峭的山脊上盘旋，想伺机俯冲，将山羊从狭窄的冰岩上摔落，但山羊却很少失足。因为环境的恶劣，山羊练就了一双灵活有力的脚掌：它的前脚趾分开外张，可以抓住岩石并且还有避震作用，裹覆的趾甲可以伸入小岩缝中，其橡胶状的掌面有较大的摩擦力可以止滑，蹄后爪在陡峭的坡上有刹车作用。步履稳健的北美山羊，就这样安全地生活在自己的世界里。

北美山羊是好样的，它最可圈可点的地方就在于始终不向危险艰辛的环境低头，而是通过自己的努力战胜了这种危险和艰辛。

人也有碰到恶劣环境的时候，这种环境与你的理想或者天性总是格格不入，使你的心灵充满了难言的伤痛。对待这种环境，甘愿失败的人只知抱怨，骂天空太黑暗，怪父母太无能，结果他们把美好的光阴断送在满腹牢骚中，而生活却始终没有因为他们的牢骚而有丝毫改变。渴望成功的人则尽最大的努力战胜环境，你有坚硬的岩石，我就练就外张的“前脚趾”；你陡峭得让人生畏，我就生出橡胶状的“脚掌”……

成功的“脚掌”有许多种类型：对于自卑的人，它是自信；对于狂傲的人，它是谦逊；对于能力不够的人，它是才华；对于畏首畏尾的人，它是胆识。成功的“脚掌”与出身、权力以及金钱等无关，它是人的某种融合在生命里的东西，可以直达心灵深处，指引我们走向别人无法涉足的辉煌。

与那些怨天尤人者不同，成功者身处的不一定是良好的环境，相反，更多的也许是艰难与困苦。而成功者之所以取得成功，只是因为他们拥有一双成功的“脚掌”，并且用这“脚掌”走好了自己的每一步路。当然这种“脚掌”不是天生的，它需要我们直面逆境，敢于打磨自己。而一旦练就了这种“脚掌”，我们也就获得了一种在生命中永不失败的本领。

短的好处

●陆勇强

现在，长长的文章少有人读了。大家喜欢短文，一二分钟就能读一篇的那种。

短文盛行的地方是美国和日本，一方面他们保持着长篇小说旺盛的创作势头，另一方面，短文开始流行于几乎所有阶层，车站、地铁，经常可见那些拿着书报阅读的人。

短文时代是随着生活工作节奏的加快而来的，而且短文的流行从原因上来看，几乎是不可逆转的。

有一种现象，问一个人读过几本长篇小说，许多人都会摇摇头。而要问现在媒体上流行什么好故事，笑话段子，他们却会如数家珍。

短文的流行肯定会让长文嫉妒，有时候，也不得不认输。同样的写作，一个写长，一个写短，如果这是商品，价廉物美的肯定更受消费者青睐。长文就像高档电器，一个电器商场不能缺少它们，没了它们，商场就没有了品位，也无法满足高端的消费者需求。

这本身不是长文与短文的谁胜谁败，在短文出现并迅速流行开来之后，胜负就早已注定了。

短文是偷巧的，正因为短，它就有更多适应性，更易进入市场。

习武之人知道："剑有三分短，就增三分险。"按理说，兵器越长杀伤力越大，其实不然。短三分意味着离对手近三分，胆量高三分，变数增三分……

短的好处就在于一个适应，它总是以最快的速度，最简单的语言，把这个世界最朴素的真理告诉人们。

多管闲事

● 顾鸿翔

有这样一则寓言故事：粮仓里有16只老鼠，于是，主人弄来了三只猫。然而，三天三夜过去了，猫鼠相安无事，猫还是猫，鼠还是鼠。主人问猫："你们为什么不捉老鼠?"学过算术的黑猫振振有词地说："怎么捉呢? 老鼠有16只，而我们只有三只，平均分配三五一十五，还多一只老鼠谁来捉?"听着黑猫的解释，白猫、花猫连连点头，都说"有理！有理！"

随同主人默默站在一旁的狗听了有些不耐烦，这时，正巧有一只老鼠目中无人地在面前走过，狗毫不犹豫地猛扑过去，把它咬死了。猫们欢呼雀跃，对狗说："妙，真妙！没想到你有如此绝招，轻而易举地帮我们把这道难题解决了！"狗见猫们夸奖自己，乘兴又咬死了一只老鼠。这下可闯了大祸，那只很会做算术的黑猫挖苦地说："你这不存心添乱吗? 14只老鼠，我们只有三只猫，三四一十二，还余二，先前只多出一只老鼠，现在更麻烦了，多出了两只！"于是，黑猫、白猫和花猫，三只猫联合起来，围着狗群起而攻之，非要它再逮住两只老鼠，才能把问题解决。

主人也踹了狗一脚，愤愤地说："你捉一只老鼠也就罢了，偏要逞能，多管闲事，谁叫你再去捉第二只呢！"

这个寓言故事后来几经演变，被浓缩成一句名言——"狗逮耗子——多管闲事"。

笔者认为，在现实生活中，不干正事，坐而论道，不逮老鼠，指手画脚的“猫”恐怕不少，因而造成老鼠泛滥成灾的局面。更可气的是，有些见义勇为的“狗”奋起咬死老鼠，反遭众猫群起而攻之，这实在是很不公平的。

良好的社会秩序的维系，既要靠相关职能部门的努力，也离不开全社会人员的积极参与。少一点“坐而论道”，多一点“扎实苦干”，为了大众和集体的利益，为了社会的公正和正义，多一点“狗逮耗子”的事情也无妨。

发罩的价值

●刘　卫

沿海一家工厂生产的塑料袋主要出口到欧美市场。一次，发往美国装食品的袋子到货后，从中发现了人发。根据美国食品安全法，客户对这批价值近8万美元的货物提出了索赔。

从此，工厂对质量的抽检几乎到了苛求的程度。由于生产中的大部分工序由女工来完成，为了避免可能因掉发而产生更大损失，老总召集生产、质检等部门的负责人开了一次特别的会议。会上，有人提出，给每个操作工配发一顶帽子，但老总表示反对，认为帽子并不能完全把头发“管起来”，而且车间没安空调，夏天戴帽容易生痱子。又有人提出，要不干脆让工人全部剃光头。此议当即被老总愤然驳回，说这有悖工厂实行的人性化管理理念。接下来，还有人又提出其他措施，因操作难度大、增加生产成本而被一一否决。

正当专题会莫衷一是，难作定论时，一位负责质检的女工贸然“闯”进了会议室。她说有办法解决这一难题。当老总和会场的人用疑惑的眼神打量她时，女工平静地从口袋里掏出了一只可松紧的发罩，这就是她简单易行的“解决办法”。

一时间，所有的人恍然大悟：对呀！只需一只发罩，事情就这么简单。当老总微笑着问及她提建议的“动机”时，女工的回答很朴实，我在这里干了好多年，对它有感情。厂兴我荣。眼看着厂子里赔了钱，我就寻思出这样一个道道儿，也不知道行不行。

在场的人都被震动了。老总紧握着这位女工的手，当即决定奖励5000元。以后，来看厂的客户进车间前，戴发罩时都会心地一笑，从这个质量管理的细微处增加了订货的信心。而更多的员工又提出了许多合理化建议，工厂的管理跃上了一个新台阶。“保证没头发”从此成了食品包装袋响亮的广告词，原来提索赔的那家客户也把从其他地方的订货全部转给了这家工厂。

一只发罩只需花微不足道的几厘钱，但它潜在的价值可能无法用金钱来衡量。它所彰显出的是员工强烈的敬业爱岗精神和主人翁意识，是员工对老板长期呵护他们的回报，也是员工和企业水乳交融、和谐发展的一个经典范例。

给自己喝倒彩

● 李浅予

法国戏剧家乔治·费多（1862～1921）在刚开始戏剧创作时由于剧本写得很蹩脚，上演时常被观众喝倒彩。一次演出时费多混在观众中，当他听到观众不时的叫“好”声时，不禁也跟着叫起“好”来。

这时，一个朋友不解地问他为什么要跟着观众给自己喝倒彩，费多一笑，自嘲道：“只有这样我才听不见观众的骂声，也不至于让自己太伤心。”从那以后，费多在创作每一部戏剧时都丝毫不敢松懈，终于创作出了诸如《马克西姆家的姑娘》等让观众喝彩不断的好戏。

我国评书艺术家单田芳在上世纪 60 年代就有了一些名气，不仅有大批“粉丝”捧着，还有每月高达 1000 多元的收入。年纪轻轻，他就骑上了让人眼馋的“高级自行车”，住上了普通老百姓想都不敢想的小洋楼。看着别人羡慕的眼光，那时候的单田芳别提有多得意了。

结果“文革”一开始，他就遭人嫉妒暗算，被打成了反革命。当他被下放农村劳改，一次一个人站在村口的小河边时，想想现在的下场，再想想以前少年得志时的烧包劲，不禁对着河水吼了一嗓子：“好好好，该该该。”

在人生或事业刚开始时，我们难免会被别人喝倒彩。在面对别人喝倒彩时，有人会表现出不以为然，有人会表现出愤怒，有人则会表现出沮丧，只有极少数人有勇气跟着别人一起给自己喝倒彩。

第一种人喜欢将别人的喝倒彩看做别有用心，因此采取一笑置之的“豁达”态度，而对自己的错误视而不见；第二种人因愤怒而产生逆反心理，凡事都与别人对着干，从而在错误的泥潭中越陷越深；第三种人则因沮丧而彻底否定自己，并丧失前进的信心；只有最后一种人，才敢于面对自己的错误，从而改正错误。

同样，当一个人在春风得意之际遭遇挫折时，只有敢于给自己喝倒彩，才不会怨天尤人，才会反省自己，从而让坠入谷底的自己走出人生的泥潭。这大概是乔治·费多和单田芳后来之所以能成为着名戏剧家和着名评书艺术家的重要原因吧。

给自己喝一次倒彩吧，这会让你的人生更加精彩。

画丢一只耳

●查一路

我奶奶有一个问题想了一生没想明白：她去菜园摘菜，路边有棵树，去的时候在反手（左手）边，回来的时候，怎么就跑到顺手（右手）边。我爷爷想的问题比我奶奶的要深奥得多，他读过书，也知道地球是圆的，接下来的问题是，既然地球上到处都有人，那肯定有一部分人头朝下生活。我跟他解释，地球非常非常大，他顺手取过一只南瓜，你看着，咱们是在北半球头朝上，那下面南半球不就是头朝下，南瓜被我爷爷颠来倒去，最后掉地上摔成了八瓣，问题仍然没有得到解决。我爷爷临终前还在牵挂头朝下生活着的人们：那多难受啊，比我现在还难受。

现在，我想起爷爷奶奶，感到最痛心的是，他们究其一生没想通一个问题，这是他们人生最大的悲哀。往往，在某些人看来是不言而喻的道理，而在另外一些人那里，却成了认知的瓶颈。

最近，我的一位画家朋友经历了类似的事情。他去山区写生，为当地的一位老大爷画了一张画。临走时，老大爷拽住他不放，老人家责备画家画丢了他一只耳朵，他拽着自己两只耳朵给画家看，瞧！这不是两只，画上却只有一只。画家朋友反反复复解释，这是张侧面像，一个人的侧面只能看见一只耳朵。可是，当老大爷侧过身去，他摸到的还是两只耳朵。最后，他要求画家无论如何要把另一只耳朵给添上。

有时，对一些人知识上的障碍，另一群人看了会发笑。可是，往深处想，不过是五十步笑百步。比如，对于时间的理解，我们在霍金面前；对于“相对论”，我们在爱因斯坦面前；对于

“万有引力”，我们在牛顿面前，都会一一露拙，显现出我爷爷奶奶和那位老大爷般言行的可笑和知识的浅陋。自然与社会，像深邃的星空，浩瀚博大，时时让人自卑。在自卑中寻找途径，突破局限，无形中涵纳了求知的意义。仰望浩瀚的星空，心底油然而生为人生的局限悲哀，又会从悲哀中产生执著追求超越的激情。

古希腊时代，苏格拉底有一项愉快的劳动。这位西方圣哲吃饱了就去雅典城忒修斯庙的东北角，被称为“宙斯门廊”的地方。他喜欢的是拦住行人，以滔滔的雄辩，诘问行人直至他们哑口无言，最终让他们意识到自己的无知。他认为，除非一个人自认为无知，否则就学不到任何知识。遗憾的是，我爷爷奶奶和那位老大爷都没有被苏格拉底或者类似苏格拉底的人拦住过，否则，他们的人生状态可能会改写。

“人不会渴慕星星”（歌德语），并不是看不见星星的光亮，而是星星离人太遥远。宇宙的定律、生活的真谛闪亮而又耀眼，人们看到光亮却又觉得它们与自己无关。对于局限，没有自卑和恐惧，在未来未知领域，我们这群自以为是的人，有可能像我爷爷我奶奶和那位老大爷一样，茫然而又固执。

假如可以重来

●水 文

有一部电影说的是纽约一位极其精明、词锋锐利的律师的故事。这律师有办法将别人看似无望的官司打赢。在法庭上他能言善辩，然而在生活中，他与家人的交流也像是打官司，孩子哪怕只打翻一杯水果汁，都会被他像犯人一样地审讯，并常在和孩子训话完毕，多加一句："看！我赢了！"

后来的一天晚上，这位律师去买香烟，却不幸遇上枪匪，被击中两枪昏死过去！

当他在医院醒过来的时候，他什么都不记得了，甚至连他的家人也不认得。更严重的是，他瘫痪了，不只瘫睡在床上不能行动，他甚至连说话也不行了。因此，他必须重新学习，学习讲话、学习走路。简单地说，重头开始学做人。

过了一段日子，他的意识渐渐清楚。他重读自己以前的案子，却吓呆了："为什么我会为了打赢这场官司，而昧着良心，苦心经营呢?"他于是偷偷地把重要的证物、证件送给受害者，使他们能够平反。然后，他辞去了自己过去热爱的律师工作。

人的一生总有许多转折和价值取向的转变，电影里的律师不过是一面镜子，借给我们照见自己。有一天，如果你我已不再是如今的你我的时候，我们到底会为自己过去的所做所为给予怎样的评价呢？会不会也问自己："我为什么当初会昧着良心做这件事呢?"

电影中的律师因这场意外，性格全然地改变了，我不禁省思，我们哪一个人在自己或长或短的人生路上不会有"意外"

呢？且不要说造成身体伤害的意外，就是人和人相处在一起，也会有摩擦碰撞的时候。有的人因人事困扰，备感挫折颓丧，性格大变。有些人则因人事磨练而成长，越是困难的环境，越能超越自己取得成就。

如果遭遇挫折打击，必须重新来过，你可曾想过会怎样处理你自己吗？一想到要重新来过，我马上就变得懊恼起来了。因为重新来过，代表的就是时间的浪费。重新来过不只需要时间，还需要精力。不止需要精力，而且还需要心力；重新做一件过去已做过的事情，比如电影中的律师重新学习走路、讲话，所需的何止是力气，他更需要的是坚持和毅力。

因此，我知道沉不住气的我必须“重新来过”时，第一个反应就是因不甘于浪费时间和不耐烦而显得格外懊恼。只是电影中律师戏剧性的转变，却也给了我一些不同的看法：假使重新来过，表示可以重新出发，可以给自己一个新而有力的生命，那么时间和精神的投入，就会变得很有价值了。

这样说来，我们倒也不必一定要行到山穷水尽时，才来思索是否重新来过，时时检讨，不时自省，自己这一生从何而来，往何而去，不断地调整自己的人生脚步，我们才能够昂首挺胸，一步步地走下去。

今天想到一定要去做

●张世普

在《艺术人生》节目中朱军讲了一段他父亲的往事，台下很多观众是流着泪听完的。

10年前朱军的父亲还在，那时候是《艺术人生》策划最紧张的时候，朱军难得有机会能够回去看他，所以父亲晚年朱军基本没在身边。想让父母进京小住，他们不肯。朱军打电话，他们总说：放心吧，一切都好，好好工作，我们看着你呢。朱军每次回去也就那短短的几天时间陪伴他们。

朱军的父母是简朴了一辈子的人，朱军给他们买任何东西，父亲都觉得是浪费钱。家乡天冷，还没供暖，朱军买了一个电暖气送给父母，父亲很生气，责备说：怎么又乱花钱？朱军撒谎说是单位发的，放他那里没用实在是可惜了，父亲才收下。虽然这件事朱军做了，但有些事没有做，由于父母的反对，就放下了。

一次看似平淡的探家，成了朱军和父亲的诀别。朱军回京10天后，老父亲突发脑溢血，一直重度昏迷，没来得及看朱军最后一眼。这对朱军打击非常大，一辈子刻骨铭心。他想到由于父亲的反对，由于自己的稍微一点懒惰，有时候想到为父亲做一些事情，但没有去做，而现在再也没有机会。

朱军含着泪对观众说：想为父母做些什么，今天却没有去做，说明天再做吧。说不定到明天就成了终身遗憾。今天想到一定要去做，无论有多么大的困难，一定克服了去做，因为今天不做，也许到明天就会成为终身的遗憾。

今天想到一定要去做，无论有多么大的困难，一定克服了去做，因为今天不做，也许到明天就会成为终生的遗憾。就是这句话，触动了人们心底最脆弱的那根神经，朱军的眼泪，滴到了人们心里，泛起一朵朵浪花，形成共鸣，让很多人的眼泪不可控制。

有多少人没有这种遗憾的感觉呢？父母健在，这种感觉可能很淡。很多时候想为父母做些什么，可能由于这样、那样的原因没有行动，慢慢地就习以为常。我们究竟欠下了多少没有兑现的想法呢？心底那些美好的愿望，起初鲜艳，逐渐褪色，直到有一天亲人逝去，就成了永远的遗憾。

这让我想起了朋友的一段经历：朋友大学毕业后分配到城市工作，开始每月回家一次，后来结婚、生子两月回家一次，后来担任领导职务半年回家一次，再后来每年回家一次。突然有一天，老家打来电话，母亲心脏病突发，生命垂危，他赶到时母亲已经去世。这时他才想起，母亲一直未到他的四室两厅住过一夜。面对着母亲的遗像，朋友心如刀绞，酸楚难过，他深深感到愧对一生饱受艰难困苦的老母亲。每每谈及，朋友总是热泪纵横，哽咽地说自己是世界上最不孝的儿子。

是啊，今天想到一定要去做。忙，从来都不是理由。心在，爱在，并付诸实施，才能减少遗憾。如果想为亲人做些什么，立即去做，才是最佳选择。

今天想到一定要去做，这是我听到过的最感恩的一句话。

看透得失

●黄邦寨

几年前，有位熟人拿着一件用好几层旧报纸包裹的东西找到我。他神秘地对我说，这件东西要不就是价值千万，要不就是一文不值，希望我帮忙找一位懂古董鉴赏的行家鉴定一下，看看究竟是真货还是假货，价值几何。他知道我喜欢舞文弄墨，熟识文物部门的一些专家和古玩爱好者。

我打电话请来一位古董玩家。这位玩家痴迷文物古董多年，收藏颇丰，经验丰富，在本地古玩爱好者圈子里很有些知名度和权威性。他打开一层一层的旧报纸，里面是一张烂得几乎拿不上手的黄纸卷儿，但上面的字迹、印章清晰可认。他几次把近视眼镜摘下擦拭，通过厚厚的透亮的镜片仔细观看，又询问了我这位熟人“东西”的来路，思考良久，并非卖弄地对我们头头是道地分析起来：这是件南宋抗金名将岳飞向宋高宗禀报军情的文书，后人作伪，很难仿造这样的机密文书，一般都是假冒前人的诗文题款；再则，这件“东西”是从皇宫里带出来的，来路正规可靠，因此可以断定为真品。

这位熟人听了，连连称是，喜不自禁，当场就邀请我们同去酒楼喝酒庆贺。并说，等出手卖了大价钱，还要请我们豪饮一顿。

据说，这位熟人回到家后，惶惶不可终日。他觉得把宝物放在哪里都不安全，还担心虫咬、霉变，拿出来又怕弄毁了。几位古董收藏者想去见识见识，他都不肯示人。他一心一意想找个大买家，想出手却又不敢露手。天长日久，就再也没有人问津他那

“宝物”了，甚至还有人怀疑他是被人欺蒙了，根本就没有什么真家伙。

前不久，市文物局邀请国家文物局的几位专家来我们这里为当地的国有文物做鉴定。我将此信息告诉了这位熟人，让他把“宝物”顺便捎去再做个权威性的鉴定。为预防出现闪失，他包车亲自送了去。专家们似乎并没有多看，便一致认定它是件赝品。这位熟人根本不相信，气恼专家瞎了眼说胡话。冷静下来后，他想，自己千方百计才得到了它，花了那么多的心思、精力、时间，细致地侍理它，把好大的希望和许多的慰藉、快乐都寄托在它的上面。而现在，就凭专家们一句话，一切就在瞬间改变了，前功尽弃了，希望破灭了，这个残酷的事实让他实在难以接受。他失望、懊丧之极，说谁要谁就拿去吧。从此，他再也没和文物古董打过交道。

人生在世，得失相随本是平常事。患得患失，没有的想得到，得到了又怕失去，甚至还想多多益善，整天忙碌追求，又提心吊胆，心灵怎能安宁？生命怎能不遭受劳累和痛苦？对待得与失，要有一颗纯洁自然的心；面对得与失的喜和忧，要以坦然平和的心态去承受。只有看透了得失，才不会有无尽的烦恼和浮躁不安，才会活得洒脱从容。

良心未泯

● 顾鸿翔

1999 年某月的一天，在美国洛杉矶市，一个劫匪在抢劫银行时被警察团团包围，在无路可逃的情况下，他劫持了一名妇女作人质。当劫匪挟持人质开始向外突围时，突然人质大声呻吟起来。劫匪忙喝令人质住口，但人质的呻吟声却越来越大，劫匪这才注意到人质原来是一名孕妇，她痛苦的呻吟和表情证明她在极度惊吓下马上就要分娩。

鲜血已经染红了孕妇的衣裤，情况十分危急。在这千钧一发之际，只见劫匪把枪扔到了地上，并顺从地举起了双手。这时警察一拥而上，给劫匪戴上了手铐。

由于受到突如其来的惊吓，孕妇临产在即，送她到附近医院显然已来不及了。这时，已被戴上手铐的劫匪忽然对警察说："请等一等，我是医生！"警察迟疑了一下，劫匪继续说："孕妇已无法坚持到医院，母子随时会有生命危险。请相信我！"警察终于打开了劫匪的手铐。伴随着一声洪亮的婴儿啼哭和围观者的热烈掌声，一个新生命平安诞生了。只见劫匪伸出沾满鲜血的手，主动让警察重又给他戴上了手铐。

这不是美国好莱坞某些大片杜撰的情节，而是发生在现实生活中的一个真实的故事。

这名劫匪抢劫银行，又用妇女作为人质拒捕，罪莫大焉！但在紧要关头，他发现劫持的是名即将分娩的妇女，在面临漫长的牢狱之灾和抢救新生命的艰难抉择中，他选择了后者，不仅放下了"屠刀"，而且用自己的医术，使面临垂危的产妇及婴儿绝处逢生，亦可谓“善莫大焉”！

罗曼·罗兰曾经说过：“善与恶是同一块钱币的正反两面。”

人的良心就像一枚钱币，正义和邪恶，善良和凶残，都可以从这枚钱币的正反两面反映出来。当人们的心灵天平平衡时，人表现出是非分明、善恶清楚、充满爱心；而当人们的心灵天平失衡时，良心这种东西便迅速地泯灭了，人就会变得是非不分、善恶莫辨、禽兽不如。

思想家富勒告诉人们：“将自己陷于罪恶的人是常人，为自己的罪过烦忧的人是圣贤，夸耀自己罪过的人是魔鬼。”

在漫漫人生路上，人要学会自我控制，构筑起牢固的思想防线，让“心中的魔鬼”无藏身之处。

没有不漂亮的脚

● 李景香

有一个惠山的小伙子是个捏泥人的高手，经他捏出的泥人，惟妙惟肖，栩栩如生，颇得人们喜爱。小伙子泥人店的生意越来越红火，按常理应该在当地招兵买马，扩大经营，或者开一些分店，但最后他的决定却让人摸不着头脑：一些泥人同行已经把泥人卖到了欧洲、美洲，他要把泥人卖到非洲！

按小伙子的说法，是想让我国的民间技艺得到更好的传播。有的朋友劝他："欧洲和美洲经济比较发达，推广起来比较容易，可是非洲经济落后，很多人吃饭都成问题，谁会买你的泥人呢？"

小伙子是个很有主见的人，他毅然起程来到了有些陌生的非洲大陆，在当地考察了一番后，他开了一家泥人商店"朋友泥人坊"。小伙子想，非洲人不太富裕，自己可以打经济牌，以尽量低的价格打开市场。可是，泥人店开张的第一天就遇到了一个棘手的问题，当地的泥土不适合做泥人，捏泥人的土要用上好的黏土，而当地的土比较涩，捏出的泥人容易干裂。

小伙子只得回国搞黏土可是这样一来，泥人的成本大大增加，如果硬以较低的价格卖出的话，注定是个赔本买卖，别说传播中国的民间文化了，自己都会饿得要饭。

起初，为了宣传，小伙子硬着头皮以低于成本价卖泥人，那时来店里买泥人的非洲朋友还算不少，不过，几个月后，小伙子积蓄已经全赔进去了，再想"赔本赚吆喝"是不行了，迫于生存压力，他不得不提高泥人的价格，可是这样一来，来店里买泥人的非洲朋友锐减，常常是几天都不见得来一个顾客。

小伙子曾经问过几个非洲朋友，为什么不喜爱泥人，得到的回答是：价太贵了，我们不富裕，钱要花在生活必需品上。

小伙子知道问题的关键还是商品的价格，泥人便宜倒好，如果贵得让人承受不起，谁会把用来吃饭的钱用在买华而不实的东西上呢？一连数天，小伙子始终找不到解决问题的办法，突然有一天，他猛地想到：非洲朋友说过，不买泥人，是因为它不是生活必需品，可有可无，但如果泥人变成生活必需品呢？

怎样让泥人变成生活必需品呢？小伙子终于有了答案：让泥人与生活结合起来！

当地人有个习俗，待客时要给客人煮三碗茶，但是三碗茶“分量”很大，有一些肚子不舒服不便喝茶的客人，或是一些饭量小的客人，不得不硬着头皮喝下三碗茶，这是个很纠结的过程，不喝是对主人不敬，硬喝自己肚子还真难受。小伙子由此事受到启发，他捏了一批“歉意组合”泥人：一个小人捂着肚子，皱着眉头表情痛苦地喝着茶，后面还跟着一个医生模样的小泥人。

这个组合泥人的寓意很明显，就是客人确实不能喝茶，以求主人见谅。“歉意组合”推出后，颇受欢迎，很多人都来买泥人，在他们看来，这个泥人组合已经成了生活必需品，因为它确实有用。

小伙子的生意越来越火，泥人买卖步入正轨后，他又适当地降低了商品价格，这样一来买泥人的人更多了，小伙子终于在当地立住了脚。

没有不漂亮的脚，只有不适合的鞋，只要想法正确，肯定会获得成功。

每天多看一遍富士山

●蒋　平

日本有一家电子公司，总部设在东京，分部和生产区放在大阪。为此，公司每天都安排了值勤小姐负责购买专线车票，为与本公司有业务往来的客人和外商提供方便。

德国人汉森便是每天享受这种方便的外商之一。在坐过多回专线车后，他发现：每一次去大阪，小姐给他安排的座位是靠右窗的；赴东京的时候，则是靠左窗。起初，他以为是巧合，经小姐证实不是巧合之后，就有点想不明白了。这时候，小姐微笑着告诉他："这是特意为您安排的，因为这样的方位在来回都能够看到富士山——咱们这儿最美的风景。每天让您多看一遍富士山，是为了让您更好地记住这个地方，记住咱们的公司。"每天多看一遍富士山，成了汉森在日本生活、工作期间最为感动的一件事。这种感动也使得与他合作的那家公司得到了超值的回报——后来，汉森把他原计划的投资追加了一倍。让客人每天多看一遍富士山，类似的情景，对任何人而言，都算是一种举手之劳；但是，这种举手之劳背后体现出来的细致入微的人性化关怀，却是很少有人留心并做到的。它的成功之处便是站在了别人的立场，想人之所想，最终实现与人方便、自己方便的曲径通幽。

有道是人心都是肉长的。不管在商场、官场、情场还是战场，不要忘记它们的主宰是有着七情六欲的人，无论身处何种角色，他们的内心世界也同你一样，渴望着关怀和友爱，有一颗容易被感动的心。所以，在很多看似当仁不让、舍我其谁的场合，最终的胜利者往往是人心向善焕发出的感动，是它们，驾起了一种沟通，让生命之舟抵达了双赢的未来。

为了拥有这种感动，让我们每天站在对手的立场，仔细思考矛盾的来龙去脉，认真分析斗争的长远攻略，努力展望付出的得失成败。做好了这一步，成功就已经在前方招手了。为了拥有这种成功，再让我们每天站在失败的角度，检讨过去的误区，审巡手中的缺陷，发现明天的漏洞；然后，持心灵的鼠标，将那些影响成功的心态、杂念、私欲、惰性逐一删除，只留一份记忆的空白软盘，好好地将每日里诞生的美好在大脑中备份。就像每天出现在汉森眼里的富士山，还有那山顶飘过来的深情白云。

每天多看一遍富士山，每天多想别人一点好。相信一个观点：快乐的日子和心境于你于我都至关重要。

你和我　只隔六步

●苇　笛

1967 年，当时是哈佛大学心理学教授的米尔格兰姆随便招募了 300 多名志愿者，请他们邮寄一个信函，目的地是米尔格兰姆指定的一位住在波士顿的股票经纪人。米尔格兰姆相信，很难有人直接将信函寄到目的地，因此，他就让志愿者把信函发送给他们认为最有可能与目标建立联系的亲友，并要求每一个转寄信函的人都回发一个信件给米尔格兰姆本人。出人意料的是，有60 多封信最终到达了目标股票经纪人手中，并且这些信函经过的中间人的数目平均只有 5 个人；也就是说，陌生人之间建立联系的最远距离是 6 个人。

1967 年 5 月，米尔格兰姆在《今日心理学》杂志上发表了实验结果，并提出了着名的“六度分离”理论。理论认为，虽然世界很大，但是如果将每个人的人际关系网考虑进去，人与人的距离其实很小。该理论声称，只需六步，就能将彼此毫不相关的两个人以某种方式联系到一起。

为了证实“六度分离”理论的可行性，微软公司的研究人员进行了实验。他们随意挑选了 2006 年的某一月，记录下当月所有通过微软网络发送短信的用户地址，分析了 300 多亿条地址信息，最终统计得出，多达 78%的用户仅通过发送平均 6.6 条短信，或者说通过 6.6 步，就可以和一个陌生人建立联系。

从“六度分离”理论来看，在这个世界上，根本就不存在毫不相干的两个人；即使是分处南北极的两个人，彼此间的距离也不过六步而已。如此看来，世界上发生的一切，都与我们每个人息息相关。即使是遥远地区的一个无名乞丐，他的命运也和我有着千丝万缕的联系；反过来也一样，哪怕我身处最偏远的荒漠，我的命运也与世界紧密相连。

那么，陌生的你，当你得知我在沙漠里干渴难忍在雪地里饥饿难耐在绝望的深渊里苦苦挣扎时，请你，不要漠然地走开；请你，停下匆促的脚步，给我一杯清凉的水给我一碗滚烫的饭给我一双有力的手。陌生的你，我之所以这样请求你，只为你与我，只隔六步；事实上，我的命运，也就是你的命运。

人的品位

● 杨协亮

青年哲学家周国平说，人生第一重要的东西，就是做人。“不管你在名利场和情场上多么春风得意，如果你做人失败了，你的人生就在总体上失败了。”

可做人难啊！面对上司，如何才能不落得个阿谀奉承、溜须拍马的名声；同事相处，怎样才能不给人清高孤傲、冷僻怪异的印象；公私面前，如果权衡才能既不悖情理又不违法理；老实本分、勤勤恳恳，却往往被视为“傻瓜”一个；匡扶正义、侠肝义胆，免不了有人斥之为“多管闲事”……真的是“人字好写，人却难做”！

睁只眼、闭只眼，糊里糊涂是做人，得过且过、抱残守缺是做人，积极进取、执著追求、不屈不挠也是做人……做人难，做一个有品位的人，更是难上加难！读过一个爱吃面条的作家一篇文章，他由面条的品位想及做人。面条有三种品位：上品——色味俱佳，让人吃得酣畅淋漓、荡气回肠；中品——家常面，或缺色或乏味，虽然不完美，但亲切实在；下品——颜色炫目，乍看之下很是诱人，但吃了却大倒胃口。而形形色色的人也可分为上、中、下三种品位：品性高洁、为人高尚正直的，与之相处，就如吃色味俱佳的面条，不仅充了精神之饥，而且深深倾倒于其人格魅力；另一种人实实在在、诚恳真挚，就像家常面，不管你喜不喜欢吃，但肯定能充饥；第三种人，总是夸夸其谈地卖弄其学识见闻，初接触易被其貌似丰富的外表所蒙蔽，但搁到实处，却百拙无一能，立即显示出愚蠢和无知来，相处一久，便令人心生厌烦。面之中、下品常有，上品难得一尝；人之中、下品易遇，上品难逢。做人要做出品位实在是一门高深的学问，我想只有遵循诚实、谦虚、勤奋、仁厚的做人准则，且持之以恒，才能炼成上品，散发出迷人的人格魅力，让人如沐春风、如饮陈年佳酿。

做人难，可尘世中人谁又能“跳出三界外，不在五行中”呢？人生一世不过短短几十年光景，既然处世不易，那么就该做出人的品位和层次来！

时刻准备着

●苇 笛

奈特·费恩是美国《纽约先驱论坛报》的一位抄写员。酷爱摄影的他，一有时间就带上自己价值不菲的相机四处奔走，寻找合适的拍摄对象。为了拍出理想的作品，哪怕风餐露宿他也心甘情愿。长期的磨砺之下，他的眼光越来越敏锐，技艺越来越高超，拍摄出的作品自然也越来越优秀。

1948年6月13日，是棒球巨星巴贝·鲁斯举行告别赛的日子。当年五十三岁的巴贝，一直保持着本垒打与三振出局的世界纪录。但身患癌症的他，已在医院里苦苦支撑了两年。谁都知道，告别赛是他与观众真正告别的时刻。对此，《纽约先驱论坛报》准备发一篇配有图片的报道，但不巧的是，摄影记者当天突然生病了。无奈之下，报社只好派抄写员奈特出马。

奈特赶到巴贝的更衣室时，众多记者已聚集在那里了。癌症的折磨，使昔日生龙活虎的巴贝虚弱不堪，需要两个人帮忙才能勉强站起来。为了让记者拍照，巴贝靠着椅子摆了一个系鞋带的动作。奈特没有像别的记者一样去拍那个动作，他觉得那个动作太勉强了。

很快，轮到巴贝上场了，助手搀扶着他来到球场。在入口处，巴贝拿着一根棒球棒作支撑，一个人慢慢地走进球场，在离本垒几步远的地方，停下脚步面对观众；他身体前倾，一手撑着球棒，一手攥着自己的棒球帽。记者们跟到球场，他们挤在巴贝的对面，不断拍摄着巴贝的正面。但是，奈特不想去拍摄巴贝那张已被癌症折磨得憔悴不堪的面容。

转来转去，奈特觉得从巴贝身后进行拍摄最合适。于是他绕到巴贝的身后，蹲了下来。在尝试了几个角度之后，他轻轻地按下了快门。

照片是从一个很低的角度拍摄的，似乎是从巴贝的眼睛看到的球场与观众席，对面的摄影师都使用了闪光灯，但奈特采用的是自然光，巴贝眼前的热烈场面与他昏暗的背影形成了鲜明的对比，更体现出巴贝寂寥孤独的心境，令人为之动容。

这张照片就是新闻史上著名的《巴贝敬礼》，当天就出现在《纽约先驱论坛报》的头版，随后被各大报刊争相转载，并于1949年获得了普利策奖，也是获得该奖的第一张体育新闻照片。

也许有人会把奈特的成功归之为幸运之神的眷顾：若没有摄影记者的临时患病，哪里有他大显身手的机会呢？但我们不应当忘了，作为抄写员的奈特，时刻都在为自己的摄影之梦作着准备；长期的自我磨砺，已使奈特拥有了高超的摄影水准。而正是凭借着自己的强大实力，临时上阵的奈特，才能从强手如林的摄影界脱颖而出，一举成名。

活在这个世界上，谁都希望自己拥有光彩照人的一生。但遗憾的是，大多数人只能在庸庸碌碌中过一辈子。面对黯淡的人生，他们不断抱怨自己运气不好缺乏机遇，否则，他们一定会功成名就。可问题在于，他们真的缺乏机遇吗？正如在巴贝的告别赛上，所有的记者面对的是相同的机遇，可最终只有奈特一人胜出。原因无他，是奈特拍出了最动人的一张照片。而正是有了长期不懈的自我磨砺，才有了奈特临场的出色发挥。因此，对那些平庸之辈来说，他们真正缺乏的，不是机遇，而是实力；而实力，只能来自于长期的自我准备。

命运是公正的，给予每个人均等的机遇，但只有那些有心人，才能在琐碎的生活中，不断地打磨自己提高自己，时刻都在为可能到来的机遇作着准备。而他们，总能抓住转瞬即逝的机遇，奋力登上自己的人生舞台，最终焕发出独特的人生光彩。

谁将是那个男孩呢

●廖仲毛

戴尔·卡耐基无疑是一个成功人士，他在商业投资以及职业培训方面取得的成就为世界瞩目，他的系列教材发行全世界，影响着一大批人，好几个国家的总统都曾经是他的学生。然而，小时候的他却是一位不善言辞，甚至有些木讷的少年，他说自己的成功是从一次暗示开始的。

那是1903年，少年卡耐基在瓦伦斯堡目睹了一次演说，演说者的名字已经记不起来了，只记得是位旅行家。这位见多识广的旅行家，以雄辩的技巧、扣人心弦的故事深深地吸引了少年卡耐基。有几句演说词卡耐基一生都不会忘记："一个农村男孩，无视贫穷，他甚至不顾眼前的一切而努力奋斗，他一定会成功的！"演说者说完便问听众："谁将是那个男孩呢?"接着他又自问自答："各位先生、女士，你们正看着他呢?"演说者的手指顺便指了一个方向，正好指到了戴尔·卡耐基。面对听众投来的目光，卡耐基有些脸红，但更多的是兴奋和激动。从此，演说者优雅的风度、雄辩的技巧在卡耐基脑海中生根发芽，他梦寐以求地想当一名演说家。

后来，卡耐基做了一名推销员，在经历了数次失败后，他开始审视自己，他又一次想到那位旅行家的话，他决定重新开辟一条适合自己的道路，于是他走上了演讲之路。他的演讲跟政治家不同的是，政治家是向公众推销自己的政治主张，而他则在课堂上向人们推销成功理念。因为他深信，人类最深厚的冲动，是要成为重要人物。他用自己的实践教人们如何克服自己人性中的不足，找准人性中的优点，从而释放最大潜能，他在把别人引向成功之路的同时，自己也成为一个名人。

戴尔·卡耐基的故事，看起来很偶然，实际上是一种必然，它符合心理学上的罗森塔尔效应。美国心理学家罗森塔尔教授到一所中学，在一个班里随便走了一趟，然后在花名册上划出了几名学生，告诉老师这几名学生智商很高，也很聪明。过了一段时间后，教授又来到这所中学，那几名被他划出来的学生果真成了班上的佼佼者。罗森塔尔教授说，我对这几位学生根本不了解，教师们愕然！为什么会发生奇迹？因为人的“期望”有神效。罗森塔尔教授是著名的心理学教授，在教师心目中是权威的，因而教师对他的判断深信不疑，对那几名幸运的学生产生了积极的期待，像对待聪明的孩子一样对待他们；而这几名学生感受到了这种期待，也认为自己是聪明的，从而提高了自信心，学习兴趣得到了提高。最终他们真成了佼佼者。

有时，罗森塔尔效应也有负效，当你站在某个权威的位置上，把可塑性很强的青少年说成蠢货时，也许你真会摧折了一朵本该绽放的奇葩。

谁将是那个男孩？如果你是一位老师、领导或其他的职业教育者，请投入你的爱心，用好罗森塔尔效应。没准若干年以后，你教过的某个男孩、女孩或领导过的部下中也会走出几个卡耐基。

弯腰哲学

● 顾鸿翔

印度孟买佛学院是全印度享有盛名的佛学院之一，之所以出名，除了悠久的历史、辉煌的建筑和曾经培养出众多著名学者外，还有一个鲜为人知的原因，那就是大门旁边建有一个矮小的侧门。这个小门只有一米五高，四十厘米宽，一个成年人进去必须弯腰侧身，如果昂首挺胸，那就只能碰壁并被拒之于门外了。

为什么偌大一个佛学院，有着壮观巍峨的大门可以让人堂而皇之地出入，还要开这么一个小门呢？许多人为之纳闷。在一些人眼里，弯腰侧身进出佛学院，确实有失礼仪和风度。放着好端端的大门不让走似乎也有点不近人情。但这正是孟买佛学院给学生上的第一课，意在告诉学生：今天进学校门需弯腰侧身，明天踏入社会之门，为了取得成功，有时也需要弯腰侧身。

孟买佛学院的设计和建造真正可谓用心良苦。

在现实生活中，几十年的人生旅程，人们会进出各种各样的门，有的高大巍峨，有的低矮窄小；有的壮观美丽，有的丑陋不堪。甚至有的门是不允许人随便出入的。遇到高大巍峨、壮观美丽的大门，我们尽可以挺起腰杆，堂而皇之地出入；但碰到低矮窄小、丑陋不堪的小门，我们也必须学会弯腰和侧身，千方百计挤进去。即使这样做需要放下尊贵和体面也罢。因为，非如此，我们就可能被挡在院墙之外，这样，院墙内可能有的一切美好的东西就与我们彻底无缘了。

马克思曾说过，在科学上是没有平坦大道可走的，只有攀登在陡峭山路上，不畏劳苦的人，才有希望到达光辉的顶点。在通向成功之路上，也几乎没有任何宽阔的大门任你自由出入，所有的门都需要你弯腰侧身才可以进去。因此，暂时地寄人篱下、暂时地委曲求全，都不要丧失信心。必要的弯腰曲背，必要的低头侧身，都无伤人的尊严。因为你这样做，是为了度过暂时的逆境，是为了争取自己光明的未来。

该弯腰时就弯腰。佛学院的老师告诉他们的学生，佛家的哲学就在这个小门里。人生的哲学其实也在这个小门里，不是吗？

微笑就能改变

● 彭真平

在日本有一个人在保险公司找了份保险推销员的工作，刚开始的七个月里，他四处奔波，却到处碰壁，没有为公司拉来一份保单，当然也就拿不到薪水。每天他只好上班不坐车，中午不吃饭，晚上借宿在公园里。但他并没有气馁，每天清晨五点准时起床，从“家”徒步去上班。一路上，他不断地向每一个他所碰到的路人微笑，和擦肩而过的行人打招呼，不管对方是否在意。他的微笑永远那样坦然、真诚和友善，整个人看上去总是那么精神抖擞，充满信心。

终于有一天，一个酒店老板对这个个子矮小却每天笑容满面的小伙子产生了兴趣，便邀请他共进早餐。他婉言谢绝了老板的好意，但他请求这位老板买份保险。得知他是保险公司的推销员，老板就说：“既然不肯赏脸吃饭，我就投你的保险好了！”于是，他签下了工作以来的第一份保单。后来，这位老板又把他介绍给许多商场上的朋友。从此，他以独特的微笑感染并征服了许许多多的顾客，成了日本历史上最为出色的保险推销员，曾连续15年占据日本全国寿险销售业绩之冠，被人誉为“推销之神”。

他叫原一平。他的微笑被称为“全日本最自信的微笑，价值百万美元”。成功后的原一平曾说：走向成功的路有千万条，微笑和信心只是助你走向成功的一种方式，但这又是不可或缺的方式。

还在一本书上看到这样一个故事：少女玛丽打开家门后，发现一个手持菜刀的男人正恶狠狠地看着她。玛丽灵机一动，马上微笑着对他说："朋友，你是推销菜刀的吧？这种样式的我喜欢，我正好缺少一把。"边说边把这个人让进客厅，依然笑容可掬地继续说："你很像我过去一位好心的邻居，看到你真的好高兴，你要咖啡还是茶……"本来满脸杀气的歹徒渐渐腼腆起来。他有点结巴地说："谢谢，谢谢。"最后，玛丽真的"买"下了他手里那把明晃晃的菜刀。在转身离去的时候，他对玛丽鞠了个躬："小姐，你将改变我的一生。"

因为微笑，一个矮小的男人创造了惊人的业绩，一个柔弱的女子化解了一场突然的危机。微笑就是有如此神奇的力量！

你可能很清贫，没有人家那么多的钱；也可能很卑微，没有人家那么高的地位；还可能很脆弱，没有人家那么健壮的体魄……但不管怎样，无论何时，有一样东西是我们人生不可或缺的，那就是微笑。在现实生活的人际交往上，一个人脸上的微笑就是一张最美丽的名片、一封最生动的自我介绍信。法国作家雨果说过："有一种东西，比我们的面貌更像我们，那便是我们的表情；还有另一种东西，比表情更像我们，那便是我们的微笑。"

那么，为什么不微笑着面对生活呢？心态决定生活。对别人微笑，别人就会对你微笑；对生活微笑，生活就会对你微笑。也许，一切的一切都会因为一朵朵灿烂绽放的微笑而改变。

美丽的生活其实就是这样真实，人与人之间的交往其实就是这样简单。

现在就是出发点

●苇 笛

兰帕德一辈子最大的愿望就是当一名作家。从小学到大学，兰帕德的作文一直是全班最好的。兰帕德相信，只要他努力，30 岁前他就可以成为一个全国知名的作家。

令人遗憾的是，兰帕德后来迷上了买彩票，一天到晚对着一大堆数字研究来研究去，最终把写作给耽误了。

兰帕德 52 岁的一天，他的一个中学同学前来看他，并把自己写的第 13 本书送给了他。接过书的那一刻，兰帕德懊悔极了，他痛恨自己没有去写作。一瞬间，他决心重新提起笔，去实现自己昔日的梦想。可转念一想，自己的年龄大了，身体又不好，还能写出什么来呢？于是，他又一次放弃了自己的作家梦。

65 岁那年，兰帕德得了重病，生命垂危。他再一次想起了自己的作家梦，深深后悔 52 岁那年没有开始写作，否则，13 年下来，他一定可以写出许多作品了。眼看着到了 65 岁，生命留给他的时间还能有多少呢？叹息着，他又一次藏起自己的梦想。

73 岁那年，兰帕德的老同学再次给他送来一本自己刚写的书。想起自己的作家梦，兰帕德再度懊悔不已。可一个 70 多岁的老人，离死亡还有多远呢？自责中，兰帕德继续重复以往的生活。

84 岁那年，兰帕德再次病重，他为自己不曾写下任何作品而深感痛苦。在牧师霍华德的鼓励下，兰帕德终于提起了笔，开始写作。接下来的 3 个月里，他不停地写啊写，直到去世。去世时，他的第一本书，完成了一半。

兰帕德的一生，是可悲的一生，他空怀梦想，一任自己在懊悔与叹息中蹉跎岁月。值得庆幸的是，在生命的最后一刻，他终于觉醒了，开始竭尽全力地去实现自己的梦想。尽管他的第一本书只写了一半，但我想当他离开人世的时候，他心中的遗憾已减轻了许多。

我相信，来到世上的每一个人，都拥有着独属于自己的梦想；但不幸的是，并非每个人都能将自己的梦想变成现实。生活的压力、琐事的纠缠、名利的吸引、灯红酒绿的诱惑……都会使一颗心偏离原来的航道，迷失在尘世里。其实，追随梦想并不是年轻人的专利。一个人在生命的任何一个时刻，都可以为梦想而努力。不是吗？哈伦德·山德士上校在65岁时才开创自己的事业，到88岁大获成功；如今的肯德基连锁店，已开遍世界各地。胡达·克鲁斯70岁时开始学习登山，后来登上了不少名山；95岁时，她登上了日本的富士山，成了登上富士山的最长者。摩西奶奶是美国弗吉尼亚州的一位农妇，76岁因关节炎放弃农活，开始画画；80岁时，到纽约举办画展，引起轰动；她活了一百零一岁，一生留下绘画作品1600余幅，在生命的最后一年还画了40多幅画……

人的一生，错过一时并不意味着错过一世，毕竟错过了太阳还有月亮，错过了春花还有秋月。在追随梦想的道路上，何时起步都不晚；只要愿意，现在就是出发点。

献出你仅有的苹果

● 廖仲毛

传说，有一位公主身患重病，危在旦夕，国王公告天下，如果谁能治好公主的病，不仅将公主嫁给他，还立他为王位继承人。有住在远方的兄弟三人，老大用他的千里眼，看到了这个公告，老二有日行千里的飞毯，老三有包治百病的苹果。三人坐飞毯来到皇宫，治好了公主的病。

论功行赏时，国王犯难了，兄弟三人都有功，公主该嫁给谁？经过反复讨论，最后国王把老三招为驸马。国王说，老大的千里眼、老二的飞毯用过一次后，东西还在，而老三仅有的一个苹果被公主吃了，就不复存在了。这个故事启示人们，奉献越多，收获越大。

在某公司，曾有一批同年录用的大中专毕业生，他们都被安排在销售一线。销售员是按比例提成的，这一批毕业生都使尽了浑身解数，最后领到的奖金也都差不多。几年后，公司销售部经理被提拔到决策层，谁来担任新的销售部经理呢？就在大家互相猜测时，公司召集所有的销售员开会，并推荐小刘为候选人，征求大家的意见。小刘的业绩与其他同事相比并不是最突出的，但小刘两次配合公司工作，主动把自己开拓出来的江浙沪市场片和京津市场片让给两位同事，使两个长期分居的家庭得以团聚，也使公司的销售员队伍得以稳定。当公司负责人把这一点公之于众时，不仅那两位同事心服口服，其他同事也拍手鼓掌，百分之百通过。由于几年间跑了三个片的市场，熟悉不同片区的市场特点，小刘当选后，在组织协调各片区市场方面比上一任经理更娴熟，也更能协调各位销售员的关系，在他的领导下，销售部团队作战能力大大增强。数年后，小刘因业绩突出，又被推上公司副总的位置。

奉献越多，收获越大。在我们日常的工作中，我们很多人都是在政策允许的范围内尽可能地为自己争取利益，这本无可厚非。但是对于一个胸怀大志者来说，他往往更具全局观念，在关键的时候，比别人付出得多一些，做得更好一些。他不一定要刻意为之，但一定会被领导和同事们看到；他不一定总是能像故事中的老三和小刘那样得到最好的回报，但只要他能坚守这种奉献精神，他一定会遇到赏识他的人。

苹果只有一个，懂得奉献的人，才是最懂得它价值的人。

信任是最美的原谅

● 李忠东

在美国的一家大公司，有一位高级负责人因工作失误而损失了1000万美元的巨款。沉重的压力使他精神紧张，终日萎靡不振。

几天后，这位负责人接到了董事长接见的通知。在办公室里，他被告知调任同等重要的一个新职务。这一结果大大地出乎意料，他十分惊讶地问道："董事长，我犯了如此重大的错误，您为何不把我开除或降职?"

"先生，如果我那样处理的话，岂不是在您的身上白白地花费了1000万美元的'学费'?"董事长回答说。

谈话还不到10分钟，但却给了这位高级负责人以深刻的教育和极大的鼓励，成为其巨大的内在动力。他在新的起点上奋发拼搏，以惊人的毅力和智慧为公司的发展立下了汗马功劳。

在这个世界上，还没有不犯错误的人，谁都希望自己犯了错误之后能得到别人的原谅。原谅别人就是信任别人，把他能够做的事交给他继续做下去。不信任的原谅，其实还算不上真正的原谅。信任是最美的原谅，信任才能让人变得更加美好。

"只有一个方法，可以使过去成为有价值和建设性的经历，那就是镇静地分析我们过去的错误。因错误而获益，然后忘记错误。"董事长说，"我们允许下属出错，如果哪个人在经过几次犯错误之后变得'茁壮'了，在公司看来是很有价值的。"

对于企业的管理者来说，他们才能的一个重要方面表现为识人、用人和容人的水平。这位董事长在这一点上，做得非常到位。他在激烈的竞争中深刻地认识到，提高企业的后劲在于人才，企业无法估量的资本是人才，知识可以称之为企业的无形财富。

驯鹿的启示

●陈　勇

在北极圈附近生活着一种群居的驯鹿，每年它们要在生活区内南北穿越几百里，以此选择它们生存的栖息地。当北极圈一带的冬天到来，冰雪封山时，它们就要穿越生活区南边一条近百米宽的冰河，忍着时刻被冻死或饿死的危险越过河去。但河水不结出厚厚的冰它们是过不去的。它们要在寒风中等待着河上结出厚冰。在这期间，驯鹿们相互依偎在枯草或山岩的缝隙中藏身。但总有一些驯鹿被冻死在河的北岸。只有那部分幸存者们踩着冰河，在河的南岸上找到它们的越冬栖息地。当春天再来，它们原来的生活区里泛出绿色时，它们又得重回故里。并不完全因为思念这山或草，而是因为另一种更残酷的命运在等待它们。

春天一到，驯鹿们暂时寄居越冬的稀疏草地上，各种猛兽都纷纷从更远的南方北迁，重回到它们原来的生活区。所以驯鹿们又不得不穿越冰河，重返自己的家园。这是一种近乎残酷的回归。

这条冰河成了驯鹿们生命旅途中唯一逃命的跳板。冲不过冰河，它们就会被那些南回的猛兽们吃掉，那片草地仅仅是驯鹿们临时的寄居地。然而，刚解冻的冰河水流湍急，它们只有踩着漂浮在水流上的一个个大冰块，顺着水流返回家园。有的在河岸上挨不住冷被冻死，有的从冰块上滑进水中被淹死，场面非常惨烈。

面对这残酷至极的求生之境，驯鹿们却坚忍地站立在风中；面对凛凛冰河，遥望家园，静待远山那一抹淡淡的希望绿色。这是多么顽强的一种求生。在人生的长河中，我们有时也会遇上这种生死存亡的大遭遇。那么，你有驯鹿一样的勇敢吗？敢像驯鹿一样，直面现实，迈向坎坷，向一切艰难或不幸，作最决绝的挑战吗？

一便士的梦想

●唐宝民

现年27岁的卢克·西尔是英国布赖顿的一个花匠，有一天，他在报纸上看到关于交换物品的新闻，便也想参与其中，为自己制定了“一便士计划”，用一枚一便士的硬币与别人交换物品，看一年以后结果会怎么样。

这个计划从2011年1月1日起开始实施，当天，他在网上公布了自己的一便士计划，然后便等待有人来交换，两天以后，他收到了一个电子邮件，有一个小伙子想用三条金鱼换他的一便士，他欣然同意，两人很快成交，他手里的一便士变成了三条金鱼；他一边照料金鱼，一边寻找下一个目标，又过了几天，一个叫丹尼斯的人联系他，说自己有一个吉他，因为手指做过手术，不能再弹吉他了，所以想用吉他换他的三条金鱼。他立即答应，结果三条金鱼换来了一把质量上乘的吉他……就这样不停地换，1月26日那天，他换到了一辆山地自行车，就在第二天，他收到了一封来信：“嗨，卢克，我喜欢你的计划，我想用黑海海滨的一块10平方米土地来换你的山地自行车怎么样?”卢克接到这封信后很高兴，立即做了回复，两天以后，手续办完了，卢克拥有了10平方米土地的全部文件，成为了这10平方米土地的合法拥有者。

卢克小的时候，他爸爸对他说：“一便士虽然只能买到很少的一点东西，但如果给它加上梦想，它就会产生几百倍上千倍的价值。”

卢克的“一便士计划”还在进行中，到了年底，一定会有更大的惊喜出现。

一便士的梦想可以走多远？就像是一粒树木的种子，种子很小很小，可一旦发芽，就会破土而出，长出幼苗，在风雨中茁壮成长，最终长成一棵参天大树。

卢克用他的经历告诉我们：珍惜生活中的每一个小小的梦想吧，也许因此，你就能拥有一个不平凡的人生。

一个吻的智慧

●李 伟

美国苏富比拍卖行有位名叫卡塞尔的拍卖师，他具有超常的智慧，但由于年轻，还时不时地冒出一些别人很难接受的想法。所以，他不仅经常遭到那些正统同行的嘲笑，而且还处处受到排挤。卡塞尔因此一直在拍卖界默默无闻。然而，卡塞尔却没有灰心丧气，他坚信：只要自己能不懈地努力，智慧迟早会发挥出来的。

果然，不久以后，一件看似不起眼的小事，改变了他的命运。

那是越战期间，一些人在好莱坞举行了一场募捐晚会。当时反战情绪比较强烈，因此募捐晚会很不成功，晚会快结束的时候，还没有募集到1美分。举办人十分着急，但也没有想出更好的办法。这时，被冷落在后台的卡塞尔突然想出一个主意，站起来向举办人走了过去。但就在这时，他想起以前遭到的嘲笑，有些退缩了。他收住脚步，站在那里考虑了好半天，觉得自己的创意能产生意想不到的效果，就走到举办人面前，请求让他上台试一试。

卡塞尔上台以后，打破常规，并没有拍卖那些事先准备好的物品，而是让大家选一位最漂亮的姑娘，然后由他来拍卖这位姑娘的一个亲吻，最后募到了1美元。这1美元的收获，不仅创下了好莱坞的一个吉尼斯纪录，而且还使卡塞尔一举成名。当好莱坞把这1美元寄往越南前线时，美国各大报纸争相做了报道。人们看到这个消息，无不惊叹卡塞尔对战争的嘲讽。德国一家猎头公司认为他是一位天才，是棵摇钱树，谁能运用他的头脑，必将财源滚滚。

于是，这家猎头公司向日渐衰落的奥格斯堡啤酒厂提出建议，重金聘请卡塞尔为顾问，1972年卡塞尔移居德国，受聘于奥格斯堡啤酒厂。他果然不负众望，异想天开地开发出美容啤酒和浴用啤酒，奥格斯堡啤酒厂一夜之间成为全世界销量最大的啤酒厂。1990年，卡塞尔以德国政府顾问的身份主持拆除柏林墙，这一次他使每一块砖都变成收藏品，进入了全世界200多万个家庭和公司，创造了墙砖售价的世界之最。

1998年卡塞尔返回美国，他下飞机的时候，美国赌城拉斯维加斯正在上演一出拳击闹剧，泰森咬掉了霍利菲尔德的一块耳朵。第二天，欧洲和美国的许多超市出了一件出人意料的事，销售“霍氏耳朵”巧克力，生产厂家是卡塞尔所属的特尔尼公司。霍利菲尔德起诉了卡塞尔，卡塞尔输掉了盈利额的百分之八十，但他天才的商业洞察力使他得到了3000万美元的年薪。

2000年的第一天，卡塞尔应休斯敦大学校长曼海姆邀请，回母校作创业方面的演讲。在这次演讲会上，一个学生当众向他提了一个问题：卡塞尔先生，您能在我单腿站立的时间里，把您创业的精髓告诉我吗？这位学生正准备抬起一只脚，卡塞尔就答复完毕：生意场上，无论买卖大小，出卖的都是智慧。这次他赢得的不仅是掌声，还有一个荣誉博士头衔。

不要轻视那些看似不起眼的小事。所谓的大事业，都是由一件件的小事积累而成的。试想：假如卡塞尔当初放弃了自己那个仅为一美元的创意，奇迹般的转机会出现吗？后来，他还能取得如此巨大的成功吗？

勇于给自己喝倒彩

● 王吉杰

偶尔的一次失败，对强者是一种激励，对弱者却是一种打击。经历过连续的失败，却永远保持乐观的乔治·费多，无疑是强者中的强者。

乔治·费多，年轻的时候立志要做一名出色的剧作家，他开始的作品总是得不到剧团的赏识，就连一些不知名的小剧场也不愿意排演他的剧本。面对一次次的失利，乔治·费多始终保持着微笑，拿着自己最得意的作品继续寻找下一个合作剧团。

令乔治·费多兴奋的是在自己的努力下，终于有一家小剧场同意排演他的喜剧。然而，观众面对一个完全陌生的剧作者，并没有表现出太大的兴趣，只是低廉的门票才保证了一半以上的上座率。演出开始了，观众们面对糟糕透顶的剧本，毫无表情的演出，不时地发出刺耳的聒噪。到演出进行到一半的时候，倒彩声此起彼伏，远远盖过了演员的声音。演出结束后，观众叫骂着摇着头不满的散去，空旷的剧场只留下羞愧难当的乔治·费多。垂头丧气的乔治·费多，瘫软在舞台上，几乎丧失了继续创作的信心。

坚强的乔治·费多并没有因此而放弃，很快调整好自己的心态，继续开始新的创作。

乔治·费多，一生中创作了大量的滑稽喜剧，作为法国著名的戏剧家受到了人们的欢迎和热爱，尤其他的代表作《马克西姆家的姑娘》，更是在整个法国引起了强烈轰动。《马克西姆家的姑娘》的上演，引发了滑稽喜剧的热潮。然而，就是这样一部伟大的喜剧，试演的时候也曾遭遇了巨大的失败。

《马克西姆家的姑娘》的首场演出是在一个很小的剧院里，和乔治·费多以前的很多剧本一样，观众并不认可，观众席里嘘声一片，甚至不时地传来一些叫骂声。乔治·费多按捺不住自己内心的愤慨，跑到观众最多、嘘声最高的地方，和观众一起发出强烈的嘘声，偶尔也会随着观众的叫骂骂上几句。朋友目睹了乔治·费多的失态，把他拉到一边说："乔治，你疯了吗"？乔治·费多拍了拍朋友的手微笑着说："我没有疯，只有这样我才能最真实地听到别人的辱骂声，只有这样我才能坚定信心搞好创作，只有这样我才能写出更好的剧本。"

勇于给自己喝倒彩，勇于微笑地面对一次次的失败，才是生活的强者，才能最终取得巨大的成功。

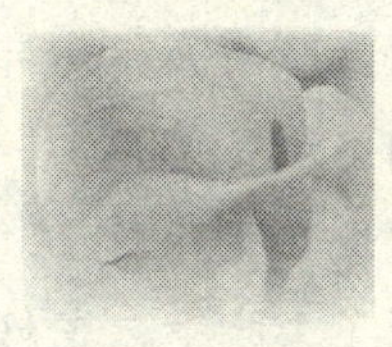

尊重一座山的高度

●陆勇强

灵峰，是杭州城边的一座矮山。我想，攀到山顶，不过半个小时吧。

于是，上山。到了半山腰，气喘吁吁，看时间，早已过去了半个小时。

我没有预料到，这样一座矮山给我了一个下马威。

还有一次，宿在岳庙边的宾馆，总觉得越过宾馆后的这座山，很快就可到达黄龙体育中心了。邀了朋友一起去，谁料整整走了一个多小时，才从山的另一边下来。

生活中有这样一种现象，山总是不爬不知其高度，前面矗立着一座山，第一感觉，心里总想着不过如此。待脚步落在山的身上，才知自己的渺小和不自量力。

有一年去安徽，出浙江境的时候，司机对我说，安徽与浙江其实就隔了一座山，我问司机是哪座山。司机朝前指指远方。我看到，一抹远山的影子出现在视野里。

车子开啊开，终于到了山脚下。我想，爬山的路不过十几分钟吧，谁料，整整一个多小时，车子一直就在盘山公路上行驶。

这座被我轻视的山，如果让我用脚力来跨越，我需要多长时间？

山，暗暗蕴藏着某种力量。难怪有些人会把山看做神灵来顶礼膜拜。想起旧时的习俗，每年年关，山民不仅要拜灶神，而且还要拜山神。

其实，生活中我们也会遭遇这样的“山”，他们是你的尊长，你的朋友，或者与你毫不相关的明星、学者、专家……许多时候，你觉得他们不过如此，你并没有觉得他们有什么独特之处。但是，你只要一接触他们，你就发现，他们有着你难以企及的高度，如果你去攀登这座高峰，就会汗流浃背。

不要以轻视的眼光去看待别人，特别是有所成就的人。他们的存在皆有理由。就像一座山，思想几秒钟就能越过，但脚力，需要几个小时，甚至几天。

废报告纸的价值

● 王文咏

在金融危机的寒流中，我赶了10多场招聘会，应聘到一份工作，虽然与我理想中的职位有很大的距离，但看到很多同学仍然在为求职而四处奔波，我也为自己能找到一份工作而感到庆幸。

我应聘的是沃尔玛。有一次，我想找张复印纸，就去跟秘书要，他轻描淡写地说，你把地上盒子里的纸裁一下就行了。

我以为他没明白我需要什么，就解释了一遍，说我需要的是打印纸。

秘书依然淡定自如，打印纸也是废报告纸的背面。我们这里没有专门用来复印的纸，除非是非常重要的文件，否则都是用纸的背面。办公室里有一台裁纸机，以后你需要打印纸，可以把大的废报告纸裁小些。

一个星期后的周会，我们这些新应聘的大学生也荣幸地参加了。在会议中，我发现从部门经理到营运总监，大家的“笔记本”都是用废报告纸裁成的。

一张废报告纸在我们看来，似乎可以弃之不理，但在沃尔玛，却享受着尊贵的待遇，充分发挥了它的价值。

在金融危机面前，其实我们每个人都可以找到自己展示才能的机会，一张废报告纸找到了珍惜它的人，就有了它的利用价值。我想，我知道自己以后的努力方向在哪里了。

把性命和质量拴在一起

● 单继光

二战时期，巴顿将军通过一份来自前线的战事报告了解到，在牺牲的盟军战士中，竟有一半是在跳伞时摔死的。这令他十分恼火，立刻赶到兵工厂。

当时负责生产降落伞的是商人考文垂，见到前来兴师问罪的巴顿，他赶忙汇报说："这些年我一直在狠抓产品质量，降落伞的合格率已达99.9%，创造了当今世界的最高水平。"巴顿怒斥道："每个降落伞都关系到一个士兵的生命，你就不能做到百分之百合格吗？"考文垂苦笑着说："我已经尽力了，99.9%是最高极限，再没有提升的空间了。"

巴顿怒不可遏。他走进车间，随意抓起一个降落伞包，大声对考文垂说："这是你制造的产品，我现在命令你抱着它上飞机！"这个伞包刚刚下线，根本未经过任何检验，万一是次品，自己就将粉身碎骨呀！考文垂吓得要命，可是迫于将军的权威，只能胆战心惊地拿着伞包，上了飞机……

还算运气，考文垂有惊无险地回到地面。望着一脸狼狈、吓得几乎尿裤子的考文垂，巴顿大笑一声，随即严厉地说："从今天起，我将不定期来这里，命令你背着新做好的降落伞从飞机上跳下去。"

从那以后，巴顿再没去过兵工厂，盟军也再未发生跳伞伤亡事故。多年之后，当年的下属疑惑地问他："你是怎么想到那个主意的？"巴顿慢悠悠地答道："考文垂他们并非不具备制造完全合格产品的能力，只是他惯于惰性思维，按一般标准行事，只有把他和前线士兵的性命拴在一起，把他的安全和产品质量拴在一起，他才会竭尽全力。"

做天下事，尽力而为还不够，而是应该全力以赴，成功的奥秘就在于此。

机会是瞬间的命运

● 代连华

可口可乐公司是美国最大的饮料生产厂家，生产销售一直稳定，但是第二次世界大战，却让公司陷入了困境。

因为战争，国内国外市场一片混乱，公司濒临破产，这让可口可乐公司的总裁罗伯特·伍德鲁焦虑万分。

一天，伍德鲁接到了老同学班赛打来的电话，班赛是一位将军，正在前线指挥打仗。伍德鲁心情烦躁地对他说："难得你还想着我呀"。电话那边的班赛开玩笑地说："我不是想你，我是天天在想你的可口可乐"。两个人聊了一会放下电话，突然间伍德鲁的脑海中灵光一闪，一位将军都在想着我的可口可乐，那么那些士兵们也一定想着喝，如果那些士兵们都在喝，那么当地人也一定会喝的。

伍德鲁马上发表一份声明，"不管我国的军队在什么地方，也不管公司要花多少成本，一定保证每个士兵都能喝到低廉的可口可乐"。因为是打着支援军队的旗号，伍德鲁的可口可乐在短时间内迅速进入每个战区，士兵们在物质匮乏的战场上见到可口可乐，就像见到亲人一样格外珍惜。

从军队到地方，全民都在饮用可口可乐，虽然是在战争年代，可口可乐公司却增建了64家分公司。

一个电话里流露出来的机会，让有心的伍德鲁牢牢抓住，从而改变了可口可乐公司的命运。

德国的莱维·施特劳斯，年轻的时候就到美国谋求发展，异国他乡的创业很艰难，那时莱维只能靠卖一些小杂货度日。有一次听人说山里的淘金场缺少做帐篷的帆布。可是当莱维把帆布运回来之后，其他商家也进来了大批的帆布，结果销售不佳，望着堆积如山的货物，莱维陷入苦恼之中。

那天莱维去找一位矿工喝酒，醉酒的矿工嘟囔着说："我们需要的不是帐篷，而是挖金时非常耐穿的裤子"，说者无心，听者有意，莱维觉得这是一个机会。他马上跑回家，用帆布做了一条裤子，给那位矿工穿上。结果那位矿工回到淘金场，马上吸引了其他矿工，他们纷纷要求莱维也为他们做一条那样的裤子，结果所有的帆布销售一空。那条裤子后来的名字叫牛仔裤，如今已风靡世界各地。

机会往往在瞬间就决定了人生和事业的命运，抓住了机会，就彻底地改变了自己的命运前途。机会，是瞬间的命运，它能让人在很短的时间内获得成功，否则机会就稍纵即逝。

最丰厚的遗产

● 江泽涵

当医生告诉他是胃癌晚期，随时都有可能离世的噩耗时，他还是相当平静的。他半生拼搏，家资过亿，儿子明年就大学毕业了，可以说尽责任了，唯一的遗憾就是不能陪着儿子继续走下去。

可是，儿子前天的一个小举动却令他忧虑不堪：过亿遗产，真的够吗？

儿子很孝顺，办了休学手续，执意要陪伴父亲。不管年纪多大了，儿子在父亲面前总是像个小孩子，居然撒娇要他讲故事。

他给儿子讲的每一个故事，从来都是千挑万选，斟酌再三的，尤其是在这生命最后的时光里，但是这个故事，他不必想就朗朗上口——

从前，有一个小姑娘，她的弟弟生命垂危，医生说必须马上动手术。可是，姐弟俩父母早亡，相依为命，贫寒度日，这笔巨额医药费如何交付得起？

小姑娘蹲在医院门口哭泣，感到天地一片灰茫，是那么的无助。

这时，有位拎着药的老人从医院出来，问小姑娘为什么哭。小姑娘伤心地说，我只要弟弟能活，可是谁能来帮我们啊？

老人叹了一声，怜悯地说，要救你弟弟的命，也只有靠奇迹了。

奇迹是什么？在哪儿能买到它？小姑娘澄澈明亮的眼睛闪烁着希望的光芒。

老人嘴角一颤，点点头，能！

小姑娘又黯淡下来，说，奇迹这么神奇，一定很贵！

不贵不贵，只要一美分就行了。老人连忙从口袋里摸出一枚币值一美分的硬币，你拿着它去里面找医生就行了。

老人望着小姑娘欢快奔进去的背影，走进了门卫值班室……

小姑娘把老人给的一美分硬币拿给医生一看，医生连忙告诉小姑娘，我们马上就为你弟弟做手术。

是因为那个老人？儿子忍不住插嘴。

不错，老人是一位富翁，他在值班室打电话嘱托医院院长，一定要治好小姑娘的弟弟，并表示自己会承担全部医药费。

20多年后，富翁已经过世，他的儿子接管了公司。天有不测风云，富翁创立的公司遭遇了前所未有的经济危机，濒临破产。

意想不到的是，有位匿名人士雪中送炭，给予巨额资金，公司终于渡过难关。匿名资助者声称，他只要富翁的儿子偿还一美分，因为一美分就能创造出无穷的奇迹。

是那个小姑娘和她弟弟？

孩子，你知道吗？那个富翁就是我的父亲呀。我们今天拥有的财富，归根结底还是你爷爷赠予我们的！

儿子羞愧地低下了头。

原来就在前天，儿子跟他闲聊时，提到了一个搞雕塑的中学同学。同学是一个抱负远大、勤奋睿智的人，只是贫困潦倒，筹办展览遇到了经济困难，他想叫儿子借一笔款给他。

儿子浓眉一挑，很不在意，岔开了话题。

"孩子，一美分之所以能够创造出奇迹，全是因为一美分的主人有一颗善良的心啊！"

看着儿子似有所悟的样子，他欣慰地笑了，视觉渐渐模糊。不过，他觉得可以走得安心了，他留给儿子的是一笔比上亿金钱还要丰厚的遗产。

问出来的财富

●唐宝民

美国有个小老板，经营一家不太大的电器公司，他有个特点，就是对什么事都有好奇心，遇到什么问题都喜欢打破沙锅问到底。有一回，他乘火车外出，结果火车误点了，晚点三个小时还没有来。他就去问站务员是什么原因，站务员告诉他，是火车中途与另一列火车相撞了。但为什么会相撞呢？他就去找站长。站长告诉他，可能是刹车出了问题。但刹车为什么会出问题呢？他又亲自到事故现场，亲自到车上查看，原来，当时的火车刹车方法，是在每节车厢里都设有单独的刹车器，每一个刹车器都由几名刹车工共同负责，当火车要停下来的时候，每节车厢的刹车工就同时拉刹车器，迫使火车停下来。但由于人的反应有快有慢，所以刹车工不可能同时把刹车器拉下来，这样就造成了火车车厢与车厢之间相互撞击，从而造成因刹车器失灵而引发的火车相撞事故。

了解到情况后，他便想，如果能由火车司机一个人控制刹车器，不就可以避免事故的发生了吗？于是，回到公司后，他便召集技术人员进行研究，经过不断地试验，终于研究出了方案，在司机驾驶室中设刹车器，把每节车厢的刹车工人取消，统一由司机控制刹车。这一改进被全美国的火车系统采用了，也为他的公司带来巨额财富，使他的公司一跃而成为大公司，他就是美国西屋电器的创办人乔治·西屋。

可以说，乔治·西屋的财富，是问出来的。对任何事情都有好奇心，对一切问题都不放过，做个有心人，是乔治·西屋成功的原因所在。

卖水与淘金

●魏咏柏

美国巨富亚默尔少年时，被淘金热所吸引，历尽千辛万苦，加入到淘金者的行列。

山谷里气候干燥，水源奇缺，寻找金矿的人最难熬的就是没水喝。他们一边寻找金矿，一边发着牢骚：“要是哪个给我一壶水，我给他一枚金币。”“哪个要是给我一杯水，我给他两枚金币。”

说者无心，听者有意。在一片抱怨声中，亚默尔一拍脑门，心说：发财的机会来了！

于是，亚默尔很快退出了淘金者队伍，把手中的铁锹换了一个方向，由挖黄金变成了找水源。一铲又一铲，他终于挖出了水源，经过细沙过滤，变成了清凉可口的饮用水。

一见到亚默尔挑着水桶、提着水壶走来，那些唇干舌燥的淘金者马上蜂拥而上，金币雨点般地一枚枚向他掷去。

当然，也有人嘲讽亚默尔：“我们跋山涉水为的是挖到黄金，你却是为了卖水，早知道这样，你何必到这里来呢?”

面对冷嘲热讽，亚默尔一笑了之。后来，很多淘金者两手空空地回到家乡，而亚默尔却靠卖水掘到了人生第一桶金。

这个故事告诉我们，头脑清醒的亚默尔及时调整了思维，牢牢把握住了命运的主线，那就是获得财富。其实淘金也好，卖水也罢，只要能够取得利益就行，又何必在乎手段和形式呢?

爱的姿势

●曹卫华

公路上，车辆像往日一样奔流不息，平静而忙碌。

忽然，一声长长的刺耳刹车声，紧接着，“轰“的一声巨响让空气瞬间凝固，一辆红色的小轿车被一辆大卡车撞翻，轿车刹那间扭曲变形，不成模样。

救援人员赶到后，迅速展开营救，经过半个小时的切割和破拆，终于在车顶开了一个口子，发现驾驶室狭小的空间里，一名男子斜身抱着一名女子，两人生死不明。医务人员立即上前查看，男子已无生命迹象，但女子被他紧紧抱住，无法判断是否存活。抢救人员只得继续破拆开足够的空间，才进入驾驶室，发现女子呼吸也已停止。他们试图想将两人分开，但丈夫的手臂牢牢地拥着妻子，怎么使劲也掰不开。

救援人员都忍不住哭了，他们决定再艰难也要将夫妻俩的遗体好好地取出，不能再让他们受到一点伤害。随后，他们征用了现场的两部大货车扩大救援空间，整个过程肃穆有序。经过30多分钟的努力，夫妻俩终被救出，当救援人员小心翼翼分开他们时，男子的手努力地蜷曲着，双臂仍倔强地保持着拥抱的状态。

第二天，当地报纸的醒目版位上出现了一则新闻：“致敬——死神面前，爱永不退缩”。

把困难当成垫脚石

●刘东伟

山上住着一位德高望重的大师，有一天，来了两个少年向他求教。大师喜欢清净，因此对收徒向来很严，他见两少年诚恳，便往下面一指，说："山坡上有一棵果树，你们一不许爬树，二不许摇树，三不许用杆子打，谁能把果子摘下来，我就收谁为徒。"

两少年顺着大师的手望去，见山坡上果然有一棵果树。去山坡上有两条路，左边的路非常平坦，走过去相对容易，右边的路崎岖不平，走起来则相对难得多。

大师说："你们俩谁先来?""我来吧。"说着，甲少年飞身顺着左边平坦的路跑了下去。很快，甲少年来到了树下，可是，他伸手试了试，最低的果子离自己也有半人高，即使跳起来也够不到。大师说过，一不许爬树，二不许摇树，三不许用杆子打，怎么办?甲少年原地跳了几次，又跑动着跳了几次，直到折腾了一身汗，才两手空空地回来了。

大师看看乙少年。乙少年躬身抱抱拳，说："请大师静候。"说着，乙少年也向山坡上跑去，不过，乙少年选择的是右边的路。来到果树附近时，乙少年搬起脚下的石头，抱到树下，然后又回来搬了几块。很快，石头垫到了半人多高，乙少年踩了上去，轻松地摘了一个果子回来。

甲少年呆呆地说："大师，这……这不算的，他取巧。""不，这不是取巧，而是人生的道理，平坦的路虽然好走，却不会成功，坎坷的路虽然难走，却可以摘到成功的果实。"说着，大师朝乙少年说："你留下吧。"

从此，乙少年跟随大师学艺，他学习认真，不怕吃苦，只用了五年时间就成为一个博学多才的人。走上社会后，乙少年虽然屡屡遭遇困难，但是，没有一次困难能把他摔倒，相反，他越走越高，最终成为一位优秀的企业家。

不要怕遭遇困难，困难就像一块块石头，只要将它们踩在脚下，你就会摘到人生的果实。

把自己变成财富

●常占国

一个男孩中学毕业时，听说很多同学都得到了家里给的礼物，有的得到了新衣服，有些出手阔绰的家长甚至还给孩子买了新车子。男孩很羡慕，于是他跑回家，问父亲可以给他什么礼物。父亲沉思了一会儿，默默地从衣袋里取出一枚硬币，然后放到他的手上。

男孩以为父亲在同他开玩笑，可是父亲却语重心长地对他说："你拿这枚硬币去售报亭买一张报纸，然后仔细地看看招聘广告栏，自己找一份工作吧。"

这个男孩，就是后来成为美国著名喜剧演员的戴维·布瑞纳。布瑞纳在成名以后，还念念不忘小时候父亲给他的那枚硬币。他说："现在看来，我的那些同学得到的只不过是一点点一次性的有限财富，可是父亲给予我的，却是可以让我受用终生的再生财富。"

无独有偶，台湾著名漫画家蔡志忠先生也有过类似的经历。在一次隆重的颁奖大会上，他在登台领奖时向与会者道出了自己成功的秘密，他说："我感谢我的父母——感谢他们没有为我做什么，感谢他们没有为我的未来做什么，感谢他们没有让我继承他们的事业……"

在这个以竞争求生存、谋发展的时代，我们所遇到的第一个竞争对手，其实就是我们自己。因为每一个人都是一座取之不尽、用之不竭的财富宝库，只有努力挖掘和发挥自身潜力，首先把自己变成"财富"，这才是一个人立世、发展和成材的根本。

变危机为商机

●陈　悦

成都市郊洛带古镇有一家很出名的小吃店“伤心凉粉”，到了这里的游客，都会来慕名品尝。这种凉粉的最大特色就是辣，在吃的时候人会冒汗，甚至会掉眼泪，鼻涕直流，因此店老板黄明就给凉粉起了一个好听的名字：“伤心凉粉。”而这个奇特的名字又帮他吸引了很多游客的好奇心。开业之后“伤心凉粉”的生意特别好，老板黄明也为自己迅速打开了销路而高兴。然而，有一天，他看到一个情景，感觉到自己的生意存在着危机。

那天，一个老太太来店里要了一碗“伤心凉粉”，她吃的时候，汗水、眼泪、鼻涕直流。来吃过的人都知道，吃完辣椒不可以喝热水，而老太太因为平时不怎么能吃辣，这时候就拿起随身携带的热水喝了几口，马上满脸通红，好像病了一样。黄明夫妻俩赶快把老太太扶到阴凉地坐下，歇息了一会儿，老太太才慢慢恢复了正常。

此后黄明开始思考一个问题：如果不加这么多辣，就失去了“伤心凉粉”的特色，可是，加到这样辣，有的顾客受不了，黄明陷入两难之中。

这时，他忽然想到了四川一种经典小吃——冰粉。凉凉的、甜甜的冰粉能够有效的缓解辣度。黄明兴奋不已，马上给自己的店里多加了一种新的食物，并起名“开心冰粉”。

游客吃完又麻又辣的伤心凉粉后，再来一碗又冰又甜的开心冰粉。不知不觉中，每人的消费量便从一碗变成了两碗。

就这样，黄明不但通过自己的聪明才智化解了危机，而且还为自己争取到更多的商机，赚得更大的利润。

别出心裁的创意

●段慧群

比利时布鲁塞尔有一座闻名世界的铜像，前来参观的外国游客都会遇到一件有趣的事情：人们都喜欢铜像中的小男孩朱利安，他曾经拯救了布鲁塞尔全城人性命，铜像塑造的是一个“撒尿的小男孩”的形象，非常可爱。令人奇怪的是铜像“尿”出的涓涓细流有一种芬芳醇香的气味，这是怎么回事呢？

曾经有一个嗅出香味的游客比较大胆，他挺身而出，亲口品尝。噢！清香扑鼻，沁人心脾！他告诉人群，铜像流出来的是味道纯正的啤酒。人们互相传递消息，纷纷前来当场痛饮，大家一边称赞一边打听是哪儿生产的。这条新闻被各国游客和记者迅速传扬，很快遍及欧洲。不久，人们终于知道，原来铜像“尿”出来的是比利时撒利尔啤酒厂生产的撒利尔啤酒。

其实，这是撒利尔啤酒厂精心策划好的。新啤酒一生产出来，老总和员工们就梦想着快速为其提高知名度。按常规，应该是拿出一笔广告费，到各大媒体打广告。但策划人员没有这么做，他们利用朱利安铜像这个世界名胜，让游客寻到香味，一经品尝便引起了广泛关注；许多人得知后，也都想品尝，但撒利尔啤酒厂仍不主动亮相，目的是吊大家的胃口；直到刨根问底的人终于找到了，撒利尔啤酒厂才闪亮登场，瞬间万众瞩目。

利用世界名胜，别出心裁地做广告，从而有效地借助新闻报道和游客之口传遍世界，这就是撒利尔啤酒的胜出之道。它的胜出再次证明：仅有梦想是不够的，还需要给梦想加上一个别出心裁的创意。

烧开一壶水的智慧

●邱　刚

一位青年满怀烦恼去找一位智者，他大学毕业后，曾豪情万丈地为自己树立了许多目标，可是几年下来，依然一事无成。

他找到智者时，智者正在河边小屋里读书。智者微笑着听完青年的倾诉，对他说："来，你先帮我烧壶开水！"青年看见墙角放着一把极大的水壶，旁边是一个小火灶，可是没发现柴火，于是便出去找。

他在外面拾了一些枯枝回来，装满一壶水，放在灶台上，在灶内放了一些柴便烧了起来，可是由于壶太大，那捆柴烧尽了，水也没开。于是他跑出去继续找柴，回来的时候那壶水已经凉得差不多了。这回他学聪明了，没有急于点火，而是再次出去找了些柴，由于柴准备充足，水不一会就烧开了。

智者忽然问他："如果没有足够的柴，你该怎样把水烧开？"

青年想了一会，摇了摇头。

智者说："如果那样，就把水壶里的水倒掉一些！"

青年若有所思地点了点头。

智者接着说："你一开始踌躇满志，树立了太多的目标，就像这个大水壶装了太多水一样，而你又没有足够的柴，所以不能把水烧开，要想把水烧开，你或者倒出一些水，或者先去准备柴！

青年恍然大悟。回去后，他把计划中所列的目标去掉了许多，只留下最近的几个，同时利用业余时间学习各种专业知识。几年后，他的目标基本上都实现了。

只有删繁就简，从最近的目标开始，才会一步步走向成功。万事挂怀，只会半途而废。另外，我们只有不断地捡拾"柴"，才能使人生不断加温，最终让生命沸腾起来。

不逃避责任

●唐宝民

约瑟夫是一名在纽约经营旅馆业的犹太生意人，十九世纪三十年代，美国保险业正处于上升时期，是很有前途的朝阳产业，约瑟夫意识到开一家保险公司会很有发展，但他个人没有足够的资金，于是就和另外三个生意场上的朋友共同出资，以股份制的形式成立了一家小型保险公司，是专门为火灾进行承保的，公司成立之后，几个人便分头通过各种途径找客户，经过一段时间的艰苦努力，终于使一部分客户向他们投保，公司经营开始走向稳定。

然而，就在他们打算扩大客户规模的时候，一件意想不到的事发生了，1835年秋天的一个下午，纽约发生了一场特大火灾，其中一个街区的商务大厦被焚，在里面办公的一百多家公司财务被烧毁，损失惨重，更不幸的是，这个大厦里面受灾的公司有百分之八十是他们公司的客户，刚刚向他们公司投入了火险保金，也因而，按照法律规定，他们公司要向这些受损的保户支付巨额的赔付金，还没有赚到钱就先赔款，这对于一个刚刚成立的保险公司来说，真是一个致命的打击。

另外三个合伙人都慌了，他们聚在办公室里开会商量办法，有一个人提出向法院申请破产，这样就能少赔一些，但后果是公司也不能再经营下去了；另两个人提出撤股。约瑟夫静静地听他们说着，等他们都讲完了，他说："我不同意走破产程序，如果你们三位想要退出的话，我可以收购你们所持的股份。"这正是另外三个人求之不得的结果，他们三人立即表示同意，很快办理了股份转让手续，这样，这家股份制公司就变成了约瑟夫个人的独资公司。

约瑟夫接手公司后，第一步先派手下的几个工作人员亲自上门访问受灾客户，统计损失，并核算应该赔付的金额，三天后，工作人员将统计数据报上来，约瑟夫一看，是一笔不小的数目，他把自己这些年的所有积蓄都拿出来，还差一部分钱，他便把自己经营了多年的旅馆转让了出去，打算用这笔钱来赔偿客户的损失。他的这一举动被报社知道了，便对他进行了专访，记者问他为什么不选择破产，而要倾家荡产来赔付客户损失呢，他回答说："既然当初收了客户的保金，就要对客户负起责任来，而且无论怎么困难也要想方设法兑现承诺，不能逃避责任。"报社用专版对他的这一举动进行了报道，他因此受到了社会各界的交口称赞。

一周以后，他凑齐了所要赔付的资金，便在遭受火灾的那个大厦楼前的广场上现场办公，所有受损失的保户，都得到通知前来领取赔偿金，各家新闻单位也纷纷到现场进行采访，给予了报道。

付完赔偿金以后，他手头就没有什么钱了，但不久，就有很多人主动找上门来，要求在他的公司投保，这些人不仅限于纽约，还有周边其他各个州的，而且范围越来越大，一年以后，美国各个州都有了他的客户，他的公司业务量大增，三年后就由一个小型保险公司一跃而跻身美国保险业的前四名。之所以如此，是因那次火灾的原因，在那次火灾事故中，他的诚信让人们对他产生了安全感，树立起了良好的商业形象，更重要的是，通过那次大张旗鼓的赔付行为，使原本名不见经传的小公司一下子声名远播，成了美国尽人皆知的著名公司，他等于用赔偿的钱为自己打了一个漂亮的广告。

缠住章鱼的是自己的手臂

● 夏爱华

一位刚刚大学毕业的年轻人，步入社会后感到无比彷徨。他向心理医生倾诉自己内心深处诸多的烦恼。没有考上研究生，心理上非常失败。求职的艰难，甚至使他丧失了生活下去的勇气。漂亮的女朋友应聘到一家人才云集的大公司工作，很可能会移情别恋，弃他而去……

心理医生把他的烦恼一一写在纸上，然后进行客观冷静的分析。分析的结果是，其实他真正的烦恼并不多。他问，难道我在无病呻吟？心理医生微微点头，对他说，你见过章鱼吧？年轻人茫然地点点头。

心理医生说，有一条章鱼，在大海中，本来可以自由自在地游动，寻找食物，欣赏海底世界的美丽景致，享受生命的丰富情趣。但它却跟自己较劲儿，找了个珊瑚礁，一头扎了进去。面对动弹不得，进退艰难的窘境，他痛苦地大声呐喊着述说自己心底的绝望……

年轻人若有所思，说，您是说我像那只章鱼？嗯，确实很像。

心理医生继续说，当你陷入烦恼的习惯性反应时，记住你就好比是那条章鱼。要松开你的八只手，让它们自由游动，你才会感到快乐。缠住章鱼的是你自己的手臂，而不是珊瑚礁的枝丫。

年轻人豁然开朗，说，我明白了。其实我的人生灿烂美好，是我钻进了牛角尖，不肯出来。其实，一个人，只要努力，一定会事业有成的。至于爱情，如果我们爱得真挚，那么，无论她在哪里工作，我们的爱情都会一直存在，花开艳丽。

年轻人高高兴兴地走了，浑身充满力量。他的眼前，锦绣前程如画般铺开，心灵的重负卸去，轻装前进的他，心中充满了自信。

生活中的每一天，烦恼都如影随形，在我们心中萦绕。如何排解烦恼，让心灵的芳草地永远充满阳光，春暖花开，是一个问题。居里夫人曾这么说过："当我像陀螺一样高速旋转时，自然就排除了所有烦恼。"可以这么说，面对烦恼，伟大的科学家居里夫人用工作去应对。每天拼命工作，烦恼就无隙可入。

有位名人说过，怀着忧愁上床，就是背负着包袱睡觉。当白天我们忧愁的时候，夜晚的梦境也是郁闷的。其实，人生的烦恼有90%以上是虚构的，它只存在于自我想象中，往往不会真的出现。总是背负着烦恼这块巨石是很疲劳的，精神也不会快乐。所以生活中我们要多考虑快乐，少琢磨烦恼。当快乐和幸福装满生活的时候，烦恼必然无处可藏。

缠住章鱼的是你自己的手臂，而不是珊瑚礁的枝丫。人心很容易被种种烦恼和物欲所捆绑，那都是自己把自己送进去的，是自投罗网的结果。

其实，一条自由的章鱼，松开自己的手，在海底轻快地舞蹈，自如地游动，是多么幸福。也就是说，一个人的人生也是一样。欲求越少，快乐越多。当自由的灵魂于天地间自由飞翔，那才是极致的快乐。当一个人在阳光下自得其乐地生活，才是一个真正意义上的幸福的人。

成功就是下一跳的失败

● 金香郁

前不久，乌克兰的顿涅茨克在洋洋洒洒的飞雪中，迎来了世界撑杆跳高室内赛的盛典。虽然已是春天，但顿涅茨克的寒风依然狰狞。一大早，体育馆内就已座无虚席了，人们都在交头接耳谈论着一个人，她是人们冒着严寒来到这里的唯一理由。

她，今年 29 岁，在体育场上虽然“年事已高”，但在人们眼中她却是一颗跳高赛场上的“常青树”。这位曾经的王者，在阔别赛场一年后，她再次撑起了跳杆，这一次，她能否延续辉煌呢？看台上的观众在期待中为她忐忑不安。人们都认为“急流勇退”是功成名就后的明智之举，否则“晚节不保”。如果这次失败了，她的辉煌也许就此终结，毕竟她在赛场上的青春已经不再。

比赛开始了。她朝着欢呼的观众挥了挥手，那一弯挂在嘴角边的微笑，和几年前第一次刷新世界纪录时一样，还是那样的清晰。头两个小时，她没有参赛，静静地坐在看台上，看着其他选手比赛。

到了最后一节，她上场了。看过前面选手的比赛成绩后，她微微一笑，向裁判员示意首跳就要了 4 米 60。远远地站定后，助跑、撑杆、起跳，她轻轻地掠过了横杆，整个过程是那样的流畅、完美。观看席上响起了热烈的掌声……

第二跳开始了，她要了 4 米 75 的高度，显然这个高度远在她的记录之下，她再次跳过了。第三跳会选多高呢？4 米 8 吗？人们暗自忖度着。这次她要了 4 米 85 的高度。如果她能跳过这个高度，她就是冠军了！霎时间，全场寂静无声，人们屏住呼吸等待着她的最后一跳。助跑、撑杆、起跳，她身轻如燕，在掠过横杆时尖叫一声，然后一个前滚翻站在了垫子上，她成功了！热情激动的观众全场起立为她完美的演出而鼓掌。很完美，三跳夺冠，简直就是传奇！她应该退出了……

但令所有人吃惊的是，她没有退场，她又向裁判示意要了5米01的高度，她要再跳一次。沸腾的体育馆瞬时间静了下来，人们都为她捏了一把汗，5米01将是一个新的世界纪录，如果失败了就会给她的复出留下遗憾，完美的三跳夺冠的传奇也不复存在了。

她双眼注视着5米01的标识，嘘了一口气。最后一次机会了，她助跑、撑杆、起跳一气呵成。遗憾的是，在最后收脚时，右脚碰到了横杆，横杆掉了下来。全场一片叹息，她向观众致意后退场了。

领奖后，她接受了记者的采访。有记者问："你如何看待今天复出的表现?"她定定地说："很完美！我比较满意!"记者不解地说："你最后一跳失败了，你不觉的遗憾吗?"她笑了笑说："我有个习惯，我喜欢用最后一跳的失败来宣告成功。对我来说，成功就是下一跳的失败……"

她，就是俄罗斯撑杆跳高名将伊辛巴耶娃，一个27次打破世界纪录、并保持世界纪录的传奇式运动员。她收获了作为一个运动员的最高荣誉，她满身光环，但她从不自满，她把成功定义为下一跳的失败，不断挑战，永不停歇，在她身上，成功和失败融为一体了，也许这就是伊辛巴耶娃横扫跳坛的杀手锏。

但愿人生不如棋

●雪含冰

常听人说“人生如棋”这句话，老话套话浑不在意。一天灯下闲坐偶又想起，忽然觉得大有意思。细想这人生果真如棋，而且只有一局，一步走错满盘皆输。你的地盘你做主，你自然就是当仁不让的元帅，你所在率领的象、士、车、马、炮，就好像是你人生路上的一些占据重要位置的人物，父母妻儿情人朋友，大抵如此吧。即便是那五个不起眼的小卒，也许是你生活中并不太依赖的相知熟人或者同事，但说不定关键时刻也能助你一臂之力。

开弓没有回头箭，人生一开始，你的一盘棋就开始了。你的对手，可以视如你自己的命运，或者再具体的说是在你人生路上遭遇的种种磨难坎儿，或者更具体一点说就是那些给你设置种种磨难坎儿的各色人等，棋一开局就是一场战争，一场搏杀。或许看不见硝烟弥漫，但却杀机重重。有时候看似波澜不惊，却隐见危机四伏。棋路险峻如人生在途，输赢只在一念间。

人生如棋，小小一个棋盘即是一个缩小了的战场。试想人生又何处不战场？考场如战场，商场如战场，职场如战场，情场如战场。一段人生，一场永无休止的战斗，厮拼之下胜负永无定数。大智慧者大赢家，小智慧者小赢家，即便是一个人生的失败者，也是在这场看不见硝烟的战场上冲撞厮杀，付出了毕生的精力和代价。

年轻气盛血气方刚的时候，最欣赏的几句话就是“与天斗其乐无穷，与地斗其乐无穷，与人斗其乐无穷。”天地之间横刀立马唯我独尊，兵来将挡水来土掩，怎一个傲字了得！痴长几岁后才有点幡然醒悟，与天斗是愚蠢，与地斗是傻瓜，与人斗是疯子。

忽又想到，那些人生的成功者大赢家又怎样，一生拼搏难免遍体鳞伤，即便自己人生棋盘上的士象车马炮，都为你冲锋陷阵牺牲自己，为了考学父母借贷，为了工作舍弃亲情，为了爱情抛却家庭，为了业绩得罪同僚朋友，拳打脚踢开创事业，埋伏多少暗桩蒺藜。到后来希望得到的都得到了，但是代价太大了。生活中不乏这样的例子，多少所谓的事业成功者，到头来落得一个孤家寡人下场，穷得只剩下一堆钱。

但谁又能领悟个中真谛？凡当局者谁不想赢棋？连个和局都不愿。却也有生性平和者，笃信平平淡淡才是真，人生路上少与人争锋，寻常日子寻常过。不与天斗曰四季常有，不与地斗谓顺其自然，不与人斗说忍为胸怀，退一步海阔天空。你大鱼大肉烦恼重重，不如我粗茶淡饭坦然自若。你哭着坐车我笑着走路，孰悲孰喜，孰乐孰愁？即便如此也终不能逃脱人生如棋的宿命，只不过把一切看淡一些罢了，但就这看淡一点已经大不容易。幸福是一种感觉，说的人多，懂得的人少。

人生三杯酒，流年一盘棋。

但愿人生不如棋。事所不能，和局也是一种境界。

动起来才有可能

●郭 龙

上个世纪七十年代的时候，法国遇上了严重的经济危机，尤其是巴黎，好多人失去了工作。由于巴黎有完善的社会保障体系，这些人失去了工作再也不愿意找工作，因为光靠社会的福利保障就能维持基本的生活，因此巴黎街上一下子出现了好多流浪汉。

为了鼓动这些流浪汉重新回到工作中去，政府可谓是费尽了心机，设立了专门给失业者推荐工作的社会机构，免费请专家培训失业者的劳动技能，邀请成功人士给这些流浪汉做报告，可是让政府头疼的是这些举措一点效果都没有。

就在政府官员失望的时候，有一个企业家找到政府工作人员说他想给这些流浪汉做一次演讲。不等政府工作人员开口询问，他就自我介绍道他在三十岁以前一直穷困潦倒，也是一个流浪汉，现在经过十几年的打拼，他已经成为了令人注目的大企业家，因此他对这一次的演讲很有把握。

政府的工作人员答应了他的要求并提醒他道："这是一群已经在坏习惯里泡得太久的人了，他们已经不容易被别人打动了。如果你的演讲在他们当中没有太大的反响的话，请你千万不要介意。"这个企业家微微一笑说道："我当过流浪汉，我知道怎么点燃他们每个人的梦想。"

演讲如期开始了，政府工作人员找了好多流浪汉来听企业家演讲。果然当这个企业家开始讲自己的奋斗历程时，台下那些政府工作人员好不容易请来的流浪汉一点反映都没有。可是企业家毫不介意，他向这些流浪汉问道：“你们中间有谁走完了巴黎所有的小区?”有几个人懒洋洋的举起了手。“那么你们还有谁去过巴黎最高级的小区?”企业家又问道。没有人回答，有几个流浪汉甚至已经睡着了，甚至发出了鼾声。

企业家又问道：“如果我现在让你们站起来你们愿意吗?”很多流浪汉依旧懒洋洋的坐在椅子上，只有十几个流浪汉慢悠悠地站了起来。

企业家说道：“好，请站起来的人弯腰看一看你周围椅子的下面，看看能找到什么?”其中几个站起来的人弯腰朝下看去，他们马上变得身手敏捷起来，不停的在从椅子下面捡着什么。其他的人看他们在捡着什么，也开始向下看，天哪，在椅子下面，竟然有好多钱，有五法郎的，有五十法郎的，甚至还有一百法郎的。有许多坐在椅子上的流浪汉还没有来得及站起来，钱就被别的流浪汉捡完了，他们后悔不已。

这时候企业家示意大家都安静下来，他接着说道：“就像我在你们的椅子下面都放了钱一样，巴黎现在充满了机会，可是你坐着不动机会永远是不会找上门的。而你动得太晚，你的机会就有可能被别人捡走了。”企业家停了停又说道：“成功没有别的秘诀，只有两点，一是让自己赶快动起来，二是别让别人在前面抢走了你的机会。”企业家说完了这番话，也结束了自己的演讲。企业家的一番话，说的所有的流浪汉都低下了头，仿佛都考虑着什么。

这是巴黎最成功的一次演讲会，据政府官员统计到会的百分之八十的流浪汉都走上了社会，重新找到了工作。而在这一批流浪汉的带动下，巴黎的流浪汉逐渐减少了，巴黎的经济也慢慢开始复苏。

机会永远都是存在的，要想获得机会，就必须动起来。否则，即使是藏在你椅子下面的机会也会被别人抢走的。

做你自己

● 郭斌泉

有人说，一千个读者有一个千个哈姆莱特，是不是人物哈姆莱特在变化呢？当然不是，是因为读者不同，观点当然也就会有所不同。实际上，人与人之间永远都不可能相同，总是会存在诸多差异。这不足为奇，否则，又怎么能组成这个千差万别的世界呢？

有的人总是在模仿中度日，有的人总是觉得自己不够完美，有的人总是认为自己毫不重要，也有的人因为自己不能实现理想而自暴自弃，甚至对自己失望。其实大可不必。有人曾说：世界上找不出两片完全相同的树叶。那么，你有没有想过，人世间存在完全相同的两个人吗？答案是没有。也就是说，作为一个人的存在，你是独一无二的，别人无法替代你的存在。世界之所以五彩缤纷，多姿多彩，正是因为无数个不同的你我所促成，假如，大家都是一个模样，一个性格，没有区别，试想，那样的社会还会有今天这么丰富多彩吗？不言自明。

当你整日沉浸在幻想中不能自拔时，当你在为自己没有美丽的容貌而烦恼时，当你在为自己的性格不太鲜明而痛苦时，你有没有想过，倘若这一切都得到解决，你就一定会幸福，一定会开心吗？未必，因为那时的你未必就是真正的你。

没有美丽的外表，我们依然可以活得精彩，过得开心，我们同样能够实现我们的抱负与理想，朱元璋长相奇丑，可是却做了皇帝；战国时期的门客毛遂地位低贱，性格也不是特别突出，然而他却因为自荐并最后完成任务，留下“毛遂自荐”的佳话。

人生没有十全十美的事情。即便如此，我们也没有必要失望，悲观，伤心，因为你是独一无二的，做你自己吧，因为你也能成为一道亮丽的风景，你也能成就自己的辉煌。

关心是一把钥匙

●贾　乙

有这样一则寓言：一把坚实的大锁挂在门上，一根铁棒费了九牛二虎之力，还是无法将它撬开。这时，钥匙来了，它瘦小的身子钻进锁孔，只轻轻一转，大锁就“啪”地一声开了。铁棒奇怪地问：“为什么我费了那么大的劲也打不开，而你却轻而易举就把它打开了呢?”钥匙说：“因为我最了解它的心。”

其实，每个人的心，就像上了锁的门，再粗的铁棒也撬不开。惟有关心，才能把自己变成一把细腻的钥匙，进入别人的心中，了解别人。关心是什么？很难说。它无影无踪，但又无处不在。它或许是母亲节的一枝康乃馨；或许是病榻旁的一个金橘；或许是寂寞时听你倾诉衷肠；或许是身处他乡时的一声问候……

人心是很容易满足的：一个关爱的眼神，一句关心的话语，可以使内心空虚的人感到充实；一个真诚的微笑，可以使身处寒冬的人感到明媚的春天……

关心别人是一种豁达的人生态度，一种善良的德性也是一种难得的大家风范。它构筑在对生活和生命的深刻体验之上，是对别人的理解与宽容的表达，也是自己的美德与成熟的外现和佐证。

关心别人不是讨好，不是恭维，而是一种客观的肯定，一种爱心的自然流露，一种不计回报而又恰当的给予。

关心的本质和物质无关，也不在于辞藻的华丽，而在于真心真情的表露。所以，一个不易察觉的眼神，一个微乎其微的动作，就能使人感到你的关心之意，从而对你溢满感激之情。

关心别人，也就是关心自己。不懂得关心别人的人，他同时也在拒绝别人的关心。也可以这么说，不懂得关心别人犹如有笔财富你却不会享用，有笔资金却不懂投资。

每一个生命的个体都需要被重视，被欣赏，被呵护，所以我们都需要被关心。多一份关心，心灵就多一份慰藉，生活就多一份舒展，生命就多一份自信和温暖。

更多的时候，关心只是一种感觉，是人与人之间不经意的感情流露，是一种无法描述的心灵之约。

被别人关心是一种幸福；关心别人，也同样是一种幸福。学着去关心你身边的那些熟识的或不熟识的人吧，如果你做到了，你得到的将不仅仅是别人的关心，更是绵绵不尽的爱。

关心是一把钥匙，学会去了解别人，去关心别人吧，这样，无论你走到哪里，都会遇到熟悉的眼睛和绚丽的风景。

好消息坏消息

●梅香生

从前，有一群印第安人被白人追赶，他们的处境十分危险。由于情况紧急，酋长将所有的族人召集在一起谈话。他说："我们的处境很不妙，我这里有一个好消息，还有一个坏消息。"族人中间立即出现一阵骚动。酋长说："首先我要说的是一个坏消息，除了水牛的饲料外，我们已经没有什么东西可吃了。"大家听了这个消息后，都感到很悲观。突然，一个勇敢的人发问："那么好消息又是什么呢?"酋长回答："那就是我们还有很多水牛饲料。"

仔细想来，这个酋长所说的坏消息和好消息都是一个消息，并没有什么不同，但不同的是对其所抱的态度。如果乐观地看，它就是一个好消息，如果悲观地看，它就是一个坏消息。

生活中，我们常常碰到这样的情况：因为对待问题的态度不同，结果便大不一样。对待同样的问题，有的人乐观去看，从问题中看到另一面，从而找到解决问题的方法；有的人悲观地看，把问题看得特别严重，进而无所作为，无法战胜困难。过去我们常讲："困难像弹簧，你强它便弱，你弱它便强。"这是有道理的。

我们单位有一个刚招录的公务员，在一次出国考察时由于所带的资料丢失，无法完成交流任务。眼看考察时间就要完结，同行的考察人员都很悲观，准备回国挨批。但这位年轻人不服气，想办法找到当地领事馆和华人社团求助，硬是补齐了各种材料，最后使考察团顺利完成了考察任务。

看来，对于一个乐观向上的人而言，永远没有坏消息。

生活不如意和困难总会时时遇到，只要我们保持乐观态度，就一定会有不一样的收获。让我们做一个乐观向上的人。

华盛顿的“拳头理论”

●陈甲取

1754年，时年22岁的华盛顿还是一名上校军官，有一次，适逢弗吉尼亚州的议员选举，华盛顿为他所拥护的候选人摇旗呐喊。就在一切进行得如火如荼的时候，有一个名叫威廉·佩恩的人却到处发表演说，公然与华盛顿唱起了反调。

一天，华盛顿与佩恩展开了一场激烈的争论，就在两人针锋相对、互不相让时，华盛顿在情急之下脱口骂了几句脏话。佩恩觉得自己受到了侮辱，当即火冒三丈，挥起拳头狠狠地将华盛顿打倒在地。

华盛顿的部下群起激愤，拥上来准备教训佩恩一顿，华盛顿却劝说他们返回营地，阻止了动乱。次日，佩恩收到华盛顿托人带来的便条，请他到当地的一家小酒馆会面。佩恩正在为昨天的冲动后悔不已，他想华盛顿一定怀恨在心，肯定要与他进行一场生死决斗。当佩恩硬着头皮来到小酒馆时，令他出乎意料的是，迎接他的不是冰冷的手枪，而是盛满美酒的酒杯。

“佩恩先生，”华盛顿诚恳地说，“我只是一介凡人，难免会犯错误，我不该冒犯您，我向您道歉，希望能得到您的原谅。而您也用热血的拳头提醒了我，我的部下让我用拳头还击您，而我却坚持拳头不是用来还击的，而是用来与朋友握手的。如果您愿意将怨恨一笔勾销，那么，请握住我的手，饮下这杯甘甜的美酒——让我们成为好朋友！”

华盛顿的“拳头理论”让佩恩当即热泪盈眶，他没想到华盛顿不但没有怪罪于他，反而诚恳地向他伸出了橄榄枝。于是，佩恩惭愧地说："应该是我来请求您的宽恕才是。"说完，紧紧握住了华盛顿的手，然后端起酒杯将美酒一饮而尽。从那以后，佩恩成了华盛顿狂热的崇拜者和铁杆的支持者。

当我们受到别人的攻击后，不妨想想华盛顿的"拳头理论"，要记着拳头不是用来还击的，而是用来与朋友握手的。这样，您在与人交往中，就会少一些敌人，多一些朋友。

机会离你有多远

●李方亮

在生活中，我们常常感叹着自己的怀才不遇。可能每天都过着平凡的上班族生活，说自己没有一个机会来施展才华。我们还常常眼红着那些已经拥有成就的人。其实，我们总是忽略他们背后的魄力与勇气，敏锐与发现的眼光，以及艰辛的奋斗。如果我们再仔细地回忆一下，就会发现，我们也曾离那个机会是那么的近，近到几乎可以抓住了，只不过我们那时候不敢或者懒得伸出那只手。

我记得英国著名的小说家艾略特有一句话写的非常好："生命巨流中的黄金时刻转瞬即逝，除了沙砾之外我们别无所见；天使前来探访，我们却当面不识，失之交臂。"这或许也是我们生活的一种状态。还记得当年旅游业刚刚起步的时候，一家破产的旅行社要拍卖，谁都不要。那时候旅游业刚刚起步，谁也不敢说市场的好坏。但是表哥没有多少的考虑，甚至借钱把这家旅行社给买了下来。那时候家里还有人劝说他不要冒这个险。其实那时候表哥并不知道国内的旅游市场会怎么发展，他只是感觉到这是一个创业的好机会，于是就紧紧地抓住了。并且大力整改，艰苦奋斗。随着国内旅游市场的不断发展，业务也越来越多，最后发展成了一家颇具规模的旅行社。

我曾经问过我表哥的同学，他们说他们那时候都找好工作了，更倾向于做一个稳定的工作。那时候也有很多像这样的机会摆在他们面前，甚至就是送到了他们嘴边。但是他们最后还是轻而易举地拒绝了。大多时候就是这样，机会并不是一个主动的东西，有时候甚至是一个让你害怕的东西，但是这东西也是助你成功的东西。

生活中的每一个机会都离你是那么的近，近到你一转身就可触及。却不知道这是机会或不愿抓住。这就需要我们不断地去发现机会，抓住机会，放开心胸，勇往直前。这就是人生的魅力，人生的魅力加上一双机会的翅膀，就可翱翔蓝天。

简单的智慧

●张 前

“四肢发达，头脑简单”几乎是众人皆知的一句话。从这句话上判断，好像总是把事情想得最复杂的人才是最聪明的人。但，现实果真如此吗？看了下面几则故事，我想，你的看法也许会有所改变。

日本有一家企业生产圆珠笔，投放市场后，笔芯中的油墨没用完圆珠就坏了。为此，厂家请来专家对圆珠质量攻关。可是效果都不理想，生产陷入了困境。后来这家企业的一名操作工解决了这个令专家都束手无策的难题。他的方法很简单——将笔杆截去一段。这样，圆珠报废时，油墨正好用完了。企业终于走出了困境，赢得了广阔的市场。

美国旧金山的金门大桥横跨金门海峡，大桥建成通车后马上遇到了一个堵车的难题，后来有个人想出一个简单的解决办法：将原来的“4＋4”车道改成了“6＋2”车道，上午左边车道为六道，右边车道为二道，下午则相反。如此安排，便适合了上下班车流的需要，拥堵问题马上得到解决。

柯特大饭店是美国加州圣迭哥市的大饭店，为了扩建新电梯，老板犯了难：若要施工，饭店得歇业半年。他正在犯愁时，一位清洁工随口说出的一句话，让他茅塞顿开——“如果我来做，会把电梯装在屋子外面。”从此，世界上有了屋外的电梯。

世界上原本就没有太复杂的事情，之所以复杂，都是人为造成的，就像路边的一棵树，看得简单些，它无非就是一棵树而已，可是如果一定要把它放大无穷倍，那就是许多的枝，然后再是无数的叶子。最美的艺术品总是最简洁的，最有分量的文章也是最薄的。这需要我们凡事找规律，去伪存真，去粗取精，由此及彼，由表及里，在真正掌握问题本质的基础上，以效率和效果为出发点，力求简单的解决问题，倘若把事情搞复杂，很多事情都会难以解决。美国哲学家梭罗有句名言："简单点，再简单点!"看似简单的一句话，其实告诉我们一个深刻的道理：学会把复杂问题简单化，才是一种大智慧。

叫醒你的是什么

●郭　龙

杰克是美国纽约一家公司的主管，由于经济危机的影响，因此杰克的薪水一直很低。虽然是公司的主管，可是由于公司规模很小，只有十几个人，因此大大小小的事都需要杰克自己亲自去做。杰克每天早晨六点多到公司，晚上八点多了杰克还在公司加班，有的时候甚至十点多了杰克还在公司赶第二天的项目。

工作的劳累不算什么，可是让杰克难过的是自己对这一份工作已经没有了信心，每天的工作仅仅是为了那一份微薄的薪水。

终于有一天，杰克再也受不了这样的生活了，杰克请了假，去了一个风景区散心。风景区有一处是钓鱼的地方，杰克很喜欢钓鱼，于是杰克买了鱼竿坐了下来，开始钓鱼。烦躁的杰克钓了足足一个多小时，可是没有什么任何收获。

坐在杰克旁边是一位老者，老者穿着很朴素，可是老者却在一个小时的时间里钓了很多鱼。老者主动开口与杰克说话了："年轻人，在想什么呢，这么烦躁？"

杰克本来不想说话，可是又想既然是出来散心的，那就说说也好。于是杰克对这位老者说了自己工作上的不如意：工作很累，可是却没有任何成就感，而且薪水也低，更要命的是自己已经厌倦了这工作。

老者默默地听着，等杰克说完的时候，老者又问了一下杰克公司的情况，然后对杰克说道："每天早晨叫醒你的是什么？"

杰克一下子愣住了，杰克不明白老者是什么意思，杰克想了想说道："每天回来都很晚了，第二天早晨都很累，叫醒我的当然是闹钟了。”

老者摇了摇头说道：“这就是为什么你会感到工作累而且没有希望的原因，年轻人，你觉得每天叫醒你的应该是什么呢？”杰克想了想，还是不明白什么意思，杰克满脸疑惑地看着老者。

老者说道：“年轻人，每天早晨叫醒你的应该是梦想，而不是闹钟。”杰克一下子愣住了，半天了才明白过来，是呀，为什么自己会这么累，很重要的一个原因就是因为自己一直在为那些微薄的薪水而工作，而不是在为梦想努力。

杰克想起了大学毕业的时候，自己曾经立志要成为一个优秀的销售专家，可是现在却在一个小公司里混日子……杰克想到这里的时候，再也坐不住了，杰克马上回到了家里，然后写好了一份辞职信，并且开始找适合自己的销售工作。

一个月后，杰克找到了一份销售工作，虽然薪水比原来低很多，可是杰克却干得很有兴趣。一年后，杰克成为一家大公司的销售主管，三年后，杰克成了著名的销售专家。

叫醒你的是什么？如果是闹钟，你仅仅是在为一份工作而工作，可是如果叫醒你的是梦想，那么你在为梦想努力。为工作而工作，你收获的只是一份微薄的薪水，如果叫醒你的是梦想，那么最终你的梦想就会实现。

流传百年的诚信

● 黄建如

上海外白渡桥是我国第一座全钢结构的桥梁，是上海外滩的标志性建筑之一。2007 年岁末，一封寄自英国一家名叫华恩设计公司的信函飞到了上海市政工程管理局领导的案头。信中说，外白渡桥当初设计使用期限是 100 年，于 1907 年交付使用，现在已到期，请注意对该桥进行维修。这家设计公司还为上海市政工程管理局提供了当初大桥设计的全套图纸。这些图纸经历了百年沧桑，依然保存得完好如初。图纸是用手工绘制而成的，但线条工整，每一个数据、每一个符号，都不差分毫；设计师、审核人、校对员、绘图人的姓名都一目了然，清清楚楚。

正是有了英国这家大桥设计公司的郑重提醒，上海市的有关部门这才如梦初醒，原来大桥已是“百岁高龄”的垂垂老者，需要给它来一次全面“体检”和维修。英国设计公司保存完好的设计资料，也为外白渡桥的维修提供了完善、充分的科学依据，否则后果不堪设想。

穿越了百年时光隧道，当初这座大桥的设计施工者早已作古，这家公司也不知经历了多少风雨变迁，机构几经变化，人事几经更迭，对于他们售出百年的“产品”，完全不再需要承担任何责任。然而，只要公司存在，诚信就在。他们始终关注着自己的产品，没有忘记在遥远的中国，为他们前辈设计的桥梁作最后的提醒。

这封沉甸甸的来函，不禁令人沉思。我们是一个有着五千年文明史的国度，曾经信奉“民无信不立”，但是，在工业化浪潮席卷而来的今天，诚信危机已成为备受关注的社会问题。我们的身边不乏这样经营者，为了最大程度地让顾客钱包里的钞票转入自己的钱柜里，往往在“售前服务”上施展浑身解数，密集轰炸的广告，眼花缭乱的赠品，光怪陆离的优惠，不容置疑的承诺……然而，一旦钞票到手，就算大功告成，承诺也被视为儿戏；甚至有的不惜铤而走险，坑蒙拐骗，做“一锤子”买卖……

诚信是一种道德，诚信是一种智慧，诚信是企业基业常青的基石。但愿我们的企业都能像英国的那家设计公司那样，将诚信的火把坚定地传下去，流传百年，流传万年。

蚂蚁战胜洪水的启示

●石 兵

美国是一个洪水频发的国家，每年的洪灾都会带来极大的损失，洪水所到之处满目疮痍生灵涂炭，令人谈之色变，同时也给许多动物带来了灭顶之灾。

但是，有一种蚂蚁却在无数次洪水的冲击中生存了下来，它甚至还借助洪水四处繁衍，从二十世纪初从南美大陆跨洋过海来到美国至今，它已在全美12个州超过1亿公亩的土地上站稳了脚跟。那么，是什么力量让蚂蚁这种弱小生物在洪水面前毫不畏惧并且能成功脱险呢?

这种蚂蚁有一个相当有意思的名字——火蚂蚁，从这个名字来看，它仿佛生来就是与水对立的，而在与洪水的斗争中，它们更是爆发出了惊人的智慧，并拥有了一套行之有效的方法，能在与洪水的战争中总是立于不败之地。

其实，火蚂蚁抵抗洪水的方法并不复杂，但要成功完成却需要非同一般的勇气与协作精神。每当洪水来临时，火蚂蚁们会在两分钟之内制造出一个“救生筏”，而“救生筏”的原材料就是它们的身体，火蚂蚁们会相互“手挽手”聚集在一起，借助体毛形成的一层空气膜，让“救生筏”的密度低于水的密度，从而能够漂浮在水面，在随洪水漂流的过程中，每一只火蚂蚁都紧紧拥抱着伙伴，众志成城永不言弃，直到洪水退去平安到达土地上它们才会散开。

美国佐治亚理工学院的工程学教授大卫·胡和研究生内森·米洛特曾对火蚂蚁进行过深入研究，他们对火蚂蚁的智慧表示出了极大的震惊，他们说："蚁群展示的智慧令我们震惊，面对滔天的洪水，很难想象这些微不足道的小东西竟然能够作出如此科学有效的自救措施，我想，我们人类应当向它们学习。"

蚂蚁战胜洪水，这个看似不可能完成的任务就这样成为了现实。这些小小的蚂蚁带给了我们深深的思考，试想一下，如果我们也能依据自身特点，凝聚集体智慧，团结协作不离不弃，那么我们就没有战胜不了的困难。

这是你的船

●佚　名

以前看过这样一则故事：迈克尔·阿伯拉肖夫原本是美国导弹驱逐舰“本福尔德号”的舰长，1997年6月，当迈克尔·阿伯拉肖夫接管“本福尔德号”的时候，船上的水兵士气消沉，很多人都讨厌待在这艘船上，甚至想赶紧退役。但是，两年以后，这种情况彻底发生了改变，全体官兵上下一心，整个团队士气高昂。“本福尔德号”变成了美国海军的一支王牌驱逐舰。

迈克尔·阿伯拉肖夫用什么魔法使得“本福尔德号”发生了这样翻天覆地的变化呢？概括起来就是一句话：“这是你的船”！迈克尔·阿伯拉肖夫对士兵说，这是你的船，所以你要对它负责，你要与这艘船共命运，你要与这艘船上的官兵共命运，所有属于你的事，你都要自己来决定，你必须对自己的行为负责。从那以后，“这是你的船”就成了“本福尔德号”的口号，所有的水兵都觉得管理好“本福尔德号”就是自己的职责所在。

现在我们假定你是“本福尔德号”上的一员。不管你是船长还是水手，是机械师还是船舱底下的司炉工，我想你该怎样对待你的工作岗位呢？你是不是有责任、有义务照管好你的“本福尔德号”？其实，不需要其他的理由，因为这是你的船。

今天怎样理解“我与企业共命运”的深刻含义，我觉得这个故事很有借鉴意义。既然选择为企业工作，你就是企业的一员。同样，不管你是检修工还是运行工，你是会计还是出纳，也不管你是专责还是主任，哪怕你仅仅是一名门卫，或者是清洁工，这些都无关紧要，最重要的是你在企业这条船上，你必须和企业共命运。因为企业就像一条在大海上航行的船，我们要对这条船负责，更要对这条船充满信心。因为，企业这条船如果在风浪中倾翻了，船上所有人的利益都要受到损害，这是一个共同体，“一荣俱荣，一损俱损”。

不可否认，在任何时候，在企业这条船上都会有两种人：

一种是“主人”，这些人只有一个共同的任务和目的：把自己的工作做到最好、最正确，并且尽力的协助同伴，共同协助企业，努力将这条船安全平稳地驶向目的地。他们明白，企业的兴亡是每一个员工的职责，只有同舟共济，才能使船顺利驶向成功的彼岸。

一种是“乘客”，这些人对企业的态度就会发生根本性的变化。一旦企业这条船出现问题，他们首先想到的是自己如何逃生，而不是想办法解决问题，克服困难，渡过难关。

那么，我们应当做哪种人呢？

答案是肯定的，要与企业共命运，就是因为这是你的船，在这条船上，你是主人，而不是乘客！

也许有人会说，你只不过是一个普通的劳动者，说你是企业的主人，只是高抬你了。管理企业，驾驶航船，那是领导和船长的事情，作为一个普通的工人，你凭什么与企业共命运？你又拿什么与企业共命运？

这些话听起来似乎也有道理，但却忽视了一个基本的事实，岗位有高低，人格无贵贱。我们干一件事情，干一项工作，关键是要对得起自己，对得起企业，要尊重自己的岗位，要有做人做事的原则，把自己分内的事情干好，在此基础上去尽量帮助别人，为企业尽到自己的责任，这就足够了。的确，对于企业的大多数员工来说，都是默默无闻的普通人，没有惊人的业绩，没有耀眼的光环，平时也许不善言辞，不说大话，从不认为自己能作出突出贡献，按时上下班，遵章守纪，努力工作，非常的平凡，也非常的普通。在他们的内心深处，都有一种敬业奉献的执著追求，能够在平凡的工作岗位上发出金子般的光芒。企业的稳定、发展、壮大，归根结底是要靠这些人的，他们才是企业真正的中流砥柱。当这些普通人肩膀上的责任凝聚起来的时候，就汇集成了整个企业的责任，如果每个人都能把这份沉甸甸的责任放在肩上，企业的发展就会非常的顺利，非常的稳定。就和船一样，只有负重航行，才能驶得远、驶得稳，才不至于在大海的风浪中倾翻。

我总是这样想，一个人，只要进了一个企业，往俗里说，那是你生存的基础，是你的饭碗。大锅里有饭，你的碗里才有可能装满；大河里有水，小渠才不至于干涸。没有见过哪个破产企业的下岗工人日子会过得很舒心。我们说，爱企如家，爱岗敬业，也就是这种道理。关键是要干好自己的本职工作，要全身心地投入，即便是企业很小的事情，也要尽自己的能力干得漂漂亮亮；即便没人监督你，也要认真地坚守岗位，干好工作；即便别人冷嘲热讽，也要坚持自己的理想，不断学习，不断提高。

毕竟，这是你的船，在这条船上，你是主人，而不是一个乘客！

企鹅上岸的启示

● 张建政

近日，中央电视台《动物世界》栏目播放的一段画面，给我留下了深刻的印象：在广袤的南极大陆水路交接处，全是滑溜溜的冰层，一群刚在水中捕食游弋的企鹅准备上岸。既无可以用来攀爬的前臂，又没有可以用来飞翔的翅膀，企鹅如何从水中上岸？突然，一个个企鹅争先恐后地从海面潜入水中，沉潜到适当的深度，凭借水的浮力，猛然向上跃出海面，如鲤鱼跳龙门，在空中划出一道优美的弧线，落于陆地之上。

企鹅为了实现上岸的目标，沉潜、蓄势、跃起、一飞冲天，是一种动物的本能。人生路上，我们又何尝不需要学习企鹅这种以退为进、蓄势而发的策略呢？

人生路上的这种沉潜绝不是回避矛盾、更不是随波逐流，自暴自弃，而是一种成功的大智慧。东汉末年，天下大乱，诸葛亮文韬武略有治国安邦之才，但隐居于卧龙岗上，他胸怀天下，耕读不辍，时刻为出山做准备。三顾茅庐，时机成熟，隆中一对，君臣相知，孔明出山助刘备三分天下，成为一代名相。曹操在赤壁之战后兵败，实力削弱，遂主动让出长江天险，休养生息，养精蓄锐，终成霸业。

许多时候，面对强大的困难和棘手的问题，我们无法直接从正面处理时，何不向企鹅学习，蓄积力量，抓住时机，奋力一搏，也许就拨云见日，柳暗花明，收获成功。

说出你的感激

●快哉风

黛比出生在美国一个平民家庭，从小就饱尝生活的艰辛。为了生计，她制作了一种味道特殊的肉肠。黛比走南闯北推销自己做的肉肠，接触了各种各样的人。几年的时间，“黛比·菲尔茨”的名字便出现在美国数以百计的食品商店的货架上，她后来所创建的“菲尔茨太太原味食品公司”成为全美国食品行业中最成功的连锁企业。

黛比成功的秘诀有两个：一是过硬的产品，一个是她在人际交往中的“感激之术”——黛比对每一个帮助过自己的人，不论男女老少，都记挂在心，再碰面的时候，她会当众及时表达心中的那份感激之情：“谢谢你，劳斯太太，7月3日您买了我店里的四根肉肠，那是我那天做成的第一笔生意，您为我一整天的推销工作增添了信心，谢谢您！”“怀特先生，您上周三下午给小店介绍来三位顾客，为我们生产的肉肠做了宣传，使我们拓展了业务，这全是您的功劳！”……当黛比真诚地说出这一番番心里话的时候，每一位被感谢的对象都惊讶不已：事隔多么久、这么一点鸡毛蒜皮的小事，她居然还记挂在心上！接着是感动，黛比在表达心中的感激之情时，脸上写满了真诚，她所表达的感谢都发自肺腑；最后，这些人都成了黛比的“铁杆”顾客和义务宣传员。

无独有偶，美国著名的企业家、教育家和演讲口才艺术家卡耐基在谈到自己成功的经验时，曾对采访他的记者说：在与人交往时，一定要把你对别人的好感充分表达出来，要让对方知道，他对你很重要。卡耐基在各地巡回演讲时，常常会突然对某位听众说：“谢谢您，沃伦先生，您上次在高特教堂站在第一排听我的演讲，且给了我那么多的掌声，我一直心存感念!”“您上次在马雅大街为我的演讲呐喊鼓励，使我对自己的演讲事业充满了信心，您的欢呼对我简直就是一种福音!”卡耐基正是靠着这种社交理念和方法，才在全世界掀起了一股经久不衰的卡耐基口才热，作家、政治家、商界大亨、学者、大学生、职员甚至国家元首，纷纷加入卡耐基的演讲口才训练班，全世界亿万人获益匪浅。

生活中，我们常会不经意间犯一个小错误：把对他人的感激深埋心间。记人之惠是一种美德，但它仅仅是在心里种下了一枚感恩的种子，而当众说出你对他人的感激，则使这枚种子绽放出了绚丽之花。想让馥郁的芳香抵达他人的心间，捷径只有一个：说出你的感激。

予人玫瑰，手有余香。说出你的感激，花香会迷醉每一颗心房……

松下的镜子

●睿 雪

1950年，为了让松下电器更上一个台阶，松下幸之助向实力雄厚的荷兰飞利浦提出合作邀请。

基于双方企业规模的巨大差距，飞利浦公司提出了苛刻的合作条件：双方共同合资办厂，办厂需要的首期款6亿多日元当中，飞利浦只承担其中30%的投资，并且在这30%之中，还要扣除7%的技术指导费；松下要先期支付保证金2亿日元。这个合作协议，表面上看是合资办厂，实际上就是飞利浦让松下承担所有的费用。

松下幸之助陷入了深深的矛盾和思考之中，因为他知道一般的技术指导费只要3%，飞利浦凭什么要7%？不甘心的松下幸之助开始硬着头皮和飞利浦交涉。但是，飞利浦始终不给他商量的余地。双方谈判陷入了僵局。

让松下幸之助没有想到的是，他从荷兰回来后，在日本本土还有一场谈判等着他。不过，这次谈判却出奇地顺利。

找松下幸之助谈判的是一家名叫“中川电机”的公司老板中川怀春。这个公司生产的是电冰箱，虽然产品质量不错，但对于如何打开销路、如何经营，中川怀春是一头雾水。正是一直仰慕松下幸之助的经营之道，所以中川怀春表示：愿意把公司无条件地交给松下来经营，自己只负责生产，而公司的股份一人一半。突然出现的新商机让从荷兰挫败回来的松下幸之助大为喜悦，他当即表示同意合作。

松下电器的电冰箱很快就推向了市场。这给了松下幸之助一个启示：飞利浦和自己的合作不就是松下和中川合作的翻版吗？中川因为相信松下的经营实力才不惜拿出50%的股份跟我合作，我为什么就不能像中川一样，也接受飞利浦的条件？

考虑到这，松下幸之助坦然了许多，他心甘情愿地接受2亿日元的担保金。但他觉得7%的技术指导费还是太高，于是找到对方再次谈判。看到松下幸之助态度如此诚恳，在多次磋商之后，飞利浦终于答应他把技术指导费降到4.5%。

1952年12月，松下和飞利浦正式签定了合作协议。得到了飞利浦的技术援助之后，在经营管理方面本来就很强的松下电器更加如鱼得水，迅速开拓了日本国内的电子产品市场。不久之后，松下又把产品推向了经济强于日本的美国和其他多个国家。就此，松下敲响了进军国际市场的冲锋号。

和飞利浦合作之所以能如此成功，得益于松下幸之助找到了松下的镜子：和中川电机的合作。从这面镜子中，他看见松下的位置，于是放低了身段，这才从中求得发展。

提前一分钟

●张宏宇

很多的时候，成功并不需要非得做大事情。你只要努力做好一点，哪怕只是提前一分钟，就可以走在别人前面，获取成功。

我有一个朋友，在深圳打工时，在一家快餐店送外卖，他每次给客户送快餐，都遵守着一个原则，按照顾客定好的时间，提前一分钟送到，从来不会迟到。

有一次，外面突然下起特别大的雨，路面很多地方积水被淹，他骑着摩托车，到市区得经过一段非常难走的路，眼看就要迟到，不能按照顾客规定的时间到达。于是他毅然决定打的去送这一批外卖，他把摩托车停在街边，拦了一辆出租车，提前到达了地点。当他手提盒饭，急急忙忙地冲上楼时，大家都愣住了，谁也没有想到，这样的坏天气，他还能够提前把快餐送到。一盒快餐他赚一块，共送了十一盒快餐，扣除十块钱打的费用，这一趟他只赚了一块钱，但却赢得了客户的尊敬和信任。

快餐店打电话订外卖的很多，都是点他的名字，要求他亲自送。经理很不解，这样一个外地普普通通的打工仔，是靠什么获取这么多信任的。他的理由却很朴实："现在写字楼的白领，都是快节奏的工作生活，谁都不愿意多等一分钟，我应该准时让他们吃到订好的快餐。"道理就是这么简单，要守约有信用。

后来，经过多年的打拼，我的这个朋友，在深圳终于拥有了自己的生意，开了一家房产中介公司，公司里有一条规定：和客户洽谈必须提前一分钟到达。也正是因为提前了一分钟，使这个不起眼的小公司，获得了更多的机会，拥有了大量的客户。

只有遵守时间，有信用的人，才能赢得市场。提前一分钟，他凭借这个最浅显的道理，打败了他的竞争对手，使他在竞争激烈的大都市里，有了立足之地。如今朋友已是身价千万的大老板，但不管是应酬还是工作，时间上还是那样一丝不苟，从来不会晚点迟到，做任何事情，他依然还是提前一分钟到场。

提前一分钟，对于每个人来说，不算什么事情，或许小得不能再小了，但在任何场合，都能够坚持做到的真是少之又少，我的这个朋友人生的哲学就这一句话——提前一分钟。提前一分钟的真诚，虽然微不足道，却让我们走向了成功。

为将来着想

● 段慧群

1973 年 7 月，日本东京银座的绅士西服店的总经理下令尽快清理存货，早有此想法的店长召来两位店员立刻制作宣传牌，要求牌子上写着：敬爱的各位顾客，本店将在本月 1 日至 16 日推出优惠活动，第一天打 9 折，第二天打 8 折，第三、第四天打 7 折，第五、第六天打 6 折，依此类推，最后两天打 1 折。

两位店员一听说这样的打折法，就提醒店长说："如果顾客在最后两天扎堆儿来，那我们店不是赔惨了吗?"店长没有做解释，只是告诉两位店员按他说的去执行即可。第一天打 9 折，来光顾的客人并不多，大致看了一下就走了。第二天跟第一天差不多，到了第三天、第四天打七折的时候，虽然，来的客人渐渐多了，但买的人还是很少。两位店员就疑惑地问店长，是否顾客都等着打一折的最后两天呢? 店长笑着让他们稍安勿躁。第五、第六天打 6 折，令人惊奇的是，客人像潮水般涌入抢购，之后客人连日爆满，没等到 1 折存货就全部卖光了。两位店员一结算，亏了。总经理打电话来询问时，其中一位店员据实以告，并说："我并不看好店长的'打折倒计时'。"

于是，总经理约店长见面。谈及这次的"打折倒计时"，店长解释说："一般顾客等到打 7 折时就会焦躁，怕自己想买的东西被别人先买了，失去大好机会，打 6 折时顾客会疯狂抢购。虽然这样买卖没有利润，但是从存货清理和宣传角度看起来，可以说是大功告成，不用多久，我们的绅士西服店一定名声大噪。"总经理听后，心中十分高兴，表扬店长说："你这样做其实是为我们店的将来着想啊!"

不久，人们发现，这种"打折倒计时"法果然让东京银座的绅士西服店闻名遐迩。

我自己知道

●黄建如

在报上读到一篇短文：瑞典法律规定，如果看电视须缴纳一年约合200美元的公共电视收视费，只要接上线就能收看，即使你没缴费，也没有人会切断你的线路。一位中国留学生的房东老太，因为眼睛不好，就办理了停缴电视费。让她没有料到的是，几天之后，电视台要进行当时民主德国与联邦德国合并仪式的实况转播。这位老人是从匈牙利来的移民，这件事对她来说自然十分重要。那天下午，她一直在十分后悔地说："这个季度的电视费真不该停缴……"留学生觉得她傻得可爱，便"指点"她说："只要接上线，就可以收看。今晚看了，明天不看不就行了？又没有人会知道！"房东老太吃惊地看着留学生，好半天之后，她才说道："可是，我自己知道啊！"那一晚，她硬是听了几个小时的收音机。

"我自己知道！"这句质朴的话让人对房东老太肃然起敬。

在现实社会中，我们更多地见到这样的情形：在公共场合和有人监督的情况下，许多人都能做到遵纪守法、维护公德、讲究文明。而一旦在无拘无束无人管制的时候，却常常会做出一些违反法律或公德的事。比如在四顾无人的时候随地吐痰，在经过没有警察值守的路口时闯红灯，为了走捷径而践踏草坪，捡到一个皮包偷偷拿回了家……房东老太的坚守是一面镜子，令我们汗颜。

你的所作所为，除了自己，也许别人并不知道，但是对一个懂得珍惜自我的人来说，"我自己知道"比"别人知道"更重要。任何时候，我们都必须坚守我们的良知，必须对得住自己，必须问心无愧，我们的心地才会纯洁，我们的心灵才会透明，我们的心怀才会坦荡。

要与众不同

●张 雨

美国钢铁大王卡耐基小的时候家里很穷。有一天，他放学回家的时候路过一个工地，看到一个老板模样的人正在那儿指挥工人建筑一座摩天大楼。

卡耐基走上前问："我怎么样才能成为像您这样的人呢？"

"第一，要勤奋……"

"那第二呢？"

"买件红衣服穿。"

卡耐基满脸狐疑："这与成功有关吗？"

那个老板模样的人指着前面的工人说："有啊！你看他们都穿清一色的蓝衣服，所以我一个都不认识。"说完，他又指向旁边一个工人说，"你看那个穿红衣服的，就因为他穿的衣服和别人不一样，才引起我的注意，我也就认识他，发现他的才能，这几天我会安排一个职位给他。"

成功不仅需要勤奋，而且还需要有迥异于常人的智慧。

凤凰卫视养了一批靠嘴吃饭的人，不过其中有个人很特殊，她有的不只是一张嘴，更多的则是端庄的举止和适度的妩媚，她用她那几近完美的知性打动了每一位观众。

她坚持自己的个性，从不与众为伍，做事向来特立独行。

在中央电视台选主持人的时候，去参加比赛的女孩们大多声音圆润、吐字清晰，几乎每个人都有着修长的身材和飘逸的长发。和她们相比，她显得太另类了。但她反而信心十足。

不按常理出牌，拿着麦克风对评委说："我就采访你。"然后是一场“恶狠狠”的采访，问题一个比一个尖锐，逼得评委没处躲没处藏。从此以后，她和电视结下了不解之缘——这个与众不同的女孩就是陈鲁豫。

“万绿丛中一点红”，只有与众不同，才能从灿烂星光里脱颖而出。

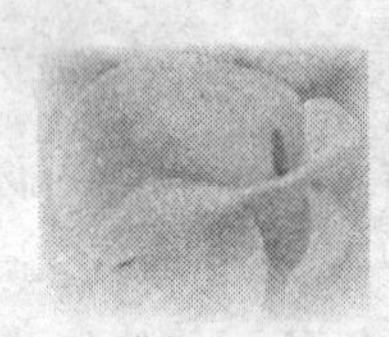

创造美丽人生

● 卞文志

美国作家梭罗在他的《瓦尔登湖》一书中写道："一个人的生活其实所需甚少，而按照所需向这个世界索取，不仅对我们置身的大自然有好处，而且对于我们的心灵有最大的好处。一切的症结都出于人类自身的愚蠢和贪婪上。"

"人的一切最美好的创造，无不来自于简单和淳朴。"梭罗的精辟论断给我的感悟是：人无论处于什么环境或什么岗位上，都要视简单和淳朴的创造为最美，基于此，要把身外之物看淡，要渗透一切苦厄，活得潇洒，了无牵挂，无忧而有乐，才能战胜人生的弱点。

不是吗？在国内外有许多因事业上有美好的创造而成为大师的前辈，皆是一生咬定一个目标不放松，一生只挖一口井，最终达到最美好的创造的光辉顶点。

达尔文活了一辈子，发现了"人是猿变的"这个再普通不过的道理。

麦哲伦终身的杰作，无非是证明了"地球是圆的"。

莱特兄弟为了让飞机能离开地面，一辈子忙得没有功夫婚娶，"我们没有时间既照顾飞机，又照顾妻子，只能干好一件事。"

哥白尼在自建的小天文台上经过了30多年的细致观察和精确计算，写出了《天体运动论》，得出了"日心说"。

荷兰一个小镇政府的看门人，60多年一直把磨镜当作爱好打发时间，用磨出的复合镜片发现了当时科技界尚不知晓的微生物世界，最终成为巴黎科学院院士。他就是一生磨一镜的荷兰科学家万·列文虎克。

国外众多大师们的成功之路，都以辉煌的成就告诉我们，一生只做一件事，用持之以恒的心血和智慧，最终就会创造出人生的大美。

因为心中有爱

● 张忠辉

著名的高尔夫球星罗伯多有一次赢得一个锦标赛的冠军，在收到奖金支票和球迷拍照完毕后，他拖着有些疲倦的身体回到宾馆正准备休息。突然，房间的门铃响了，罗伯多起身打开房门，宾馆的服务员对他说，“罗伯多先生，一位妇女让我把一封信转交给您。”

罗伯多好奇地打开信，信中这样写到：我去年在一次车祸中丧失了劳动能力，丈夫因此离我而去，而且孩子最近又病得很厉害，再不救治后果不堪设想……

罗伯多读到这里眼睛有些湿润，他想帮助一下信中的那位妇女。于是，他顾不上休息时间便按照对方留下的地址在一个停车场附近找到了那位妇女，他将奖金支票给了她，并叮嘱道，“这些钱拿去吧，让孩子去好好救治一下，希望你们能过得幸福！”

一个周末，当罗伯多在一个乡村俱乐部就餐时，一位高尔夫球协会的职员来到他的桌前，对他说，“罗伯多先生，上个星期停车场有人告诉我，你赢得锦标赛冠军之后把奖金给了一位年轻的妇女是吗?”罗伯多点点头。

职员继续说：“罗伯多先生，我要告诉你个坏消息，那位妇女是个骗子，她根本就没结婚，更没有个生病的孩子。你被她给骗了。”

“她是个骗子？我不相信！”罗伯多镇定地说。

“不信那你就等着瞧吧，我敢和你打赌！”职员斩钉截铁地回应。

自那天和罗伯多交流之后，那名职员每天都去停车场找寻那位妇女，可是，令他失望的是，自此以后他再也没有见过那位妇女在街头行骗，甚至再也没见过她的踪影。

半年后，职员感到自己要输掉这场赌局，就诚恳地邀请罗伯多去吃饭，以此表示歉意，地点由罗伯多来选。罗伯多带着他驱车来到一家离市区大概20公里的小餐馆，说实话这家餐馆的装潢只能算一般，罗伯多来这里吃饭算是很掉价的。

他们点了点心和牛排正等待上饭，等服务员来送餐时，职员顿时惊呆了，来送餐的不是别人，正是那个在停车场行骗的妇女。

"你，原来是你……"职员一时语塞，而罗伯多却笑语盈盈。那顿饭他们吃的很坦然，也聊了很多，职员深深地为罗伯多的气度和智慧所折服。

妇女告诉那个职员，罗伯多是给了她奖金支票，但同时也给了她一张纸条，正是这张纸条改变了她的一生。

纸条上这样写着：朋友，我知道你在行骗，但我想用一颗善意之心感化你，希望拿着这些钱去做正经事吧，因为心中有爱才能事业有成。

知足者富，强行者有志。正因为罗伯多时刻怀有一颗善意之心，所以才成就了他非凡的事业与人生。

赢在深入人心

●睿 雪

"双立人"公司，是德国一个家族刀具行的老字号，专门生产销售厨用刀具。1995年，双立人的掌舵人彼伦准备向中国的市场挺进。为此，他在上海成立了亨克斯有限公司，随后在上海建立了一个刀具加工厂。可此时，刀具、厨具等家居产品在百货商场当中属于鸡肋，不是被打入地下一层的杂品超市，就是摆到了顾客很少光顾的顶层，消费者普遍不了解双立人这样的国外知名品牌。对照中外国人的做饭习惯，很多人也知道，外国人经常使用不同类型的刀来切东西，而在中国的厨房，顶多2把菜刀就足够了：切菜专用刀和切肉专用刀。

就这些习惯，却让精于算计的彼伦敏锐地觉察到在中国还是有机可乘，大有"钱"途。

彼伦先是在上海成立了亨克斯有限公司，随后建立了一个刀具加工厂，铸造出一些健康少油烟的高档不锈钢锅具。双立人新推出的这种锅不仅重量重，而且价格也比较高，是普通锅具价格的好几倍。这些高档的厨具，怎么让中国消费者觉得花这些钱物有所值呢？摸索了一段时间之后，彼伦从公司的推销员下手，让他们付诸一些实际行动。

这些推销员在公司被人们称做为"演示助理"，他们的起始工作几乎都是从研究菜谱开始，去学做很多不同风格的菜。每天，推销员们必须大清早就要去超市买菜。接下来的时间，他们都要在超市不停地做烹饪演示，教给顾客怎么用锅，怎么去做菜，让顾客切实地体验到好锅的品质；每到周末，这些“演示助理”还必须抽出时间来，在商场组织“锅友会”，相互交流经验，为顾客解决烹饪中存在的不足以及问题。另外，他们还对购买双立人产品的顾客进行上门拜访，在获得主人同意的情况下，上门演示产品，帮助主人烹饪食物。一般地，这些推销员会选择在主人家里来客人或者朋友聚会的时候上门，因为这样既可以巩固已有的客户，又可以悄悄地培养潜在的购买人群。

自从推销员们采用种种独特办法之后，双立人公司获得了出乎预料的回报。从 2000 年开始，双立人的中国公司销售额每年都增长 40%以上。原来有这个品牌的商场纷纷把这个品牌摆在显眼的位置，而没有双立人的都力争邀请它进驻商场！

短短几年的时间，双立人在中国市场的收获让彼伦欣喜若狂。他立刻建议把中国市场的推销方法向其他国家去普及、去推广。结果，效果很不错。真正深入到消费者的实际生活中，了解他们需要的是什么，以及多方位为顾客提供更多便利，是双立人发展的硬道理，也是他们进驻中国市场最成功的秘诀。

勇敢迈出第一步

●秦 湖

很久以前，在南美洲的树林里长着一种通红艳丽的果子，但却没有人敢吃，因为传说这果子有剧毒，吃了就会起疙瘩长瘤子，当地人们给它取名叫“狼桃”。

有一次，一位英国公爵采回一株“狼桃”，但所有的人都不敢吃，只是把它作为一种观赏植物来欣赏。

200多年后，有一位法国画家，曾多次描绘过“狼桃”，面对这样美丽可爱却又“有毒”的浆果，他很想亲自尝试一下。于是画家立好遗嘱，穿好入殓的衣服，冒着死亡的风险吃了一个“狼桃”，没想到，“狼桃”不但没有毒，而且味道酸甜可口。后来，“狼桃”就传遍了全世界，并给它取了个好听的名字：番茄。

1915年，丘吉尔被撤消英国海军大臣后回到家乡。一次丘吉尔看见弟媳在写生，画面很美，于是他也有了一种作画的冲动和愿望，可是他以前从未接触过写生作画，不知道该画些什么，也不知道该如何下手。有一天，当丘吉尔又一次在画布面前犹豫不决的时候，碰巧画家拉沃瑞夫人过来了。她看见丘吉尔畏手畏脚的样子，于是把所有颜料泼在画布上，塞给丘吉尔一支画笔，鼓励他大胆画。就这样，丘吉尔创作出了他的第一幅作品。此后丘吉尔陆陆续续创作了500多幅作品，其中20多幅还被伦敦一家美术馆收藏。

没有法国画家的那次勇敢尝试，或许至今人们还不敢吃甜美的番茄；没有第一次大胆的作画，丘吉尔也就不会留给后人那么多幅精彩的作品，很多事情并没有我们想象中那样困难，有的时候，当你勇敢迈出第一步后就会发现，其实成功就在你的眼前。

给人生加分

●蒋　平

商界巨子霍英东生前面对记者“假如人生满分是100分，那你给自己打多少分?”的提问，不及细想就冲口而出：“不止100分，起码100多分!”

对这个100多分，霍老有着自己一番独到的解释：“这几十年来，我不单只是自己赚钱，还帮别人赚钱。从朝鲜战争时的那一批人开始，所有帮过我，或者与我合作过的人，个个都赚钱、发达。可以这样说，我这一生，从来没有负过任何人！这一切，完全可以为我的人生一再加分……”凭着这高于100分的自信，霍老不仅可以含笑九泉，而且给世人留下了宝贵的精神财富与启迪。

现实生活中，不少人习惯了以自我为中心，很少像霍老那样以实际行动为人生加分。其实这个加分的条件也很简单，那就是站在100分的基准线上，仔细审视走过的道路。如果无偿帮助过别人，你就有资格为人生加分；反之，如果昧着良心做事，则应无条件为人生减分。依了这样的评分标准，生命走向尽头之际，便是交出人生答卷之时。社会会为那些大公无私、超越自我的人打出高分，而将那些碌碌无为、甚至沦为千古罪人者踢出及格线。

掌握做人的标准，从某种意义上讲，是要弄清人生加分与减分的游戏规则。值得指出的是：无论是何种身份，无论从事任何工作，无论年纪多大，无论身处何时何地，你一直都是有条件和机会为人生加分的。年轻时，可以广学博闻，积累增值的底蕴；

中年时，可以只争朝夕，回馈社会的帮助；年老时，可以纠偏补弊，重修心灵正果……只要将人生加分的标识时刻铭记，将人生减分的警钟时刻长鸣，命运的航向便永远不会错位。给人生加分，最现实的问题，取决于一个人是否真心实意为别人付出。也即是你愿意做一个有益于社会的人，还是只愿做一个有益于自己的人？须知加分的条件、分值的含金量，永远是与奉献程度的大小成正比的。

用精品打造成功

●刘　涛

精益求精不仅是一种工作态度，还是一种工作方法，更是一种人生品质。对待工作精益求精的人，往往能打造出精品，取得事业的成功。

先看一个“两人餐厅”的故事。

一个叫山田树人的人，在日本大阪一条著名的小吃街，租下了一间不足80平方米的小饭店，由于竞争激烈，两个月还不到，饭店就到了捉襟见肘的地步。生意怎么才能起死回生呢？他经过深入思考，想出一个办法：自己那么小的店面，固然不能和周边的大酒楼相抗衡，但何不因地制宜，做成精品呢？于是，他首先找到熟人在银行贷了一笔款，接着用这笔资金把店面重新设计装修。通过考察，他发现来这里用餐的多是世界各地的情侣。于是，他在设计上采用了一种极其温馨的风格，在大厅内栽种玫瑰、百合等鲜花，室内弥漫着鲜花的香气，更平添了几分浪漫。

可让人难以理解的是，他在经营上严格控制顾客数量，整个大厅只设一张桌子，每次只接待两个客人。但是，这张桌子却是用上等檀木精雕细刻而成，所有的餐具都极其考究，不仅如此，饭店还提供代购机票、免费购物等一系列免费服务。“您只需坐在这里，所有的事情都交给我们代劳。”餐厅后墙的标语，逐渐成了该店一块响亮的招牌。由于用餐环境的优雅、菜肴风格口味的精益求精及其所提供的人性化服务，渐渐地，“二人餐厅”在当地有了名气，很多人慕名而来。再后来，到这里用餐很多都需要提前预定。

还有一个“天价咖啡”的故事。

东京滨松町的一家咖啡店老板为了达到招徕顾客、出奇制胜的目的，别出心裁地推出了5000日元一杯的天价咖啡。消息一出，举国大哗，甚至那些平日里挥金如土的富人们也纷纷指责他太离谱了，无异于公开抢劫。但是，在强烈的好奇心驱使下，东京的消费者们却一边大骂，一边又情不自禁地蜂拥而来，都想亲口品尝一下5000日元一杯的咖啡到底是什么味道。

不尝不知道，一尝又是吓一跳！原来，店老板的鬼点子还真多，他虽然想法“哗众”，其实却并不真正用刀“宰客”：5000日元一杯咖啡，实际上一点都不贵，原因是他的咖啡杯绝顶豪华而名贵，是一流的正宗法国进口杯，每只杯市场价4000日元；每位顾客享用咖啡之后，杯子便洗净包好随赠给顾客；他的咖啡也是由著名技师现场烹煮，味道纯正醇美；店堂装潢豪华气派，胜似皇宫，扮成皇宫侍女的服务小姐，把顾客当作帝王一样精心侍候。如此这般，每位抱着好奇心理而来的顾客都发现自己不仅没有吃亏，反而享受到了最高级的优质服务，以至于每位顾客一下子就喜欢上了这里，而且往往还会不断地回头消费。一时，天价咖啡店门前竟然出现了排队争相品尝的局面，生意好得让服务小姐都应接不暇。

“两人餐厅”和“天价咖啡店”为何能在各自不同的领域胜出？因为他们以精品意识打造精品服务，以精品服务吸引并征服了消费者。

当你用心打造精品时，你就离成功不远了。

在对立面开辟一条新路

● 张珠容

20世纪中叶，美国的宝洁公司已经是美国日化企业中当仁不让的老大，特别是在清洁产品方面，比如香皂、洗衣粉等等，都处于市场的领先地位。

1957年，宝洁公司收购了一家造纸厂，总裁摩根斯立即决定让宝洁进军一个陌生的领域——消费性纸制品市场。摩根斯的这个决定让很多人费解：生活中的纸巾类产品用多了，需要洗的东西可就少了，宝洁公司如果此时进军纸制品市场，就必然减少香皂、洗衣粉的销量。这不是自相矛盾吗？

摩根斯没有理会别人的看法，而是暗下决定，要开发出一个全新的产品立住脚跟。他把开新产品的任务交给了工程师维克多·米尔斯。恰巧在这个时候，米尔斯的孙女降生了，他整天为换尿布而烦恼。能不能用纸生产出一次性的纸尿裤，减轻父母换洗尿布的负担？

于是就这个问题，米尔斯开始了他的纸尿裤研发工程。整整4年时间里，米尔斯通过不断地试验和改良后，终于研制出一款比较完美的纸尿裤，并且拥有了自己的品牌——帮宝适。帮宝适一推出市场就大受欢迎，一个前所未有过的纸尿裤市场成型了。从这个时候开始，帮宝适品牌的纸尿裤每年都能为宝洁公司带来几十亿美元的销售额，几乎独吞了婴儿纸尿裤市场的利润。随之而来的是，亿万家长们因此节省了难以数计的换洗尿布的时间和精力。纸尿裤的成功研发不仅为宝洁公司带来巨额利润，更创造出了巨大的社会价值。

在对立面上开辟出一条全新的道路，宝洁公司让路变得更宽。正所谓“失之桑榆，收之东隅”，只要取舍得当，事态就会往更好的方向发展。

在最高点时退出

●睿 雪

第二次世界大战爆发的时候，正是“箭牌”口香糖的销路达到最高点的时候。可就在这个时期，“箭牌”的掌门人菲利普·瑞格理却做出了一个惊人的决定：要把“箭牌”产品撤出市场！是因为战争的动荡导致他做这个决定的吗？很多人表示不理解。

世界大战的爆发，许多企业依旧正常生产营业，箭牌也完全可以继续下去。瑞格理为什么要狠心丢掉这块“大肥肉”呢？原来，世界大战期间，美国人发现，嚼口香糖不仅可以缓解紧张，更可以提高反应力。于是，部队的订单直接冲向了“箭牌”。瑞格理的决定正是为了满足军队的需要。但是更重要的一个原因是，他深知战争情势使得优质原料供不应求，很多企业都要使用替代原材料来供应，如果自己的箭牌也仿效别的企业，使用劣质材料来生产而继续在市场上销售，那么无疑会大大降低箭牌的品质，给消费者带来恶劣的印象。

思前想后，瑞格里决定“宁为玉碎，不为瓦全”，把自己旗下的几种重要产品统统撤出大众消费市场，用来供应美国的海外驻军。直到 1947 年，原料充足以后，箭牌口香糖才重新出现在大众市场。虽然这期间，瑞格理的“箭牌”企业损失了不少收入，但也依仗了军队的声誉好好地为自己宣传了一把，“箭牌”的名号更响了。

瑞格里在自己的企业在爬到最高点时选择“销声匿迹”，对长远利益来说，其实是很明智的举动。因为好品质在人们心中很难保持，一旦劣质产品在市场上出现几次，那么以后“箭牌”的路估计也就不远了。

跨过心中的影子

● 刘东伟

在1968年墨西哥奥运会之前，如果说鲍勃·比蒙是一颗明星的话，那么，墨西哥奥运会之后的比蒙，就是一颗光彩耀目的巨星。

奥运会前的一天，比蒙已经获得22枚金牌，胜利让他目空一切。来墨西哥时，更是夸下海口，似乎已经将男子跳远这块奥运会金牌，提前放在囊中。

那天，比蒙在去训练场的路上，看到一个人，那个人60来岁，留着雪白的胡子，正俯身扫着街道上的树叶。比蒙走到近前的时候，那人的扫帚落在他脚上。比蒙喝道，干什么？老人说，扫地。比蒙生气地说，难道你没看到我吗？老人看他一眼，说，我的眼里只有树叶和扫帚。比蒙大怒，近一两年来，他以为自己已经是美国妇孺皆知的体育明星，谁想连一个扫大街的老人，都没把他看在眼里。

比蒙拍着胸脯说，请记住，我是比蒙，世界跳远冠军。

老人说，我知道你是比蒙，你现在虽然是世界一号跳远王，但是，你破过世界纪录吗？

比蒙的脸一热，的确，在此之前，他的最好成绩只有8.33米，离世界纪录，差了0.02米。老人的话击中了比蒙的要害，因为比蒙的心中一直有个影子，那就是8.35米的世界纪录。这个影子像一块石头，压在他身上，让他始终快乐不起来。

比蒙向老人深深一躬，离开了。

从那天开始，比蒙变得沉默了，他在公众场合很少说话，甚至很少和人谈论自己以前的成绩。

1968年墨西哥奥运会跳远资格赛上，由于心态不稳定，比蒙在前两跳中，都踏了线，第三跳，保守起见，他离线还有一点距离就起跳了。这一跳虽然只有8.19米，他还是顺利过了关。

在第二天的决赛中，比蒙的第一跳很慢，当时，他平静着自己的心态，努力驱除了心中的影子，暗想，一定要超过它。

在万众瞩目中，比蒙起跑、踏板、飞身，像一道闪电划过墨西哥的低空，落在8.90米的位置。一个超过世界纪录55厘米的新纪录诞生了，整个墨西哥城都似乎震动了。凭借这一跳，比蒙轻松地取得男子跳远冠军。

每个人的心中都有一个影子，或者是对手，或者是自己。当它像石头一样压在你心头时，会让你无法快乐。因此，你只有跨过它，才能到达一个新的高点。

跨栏定律

● 黄金兰

一位名叫阿费烈德的外科医生在解剖尸体时，发现一个奇怪的现象：那些患病器官并不如人们想象的那样糟，相反在与疾病的抗争中，为了抵御病变它们往往要比正常的器官功能强。

这现象最早是从一个肾病患者的遗体中发现的，当他从死者的体内取出那只患病的肾时，发现那只肾要比正常的大。当他再去分析另外那只肾时，发现它也大得超乎寻常。在多年的医学解剖过程中，他不断地发现包括心脏、肺等几乎所有人体器官都存在着类似的情况。

他为此撰写了一篇颇具影响的论文，从医学的角度进行了分析。他认为患病器官因为与病魔做斗争而使器官的功能不断增强。假如有两只相同的器官，当其中一只器官死亡后，另一只器官就会努力承担起全部的责任，从而使健全的器官变得强壮起来。他在给美术学院的学生治病时又发现了一个奇怪现象，有些搞艺术的学生视力并不是太好，有的甚至还是色盲。阿费烈德觉得这就是病理现象在社会现实中的重复，他把自己的思维触角延伸到更为广泛的层面。

在对艺术院校教授的调研过程中，结果与他的预测完全相同。一些颇有成就的教授之所以走上艺术道路，原来大都是受了生理缺陷的影响，缺陷不是阻止了他们，相反促进他们走上艺术道路。

阿费烈德将这种现象称为“跨栏定律”，即个人的成就大小往往取决于他们所遇到困难的程度。其实，用阿费烈德的“跨栏定律”，可以解释生活中许多现象，譬如盲人的听觉、触觉、嗅觉都要比一般人灵敏，失去双臂的人的平衡感更强，双脚更灵巧。所有这一切，仿佛都是上帝安排好的，如果你不缺少这些，你就无法得到它们。竖在你面前的栏越高，你跳得也越高。

灵感就在身边

●黄金兰

一位画家对自己的作品始终不能满意。有一天他对妻子说："我要出远门，这样才能找到创作灵感，画出伟大的作品。"

画家游历了许多国家，看了许多美好的事情，但他觉得还是没有找到想要的东西。有一天，他遇到一名马上就要结婚的美丽女孩，问她："请告诉我，对你来说，世界上什么最美？"女孩不假思索地回答："爱情最美。"

画家十分沮丧："爱情怎么能画出来呢？"

他继续旅行，不久遇到了一位刚刚从战场归来的士兵，画家问士兵："请告诉我，对你来说，世界上什么最美？"士兵不假思索地回答："和平最美。"

画家更气馁了："和平怎么画出来呢？"他继续寻觅，遇到了一位正向教堂走去的神父，画家问神父："请告诉我，对你来说，世界上什么最美？"神父不假思索地回答："生命最美。"

画家几乎绝望了：生命怎么能在画中表现出来呢？

绝望中，画家身心疲惫地回到了自己的家。热情而温柔地迎接他的妻子，让画家觉得自己找到了那位女孩所说的爱情；充满了宁静与温馨的家庭，让画家找到了士兵所说的和平；围在身边亲吻他脸庞的孩子，让画家觉得自己找到了神父所说的生命。

画家这才明白：他出门远行四处寻觅的灵感其实就在家里，就在身边。

你不必完美

●小 炎

美国作家哈罗德·斯·库辛写过一篇文章，讲了这样一个故事：因为在孩子面前犯下了一个错误，他感到非常内疚。他思忖自己在孩子们心目中的美好形象从此被毁。怕孩子们不再爱戴他，所以他不愿意主动认错。在内心的煎熬下，他艰难地过着每一天。终于有一天，他主动给孩子们道歉，承认了自己的错误。却惊喜地发现，孩子们比以前更爱他了。他由此发出感叹：人犯错是在所难免的，往往那个经常会有些过失的人是可爱的，没有人期待你是圣人。

一个完美的人，从某种意义上来说，他也是一个可怜的人，他体会不到生活里有所追求，有所希冀的感觉。正因为完美，他也无法体会到当自己得到了一直追求却又无法得到的那种喜悦的感觉。

所以，我们不必苛求完美。

杰出的科学家霍金是个全身瘫痪的残疾人，伟大的音乐家贝多芬听不到自己创作的歌曲，但他们的一生，却是完美的一生。人生宛若一支球队，最优秀的球队也会丢分，最差劲的球队也有过辉煌的时刻，我们追求的目的，就是尽可能地让自己得到的多于失去的。

请把失败卖给我

●潘　杨

诺曼伍德是美国着名的收藏家。当时在美国有很多知名的收藏家纷纷花巨资收购一些珍贵的绘画作品，从而大大抬升了某些作品的市场价格。而诺曼伍德却不这么盲目地投资。他想，为什么不收集一些劣质的画呢？如果把那些知名画家的“失败作品”和那些无名画家的作品以低价位收购，或许有利可图。于是他做起了收购劣质绘画的生意，用5美元或者10美元就可以买一幅作品。许多画家听说以后，纷纷把自己曾经的“失败作品”卖给他或者送给他。没过多久，他便收藏了200余幅劣质绘画作品。几年以后，他在报纸上刊登了一个广告，声称要举办首届“劣画大赛”，目的是让更多的喜欢绘画的年轻人从这些名家的手迹中学到东西，从而发现好画与劣画的真正价值。

几乎出乎所有人的意料，这个画展举办得很成功。诺曼伍德一下子声名鹊起，而他所展出的作品也为人们所津津乐道。观众争先恐后地观看，有的甚至不远千里从美国各地奔赴画展来观看诺曼伍德的展出。诺曼伍德从展览中提升了自己的名望，而且还赚到了一大笔收入。

诺曼伍德的成功在于他的独树一帜，在于他采用了一种逆向思维，在所有的人都在搜集贵重名画的时候，他却搜集了在别人眼里俨如废品的劣画。这种逆向行为让他获得了空前的成功。

人生过程中遭遇失败，这很正常，难能可贵的是从失败中发现成功的契机。换一种思维，从失败中看到成功，那么失败也就成了我们的老师。

一块625欧元的树皮

●曙　光

德国里特堡的高中生克雷斯蒂在驾车旅行时，发生了一起车祸。为了避让一辆迎面而来的运货卡车，克雷斯蒂紧急转舵，结果撞到了公路边的一棵槭树上。

这是一棵有20年树龄的大树，很粗壮，所以，克雷斯蒂的小汽车当场就撞报废了，而克雷斯蒂本人也撞成了严重脑震荡。克雷斯蒂还没有痊愈出院，一张由当地林业部门开出的付费信函已经邮寄到了他的家里。付费账单上写着：克雷斯蒂先生，由于您肇事撞破了路边槭树的树皮，所以请您到银行支付625欧元费用。下面，还附了一份应付款项明细。

第一项，树皮伤害费。被撞槭树树围长度为89厘米，虽然事后依然郁郁葱葱，挺拔如初，但树皮受损部分长33厘米。按照规定，肇事者应赔偿槭树价值980欧元的55%，539欧元。第二项，受损树皮清理费。事故发生后，护树人员花了三小时清理受损树皮，应付劳务费79.5欧元。第三项，见习费。一名实习生在清理现场帮忙0.25小时，按规定付费1.5欧元。第四项，医药费。树干伤口处被涂上了5欧元的药膏，应由肇事者支付。

“不就是擦伤一块树皮吗？何必这样兴师动众？”相信很多人看了这张罚单后都会这样认为。

但德国的林业部门却郑重其事，他们有一套自己的理论：树也有生命，交通肇事者，要为伤及到的任何有生命的物体负责，所以，那棵被撞伤的槭树也不例外。

只放一只羊

● 查一路

世界零售业航母——“阿尔迪”，目前资产已到达 400 亿欧元，成为世界上最大的批发商。每年采购的单件商品的总价值超过 3000 万欧元，名噪一时的沃尔玛只及它的二十分之一。

阿尔迪从一个三流小店发展成为世界上最成功的零售商，并以其同行无可比拟的业绩，成为业界的奇迹，有人说：“阿尔迪是西方世界经营哲学的标志性成功。”显然，后来居上的阿尔迪以其巨大的成功屏蔽了对手沃尔玛昔日的辉煌。

无数的人们想知道“阿尔迪”成功的秘诀。人们猜想阿尔迪一定会把它的营销方案隐藏起来，作为商业机密的一部分。不料，阿尔迪恰恰公布了它的所有资料，以供人们研究。

至今，对于沃尔玛的成功，我还清晰地记得它的某个细节。它对员工的管理，有一套科学的、细化的系统。比如，它要求店员对顾客微笑，不但微笑，而且要求微笑时要露出 8 颗牙。沃尔玛的管理以专业性强、精密细致著称于世。

而阿尔迪恰恰相反，阿尔迪公开了所有的营销方案，人们反复研究，却无法模仿，阿尔迪成功的秘诀只有两个字——简单。最简单也就意味着最难模仿。当世界被一些人弄得越来越复杂的时候，“简单”——恰恰成了阿尔迪用来战胜“复杂”的法宝。

弗兰茨·卡夫卡说：“不要把时间浪费在隐藏着的奥秘上，或许原来本没有什么奥秘。”阿尔迪的奥秘，可能就是这世间最显露、最简单的奥秘。阿尔迪的管理，形象地说来就是，如果你的能力和经验只能放一只羊，你就不必去放一群羊。

这个道理很浅显，世间明白这个道理的人数不胜数，可是能做到这一点的人却寥寥无几。通常人们普遍的心态是，既然放了一只，何不再去放一只，何不扩大到一群？

“只放一只羊”——需要人们客观地面对自己的能力和经验，克服内心的贪欲。无论是在商界还是在其他社会领域，“放一群羊”式的扩张心态，成为导致许多人失败的心理毒瘤。多少曾经的风云人物，也正是栽在了追逐“放一群羊”的荒原上。

人生最重要的盘算往往在于，要明白自己能放几只羊，而目前又放了几只羊？

致命的油漆

● 孙曙峦

1939年6月1日，号称当时世界最先进的英国皇家海军T级潜艇“西提斯”号前往利物浦湾开始其处女航，以便进行最后潜航试验。当时参加试验的人员共有103人，除63名艇员以外，还有8名实习人员和32名造船厂的技术人员。

“西提斯”号驶出利物浦港一个小时后，由于压舱物过轻，首次下潜失败。艇长弗雷德里克·伍兹上尉于是下令打开鱼雷发射管的内层盖子，以便海水部分涌入，增加潜艇的重量。然而，谁都没有料到，鱼雷发射管的内层盖子一打开，数以百吨计的海水顿时以迅雷不及掩耳之势涌入潜艇的第一、第二间隔舱。重量激增的潜艇随即一头朝下，迅速沉入海底而再也未能浮起。

“西提斯”失事后，艇上人员除了4人成功逃生外，其余99人全都丧生海底。这一事故，被称为英国“最惨重潜艇灾难”。

原来，早在“西提斯”号出海前数周，一名造船厂的油漆工在给鱼雷发射管刷油漆时，不慎让一滴油漆渗漏，粘住了一个用于防止事故发生的安全测试阀门，导致鱼雷发射管外层的盖子一直处于打开状态。而当艇长伍兹在不知情的情况下下令打开鱼雷发射管的内层盖子后，鱼雷发射管的里外双层盖子便同时处于打开状态，无遮无挡的海水汹涌而入，导致了灾难的发生。后来，人们发明了一种新装置用于防止鱼雷发射管外层盖子被意外打开。为了纪念这一事故，该装置被命名为“西提斯栓”。

也许有人会说，“西提斯”失事纯属偶然；可在现实生活中，这样的“偶然”却比比皆是：吸烟时随手扔下的一个烟头，就能使一栋大厦化为灰烬；争吵时随口吐出的一句恶言，就能带来一场混战；高楼上无心抛下的一粒石子，就能置人于死地……

人生无小事，许多看似不必在意的疏忽，却足以引发触目惊心的惨剧。一个人活着，就得时时反省自己提醒自己：别让“油漆”毁了自己的一生。

专注成就人生

● 孙文芳

一次，英国物理学家牛顿请朋友到家里做客，饭菜做好后，他就进实验室专心致志地做实验去了。朋友来后找不着牛顿，等了好一阵子，因急于赶去上班，就独个儿把饭菜吃了，并把吃剩下的鸡骨放在盒子里，然后走了。傍晚，牛顿做完实验回家准备吃饭，当他看见盒子里的鸡骨头时显出突然醒悟的样子，哈哈大笑说："我以为自己还没吃饭哩，原来早已吃过了。"

一天，普林斯顿高级研究所办公室的电话响了。电话里一个声音问道："你能否告诉我，爱因斯坦博士的家在哪儿?"秘书回答："对不起，我不能奉告，因为我要尊重爱因斯坦博士的意愿，他不愿自己的住处受到打扰。"这时电话里的声音低到几乎耳语般地说："请你不要告诉任何人，我就是爱因斯坦，我正要回家去，可是我找不到家啦!"原来，爱因斯坦走路时一直思考着讨论的问题，不知不觉竟迷路了。

牛顿因做实验忘记了吃饭，明明空着肚子却误以为自己"早已吃过了"，爱因斯坦因走路时思考着科研问题竟迷路"找不到家"，两位大师均聪明绝顶，为何会发生这一类事情呢？这是因为两位大师均专注于自己的事业。

人世间要成就一番事业，因素是多方面的，而其中很重要的一点就是专心，亦即专注。专注就是集中注意力，不分散精力，不三心二意。专注来自目标的专一，目标专一才会集中精力、体力，才会越专越深，越来越向目标靠近。专注的人生才会成功。

总有一把钥匙属于自己

●李剑红

一个男孩在求学路上屡遭失败和打击。在确认他不适合在校读书后，他母亲很伤心，她将男孩领回家，准备靠自己的力量把孩子培养成人才。可是男孩无论如何记不住那些需要记忆的知识。在妈妈眼中，男孩是一个不长进的孩子，怎么教他，他都学不会。

男孩最终还是让母亲彻底失望了，因为他高考了几次都失败了，他没能走进大学校门。

男孩知道他在母亲的眼里是一个彻底的失败者。母亲悲伤无奈地说："朽木不可雕也，你原本是块朽木，怎么雕都不会成器。"男孩很难过，他决定远走他乡去寻找自己的事业。

许多年以后，当年的男孩突然回来了，他已长成一个成熟的男人。

有一天，他希望母亲同他去参加一个名厨大赛，在名厨大赛上，这个男人表现出多种厨师技艺，他做出的每一道菜都是色香味俱佳，最终，在专家的评选结果中，他取得了名厨大赛的冠军。

在一片热烈的掌声中，他走上领奖台，他激动地说："我想把名厨大赛的冠军杯献给我的母亲。因为我读书时没有获得她期望中的成功，她曾极度失望地认为我是朽木。现在我要告诉她，妈妈，我不是朽木，大学里没有我的位置。我总是拿不到考入大学的钥匙，但在生活中总会有一个位置是属于我的，而且是成功的位置。妈妈，总会有一把钥匙是属于我的，总会有一扇门是为我打开的。”

这位名厨冠军就是当年求学失利使母亲极度失望的那个男孩。

台下那位陪儿子一起来观看名厨大赛的母亲万万没有想到，最终成为名厨冠军的获胜者居然是自己认为不成器的儿子。她流下了激动的泪水，并自言自语地说：‘孩子，你绝不是朽木，你是妈妈的骄傲！考大学不是通向成功的唯一出路。”

……

许多人都在生活中苦苦寻觅着自己的位置，遇到打击和失败都是正常的，但是不能灰心，条条大路通罗马，成功的答案不止一个。失之东隅，收之桑榆。天生我才必有用，只要你努力进取，总有一扇门是为你打开的，总有一把钥匙属于你自己。

只能送你一点糖

● 查一路

电视上，正播放一个访谈节目。一位有钱人给一个女孩负担了上大学的部分学费，有钱人向主持人描述着女孩家穷困的状况。女孩低着头，一副很难为情的样子。在场的观众都不希望有钱人再说下去。最后，女孩轻轻地说，我家在我们村里也不算最穷的。

这样的节目我是不愿意看到的。有钱人的善举固然令人称道，可是那些受助者是不是要对着镜头和在场的观众，做出一副热泪盈眶、感恩戴德的样子？描述受助者如何穷困，能够凸显善举的价值，可是，就在这样的描述中，受助者最后的尊严也一点点地被剥夺。世界上有多少穷困的人，愿意把自己的穷困拿来向大众展览？他们大都自尊地选择了掩盖。有钱人有权利选择是否帮助一个人，但没有权利于帮助之外在受助者身上攫取更多的东西。我由此想起童年的一段往事。

那时，我们家刚刚搬到一个新地方。一天，来了一位大婶。手里端着一只碗，碗里放了只勺子。她告诉母亲，自己的男人常年生病在床，吃不起西药，每天只好喝用偏方调制的中药。那是种奇苦的药，苦味能让人的舌根变得僵硬。她不停地咂着嘴，描述着那种奇异的苦味。大婶起身要走了。母亲拦住了她，声音低低地说，其实我们家也不富裕，一家六口靠一点微薄的工资吃饭，不过前几天碰巧买了一些糖，没有其他像样的可送，我只能送给你一点糖了。那年代，糖在乡村是稀罕物。母亲拿起大婶手中的碗，用勺子挖了半碗糖递给她。最后，母亲看中了大婶手指上的顶针，提出借过来用三天。大婶听说母亲要借顶针，显得非常高兴。其实，像这样的顶针，母亲有三个。母亲这样做的用意，是为了制造平等。

当教师的母亲说，处在穷困中的人，心理比一般人更敏感、更自尊。帮助人，不应声张，需要平等的心态和氛围。如果你居高临下，受助者就好像在接受你的施舍，心中必然怀着屈辱。受助者更需要的是平等。有钱人的尊严只是一种摆设，而受助者的尊严则是抵御风寒的心灵外衣。他们要靠它来抵御生活带给他们的种种匮乏、不平、委屈乃至悲伤。它给受助者心灵保持适当的温度，孕育图强的动力、抗争的勇气。你可以伸出一双手去温暖另一双手，但不可以用这双手去剥开他人心灵的外衣，拿受助者的贫困作展览。

埋没不了的是金子

●蒋　平

一根不起眼的回形针，最初的用途，仅仅是用来夹文件而已；可经过独具匠心的人们稍稍加工，它们的价值就不一样了：有人将它当临时纽扣，既实惠又别致；有人将它制成牙签耳掏，既方便又整洁；有人将它联成玩具，既新鲜又有趣。

一瓶只能算作污水的尿液，放它到农村，就可以入肥；在中医药里，它还能用来治疗跌打损伤；到了现代化加工厂，它便成了天普洛欣和乌石塔丁等名贵药物的原料；而在缺水的大漠和海洋，它则是最后的救命甘露。

一块垃圾场的废铁，也许一文不值。不过，当铁匠将它加工成马蹄掌，它的价值就会变成 20 元；再分细点，将它们制成特殊的铁钉，就可以翻倍成 40 元；如果运气好，将它提炼成钢制成刀，它的价格就可以卖到 100 元；更进一步，将它们精制成钟表上的发条，就是身价 200 元的“贵族”了。

一家龙头自行车厂，在摩托车占领市场之后，原有市场开始萎缩。厂家审时度势，马上利用现有的原料，改做溜冰鞋、健身器，结果，效益反而比摩托车厂还要好。

一名内地国企下岗工人，凭着一身特长，被南方一家电子厂相中，工资是原企业的 3 倍；一年后，该工人提升为部门主管，工资又比进厂时翻番；3 年后，该工人利用熟悉的人际关系和市场，回到家乡自己办了一个小厂，厂子由小到大，最后兼并了近乎破产的那家国企。

……

俗话说：是金子，在哪里都会闪光。而人生在世，每个人的命运起点是不一样的；更多普通人最初的命运，就像尿液、回形针、废铁、自行车、下岗工人一样默默无闻。但不要忘记，天生我材必有用，它们，都像一块块暂时被埋没的金子，只要通过智慧的提携和自身的努力，秀出其内在潜力，就能一步一步抖落包裹的泥土，还原生命的本色。

大师的忠告

● 陆勇强

艾略特是英国的著名诗人。1922 年发表长诗《荒原》，奠定了他在英美诗歌界的地位。1948 年，艾略特获得了诺贝尔文学奖。

在那个对诗歌极为狂热的年代里，艾略特的地位达到了无以复加的地步，众多诗歌爱好者，包括年轻的小伙子和美丽的姑娘们，就像朝圣一样渴望看到他。如果艾略特能够给他们一个微笑、一个赞许，那无疑会成为这些孩子们幸福一生的东西。1951 年，一位只有 22 岁的美国诗人刚从哈佛大学毕业，他是一位诗歌爱好者，又对艾略特无限崇拜。为了追寻艾略特的脚步，小伙子也希望自己来到英国。一个偶然的机会，小伙子获知艾略特正在美国，他通过种种努力希望和艾略特见上一面，他的愿意实现了。

小伙子站在了艾略特的面前，告诉艾略特自己的情况，以及要到英国牛津大学深造的愿望。

艾略特听完，沉默了一会，随后说："40 年前，我从哈佛大学去牛津，现在，你也要从哈佛去牛津，我能给你一个什么忠告呢?"

小伙子毕恭毕敬地站在艾略特的面前，等待大师给自己一个忠告。

但是，艾略特沉吟片刻之后，却说："你带长内衣了吗?"

这个典故一直被人当作笑料，讽刺那些盲目崇拜名人而被名人取笑的人。但现在重读这段典故，却发现许多人误读了艾略特的良苦用心。

美国哈佛和英国牛津的地理位置截然不同。英国天气以其变化之迅速和频繁著称，由于英国四面是海，属于海洋性天气，气候多变，随时都有可能下雨。因此，人们的印象中英国人总是喜欢带伞。

牛津大学所在英格兰特，几乎全年都是阴天，一个夏天也见不到几次日影。有人说："英国只有气候，没有天气"并不夸张，往往一日之间可以见到下雪、下雨、出太阳。

当时处于诗歌巅峰地位的艾略特面对一个名不见经传的小伙子，什么也不说，只提醒他应该带上长内衣，这样的提醒，现在想来仍然让人感到十分温暖。历史常常可能被人以讹传讹，当我们遭遇一个玩笑，想着那是多么滑稽的一件事时，是否应该冷静下来想想这是为什么。或许，我们能从中得到另外一种答案，甚至会化腐朽为神奇。

随手拈来

20天的美丽

● 李成林

一个朋友去蝴蝶谷旅游，面对花样的蝴蝶，她兴高采烈地追问同行的生态专家："一只蝴蝶能活多久呢？"

生态专家淡然地说："20多天！"

才20多天。朋友震惊了！这么美丽的蝴蝶只有短短20多天的生命！像针尖滑过，我的那个和蝴蝶一样美丽的朋友顿生物伤其类之感，她的心不由地疼起来……

春去春来，几回回看到蝴蝶在春花丛中飞舞，生活因此多了一些美妙和灵动，生命也因此多了一些惊喜和奇遇！蝴蝶能活多少天？这个问题我从来未曾关心过。我们身边的大多数人也从来不会把这当作一个问题。桃花谢了有再开的时候，蝴蝶飞去有再飞回的时候。当我得知这个美丽的精灵只有短短20多天的生命，也不由得呆了一呆。继而我又想到了我们人类自己。有一个有心人对人类自己的生命也进行了一番计算，他惊讶地发现，其实人的一生也不过才两万多天！人生一世，草木一秋。生命何其短也！

相对于人两万多天的生命，蝴蝶的生命又何其短暂！但就拿人的这两万多天生命来说，在漫长的历史长河中也只不过是短短一瞬。时间像流水一样一去不返，"子在川上曰：逝者如斯乎！不舍昼夜。"一切的一切都在逝去！包括人的宝贵的生命。那些宣扬文治武功，渴望长生不老的封建帝王也改变不了命运的大限！也和寻常百姓一样，荒坟一堆草没了。整日里，戚戚于贫贱，汲汲于富贵。在这两万多个日子里？我们又有多少日子的生命在叹惋中悄然流逝?!

可是，蝴蝶知道自己生命的短暂吗？这个问题虽是不得而知，但是蝴蝶知道生命是可贵的。那艰难的破蛹成蝶，不啻是一场生命浩劫，但更是生命的涅磐。破蛹而出即振翅而飞，蝴蝶以轻盈曼妙的舞姿鲜活着生命的每一天。作为自然之骄子、欢快之化身，她戏白云、逐清风、照看百花，舒展美丽洒脱的舞姿于天地之间。这个自由的精灵、美好的化身，她何曾有时间为生命的短暂而叹惋哀吟。她飞舞着，展示着生命的美丽与神奇！

在我情感的心空中，就有一对永恒的蝴蝶在飞舞。这里面有一个凄美的爱情传说。古时候有一个叫梁山伯的穷书生，和一个叫祝英台的富家美眉，两人同窗三年，因情生爱，却在世俗的人世难成眷属。二人殉情死后，双双化蝶被传唱千古。

据说巴西的一只蝴蝶扇动一下翅膀，可能会改变美国得克萨斯州的气候。也就是说，小小的蝴蝶一直在启示我们人类。在我们这个古老的国度，还有一个著名的老先生，他叫庄周。两千多年以前一个春日的拂晓，庄周梦见自己变成一只蝴蝶，飘飘然，十分轻松惬意。这时他全然忘记了自己是庄周。一会儿醒来，对自己还是庄周十分惊奇疑惑。认真想一想，不知是庄周做梦变成蝴蝶呢，还是蝴蝶做梦变成庄周？庄周也因此一梦成名。

一只小小的蝴蝶，成全了梁祝的美丽爱情，成全了庄子的大道！在这个美丽可爱的小精灵身上，人们寄托了太多追求不到的东西！

蝴蝶的生命只有20天，她的生命虽然短暂，却有20天的美丽。如果有来生，我愿化做一只蝴蝶，用那20天的生命来成全自己。

爱情走远了的日子

●戴 璐

爱情走远了的日子，懂得了“缘分”二字。没有爱情的日子，才知道不必为失恋痛苦，也不再为伊人憔悴，学会了用淡淡的文字来梳理心情，无人陪伴的静夜风依然轻月依然柔；爱情走远的日子，才知道因为无缘而分手的过去终究只像两个傻傻地共撑一小片荷叶漫步于烈日下的孩子，虽然感觉浪漫，但那毕竟是梦，而一片小小的荷叶怎能长久乃至撑起两个人一生的阴凉？

爱情走远了的日子，不再提那个女孩的名字，记得在过去仅属于我们的那片小天地里，我很矮很丑，她很高很美，幼稚的肩膀都还不会遮风避雨，但却许诺要把自己的一生托付给对方并发誓要把两个人的合奏曲谱写得圆润而高扬。

爱情走远了的日子，才发现相爱时我们不懂爱情，爱情因美丽或诱人而生，因诱人或美丽而长，不舍的是那分相依相偎的感觉；爱情走远的日子，才发现爱情需要缘分——那是根看不见的缔结人类生命之缘的红线，是两颗相互温暖着的心，并肩走过人生荆棘路上最坎坷、最苦难、最无助的一段历程；是避开一次次抛弃物欲、情欲乃至生命之外的诱惑换来的忠诚相守，并且从一开始，起点就固定在一个适当年龄的人生分水线上。

爱情走远了的日子，仍然常常感怀过去拥有爱情时的那分心情，为自己和伊人的纯情感动，没有了爱情，但留住了友情，没有了恋人，但培养了恋情，恋情毕竟可以转化，譬如恋书、恋笔、恋纸；爱情走远的日子，才发现自己终于走出一个狭小的、幽怨的人生巷，所有经历过的苦难、悲喜和骚动，换回了现在这分恬淡、疏朗和包容的心情。

边关月

● 刘宏梅

关口的风吹走了一年的光景，唯有这清淡的月光还静守在呼伦贝尔草原深处，伴着绵长的界河平平展展铺向远方。

月照着雪伴着风带来了干干净净的天和地，站在这样的天底下，凭借着敏感的触觉，遥想在千年以前、万里之外的那轮明月恰是我头顶的这一盏，于是，与月相望，邀月共听千里风鸣，一不留神已是热泪盈眶。

千年前，这里是一片荒原，大漠孤烟，寒风落日；百年前，这里充斥着人类刮起的飓风，刀枪剑戈，弓弩齐飞；而今，千百年的风霜被淹没在历史长河，这里升起了和平的旗帜，国门巍然，界碑屹立，商贾云集，人们都叫它边关，而陪伴它走过千百个悲喜春秋的就是这边关的明月，用一支含蓄的画笔素描着国旗下一张张动人的脸庞。而边关的庄严、边关的美丽、边关的神奇全在这清凉明净的月色中。

边关月，拉短了边关人与历史的距离。沐浴着亘古不变的月光，光阴的往事从心中淌过，在月儿的阴晴圆缺中领悟人生真理，萌生无限感触，或恬淡安详，或愁肠百结……

边关月，你抛洒的灵光，以不同凡响的诗行，在孤独静美的氛围中，写下边关人的情愫，这充满理想和热情的边关生活，这难以忘怀的边疆浓情，都被你深深地印在心壁上，灵魂成为一片洁净的芳草地。

边关月，你赋予边关人一分清醒，给予边关人坚毅的性格、不畏困苦的精神，支撑我们勇敢面对生命旷野中的电闪雷鸣，鼓励我们在逆风中飞得更漂亮，毅然坚守着与成功的承诺。

边关月，我的根已深深扎进边关的冻土层，请在明天日出前唤我一声，让我再次接受你的洗礼，然后去迎接美丽的清晨，以祖国的名义坚守这片土地。

边关月，我愿与月同行，与关同在，再为你守望五百年！

鬓上的夕阳

●文　慧

我必须回到那条一到四月树枝上就挂满红绒条的小巷，这个时间里，那缓缓的老人又在等我了，她总是站着直到我跑向她。

那时候准会有夕阳插在她的鬓上，那鬓角的苍白只因了对我的等待。我的成长使黄昏显得漫长，我从小到大的身影在一个个重叠再打开的黄昏中被她贪婪地吸收着，临摹成一幅全然浸在慈爱中的影像。

终于有一天，树上的红绒条掩埋了她，夕阳找不到那花白鬓角，只好在空落中插在了枝丫上。

我对她的离去没有一点儿预感，也许红绒条和夕阳曾经向我显示过什么，可幼稚的倔强让我撕碎了她最后的梦想。

我在她分毫不差的黄昏里长大。

后来，夕阳又找到了栖息的归宿，它在一个黄昏里，准确地插在了一个高高的男孩子的浓发上。

于是，有一个少年开始在黄昏中带着夕阳一起等我。于是，他的活力使黄昏神魂颠倒地迸发了正午才有的狂热。

我在这样的等待和投入中感到了生命力旺盛的延伸，它注入落日使它永远更名为朝阳。

我的成长依然使黄昏显得漫长，他目光的抚摸使我的步履在空地上生出了根。

终于有一天，夕阳以为少年能取代它便隐遁在他身后，自尊和倔强使我的声音这样抛给了他："你挡我视线了。"

他离去的时候露出了身后的夕阳，为挽回它，我伤害了另一个人的自尊和倔强。

我在他一尘不染的黄昏里长大。

他们在黄昏重叠又打开的格子里等待，又这么快地离开。可如果时光倒流，我还会重复那个在年轻自负中伤害过他们的女孩，好像命运在用经历告诉我如何学会像他们一样给予和等待。

如果还有人因为相信我会长大而在黄昏里等下去，那就等吧。

等到黄昏里，我把夕阳也插在鬓上。

等待飘雪的日子

●徐　路

等待一场飞雪，等待天空中飘起雪花。然而，因为全球变暖，因为厄尔尼诺或者拉尼娜现象，飘雪的日子离我们越来越远了。

记得小时候，每年的冬季都会有漫天飞雪壮丽地降临。那时候大家都还穿棉衣棉裤，裹得像大熊猫一样在厚重的雪地上跑操，在教室旁的斜坡上滑雪，每每于课间便在雪地上横七竖八摔倒一片。我们的学校是那样的大，已经到处是快乐的孩子纷沓的脚印，却依然可见那些洁白宽阔被遗忘的去处，在柔和的冬阳里闪烁着无比的沉静与纯真。

后来上了中学，日子就像脚踏车的轮子一样转得飞快了。只有在飘雪的冬日，我才会步行去学校。早晨往往天不亮就出了门，扑面而来不觉寒冷的雪花洋洋洒洒挂了满头满身。透过晶莹的睫毛，会看到街道上蜗行的汽车打出五彩的灯光，将恣肆漫游的雪霰映照得有如梦幻。身边匆匆走过的面孔都一样地陌生，又一样地盈满喜悦的神情，让我有一种温暖的感动。

遭遇最美的雪景还是在哈尔滨，凌晨一出火车站，我就被眼前的景色迷住了。这个还在沉睡中的城市完完全全裹在厚厚的雪里。道路是白的，街树是白的，欧式风格的屋顶是白的，那充满质感的银色世界，宛如一个童话。只有淡淡的橘色从寂寞的窗里透出来，引你去想象一个红红的壁炉，一壶温着的酒，或者椅上昏昏欲睡的主人。伴着脆生生的轻响，提着行李去寻找旅馆，看到偶尔驶过去的汽车扬起细密的雪尘，那种感觉又像走在似曾相识的一个梦里。

是那些打雪仗堆雪人的日子，将一季季漫长而单调的冬天变得可爱。所以我们忍耐，所以我们等待。人生最难是等待，然而人生就是等待。孩提时等待他长大，上学以后等待放假，毕了业等待发薪水的日子，上了两年班又开始等待一套房子，成了家等待一个孩子，有了孩子又等待成龙成凤的日子……有的东西只要耐心等待总会得到，比如一个假期；有的东西也许一生等待也无法邂逅，比如爱情。

而现在，只想等待一场飞雪，等待天空中飘起漫天的雪花。如果推开明天的窗，看到舞蹈着的飞絮铺天盖地撒下，朋友，那一定是我们等待的心情开出了灿烂的花。

第一片落叶

●江 仲

我的一位喜欢做雕塑的朋友说，他对第一片落叶总是很敏感。“不知该怎么办好？秋天就这样来了，心里突然变得很不踏实。”他不止一次这么说。很明显，他还年轻，还处于那种能有大把时间悲秋，而且觉得不悲一下就仿佛对不起秋天的年龄。

我却特别喜欢从另一个角度看秋天。

它是最富色彩和最迅速变幻的。一整年的时光，就只有在这个季节里，时间可以被烤成令人垂涎欲滴的艳红金黄。秋高气爽，那样的空气能教我开始细细计算今年到了这时候自己已经做了些什么。并非开玩笑，就连“秋后算账”和“秋决”我都不觉得可怕。我已经习惯于周期性地结算自己。人生不就是一次一次结算然后再计划和再出发吗？一年一年变化，没有跟自己秋后算账和杀掉秋前那个自己的勇气，也许才是可怕的。

第一片落叶，没错，是个讯号，它除了提醒我打开地图或跑到火车站售票处看能跑多远就多远，它还用瞬息万变的色彩漩涡提醒我光阴的急促与短暂。是的，秋天只要一开始，一切都在变。树在变，水在变，风的气味在变，我对一切的看法也每年都在变。只要能抓住这个变化多端，我就感觉自己前面应该还是有趣的，因为这想法往往就是精力和精神的来源。

后来我似乎找到这位朋友对秋天感到有点恐惧的原因。也许因为他惯于踏实，一加一就等于二，相信世上只要坚守就真有牢固这回事。秋天的种种戏剧性及难以预测他都不感兴趣，而且秋天还没真正开始他就着手想象冬天的萧索，并且提前担忧。以前我或许也有过这样的感觉，至少在东方人崇尚稳定的社会里我就受过不少这样的思想教育，幸亏我“出轨”得快。一加一并不一定就等于二，就算暂时等于二也没什么值得庆祝的。一切都有个应该的答案，那生命就太无趣了。李白之真正可爱并不是他的诗情出奇，而是他生命里一切是如此快速难料地抑扬顿挫。我不惧弥漫，弥漫总是模糊不清的，因为模糊不清，样样才会有可能发生。

叶子临终之前，急着要吐露的最为美丽。即便是那么短暂，能率性发挥就已无怨无悔。这时，我也明白为什么自己从来不热衷于任何殿堂、保障、使命、藏品，或任何自欺欺人的永恒。我看这种种冠冕堂皇的概念只觉得都是人类文明带来的自我安慰。因为实际上根本没有那样的存在，就算是有，诸如此类都是人类自己筑造的最深牢狱。我觉得，愿意相信永恒的人，就很难再有变化。

我还没想好秋天要去哪里过日子，但那地方应该有树林和有水影，出其不意地摇曳和交融，才是秋天的讯息。说真的，延绵山脉虽像一幅幅变色地毯，但我没有多大兴趣，我宁可到一个充满人间生活烟火的河谷盆地，一个丰收的农庄，或是一些心情散漫的阡陌，看看秋天如何交织在身边伸手就可接触的片片涌动色彩里。

当然，还是有人习惯把秋天看成绝句，我说的那位朋友就是。但，为何不也试试把它看成是飞舞的序幕呢？

第一片落叶之所以美，就因为它比其他落叶都懂得提早放手。

父爱无声

● 王军红

周日回家看望父亲，快要结婚的外甥女指着那一对好看的景泰蓝花瓶对我说，那是姥爷送给她的。我略感惊讶，想不到年老的父亲还有如此的雅兴和细心。

父亲生于上世纪20年代初。在我的印象中，父亲这一代人是缺少柔情的。童年的记忆里，父亲很少回家，从未抱过我、牵过我的手，他的满腔热情似乎都用在了工作上。

母亲去世后，他把我带在身边，半年后继母走进了我们的家。从此，我对父亲更是敬而远之。不久，我以想飞的心情离开了那个家。临别，父亲把他用了多年的木箱送给了我。

从此，我和父亲异地相居，靠电话联系，多是在节日里团聚。

汽车在公路上奔驰，田野上那一片片的绿和金黄的麦浪在我眼前飘忽而过，而那一对美丽的景泰蓝花瓶却始终在我的眼前闪烁。

思绪走进了记忆，我在搜索父亲对我的爱……

那是一块红格子的布料，在过年的前夜，母亲忙着为我的新衣飞针走线，她喜悦地告诉我，那是父亲给我买的。

炎炎的夏日，“苦夏”的我吃不下饭。父亲总会在下班后拎回一个硕大的西瓜，喜滋滋地说：“吃瓜吧，瓜能当饭。”

那个冬季，刚参加工作的我穿上了一件漂亮的黑呢子外套，这在那个朴素的小县城里，成了一道亮丽的风景。那是父亲去外地出差花50元钱给我买的，当时父亲的月工资刚过百元。

我要结婚了，父亲忙着去买木料，找人给我做家具、缝被子。我生了儿子，听到喜讯后，已60多岁的他骑上自行车满街去找最好的小米、鸡蛋、红糖。儿子百日后我抱他回娘家，父亲又抓紧跑出去给买来了手摇的小铃铛。儿子上高中住校，当父亲得知学校里没有暖气时，马上给儿子买来了厚实的大棉袄。还有我的爱人，自和我牵手起，父亲对他就像对待儿子一样……

原来，我得到了父亲如此多的爱，我却浑然不觉。

就在今天，大半年没有回家的我想去看父亲，我只想着自己的痛，想去看他一眼马上就走，却不知他为了等我回家一夜未眠，早已烙好我爱吃的油饼等我。

原来，我认为缺少柔情的父亲竟是如此疼爱、宠爱着他的女儿。

原来，不是父亲给我的爱少，而是我缺少了一颗细心体会父爱的心。

原来，父爱总是落实在行动上。

手机铃声响了："你到家了吗？"是父亲。

感受纯净

● 胡致远

纯净是一种美，一种意境。

在雨后初晴的草原水乡多伦，悠然漫步，新体验到一种纯净：它凝结在绿绿的草地上，流动在脉脉的多伦湖水中，绽放在带露的野花上，飘荡在草原的薄雾里。大草原上那一片绿的精神劲儿，高粱苗一动也不动的安详劲儿，这时，深深地吸一口清新的空气，再望一望头顶斜着的太阳，定会沉醉于多伦大地纯净的氛围中……

蒙古族少女有一种美，很纯很净。她们的柔发上沾上几点雨丝，随意抛在脑后，是一种淡然的纯净；她们赤脚跳舞溅起的水花，是一种跳跃的纯净；她们放歌欢迎远方的客人，是一种热情豪迈的纯净。转移一下视线，看那倚在蒙古包边做针线活的蒙古族老妈妈身旁的小孩儿，想起什么来了吧，他浅浅的一笑，你定会感到一种暖意，轻轻的、柔柔的，又是深深的。如此之纯、如此之美，不是儿时的我吗？

纯净应该还是以静为背景。久住城市的我们，在阳光明媚的八月来到了被称为北京的后花园、草原水乡——内蒙古多伦，一个有青山、绿水、草原和清新空气的僻静乡村。眼前的一切如此的静，如此的美，如此的悠然与温馨。纯净如水、纯净如茶，淡雅清香，令人回味……

我的眼前又出现一幅画面：在多伦湖畔、在榆木川边，独坐农家小院，夕阳余晖中，泡上一壶既淡又香却独具特色的闽南功夫茶，读上一本关于蒙古族英雄——元世祖忽必烈的经典大书，捧书品茶，望远处碧野，近处榆树，听老马在风中吟哦，看牧民纯朴的淡笑，看朋友们在河里漂流的水战，寻找着创作的灵感和激情，悠悠乐在其中。在古今中外文人墨客眼中，这为乐事。因为这境界里拥有了回到纯净状态中的我们。只可惜，这种在草原上与“清风共醉”的时刻有几何？这种意境又何曾敢时时奢求呢……

很想拥有纯净，因为拥有了它，就拥有了精神，拥有了美丽。

终于感受了纯净，因为感受了它，就感受了随意，感受了难以忘怀的温馨。

哄哄自己

●张庆和

哄哄自己，就是想着法儿自己让自己高兴；就是懂得利用自己成熟的心智来抚慰自己受创的心灵；就是自己给自己不断地寻找希望，因为希望是人们灵魂的天幕上不可或缺的太阳。

这世界的风霜雨雪太多。心一旦被打湿了，受潮了，只有自己把它搬到阳光底下去晒，才能寻找到温暖，才能不让它发霉，才能把角落深处的那个阴影驱逐。因为，他人的施舍总是那样的不可靠和不稳当。

哄哄自己，并非主张掩耳盗铃似的欺骗自己。因为，这繁杂的世界给了人太多烦恼，这缤纷的社会产生了太多诱惑；人与人东拉西扯，关系如织，常常觉得似有一张无形的网正在罩住自己。真真是扯不清，理还乱。这时候，就需要哄哄自己：我的兴趣就是我，我的爱好就是我，我的追求就是我，其他皆过眼云烟也。高官厚禄算什么？巨富大款算什么？天晓得他们施了多少种手段，昧了多少次良心才弄到手的。

人，作为一个生命体，他总要行动，总要走路。但眼前的路，条条弯曲，处处坎坷。这时候，就要经常哄哄自己：弯曲的路是暂时的，坎坷的路总要过去。不是说“相信未来”吗？未来绝不会是这个样子。至于“未来”在哪里，先不必想得太多，否则，又要自寻烦恼了。

几年前，听一位教授讲人生课。他问，在座的诸位有谁曾经想要自杀过？请举手。结果，我这个曾经想自杀过的人，因碍于面子不肯举手，许多人也没有举手，敢于举起手来的寥寥无几。

教授接着讲，好！举手的朋友请放下。你们是世界上最勇敢的人，因为你们曾经战胜了死亡，也就是说战胜了自己。想想看，一个能够战胜死亡的人，他还有什么战胜不了呢，还有什么事情做不成功呢。

教授的话，是一针强心剂。他在诱导大家，无论在任何挫折面前，都要设法哄住自己。这样才能最终做到，自己把握自己的命运，自己拯救自己。

其实，想哄哄自己并不容易，它所寻找的不仅仅是一种心理平衡，而是一个坚强的人生支点，也是一次对世界、对人生重新认识、重新理解、重新整合的思辨过程。比如，当一个人不幸被骗了，被耍了，被欺了的时候，就要想：花无百日红，事无两次顺；好人有好果，恶人遭恶报。这样，人在黑暗中就看到了光明，在逆境里就发现了希望，从不幸中也找到了万幸。特别是对一些会给自己招致痛苦、很伤害自己的事情，有意回避一下，也不失为哄哄自己的一种办法。

当然，哄哄自己，不是要人一味地放弃原则，也并非要人“到此为止”。物质在运动，社会在发展，人事在更替。这运动、这发展、这更替，有规有律，有章有法。所以我们还要不断总结，以教训磨砺自己，以成功激励自己，以经验提升自己，使人变得逐渐聪明起来，免得被同一块石头绊倒两次。

最后，请允许我再说一句不算多余的话：祈愿那些想“哄哄自己”的人们，一定要自己哄哄自己，切莫被一些聪明人把你当成“小孩子”，哄来哄去哄着玩。

记住 这是你的工作

●毛 婷

“记住，这是你的工作！既然你选择了这个职业，选择了这个岗位，就必须接受它的全部，而不是仅仅只享受它给你带来的益处和快乐。就算是屈辱和责骂，那也是这个工作的一部分。如果说一个清洁工人不能忍受垃圾的气味，他能成为一个合格的清洁工吗?”这是《没有任何借口》中的一段话，听来平实无华却意味深长。这让我想起了自己和自己所从事的工作。

我是一个在检验检疫窗口服务的工作者，每天都要接触很多客户。这些客户中有的满面笑容，有的谦虚谨慎，有的大大咧咧，有的怒气冲天。碰到满面笑容的人我们都很喜欢，服务起来也格外卖力；然而碰到脾气不好的人呢？我们便也马上变了脸色，你对我什么样子我便还你什么颜色；或者即使是客户没事，却因为那天我们家里发生了什么事，或者是身体不太舒服，便对客户冷言淡语。我们有理由呀，因为那个客户实在太难说话，或者是家人生病了自己当时正在担心，看起来合情合理的理由，其实都是借口！记住，这是你的工作！你的工作就是要让客户满意。

也许你是一时的心情不好，可是作为客户会怎么想呢？他会想，检验检疫系统的人真是枉自尊大，身为国家政府机关就是这样的服务态度！因为你的心情不好，却影响了整个检验检疫系统的形象。或者这个客户的身份比较特殊，可能是外国友人，那影响的就是我们国家的形象。你说，不就是偶尔开个小差吗，哪有那么严重的？好吧，听了下面这个故事，不知你还会这么说吗？

在一片海况极好的海域，“环大西洋”号海轮悄然消失了，人们怎么也想不通是什么导致这条最先进的船在这么平静的海面沉没的。这时有人发现海面上漂浮着的救生电台下面绑着一个密封的瓶子，里面的纸条让人们知道了事情的始末。一个船员私自买了个台灯，以便给妻子写信时照明用，另一个船员看见了只提醒他别让台灯倒了便没再说什么；服务生进了船员的房子，看见船员不在，随手开了他的台灯；大副进行安全巡视的时候，没有检查这个船员的房间；机匠发现消防报警探头坏了，便取了下来，要求大管换新的，但大管说正忙，便没及时换；二管发现水手区的消防栓锈蚀，心想就快到码头了，也没换；电工在晚上值班的时候跑进了餐厅。于是当大家发现船上火灾的时候，已经来不及挽救了。船长写的一句话让我们深思：“我们每个人都只犯了一点错误，但却酿成了船毁人亡的大错。”

听完这个故事我们总会替他们的遭遇惋惜，心想如果他们哪个环节都能少一些借口，稍微注意一下的话，灾难都可以避免，这可是生命的代价啊！由此联想到我们的工作，不管是服务态度或是工作正确性，我们都要尽力去做到最好，将“四个主动”、“四个一样”的承诺完完全全地落实到每一个行动中去，不要等到大错铸成再去懊悔你曾经的错误。

蕉林听雨

●常树辉

年少时，第一次从书上翻到介绍广东名曲——《雨打芭蕉》的文章时，也曾在月下狂妄地推敲过一阵子，觉得“雨打芭蕉”很难与美妙的岭南文化扯为一谈，甚至还觉得雨打在芭蕉之上远不如打在碧绿的麦野里、浓密的桐树林里富有诗情画意。

你想啊，一个在中原出生、长大的无知少年，只是在书上看到芭蕉之类的文章，且不说是理性认识，甚至连芭蕉的概念都没有完全搞懂，更不消说把此上升为文化或者艺术了。对芭蕉有过这么一段“感情纠葛”之后，思想深处却一直在寻找雨打芭蕉的机会。

我服兵役时在南中国海一个岛上的师政治机关里工作。因为远离大陆、条件艰苦，多年来，与文友傍晚时分散步或游泳成了我们生活中的必须。踏着溶溶月色，踩着弯弯石路，听着阵阵松涛，闻着岛上独有的植物清香，你一句我一句地吼唱着军旅歌谣，向山里的一个幽深处走去。一任这种恬淡与惬意化去所有的劳累与孤苦。

我所说的幽深处其实是海岛里的一个山崖，通往山崖有一条狭窄的3公里水泥小路。我们每天沿着这条小路向幽深的山崖走去。山崖山峰不高，但群峰相连，绵延数十里，群峰间疯长着南国的绿色植物。在宽阔的山崖间有一个水库，长宽千余米，水库四周的平缓山洼里生长着几十亩的芭蕉林，郁郁葱葱，充满着无限的生机和活力。我们常常在这世外桃源般的群峰苍翠之间散步唱歌，用情感与大自然碰撞，这真是妙不可言的人生境界。我敢说，这种境界是滚滚红尘里的人们所无法理解和感知的。

遗憾的是，进入新世纪后的第一个春天，我再也没到山崖中散步或游泳，原因是连着数月没有下雨，天旱得出奇，植被枯黄了，水库干涸了，芭蕉林里也是满目疮痍。更为糟糕的是，岛上数千军民的吃水洗澡问题只有靠船从岛外输送维持，在这种情景下，闲情逸致几近变得苍白与黯然。以往，我们行走山路中，穿梭在蕉林间，愉悦地脱下衣服在水库里尽情地畅游，算是晚上一次重要的精神会餐。眼下却是久旱无雨，天空晴朗得找不出一片云丝，星辰在头顶上如灯般闪烁，几乎伸手可摘，看不出有任何下雨的迹象。

忽一日，有几声似有似无的雷音从辽阔的海岛上空轻轻划过，犹如沉寂的心海荡起了灵感的涟漪。

傍晚时分，雷声愈来愈紧，大雨骤然而至。我被这突然而至的喜悦惊醒了，不顾一切地冲出雨中享受久违了的痛快淋漓。大雨下了整整四天，第五天的傍晚才得以歇息。晚饭自然是顾不上吃了，便一人撑着伞，踽踽地向山崖里的芭蕉林里走去，几天前的滂沱大雨此时转成了霏霏细雨，山里呈现出了神话般的意境，峰峦之间又现苍翠，雨帘汪亮着从空中挥洒下来，犹如条条银线在空中舞动，草们花们经过几天的雨水洗礼，显示出了勃勃生机，青蛙的鸣叫声此起彼伏且清脆明亮，山间的雨水猛烈地向下倾泻着，使水库里的雨水基本蓄满。更为惊奇的是，枯黄的芭蕉叶在几天之间竟奇迹般地变得墨绿发亮。

雨丝由密变疏。眼下，我该在蕉林中听雨了。此时，雨是轻柔的，让人感到似乎存在又似乎不存在，雨丝打在芭蕉叶上，半天聚成水珠“嗒嗒”如情人喁语般地滴落下来，会使你产生无法抗拒的兴奋和快感。

雨点不紧不慢地击打着蕉叶。此时，远处的海是平坦而宁静的，连绵的山是幽暗而凝重的，植被是湛绿而湿润的。

第二年的初春，我奉命调离了与我相守十余年的海岛。那是一次痛苦的离别，海岛尽管生活孤苦，但在我心中却留下了太多的美好回忆。在与大海别离的日子里，我的心情一下子变得失落和惆怅。大海的潮声、芭蕉林里的诗意与笑声不知何时早已进入了我的思想，融入了我的骨髓。多少次，嘹亮的军号声、集合的吆喝声、芭蕉林的婆娑摇曳，在我的梦中反复重叠地出现，几近远去，却又绵绵走来。它们常随着我的睡梦而来，又随着我的梦醒远去。

不久前，在岭南音乐殿堂——广州星海音乐厅，举办了一场“中华民族之声”大型音乐会，我应朋友之邀参加了盛会。盛会开始不久，那个在我心中积蓄已久的名曲——《雨打芭蕉》被一个久负盛名的乐队缓缓地奏起，乐曲清脆明亮、优美动听，虽没有黄钟大吕般的恢宏气势和磅礴力量，但听着这醉人的旋律，已使我享受到了一次盛大的视听盛宴。随着音乐的渐次展开，我的心一次次受到震颤、一次次得到升华。它使我想起了过去，又一次把思绪带到了我灵魂曾经栖息的那片芭蕉丛林中……

解读《在那遥远的地方》

●王 毅

诗人海子曾这样说过：远方除了遥远，还有美好的憧憬和向往。

记得在上世纪70年代末期，我曾听过一首青海名歌——《在那遥远的地方》，歌声里倾诉的是一种急切的盼望、憧憬。听罢，我就被这首旋律优美、抒情、悠扬，具有鲜明民族风格的歌所深深地吸引。吸引我的不仅仅是曲调，更是歌词所反映出的朦胧的场景，从而勾起了我对草原的神往。当时就萌生了想去青海的想法，看看大草原，去亲身感受歌中所描写的意境，去追寻那遥远的美丽。

到青海去，青海在哪儿？歌词中说的哪个地方在哪儿？于是我开始查看地图：武汉到青海，上千多公里的路程。那时，我还正在读高中，论经济实力还不可能，只好做罢。时间一晃20多年过去了，到青海终难成行，留下的始终是一个美好的追求。

大概是我的执著感动了上天，1999年机会终于来了，我因公出差到青海。一路颠簸，来到了我神往的地方——柴达木，也看到了明镜一般的青海湖。据当地导游介绍，《在那遥远的地方》描写的确是一个真实的故事：那是1939年，时年26岁的王洛宾云游到青海湖，在草原上采风，无意间认识了一个牧主的女儿，她叫卓玛。这位17岁的姑娘用鞭子轻轻地抽了王洛宾一下，含羞地拍马远去，他就痴望着天边那一团火苗似的红裙，脑际闪过一个美丽的旋律——在那遥远的地方。这倩影萦绕于心，挥之不去，终于幻化为一首美丽的歌，并永远定格在世界文化史上。

《在那遥远的地方》，当人们听着这首歌时，总想为它注释一个具体的爱情故事，其实据当地的知情人讲根本就没有具体的爱，王洛宾和卓玛相处仅有三天，就为了那“一鞭情”，他甚至愿意变做一只小羊，永远跟在她的身旁。但是也只跟了三天，此情此景就成了遥远的回忆。歌曲的作者王洛宾，一个生活在大都市的人，一个走过全国许多地方的人，何独于此生灵感？这是因为柴达木美丽的草原，还有这里的湖水、牧歌、山风、牛羊，才使作者生出了万般情。

到了青海，到了柴达木，到了那遥远的地方，我才对《在那遥远的地方》这首歌和诗人海子的名言有了真切的感受：遥远的东西是美丽的，因为长距离为人们留下了想象的空间，如沉沉的夜空；朦胧的东西是美丽的，因为它舍去了事物粗糙的外形而抽象出一个美丽的轮廓，如灯影中的美人；短暂的东西是美丽的，因为它只截取最美的一瞬，如偶然的邂逅；逝去的东西也是美丽的，因为它留给我们永不能再的惆怅，如童年的欢乐。

传唱了半个多世纪的《在那遥远的地方》，堪称是一首世界名曲，是一首中国式的“小夜曲”，让人每每听来都觉得有无尽的美好回忆，有无尽的美好向往。

经营一份幸福心情

●吴安臣

纽约康奈尔大学的弗兰克教授做过一项研究，最终发现财富可以带给人幸福，但不代表财富越多，人越快乐。一旦人的基本生存得到基本满足后，那么每一块钱财富的增加对快乐本身都不再具有任何特别的意义了。换句话说到了这个阶段，金钱就无法换算成幸福和快乐了。记得《老子你在说什么》一书里载有这样一个故事：清代山西太原有位富商经营的店铺可以说是日进斗金，他如同坐在金山上，白天忙着赚钱自然不得睡觉，晚上还要数钱到深夜，又怕别人偷，先是兴奋，接着担忧，也不得安睡，于是他患上了严重的失眠，于他来说银子再多也换不来一次深沉舒畅的睡眠了，相反他的邻居一对卖自制豆腐的穷夫妻，虽然一天赚不了几文钱，但是两人像拾到个金娃娃似的一天唱到晚。这让我想到了现在城市里那些蜗居在楼梯下炒菜哼着小曲的下岗工人，在板车上晒太阳的脸上浮着笑意的打工仔。看来幸福心情的确和财富的多寡关系不大。

其实经营一份幸福心情要有自己的信仰，美国杜克大学医学院的科尔尼特教授认为即使是信仰来生（也就是那些信仰上帝或者神灵的人）比起那些一样信仰都没有的人来说，更容易获得幸福感，因为他们容易找到人生的意义和目标，也很少会有寂寞和孤独感，他们在祈求中找到了一份美好的憧憬。

一个人在有信仰的同时，还要学会乐于助人。我们不难发现助人为乐的人更容易获得幸福感，心底无私天地宽。在国外有许多人乐于担任义工或者志愿者，调查表明这些人大多乐观豁达，他们在奉献爱心的过程中自觉不自觉地经营着自己的幸福心情。

经营一份幸福心情，即使身居陋室，亦会坦然满怀；即使粗茶淡饭亦会有滋有味，即使如颜回一箪食、一瓢饮亦会淡然。经营一份幸福心情，赠人玫瑰手有余香，恬淡，平和，知足常乐，少些欲望，少些纷争，少些自扰，幸福自会不期而至。

幸福就在眼前，触目皆是；幸福就在身边，触手可得。但是仍需我们用心发现，然后用心打造和经营。

拒绝的魅力

●朱文杰

生活中，亲戚、朋友或同事常常会求我们帮点儿忙，只要符合准则、力所能及的我们一般都会帮忙。但也有一些事是我们做不到，或者突破了准则因而不愿意去做的。许多人为此烦恼，既不想伤害对方的感情、产生尴尬的局面，又在内心里抱怨不应该去做那些事情，常常是身心处在矛盾状态，不知道该如何去选择。

卡萨尔斯是西班牙大提琴家，从小就跟随父亲学习管风琴，后来又到巴塞罗那学习大提琴，他一直勤学苦练着。随着技艺的不断提高，他需要去拜访名师。有一次，卡萨尔斯想到约克伯的班上学习，但首先要接受约克伯的面试。约克伯不相信这个看起来毫无才华的人有什么音乐方面的天赋，想赶紧让他离开。于是面试时，约克伯用轻蔑的态度随口讲了几首冷门的曲子让卡萨尔斯拉，纯粹只是要难倒卡萨尔斯看他出糗。没有想到的是，卡萨尔斯每一首都会拉，并当场完美地演奏了冷门曲目中最冷门的一首。此时约克伯态度转变，愿意让卡萨尔斯留下来当他的学生，并提供一年的奖学金。然而卡萨尔斯毫不客气地拒绝了，他只是说自己不喜欢布鲁塞尔。我想他拒绝的应该是约克伯高傲、歧视、无礼的态度吧。

卡萨尔斯的拒绝，可惹恼了为他提供生活津贴的西班牙王室，他们以中断奖学金来威胁卡萨尔斯留在布鲁塞尔跟约克伯学习。更让人想不到的是，这次卡萨尔斯索性连西班牙王室的资助一并拒绝了，独自到巴黎过起了贫困的生活。尔后，当佛朗哥在西班牙建立了法西斯政权时，卡萨尔斯又坚决拒绝了西班牙。接着，他拒绝到希特勒和墨索里尼统治的德、意演奏，拒绝到与西班牙建交的英国演奏，1950 年，美国承认佛朗哥政府，他从此拒绝了美国。

拒绝到这么多国家去演奏，卡萨尔斯又能到哪里去演奏呢?让我没想到的是，他竟然在比利牛斯山上的荒凉小镇办起了自己的音乐节，世界一流的音乐家争相参加。

卡萨尔斯的拒绝，没有使他失去成为大提琴家的机会，反而为他拒绝传统、开拓创新提供了空间：他创作出了巴赫 6 首无伴奏大提琴组曲的总谱，于 20 世纪初首演，并因此而开创了大提琴的现代演奏技巧，使它成为一件独奏乐器。他的演奏，不仅技艺精彩，而且底蕴雄浑，有鬼斧神工与浑然天成兼得之妙。

合上书，我不禁感到以前的那些烦恼是多么的可笑。在该拒绝的时候，我们就应该挺直自己的脊梁，勇敢地去拒绝，不必畏畏缩缩犹豫不决。在旁人看来，有时候你的拒绝是那么的富有魅力，不仅展示了你的独立、尊严，更让人看清你的风骨。

有时候你的拒绝，也将会让你拥有真正的人生。

生命中的台阶

● 程应峰

台阶，生活中随处可见。有粗糙的，有精致的；有平民型的，有贵族化的；有被雨雪泥泞过甚至是残缺的，有摆放着鲜花铺设着红地毯的……笃实平常的台阶让人感觉实在，富丽堂皇的台阶教人心存敬畏。台阶供人逐级而行，或由高处下来，或由低处上去，它铺设在人的生命中，最为可贵的，就是它可以超乎寻常地为处于窘境的人留住做人的尊严。

台阶的贵贱，不在外观，重在虚实。有人一辈子不遗余力为他人铺设台阶，在尽心尽力铺就他人尊严的同时，自己也获得了尊严；有人一辈子为自己铺设台阶，踩着别人的尊严攀缘而上，最后将自个儿铺进了罪恶的深渊，从此永远失去了尊严；有人看似稀松平常地活着，却深谙为人的道理，平日里看不见他有多大能耐，关键时刻能够堂堂正正地站出来，用心良苦铺设台阶去维护他人的尊严。

生活中处于尴尬境地的人，最需要的就是有一个能让他体面地走开的台阶。

有这样一则故事：在一家中国高档餐馆里，一位外国客人用完餐以后，看到一双做工精美古色古香的景泰蓝筷子，心生爱意，于是悄悄地装进了口袋。这位外国客人的举动，恰巧被一位女服务员看见了，她不动声色地说："谢谢各位的光临，顾客的满意是本店的荣幸。我发现有的客人对我店的餐具很感兴趣——这当然是很精美的工艺品——如果有哪一位愿意购买的话，请与本店的工艺销售部联系，那里有更加精致的无毒卫生的工艺品奉献给各位。”说着便把目光投向那位将筷子放进口袋的外国客人身上。那位客人马上从口袋里掏出了景泰蓝制品，说：“我看到贵国的工艺品太精致了，所以情不自禁就收起来了，我很喜欢它，不如以旧换新吧。”用完餐后，那位客人到销售部订购了一套餐具。

还有这样一件事：一位出门在外的先生，在候车的时间段里，信步来到一座茶楼，他不知道在候车室出口拥挤的人群中，他的钱包已被小偷偷走了。喝完茶后，发车时间差不多就到了。他摸着口袋起身去付账，才发现钱包不见了，这一刻，他急得不知如何是好。就在这时，愤愤嘀咕着的女老板一个电话召来几个汉子，把拳头捏得格格响。“老板!”一个服务生拿着一张十元钞径直走向吧台。“这位先生进来就付账了，可能他一时忘了。这不，钱在我这儿呢!”就这样，服务生不露痕迹地为这位先生化解了意想不到的尴尬。女老板明白真相后，说：“其实我那天心情不好，叫人来之后便感到后悔，我想不到该如何收场，你那样做，既让他一路走好，也给了我一个下台的机会。”为这事，服务生得到了女老板的重用。

积极而诚恳地帮助他人，给他人一个正当的理由走下台阶，常常不过是举手之劳的事情。正是这微不足道的举手之劳，给予他人的却是最为恰到好处的帮助。而你自己在这个充满竞争的社会里，也具备了令人刮目相看的品质，那份铭心刻骨的敬重和信赖足够你受益一生。

谁为梦境下载补丁

● 叶延滨

我是一个多梦的人，自打记事起，一睡觉就做梦，那怕是睡午觉或是打个盹，都会很快进入一个梦境。

多梦也许是好事，一半的时间在睡眠中度过，也就等于多活了许多时间。活着，也就是有知觉。一是实实在在地活着，一是在梦幻中虚拟生活。因此，当网络出现后，虚拟世界的游戏吸引着不少孩子，我理解这种现象，每个人都追求体味另一种与现实不同的生活。

我多梦，但梦中很少有妖魔与鬼神光临。也许是因为从小受到唯物主义的教育？其实不完全如此，因为没有妖魔的梦，也并非如现实世界正常。梦中的场景与现实不一样，在梦中我常能飞起来。梦见飞行是件快乐的事情，还有见到自己想见的人，比如当年梦见毛主席，梦见某个自己喜欢的女子。惋惜它竟然只是一场梦。没有鬼怪，使我这辈子的梦少了魔幻玄彩，大概这也是我对魔幻电影不感兴趣的心理因素。《无极》被炒得火热，但看了电影，发现导演实在不高明，不高明就在于，许多人如我们没有进入这个“人造梦境”。什么是电影？从心理方面讲，就是让观众在一个半小时，进入导演设置的梦，以假乱真，让你悲让你喜，让你痴情如影片中的人物；异想天开，让你震撼，让你惊吓，让你看得目瞪口呆，最后如囚徒般走出电影院叹一声“多好的阳光！”可惜，《无极》也许能让孩子满足一下不能进网吧玩游戏的感觉。我从头到尾就没办法进入电影。于是我感到才华的无价，当才华流失之后，再多的投资都于事无补。“三亿五千万”竟然没有能为才华的流失打上一个补丁。

做个好梦，不完全是心情，也需要物质基础。一张合适的床，一条洁净的被单，一只中意的枕头，都是好梦的前提。比方一只中意的枕头，就常常难求。自家的枕头睡惯了，它肯定不是最高级的，但它是你进入梦乡最习惯的引路者。常常出差，更加感到一只枕头的重要，三星级也好，五星级也好，一只舒适的小枕头是梦的最好“补丁”。习惯不仅在枕头上表现出它的顽固，在梦境中也会显现习惯的影响力。梦是最没有规定性的东西，梦几乎无可预测和变化无穷。把半生的梦回顾一下，也有习惯性反复出现的情景。“保留性”的梦境有两种，一种是无穷尽的考试，常常是看不清考卷上的考题，最看不清的是外语试卷。二是总有人向我宣布，组织上决定分配我到某个偏僻而陌生的地方，或是下放，或是插队，或是工作。这两类梦境最后都是在忐忑不安的紧张中醒来：“真好，不是真的！”

考试恐怕是中国知识份子千年的噩梦，也许还是美梦。考中了，美！考砸了，惨！所以，当我再次从这种梦境中醒来时，我暗自庆幸：“唉，总算到了不再为考试烦恼的年纪了！”不考了，对一个知识分子来说，也就是到头了，没有前途了。没有也罢，不再和考官玩猫捉老鼠的游戏，人生也自在了。另一种“等待分配”的梦，大概是我们这些与共和国同龄的人特有的梦境。我们这一代，从一迈入考虑人生的年龄，就不断接收如下的信息：“服从分配”，“一颗红心听从党安排”，“毛主席挥手我前进”，“做一颗革命的螺丝钉，拧到人民最需要的地方”，“知识青年是块砖，哪里需要往哪搬；知识青年是片瓦，哪里需要往哪码！”……这些说法都没有毛病，但是这些说法对我们这代人共同传达的信息是：服从安排！服从谁？上级组织、某领导等等。政治觉悟高不高，思想好不好，服从不服从，是头一条。这是一代人命运的基因，这种基因从宏观而言是“计划经济”产物，不怪谁。随着计划经济退出中国历史舞台，随着社会生活的多样和多变，“分配”对年轻的一代就成了一个陌生的字眼，他们共同命运的关键词：选择——自主择业，双向选择，跳槽，竞争上岗，北漂一族，洋插队，海归……啊，这就是另一代人的命运基因：选择！这是另一种梦境的底色！

也许，对于我来说，这是必不可少的梦境的“补丁”，没有这个补丁，我将可能在未来的日子也生活在“过去”。谁来为我们这代人下载这块“补丁”，谁也靠不住，只有自己，从自己开始，从现在开始，继续有梦想的日子……

手机为你而开

●张国领

“我什么时候能够随时找到你呢?”

说这话时我看到你的目光里有着明显的期待，但那时我还没有手机，你只能打家里或办公室里的电话，我这四处走动的职业，是很难每天守在电话机旁等你的。但我又不忍心让你失望，于是，第二天我就去买了这部当时价格不菲的摩托罗拉。试机的时候我给你发了一条短信，至今我还记得内容是：为了你，我从此不再关机。

我的手机已买来三年多了，但想来犹如是昨天，我不知道你说过的那句话可还记得？手机上的光泽已被岁月打磨得失去了亮度，它给我带来的激动和兴奋却从来没有消减过，无论它在何时何地响起，我都会强压着狂跳的心，迅速按下那个绿色的OK键。

三年多了，自有了手机之后我就践行了自己的诺言，从不关机。这个号码是属于你的，我也从不告诉别人。

等待你短信的时候，幸福和愉悦像一条小河，在心中欢快地流淌，无论是浪花的闪光还是流水的叮咚声，都把那根为你而绷紧的心弦弹拨得颤颤悠悠的，有无数无法言表的美妙充盈在生命的最圣洁处。

自有了手机之后，我的习惯改变了许多，我的梦想增加了许多，我的烦恼也减少了许多。我知道这不是手机改变了我，而是手机那一端的你改变了我。这种改变是到此为止还是将继续下去？我不知道，就像我不知道认识你之后会改变我一样，人的许多变化是在不知不觉中完成的，有些是很乐意的，有些是自己无法阻止的，有些是下意识的。人就是这样，自己改变了之后自己还蒙在鼓里。

一个人能改变一个人，一件事也能改变一个人，一个世界更能改变一个人，这是谁都知道的道理。但我没想到的是改变我的人是你，是一个单纯得如一缕阳光，清澈得如一滴晨露，轻盈得如一片彩云样的你。有句广告词曾这样说过：把复杂的事弄简单了，那叫本事。而你的本事只有一个字：美。在多少灾难险情面前从容镇定的我，被你用一个字就改变了，看来爱美之人在美的面前是如此的不堪一击啊。

但我不悔。

手机为你而开，为你而开的手机从此不会关闭。我明白，敞开的不仅是一个电话号码，而是心扉和情怀。我也明白，我渴望得到的不仅是电子信号的发送和接受，而是生命与生命的对接，情感与情感的交融。

寻找我们的大海

●卞梦薇

曾经在一本书上看到过这样一则故事。

在地中海沿岸，生活着一种叫做寄居蟹的生物。这种蟹很懒惰，平时，它们生活在浅水里，涨潮时，潮水可以给它们带来一点少得可怜的食物，靠着这仅够维持生命的食物，它们勉强活了下来，但因为缺乏足够的营养，它们总也长不大。而事实上，在它们的不远处就是大海，只要爬进大海，它们就可以获得丰富的食物，会长得比现在更大。但懒惰的习性，却使它们一直生活在浅水里，过着饥一顿饱一顿的生活。

这样的生活很快被打破。有一年，天大旱，一连几个星期潮水都涨不到它们寄居的浅水洼。寄居蟹们没有食物吃，为了生存，它们不得不竭尽全力向着大海的方向爬行，到大海里寻求维持生命的食物。到了大海里它们才知道，原来那里有它们喜欢吃的各种各样食物。靠着大海中丰富的食物，他们长成了盘子大的螃蟹。

长成了盘子大的寄居蟹应该感谢那场干旱，如果没有当初的那场干旱，也许，它们还会一直生活在浅水洼里，到死也懒得爬进大海。因为在它们的潜意识里，那并非理想栖身之地的一洼浅水便是他们安身立命之地，如果不是那场大旱，改变现状的想法会因它们的惰性而一再搁浅，寻找大海的雄心也会因它们的满足于现状而枯竭。

这则故事很有哲理性。由懒惰的寄居蟹，我想到了我们人类，回想我们走过的路，有的时候，与寄居蟹何其相似。一个效益不好、苟延残喘的单位，就足以让我们“安贫乐道”十几年；一份吃不饱饿不死的工资，就足以让我们创业的雄心一次次付诸东流。生活的艰辛与命运的坎坷，让我们一直生活在贫穷与痛苦中，面对艰难与困苦，我们也曾埋怨过，也曾有过改变现状的想法，但犹豫来犹豫去，却还是被依赖惯了的东西绊住了手脚，舍不得打碎手中早已裂纹重重、一碰就碎的饭碗，去独自闯出一条通向富裕和幸福的康庄大道。然而，当生活发生了重大变故，打碎了我们手中的饭碗，逼得我们不得不背水一战另谋生路的时候，也许我们就会像寄居蟹一样，因祸得福，最终会寻找到属于自己人生的大海。

真诚无须表白

●丹　琨

在我们的一生中，给予自己真诚关怀的人有多少？我们是否记住了他们的名字和他们的那份真诚？

真诚，栖息在每一颗善良淳朴的心灵里。

我们渴望真诚，人人需要真诚，真诚是人生的暖色，是一种精神的力量。

都说真诚如金，品质纯正而弥足珍贵；都说真诚如镜，能照出灵魂的善恶丑美。我们珍藏着真诚，也精心擦拭着真诚，保养着真诚，那些我们感觉得到的美好品质给了我们食物所不能给予的营养。

小时候，老人们会这样教导我们说：如果不知道怎么说，就照实了说。这就是真诚的启蒙教育。老人们那关切的眼神如同栽在我们心田一角的树，给我们认识社会点燃了指明道路方向的蜡烛。

记得我的康伯伯在世时曾说过这样的话：真诚也是利器，它能刺痛人的心。他说，他在战火飞纷的年代，俘虏了一个刚当兵一天就上了战场的小兵。那个小兵很倔强，特别是听说是和解放军打仗的时候，更是不再言语。原来，他以为自己就是参加了解放军，没有想到被解放军俘虏了，这让他的心受到了从未有过的重创，他感觉自己就是罪人了，怎么也无法从这个噩梦里走出来。康伯伯当时是团政委，他从这个小兵的故事中看到了一颗金子一般的心。接下来，他动之以情，晓之以理，反复解脱小兵的思想枷锁。终于，小兵从阴影中走了出来，并且走进了解放军的行列。十几年后，康伯伯收到了一个邮件，是那个小兵的遗物。里面的一封信中写道：我是解放军。我永远是您的兵。我没有后悔成了您的俘虏，正是您所有的教导，让我看清了自己要走的道路。如果哪一天我牺牲了，您要告诉好多的人，说我是解放军的人。只有您说，他们才信，因为您的真诚。

的确，困境中的真诚更会直抵人心，而真诚的神韵，本不在表白中，更不在纸页间，而在于心灵的认同和感知。

曾经，有个最好的老人给幼年的我写过一个故事。那时我正连日发烧出疹子，出不了门，只能在门窗紧闭的屋里活动。老人来了，他是中医，带着他的药和他写的故事。他只是给我读故事，并没有想到安慰我说病什么时候好。但对我而言，仅此就够了，我只记得，那故事里的每一个字都让我微笑了。

平日里，还有许多真诚付出的故事，可大都是在默默中完成的。许多人为别人做出了牺牲，尽管他们没有说出来，但他们给予别人的真诚的帮助和关爱别人会记住的。

只要有真诚的付出就会有真诚的收获。

真诚不用表白，也无须表白。

走近陌生人

●赵 宁

小时候，“与陌生人说话是危险的”，“不要和陌生人说话”是我们从长辈那里听到的最多的叮嘱。在容易受别人影响的幼年时代，听从这番告诫可以让我们免受一些伤害。但长大成人之后，严酷的现实却要我们不得不开始在社会上走近陌生的人、接触陌生的人。

走近更多的陌生的人成了令我有些恐惧的功课。

身边的朋友都在热衷于参加各式各样的沙龙，并力邀我也参加，而我却始终无法让自己与陌生的人交谈，几乎每次都是落荒而逃，我宁愿保持一种独来独往的生活状态，让自己停留在一个人的世界里。

在一个百无聊赖的午后，我漫无目的地走在街上，路经一家冰激凌店，便一头闯了进去。店里拉着窗帘，光线有些暗，空气中带着一丝甜甜的凉意，与外面那个燥热的世界截然不同，四周响起的轻音乐与店里的环境很协调，让人感觉很舒服。可能是午后的缘故，店里除了我再也没有别的顾客，找了一个角落坐了下来，点过甜点之后我便习惯性地开始发呆，放飞自己的思绪在不知名的世界里。

一杯浅绿色的饮料把我拉回了现实世界，一个看起来比我大不了多少的女孩把它轻轻地放在我面前，告诉我这是店里特制的冰薄荷，让我稍等，冰激凌再过一会儿就做好了。拿着吸管搅动着杯子里的冰块，我边喝边环顾四周。桌边的挂袋里装有几份杂志，但我的目光却停留在墙架上的工艺品上。有一个造型怪异的猫吸引了我，我好奇地走了过去。用几个简单的线条勾勒出的猫眼似乎能穿透人的灵魂，让我忍不住拿在手里细细地观看。

“喜欢吗?”身后传来的声音让我不好意思地把猫放回原处，女孩把冰激凌放在桌上，对我笑了笑说：“这是我从埃及带回来的东西中最喜欢的一个。”“埃及？你去过埃及?”我有些诧异。女孩点了点头，指着冰激凌对我说：“有兴趣听吗？边吃边聊怎样?”我犹豫了一下，便被强烈的好奇心征服了。从埃及的金字塔到手工制品，从木乃伊到埃及人的着装和饮食，女孩娓娓道来，她旅行中的那些美好的回忆也仿佛一下子变成了我的回忆，瞬间便浮现在我的眼前。她在国外一路上闹出的笑话和我在大学时的趣事让我们笑作一团。

也许是我们聊得太专注了，不知何时，店里已经开始上人了。我们的话题把临桌的几个大学生也吸引过来，索性和我们坐在一起加入了聊天。从漫画到电影，从旅游到饮食，大家畅所欲言无所不谈。当大家都盯着我，听我讲怎样制作创意龟苓膏和绿茶布丁，怎样用风油精去除不干胶时，我突然发觉，面对陌生的人，我不再感到局促，也不再羞于开口。那一刻，才开始真切地感受到以前朋友对我说的话：“多出去走走，多接触一些不同的人吧，外面的世界总比一个人的世界要丰富多彩。”

是啊，在这个世界上我们不可能孤立地活着，至少要对陌生的人留有几分信任。毕竟，我们最好的朋友曾经也是一个陌生人。如果我们放开胸怀去看这个世界，那值得我们了解和学习的东西将会比比皆是。

渐渐地，我开始习惯和陌生人聊天了。对我而言，这也许就是成长的过程吧。

做一头美丽的狮子

●田 茹

不可否认，每个人都有其脆弱的一面。我们无法预知自己一生中会遇到多少挫折、承接多少困苦，但将其视为上帝馈赠的精美礼物，阵痛之后，像狮子一样，舔一舔自己的伤口，继续朝前走，这是智者的选择，由此，你将会获取一种精神，一种像狮子身上的那种精神和智慧。

——题记

虽然时间已经过去半年多，但那次空中断桥拓展训练的经历，至今回想起来依然心有余悸。

当我在同伴和教练的一再怂恿下，穿戴好安全装置，顺着铁架艰难地登上距离地面 8 米多高的断桥时，我顿时感到头皮发麻，呼吸不畅，浑身的肌肉开始绷紧，双腿筛糠似的颤抖，一种从未有过的惊恐像电流一般袭遍周身，泪水不自觉地从我的眼眶里涌出……尽管身旁的教练一个劲儿地给我鼓劲，并将跨越断桥的距离尽可能地缩短，但我的腿还是像灌了铅似的动弹不得，有一种窒息的感觉。5 分钟、10 分钟……时间在一分一秒地过去，“加油、加油”，地面的人群大声地呼喊，声音一阵接一阵地传入我的耳朵。怎么办？是原路返回下去，还是继续努力？

“其实当你真的跨过去再回过头来看时，你会感到最难战胜的不是断桥的高度与宽度，而是你自己……”，“你一定能行！”年轻教练的话语一遍又一遍地在我的耳畔回响。不知犹豫了多久，我的腿终于有了知觉。“跨过去了，跨过去了！”所有在场的人都为我欢呼、叫好。这是我有生以来经历的最触目惊心的挑战，也是我有生以来承接的最美丽的脆弱。在这8米多高的断桥上，我不仅挑战了意想不到的自己，而且还获取了一种永不言败的精神。

遭遇挫折却不沉溺于痛苦，仍以挑战者的姿态与之抗衡，就会离成功不远。当我们看见美丽的蝴蝶翩翩起舞时，或许不曾想到她的前身正是经历了奋不顾身地挣扎和烈火重生的磨难之后，才拥有了破蛹化蝶的蝴蝶梦和美丽的惊艳；一场大雨过后，蜗牛驮着全部家当准备搬到墙的那一面。在众多嘲讽的目光中，它认准目标，迈着缓慢却又执著的步伐，一次又一次地攀登，最终越过了那堵看似高不可攀的墙体，实现了挑战自我的成功。

虽然我们常说无欲则刚，但人的一生不可能无欲，每个人都会遇到挫折。这时就需要我们以一种勇往直前的自信、卧薪尝胆的魄力、运筹帷幄的睿智，去勇敢地挑战自我，战胜挫折。将遭遇的挫折视为馈赠的精美礼物，然后像狮子一样，舔一舔自己的伤口，继续朝前走。海明威在他的创作结晶小说《老人与海》中，四次提到梦见象征力量的狮子。他对狮子的反复强调，让我感受到了一种对力量的渴望和对黑暗与厄运临危不惧的精神。

有的人或许一生都未遇到过挑战，他们的生活从没有大起大落，没有刺激过五脏六腑，没有经历过奋斗过程的煎熬。他们畏首畏尾、唯唯诺诺的甘于平庸，不敢越雷池半步；他们总是退避三舍地守候与观望，由此也就感受不到严寒过后的和煦阳光，体会不到柳暗花明后的欣喜，提炼不出伤痛痊愈后的那份沉稳与豁达。

因为上帝知道人生旅途中有太多的或许，希望我们不要因为眼前的风雨而否定明天的阳光。只有学会面对困难，才能捷足先登到达成功的彼岸，才会有绝境逢生的希望向你敞开宽厚的胸怀，才会有累累的果实在树梢上向你绽放热情的笑脸。

人活在世上，难免会受到伤害，但只要我们学着做一头美丽的狮子，将人生的坎坷作为点缀生命的精彩篇章，把生命的高度与宽度化成浪漫的诗行，尽可能地去珍惜生命中的每一个瞬间，去关爱身边的每一个人，去感激生命所包容的不朽、所赋予的挫折，那么平淡的日子就会变得生动丰满。

因为理念去欣赏一个人

●丹 琨

凤凰卫视的采访总监闾丘露薇说，她之所以把李连杰请到她的节目里来，不是因为李连杰是一个做公益基金的明星，而是因为他的理念。

“生命是没有国界的，只有出自于对生命的尊重，才能够成为一个为自己负责，也为社会负责的公民。在帮助别人的时候，努力让自己成为一个公民，而这，正是今天的中国，在经济富裕起来的时候，精神上需要成长的地方。”

这种理念的确值得人去欣赏。李连杰是2004年印尼海啸的幸存者之一，那死里逃生的经历让他更懂得感恩。这也正是他全身心做公益事业的原因。他希望自己做一个世界公民，当灾难发生时，不管是在中国还是在国外，不分你我的悲伤，这就是一个世界公民的姿态。

我站在一个公民的角度去看这种理念，其实是受了一次深刻的教育。就拿2008年四川大地震来说，等于是对国人精神的一次凝聚和检阅。国难到来时，国人同当，有钱出钱，有力出力。特别是那些奔赴抗震一线的志愿者们，让人分明感觉到中国的公民意识开始有了集体的觉醒。这种从内心深处生长出来的为别人、为社会的善举，触动了人与人之间的关系，也带动了人们对他人的关爱表达。

当别人与我们谈论起他们欣赏的一个人时，其实就是因为欣赏他们的一种思想和一种行为规范，继而记住他们最闪亮的一面。我想，这主要是看重他们崇高理念的建立。

有时候，我喜欢浪漫的东西，包括情致和心境。但再对照自己时，内心总归很难看出来有什么浪漫表现。我觉得我应该属于浪漫一族的，但是很多人并没有看出来。我只有在写作时才能借题发挥，才能把创新的想法以故事的形式表达出来，我很想在一个宁静的地方思索，就像美国国家地理频道野生动物摄影师朱伯特夫妇那样在丛林中得到了他们想要的东西。我在哪里得到我想要的东西呢？他们认为非洲之所以会对他们产生这么大的影响，是因为“非洲是我们可以读懂的一首反映美丽和暴力的诗。”这也是一种浪漫追求。虽然丛林中充满了惊险和刺激的经历，但朱伯特夫妇将用余生致力于大型猫科动物的保护，他们说：“如果我们不这么做，15 年后，人们就别想看到野生猫科动物了。”

他们的理念让我们记住了他们，继而用崇敬的目光欣赏他们。

另一种风景

●夏飞平

喜欢旅行，喜欢远途欣赏风景，感受欣赏风景时的心情，但在北京至多伦来回 1000 多公里的旅途中，我却看到了另一种风景。

刚过北京慕田峪长城，车窗外频闪而过最多是荒山、破村、闲民。

荒山并不完全荒着，大部分长着绿色的草，意味着这荒山并不是不毛之地，只是几乎没有树木。山沟里，山脚下，不时出现约摸几十户人家的小村子，低矮的墙，压弯的屋顶，显得有点破败，显然是经济不很好。在村头屋前，有老奶奶坐在椅上纳凉，也有村民三三两两聚在一起或闲聊，或四目张望，无所事事的样子。

过了河北省丰宁县的坝上，就进入内蒙古多伦草原。在多伦县城，除五星级酒店、水上电影等现代化设施，还不时看到要把“多伦建设成生态县”的标语，沿路边种了不少树木，有的已有2～3米高，但县城周边的山仍是荒的。

距多伦县城北面十多公里的西山湾风景区，有个多伦湖，水丰草茂，恬静灵秀，而湖周边的山上竟没几棵像样的树。

这些山怎就这样任由其荒着呢？

缺水吗？应该不是。从北京郊区直到坝上的大滩镇，山都长满了草或灌木，绿绿的，偶尔还有一小片一小片的树林。如缺水，多伦湖的水是哪来的？

缺人力？更不是。村头屋前赋闲村民就可知当地农村劳动力有一定的富余。朱基总理曾说过，中国的最大问题是人多，最大资源也是人多。植树造林是人工活，赋闲村民就是最好的资源。

缺钱？国家经济发展到今天，钱应该是不缺的。其实，国家每年投入大笔资金植树造林，可就是年年植树不见林，山区的农民贫困依旧。

在荒山植树，既可防风固沙，改善生态环境，又增加森林碳汇，践行我国在哥本哈根国际应对气候变化会议上的承诺，对地方政府来讲，可解决部分减贫扶贫问题。这使国家、集体、个人都收益的好事，不值得去做么？

那么，怎么把这好事做好呢？我琢磨着，能不能把荒山分与当地民众，允许村民在不可放牧的荒山植树造林种果，孳息归村民自己，不出十年八载，“荒山、破村、闲民”现象也许就会消失，至少不多见吧。

一路情不自禁地这样想着。我都奇怪不知何时起，这样的观察和思考就一直伴随着我的每一次旅行，成为我旅行的一部分，成为旅途上的另一种风景。或许，这也是一种旅途中的收获吧。

落花的窗台

●姚　璟

秋天来了。

蓝色的天空又变得又高又远。

生活依然忙乱。但是人在秋天，总还是想回忆些什么。望望天，吹吹风什么的。又常常不自觉地违背本心似的逃避着，常常自己找借口来拖延。似乎愿意忘却，又不甘心轻易忘却。但是对生活曾经寄予的那些美好的希望还是在这个秋天闪亮起来。

印象里，窗台前总是开放着金黄的向阳花。园子里蝴蝶、蜻蜓、麻雀飞过的时候，总是欢快地唱着歌。早晨的露珠撒在花瓣上，那一片晶莹剔透的金黄就像灿烂的笑脸，清亮亮的印在我童年的记忆里。那向阳花的金黄应该是年年依旧吧，尽管童年应该已经很遥远了。

印象里，看着那样满眼的金黄，我总是满心欢喜。就是在那样的金黄里，我和弟弟坐在窗台下看书，风轻轻地吹着头发，我的心里微微荡起波浪，也许这就是我忘不了的幸福。

后来就是秋天了。风吹过的时候，向阳花的花瓣飘落在窗台上，它曾经昂起的灿烂的笑脸变得光秃秃的。母亲说秋天是收获的季节，向阳花要收获果实了。等到傍晚，父亲用剪刀剪下它像圆盘一样的果实，全家人围坐在葡萄架下，母亲用纤柔的手指剥下一颗颗饱满的果实，我和弟弟总是抢着捧了放在自己面前。母亲说要把它们放在窗台上太阳下晒了才更好吃。就又盼着太阳出来。然后铺了满满一窗台的葵花籽，在阳光下闪着金黄的光，就像金色的花瓣撒满窗台。

一直在听唐磊的一首歌，念着里面的几句歌词：那些琴弦上的岁月，如梦一般的季节。那个落花的窗台，楼下唱歌的少年，人已走远，美丽却在心间。

是啊，那些琴弦上的岁月、如梦一般的季节似乎已经走远了，可美丽却在心间永驻。不知从什么时候起，我们开始把自己淹没在城市的车水马龙里，迷失在生活无休止的忙碌中，不再留意落花的窗台，也不再有花开花落的情怀，我们中的一些人变得茫然又无奈，甚至不愿承担生命中的变迁，想着的时候会慨叹美丽不在，可扭头又把曾经的追求和誓言全都抛在了脑后。

然而花还是年年开年年落。

再如此刻，花香在衣，花影在壁，点点星光里似乎又看到童年，向阳花金黄色的花瓣在秋风里片片飘落在窗台上。

美在路上

●田　茹

“天苍苍，野茫茫，风吹草低见牛羊。”北朝民歌《敕勒歌》中的诗句和听人讲述的丝绸之路、楼兰古国等一些传奇故事，让我对西部大草原的风光向往已久。如此一幅怡然自乐的游牧民族生活场景图飘然入目：蓝天白云下牛羊遍野，骑着棕黑色高头大马的年轻骑手在大草原上悠闲地漫步；茫茫戈壁滩几朵略带野性的紫色小花正恣意盛开……在一个没有梅雨的夏季，我带着对大草原的神往和戈壁滩的探秘之情，走进了魂牵梦萦的新疆。

和江南湿热难耐的气候不同，8月的北疆已是秋高气爽和风绵绵。听导游介绍，高昌故城、吐鲁番、葡萄沟、天池、喀纳斯、赛里木湖以及素有“塞外江南”美誉的伊宁等地都是不能不去的热点景致。目标明确后，旅游的指导思想变得简单了许多。一路上，我除了把一部分时间用来闭目养神、养精蓄锐外，剩余的便是在期待中度过，盼望着导游描绘的美境现身，想象着在到达目的地后疯玩的愉悦。我们所乘坐的旅游车一会儿在宽畅的柏油马路上疾驰，一会儿又拐到尘土飞扬的便道上缓慢地颠簸。我一次次地将眼光投向车窗外，希望沿途的景色能消磨漫漫行程带来的无聊。

道路两旁是一眼望不到边的戈壁滩，据说，戈壁，蒙古语是“不生长草木的地方”，此行我算是领略了它的深刻含义。汽车开出百十里路，竟然看不到一星半点生命的痕迹，更别说人烟了，即便是一棵小草也无法觅到，真是名副其实的不毛之地。

荒凉、贫瘠、寂寞，无论怎样形容都不为过。这时我有些黯然——这一望无垠的戈壁滩不知在这里默默守望了多少年，风吹日晒，吃苦受累，是否就为等待我的到来？我应该早一些来看他们的呀！

正当我的思绪处于混沌状态时，路边忽然出现一座座类似小山包的土丘，一丛丛小草和五颜六色的野花从眼前掠过。大家忙不迭地跳下汽车，稍稍活动一下酸胀的四肢，便惊呼着一溜烟儿跑上了山顶，对着旷野尽情喊叫，每个人的脸上都洋溢着宣泄后的快乐，我则被眼前不知名的花花草草所吸引。那紫色、黄色、粉色的小花犹若西部女子，因为长期缺水，而少有江南女子的灵秀、清丽；因为风沙的肆意吹蚀，扭捏不出如杨柳般的水蛇细腰；还因西部的土坷垃路和沟沟茆峁的黄土塬，而走不出细碎的袅袅如风的步子。但我想她们应该是扫眉才子薛涛诗词里的意境，是卓文君千古美艳和浪漫的化身，是西部大开发中的新飞天。

像这样的意外眼福，沿途又遇到几处，但大家已少有初始的惊喜。倒是路边草地上、马路上不时出现的牛羊又牵住了我们的兴奋点。胖乎乎、圆滚滚的小尾羊悠悠地在草地上吃着嫩草；它们三五成群地踱着步，不紧不慢地从汽车前面走过，煞是惹人怜爱；憨厚稳健的牛群更是对这司空见惯的场面习以为常，颇有大家风范。

极目远眺，天边有一线绿色正一点点扩大，由远及近，渐渐呈现出一片绿洲，蓬蓬勃勃，好一派生机。秋风吹来，带着沙枣花香的甜味，令人很是惬意。道路两旁笔直的白杨树，像一个个忠实的士兵，守护着这片绿洲。转眼间，浑身散发着金色光芒的向日葵很快映入我的眼帘，并迅速蔓延至天的尽头，其间还有开满野花的草地点缀。“更无柳絮因风起，惟有葵花向日倾”。繁盛的向日葵盈盈满目，他们像一个民族抑或一个勇敢的群体，尽其所能回报社会。那高高的向日葵，相互间友好地拥簇着，仰着头朝向太阳；每一个花盘都恰似一轮满月，灿烂地舒展，热情地绽开笑颜，骄傲而又自信，汇成了一片金色的海洋，而太阳则是这片金色海洋的花王。

向日葵是我最早认识的花，也是最早学会画的花。记得在上小学之前，我就能用铅笔在小本子上画出一棵又一棵比较像样的向日葵了。妈妈在家门前栽种的向日葵，成了我童年一段金光闪闪的灿烂回忆。每天我都如痴如迷地看着这些向日葵，一任她们牵着我渐渐沉溺，直到太阳落山的傍晚……

据说，在阿尔卑斯山的入口处，立着一块牌子，上面写着："慢慢走，欣赏啊！"是的，每个人的路上都会有太多的风景。当我们在为一个既定的目标执著追求苦苦奋斗时，是否更应怀有一颗热爱美、追寻美、表达美的灵魂，用慧眼细细品鉴、慢慢领会沿途的风景。然后在孤独的时候，回忆心中最温柔的组成部分——戈壁滩、向日葵、憨态可掬的小尾羊以及维族女子深幽的眼睛和如刀雕般的五官。

默读年龄

●李金荣

电影《茜茜公主》的生活原型，那位风华绝代的奥地利皇后伊丽莎白，38 岁以后不再拍照，没有人知道她迟暮之年的模样。

年龄不饶人。不要说女人尤其是漂亮的女人怕老，其实在光阴面前，谁都怕老，当然也包括男人。

法国作家马塞·帕格诺尔 67 岁时，出席马赛市一所以他的名字命名的学校的开学典礼。他对学生说："我看见我的姓名以斗大的金字写在你们学校大门的上面，可是，我宁愿看见它以红色小字写在学生名册上。"

年龄真是可怕，不仅改变着你的容颜、体态，还改变着你的心境，无论你怎样的惆怅，它都不会稍事停歇一下，依旧如春草般蔓延。

因此，年龄对每一个人来说都是严峻的一关。既然是客观规律，那就坦然接受，从容面对吧。

以今天的年龄回顾自己成长的过程，在重新读识中感受时光，在无限感慨中隐隐发现自己已不年轻，往日岁月里已载满了回忆。但同时也发现，不同的年龄段有不同的魅力，当你年龄不够时，看多少书也参详不透，这是岁月的馈赠。

儿童无忧无虑，天真烂漫，可爱如天使，一声莫名的啼哭也如一首动听的歌。少年好似花苞的蕾，树尖的芽，清新可人，朝气蓬勃，单纯的眼眸犹如夏夜的繁星，明亮皎洁。青年，青松绿竹般潇潇洒洒，旭日东升般热情奔放，别的不说，单是那真挚地爱别人和幸福地被别人爱，就值得咀嚼回味一辈子。

那么中年呢？西谚云：“人的生活在四十才开始。”好像四十以前，不过是几出配戏，好戏还在后头。我想这与物质条件有关，也和年龄有关。中年是成熟的，丢弃了浅薄积蓄了深沉，这时候更懂得生活和生命的真义。处理事情更能行有余力，随心所欲而不逾矩。到了这个年纪，才能更加理解苏东坡的处世姿态：菊花开处乃重阳，凉天佳月即中秋。

至于老年，犹如漫漫旅程后走到了一片开阔地，一切都尽在眼底，了然于心。他那睿智、慈祥的双眼如同两汪天然的良港，可以消融八方风雨四海浪涛。这个年纪是人生最自然、最平静的时期，美好如歌：最美不过夕阳红，温馨又从容。夕阳是晚开的花，夕阳是陈年的酒。夕阳是迟来的爱，夕阳是未了的情。多少情爱，化作一片夕阳红。

写到这，想起一首禅诗：开悟之前/砍柴/挑水；开悟之后/砍柴/挑水。每个人都在砍柴、挑水，有人乐在其中，有人则埋怨不已。生活也是一样的：年轻时品尝生活，中年后品尝生活。爱你的生活便能乐在其中。

年龄是一段一段的，每一段有每一段的美丽。无论你现在处在哪个年龄段，都有值得你珍惜和骄傲的地方。

那个刻度属于你

●牧　鸽

每个人都有一个属于自己的刻度，它像DNA一样代表着你与他人的不同。小时候，在打上这个刻度的时刻来临之前，便会欣喜若狂，奔走相告，举家欢庆，或者举“朋”欢庆，把你认为比较要好的小朋友请到家里来，这时天翻地覆的玩耍都会得到大人的谅解。而当这个刻度的印记不断增加，累积到一定高度时，面对来临之际的状态就开始发生改变。因为此时这个人生之记号已经深深地刻下去了，且充满力度，一个成年的人足可以承担。不同于小的时候，需要借助他人的帮助才能完成。

当你可以用自己的力量，将自己的年轮像小时候察看大树的神秘成长一样，一圈又一圈，一笔又一笔刻上自己的额头，自己的眼睛，自己的面颊，自己的头发，自己的双手……到后来这个痕迹又是这样地让自己触目惊心，甚至不愿意去正视它们，似乎这并不是你想要的，起码不是现在想要的，以至于要欺骗一下自己尚且健全的视觉、健全的嗅觉、健全的感觉，含糊其辞地对自己说，这并不是自己的。“欺骗”，这个平时充满贬义的词语，在这时显得这样的高尚，这样的纯洁，这样的善良。好像欺骗了，就改变了。其实你很清楚“好像”只是一时，趁着还没有刻入自己的心灵，让自己的心保持住向往的活力，让自己从实质上占有需要的优势，远比那些虚伪、花哨的噱头来得实在。精神总是自己的。实际上用不着欺骗。充其量是一种鼓励的方式。就像若干年前有一位较著名的作家写过一篇小说，叫做《减去十岁》一样。

当年的小树苗，在长大的过程中都刻下了许许多多自己的记号，那些刻下的痕迹，都已永久地留在了那里，谁都知道那是抹也抹不去的痕迹。就像一张不可重刻的ROM光盘，所有已刻上的，都将成为历史的记录，记录在案，除非你毁掉这张光盘。也像那棵刻满了年轮的大树，你已经没有办法让那些刻下的圈圈缩回，除非它有一天轰然倒下。

说人间如果没有刻度，就像在说人间如果没有太阳。是因为有了刻度，才有了规矩。也是因为有了刻度，才有了自律。这些都是刻度对人类的好处。当然也带来了人们的拘泥，让胆大的人受到它的束缚与限制，胆小的人受到它的威慑与恐吓。

当你说渴望，一定是这个世界上有的东西，有的事情，可能发生的什么，而你没有得到。如果是这个世界上没有的东西，就像有还是没有的问题，只是对那些已经存在的事物才有意义。一个人说，我没有钱，是因为这个世界有钱这个东西，这个人没有得到，没有拥有。如果一个人说我没有翅膀，别人就以为他在发高烧或者在幻想。因为这个世界本没有长在人身上的翅膀。如果你渴望只停留在某一个刻度那里，也许是介乎有与没有之间的一个边缘，它与悖论只有半步之遥。

所以人们总要在最关键的时候，麻痹一下自己，好让自己敏感的心稍微迟钝一点，趋于平和之后再去处理棘手的问题。

那一抹温暖的记忆

●周燕华

大二那年，学了一门课程——社会学，为增强我们认识社会的能力，结合教学内容，学院的老师与杭州市城市规划院合作，交给我们一份作业，每人完成10份社会调查。调查人员的名单是从全市各区的居委会拿来的，所以绝对要按照名单上的地址找到名单上的人，然后完成一份冗长的问卷。

我所要调查的区域在杭州市下城区的孩儿巷。那有些巷名很怪，叫我至今仍记忆犹新：山子巷、竹竿巷……，而且纵横交错，时有“柳暗花明”之感，明明走在山子巷，不知不觉走一段一抬头，居然又是另一个巷子了。

由于城区改造，许多房子拆除了，且调查工作只能在人们下班之后才能进行，借一辆破自行车，啃一个面包，将近下班时分，我们便出发了。从天目山路出发，穿过武林门，到武林广场后右转至工联大厦附近，沿着孩儿巷进去，便是我手上十户居民居住的区域了。头一天进行得还算顺利，由于男主人出差，女主人犹豫了半天，看到我一个女孩子，又是一口的普通话，不像是上门推销的，才开门让我进去，做完了调查，我十分感谢，又拿出作为感谢的夏士莲香皂给她，女主人推却了半天，总算是收下了。于是第二家、第三家……事情并不像想象中那么顺利，且巷子弯弯曲曲、忽明忽亮，加上门牌不甚详细，经过连续几个晚上的奋战，我手中有了几个“困难户”，有的是因为住户搬迁了，有的是房子改造了。问过老师后，老师提议在附近再找几户住户做调查。于是，我敲开了一幢刚竣工的新楼中一楼的门，因为那里亮着灯。

门开了，一个40多岁的中年女人头戴纸帽，一脸疑惑地望着我，听完了我的解释，她笑盈盈地请我进门，看得出来，装修工作尚未完成，女主人趁晚上休息的时间在做清洁工作，客厅里有点乱。“真不好意思，没地方坐，连个干净的凳子也没有！”她不好意思地笑笑，倒弄得我很难为情。

填完了表格，她随口问起了我的情况，我一五一十地以实相告：将近毕业，工作尚未有着落，她也谈起了她将要毕业的女儿，在浙医大读书，马上要考研，考不上的话也将面临就业，有点儿担心，就业难呐！她又问我在杭州有无亲戚，是否想留下来，我笑笑答：当然想，不过没有熟人可以帮忙，又怕自己找不到工作，所以还是患得患失的。此刻的她，又成了一个母亲，我成了一个孩子，可能是同病相怜吧，她告诉我，如果到时候找不到工作，她先生可以帮点忙，叫我到时候去找她，并嘱咐我以后有空来她家做客……她说了不少类似的话，那个晚上，走在小路上孤单的我，一下子感觉到身边有盏明灯，有抹温暖，在异乡的天空下，第一次，享受一分来自陌生人带给我的温情。

虽然后来我没有留杭，也没有去找她，更没有想着重新再去联络她，但记忆中她家的方位还是很清晰，那些令人温暖的话，始终如一抹阳光，照耀在我人生的路上，每当我有些灰心或不开心的时候，想到那分陌生的温情，我的心就会是暖暖的。那一抹温暖的记忆哟……

瓯江边的故事

●周燕华

1997年的11月，正面临着毕业，年少不知愁的我们趁实习的间隙溜到了丽水，一个浙西的城市，因为有几个同室好友在这里实习。

那是一个依山傍水的山城，小小的，却又有新的房子在建造着，延伸着这个城市。

和记忆中的丽水有点相似，仍然有街头那做得大大的、烤得酥酥的缙云饼，还有在晨曦中香味扑鼻的小馄饨，以及那些在山城里依旧淳朴善良的人们，和潺潺的清澈透蓝的瓯江水一起构成了映在我面前的这座城市。

在一个陌生的地方，容易让人放松自我，由于就业难带来的压力或多或少令我们感到疲惫，所以尽管大家手头都很拮据，我们还是尽量找节目，在温州的同学也聚齐后，有人就提议去瓯江边采芦苇，多浪漫的主意，既有了节目，又可以重温小时候在江边采芦苇的情形。于是一个下午，我们背上相机，一行7人骑着自行车出发了。过了桥，骑到纳爱斯工厂附近，就到了我们的目的地，那整片的沙滩或高或低，一丛又一丛年轻的芦苇尚未形成我们想象中白花花的一片壮观景象，令我们不禁颇为失望。

采集芦苇是一件需要眼力和耐力的工作，我们一边选择漂亮蓬开的芦苇，一边用手小心翼翼地拔出来。另外，还在江边利用芦苇丛，用海鸥DF相机在那里拍夕阳下山时剪影的效果。记得有人提议，每个人要拍一张故作深沉的照片，于是大家都选好了自己认为最深沉的一面，在那里摆酷。半天，只听到拍照的同学一句：对不起，我忘了按快门了！“哄”地一声，我们再也绷不住了，大喊“浪费表情”，气氛顿时轻松起来。

后来在夕阳的余晖中，采了一束我们认为最精致的芦苇回来，我也在瓯江边挑了一块小石头，以此作为去瓯江的纪念。

眨眼7年过去了，我们经历了毕业、就业、跳槽等历练，而工作的压力仍日复一日，但那块瓯江一砾始终占据着记忆中的角落，还有那束盛开的芦苇，也依然在我内心深处随风飘扬着……

舍得放弃

● 李干荣

一只鹬伸着长长的嘴巴在湖边悠闲地行走着，突然它眼睛一亮，发现前面有一只肥肥的蚌正张开壳在晒着太阳，那肥而嫩的蚌肉在阳光的照耀下十分诱人，于是鹬就不顾一切地冲上前去，用它那特有的长嘴一下就把蚌肉牢牢地衔住。然而，蚌也不是省油的灯，只见它忍住疼痛，猛地将蚌壳收紧，把鹬那长长的嘴死死地夹住，就这样，它们谁也不让谁，拼着性命僵持在一起。这时，一个老渔翁刚好从这里经过，说了声："下酒菜有了。"轻易地将鹬和蚌收入囊中扬长而去。这就是有名的"鹬蚌相争，渔翁得利"的成语故事。鹬和蚌之所以成了渔翁的下酒菜，就是因为它们的思维已成定式，谁都舍不得放弃而造成的。

舍得放弃体现的是对生活能够进行哲学思考和经过理性思维后的正确判断，反映的是对生活的深刻理解和对现实中一些现象的正确认识。放弃错误的思想，放弃不良的行为，放弃贪婪的欲望，放弃心中的私心杂念，放弃根深蒂固的偏见和一些陈旧的观念，就会避免生活中容易出现的许多过错和失误，减少很多的人生遗憾。

舍得放弃必须具备豁达、大度和宽容胸襟。没有宽广的胸怀、能够容人的气度和非常的智慧就很难做到主动放弃；把眼看就能获得的东西轻易地放弃是要有点气度的，但是只要能够明白放弃是人生中的一种大智慧，是实现人生大目标时所采取的一种洒脱、豁达和飘逸的生活策略，就会主动地做些放弃的。被老渔翁捉住的鹬和蚌就是不愿放弃眼前的利益而失去生命的。

学会放弃还要做到不去钻牛角尖，不耍小心眼，不对微不足道的小事耿耿于怀，不把名和利看得太重，尤其是不要被贪欲所迷惑，要善于放弃一切不该拥有的东西，要善于取舍，要明白适当的放弃是为了能够更新地拥有和更多地获得。

当然，放弃是有限度的。主权、尊严、人格、真诚等是不能够放弃的。

态度也是一种能力

● 王文增

一个身边的故事给了我很大的启示：我的一位职称较高且有工作经历的朋友去银行竞聘一个会计职位，进入只剩3人的最后决赛。他们的决赛试题是在一堆账本中统计一下某个项目的半年收支情况。我的朋友和其中一位比另一位其貌不扬的竞争对手提前半小时完成了任务。结果却令人吃惊——其貌不扬的竞争对手竞聘成功！我朋友找到部门主管，得到的答复是："只有他做了月末统计和季度统计，而你们二人均没做。""不是要半年统计吗?"我朋友问道。主管笑着说："半年统计数据应该从每月合计中得到，这尽管不算什么学问，但反映了做会计工作的认真和严谨态度。也许你们能力相当，甚至你的能力更强，但我们更看中的是个人的态度。"这个故事让我们明白：态度也是一种能力，态度决定胜负，态度决定一切，态度改变人生。

在职场当中更是这样，如果老天爷不曾给你显赫的家世，你也没有出身名校的学历，那么，"态度"将是惟一能使你胜出的金钥匙。时下，《把信送给加西亚》和《没有任何借口》两本书在社会上非常畅销，这两本书的精髓就是干事要有积极、主动、认真和负责任的态度。每个人都应该积极培养自己的工作态度，因为良好的态度是干好工作的基础和保证。同样的能力，在不同的态度下，会产生截然不同的效果，导致完全不同的未来。态度可以鼓励你积极行动，也可以变成毒药，使你的能力瘫痪，使你无法发挥潜力。你的态度决定了，究竟是你在驾驭生命还是生命在驾驭着你，态度决定你的成败。

态度决定一切。当具有乐观的态度时，无论遇到何种难题，你总会努力去解决问题，因为你相信任何困难都能够迎刃而解。具有谦虚的态度时，你永远愿意谦卑受教、追求成长，因为你相信人外有人，天外有天。具有勇敢的态度时，你不会永远躲在自己的舒适圈里寻求安全感，你会乐于接受改变、接受挑战，你的生命必定非常丰富。具有接纳的态度时，你不会浪费时间怨天尤人，你会接纳不完美，并使它成为你生命中的祝福，便有机会享受人生；你会懂得欣赏他人的优点，接纳他们与你不同的部分，你的人际关系必然会成为你生活中很大的帮助。具有大方的态度时，你不会在小事上斤斤计较，而有足够的能量在大事上追求。

态度无法分出绝对的好与坏，它是一种选择，但它将决定你的高度。幸运的是，你每天都可以自行决定采取何种态度。我们无法改变过去，我们无法改变别人的反应方式，我们也无法改变终究会发生的事。我们惟一能做的，就是握紧手中仅有的绳子，这就是我们的态度。

把握“态度”这种能力吧！

为生活做做减法

●张　梅

读德富芦花的《我家的财富》，这位日本散文家眼中的财富不是豪华的居所，不是传世的古董，他的财富是不过三十三平方米的房子，只有十平方米的庭院，院里春四月开满青白花朵的老李树，院角的栀子，绿干亭亭绝无斜出的梧桐，承接雨声的八角金盘，还有山茶花、红枫、落叶翩翩的银杏，德富芦花如数家珍，不以室小为陋，对普通的居室，融入一腔珍惜之情，倾注一颗喜爱之心。

到耶路撒冷朝圣后回国，德富芦花在东京郊外实践着晴耕雨读的生活，我想他的内心是安好恬静的，否则就写不出那么多淡而有致的文字，他的篇章，扑面入怀的都是自然乡野的淳朴气息。

在瓦尔登湖畔的梭罗，他的所有，则除了这间简陋的木屋，还有一张床，一张木桌，三只凳子，一面直径三英寸的镜子，一把火钳和柴架，一只壶，一只长柄平底锅，一个煎锅，一只勺子，一只洗脸盆，两副刀叉，三只盘子，一只杯子，一把调羹，一只油罐，一只糖浆缸，还有一只上了日本油漆的灯，这些，也就是梭罗的全部家当了。如果单从物质的层面来衡量，梭罗和德富芦花一样，的确是清贫的，可是他的精神是富足的，在宁静氛围之中凝神沉思，享受着心灵的饱满，他认为自己“幸福无涯”。

这个喧嚣的红尘，有多少人为名利争，为钱财忙，迷失在灯红酒绿中，心灵之窗上早就云遮雾障，前行之足一旦陷入欲望的泥潭，很难自拔。因此有了迷失本性，有了背信弃义，得到的满足建立在物质的欲望上。

似水流年，能拥有的财富到底是什么，有的人可能从未静下心来思考过。生活应该像棉布，质朴、平实。记得在一本书中看过这样的话，有一种境界叫放下，社会的竞争，自我的加压，强烈的占有欲，攀比的虚荣，名利的争夺，如果不学会放下，不学会取舍，那心灵的负荷会越来越重。

为自己的生活做做减法，化繁为简，回归简单，减去疲惫，减轻烦恼，减去心灵上的沉重负担，减去那些奢侈的欲望，会发现简单的拥有也是一种风轻云淡的幸福。

我们能看多远

●赵文斌

第一次随朋友阿成的船出海，兴奋不已。站在甲板上，蓝蓝的海面平静光滑如绸缎，天空干净无一丝云彩，一个风平浪静能见度极好的天气，一个清纯的世界。抬眼望去，水天线像用笔画的那般清晰，我高兴地说："我看得好远好远。"阿成笑了笑说："我们离海面大概 10 米，可以看到 6.578 海里，也就是 12.18 公里。"才这么远？我不相信。阿成拿笔在手心写下：D（海里）$=2.08\times\sqrt{H}$（米），解释说："这是航海上的一个公式，H 是眼高，就是我们眼睛离海面的垂直高度，D 是我们能看到的距离。"我不免大吃一惊：公式这么简单，能看多远只和我们站的高度有关！道理也这么简单，站得高看得远！

那在陆地上呢？我低头计算，在平地上眼高是眼睛到地面的高度，一个一米八的人眼高一米七，只能看 5.02 公里。我从来没有想到过这个问题，林立的高楼、穿梭的人群、奔跑的车辆遮挡了我们的视线，让我们根本不知道自己能看多远，繁忙的生活甚至不让我们思考自己要看多远。

阿成拉着我从甲板跑到驾驶室，说："这是船上最高处，你的眼高 24 米。"朝任何方向看都是这么远，由于没有任何遮挡，清晰地看到天平线如同一个大大的非常规则的圆环绕在我身边，这个圆的圆心是我站的位置，半径就是我的视距——18.87 公里。船往前走，圆也紧紧地跟着往前走，我们走一路欣赏一路的风景，但是无法摆脱这个圆。

人总是有意无意地给自己画一个圈，一个自己难以走出的视线圈，于是我们常说：“超越自我。”其实有谁能够真正超越自我呢？牛顿说：“我只是站在巨人的肩上。”我们所能做的只是不停地朝自己脚下垫砖头，一本书、一个知己、一次经历和感悟都是这种知识的砖头，它让我们站得更高，看得更远。我们总想避免鼠目寸光，总想用视线把这个圈尽量画得更大更远，只是为了不要让它过于束缚我们的手脚和我们的心灵。

我们爬山去

●邵燕洪

又是一年一度秋高气爽时，正是爬山登高的好季节。恰在此时，浙江检验检疫局为了国门卫士的身体健康，以更好地为国家站好岗、把好关，成立了爬山兴趣小组，并郑重其事地请来了登山教练讲解登山与爬山的区别，普及人老腿先老，锻炼身体、强身健骨不是从“头”做起，而是从脚练起的知识。千里之行始于足下嘛！呼啦啦！100 多人报名参加。由于人数太多，组织者只好把大家分成三组，制定了周密的计划，选举了正副组长，在双休日轮流爬山登高，犹如中国足球要走“职业化”之路一般，大有非把杭州所有山头都爬遍踩在脚下不可之势！

杭州的山不仅充满着大自然的美，一年四季总是郁郁葱葱，充满生机，没有春的飞沙走石，没有秋冬的满目凄凉。杭州的山更是蕴涵着深厚的文化底蕴，传承着悠久的历史，处处都是人文荟萃之地。它的一草一木，一石一凳，说不准和康熙皇帝、乾隆皇帝、岳飞、白居易、苏东坡、秋瑾等等联系在一起。西湖的水，情人的泪；杭州的山，诗人的诗、大师的画。在杭州的群山中我们都能寻找到他们的遗迹。当我们在群山中攀登时，仿佛穿行在历史的长河中。当我们在爬山途中看到古老的摩崖石刻、造像碑文时，仿佛就像于谦、林则徐、龚自珍、吴昌硕、康有为、孙中山等又回到了我们的眼前。

回想 2003 年非典肆虐时，爬山成了杭城老百姓惟一的、最有效抵御非典的健身休闲活动。西湖周边的山梁台阶上、林间小道中，一队队、一排排、一支支，有男、有女，有老、有少，有扶老携幼、拖儿带女的，川流不息，好似全杭州城的人憋急了、闷坏了，都出来爬山了。

当天色还蒙蒙亮的时候，人们就开始沿着古朴的山道向上攀登，山风习习吹来，吹得人心旷神怡、神清气爽；当沿着平缓的山岗神定气闲地漫步，望着那漫山遍野的烂漫山花和苍松翠竹，心情又是何等的舒畅和惬意，不由自主地停下脚步，伸伸腰，踢踢脚，久久不愿移步；当登上山顶，远眺群山叠嶂、连绵起伏如万顷波涛的山峦，近看那霞光万道的西子湖、大江东去的钱塘水，心胸感到无比的宽广。人生如爬山，登临绝顶，俯瞰杭城十万人家，就像人生达到了辉煌的境界。但须知天外有天，山外有山。极目远舒，望不尽的天涯路，爬不完的九重天。回头一望，峰回路转，条条道路通罗马，人生岂止是三变与三境。

此时，我不由地想：入世的人啊，要有出世的心，人生才会其乐无穷。

无声的致意和交流

● 黄殿琴

摄影像灯光一样给人带来的是享受也是体贴。惟是摄影承当了记忆的任务；惟是摄影的天赋满足了这个最好工具的需求；惟是摄影缩小了原本很大的“殿堂”，占有了原本空白的“领地”。就是这些单纯的或复杂的原因，热爱摄影的人就让摄影纠缠出了独特“梦境”。这就是摄影人的摄影笔记。

每当翻阅一本精美的摄影集，就像是刚刚看过了一场电影，是风光片又是故事片，混合在一起的空气就这样融合了一部电影。大篇幅的也好小篇幅的也好，都难以区别昨天的故事与昨天的生活哪一个更真实，能区别的、剩下的，就一定是故事发生地的令人振奋鼓舞的真实。一瞬间一瞬间的拍摄灵感是一朵一朵的浪花，是一份一份的财富，摄影是在途中的果实，它展示了人类文明走过的足迹。

镜头推出去了，世界就回来了。人们都说照相机的价值是通过摄影家的思想变成照片体现出来的，我深知高素质的影像是拍摄的目的，展现人类的感情是一种追求，但是，就是这个冷冰冰的机械，它比箴言要动情，它比注释要沉重。它悠长着、舒缓着、慷慨着，让我在文明与文化、现象与景象之上经历了和体会了生活及生活瞬间的历史变化，它给予了我极其人性化的情绪及对生活的更加热爱。

如果说无声的致意和无声的交流是胶片，那么冲洗完这长长的彩色长廊，美妙的大世界就会镌刻出洁净的绮丽的完整画卷；有了恒定的审美意义，连伤感连苍凉都显得奢侈，无论是第一个春天的生命情结，还是第二个春天的视觉之旅，有了镜头缩短的距离，美景就与生命同在。既然最璀璨的文化、最古老的自然、最厚重的历史馈赠的是永恒，那就去选择钟情吧，钟情地“收入”每一个画面和每一个故事。是的，尊重“尊严”，流下“流痕”，珍视“珍藏”，美妙的东西永远不会过去；故事终结了，岁月消逝了，余下的依然只有手中的照片。

看来，人就是要去很多的地方，要留驻很多的记忆；看来，人人都可以是艺术家，从现在起，你也开始无声地登场吧。

细节的竞争

●黄 健

大四那年，我在一家合资企业的营销部实习。和我一起实习的，还有班上其他五位同学。我们刚实习的时候，营销部正好有一个员工辞职了，于是有小道消息说，公司会在我们这几个实习生中留下一个。这家企业的薪水应该算很不错的了，营销部人员的奖金更是诱人，能留在公司里是我们几个实习生梦寐以求的事。于是我们几个表面上都装作无所谓的样子，其实暗地里却较起了劲。

两个月过后，我们之间的竞争实际已经成了我和阿文之间的竞争。论能力，我们不相上下；论勤奋，我们也都兢兢业业；论实绩，我们不分伯仲。到实习结束的时候，我自信地认为留下来的应该是自己。因为我做的订单比阿文多。公司的几位老员工和我的同学也都认为，留下来的应该非我莫属。在宣布去留的前一夜，他们已经开始向我表示祝贺。可第二天宣布的时候，留下的却不是我，而是阿文。大家都愣然了，怀疑是不是弄错了。我一下子从高空的云端中摔到地面上，心有不甘，便愤愤地找到经理，要问个究竟。经理心平气和地向我作了解释。

原来，经理很看重这件事，亲自进行了考察，他也觉得我是个很不错的人才，也有心留下我。于是，他打我的手机，想让我去他办公室面谈。我是个从农村里出来的孩子，家里经济拮据，实习期间也只能得到基本生活费，而每月的话费就要占据其中很大一部分。为了省一点话费，我如果在办公室的话，一般都先掐断来电，再用座机回过去。这次我也不例外。经理虽心有不悦，却没说什么。此后，经理又打过几次我的手机，我都是如法炮制。经理说，你这样做，是一种不礼貌的行为，还会影响公司在客户心目中的形象。商场如战场，时间就是金钱，细节往往决定成败。为了省几毛钱，却延迟了几分钟，很可能使一份数额不小的订单泡汤。所以他决定忍痛割爱，选择了阿文。

一位管理学大师说过，现在的竞争，就是细节的竞争。大风起于青频之末，很多看似不起眼的细枝末节，往往决定着你事业的成败。一些看似鸡毛蒜皮的小事，很可能成为你成功的决定性因素，也有可能使你遗憾终身。

写在“神六”归来的黎明

● 张启甲

零点刚过，便自然地醒了。我很少失眠，但今夜难眠。我猜想，此时此刻，一定有很多华夏儿女和我一样无意入眠。

“神六”牵动着我们的神经，因为我们寄予了“神六”太多太深的情愫，是“神六”使我们渴盼了太长太久的愿望就要在今晚实现，是“神六”带我们走进了圆梦的日子。伟大的使者“神六”啊，在等您回家的这一刻，无比兴奋、激动难耐，想欢呼雀跃、想振臂呐喊的豪情都一股脑地来了、来了……

在刚刚过去的五个日夜里，报道“神六”的每一个画面、每一段文字，不断地集中着我们的目光，从“神六”创造的许多个“第一”中，展示着华夏盛世出盛事的辉煌。在“神六”围绕地球所飞行的76圈里，承载着我们多少天与地、夜与昼、冷与热、苦与乐、希望与迷惘、追求与探索、拼搏与奉献、耕耘与收获的期待，这一切都在凝聚“神六”的视线里纷飞闪烁。“神六”，把我们的信仰舞成猎猎作响的旗帜，“神六”，向宇宙苍穹送上了一份华夏儿女的辉煌宣誓，还是“神六”，为龙的故乡谱写了激昂的旋律，树起了流光异彩的丰碑。

在刚刚过去的五个日夜里，是“神六”带给了我们爱国主义精神的迸发。爱国是一种奉献，只要祖国需要，我们能倾其所有，舍弃一切。爱国是一种尊严，这里没有懦弱，没有退缩。爱国更是一种信念，我们没有选择，没有抱怨，不论祖国或贫弱或富强，我们都深深地爱着它。贫弱，靠我们去改变；富强，靠我们去创造。祖国的兴衰荣辱永远和我们的命运紧紧相连。

在刚刚过去的五个日夜里，是“神六”带给了我们英雄主义精神的回归。我们的国度是一个英雄辈出的国度。在青史留迹的壮举典籍上，记载着无数革命英雄主义精神培育出的忠诚灵魂，从方志敏、夏明翰到董存瑞、黄继光，从南昌起义、井冈烈火到八年抗战、四大战役，从雷锋、焦裕禄到孔繁森、任长霞等，使我们看到了英雄主义的浩然正气。正是这种英雄主义的激情驱动，将我们的灵魂提升到了生命的制高点。英雄主义的光辉将继续照耀着我们这个时代。

“神六”就要回家了，让我们静静地翘首期待……

“神六”安全降落。

费俊龙、聂海胜安全出舱。

当神舟六号载人航天飞行任务总指挥长陈炳德庄严宣布：“中国神舟六号载人航天飞行获得圆满成功”的消息后，我相信，这一刻，无数夜不能寐的华夏子孙感情的迸发达到高潮。

黎明已经来临，当新一轮太阳照耀祖国大地的时候，亿万束目光、亿万颗心灵都将聚集在一起，为“神六”自豪，为中国骄傲。

我们将珍藏“神六”带来的记忆。

我们将收获“神六”播种的希望。

我们将开创“神六”奠定的未来。

欣赏自己的今天

● 熊必环

《泰坦尼克号》主题歌《我心依旧》的演唱者席琳·迪翁在她的自传里有这么一句话："一个人要是不懂得快乐之道，才是真正的失败。"在她看来，衡量一个人的成功与否，不是权力的大小，不是财富的多少，不是地位的高低，不是各种风光的封号，而是快乐的感觉。

记得朱自清在一篇散文里描述时间的流逝时写过这样的话："去的尽管去了，来的尽管来着；来去的中间又是怎样的呢？……洗手的时候，日子从水盆里过去；吃饭的时候，日子从饭碗里过去；沉默的时候，日子从凝然的双眼前过去……"

日子匆匆，但大多数人都在虚掷着今天，空想着有个美好的未来。我们追寻着名誉地位的光环，而荒废了思想的火花，荒废了真情的温暖。在与人相处中我们变成了一把快速运算的算盘。算盘没有情感，它惟一的思想就是挖掘身边每一颗对自己有用的珠子，盘算着用这些珠子照亮自己行走的路。渴望着今后的日子，能够一路锦绣、一路花香馥郁、一路繁华、一路歌舞、一路风光、一路前呼后拥。我们期待于此，用心于此，我们距离快乐如地球与太阳之遥。

人生匆匆，具有讽刺意味的是，我们即便得到所想要的，我们也没有感到怎样的快乐。因为快乐是一个人的瞬间感受，我们没有办法让这种感受长久保持下去。比如拿到了博士学位，被高薪聘用了，拿到了豪华别墅的钥匙，买的彩票中了大奖……都不能长此以往地持续着在得到它的那一刻的快乐感觉。显然，快乐的感觉不是已经得到，而是在得到时的那一刻的一个短暂效应。

也许，名声、地位、金钱同我们的健康一样，没有它们我们可能不开心，但有了它们并不等于拥有了快乐。因此，与其说快乐在于得到我们想要的，还不如说真正意义上的快乐是珍惜我们已有的。曾读一篇标题为《最年轻的一天》的短文，说的是每一个人的每一天都是你从今往后最年轻的一天，明天的你就比今天老了，因此，我们应当微笑地对待自己的今天，欣赏自己的今天。在每一个今天保持着快乐的心境。这样，我们的人生，就会没有一天不是快乐的。

境由心生，大多数人的不快乐都在于没有把注意力集中于已经拥有的一切上，而是放在了没有得到的东西上。不过，要求一个人能从自己所经历的每件事情中找到乐趣，时时刻刻都保持着快乐的情绪，并不那么容易。它需要独特的见解、善感的心灵、忘我的境界。滚滚红尘中，谁能做到“孤舟蓑笠翁，独钓寒江雪”？——做并快乐着，就是成功者。

一个人——无论富裕贫穷，无论高贵卑贱，只要他拥有了人生过程中的快乐，他的人生就是成功的。我想，席琳·迪翁的快乐之道也不过就是活在今天，活在现在，活在此刻吧？

幸福像蝴蝶

● 李金荣

听周杰伦的《七里香》，“那饱满的稻穗幸福了这个季节，你的脸颊像田里熟透的番茄……”一种淡淡的忧伤也许会在你的心底悄悄弥漫开来。初恋的回味，少女红润的脸庞，那个像蝴蝶翩翩起舞的年纪，纵然很美，但毕竟是一去不复返了。人近中年的你，生活的负累，使你变得沉重。快乐和笑容从哪一天慢慢开始消减的？你心茫然。

在风尘中跋涉，苦苦追逐幸福的影子，为实现一个小小的承诺，挖空心思绞尽脑汁；为获得一点小小的成功，竭尽全力奋而拼搏；为一次无关紧要的小挫折，唉声叹气怨天尤人；为一丝突发的奇想，心驰神往乐此不疲……每时每刻，都会有不同的欲望萤火虫般明明灭灭地昭示你，你则像投火的飞蛾，为捕捉到每一次燃烧的亮点，义无反顾地付出惨重的代价。

你仿佛是穿上了魔鬼的红舞鞋在一刻不停地追逐，旋转……于是，美从你身边消失了，生活失去了五彩缤纷，只剩下灰蒙蒙的调子。

你终于累了，乏了，开始静下心来过日子，尽量用理智的明矾来沉淀混浊的脑海，尽量用意志的堤坝来拦截感情的潮水。在待人接物上，你恪守“君子之交淡如水”。在事业上，你信奉“桃李不言，下自成蹊”。在志向上，你崇尚“淡泊以明志，宁静而致远”。在个人品格上，你追求“寒不减色，暖不增华”。活得悠闲、自在，如孤云出岫，可以静静地缭绕，也可以默默地逍遥。一派安然与舒适，皆来源于内心的自然。

心境至此，你发现许多美好的事物总在不期间叩访你的心扉，给你意外的感动。这里有朝花晨露，晚霞牧笛。也有四季更迭：春雨之缠绵，秋叶之静美，夏花之灿烂，冬雪之飘逸。还有生活中的点点滴滴：人与人之间一个友善的微笑，出门之前父母亲的一句叮咛，爱人的一个拥抱，友人的一声祝福，雨中的一把伞，寒风中的一双手，暗夜里的一盏灯，病床前的一碗热粥，患难中的一次真心帮助……都是怎样难得的一份快乐啊，足够抵得上一个太阳，照亮了你周围的每一个角落。

布衣草鞋，自有一股清雅的仙气；粗茶淡饭，也有一番闲适的情怀。平淡有平淡的快乐，虽然如白开水般，但是心里踏实，充盈着一种叫做幸福的感觉。这种感觉只与心灵呼应，并不与美貌、财富、权势、声望、地位、婚姻等等同步，它只需要懂得知足，学会宁静。就像霍桑说的那样："幸福像只蝴蝶，你去追逐它，总是捉不到。当你静下来，它又会落到你身上。"

人活在世上谁都不容易，超脱只不过是一种表象，或者说是沉重的另一种形式罢了。但凡事量力而行，别跟自己过不去。当你学会适当放弃坐看云起的时候，也许那只可爱的蝴蝶已悄悄落在你的肩头呢。

雪意杭州

● 邵燕洪

"忽如一夜春风来，千树万树梨花开。"

2004年最后的一天，一场罕见的大雪，仿佛要了却旧年新岁的纠缠一般悄然而至，成为杭州人走入新年的深刻记忆。

雪花漫天飞舞，越下越大。密密麻麻的"鹅毛"从空中飘下，树上、墙上、草上、车上、行人的伞上、雨披上都裹上了"银装"，煞是好看！

眼前是一片银白，到处铺满了雪花，各种树木上都开着洁白的花朵，青山绿水霎时间成了白山黑水，大地盖上了厚厚的银白色的被子，给一直陷于暖冬担忧的人们带来了丰收健康的抚慰和希望。

纷纷扬扬的飘雪也给已多时未见雪的人们带来了惊喜，兴奋的年轻人一头冲进雪中，任凭六瓣的雪花洒满全身。在通往西湖的各种道路上，男女老少熙熙攘攘，他们互相搀扶着，心急火燎却又十分小心地来到断桥边、灵峰下，哪里有美不胜收的雪景，哪里有迎雪怒放的梅花。

站在断桥边，赏雪的人络绎不绝。远远望去，妩媚的西湖已水天一色，四周苍茫一片，犹如仙境一般。白雪皑皑的宝石山，情侣们在踏雪留影，小伙子在这里打起了雪仗。那些常绿的冬青、樟树簇拥着一个个雪白的花盖，凛冽的北风吹来，簌簌地一阵阵落下。

雪，洁白的雪，已好几年没有这样下过了。

寻找阳光

●王军红

童年时，有一件事给我留下极深的印象。夏日黄昏，在干硬的土坯旁，我发现了一只蝉的幼虫。出于好奇，我用力翻开了土坯，发现了一条长长的通道。我很感动，为这小小的动物努力寻找阳光所付出的辛劳，为它纤柔的躯体存在的奋进力量。我小心地扶它爬向了大树，第二天发现了蝉蜕，听见它在阳光下的歌唱。

有一年春，为了心中向往的瀑布，我行走在庐山的小路上。突然，那一棵棵挺拔的树吸引了我的目光。枝干笔直向上，长长的躯体比平原上的树有几倍的增长，树和树站立在一起，团结友爱、积极向上。为什么它们的枝干是那样直，为什么它们像在比赛一样努力地向上长？爱人答：“它们是在寻找阳光！”

阳光，是抚爱，是温暖，是希望，是生存的力量！

在心情最阴郁的日子里，我渴望阳光的慰藉。我把最喜爱的书捧在枕边，让她与我夜夜相伴，给我冰冷的心一丝温热。我在不断转换着电视频道，寻找那些激昂的音乐，给我没有底气的躯体一点力量。我在寻找自己那最美的照片，让曾经灿烂的笑，抚慰自己受伤的心灵。还有儿子的爱，就是我未来的希望，就是我生命中的阳光！

生命中不能没有阳光。那些亲人的安慰，那些朋友的鼓励，那些领导同事亲切的问候和无私的帮助，给了我阳光般的温暖，给了我未来的光明和积极向上的渴望！

生命中不能没有阳光。那一篇篇美文，就像一朵朵美丽的花盛开在我的心里。那一首首振奋人心的乐章，就是鼓舞我与命运抗争的号角。那松的不屈，梅的傲骨就是我人生的榜样！

寻找阳光就是寻找希望，寻找阳光就是寻找力量。假如蝉不奋力寻找阳光，我们就听不见它美丽的歌唱。假如枝叶不积极寻找阳光，树干就不会有挺拔的力量。假如阴霾的日子里不寻找阳光，生活就会一片漆黑，没有希望！

渴望，阳光照耀在每一个日子里。渴望，人与人之间的爱永远如阳光般温暖。渴望，每一个善良的生命幸福。渴望，世间每一个人的笑像阳光一样灿烂！

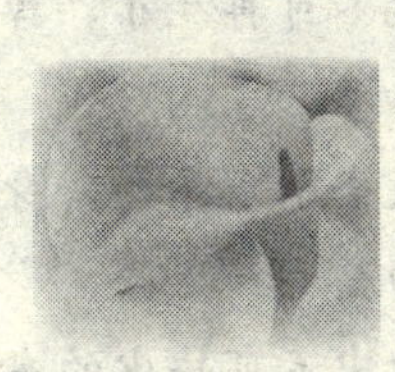

牙祭

● 郝敬堂

写“祭文”是件很痛苦很伤感的事情，可我还是决定为它铭文——我的那颗即将离我而去的门牙。

口腔出现炎症，进食有了障碍，去医院问诊，牙医说，是那颗门牙的毛病，要尽快拔掉。“真的保不住了吗?”我惋惜地问。“保不住了。”牙医肯定地回答。我怆然。

生命孕育于自然，肌肤受之于父母。头发长了可以理，指甲长了可以剪，在人体生命的元素中，这属于再生类的元素。可人体中更多的部件是不可再生的，是要受用终身的，比如牙齿，自从你换了乳齿，这恒齿就不可再生了，掉一颗就少一颗，这就是生命的奥秘和玄机。

人的一生中注定要失去很多东西，身外之物不足惜，痛惜的是人体中不可再生的东西。

门牙啊门牙，我生命中不可缺少的东西，你伴随我整整半个世纪，咀嚼了人生的艰难，品尝了生活的酸甜苦辣。你并不锋利，可你有无比的韧性，你啃食过无数的苦难，能把苦难咬得嘣嘣作响。你默默无闻地履行职责，从不和舌唇争宠。对镜看着那颗提前“下岗”的门牙，你不再洁白，不再光亮，呈黑黄色，这是长期被烟雾熏染所致，看上去已经有碍观瞻。你不再坚固，不再整齐，这是你长期辛劳而缺乏保护所致，看上去已经摇摇欲坠。更让我难以接受的是，你常常间歇性地发作，发作起来的痛苦滋味让人无法忍受。

顾镜自怜，我在深深地自责：对拥有的东西人常常不懂得珍惜，一旦失去了，才知道它竟然是那么可贵。门牙啊门牙，在我们即将诀别的时刻，我的心在隐隐作痛，是我没有爱护你保护好你啊，不良的卫生习惯侵染了你的生存环境，不节制的抽烟把你熏染得由白变黄，开啤酒瓶盖把你当工具使用……过去，我一直把你当成骄傲，总是那么坚固，总是那么健康。有一口好牙多么让人羡慕啊！牙好，口味好，吃嘛嘛香。健康的牙齿需要呵护啊，我恰恰地忽略了这一点。

人无远虑，必有近忧。后来，你不停地给我拉响警报，起先是发酸，而后是发炎，对此，我并没有引起警觉，只是采取了“牙疼医牙”的快捷方式。再后来是牙齿松动、牙床糜烂以致坏死，当我意识到必须尽全力抢救你的时候，一切都成为枉然。

自从患了牙疾，我再也无法品尝生活的原汁原味了，甜的不觉甜，苦的不觉苦，美味佳肴，食而不知其味。味觉的丧失，必然导致胃口的败坏，胃口不好，岂不是健康之大敌?!

一颗牙齿的生长期是几十年，可拔掉它只要一个短短的痛苦的瞬间。这失去的痛苦只有失去者才刻骨铭心。敬告同辈和后人，要善待你的牙齿，善待牙齿就是善待健康和自己。

是为祭。

夜空下的美丽

●陈孝荣

每年的夏夜，天空中总有那么一群萤火虫举着灯笼在那里一闪一闪地飞舞着。它们看上去就像点点繁星，把夜空装扮得异常美丽。正是由于有这些独特的生灵存在，夜空才变得不再黑暗，黑夜才变得不再孤独。因而自古以来人们把萤火虫尊称为“夜姑娘”。贪玩的孩子们还专门把萤火虫捉来，看着它的屁股一闪一闪地放光，获得无穷的乐趣。精明的钓鱼人则把萤火虫捉来放在一个透明的玻璃瓶中，放进深水里诱鱼上钩。我也是个钓鱼爱好者，也用同样的方法从清江的深水中钓上了大鱼。可是当我乐过之后，我就在想，萤火虫是否也有人类的这种智慧呢？于是我就去图书馆查阅资料，查阅的结果却令我大吃一惊。

原来萤火虫的智慧比人类高多了。它们屁股后面露出的那种“美丽”并不是美丽，而是欲望，是“杀机”。因为它们是用它来求偶的。如果发现招来的异性是趣味相投者，它们便坠入爱河，繁殖下一代；而一旦发现招来的异性不是自己所爱的，它们不但不会去爱对方，反而会一口把对方吃掉。正是因为萤火虫具有这种“特殊的功能”，有些心怀不轨的萤火虫就专干下流事，充当不光彩的第三者，拆散一对对爱侣。更为严重的是那些成年的萤火虫专用这种特殊的功能欺骗幼虫上当，把它们招来，然后毫不留情地把它们统统吞进肚里。

了解了萤火虫这种独特的功能和习惯，我吓出了一身冷汗。于是我在想，透过夜空下的美丽，不正好让我们看到了生活的本质吗？我们匆匆忙忙地在世上行走，总要碰上无数的诱惑与美丽。如果那些美丽迎面扑来，我们是不是应该停下来好好地想一想，那美丽的背后到底隐藏着什么呢？

一个人的中秋

●大　卫

中秋这个词，有点像石榴，太多的思念，是包也包不住的，时辰一到，就鼓胀着身子，咧开了小嘴，石榴米儿洁白、莹润，颗颗都是思念的牙齿，咬得你生生地疼。中秋也像一张火车票，自己在这个站台，亲人在另一个站台，意味着千里迢迢以及千里迢迢之后的团聚。当然，因为这样那样的原因，你极有可能一个人过中秋，这，看起来有些伤感，其实不然。想一想，毕竟单身过中秋的日子，少而又少，更值得珍惜。其实，一个人过中秋，也很有意思：平时你忙得像一只蚂蚁，现在，却可以闲成蟋蟀一匹。一个人过中秋，可做的事情太多了：抽烟或者不抽烟。把自己喝醉，在恋人的照片前，醉成一堆相思。与自来水管掰手腕等等。

窗户半开，冲楼下走过的姑娘说一声：嗨。对着一张光盘挤眉弄眼。读一本书，不管喜欢还是不喜欢，都要大声地朗诵出来。对着穿衣镜投怀送抱。弄几滴自来水洒在眼角，来一次泪水秀。在屋子里走来走去——一定要光着脚丫子。打开电视，却选择静音，你要的就是看一次默片。张开双臂，作出欲飞的姿势。对着电风扇说我爱你。把自己想象成一张纸，被风吹得刷刷地响。一个人过中秋，你还可以在地上翻一个两个三个筋斗。月亮升起来了，哦，你应该外出散步，也就是到月光下走一走。月亮蹲在树梢的时候，你把自己搬到了屋外。

好长时间没有一个人看月亮了，它在天上，真的像白莲花。走着走着，不经意地，你把自己走成了一条河……影子，水草一般地随着你流动。月亮，圆得像思念，不，比思念更圆。你甚至想到，倘若没有月亮，中秋节不就成了一篇没有标题的文章——这还能叫文章吗——你想得最多的还是月光——作为月亮派出的驻外大使——它们从天上下来，给人间带来了多少天堂的消息啊。还有露珠，这夜晚的新娘，它们纯朴得像村姑，梦中，随便哪一片草叶都可以作自己的嫁妆。

作为一个单身者，在这个中秋节的晚上，你想念别人，也被别人想念。在主动语态与被动语态中，你来回游移，像那束被风吹得摇摇摆摆的月光……醉了，醉了，“人生得意须尽欢，莫使金樽空对月”，李白的浪漫又何尝不是月亮给了他灵感？“举杯邀明月，对影成三人，我歌月徘徊，我舞影凌乱”，你看到的月亮，当然也是李谪仙、苏东坡、李后主们曾经看到过那一轮。你感到月光里似乎有一种什么味道传来，像桂花，又像薄荷，说不出的芳香与清凉……

一个人过中秋，难免孤独，其实，月亮比你更孤独，这么多年来，它一直都是单身的。平时，我们太冷落它了，哪有闲工夫与它对视。想到这里，你又感到了不好意思。

单身过中秋，除了看月亮之外，最浪漫的事，莫过于披一身月光回来，斜倚床头，和一个人煲电话粥。电话拨通了，你才知道，忙碌的心里，原来一直装着一个最亲近的人，你的眼睛湿了，你知道在这个中秋节，远方的那个人，成了你这个单身者心里最为温柔的那一部分。

扎西德勒，首趟进藏列车

●刘认军

世纪天路开通了，它是西藏人民的经济线，幸福线。更是内地和西藏人民亲密交流的桥梁，那种诱惑——坐着现代交通工具去体验古老文明和原始高原风貌景象，对我来说是无法抗拒的。

相比许多人而言我是幸运的，我买到了 T222 次车票，这是重庆首发至西藏的车次。那一整天我的心情都是激动的。下午 4 点我就来到火车站，完成乘车前的全部手续后我开始了漫长的等候。也许是心情急切，在 2 站台我被同车的旅客绊倒在地。

崭新的车皮上有标志：重庆（成都）—拉萨（特快）。大家都迫不及待地上车，我是卧铺，不用挤。票价 1168 元，这是我有史以来坐这么贵的火车。高价当然就有好服务。床头有液晶电视，可惜不能接收电视节目，由于沿途网络尚在建设。播放的节目都是预先录好的。

车内有“青藏高原列车使用说明”、“天路览胜”等印刷品，列车上的指示牌用汉、英、藏三种语言标出，彰显这条线路的“国际化”。

19 时 20 分，列车缓缓驶离重庆，拉开了我进藏的序幕。我的心情和同车的朋友一样是兴奋的，幸福都写在脸上。

老早就听说进藏列车禁止吸烟，上来才知道全程禁烟已经改为局部路段禁烟了，漂亮的着藏红色制服的乘务员提醒我们吸烟可到两节车厢之间去，说那里有一个铁烟灰缸。

第 2 天早上 6 点 15 分到了西安，到兰州时已是下午 1 点 40，第 3 天凌晨 4 点，火车终于到了格尔木，此时的我很疲惫，可心情却愈加激动，整夜无法安心入睡。车站比我想象中的要小得多。火车在这里更换车头出发了。随后车厢开始了弥散式供氧，禁烟也真正开始了。

夜色下看不到任何风景，而我也知道自己的高原之行才刚刚开始。我拿出了旅游指南，从格尔木到拉萨其实有45个站点，可惜旅客都不能下车，也是为了保证乘客身体健康。列车一路经过玉珠峰、楚玛尔河、沱沱河、布强格、唐古拉、错那湖，景色和电视介绍如出一辙，美不胜收。

下午2点20分列车终于停了下来，这是那曲站。这也是我第一次能静止地细心地欣赏高原美色。这里是羌塘草原，放眼四周，蓝天、白云、湖泊、牛羊、草原、雪山构成了一幅美丽图画。我第一次真正领略到了藏北高原的瑰丽风光。

“羊八井，快到了！”车窗旁的朋友告诉我，虽然还要4个小时才到拉萨，可我已经躺不住了。羊八井原来有电厂和温泉，我意识到了自己的孤陋寡闻。股股热气升腾在地热电厂上空，不得不感叹大自然的神奇和诡异。

当穿过拉萨大桥时，我好像已经闻到布达拉宫的味道了。下午6点半我终于投入了拉萨的“怀抱”，全长3654公里的行程结束了，一下车，厚重的藏文化扑面而来，一切都是新鲜的。

致“老兵”

●文 岚

老兵：

你好！夜深人静时给你写着 MAIL，忽然有了一种延伸的感觉，是那种“感觉”的延伸。我想，在我最终添加结束语的时候，感动也将随着感觉的延伸而升华。

寂静的夜晚本身就饱含了太多的内容。和你在寂静的夜晚独处，或倾听、或倾诉、或凝望、或调侃、或沉默，所有的过程几乎让人忽略了推移着的时间，甚至忽略了整个过程本身。只记得我说了很多，多得有点儿迷失自己，所以在你夸我理性的时候，我的感觉恰好是：我在非常投入地、非常不可思议地放纵着自己，在一个并不常见却让我完全放松的男人面前。我基本上是一个崇尚自然的人，这一点我们几乎是惊人的一致（千万别说我主观），所以，在充满诱惑和各种可能的夜晚，我们依然可以怀着倾慕的心境，随意却充满激情地谈论关于“感情”、“情感”、“友谊”、“爱情”乃至“人生感悟”等话题。你近在咫尺，我也不再像云，只飘荡在你辽阔的视野里。与你近距离的相视，眼神碰撞的瞬间后我们依然回归平视，平视的感觉很好，真的。夜，由此从寂静演绎出人为的美丽，对于美好我是“贪图”的，请原谅我用这个词，但愿它不会搅扰了你对于美好的回忆。

车子游移于二、三环之间之前，我们好像有过轻轻地道别吧，幸福完全被感觉诠释的那个时候，我想，今天一定要顺利返航，因为我不想让等待、思念和牵挂由于我的过失而拉长。人不能一下子消化太多的美好，虽然知道有人牵挂、思念、等待的感觉是幸福的。在这个夜晚我已拥有了很多弥足珍贵的感觉——比如爱的表白、比如你的理解和尊重、你的倾诉与倾听、你的装满言语的眼睛以及你的声调，作为女人，作为朋友，我的得到是超规格的，你的超规格险些让我将自己与那个叫做“自私”的词连在一起。然而客观与主观原因的不期而遇，再次成就了我的幸福感。在即将关上车门的瞬间，你的名字在手机上显现，铃声扣动的是心弦，语言谱写的是另类的思念……

在一个凌晨，“在电话的那一头有我的思念”这句话，就这样轻而易举地走进了心间。

在这个让人找不到北却依然可爱的夜晚，我把“找北”的感觉和状态无限延长，希望在你的睡梦中会有一个发光的交叉点，闪闪地说着梦中的语言：打开信箱吧，我一直守侯在你身边！

这么郑重其事地写 MAIL 给你，好像是第一次；叫你“老兵”好像也不是出于本意。主要是考虑这么重要的内容，好歹也要给你一个正规的名字，不满意包退包换。

一个找不着北的人。

快乐之源

●李庆益

有一个朋友，到河边钓鱼，去了大半天后回来，两手空空如也。见此情形，我调侃他是“杨白劳”，说他白辛苦了大半天，劳心又劳神，何苦呢？朋友倒显得不以为然，说他去钓鱼，并不只是为了鱼，他只是享受垂钓的乐趣，仅此而已。

一位睿智的老编辑，年逾古稀，鹤发童颜，思维敏捷。老人性格开朗，非常热心帮助别人，我曾经把写过的一些文字发给他看，他看得很认真，一一指出我存在的问题，甚至于语句修饰手法也有涉及。让我感动万分。我担心他为此劳累过度，不敢多发文章给他看，他的家人反而安慰我，说：“老人是个热心肠的人，他把帮助别人当做自己一件最快乐的事，你不用有那么多的顾虑。”

夜里下班回来，要走一段很长的路。已是午夜，路上行人稀少，我时常能看到一辆拉潲水的车子，车上坐着一男一女，模样看起来有四十多岁。车子开得很慢，他们挨得很近，时常有说有笑，有时会快乐地哼着歌，一副心满意足的样子。这是一对生活在社会底层的夫妻，他们没有太多的财富，更不用说有很高的社会地位，但他们无疑是快乐的。

说起来，快乐的源泉，并不在于你拥有多少财富，或者身居何等高位。而在于经历生活中的酸甜苦辣时依然荣辱不惊，安然享受。

早春的脚步

●洪　鸿

冬末的余威中，早春细微的信息已从很不起眼的角落里渗露出来。春天最初的脚步，轻盈地踏过冬日的叹息，向世人展示先行的姿态和渐进发展的决心。

温湿的小南风，刚刚突破严冬防线，便像涓涓细流一般向冰冻的土地浸润，大地渐渐暖和并苏醒，丝丝温馨湿润的水气从泥土的毛孔中蒸发弥散出来，宛如绵延不尽的袅袅炊烟，昭示着生命的存在与勃发。高山上的皑皑积雪，在凛冽的冬天里出尽了风头，而春风在它的胳肢窝只温柔地一抓一挠，它便再也不能严肃不能正经，忍俊不禁地噗嗤一笑，霜冷的脸融化成粉红的花面，渐渐然地从山顶到山麓，再到村落，再淙淙地流入溪河湖海，醉心于横跨千里的春天的旅程。春雨细细地蒙蒙地飘洒，像冰凉的薄翼一般的纱巾，盖在人们的脸上和身上，迷离了极目远眺的视线。早春的雨，从不刻意的张扬，也不赤裸地显露，她像一个温文尔雅盈盈细步的小家碧玉，悄无声息地做着自己的分内之事。在这样的时节夜卧听雨，滴滴答答絮絮密密的天籁之声，将会润湿无数浪漫的关于早春的梦境。早春的梦，其实就是封闭已久的窗户被猛地推开，沉寂麻木的心灵迎着清新的空气自由地放飞，就是新孵的蝴蝶飞飞停停蹁跹起舞，撩起红男绿女们郊游远足的浓浓兴致；就是在湖畔溪边浣纱的江南女子，纤纤的素手触摸到温温的水流的血脉，粉红的脸颊荡漾的那分惊喜；早春就是这样，总在人们不经意的时候，悄悄地挪移和靠近，洋溢着生命萌动的灵气。

广袤的原野上，早春的景致新鲜而纯情，充满生命成长的欲望，只要细心地观察，你会发现这春意就蕴藏在大片大片的草的世界里。早春尚不是百花竞妍百鸟鸣啭的时节，早春的标志模糊而暧昧，浅浅淡淡的草色，总让人们轻易地忽略她那轻盈而神秘的脚步。放眼远望，野草已经势发，但还没有完全显绿，猛眼一看，依然是冬天的枯色。粗心大意的人，也许就这样放弃了探春的努力，而在早春已经来临的时候，仍然怀着沉重的冬天的心情，对于早春的虔诚的恋者，却不会因为冬天设置的迷障，而错失一睹为快的赏心悦目的感受。春风乍起的时候，他们必定会应和季节的脉搏，扑进大自然的怀抱，这时远望野草所润渗出来的绿色，与视力的好坏并无必然的关系。早春望草，须有一种望草的心情和敏锐的感觉，古诗云："草色遥看近却无"。与其说古人"看见"草色，不如说古人以一种观赏的姿态感知到了野草生机始发的势头，这种若有若无却漫山遍野的绿意，这种看似柔弱其实咄咄逼人的气势，让人们看到了早春的活力，从而对一年生活充满了希望。

春天是四季的发轫，而早春则是一段最宝贵最美好时光的起点，不管出现过多少差错和闪失，站在这个起点上，我们都应心平气和地思考自己的理想和未来、目标和责任，在早春时节，播撒希望的种子，然后在开花结果的时候，得到应有的人生收获。

人生总有非卖品

● 张海洋

16 年前，黄哲斌从 1500 名竞争者中脱颖而出，考入台湾的《中国时报》；16 年后，已经成为主任记者的黄哲斌却把自己的辞职报告放在部门主管的桌上。

对于一个前途一片大好的著名记者，黄哲斌做出这样的选择让许多人为他惋惜不已，甚至有些对他不甚熟悉的同事猜测他家境优越，才敢如此“壮士断腕”。实际上人到中年的黄哲斌不但要承受房贷的巨大压力，同时还要抚养两个小孩，照顾年迈的母亲。

黄哲斌在高中时期看到梁启超主办《新民丛报》的经历，这样的感叹：“一个拿笔的人，对社会和国家竟然能发挥这么大的影响力！”正是出于这种对社会有帮助的理想，他在大学里选择了新闻作为自己的专业。

黄哲斌一直以为记者是个应该受到尊敬的职业，因为它可以把真实客观的新闻忠实地反映给大众。可在过去的几年里，黄哲斌却眼睁睁地看着自己坚守的新闻被不断吞噬。一开始，企业和政府购买的广告被巧妙包装成了“软文”，植入到新闻当中；到后来越来越多的媒体甚至要求记者在采访中顺便拉广告。黄哲斌对此无比痛心：“记者变成了广告业务员，公关公司与广告主变成了新闻撰稿人，而新闻变成了论字计价的商品。”

其实黄哲斌也可以顺应潮流做一个“识时务”的记者，借此可以获得不菲的灰色收入和远大的前途，可是黄哲斌没有妥协。

有人问他：“你这么勇敢，是不是因为你是个清高的人？”

黄哲斌回答道："我并不是什么了不起的人，人品一点都不高尚，只不过不想失去作为一个记者的职业操守和人生的底线。我相信，并非世间万物身上都有一个报价牌——人生总有非卖品。"

生命从不绝望

● 唐宝民

蝎子是一种毒性很强的动物，它的毒针能使其他昆虫顷刻毙命，人被它伤到，也会有生命危险。

人们曾经把蝎子放到一圈燃烧的火炭中间，火炭越烧越旺，滚滚热浪不断向蝎子袭去，蝎子灼热难耐，在火圈里左躲右闪，想要逃出重围，但却无路可逃。火灼伤了它的身体，它狂怒地瞎冲乱撞，最后终于绝望，倒在地上一动不动了。于是，人们得出一个结论，蝎子在被火围攻而又无法逃脱之时，就会用毒针刺伤自己，用自杀来结束自己的生命，结束痛苦。

这个结论被传了很多年，以至于人们经常以此来嘲笑蝎子自杀的懦弱行为。

法国昆虫学家法布尔用实验证实了这个结论其实是一种误传。法布尔对任何结论都不盲从，都要以科学的精神亲自验证，他抓来了一只蝎子，把它放到燃烧着的炭火中间，蝎子就如传言中的那样，先是四处乱撞，在左冲右突一阵之后，绝望地倒地“自杀”了。法布尔静静地观察了一会儿，以为蝎子已经毒性发作而死，就用镊子把它夹起来，放到一层清凉的沙子上。让法布尔没想到的是，这只“自杀”了的蝎子一个小时以后竟然又活了，和没进入火圈前一样活跃，法布尔又用另外两只蝎子做实验，结果完全一样，法布尔由此得出一个新的结论：所谓蝎子自杀的传言，只是一种误传，那其实是蝎子在绝望中的一种假死现象，蝎子并没有自杀。

法布尔是伟大的，他把自己的研究结论上升到了生命的境界，以此来阐述“只要活着就没有绝望”这一命题，他这样写道：“生命是一种严肃的东西，不能遇到点艰难困苦就把生命抛弃。我们不应把生命视为一种享乐、一种磨难，而是应该把它视为一种义务，一种只要一息尚存都必须全力以赴的义务。让生命的最后一刻提前到来，就是懦夫，就是蠢货。我们有权凭着自己的意愿决定坠入死亡深渊的方式，但这并不意味着我们有权轻生遁世。地位卑微的昆虫也在发表着自己的意见：‘你们应该有信心，生命从不绝望。’”

是的，生命从来不会绝望，即使在遭受灭顶之灾的时候也一再地坚持再坚持，显示出誓不低头的非凡气概，以不屈的意志力昭示着生命的真谛，不向命运俯首称臣，坚决向残酷的命运说不。生命是在挣扎中显示其伟岸的，经过生与死的历练之后，自会拥有一份美丽。

在沉默中绽放

● 许松华

经常听到有人说："这是一个众声喧哗的时代。善言成为生存的能力，是这个时代的标志之一。别管狗嘴里吐出的是象牙还是黏痰，雄辩胜于事实，说，固然重要，但说得巧妙，说得动听入耳，说得到位，说得恰到好处，说得入木三分，说得出奇制胜，说得天花乱坠，才是功夫。"

然而我以为，追求自我，实现自我，更应该重视沉默人生的力量，静观"沉默大师"沈从文的人生，我们可以领悟这一真谛。

沈从文数年前坦然离世，在他身后，面对那部厚厚的《中国服饰考》，无数的人难以安眠。这恢宏巨著本身早已超越了一部书的意义而成了一种精神。这种精神是沈先生独有的。

我想，沈先生最初从一名作家和教授被剥夺了应有的权利而走向文物工作时，他的内心是痛苦的。没有谁在自己心爱钟情的事业被人无端地剥夺时不痛苦，但在那个特殊的年代，这是无可奈何的事情。沈先生选择了沉默，一沉默就是几十年。这期间，没有反悔，没有抱怨，更没有抗争。几十年后，当忽然有人又想到这位20世纪20年代就名噪一时的大作家时，沈先生已垂垂老矣。令人吃惊的是，面对这几十年的不公平，他却很平静，始终没有站出来在"沈从文热"中说什么。荣辱，在这位饱经沧桑的老人眼里已是平而又淡的事情。缓缓地，他只从自己的身后细心而又平静地捧了一部前无古人的服饰大书。我们这才知道，沉默已久的沈先生在另一种领域，竟也已做出惊人的成就。在沉默之中，他一个人原来一直在执著地前进，这是一种多么可贵的精神啊！人生百年，挫折多矣，能在沉默中执著于自己人生信念的人有几个？

走在尘世中，我们该如何面对痛苦与不幸？该如何面对突如其来的人生灾难？读沈先生的一生，我们仿佛于时间之中看见一叶小舟，这小舟静静地前进，不管面对着的是风，是雨，是乌云，还是烈日。这是大境界，我们绝大多数人做不到。但我们可以学习沈先生的沉默，在忍耐中默默地工作，直到有一天云开日出。

其实，人生难免含悲垢辱，重要的是心中点燃一盏灯。卡夫卡身后光芒万丈，而终其短暂的一生，过着普通银行小职员的生活。白天，他在银行卑微地为生计劳碌，夜晚，他写着不为人知、不能发表的小说，最终在万丈尘埃中绽放出生命的光华。与沈从文的沉默颇为类似的，还有日本川端康成。川端康成与客人会见，直到客人离开，不发一言，常常几个小时端坐。对于许多爱热闹的人来说，川端康成可谓是一个无趣的人，然而他却是写出大量传世佳作的诺贝尔文学奖获得者。

“相对无言，宁静无躁”的川端康成，让我们懂得如何做沉默的人；永远沉默的沈从文，让我们学会了在沉默中绽放人生。

尊重是一种力量

● 王飒飒

人生而平等，但往往会由于拥有的财富和名望的不同而被划分为不同的社会层次。对于身处底层的人，若是能给他们应有的尊重，往往能使他们抛弃自卑，拥有前进的力量。这种力量，比冷漠的施舍以及短暂的相助更强大而持久。

屠格涅夫曾收到托尔斯泰的信，信中，托尔斯泰对他的文章给予肯定。这使得原本灰心丧气的屠格涅夫致力于写作，终成一代巨匠。同样的，曾任北大校长的胡适对每一位平凡学子的来信都认真回复，鼓舞他们在学术道路上勇敢向前。这在后来许多的学术大师心中植下了进取的种子。

尊重是一种肯定，也是一种期待。托尔斯泰和胡适都是受人敬仰的大师，但他们却能对从未谋面的平凡者给予尊重，用自己的信任肯定他们的价值与能力。这对于那些平凡者又何尝不是一种鼓舞、一种感动、一种促使他们勇敢追求的力量？假若两位大师恃才傲物，哪怕是一个首肯也不愿给，想必也无法使他们产生如此大的激情与斗志。可见，鼓励只是其表，而其精神实质却是尊重。

一个人若是贫困无名，往往会感到失望与自卑，以致对于自身能力产生错误的判断，误以为自己低人一等。而尊重无疑是一声惊雷，使人们从自卑中警醒，重新认识到自己人格与精神的高贵，从而走出自甘堕落的困局，重获闯出一番事业的豪情。

心理学有个著名的期待效应，一个人往往会按着别人对他的看法而发展。的确，若是我们尊重对方，那么这个人便会以行动来证明自己的价值与尊严。相反，若是我们蔑视他人，就会使人变得消沉、失望，或是走入仇恨、愤怒的极端。如果说尊重是促进人们认识自我、开拓进取的力量，那么不尊重便是诱导人沉沦堕落的毒药，它产生的危害不仅影响个人，更可能会波及社会，引发不同群体之间的冲突。所以尊重不仅仅是促人成功的力量，更是引人向善、积极进取的台阶。一个没有得到尊重的人内心是黑暗阴冷的，但一个得到尊重的人必是自信、阳光、待人真诚的。

尊重并非难事，它只需要你诚恳地平等待人。但这举手投足间的小事却有着使人向上、向善的力量。请尊重他人，给人们、也给世界注入更多阳光吧。

不一样的折叠

● 赵盛基

我的大学时代和工作初期，经常接到天南海北同学的来信。信的内容大都记不清了，但那些五花八门折叠信笺的方式却记忆犹新。长方形的、正方形的、一面长方形另一面三角形的、菱形的、五角星形的、燕子形的……不一而足。

当然，都是年轻人，都有新奇的想法和显示自己技巧的心理，但那颗心却是纯真的、诚挚的，就是要把自己最好的祝愿和最开心的快乐邮寄给对方。接到那些信后，打开信封，还未见字，一股新颖的气息就扑面而来，心情自然是快乐的、欣喜的。

至今，我还怀念那个经常通信的年代，怀念那些形形色色的折叠图形。然而，现在极少能收到手写的来信了，收到的都是电子邮件和博客留言。

信是很少收到了，但由于写作投稿的缘故，经常能收到杂志社寄来的杂志样刊。寄来的杂志有两种情况，一种是长宽适宜的大信封，正好能把杂志装进去，另一种是长度适宜而宽度狭窄的小信封，必须把杂志对折才能装进去。

第一种情况寄来的杂志板板正正，翻阅起来舒适方便。第二种情况寄来的杂志折痕突兀，折处的字迹模糊，不但影响杂志的外观，而且翻阅起来也经常受到折叠处的阻滞，当然让阅读者心情不爽了，自然而然地对杂志社就心存不悦了。

殊不知，不一样的折叠，会给人带来不一样的心情。也许你没有意识到，其实，不一样的折叠里面还包含着对别人的尊重，也包含着对自己的尊重。

错出的经典

● 赵盛基

梅兰芳大师的琴师、86岁高龄的姜凤山老先生做客央视做了一期梅兰芳的专题节目，他对梅兰芳的为人和演技赞赏有加。期间，他讲述了一期梅大师的往事。那是一个美丽的错误，而且，那个错误已经成为沿用至今的经典。

那是早年，梅大师与人合演《断桥》，也就是《白蛇传》，剧情是白娘子和许仙两个人悲欢离合的爱情故事，梅大师在剧中饰演白娘子。剧中，白娘子有一个动作，就是面对负心的丈夫许仙追赶、跪在地上哀求她的时候，她爱恨交加、五味杂陈，就用一根手指头去戳许仙的脑门儿。不想，梅大师用力过大，跪在那里扮演许仙的演员毫无防备，向后仰去。这是剧情里没有设计的动作，可能是梅大师入戏太深，把对许仙的恨全都聚集在了手指头上，才造成了这样的失误。眼见许仙就要倒地，怎么办？梅大师下意识地用双手去扶许仙。许仙是被扶住了，没有倒下。可梅大师马上意识到，我是白娘子，他是负心郎许仙，我去扶他不合常理，这戏不就砸了吗？大师到底是大师，梅大师随机应变，在扶住他的同时，又轻轻推了他一下。所以，剧情就由原来的一戳变成了一戳、一扶和一推，更淋漓尽致地表现出了白娘子对许仙爱恨交织的复杂心情。这个动作，把险些造成舞台事故的错误演得出神入化，得到了大家的认可。从此，在以后的演出中，梅大师就沿用了这个动作，而且，其他剧种也都移植采用了这个动作处理，这个动作成了经典之作。

姜凤山老先生讲到这里时用了一个词：败中取胜。不仅在舞台上，在各行各业，在各个岗位，在工作中，在生活中，无论是大师还是普通人，失误和错误是难免的，关键是出现失误和错误以后怎么去对待，怎么去处理。处理不当，会酿成事故，导致全盘失败；处理得当，能败中取胜，化腐朽为神奇。

读海千遍不厌倦

●王彦学

回首波涛映日，倚栏叹海朦胧。

习惯地站在木栈道上，翻阅着海的篇章；多年来不曾间断的吟诵，至今还不能把你读懂。曾经多次涌动着把你临摹成文字的冲动，每当动笔的关头，还是觉得对你的了解属于走马观花的皮毛之见，害怕亵渎你的深邃；用我孤陋寡闻的浅见，画虎不成反类犬。

庆幸在这个初夏的晴朗日，陪同远道而来的客人游览；得以充分地在蜿蜒绵长的木栈道上信步前行。

蔚蓝的天空干净得像刚刚擦洗过一样，偶尔飘过的几朵白云、间或千回百转着丝丝缕缕的轻纱，衬托着蓝白色差对比的通透；一种返璞归真的自然美，跃然天上。

也许天的景色迷醉了大海，它安静得屏住了呼吸；静静地张开广角镜头，摄取着这样难得的美丽。拷贝了天的湛蓝，装扮出自己天蓝色的静谧。天与海就这样的相互映衬着，延伸向更悠远的广袤里。我情不自禁地把视觉跨越，随着海平面极目天际；大海悄无声息地绵延，流淌进了蓝天的胸膛里。天与海在遥远的地方相拥对接，成了浑然一体。蓝天、大海、木栈道、游人，都饮醉了初夏的暖阳，沉浸在天人合一自然的浑厚里。

客人们不忍与大海的小别，只在栈道边上的小吃部里填补了辘辘饥肠。第一次与大海见面的人，都容易被海的阔越所吸引，产生对海的牵挂；它犹如一饮即醉的甘醇，使游人产生难忘的眷恋；而大海也经常对游人吐露出不舍的涟漪。相对比袒露无遗的大陆，更凸显出大海在厚重的雄浑中，包裹得十分神秘。湿润绵软而随意的性格，细腻得你无法窥探出它内心的秘密。那种未知的深度里凝聚的生命力，给人一种超越自然的深刻。很磁力的吸引人们产生渴望，企图望穿碧水，洞悉它那浩瀚而深幽莫测的心理。

午后的海面，凉风徐徐，海水满盈盈地晒着太阳。呼吸着的海面，充满了活力，粼粼的微波随风荡漾，陪伴着闪烁的阳光。那些浪花与太阳的杰作，给海面铺上一层细碎的珍珠，有些像披着一层揉皱了的蓝缎。

开始涨潮了，宁静的海水不安分起来；海面不断地加大涌动的频率，靠近挡浪墙的那些海浪群体开始抢着出人头地了。海水仿佛接到了统一的行动口谕，都一反恬静的面孔，不知推推搡搡的要向哪里汇聚，要做出什么样过激的行动。

不知是哪种事件的不平激怒了大海，如此群情激奋，海面上波涛万顷；席地卷来的浪花，愤怒的拍浪跃起，在飞溅中表达着毫无畏惧的勇气。海潮开始制造浪峰和幽谷，海浪排着一波波横列，像发起冲锋的战斗队形，哗哗哗的呐喊着，冲上沙滩、礁石。还有勇猛的敢死队，毫不回避地向挡浪墙发起了冲击；前仆后继的越战越勇，撞击的轰鸣撕心裂肺、震撼而空灵。那些向礁石群进攻的波涛也不示弱，仿佛还应用了战略战术；一次鼎力的冲击后，迅疾的向后退去；直到足够冲刺助力的距离，然后猛然的折身而返，更猛烈地再次冲撞过去。如此往复，毫不气馁。远海处的浪涛翻滚汹涌，不间断地涌向近岸来增援。那种千军万马般的奔腾嘶鸣，相伴着拍岸、击石、撞墙的震耳轰隆，合奏出气势磅礴、震颤千里的空灵而铿锵的旋律。狂沸的海水，已经暴躁得像失控的恶魔；翻腾的泡沫失去了均衡的节奏，呐喊声变得雄浑而低沉，冲击的涌动势如雷霆万钧。原来平静的海面此时宛如万马千军角逐的战场；海风助阵吹着激昂的冲锋号，惊涛拍岸的爆裂酷似进攻的战鼓声；那数不清的冲锋勇士波涛巨浪们，前仆后继，踏着战友的尸体，不断而猛烈地向岸边冲锋。汹涌的浪潮后备无穷，怒吼着震颤天庭的声浪，终于淹没了那群错落无序的怪石嶙峋。胜利了，海潮达到了预期的目的。

大海，在粗重的喘息声中，开始退潮了。像战争中的部队，在某个战役中，撤出战斗时的战略转移；相互交替着掩护，一步一步地慢慢撤离。海潮在撤退中逐渐平静下来，此时带有节奏的、拍打海滩的声响，宛如母亲轻拍婴儿入睡的催眠曲，亲切，悠扬。

浩瀚深邃的大海，愤怒发威时，蕴藏着无法计算的能量。

相互支撑的温暖

● 唐宝民

在寒冷的冬天，如果打开蜂箱，就会看到这样一种现象：所有的蜜蜂，结成了一个球形团在一起，这个球形不是静止不动的，如果仔细观察，就会发现，球形表面的蜜蜂，在不停地向球心移动，而球心的蜜蜂则向球形表面移动，不一会就完成了位置互换；没过多久，球表面的蜜蜂再次开始向球心移动，而球心的蜜蜂则再次向球表面移动……原来，冬天太冷了，蜂箱里的温度只有几度，为了抵御严寒，蜜蜂便互相靠拢，结成一个球形团来取暖，球形团内部的温度可维持在24℃左右，但球形团表面的温度不高，于是，蜜蜂们便互相照顾，不断反复地交换位置，以便每隔一会儿，球形表面的蜜蜂就能进入到球形中心，彼此相互依靠，相互帮助，以此来抵御严寒，度过漫长的冬天。

10年前，我曾在内蒙古伊克昭盟工作过一段时间，住处附近有一家牧民，放牧着成群的羊，冬天来了，当地的气温下降到零下35℃左右，羊也被冻得瑟瑟发抖，特别是晚上，温度更低，虽然身上披着厚厚的毛，但依然无法抵挡北风的肆虐。那时，我们所在的电厂工地经常夜间加班，我便经常在夜间路过羊圈，慢慢地，我观察到了这样一种现象，就是在寒冷的晚上，羊圈中所有的羊都会站在一起，围成一个圈儿，成年的壮实的羊站在最外边，小羊站在最里边，据牧羊人说，羊互相靠在一起，可以用彼此的身体产生的热量来温暖对方，最外边的羊挡住了里边的羊，使它们免受风吹，但过一会儿就会互换，里面的羊到外面来，外面的羊到里面来去，但中间的小羊永远在里面。

在困顿无助的处境下，彼此间互相的支撑，能产生巨大的力量。我们感动于这种智慧，更感动于这种在患难中互相扶持互相帮助的精神，有了这种精神，就不会再畏惧寒风的凛冽，就会相互搀扶着走出寒冷的冬天，迎来春暖花开的那一时刻。

像植物那样静美

●王云霞

对植物的喜爱由来已久。小时候，父亲在院子的一角搭起了花架，上面摆有文竹、月季、金丝荷叶、万年青等各种花卉。我最喜爱的是那盆倒挂金钟，也叫灯笼花。它盛开的花朵就像一只悬挂的彩色灯笼，丰腴的萼片向四周翻翘着，薄薄的花瓣围成一个小短裙，露出里面或长或短的花蕊，乍看上去，像美丽的女子在跳优雅的芭蕾。

长大后，我也喜欢养花，尤其喜爱那些观赏叶的花卉。高大的巴西木，宽阔的龟背竹，婆娑飘逸的吊兰等，挤满了我家阳台、客厅的角落。每当闲暇之际，我喜欢伫立在高大的植物旁，或俯身于矮小的花卉前，静静地观察它们，用心灵与它们交流。我喜欢它们的静美和安然，喜欢它们那种淡定超然的处世态度。即不喧嚣于世，也不与百花争宠夺艳。它们是花卉中的精灵，懂得含蓄与收敛。无论是置于金碧辉煌的大厅，还是处于空间狭小的寓所，它们永远是以清新靓丽的姿势示人，不卑不亢，不媚不俗，默默地将一篷新绿呈现在世人面前。

在我的办公室里，养有凤尾竹、虎皮兰、滴水观音、绿萝、芦荟、剑兰等花，还有一些微型的可爱植物。窗台上一个杯口大小、蓝白红绿橙各色线条相间的陶瓷花盆里，长有一棵嫁接着彩色仙人球的柱型仙人掌，它那顽强生长的精神，常令我看出感动来。婴儿拳头大小的芦荟层层叠叠，像雪莲般开在小小的橘形花盆里，充满了诗意雅趣。在我的电脑旁，搁置着一杯水栽的吊兰。它那绿色狭长的叶片，在杯中优雅地向四周舒展垂散，像一朵盛开的花。白色纺锤状的须根在清澈的水中恣意扩散，像无数条白胖的小鱼儿在水中游弋。我常在电脑前写字，累了，抬起头来，凝望着一杯根须洒脱绿叶婆娑的水栽吊兰，浮想联翩。思想的飞絮，在青山绿水间，流连盘旋。

我对植物的爱恋，超过了对时装、化妆品的喜爱。后者，只能给你一个靓丽的外表。而植物，却可以深入你的心灵，熏陶你的气质，让你变得更加优雅、温婉。植物是静美的，它高雅的身姿，浸透着一种安静、祥和的气质。柔顺的枝叶，彰显着女性温柔、体贴的美德。女人，应该像植物一样温柔静美，高雅贤淑，清新靓丽又充满朝气。

一个美国粽子的情谊

● 郭超群

前几天，邮箱里突然多了一封来自美国的邮件，是我在美国的朋友寄过来的。我慢慢地读着：谢谢你，是你让我们更加深入地了解中国的端午节和屈原。今年班上将举行以“端午节”为主题的活动。我和汤恩正忙着准备一个关于屈原和楚王的话剧呢。史密斯、琼斯、玛丽他们正准备朗诵屈原的《离骚》。最有趣的是，我们还会有吃粽子比赛……

看着这些滚烫的字眼，我的思绪慢慢飘到了一年前。

去年，我作为学校的国际交流生，被派到美国“常春藤”联校之一的普林斯顿大学学习。

独自一个人在异国，眼看着端午节将至。想着就这样平平淡淡地过完这个端午节，一股莫名的淡淡的忧愁涌上心头。端午节那天，我像平常一样来到学校，导师给我们上完课后，叫上我说：“这几天看你比较沉默，是不是想家了？”我点点头说，嗯。导师接着说到：“你今晚上到我家里来吧。我有一件特别的礼物送给你。”

晚上，刚进导师家的门。导师就塞给我一个粽子，笑呵呵地说：“我知道今天是你们中国的传统节日———端午节。我特意看了很多书才刚学会包粽子。你们中国人真的很聪明啊。你赶紧趁热吃了吧。”

导师是个典型的中国迷，从她家里的摆设就可以看出来，处处都透着一股古典的中国气息。那天晚上，我们聊了很多，从屈原到端午节的种种故事。

导师6岁的小儿子好像也被我们的谈话给吸引了。兴冲冲地跑过来，用不大流利的英语说："哥哥，我也很喜欢屈原，他是楚国的英雄。"我随口问他一句："那你都了解屈原的哪些事情？"

没想到，他却一本正经地说："我会背屈原的《离骚》。哥哥，我背给你听，好吗？"我微笑着点点头说："OK。"

他用极不标准的普通话，吃力地背着："帝高阳之苗裔兮，朕皇考曰伯庸。摄提贞于孟陬兮，惟庚寅吾以降……"

我转过头，泪水不争气地直往下落。

不久后，我回到了中国。我相信，我在美国所收获的不仅是一份学业，更是一份一生难以体会到的情谊。以我19岁为起点，温暖我长长的一生。

一个水壶盖改变了人生

●潘　杨

八十年前，当时的水壶盖上都没有小孔。每当水快烧开时，总会发出像摩托车一样的轰鸣声。

那时，日本横滨市的富安宏雄不幸染上肺病，长期躺在床上，他感到自己的人生就快完了，对什么都心灰意冷。这时，因负债累累，妻子儿子不得不外出帮人做工。

好几个月过去了，富安宏雄病情不见好转，并且，失眠症又向他袭来。他很想睡觉，可怎么也睡不着，心情更加烦躁。

这天，因为没开水了。他把火炉提到床边，躺到床上静静地等水烧开。水温近 80℃时，茶壶盖子上迸出的水汽向他迎面扑来，并且发出“喀哒喀哒”摩托车一样的轰鸣声。

水壶也跟自己过不去！富安宏雄烦躁至极，拿起放在枕头边的锥子，用力向那水壶投掷过去。

锥子刺中了水壶盖子，但并没有滑落下来。

奇怪的是，这样一刺，那“喀哒喀哒”的巨大响声居然没有了，水温依然在升高，水壶反而变得无声无息。突然间，富安宏雄眼前一亮，一个想法迸到了他的脑海中。

此时，他忘记了病魔缠身，溜下床来。他仔细地检查了那个小孔，发现了水声不再轰鸣的奥秘：有了这个小孔，壶内气压不足，水壶自然不再“吵闹”了！

富安宏雄觉得一切苦恼和混乱都消失了。他开始在床上大动脑筋，并买来一个又一个水壶扎孔做实验。每次实验，都印证着他推测的正确结论。盖子有个小孔，烧开水时就不会发出声音。

于是，生活不再乏味，身体也不再感到病痛，富安宏雄生命的希望再度复生。他想："我要把这项新创意好好利用，尽全力让它开花结果！"

功夫不负苦心人，富安宏雄拖着病躯奔走了一个月，他的创意终于得见天日。明治制壶公司以 2000 日元买下了这个创意，他成功了，利用这 2000 日元重战商场，还清了所有的债务。肺病痊愈的同时，他也成为了横滨市有名的富人。

也许一些人认为，灵感只是幸运女神的恩惠，是可遇而不可求的。然而在生活中，那些像富安宏雄一样思维活跃的人似乎更受幸运女神的青睐。捕捉灵感实际上是一种能力，只有勤于动脑的人才能获得这种能力，并用它开启成功的大门。

孩子是野性的花朵

● 储劲松

一个人的童年完全在城市里度过，是一件幸福的事还是一件遗憾的事?

幼年时，我的答案毫无疑问是：幸福，太幸福啦！那时，我生活在县城边缘一个贫穷的村庄里，虽然与县城仅有数里之遥，然而其实那里的生活与中国当时大多数农村并无不同。孩子们穿的是补丁摞补丁的破衣服，吃的是粗糙的玉米糊和小麦疙瘩糊，玩的是石头、泥巴、青草和蚂蚱，稍稍长大一些，就要跟在父母后面，在黄土地上使锄头下苦力。那时的孩子（也许还包括现在的），无一不对城市充满了好奇和向往，并且，逃离土地进军城市，在当时几乎成了我读书求学唯一的源动力。

然而现在，我的答案却是：遗憾，实在太遗憾了！我的感慨来自我不到两岁的孩子，他已经有很清晰的自我意识了，所以尽管他要吃的有吃的、要穿的有穿的、要玩的有玩的，我还是时常能捕捉到他幼小心灵里的孤独。他在我们精心筑就的这个钢筋混凝土质地的小火柴盒子里，待得实在是腻味透了苦恼透了，时不时要以摔打玩具、无故撒泼、拒绝吃饭来发泄他强烈的不满。即使是跟着我们或者保姆“扫大街”，最让他感兴趣的是天空中偶尔飞过的一只鸟儿、居民区里突然出现的一堆石头或砂子、人行道树下一小片发育严重不良的野草。当然，他也喜欢与他年岁相仿的儿童，但还未等他们建立起一点儿友谊，各自的父母已经强行把他们拆散开了。他不明白我们为什么要破坏他们之间的友情，又没有力气反抗，所以只好在我们的怀抱里，把无奈而不舍的目光扯得老远。这让我常常生出恻隐之心：城里的孩子是一群幸福的小可怜。

一直有个想法，那就是把孩子送回老家，让他过上一个有野地和村庄的童年。然而这种想法却出于这样那样的原因不能实现。今年前一段时间，因为城里突然出现了“保姆荒”，孩子找不到合适的人带，我就把他送回老家住了20多天。那些日子，这个小人儿过得无比开心。

母亲后来跟我说，每天一大清早，他就睁开眼睛要起床。一下地，他就到鸡窝看“啄啄（鸡）、鸭鸭”，到猪圈看“niania（猪）”，到狗窝猫窝看“狗狗、咪咪”。白天，他在院子里疯来疯去，扯地上的青草、捉飞来飞去的蝴蝶、翻石头找蚯蚓，整天嘻嘻哈哈快活得像个小神仙。有母鸡“咯咯”叫，他就会钻进柴堆里，把一只热乎乎的鸡蛋找出来交到奶奶手上。奶奶去菜园子里干活，他就蹲在地沟里自个儿美滋滋地玩泥巴。晚上，他一罐子牛奶喝下去就会安然入睡。

那次我找了保姆去接他回来，他随我母亲到山头上的茶园里采茶去了。我看见他时，这小子正在草地上撅着小屁股抓蚂蚱、采野花、寻野果子吃，脸上的泥迹横一道竖一道，脏得像“花麻猫”。然而抱在手上，却感觉比先前要沉许多，原来他在农村饭量大增，再加上野外活动多，按照母亲的说法是接了“地气”，所以身体比以前明显壮实了许多。知道我是来接他回家的，这小子顿时一屁股赖到地上，又哭又闹，死活不愿意跟我走。看来，他是迷恋上农村生活了。

于是我更坚信：没有野地和村庄的童年是残缺的，是遗憾的。一个孩子就好比是一朵野性的小花，他原本就应当开在泥土上，而不应当开在水泥地上和火柴盒子里。因而，这个“六一”儿童节，我要送给我家小子一份特殊的礼物：带他到老家住上几天。

将军与兵书

●李禹东

之所以要写这么一篇文章，理由很简单。每个人都说，学知识，要饱览群书，然而，真正能够做到这一点的人，除了少数那些变得优秀的人外，就只剩下书呆子了。两者相对比，表面上看，似乎并没有区别，讲到某一问题，都可以引经据典。而实际上，两者间，却是天壤之别。

英国曾经有个叫阿克力的小伙子，家里藏书十数万册，从小就专注于读书，直到他从小伙子，变成了老头，才终于舍得将一肚子知识拿出来炫耀。让人觉得，似乎上知天文，下晓地理。他就这么带着一肚子墨水进入了老年，却连一篇像样的文章都写不出，最后只能又将那一肚子墨水，带进了天堂。

这个人是反面的典型。由他的事例做引导，读书最终读成悲剧，并不是这一个人。而在这个时代，读书的悲剧，时有发生，却又不为人所注意。谈及到某个问题，阿克力似的人物仿佛也能够引经据典，然而，读书真的只是为了在别人面前引经据典吗?

曾经热播的电视剧《亮剑》，似乎也从某种程度上，说明了一个问题。主人公李云龙，不识字，没有文化，没有读过兵书，却是个常胜将军，和国民党的大员较量，从没有败过。笔者不禁要问，评价一个好的将军，究竟是要看他读过多少兵书，还是要看他打了多少胜仗?答案当然是看他打了多少胜仗。

学习的目的，就在于此。读书的重要性，显而易见。读书，无疑可以提高打胜仗的几率。然而，总有些人会不时提起：“兵书上说”这样的字眼，于是，姜维学着诸葛亮的样子，布下了八卦阵，却又被敌人轻易破解。而毛泽东以农村包围城市，却获得了胜利。

小学时，当老师问起，究竟为什么读书，几乎所有的同学都回答说，为了建设祖国。上了中学，答案变得实际——学习，是为了将来找一个好工作。高中，老师再问，答案变得更加实际——为了高考。

读书的目的，就这样被变得越来越功利。孩子们所认为的这三个目的中，前两个，其实都是空话，最后那个，则是目光短浅的表现。

在笔者看来，读书，应该是一个得到某种技能的过程，它的目的，自然是将那技能得到手。有了这种技能，也就有了寻找好工作的条件，也就拥有了建设祖国的能力。然而，按照高考题目的要求，将哲学概念，按照条条框框罗列好的做法，却并不能够真正地懂得哲学。将语文课文，大段大段地背诵下来，着急时引经据典，也并不能够真正地变成文学家。

马克思很霸道，将哲学的大多数门派吸纳，而后在胸中融化，不是尼采思想，却又有尼采的影子，不是亚当斯密，却又像亚当斯密。鲁迅通读历史，上知天文，下晓地理，却从不像阿克力那样，死板地按照书上回答。阿Q是他亲手创造的人物，古书上从未出现过。

或许，有人的读书量超过了马克思，或者鲁迅先生，然而，却很难超越。我的结论，很简单：人，并不是为了读书而读书。读书，可以增加成功的几率，却并不与成功成正比。为了读书而读书，到头来，其实并不懂得怎样读书，为了考试而读书，也仅仅学会了怎样考试。为了学习技能而读书，才真正能够将书本融化为已有，想丢，都丢不掉了。

于是，当一个人写不出漂亮诗歌的时候，或许应该考虑学习别人的诗歌。而当一个人能够写出漂亮诗歌的时候，我们又何必强求他去背诵几段别人的诗句呢？

心是最美的地方

● 茹喜斌

女儿在老家县城里生活，只有假期里我才能接她来市里住一段时间。那时女儿特别喜欢逛大街、去商场、上公园。女儿回到老家时，总是会对小朋友们炫耀一番，说是城市里如何如何地美，比如说大商场那琳琅满目的商品啦，那公园里的狮子老虎啦……这些都是女儿眼中最美的景象。那时女儿总是问："我啥时候才能来这儿上学啊?"我知道女儿对城市充满了向往和憧憬。

后来女儿终于来到了我身边。毫无疑问，女儿是幸福的。因为城市的许多东西都是老家没有的，像麦当劳啦、汉堡包啦、西餐馆啦。但女儿一长大，竟又怀念起老家来了，假期时总要回外婆家，说老家有山有水，有遍野的绿草鲜花，树园子里有唧唧喳喳的小鸟，有胖嘟嘟的野蘑菇，有长在树上的鲜桃鲜梨和苹果……女儿每每说起这些时，眼里就清澈得像老家的山泉眼一样。

对此，我没说什么，女儿有她自己的审美观，更何况她已经是大学生了，对美的内涵已经有了自己的认识。她就读的那个城市是国家级文明城市，绿树丛丛，草地青青，到处都弥漫着花香。去年夏天我去看女儿时，手里拿一张雪糕的包装纸竟不忍往地上扔，要走好远的路去扔进垃圾箱里。因为那个城市真的是太美了。

许多人都觉得自己生活的地方不美，好像美都在很远的地方。女儿说如今这城市和乡村的人都犯了一个错误，那就是身在美中不知美。女儿说前一段她们班曾经讨论过什么地方最美，有人说乡村，有人说城市，有人说是黄山、峨眉山、西双版纳，她说了，心是最美的地方。

女儿的话让我一个激灵，是啊，我们都渴望着环境美，工作美，爱情美，生活美，可是又有多少人真正去看一下自己的心是不是美呢?

心是最美的地方。如果你能用真实的爱去对待父母子女同事朋友，如果你懂得爱一个人就是一份快乐，就是一种幸福，你的心不就是最美的地方吗? 有了这样美好的地方，你就会感到无论是一棵小草，还是一捧黄土，都充满了迷人的诗意。如果你心胸狭窄，忌贤妒能，身心污染，你就是生活在美丽的地方，你还能感受到美吗，还会有美的体验和向往吗?

心是最美的地方。只要你善良，你的心上就会长出绿树，那春天的柳笛就是你心灵的歌唱。只要你真诚，你的心上就会摇曳鲜花，那春天的牡丹就是你生命的芬芳。只要你正直，你的心上就会长出秋色，那满野的稻谷玉米就是你灵魂的辉煌；只要你热情，你心里就会有一团火，那雪色中的梅花就是你人生的激情……

心是最美的地方。美过绿树红花，城市乡村。美好的心，能让我们周围的一切都变得五彩缤纷，能让我们天天的日子都变得万紫千红。看来我们得先美化我们的心啊!

输赢同样精彩

● 李剑红

2007年10月14日晚上，我在电视上看了世界杯乒乓球男子单打决赛，这是我这几年所看到的最精彩的乒乓球比赛。决赛是由我国选手王皓对阵韩国选手柳承敏。进入决赛前，柳承敏已经连续战胜中国两位名将马林和王励勤，柳承敏在雅典奥运会中曾经战胜王皓取得冠军，他咄咄逼人的气势，让我为小将王皓捏了一把汗。

柳承敏和王励勤半决赛的那场比赛惊心动魄，柳承敏的顽强和大胆拼杀给我留下了深刻的印象。除非王皓比他更顽强、更大胆、更富有气势去搏杀，否则很难取胜。

比赛开始了，我看到的是王皓比柳承敏更加大胆的搏杀，而且是富于智慧的搏杀，高难度“搏杀”其精彩程度让人惊叹。王皓以勇猛、顽强和很高的技术难度，很快压住了柳承敏的气势，这是一场比勇气、比智慧，比技术、比胆量的拼杀。王皓的智慧球频频出现，精彩场面一浪高过一浪，这场比赛非常震撼人心，王皓流了很多汗，他拼到的每一分可以说真正是智慧和汗水的结晶。王皓最终以4：0横扫柳承敏，赢得了男子单打的冠军，胜利的那一刻，王皓高兴地笑了。

耐人寻味的是，比赛中我看到了柳承敏的微笑，那是在小将王皓高质量拼杀赢球，他无力回天时，那种既无奈又充满佩服的微笑，电视上几次出现柳承敏的这种微笑。输球他仍能微笑，说明他的内心是坦然的，我想柳承敏这场球输得了无遗憾，甚至可以说，他遇到了王皓这样强劲的高技术对手，他们经过高质量的技术搏杀，王皓赢得很过瘾，柳承敏输得也很过瘾，作为观众，我们看得更加过瘾，很久没看到这样精彩的比赛了。

爱拼才会赢！两强相遇，智勇双全者胜。

王皓和柳承敏成功地诠释了这两句话的深刻含义。这场比赛不仅仅是一场比赛，更是一种精神的体现！我们每个人都应该具备这种精神，让人生了无遗憾，赢得精彩，输得同样精彩！

阅读是一种寻找

●张福龙

读书是一种辛苦的寻找。一个传奇故事或者几段优雅文字，就可能培养一个人的阅读兴趣。而一生孜孜不倦的阅读，却未必能遇到真正喜欢的一本书。

常常听说有热心的名家，为年轻人开列必读的书目。若是立志做学术研究，有些资料是必须涉猎的；但若仅仅是阅读，很难说哪一部作品忽略不得。阅读是私密和个性化的，名家心目中的经典，只是名家身上的名牌服装，精美是一定的，但不是谁穿上都合身。

好书的阅读需有长久的耐心。流行书刊读着省时省力，但它是用来消遣的，只适宜在旅行或等人的间歇翻看。这种读物着意卖弄新奇情节和机巧文字，虽然能给人小小的快乐，甚至还包含着点经不起推敲的小哲理，但它顶多能算作一杯提神的清茶，不喝也罢。一本好书中，情节和文字不过是精致的道具，如果光顾对道具喊好，不去体悟道具背后的深长意味，实在是对好书的辜负。阅读，应该像世故的人判断陌生人的品质，在表象外下工夫。很多书除了需要细心的阅读，还需要有阅历，经历过坎坷波折，见识了世态人情，才易懂书中甘苦。这就如同喝酒，总得有些酒量，才能品出酒的种种妙处，若是没点酒量就去强喝，入口全是辛辣不说，醉过之后可能见酒都喊头疼。有作家就曾说过，许多英国人终身不读莎士比亚，是因为在幼年就被老师强迫着背莎剧。

一本好书就是一个丰富的世界，等待着有人打开它，细细揣摩它的骨肉，体察它的细枝末节，感知它的体温、呼吸和特殊气息，并隐约地认识写书的那个人。读某个人的书多了，对这个人的了解可能会超过对身边朋友的了解。如果读到了百读不厌的书，还对作者怀有莫名的好感，那就是找到了真正喜欢的书。明白了喜欢谁写的书，就值得去买这个人的全部作品，尤其是要买到这个人的传记，另外还可以搜集关于这个人和作品的评价。这样，就把一位朋友完完整整地请进了书房，成为永远养目养心的宝贝。

找到自己喜欢的书，是很重要的收获。读书人为书耗费了很多时间和大把精力，如果连这点收获都没有，那就像一个人结交了一辈子朋友，到最后找不到一个知己一样令人沮丧。只是，知心朋友是互相沟通和接近的，而喜欢的书却总是躲在书堆里，默默地等着读书人去慢慢寻找。

忘不了的一幕一幕

●王凤英

公元2008年5月12日，四川汶川发生了里氏8.0级大地震，顷刻间，房屋倒塌，生灵涂炭……国家主席胡锦涛亲自主持会议部署抗震救灾。军徽闪耀，希望所系，十几万解放军和武警官兵在地震后克服种种困难，昼夜兼程，迅速赶到震中灾区！

忘不了那一幕——5月13日上午10时，在四川绵竹武都小学救援现场，一所坍塌的教学楼下掩埋着无数的孩子，可是余震还是不断，坍塌仍在继续……这时，上级下令救援人员暂时撤出，一个19岁的武警消防战士双膝跪倒在地，哭着大声请求："求求你们，让我再去救一个孩子！"

忘不了那一幕——5月14日11时47分，在震中地带四川茂县上空4999米处，"跳！"随着一声令下，一个个伞兵如同一朵朵开在废墟上空的伞花，在无气象资料、无地面引导、无地貌资料的情况下，为了尽快拯救灾区人民的生命财产，他们不顾个人安危，从天而降，创造了空军史上高空盲投的奇迹！

忘不了那一幕——地震后，震中汶川曾一度成为"孤岛"。关键时刻，武警驻川某师参谋长率领200名突击队员向汶川进军，山体滑坡，泥石流阻挡，却挡不住我们的武警官兵坚强挺进的步伐，经过21个小时强行军，我们的武警官兵终于进入汶川，为及时展开救援工作赢得了宝贵的时间！

忘不了那一幕——在北川县城，官兵们正在一所幼儿园展开救援。突然，从废墟里传来一个孩子的呼救声："叔叔，救救我！"这时，一名士官循着声音钻进废墟里，发现这个孩子被两块水泥板夹在中间，他的左臂被卡住了。当官兵们把这个孩子救出来，轻轻放在一块木板上，抬起往救治点转移时，孩子举起他那稚嫩的右手，向在场所有的官兵致以最崇高的敬礼！

忘不了那一幕——5 月 31 日下午，成都军区抗震救灾部队一架运输直升机在执行运送人员途中，在汶川县映秀附近因高山峡谷局部气候瞬间变化，突遇低云大雾和强气流，飞机不幸失事，机上 5 名战士全部遇难。这就是邱光华所在的机组人员，抗震救灾中，他们主动承担了地形条件最复杂、气候变化最多、执行任务风险最大的汶川、理县、茂县方向的抗震救灾飞行任务，迅速打通了连接灾区的“空中生命线”！

忘不了那一幕……

关键时刻，总有鲜红的军徽闪耀！那是我们英雄的人民子弟兵！

危急时分，总有矫健的身影冲上前去！那是我们英雄的人民子弟兵！

把生的希望留给别人，把死的危险留给自己！他们挺起胸膛，为人民树起一堵坚不可摧的人墙；挺直脊梁，为祖国撑起了一片阳光明媚的蓝天！那些盛开在神州大地上的绿军装、迷彩服呵，在灾难面前高歌生命礼赞的同时，也把神圣的军徽深深地镌刻在亿万民众的心中！

温暖的草

●姚建斌

稻草束站在初冬的田野，它们微甜的气息随风四散。青绿色的过去已转身走进了往事。它们是在风中回忆泥土、麻雀的故事吗？还是在猜想结绳、燃烧的未来？初冬，田野并不萧瑟，稻草用它们的金黄，给大地涂上了一层暖色。它们同阳光合作，一起酝酿出这个季节特有的质朴芳香。阳光将稻草束变得轻盈而顽皮，风里传来它们窸窸窣窣的耳语声。温暖，遍布乡村的田野。

祖父曾说，稻草是温暖的草。说话间，他粗糙的手，将蛇皮袋一张张撕开，絮入晒干的稻草，复又缝上，做成了一床稻草垫。为防止还未晒干的稻谷遭窃，祖父在前屋铺下一张简易的床，稻草垫底，铺上垫毯，盖上棉被，呼噜声便声震屋瓦。如水的月光在屋外，金黄的谷子在床边，老鼠偷偷从洞口探出头来……躺在稻草上的祖父，梦里有拔节、抽穗的蓬勃禾苗吗？有风过稻田的美丽画面吗？

稻草束林立于天地间，惹人怀想：它们收藏了多少孩子捉迷藏的岁月？见证了多少乡村青年相约黄昏的场景？多年前头枕稻草仰望故乡天空幻想未来的孩子们，被岁月的风吹去了何方？而我，总要想起，雨天的冬日，祖父会理出来年养蚕用的稻草。稻草束被拴着一截竹竿的麻绳捆住脖子，乖乖地垂下身子，草耙刷刷划过它们的身体，稻草露出了最里层那光滑洁净的躯体。那绳子和竹竿，正好组成了一个理想的秋千。趁着祖父歇息时，我骑坐在竹竿上，双手攥着绳子，脚一蹬，童年便飘飞起来，快乐便洋溢开来。那是一种简单而纯粹的快乐。然而用久了的麻绳，常经不起这般折腾，突然间“啪”的一声，紧接着又是“啪”的一声，我情知不好，可惜身体悬空，骑虎难下，清清楚楚地等着屁股着地，疼痛来临。麻绳不会悄无声息地断裂，它总是挣扎着呻吟两三下，让我来得及害怕，却来不及撤退。想想，生命中的跌跤常常如此，它只给你惊慌的时间，却总让你猝不及防，更来不及叹息。

乡间灶头的墙上，常见两句话：缸中多积水，灶后少存柴！那是乡间泥水匠的杰作，字体拙朴如临风的稻草束，千脚万脚站立，巍然不动。上灶烧火，缺不得稻草，农家的第一缕炊烟，是用稻草点起来的。没有稻草的星星之火，灶口的硬柴便无用武之地。记忆中，祖母常在烧饭之前打发我去后屋搬稻草，我常弃梯不用，身手敏捷地爬门而上。把稻草交给祖母的同时，我会顺手将一颗番薯扔进灶膛。温暖的火光映照着祖母布满皱纹的脸庞，我在灶口等待烤熟的番薯。多年来，这样的场景一直在我的记忆里温暖着，从不曾冷却过。

夕阳下听老歌

● 张春波

总喜欢在夕阳下，薄暮渐起时，独坐于溢着淡淡书香的房中，让一支支绵长悠远的老歌把自己柔柔包围，浸染于那如酒般芳醇而又略带忧伤的气息中。好让忙碌了一天之后烦躁疲惫的心得到丝丝的慰藉。思绪随着那熟悉的旋律，那久违的情感在渐浓的暮色中无边地散开、飘去……

记忆中的老歌，就像一壶老酒，在天寒地冻的时候喝上几口，心中会越来越暖；而现在的歌曲，就像一杯冰水，人人都需要，可是喝起来，只会越来越冷。流行的总会过去，而老歌不会，它是温良而和煦的，它更像一位谦谦的长者，坐在我们记忆中的阳光里，没有一丝的阴霾，看着我们匆匆地流过。不是时光在变，而是我们在变，时光一直就在那里，伴随着一首老歌，哼唱着，勾起我们心中的点点回忆。

我曾经试着接受新歌，因为自己并不老，总认为自己能够跟得上时代的步伐，但是，我跟得很辛苦。现在想起来，初听老歌的时候，也是自己年少轻狂不谙世事的时候，飞扬的心负载不了太多的愁苦，“少年不识愁滋味”，让我在歌声里初探了生活的真谛，在“青春做伴好还乡”的日子里了解了生活的甜蜜，在“甜蜜蜜”中感觉到了爱情的美好。现在的老歌，不就是昨天的新歌吗？是现在的歌变了，还是我变了？夜凉如水，心静如潭，那一抹深不可测，其实在最浮躁的日子里，却非常浅显地展露在了我的眼前。我哪里还有曾经拥有的心境，来品味现在的生活呢？老歌，不仅是回忆，也使我那么清晰地感受到了岁月留给我的切肤之痛。

风风雨雨人生路，沐浴着夕阳柔和的霞光，聆听那段忧伤或者喜悦，聆听那段流金岁月……

向往另一面

● 柳再义

生活中有无数道看不见的墙。墙里的人向外拥，墙外的人朝里挤。

我们热爱阳光。一季都是丰富的阳光，反而增添了对愁雨的怀想。

小的时候，盼望快快长大，长大了又巴不得重返童年。

正如香港散文作家潘柳黛说的，女人在她还是少女时，她希望自己成熟得像个少妇，但是等她真是少妇了，她又希望自己娇羞酸涩得像个少女。

英国有句古诗，说结婚仿佛金漆的鸟笼。笼外的鸟向往笼里的安逸舒适，笼里的鸟向往笼外的翱翔自由。

事情还没有定下来时，急得像热锅上的蚂蚁，渴望定下来那一份安稳。事情定下来之后，又看到未定时既可以这样又可以那样的患得患失的美丽。

炎炎酷暑，想冬天坐在火炉旁捧读一本书之美妙。凛凛寒冬，思夏日站在树阴下任南风轻轻抚触之惬意。

曾经，有许多朋友，频频来访，疲于应付之隙，讲独处之美——什么都可以想，什么也可以不想。跑到一个完全陌生的城市，自己是自己的了，却没有人与己为伴。孤灯荧影，冷雨敲窗，方猛然醒悟，人，毕竟还是群居的。于是满心虔诚地打开窗户，等待你傍晚悄悄的叩访……

所有这一切告诉我，许多时候，人向往着另一面。

为什么要向往另一面呢？这一面就在眼前，这一面被踩在脚下了，这一面已成定局，看得真真切切，没有想象盘旋的余地。而另一面在前方眨动迷人的眼睛，望得到却又不失朦胧，另一面还是半局，另一面尚有一段距离，而有多少距离便有多少神秘。

实际上，世界上的事都是一分为二的。这一面有这一面的好，另一面也有另一面的妙。只不过这一面的好已经为我们所拥有，于是才更加向往另一面的妙。就好比调皮的小时候，手里拿着一只苹果，眼睛盯着另一只苹果。

手里牢牢地攥紧这一面，小心翼翼地向另一面走去。可是生活没有这么好商量。大多数的时候，踏进另一面的门槛之前，往往不得不放下这一面。或许，得到的同时也必须失去。一些走进来，一些走向遥远。仿佛一个水池，一根进水管，一根出水管，要紧的，是扩大池子的容量。那么，我们的池子能容纳下多少呢?

几万年以前，成对的蝴蝶迷散了，从此，开始了长久苦苦的寻觅，寻觅各自的另一面。

男人的另一面是女人，女人的另一面是男人。世界和生活因此而和谐。你是我的另一面，我是你的另一面，是以我们相互凝望。请不要走近我，也不要离我远去，你便是我永远的向往!

我们每个人来到世上，时间有限得很，而且买的全是单程票。面对五彩斑斓的生活，千万千万，不要因为向往另一面而忽略了欣赏眼前已经不错的人和风景，也不要因为一味地低首流连，而看不见还有更加动人的另一面在前方向我们热烈地招手。

珍惜那杯属于自己的水

●黎　梨

水，在任何时候都能蒸发，一杯水，时间越长，杯子里的水越少，直到有一天，杯子中的水消失了，都蒸发成了气体。葡萄酒，它因为有了酒精，所以比水蒸发得更快，它的成分却比水更丰富。咖啡，需要水才能够变成一杯香浓的饮品。也就是说，我们能够把一杯水，变成一杯红葡萄酒，也能够把它变成一杯咖啡。

一天，一个小男孩出生了，上帝在那个属于他的杯子里倒了一杯水，一杯没有任何杂质的水。

小男孩懂事了，上帝对他说："那杯水蒸发完的时候，就是你生命完结的时候，所以你要珍惜它。"小男孩并没有理会上帝。后来，小男孩长大了，可是他什么都不会。又过了十几年，那个小男孩成了家，有了他自己的儿子，可是，他仍然什么都不会，而此时那杯属于他的那杯水已经不到二分之一了。有一天，他快要死了。临死前，他对他儿子说："你要珍惜那杯属于你自己的水，不要让他只是一杯水，一杯什么都没有的水。"

从父亲死的那天起，儿子发现那杯属于自己的水，已经不再像以前那样的满。于是，他开始努力学习怎样向杯子里添葡萄和酒精，他不停地制作，终于有一天，葡萄酒制成了，那杯只剩下不到三分之一的水成为了一杯上好的红葡萄酒。

同样的，在他临死前，他也对他的儿子说了一句话："你要珍惜那杯属于你自己的水，不要让他只是一杯水，也不要让他只是一杯葡萄酒。"他的儿子很疑惑，他不知道他父亲的意思。因为，在他的眼里，他父亲一直努力让自己的那杯水成为一杯葡萄酒。

小男孩长大了。有一天，他正在冲咖啡，当他把热水倒入杯子中的那一瞬间，他似乎发现了什么。他笑了笑，慢慢地品尝那杯有点苦、却很香的咖啡。从那天起，他开始努力地让自己成为一个有用的人，让自己成为一杯热水，让自己能够去冲一杯咖啡。

时间的分量

●王 桦

曾经作过这样一个调查：问若干四五十岁的人，倘若从现在开始你突然变得一无所有，是否还有信心重新开始。被调查中70%的人会反问道，那么，我是否还拥有从前的社会关系，如果有，对重新开始就充满了信心，反之，就觉得困难重重。

表面看来，这个问题的核心是社会关系，实质上问题的核心是——时间。因为一个人要在社会上干出点儿名堂，是必须要靠一批志趣相投的朋友们帮衬的。这些社会关系的建立需要相当长的时间，所谓"路遥知马力，日久见人心"，正说明了解一个人的真面目必须经历时间的考验。对四五十岁的人来说，不短阅历，不乏经验，最缺的就是时间。

经常听长辈对晚辈说"我走过的桥比你走过的路都多"，或是"我吃的盐比你吃过的米都多"，言语间往往面露得意之色。得意从何而来？无非是他们的经历多经验多教训多，而这些都可以是倨傲的资本，这样的资本正是时间馈赠给他们的礼物。

时间是记忆的大敌。时间阻隔了人们对往事清晰的回忆。学生考试成绩的好坏，相当程度上归咎于记忆力的好坏。一个丧失了记忆的人无异于就是一个废人。每个都希望自己的记忆力强，学者专家们也一直在致力地增强记忆力的研究，可惜的是迄今为止并无良方，不能不让人哀叹现代科学的局限。

时间是抚平创伤的良药。人的情绪张力最难敌时间的消磨。当你面对困境一筹莫展无计可施无法决断时，与其狂躁忧虑失眠心悸，不如静下心来等待时间的判决。无论多么炽热的爱情或是多么刻骨仇恨，被时间的长河一冲刷，都很难再保持当初的热度和情绪。两国交战，无论曾经如何和炮火纷飞、刺刀见红，总有云开雾散、鸣锣收兵的时候，若干年后重修旧好的事也并不鲜见。

人们常说要抓住时机。时机时机，就是时间赠予的机会。时机的稍纵即逝，更凸显其弥足珍贵。

世间真正可称得上“伟大”“公正”的东西不多，而时间却是当之无愧的。

关于时间的比喻有多种，最通俗最受欢迎的是“时间就是金钱”的比喻。这种比喻凸显出时间的财富价值。

然而，时间又绝不仅仅等于金钱。时间，为人们追求理想造就了一个可能的空间。对人来说，什么是最重要的？金钱？爱情？自由？健康？机会？其实，这一切都不是最重要的，最重要的是时间。只要有时间，无知可变有知，贫穷可变富有，病体可以康复，机会可以等待。

时间承载着宇宙的一切变迁。只要有时间，一切都有可能。

惰 性

●王 桦

没人愿意别人把自己看成惰人。懒惰，可能是大家都鄙视的一种品性。人际交往时，人们宁可交不太聪明灵气者为友，也不愿交懒惰成性的朋友。就连山村女子找丈夫，宁可婆家穷一些，也不愿嫁个懒汉。每当外国元首访华时，媒介按惯例介绍该国人民情况时，总少不了“勤劳勇敢”这样的字眼，似乎如果那国的人民不具备这样的品质，就根本不值得交往。由此可见人们对此品性之痛恨之蔑视。

但一个无法回避的事实却是：任何人身上都潜伏隐藏着惰性因子。人们往往在不知不觉间就作了惰性的俘虏。

屈服于惰性的例子俯拾皆是：明知每天跑步是既有效又经济的锻炼方式，但极少有人能常年坚持；虽然觉得目前的婚姻不幸福，但想到离婚可能给自己带来的诸多麻烦也就作罢；知道改革对企业有利，但怕得罪一批既得利益而宁愿维持不死不知的状态……

有趣的是很少有人意识到这是在向懒惰投降，没有意识到这都与惰性因子有关。

怕麻烦，是惰性稍加装扮后的一种表现形式。人常说，活着已够不容易的了，千万别再自己给自己找别扭，这个理念被许多人所接受，让我们看到了个矛盾的现象：一方面人们憎恨蔑视懒惰；另一方面，稍加装扮后的懒惰却被大多数人心安理得地认同着。

但我也遇到过一个颇有成就的人这样说，如果一个人每隔一段时间不为难自己一下，那这个人就不会再有什么进步了。

两种说法，反映了两种不同的生活理念。求顺利，避矛盾，这是一般人的下意识行为，其实正是人之惰性的本能反映。敢于经常为难自己的人是敢于向惰性挑战的人，而人的潜力正是在一次次向惰性挑战的过程中被挖掘出来。社会也是因不断向传统挑战而有了突破创新，有了新的发展。

懒惰者是闲在的，勤劳者是忙碌的，这几乎成了一种共识。所以，如果你听我现在告诉我，忙忙碌碌，可能是惰性的伪装，你别以为我是在说疯话。

我从小到大都是公认的勤奋，我也因自己的心而误以为自己与惰性无缘。直至有一天，当我反省自己忙碌的生活状态时，忽然意识到惰性其实就隐藏在自己的忙碌之中。我们每天上班，驾轻就熟地处理着早已熟悉的事务，按照固定的规章既定的程序有条不紊地做着，慕名而来和着眼睛也能干得八九不离十，我们不禁得意于自己的业务纯熟而忽略了去尝试新的变革，忽略了应该不断寻求更有效更便捷的处理方式。当我们感到驾轻就熟的时候，惰性已经开始发芽。

惰性是否会遗传？迄今没有科考。但从人们平时的观察中基本可以断定，勤劳和懒惰似乎都不具有遗传性。但环境对懒惰因子的影响却不可低估。一个勤劳的母亲培养出来的往往是一个衣来伸手饭来张口的“小懒虫”。警惕自身的惰性因子，战胜惰性因子，人的潜力将会更大地释放出来。

四十年前的一首诗

李祝九

一天，在街上遇到一位朋友，在闲聊中他生气地说，现在年轻人干啥都没有毅力。他说他的儿女们就是这样，干什么都是虎头蛇尾，有始无终，缺乏恒心。我告诉他说，你细细想想，其实咱们不也是一样吗？人人都有惰性，加上不能正确对待生活中碰到的各种困难，因此就不能坚持到底。目前流行这样一句话："成功的人永不放弃。"要做到不放弃是很不容易的。接着我随口给他读了我 40 多年前记下的一首诗，他听完哈哈大笑，说这首诗写得真好，同时还夸我记忆力真强。

其实，我现在的记忆力大大衰退了，只是因为那首诗在过去的 40 年里总是鞭策着我，每当我做事不能坚持时，往往记起这首诗并用它来告诫自己。

诗写得很通俗，属于"打油"之列。诗中每五句为一段，每一段的最后一句是两个字，这使我自然地想起文艺节目中的"三句半"，给人以幽默感，读起来朗朗上口，也容易记忆。从 1959 年我抄录了这首诗起，就一直记在我的脑海里，总是难忘。

这首诗共分五段，现抄录如下：

会上发言真激动，
慷慨激昂下保证；
为了身体好，号召我响应，
按照起床做早操——一定！

昨夜打牌睡得晚，

今晨想起有点懒。
浑身不合适，
躺着多舒服，
“保证”实现在何时——明天。

明天偏巧刮大风，
天寒地冻水成冰。
到底起不起，
思想在斗争，
反正不起有原因——太冷。

难得今日好天气，
千金一刻应珍惜。
人无离被心，
被有留人意，
多睡一会儿有何妨——不起！

既然三天没起成，
看来保证难执行。
决心固然有，
晚起成本性，
不如今天仍不起——索性！

显然，这首诗是讽刺一位言行不一的人。此诗很平实，也很可笑，但它的主题却十分严肃。它就像镜子，多少次照得我羞愧汗颜。写到这里，我想几年前听到的一件事——

一位女职工谈了一个男朋友，两人情意相投，因两家离得很近，就约好每个双休日早晨在某某地方见面，然后一块去参加晨练。头一个双休日的两个早晨两人按约执行，过得很愉快，感情得到发展。第二个双休日男方没有赴约，随后给女职工打电话道歉。第三个双休日男方又没有赴约，又是打电话解释，女方打断他的话说：“你不用解释，咱们之间的感情也‘失约’了。”说着扣了电话……

听了这个故事，我第一个意识就是：如果我能知道这对年轻人的地址，我就把这首诗抄录下来送给他们，让他们在读诗的过程中微笑，在微笑过后受教育，在受教育以后坚持晨练，在晨练之中发展感情，然后幸福地生活在一起。

车过神头镇

●李祝九

每次从太原去大同，总要路过神头镇。每次路过神头镇，总要让司机把车开慢点、再开慢点……这时候我总是记起当年中国人民志愿军从朝鲜回国时，一位军旅诗人写的几句诗：

车过鸭绿江/好像飞一样/祖国/我回来了/祖国/我的亲娘……

这位诗人像孩子见到久别的亲娘一样高兴和激动，他的感情是很真挚的。

1981年到1983年，我作为原山西商检局的驻厂检验员，在神头发电厂参与了进口成套设备的监管和检验。那真是一段让人怀恋和难忘的岁月。

白天，我们与电建公司的技术人员一同骑自行车到工作现场，查技术资料，研究与外商的谈判方案。晚上，我们在灯光下记工作日志，与工人师傅聊天。在那些日子里，我们同工地上的领导、技术人员、工人师傅以及捷克专家都结下了深厚的友谊。中午休息时，我爱在招待所周围走走。电厂环境优美，到处是绿绒绒的草坪，还有那薄雾般的人造喷泉……这里的地下水特别丰富，电厂周围，甚至柏油路的两旁随处可见破地而出的小水泉，无数小孔喷珠吐玉，汇珠成线，形成一道独特的风景。休息时，几位朋友常常一起去看神头海。它由大大小小的泉水汇入而成，泉水浮萍碧绿，已故朝鲜人民的伟大领袖金日成主席赠送我国的红鳟鱼，自由自在地游来游去，煞是赏心悦目。这一带还流传着许多优美的传说故事。其中，有两个故事最为生动：一个是尉迟恭捉海马；另一个是神婆产龙的故事。

——夏夜，朔州地区并不太热，人们已经入睡，天空月光如水。猛然间泉水滚滚，白浪滔滔，泉水中腾起一匹金色烈马，这匹水中烈马的嘶叫声打破了深夜的宁静。说是迟，那时快，一位年轻的勇士从池边的柳树后直窜而出，飞奔烈马，随后骑在马背上哈哈大笑。从此烈马出入的水泉就被称为金龙池。这位勇士就是唐代的开国元勋尉迟敬德，他是朔县石峪人。现在石峪村还有关于尉迟恭的不少传说。

——秋季的一天，神头村一带阳光明媚，凉风习习，一位美丽恬静的农村姑娘来到金龙池边洗衣服，泉水清澈见底，姑娘心情舒畅。她心不在焉地随手捡起泉水中的一颗桃子，一口吞入肚里。当她洗完衣服回家不几天，奇迹发生了，这位姑娘竟然身怀有孕，不久就生出了三条小龙。正当周围人惊恐之际，三条小龙托着他们的母亲冉冉升向云端。现在公路边的山上还留有神婆产龙的痕迹哩。留有痕迹的小山包也被称为神婆山。

时间飞逝，我离开神头电厂十八个年头了，可是记忆中的一切都变得越来越珍贵，越来越迷人。我在想，为什么这一切要等到成为历史之后才使人如此难忘，为什么这些极平凡的生活片断要在封尘之后，才看出它是多么的那么多彩耀眼，才使人如此地刻骨铭心？谁又能保证，再过几年我不会怀念现在的一些平凡的生活片断呢！

祝福你，澳门

●王海英

由于工作原因，我经常往返珠海与澳门之间，澳门对于我来说也一点点由陌生变得熟悉和亲切。澳门虽是块弹丸之地，不及香港繁荣和发达，但它毕竟是经过了400多年的中葡文化的熏陶，自有一番独特的情致。澳门的街窄而长，富有中国民族特色的砖瓦式的房屋和葡萄牙式的风情建筑触目皆是，给澳门这座城市平添了许多特色的魅力。

当你行走在那些历史久远的石级小巷，巷子两旁一间一间相挨的古董店，摆满了各种艺术品，明清年代的家具，向你散发出古朴、雅致的气息……行走之中，迎面走来的是笑容可掬的阿婆，远处寺庙淡淡的香火清香悠悠向您飘来，一种亲切、温馨的感受顿时弥漫在心间。

澳门的夜景也是多姿多彩的，一个雨后的夜晚，朋友约我喝咖啡。咖啡厅很静，窗外橘黄色的街灯和空旷的大街，我们从咖啡店走出来，又去游车河。那天刚下过一场雨，空气格外清新，我缓缓摇下了车窗，风随之绸缎般地拂了进来，也将一种美丽的宁静吹拂了进来。我曾无数次漫步在珠海的港湾道上，远望澳门，雄伟壮观的友谊大桥宛如一条腾空的巨龙，横跨在海面上……当我们的车行驶在宽敞的桥面，四周的海水幽净闪亮，仿佛镜子一般映着友谊大桥，此时胸中灌满了激荡的海风，我仿佛听回归的足间正急切地走来，它是那么的铿锵有力。

当车驶进新建成的澳门机场，又是一番别样的情景。尽管夜已经很深了，不远处仍传来飞机螺旋桨的轰鸣声，一架银色的飞机正缓缓地驶向跑道。旅游业是澳门经济的一大支柱，由深夜澳门机场的繁荣可见其旅游业发达一斑。

1999 年 12 月 20 日，澳门就要回归祖国了，屈指可数的日子，400 多年的游子就要回归母亲温暖的怀抱了。今天的澳门到处洋溢着企盼回归的喜悦。相信在 21 世纪的曙光中，美丽的小岛澳门会更加美丽。

回头也美丽

● 姜晓云

有一个流传很久的故事，叫做《第100封信》。说的是一个青年，爱上了一个美丽纯洁的少女，青年每天给她写信，但女孩的每次回信，都装进一张空无一字的雪白信笺。日复一日，当他接到第99封回信时，青年再也忍受不了这种无望的等待，选择了另一种现实的婚姻。新婚之夜，他拆开最后一个信封，一张纸条飘落在地上："我已做好嫁衣，等你第100封信的到来时，我就做你的新娘。"

最初听到这则故事时，同几位朋友发生过争论。有的说：这个青年无恒定之心，如果再执著一些，成功不就在"再坚持一下的努力之中"了么？有的说：生活是一个未知数，谁都不能预料100天后的黎明是否霞光灿烂，一切只不过是命中注定而已。

我既不能接受前者的死钻牛角尖的愚顽态度，也不能赞同后者的听任命运摆布之说。

所谓"第100封信"，不过是生活给予每个人的一道绚丽的理想之光。她像女孩那样纯洁美丽，她像初升在地平线上的太阳一样亲近而遥远，她给人诱惑，给人激动，召唤着人们去追求，去奋斗。

没有理想的人生是苍白的，丧失理想的人生也会丧失自己。黑格尔曾鼓励人们"升起理想的风帆，向着太阳奔去"！人生的充实与快慰就在奔向理想的过程中。

然后，理想更贴近人们的选择："当你高喊着'向前进'的时候，必须清楚所谓前进的是哪一个方向。"方向错了，必须回头。尽管前方金光灿烂，花团锦簇，但那往往是竭虑殚心，穷尽一生也无法达到的。生命中有些境界就是这样可望而不可及，它只能让某些人远远地赞叹、景仰。如果硬要“当一只没心眼没出息的小老鼠，只知道钻一个洞，这个洞钻不进就坐以待毙”，那就是自己酿造自己的悲剧了。

一个斯巴达人对母亲抱怨说：“你怎么生养了我这么一个侏儒矮个，我够不着山顶的那一朵郁金香了！”母亲说：“孩子，你怎么不蹲下来看看坡下，那里不是有更美丽的金银花么？”

善于放弃，也是人生的智慧。当我们尽了最大的努力而攀不上景仰的峰巅时，我们就当义无反顾地回头，收拾所有的伤痛，重新确定自己的方向，也不失为一种明智的选择。正所谓，回头也美丽。罗丹曾告诫我们：“在狄亚斯和米开朗琪罗面前，我们要躬身致敬，崇仰他们神明伟大，但是，如果我们拿不了画笔和雕塑工具，我们还可以操起铁锤或镰刀，铸造另一种辉煌。”

生活与旧梦

●王黎明

生活在这里。

每个写作者都有自己隐蔽的生活。他的情感、阅历和内心的历程，以及不愿为人所知的想法，可能就是他写作的秘密所在。我想起一个叫梭罗的美国人，1945 年他在瓦尔登湖畔为自己盖起了一座小木屋，在那里独自耕种、写作，过着自食其力的生活。

“当孤独的生活不再有可取之处的时候，他就放弃了它（爱默生）。”梭罗在瓦尔登湖虽然只有短短的两年，但他赋予了这片地域无穷的魅力，他的思想和灵魂，成为生长在那里的永恒的风景。

“尽管贫穷，你要热爱你的生活。”梭罗的声音是真诚的，“万物不变，是我们在变，你的衣服可以卖掉，但要保留你的思想。”当我们的经历，足以使我们感叹沧桑的时候，我们能否停下来想一想，或者像俊罗那样找到沉思的“瓦尔登湖”呢？也许我们已像一棵无法移动的大树那样，久困一地，不可自拔；或者像陷入泥泞的蝴蝶那样，早已厌倦那种“漂泊”的梦想……这时候，让我们再次打开梭罗的《瓦尔登湖》吧：“其实，我是无论坐在哪里，都能够生活，哪里的生活都为我发光。”

人的一生并不一定属于他出生和成长的地方，就像一匹马并不属于一根木桩、一座牧场。但命运确定使他与某一地点拴在一起，卡夫卡筑起了与世隔绝的“城堡”，多病的普鲁斯特在回忆的庄园里打发时光，福克纳在“邮票”一样大小的故乡梦游，少年鲁迅成了“咸亨酒店”的过客……归去来兮，总有一个地方，把我们的语言染上乡愁，让记忆、气味和梦留在这里或那里。

一个旧梦。

一些经历，往往要等到很多年以后，才能够看到它的面目。我不可能把所有的往事，一古脑道出来，只能慢慢地想，慢慢地说。

那是1981年秋天，我奉命去安徽霍邱县接新兵。秋雨连绵，阔大的法桐树叶，经不住风吹雨淋，纷纷飘落。一连数天，我呆在县武装部里，除了睡觉无事可干。那天傍晚雨停了，我急不可待地走出大门，刚拐过路口，看见一家照相馆，很久没有给家写信了，能拍张照片给父母寄去该多好啊。

我无心再去逛街，于是我走进荧光灯下，面对一架魔术道具般蒙着红面布的相机，思乡的愁绪，如同雨后的晴空，云消雾散。第二天取相片时，拍照的师傅告诉我："对不起，相片没有显影，重照吧?"无奈，我答应了。我再次取照片时，师傅说："怪了，曝光不足，相片洗出来了人影模糊……抱歉，再照一次吧。"见他诚恳，我只好说，没事，就算我过照相瘾吧。第四天，见到我，那师傅又是为难的样子："和前两次一样……你看，退款给您吧!"看面部一片白光，只见大约轮廓，不辨真相……那是我吗？一阵愕然，像面对突如其来的恐吓。当我愣过神来，才发现自己经受了一次虚无的打击。

"照相事件"，在我心里留下一道阴影。它使我想每次面对写作时的惶然，相形之下，那些不可捉摸的文字，又是怎样把内心的恐惧、快乐和震惊，清晰地呈现出来的呢？当我再次正视那架相机的镜头。我的头脑里会不会一片空白。正如我现在努力回忆的那些细节，仿佛经历了一个旧梦。

一个习惯的改变

● 孟凡彦

每天上班，总要顺便把垃圾扔在楼下的垃圾点。忽然有一天，管垃圾的老太太写了一个通知，说是奉上级指示，每天扔垃圾的时间不要晚于某时某分，让大家自觉配合。当时并未在意，但有时出来晚了，老太太便一本正经地提醒我下次注意。我觉得很好笑：什么时间扔垃圾是我自己的事，总不能因为你老人家规定了时间，我就得改变习惯，每天专门下一次楼吧？这人也真是，只要有了一点权力，总要对别人用一用。因此对老太太的警告不屑一顾，依然我行我素。但有一天，老太太的一句话，却使我自觉地养成了按老太太规定的时间扔垃圾的习惯。

那天下楼，比老太太规定的时间又晚了几分钟。离垃圾点还很远，老太太就急急地走过来接，并告诉我说，以后再晚了就先放在院子里，等她收拾完了去拿。我问为什么，她告诉我，街道到了规定的时间就来检查，如果收拾得不干净，就要被罚款，可她一个月的工资也不过几百元。罚了款还要挨批评，脸面上更挂不住。这话让我心里一震，觉得很惭愧，过去的事很对不起老人家。从那天起，我宁可早点走，也决不晚于老太太规定的扔垃圾时间。我觉得老人家很敬业，也很不容易，如果因为我的顽固使老人受到经济处罚，是不道德的。这种想法，也得不到家人的认同。

出于一种尊重，我还留意起这位老人来。老太太 60 多岁左右。身体很好。不论春夏秋冬，严寒酷暑。每天早上将垃圾装上车后，她都把地面打扫得干干净净，然后在附近休息，随时收拾有人不按时扔的垃圾。我不知道老人每天早上几点起床，但经常看见晚上很晚了，她仍在整理着一袋袋“五味俱全”的垃圾，也经常看到她的老伴儿、儿女们帮忙。后来渐渐熟悉了，知道她和老伴儿都已经退休，不愿在家闲着，找个活儿干觉得自己还有点用，心里不闷，也补贴了生活。再说，这样的活儿年轻人也不愿干。这使我对老人更加敬重。

这件事很平常，却深深地印在了我的记忆里。我常想，老人一句极平常的话之所以使我改变和养成了一个习惯，是因为人与人之间都有一种联系。虽然我们都是极普通的人，虽然我们生活在不同的城市、不同的社区，工作在不同的单位，但社会的进步早已在每个人之间建立了一种必然的联系。大家都在尽力做好自己该做的事情，在不知不觉中互相帮助着。这样，生活才有意义，文明才能成为现实。还因为我们是极普通的人，因此不论你从事什么样的工作，能拿多少薪水，享受哪一级的待遇，其实都没有高低贵贱之分，都应该互相尊重和理解，这就是实实在在的文明。这件小事，让我更深刻地领悟了做人的道理。

繁星满天

●贾玉奎

记忆如筛，将流水岁月里那些美好的事物和精美的片段，过滤出来，珍藏下来，像星星一般镶嵌在生命的夜空，照亮人生的旅程。

而真正意义上的繁星满天的良辰美景，于我而言，却很难欣赏到了。城市中五彩缤纷的灯光，黯淡着日月星辰的明亮。我常常忘情地回忆起童年时乡村的那些夜晚，一抹夕阳下，小河流水边，夜幕渐渐拉开，清风徐徐吹过，一颗颗星星蹦蹦跳跳地闪出来，洋洋洒洒地布满整个苍穹，银河清浅，珠斗绚烂，点亮人的眼睛，也点亮人的心。天这般低，抬手可及；星那么美，撞人心扉。遥望星空，想李太白所言：不敢高声语，恐惊天上人。你那里的屏心静气，小心翼翼，正合此句。

岁月流转，童年时的繁星在哪里？记忆中的银河何处寻？那些“五一”长假，自我感觉良好地拟定了一个“走入乡村，走近田野，走向大自然”的主题，携妻牵子，奔回老家。乡音无改，鬓毛已衰，晚间出门看星，早已不是旧时光景、梦中情怀：村落不断扩张，良田渐次减少，村村户户蔓成一片，没有了童年时的空寂辽阔。夜幕虽已降临，灯光依旧阑珊，路灯、家灯、电视光汇成一片……

天上一轮月，人间万里明。皓月当空、银辉万里的人间美景固然令人心荡神驰，但依我看来，繁星满天的意境更加深邃，更显生动，更充满生命的烂漫和人性的光辉。有一个姹紫嫣红的五月，同事小生喜结良缘，好男好女好日子，婚礼仪式却预订不上满意的酒店了，因为那一年那个月那个周末岛城爱情大丰收。我们马不停蹄，四处联络，终不称意。最后，在一家久负盛名的大宾馆里，经理无奈之下，居然为我们打开了会议中心的大门。

哇，举目环顾，会议大厅宽敞明亮，气势不俗，最让我等钟情的，是偌大的大厅顶部，高低有致、起伏蜿蜒着装置了几百盏顶灯，宛如几百颗明静的星星，镶嵌在夜空之中，闪闪烁烁，顾盼流莹。

婚礼那天，高朋满座，嘉宾如云，大厅之内，华灯齐放，一如繁星满天，星光灿烂。新人如花，意境似梦，良辰美景，众人不饮自醉。

梦中的回忆比现实的感受更具魅力。孩提时的星空已不复存在，但那繁星却一直闪烁在我的梦中，跃动在我情感的世界里。所以，当我有了属于自己的书房，在乔迁第一天的那个月瘦星寒的夜晚，我毫不犹豫地命名她为“满天星”，而非“斋”非“阁”。

在一个个晶莹如露的夜晚，我走进“满天星”，把春夏秋冬挡在门外，把宁静淡泊留给自己。在这里，我精神的夜幕繁星闪耀，一片明亮。

含蓄是小夜曲

● 李祝九

我喜欢五台山的“明月池”（一座寺庙的名字）——因为她含蓄。不是吗？一条邈邈小路在花波草浪间时隐时现。顺着小路走上去约半小时，在一片绿色的树林之中隐匿着一座精美的古刹——“明月池”。抬头看，是一幅含蓄的对联：“山门无锁白云封，寺内有尖清风扫。”寺门外有淙淙细流在草丛中隐藏，游人只闻水流声，细心寻觅方见泉水清如许。小路、古刹、对联、溪水样样都是那么含而微露。

就像齐白石的名画《蛙声十里出山泉》：在一大片纸面上着墨染的一群小蝌蚪，如同在泉水的冲激下挣扎在纸面上，但却又看不到一笔水纹，留在蝌蚪周围的是一片空白，仿佛看到泉水从远而近淙淙流来，又仿佛听到山泉水的潺潺之声。这比起用线条实画出泉水的水纹来要优美得多，这种留给人们思索空间的大手笔是含蓄的，也是耐人寻味的。

在现实生活中，含蓄同样是魅力四射、十人感人。革命导师马克思与燕妮是一对青梅竹马的恋人，当他们的感情发展到成熟时，马克思就约恋人到美丽的摩泽尔河畔交谈。他们坐在河畔的草坪上，看着清澈的河水缓缓流动，谈着人生和理想。马克思动情地告诉燕妮，我已经找到爱人啦。并拿出一个小匣子说，她的照片就在匣子中。燕妮在忐忑不安的心情中打开小匣子，里面只有一面镜子。镜子中照着她美丽的面孔，她完全明白了，感到了无限幸福——她能不幸福吗？她肯定会被这含蓄的求爱方式所陶醉而感到莫名的惊喜和甜蜜！

台湾著名记者张继高是一位精通音乐的作家。有一次他与好友周榆瑞去参加一个家宴。席间一位气质高雅的女士大概是感到宴会缺少温馨，故而用钢琴为宴会助兴，弹出了美妙的《雨后庭花》。周榆瑞被女士的风度所吸引，在散席之前走到女士身旁悄悄问道："我如何跟你联系？"那女士单手在琴键上弹出一个晦涩的短句。周榆瑞再问，女士含着微笑又弹奏了一遍。深通乐律的张继高告诉朋友，她的电话是5531647，要记好呀！

翻开《辞海》，我查了查"含蓄"两个字的定义，专家的解释无疑是十分正确的，但不满足。我总认为它的定义只能意会不能言传。

含蓄是雾里看花，是云中望月；含蓄是"东边日出西边雨"，是"犹抱琵琶半遮面"；含蓄是莫扎特的小夜曲，是李苦禅的山水画，是梅兰芳的《汾河湾》，是陶渊明的田园诗……

亮马河夜话

牛黄解毒丸

●贾玉奎

端坐讲台的长者，就是王蒙先生。从从容容，潇潇洒洒。目光不甚犀利，早已阅透万象；面容未见苍桑，毕竟生活优雅。金丝眼镜，黑袄对襟。时年七十又六，身板尚好，神气出俗。

这天是3月27日，周六，我怀恭敬心情，提前半小时坐到新闻出版署二楼大讲堂，占据第二排中间位置。

青春时读其小说，至壮年得见尊容。在我心中，王蒙先生是大师、是先贤、是圣者。

论名气，19岁写《青春万岁》名噪一时，23岁写《组织部新来的年轻人》，引起伟大领袖毛主席的关注。

论著作，小说、新诗、旧诗，古典文学，红楼梦研究，老庄研究……洋洋千万言作品，20余种洋文付梓。

论履历，打过工，务过农，当过右派，坐过文化部长热凳子，两届中央委员，三届全国政协常委，经过风浪，见过世面。

论品质，不说假话讲真话，不尚奢华求朴素，不做大官做学问。

这就是王蒙先生，这就是口口自称的"老王"，这就是我们尊敬的王老。

把时光倒拨20多年。当年，我买过王蒙先生几本书，印象最深的一本是《王蒙中篇小说选》，"我十主人公"那种小说结构。《风息浪止》，一个中篇，我读了两遍，唏嘘不已。记住了一个人名：金秀梅；悟出了四个字：人生可怕。小说中，事情一错再错，错上加错，不可思议，十分可怕，展示给读者一个不可思议但真实可信的社会。印象深的，还有《淡灰色的眼睛》，伊梨女人爱莉曼“眼睛里藏着火焰”，阿丽娅更有惹火身材、撩火风度。

惭愧，中央国家机关“强素质，作表率”讲座开设11期，此前我仅听过一期，那是熊召政讲张居正。

这次，王蒙先生讲老庄的治国理政思想，专为机关干部量身订作。

9时正开讲，引人入胜。10时半结束，戛然而止。

王蒙先生诠释“无为”。老子庄子皆言“清静无为”，王蒙概括“无主题治国”，内涵深远。其一，主要针对诸侯、君王、大臣，还有士人，普通百姓该干啥就干啥，“上无为，下有为”；其二，不是什么都别干，而是不要先给自己立一个主题，“不要刻意为之”。何为“刻意”？王蒙定义为“处心积虑”；其三，少做事，别折腾，“夫唯不厌，是以不厌”，“圣人无常心，以百姓之心为心”；其四，“无为而治”、“无主题而治”，多少有一点“小政府大社会”之萌芽。

王蒙先生阐述理政。以老庄之心说治国理政，王蒙归纳多多。其一，权力运作要与老百姓保持一点距离，老子提出一个很有趣的思想：“太上，知其有之”，“亲之誉之”，“其次畏之”，三个层次；其二，老子和庄子都主张低调治国，老子有名言“知其雄，守其雌”，“为天下溪”，“知其白，守其黑，为天下式”，什么事儿都明白，但不摆明白的样子，而是摆在难得糊涂的位置，摆在韬光养晦的位置，此话打动了黑格尔；其三，“大国者下流”，“大者宜为下”，权力越大，地位越高，越应该把自己放在下边，不能高高在上，以大压小。

王蒙先生解读名句。老子说，“我有三宝，一曰慈，二曰俭，三曰不敢为天下先”。“一曰慈”，慈悲为怀，保持善意，体恤民情，珍惜民力；“二曰俭”，王蒙先生认为，不是指现在理解的物质方面的节约，而是说要给自己留下选择的余地和行动的空间，不要把什么招都用上，“蓄其德”，积蓄你的德行，蕴养你的智慧；“三曰不敢为天下先”，是我们今天听着不能接受的，因为我们现在大力提倡要“敢为天下先”。但是，话出有因，离不开当时的时代背景。是时，东周虚脱，诸侯闹腾，夺权称霸，天下混乱。老子认为折腾不好，所以说“不敢为天下先”。

《道德经》洋洋五千言，王蒙先生特别推崇“治大国若烹小鲜”一句，认为这是《道德经》之中最神奇、最美丽、最充满魅力的一句话，正如北京人所言“它帅啊”。而对于隐士河上公“烹小鲜不去肠，不去鳞，不敢挠，恐其靡也”的解释，王蒙则认为既很权威，也煞风景，因为解释过细已成大众烹调手册。

王蒙又笑谈白居易小词《花非花》：花非花，雾非雾。夜半来，天明去。来如春梦几多时？去似朝云无觅处……王蒙认为此诗甚棒，颇具朦胧之美，可笑聪明保姆答出窗花谜底。

先生学识渊博，才如湖海，又曾在BJTV开讲《老子十八讲》。近年来潜心哲学，开采老庄已掘深潭，智慧圣水悠然溢出，似漫不经心，却沁人心脾。

讲课精彩迭起，众人皆笑他不笑。我理解，这是更高层次的幽默。淡然，坦然，超然。正如主持人郝振海先生所誉：此人本身就有老庄的味道。

台下笑声中，王蒙先生对老庄郑重定义：“精彩归精彩，不能顶饭吃！”

又有一语中的：“老子是牛黄解毒丸”。

我心头一震，灵犀一通：是的，是牛黄解毒丸。泻火清热，消炎通便，专治火热内盛、口舌生疮、目赤肿痛。

受此启发，我忽发奇想：老子是牛黄解毒丸，那我们山东老家的孔子呢？是否滋阴补肾、强身益气之六味地黄丸？

孔子讲“养心、修身、治国、平天下”，讲“穷则独善其身，达则兼济天下”，讲以天下为己任，教我们做仁人志士，国家栋梁。

老子讲逍遥，讲道法自然，讲从容生活，讲做事留有余地，讲“见朴抱素，少私寡欲”，讲无为而治、可进可退，教我们洞察事物辩证运动，掌握矛盾转化规律。

一个入世，教诲积极进取。一个出世，推崇顺其自然。

关于老庄思想的作用，王蒙先生分析得实在：一个是启发，一个是补充。

启发：让你知道世界上的事儿还有这么想的，还有这么做的，不无道理，哪怕是有些片面的道理。

补充：如果整天学孔子，文质彬彬，谦恭有礼，杀身成仁，舍生取义，这样未免太累。特别是当遇到挫折时，老庄思想定能起到补充与慰籍之功效。

一个民族、一个国家的文化是多元的，我们有孔子，又有老子。孔子是道德大师，老子是智慧大师；孔子讲以德治国，老子讲以“道”治国；儒学提升道德人格，道教成就智慧人生。

再推之，老子孔子既是好药，又是好茶。老子是生普洱：清热解毒，去腻生津；孔子是熟普洱：暖胃健脾，滋润身心。

王蒙先生也确实有言在先：“不顶饭吃，可当茶喝。”

儒道互补，孔老交辉，我们自当汲取营养，滋养心智。

王蒙先生比喻老子“牛黄解毒丸”，是举重若轻，深入浅出；我悟孔子“六味地黄丸”，是承蒙启发，愚钝一跃。授课之妙，听讲之美，贵在相通，乐在互动。

感谢老子先哲，感谢王蒙先生，感谢“强素质，作表率”大讲堂。

爱国不需要什么理由

●张爱真

旧时的上海有一所美国人办的圣约翰大学，它有一条“校规”：在校园里只能悬挂美国国旗，不准悬挂中国国旗。有良心的中国人岂能忍受那种奇耻大辱！于是在1925年，有一批爱国师生愤而辞职、退学，组织起来并创办了光华大学。光华大学创办24年之后，光复中华的一天终于到来了。1949年10月1日，圣约翰大学的韬奋楼前竖起了一根新的旗杆，并举行了升旗仪式，全校师生肃立着，当五星红旗冉冉升起的时候，一位当年被迫离校的老教授竟然倚着旗杆失声痛哭起来，喃喃自语地说：“祖国又回到了我心中……”那种爱国的热情，融入了一代又一代有良知有理性的中国知识分子的血脉里。

钱钟书的夫人、作家杨绛先生曾有一段精彩的话：“很多外国人不理解我们中国人，认为爱国是政客的口号，其实政客的口号和我们老百姓的爱国是两回事。我们爱中国的文化，我们是文化人，中国的语言是我们喝奶时喝下去的，我们是怎么也不肯放弃的。”

1979年，巴金先生率领中国作家代表团访问法国巴黎，那是他在离别巴黎半个世纪后第一次重踏那片土地。故地重游对于任何人来说都会有很多感慨的。然而，巴金说他每天清晨静静地坐在旅馆的窗前看到的却不是巴黎的街景，脑子里全都是北京的长安街、上海的淮海路、杭州的西子湖、成都的双眼井、广州的乡村……他说：“出了国境，无论在什么地方，我总觉得有一双慈爱的眼睛在关心地注视着我，不管是跑到天涯海角，你始终摆脱不了祖国，祖国永远在你身边。”

著名文学家萧乾说：“我是中国人，我应该接受中国人的命运。”上世纪80年代萧乾重访英国时回到了母校剑桥大学，他亲眼看到了当年剑桥大学校务会议决定聘请他回去执教的会议记录，他在心中又一次问自己：懊悔吗？他又一次作了自我回答：1966年的8月23日（即他自杀获救的那一天）我都没有懊悔过，现在更不懊悔了！我一直认为做中国人就得分享中国的命运，并且去尽力改善命运。

上世纪30年代初期，日本曾有一个文化代表团访华，鲁迅应邀出席其中一个欢迎宴会。席间，有一个日本记者问鲁迅先生：“你是否后悔生长在中国？”鲁迅先生沉思了一会儿，然后用低缓而又坚决的语调答道：“比起其他地方，我还是生长在中国好！”

当代著名物理学家彭桓武是我国量子力学理论的奠基人之一，曾是1954年诺贝尔物理学奖获得者玻恩先生的学生，他原本在国外有着优越的工作与生活条件。有人问彭桓武先生：“您当年为什么要回国？”他不假思索地说：“回国是不需要说出什么理由的，不回国倒需要说说理由。”

是的，生在中国长在中国，就应该与中国同呼吸，共患难。在爱国者的心中，祖国是生死依恋的生命原乡和精神家园。爱国是不需要什么理由的。

中国共产党的早期主要领导人瞿秋白，在慷慨就义前一个月，于福建长汀狱中写下近百万字的内心自白《多余的话》，在结尾处他写道：“中国的豆腐也是很好吃的东西，世界第一。永别了！”读来令人为之慨叹，为之震撼。一代伟人如豆腐般平凡的人情、人性之美，实属罕见。

在上个世纪人的记忆里，美味可口莫过于家乡的豆腐了。记得小时候，逢年过节家家都要做豆腐，妈妈坐在磨盘边，把浸泡的黄豆一勺一勺地添进磨孔内，我与姐姐一推一拉，磨出白花花的豆浆，再经过大纱布过滤，豆浆烧沸后加入石膏水，不多久便有了白嫩嫩的水豆腐。急不可待地舀上一碗，加点酱油，味道美不可言，回味至今还留在舌尖。水豆腐放进定做的木架内，用布包好，上面加几块石头，几小时后就有了一整板的豆腐了，过年时，豆腐放进清水里，十天半月都不会变质。家乡的豆腐是不掺假的豆腐，用那种豆腐做成的豆腐乳更具风味。

我酷爱豆腐，还因为有人以豆腐喻人抒情言志。现代小说家兼戏剧家、素有“笑匠”之称的徐卓呆，不但喜欢吃豆腐，而且把豆腐与人生哲理联系起来，他曾为好友补白大王郑逸梅题写纪念册，诗云：“为人之道，须如豆腐，方正洁白，可荤可素。”寥寥数语，言简意赅，不同凡响。一个人与其做弯曲生锈的钢筋，不如做方正洁白的豆腐，豆腐看似性格脆弱，一根丝线可以宰割它，两个指头可以捏碎它，三角钱可以买回它，四个季节可以吃到它，但是，它敢于下汤钵进油锅，它勇于挤出浆化为乳，它不嫌贫爱富，它不自命清高，它经得起时间的考验，即使霉变也留清香于人间。

中国豆腐确实是“世界第一”，正如毛泽东同志所说：“中国豆腐……是有特殊性的，别国比不上，可以国际化。”别国比不上的是我国有独特的山与水，有独特的文化底蕴与精神品格，还有独特的制作技术和人文环境。如今，可以做400多种菜的豆腐已经走向世界，日本、美国、加拿大等国还掀起了“豆腐热”。美国烹饪学院院长曾断言：“中国豆腐将比让人腻味的汉堡面包流行得更为广泛。”美国《经济展望》杂志公然宣告：“未来最成功而又最有市场潜力的并非汽车、电视或电子产品，而是中国豆腐。”我想，最流行、最成功的应是中国豆腐中所涵养的那种中华民族的品质与精神。

巴菲特的成功

● 鲍海英

对于投资家来说，能赚多少钱，应该是衡量成功的唯一标准。在美国，号称“股神”的沃伦·巴菲特，在常人的眼里，不仅是一个精明的投资家，而且是一个很成功的人。可当人们以他的财富，来衡量他的成功价值时，他却说，衡量成功的标准不是财富，而应该是你的家人是否健康，是否幸福。

有一次，他发现他的儿子豪伊的体重接近两百磅，显然已经胖得不行了。于是他就对儿子说：“你应该减肥了，你的体重应该降到 182.5 磅才健康。”

忙于农场事业的儿子显然不以为然，说：“爸爸，算了吧。我想我是永远瘦不下去了。”

巴菲特笑着说：“别这样，不如我们做笔交易吧。现在按合同你每年都得将所经营农场的总收入中的 26%交给我，但是如果你能将体重降到 182.5 磅以下，那么你只需要给我 22%的收入就可以了。”

儿子很惊讶地说：“您确定可以这样做吗?”巴菲特说：“我确定，一言为定。”

很快，豪伊果然将体重降到了 182.5 磅以下，于是在给父亲交收入时，他只给了 22%。巴菲特欣然接受了。

豪伊笑着问父亲说：“爸爸，您因为一个玩笑就损失了农场 4%的收入，对于您这样享誉全球的投资家，就不觉得这笔交易您很亏吗?”巴菲特微笑着说：“不。我并没有亏，因为我现在拥有了一个身体健康的儿子，这是我人生中一笔最成功的交易。”

其实，和家人在一起共享天伦之乐，并让他们健康幸福地生活，在巴菲特眼里，才是人生的真正成功。

把成就写在白纸背面

●小榭飞花

在好莱坞，有一个另类传奇，作为明星，她单调得让人乏味，先是送走了病入膏肓的初恋情人，然后下嫁雕塑家，未成名先成家，30 年的平凡婚姻从没有传出过人们习以为常的绯闻；作为演员，她却又辉煌得让人嫉恨，16 次奥斯卡提名，两樽小金人，戛纳影后，柏林影后，25 次金球提名，7 次获奖，3 次艾美提名，两次获奖……她赢得了无数的奖项与赞誉。她就是梅丽尔·斯特里普。

回首纵观，斯特里普塑造的角色就如同一本 20 世纪女性的百科全书，凝结了上个世纪所有女人隐约错综的痛苦欢乐、爱恨情仇、生离死别：追求独立与自我价值的乔安娜纠缠在丈夫和儿子之间不知所措（《克莱默夫妇》）；执著向往自由的莎拉不期然爱情百转千回（《法国中尉女人》）；女儿惨死集中营留给苏菲终身难以解脱的罪疚感（《苏菲的选择》）；翱翔于非洲大地上的卡伦坚定热情、自由奔放（《走出非洲》）；隐忍的弗朗西斯卡看着情人离去一言不发（《廊桥遗梦》）；外表干练的佳斯帕里内心隐藏着不为人知的脆弱（《弦动我心》）；高傲冷酷时髦耀眼的米兰达沉淀着低调但深刻的忧伤（《穿普拉达的女王》）……30 年的电影生涯，一部部精彩作品，她的演技足已撑起一个世界。然而她本人却依然如一张白纸，像她的肤色一样纯粹，几十年如一日，淡妆素服，在公开场合牵着丈夫女儿的手，走在俊男美女闪耀的红地毯上，她的脸上依然盛开着原来清纯现在已经微微慈祥的笑容。

斯特里普的银幕魅力早已超越了国界和种族，她的表演受到全世界观众的认同，在日本观众评选出的20世纪最佳女明星中，斯特里普名列第五，评语是“自然亲切，好像就生活在我们身边”。而梅丽尔·斯特里普这个闪光的名字本身就是20世纪女性的一部百科全书。

最深的内涵往往是一张白纸。她不被金钱和荣誉所俘虏，这正是她内心的高贵之处。

巨蟹座的梅丽尔·斯特里普爱家且非常具有母性。她和家人最久不能分离两周，因此她一年只拍一部电影。有无数邀请都被她婉言谢绝，她从不让自己的四个孩子在公共场合曝光，她希望他们能像所有普通孩子一样拥有成长的快乐和自由。梅丽尔·斯特里普一生的辉煌成就，几乎没有人能够超越。但是她的每一步却走得平淡无奇，只是她的脚步异常坚实，她的方向也格外清晰。也许这就是梅丽尔·斯特里普的女性智慧，这种智慧支撑着她优雅地走下去。

当斯特里普处在她事业上最多产、最兴旺的时期，却日夜担心自己完不成作为妻子和母亲的任务。“我没法一面不停地工作，一面维持一个家庭。我心里感到相当无能为力，因为我似乎在哪一方面都没有完全完成任务。哪一方面都没有像我以前认为可以做到的那样达到10分。我刚做到7分半，就得去干别的事。”梅丽尔·斯特里普渴望过普通平凡的生活，然而她却做出了与众不同的杰出业绩。

她对成功有一种很古怪的看法。她说：“我想人们成名以后是要付出代价的，虽然成功很了不起。我能说说我的方针吗？当然可以。我愿意别人把最好的脚本给我，但是走到街上却没有人认得我。但是事实并非如此。我很喜欢在戏演完以后听到人们的掌声，但是我真的并非一开始就想让自己的名字出现在标题上。我绝不藐视好运气。我非常喜欢我现在的生活，我不想改变它。”

盛名成为她肩膀上的双重负担。她不仅痛恨它，而且认为自己从一种间接的意义上也应对它负责。盛名带来的种种附带物就像常春藤依附在墙壁上一样地附着在她身上。有了那么多荣誉，还能如同一张白纸，这是一颗多么伟大的灵魂。

把幽默注入生活

●卞文志

在日常生活中，喜欢开玩笑的人也欣赏他人的快乐——听众的笑声、掌声和赞扬，这样使他更为自信，更易被他人所接受。喜欢开玩笑的人富有幽默感，幽默不仅使他自己感觉良好，也使听众受益。时下，幽默正越来越多地用于心理疗法，使患者缓解心理创伤带来的痛苦，帮助患者正确看待一些负面体验。

幽默用于心理疗法对患者固然大有裨益，但在现实生活中人与人之间多一些幽默感同样有许多好处。因为幽默是一种积极的生存意识，如果把错综复杂的人际关系图变成一幅幽默画，一定会简单好看得多；如果能使一场争吵融入幽默，自然也会精彩思辨得多；如果每一个人都能够懂得幽默的妙处，我们的生活就会丰富多彩，充满欢乐。美国大众心理学家特鲁·赫伯说得好："幽默，是一种最有趣、最有感染力、最具有普遍意义的传递。一个缺乏幽默的人，他一生中困难最多，对自己对别人伤害也最大……所以，我们——不管你是谁，都有一个共同的需要，把心智变成幽默注入生活。"可见，生活需要幽默，而幽默的来源需要心智，只有心态健康，心智才会充满乐趣，继而产生妙趣横生的幽默的力量。

莎士比亚说过："甜中加甜，不见其甜；乐中加乐，才是大乐！"生活中有了幽默，会使尴尬转为轻松，会使怒气难生或化为豁达。我有一次陪同来单位做技术指导的欧美客人吃饭，席间客人对中国人使用筷子吃饭很感兴趣，并请服务员示范。服务员在示范时不小心将杯子碰落在地打碎了，满座客人受到惊吓，客人们全都吃惊地看着她，这位服务员微笑而自然地说：“这在中国叫‘落地开花，金玉满堂’”。服务员的幽默使客人又重新活跃起来，席上很快恢复了先前的热烈气氛。

去年我去广西桂林旅游，导游在对我们讲解桂林芦笛岩时，在一座石蕾前介绍说：“传说它每一百年开放一次，开放时，异常美丽，可惜今日它不开放，等它开放时，我再请朋友们前来观赏。”说完气氛顿时活跃起来，我们一路的旅途劳累一扫而光，游客中一位爱开玩笑的游客接着对大家说：“那么一百年后，我们一定前来观赏，也一定还请这位导游小姐为我们讲解!”那位游客幽默的话语把大家的情绪推向高潮，游客们全都高兴地鼓起掌来。导游和游客的幽默，为我们的旅游生活注入了活泼风趣的内容，不仅让大家忘却了疲劳，而且还给人们带来了一分愉快的心情。

杯水人生

●仲利民

一杯水，静静在立在桌子上。玻璃的杯子，清澈透明。

氤氲的热气在杯子上方盘旋，似奔涌的激情，更是向上的力量。微卷的茶叶正被开水的温度与热情浸泡开来，慢慢地舒展自己的身姿，在一杯水里开始生命的舞蹈。

有了温度，有了热情，就有了生命的活力，茶叶与水开始了共同演绎的生命之旅。

纯净的白开水有了颜色，绿的，淡绿。茶叶在水中翻滚、涌动，那是一场舞蹈，她们在想象着自己美好的未来。

一切的开始，都是充满了美好的遐想，事物、人生，因此，激情荡漾。

水的颜色渐深，由淡绿转浓。

热烈旋转的舞姿缓慢了下来，茶叶舒展着身姿落入杯底。有几叶不肯沉降，还在水中浮动。

一个年轻人，举起杯，轻啜茶水，享受着茶的清香，水的柔润。不是渴，举着杯子，就那么轻啜，是一种人生的姿态。喝茶，都是在品人生，在悟世事，不急不徐，轻啜茶水，在口舌间细细回味。

开始，还会吹一下浮在水面上的茶叶，直至所有茶叶全部落入杯底，端起来，就是一口，温度也正适宜，口感也好，不浓不淡。

几口过后，杯里的水已去了大半，续水，热气依旧翻腾，却少了风景，茶叶待在杯底，没有了激情，翻起的只是沉渣，茶水的味道也弱了许多。不过，喝着，还是有几分滋味。

没有了开始的细品，也没有了轻吹浮起茶叶的兴致，喝的是茶水，也似演绎的平淡人生。

第三遍续水时，只剩下淡绿了，明明是一杯水，却只见半杯，底下是半杯茶叶，若水底浮起的杂草，遮天蔽日。

味儿淡了，茶水也在杯里杯外地倾洒，少了仔细、认真与关注。

恍惚间，才明白，一杯水就要结束了，再也没有续水的可能。略有些不舍，想尽量延长些时间，多点生命的长度。然而，生命的热量却似乎不等待，一点点地散去，由热、温、凉、微凉，直至冰凉，再也留不住了！

生命似亦如此，该做的时刻，就需要尽心尽力，不能等待，不能彷徨，沿着自己设定的目标，努力地攀登，若踌躇，若犹豫，即便有时日，也未必有生命的激情与热量去完成。

杯底的水，与残剩的茶叶，都变成了生命的垃圾，纵使不舍，也只能倾入垃圾桶中。

一杯水的开始，就注定了一杯水的生命。在激情、热量里，可以尽情去舞蹈，一旦失去了生命的热量，一切都结束了。

从开始的绚丽，热切，到最后的杂乱、惆怅，写尽生命的画面。什么样的一生，都是自己决定的，在能尽情演绎的时刻，把握好一切，去做好完善完美的自己。

被一只狼改变的人生

●唐宝民

克雷是墨西哥普埃布拉的一个农民的儿子，因为生活贫困，所以从小就有很强的自卑心理，感觉自己处处不如同龄人。上中学的时候，他的学习成绩很一般，他也想好好学习，把成绩搞上去，但怎么努力也赶不上班级里的那些同学，成绩永远排在全班的后十位，他把原因归结于自己天资不够聪明，索性放弃了努力，打算把中学读完就到社会上找一份工作。

他上学的学校离他家2公里，每天，他都要走着到学校去，他的体育成绩也不好，特别是长跑一项，怎么也无法达标，无法在规定的时间内跑完规定的路程，体育老师很为他着急，担心因此影响他将来的毕业，于是就向他提出了一个要求，要他每天从家跑着到学校来。他就按照老师的要求，每天早上吃完饭后，来到公路上，看一眼手表上的时间，然后跑着到学校，再看一下时间，算一下自己用了多久跑完的，但无论怎么努力，他最快也得用十多分钟才跑到学校，而这样的速度和达标的要求还差一段距离。

又一天早上，他吃过饭，来到公路上，看了一下手表，记准了时间，准备跑步。就在这时，他忽然听到身后有一些响动，回头一看，原来离他十米开外竟然有一只狼！他吓得撒腿就跑，一口气跑到学校，钻进教室把门关上，喘着粗气透过窗玻璃向外张望，发现那只狼已不见了踪影，这才放下心来，一下子瘫坐在了地上。就在一抬头之际，他看到了墙上挂着的钟表，他注意到了上面的时间，发现自己只用了6分钟就跑到了学校，这太不可思议了，他随即明白了，原来，是因为后面有狼在追，所以才能跑得这样快，那一瞬间，他明白了一个道理，就是自己并非没有潜力，只不过是潜力没被激发出来罢了。从那以后，他就变得自信起来，每天继续练习跑步，成绩提高得很快，不久就通过了标准，在学习上，他也不再自卑地认为自己不聪明，而是刻苦用功，经过一段时间的努力，学习成绩也有了很大提高，几年以后，他考上了墨西哥国立自治大学，毕业后，又赴美国加州大学读研究生，几年后获得了博士学位，后来留在美国工作，进入金融界，成了华尔街著名的投资分析师。

“是一只狼改变了我的人生。”每当有人让他谈谈他成功的感想时，他都会这样说，“是那只狼让我明白了，每个人的身上，都潜伏着巨大的潜能，所谓平庸，只是由于这种潜能没被挖掘出来，只要唤醒这种潜能，那么很多人都可以改变自己的命运。”

本田公司的营销智慧

●朱国勇

1959年，本田摩托公司正式进军欧美市场，在欧美各主要城市设立代销点。然而此时，本田公司总裁宗一郎先生做出了一个匪夷所思的规定：凡是具有贵族血统的人购买本田摩托只需付出标准价格，一般民众购买，则要加价三成。

这种新颖的销售方式立即引起了一些贵族后裔的注意，他们觉得有利可图，纷纷购买本田摩托。使用后发现，本田摩托比一直占据欧美市场的哈雷摩托性能更为优越。于是，在贵族圈中，很快刮起了一阵“本田”旋风。同时，一些有钱的普通民众为了购得本田摩托，暗暗委托有贵族血统的亲友代买。买到后，心中沾沾自喜，以为占了大便宜，在同事邻居面前也有了炫耀的资本。

如此过了十多年，欧美各大报刊忽然盯上了本田摩托，它们纷纷抨击本田公司实行的双重价格是人格歧视。一石击起千层浪，欧美各国民众也觉醒了，他们纷纷抗议本田公司的双重价格行为。

对此，本田公司态度强硬，公司表示按什么价格出卖摩托车是公司的自由，买不买则是消费者的自由。

一些人权意识强烈的民众，简直就被气疯了，他们纷纷散发传单，组织游行，宣称要把本田摩托赶出国门。一个简单的商业行为，愈演愈烈，逐渐变成了一场声势浩大的人权运动。

终于，在美国加州，大批民众把本田公司告上了法庭，要求本田公司停止双重价格行为。本田公司做出了种种努力，却仍然输了官司。法院勒令本田公司立即实行一价制，否则，就将本田摩托驱逐出境。

消息一出，群情振奋，大家纷纷等着看本田公司的好戏。

1976 年 5 月，本田公司总裁本田宗一郎先生在加州电视台面向全美的电视观众道歉。本田宗一郎诚恳地说：公司出于成本核算考虑，在欧美市场实行双重价格。没想到无意中伤害了欧美民众的感情，我在此特表示真挚的歉意。为了答谢欧美各国民众，公司决定按标准价格的九折销售本田摩托……

一时间，欧美许多民众带着报复与胜利的快意，纷纷抢购本田摩托。本田摩托销售一空，本田公司赚了个盆满钵溢。

原来，1959 年时，摩托车还是奢侈品，只有贵族才消费得起。制定双重价格，是为了给贵族们制造一个相对便宜的心理感受。而且，对于冒充贵族后裔来买车的普通人，公司也假装毫不知情。所以，双重价格一点也不影响公司的销售。等到十多年后，摩托车成了大众消费品，欧美群众开始抗议双重价格时，本田公司则故意态度强硬，激化矛盾，利用媒体打了一场有声有色的广告战，让“本田摩托”这个品牌家喻户晓。

1979 年，本田摩托公司成了世界上最大的摩托车生产与销售公司。

“龟兔赛跑”中的兔子是可笑的，但是若从广告学的角度来讲，从扩大知名度的角度来讲，这只兔子却是十分成功的。兔子若是赢了乌龟，哪里还能家喻户晓?

商场如战场，较量总是智慧。

波音公司的失败教育

●郭　龙

波音公司是世界上最大的民用和军用飞机制造商，而且从波音公司成立至今就一直是航空公司的霸主，从来没有航空公司能够超越波音公司。

经过经济专家的研究发现，即使在历年来的经济危机中，波音公司的利润也一直保持着相当高的增长率，而且更让经济学家不解的是，波音公司和其他航空公司的管理及资本投入并没有什么大的不同，甚至有的地方波音公司比其他的公司还要差，可是波音公司的发展速度却依然是整个行业的奇迹，那么波音公司能够保持如此高的增长率秘诀在什么地方呢?

有很多经济学家对波音公司经过长时间的观察，可是依然没有得出结果，随着越来越多的经济学家加入对波音公司这种高速度增长的研究，研究波音公司的增长方式成为众多经济学家研究的一个经济课题。

最后终于有一个哈佛大学的经济学家成功地揭示了波音公司能够一直保持高增长率的秘密：就是只有波音公司才有的失败教育。

原来波音公司在新员工入职或者在公司有什么重要活动的时候，都会播放一段影片，而这段影片既不是公司几十年来取得的成绩，也不是公司制度的介绍，更不是公司领导人的介绍，这一段影片让所有的人都没有想到的是竟然波音公司倒闭后的情景：波音公司里的管理人员都抱着纸箱子从办公室里面垂头丧气地走了出来，而生产线上的工人也都全部低着头。更让人们没有想到的是：最后展示的是波音公司的厂房也被别的公司买了下来在生产别的东西，而这一切都与现实中的波音公司繁荣的情景形成了鲜明的对比。当然这一切并不是真的发生，而是波音公司虚构出来的影片。

但每当波音员工看到这部公司倒闭的影片的时候，心中都会为之一震，从而消除所有的骄傲和自满，把取得的成绩放下，把所有的精力重新投入到工作中去。

不要一个人走

●王卫军

詹姆斯是英国一个登山队的成员。每次登山，詹姆斯总是走在队伍的最前面。而他的同伴，却常常被他落得很远。为了等待队友，他不得不一次次中断登山。在他的眼里，队友们的速度足以用蜗牛来形容。

詹姆斯渐渐地有些愤愤不平。他暗想，照这样的速度登山，怎么可能实现自己的人生梦想。他的梦想，是挑战维斯特尔斯——完成 14 座 8000 米的美国人，他要在速度上超过维斯特尔斯。

2009 年 12 月 30 日，英国气温降到破纪录的零下 16 摄氏度，大雪纷飞天地一片白茫茫。尽管在这样恶劣的条件下，詹姆斯所在的登山队还是决定向苏格兰高地发起进攻。

这次詹姆斯在登山之前就做好了独自登山的准备。他坚信依靠自己的体力和实力一定能以最快的速度登上山顶，创造一个新的传奇。出发后不久，他便收到了要求返回的信号。可是，他却咬咬牙，没有回头。要求返回的信号不断传来，可是坚信成功就在眼前的詹姆斯对返回信号置之不理，很快就登上了峰顶。站在峰顶的詹姆斯心中充满了成功的喜悦和自豪。

可是，这种自豪很快就被恐惧所代替。可怕的雪崩开始了，宁静的雪山咔嚓一声，先是出现了一条裂缝，接着，巨大的雪体开始滑动。

而詹姆斯的队友们在接到雪崩预警的时候，便给詹姆斯发信号让他返回。在给詹姆斯发出的返回信号得不到回复的情况下，队友们只好冒着生命危险登山。在登山过程中，队员约翰不慎滑落并坠入到20米的一个冰雪裂缝，经营救上来后，发现并无重伤或者出血骨折。队员们继续行走，终于找到了因为雪崩被抛到半山腰的詹姆斯。

在撤离的过程中，约翰突然昏迷不醒，很快失去了生命迹象。

而詹姆斯，虽然没有失去生命，但是他也为此付出了惨重的代价。因为严重冻伤，而被切除了手指、脚趾、足踵和鼻子，而他的腿，也永远失去了行动的能力。因此，他也永远失去了登山的机会。

俗话说，一双筷子容易折，十双筷子折不断。一个人独自行走，会走得很快；但多人结伴而行，才会走得更安全。不管做任何事，都要记住，不要几个人走，要拥有团队精神，才会走得更远。

成功不是梦

●孙志昌

一个人成功了，总是要感谢许多人的帮助。诚然一个人的成功离不开大家的帮助，也离不开一个好的环境。但是，归根结底还是自己的成功。没有自己的努力与坚持，没有自己的界限，成功从何谈起。

成功始于心动，有了内心的追求，才会赋予行动。要达到解除“自我设限”，关键在自己的坚持与决心。

有了心动，才会有成功的欲望。西谚说得好：“上帝只拯救能够自救的人。”可以说，成功属于愿意成功的人。你不愿成功，谁拿你也没办法；你自己不行动，上帝也帮不了你。

其实，成功并不是一个固定的蛋糕，数量有限，别人切了，你就没有了。事实不是那样，成功的蛋糕是切不完的，关键是你是否去切，是否坚持去切。你能否成功，与别人的成败毫无关系。只有自己想成功，才有成功的可能。

宋朝著名的禅师大慧，门下有一个弟子道谦。道谦参禅多年，仍无法开悟。一天晚上，道谦诚恳地向师兄宗元诉说自己不能悟道的苦恼，并求宗元帮忙。宗元说：“我能帮忙的当然乐意之至，不过有三件事我无能为力，你必须自己去做。”道谦忙问是哪三件。宗元说：“当你肚饿口渴时，我的饮食不能填你的肚子，我不能帮你吃喝，你必须自己饮食；当你想大小便时，你必须亲自解决，我一点也帮不上忙；最后，除了你自己之外，谁也不能驮着你的身子在路上走。”

道谦听罢，心扉豁然洞开，快乐无比，他感到了自我的力量。

生活中，当一个人失去生活的目的和意义，万念俱灰之时，我们就说此人“无可救药”；而当一个人动了念头，认了死理，哪怕是上刀山下火海，不达目的绝不罢休时，我们说“矢志不渝”。不管怎样，都是说明了一个人的力量，行动是自己的，目标也是自己的，只要你想做，任何力量也无法阻止你。

不管到什么时候，自己的事自己做，自己的人生自己走。你的成功就是你自己的，即便是有人给你安排好了，给你铺好路，而没有你的心动与行动，那成功也不会眷恋你。要想成功，就赶快行动起来，坚持下去，成功就会属于你。

承受幸福

●董保纲

1996年10月8日，82岁高龄的威廉·维克里获得了诺贝尔经济学奖。在此之前的60年里，威廉·维克里一直在美国哥伦比亚大学任教，埋头研究经济学，其研究成果在相当长的一段时间里，一直得不到公众的承认。如今能够获得诺贝尔大奖，对他来说，应该算是人生中最幸福的事情了。然而不幸的是，在获奖的3天之后，他与世长辞了。据称，维克里是由于过分激动导致心脏病突发而死亡。

一般来说，人们都认为痛苦是最难以承受的。其实，有时候幸福和痛苦一样能够轻而易举地击败一个人。

幸福之所以能够摧垮一个人，是因为人们把幸福看得过重，或者幸福来得太突然，让人毫无思想准备。固然，追求成功和幸福是人们普遍的良好愿望，但是追求的过程就是奋斗、摸索和等待的过程，追求的本身也是一种幸福。如果，幸福突然而至，就好像你通过一条长长的隧道，而一旦走出洞口，你很难适应那刺眼的阳光一样，面对突如其来的幸福，有时你会变得兴奋异常而不知所措。这样的结果，在生理上有可能导致你某些功能失调而产生疾病；在你对待人生的态度上，有可能使你飘飘然而不思进取，甚至会因此而“乐极生悲”。

承受幸福，就是要正视幸福。应该知道，凭着一时侥幸获得的幸福，不是真正的幸福。幸福是用自己的心血和汗水换回的一枚枚果实；幸福是用自己的真情和执著赢来的一片片温馨；幸福更多的时候是一种心静神怡的感觉。面对幸福，就如同面对一坛陈年老酒，你一饮而尽则会烂醉如泥不省人事，只有细品，才会品出真正的香醇甜美。

正视幸福，有时要比正视痛苦还困难，因为在幸福面前，人们的应对策略，往往没有在痛苦时那么充分，也许，这也是人的一个弱点。承受幸福，就是要珍惜幸福而不是一味地沉湎其中。收藏起那份坚实的回报，尽快把人生的追求调整到一个新高度。

承载梦想的蒲公英

● 佟晨绪

"孩子们，准备好了吗？记住，当你的脚尖触及地面的一刹那，你就成为一名真正的伞兵了。"凯特教官的话一直回响在我的耳畔。

平日里嘻嘻哈哈，令教官十分头疼的我们此刻却显得十分安静。一想到经过几个月的艰苦训练，今天终于能实现自己的梦想，我们不由为之激动、振奋，同时又忐忑不安——我能成为一个合格的伞兵吗？每个人都扪心自问。

"可是，教官，如果……我是说如果我在降落的过程中被挂在了树上，我该怎么办呢？"我小心地问道。

"甄妮，我说过多少次了，不要再问这些毫无意义的问题，多反思一下为什么每次你的动作都比别人慢一拍。如果像你说的那种不幸的情况真的发生了，你应该先沉着冷静地分析情势，然后再行动。记住，没有什么可以阻止梦想！"

"好吧，我知道了。但是，你要知道整理伞包的速度并不代表我不够勇敢！"我已经习惯跟教练较劲儿。

"不，孩子，作为一个伞兵时间就是生命！你必须在最短的时间内把一切都准备好。我说过，你们每个人都是承载梦想的蒲公英，你们必须成功的降落！""是，教官！"大家齐声回答。

我看了雪菲的脸，她显得沉着而冷静，她是我们当中最勇敢的一个，她一定可以的！我又看了一眼艾丽莎，一个同我一样经常受罚的女孩子，她有轻微恐高症。她觉察到我的目光，回头朝我做了一个"胜利"的手势，"甄妮，我们……真的可以吗？"她还是问了我。“当然！”我朝她使劲儿点头。

“好了，孩子们，时间到了。第一个，雪菲。”教官喊道。

不出我所料，雪菲几乎没有一秒钟的迟疑，便十分自然地纵身一跃。我伸着头张望，只见她的伞包在半空中迅速绽放，真的像一朵蒲公英一样飘落，好美啊。

“非常好，下一个，曼莎！”

“继续，快跟上……”

……很快到最后，机舱里只剩下我和艾丽莎了，我感觉浑身血液开始倒流，心中有种前所未有的恐惧感。

“甄妮！”我心里一惊，我想着该如何迈动我那沉重的双腿，“你是最后一个。”教官补充道。松了一口气，心中默默祈祷：“艾丽莎，加油，如果你可以，我也一定可以！”

“啊！”一声尖叫把我和教官都吓了一跳，艾丽莎在临跳前突然退了回来，她带着哭腔说：“下面是深渊，我什么也看不见，教官，我，我不……”

“这么说你是想放弃吗？放弃你为之努力了好几个月的梦想，放弃惟一战胜自己的机会吗？孩子，我说过，没有什么可以阻止梦想，除了你自己……”教官的话还没有说完，艾丽莎已经飞了出去，她的伞包在半空中绽放，变成一朵美丽的蒲公英，缓缓降落着。

教官这时转向了我：“甄妮，你要记住，作为一个伞兵，在跳伞前你可以害怕，可以茫然，可以手足无措，可当你站在机舱口的时候，你必须毫不犹豫地迈出这一步！明白吗?”

我认真地点点头，走向舱口，鼓足勇气，勇敢地跳了下去。我觉得自己就像一朵美丽的蒲公英，满载着梦想缓缓降落。当我的脚尖触及地面的一刹那，我既兴奋又自豪：“我是真正的伞兵了，没有什么可以阻止梦想！万岁！”然后我顺势扑倒在地面，亲吻着脚下的土地。

吃亏是福

●浅 水

布鲁克住在奥地利偏远山区的乡间，母亲早年去世，父亲因工受伤，家里的生活重担便落在布鲁克的肩上。为了一家的生计，他于是在路边开了个小摊，靠帮人修理皮鞋过日子。

一天，一位顾客匆忙拿了一双鞋底坏掉的皮鞋，交给布鲁克修理。只见布鲁克动作纯熟地把鞋底修好并擦净后交给顾客，顾客感动地说："小师傅！谢谢你把我的皮鞋修好，不但缝补得很坚固，还把皮鞋擦得跟新的一样。"

附近同行擦皮鞋的人，私下窃语："布鲁克这傻瓜真是服务过头，顾客只付了修皮鞋的钱，他却把皮鞋擦得这么亮，这有什么好处呢？真笨！"

但是布鲁克并不在意这些话，他觉得替人做事应尽心尽力，这样一来收取顾客的钱才心安理得。

人们知道布鲁克是个肯替人设想、不怕吃亏的人，于是纷纷把鞋子交给他修理。消息传到附近一家皮鞋工厂的老板耳中，便雇用了布鲁克到他的工厂，专门负责修理有瑕疵的皮鞋。

多年后，那些嘲笑布鲁克的人，仍然在街头修补皮鞋，布鲁克却已当上了皮鞋工厂的总经理了。

有些人什么都吃，就是不肯吃一点亏。不斤斤计较眼前的一点小利益，多为他人设想，多结善缘，才会得道多助，在人生舞台上取得更大的成功。

从卑微中走出高贵

● 谭海龙

十二岁的那一年，有一天，母亲突然递给山德士一件旧衣服："这件衣服能值多少钱?""大概两美元。"山德士回答。"你能将它卖到三美元吗?"母亲用探询的目光看着山德士。"傻子才会买!"山德士赌着气说。

母亲的目光真诚又透着渴求："你为什么不试一试呢? 你知道的，你爸爸去世的早，家里日子并不好过，要是你卖掉了，也算帮了我。"

山德士这才点了点头："我可以试一试，但是不一定能卖掉。"

山德士很小心地把衣服洗衣净，没有熨斗，山德士就用刷子把衣服刷平，铺在一块平板上阴干。第二天，山德士带着这件衣服来到一个人流密集的地铁站，经过六个多小时的叫卖，山德士终于卖出了这件衣服。

山德士紧紧攥着三美元，一路奔回了家。以后，每天山德士都热衷于从垃圾堆里淘出旧衣服，打理好后，去闹市里卖。

如此过了十多天，母亲突然又递给山德士一件旧衣服："你想想，这件衣服怎样才能卖到三十美元?"怎么可能? 这么一件旧衣服怎么能卖到三十美元，山德士认为至多只值两美元。

"你为什么不试一试呢?"母亲启发山德士，"好好想想，总会有办法的。"

终于，山德士想到了一个好办法。山德士请自己学画画的表哥在衣服上画了一只可爱的唐老鸭与一只顽皮的米老鼠。山德士选择在一个贵族子弟学校的门口叫卖。不一会儿，一个开车接少爷放学的管家为小少爷买下了这件衣服。那个十来岁的孩子十分喜爱衣服上的图案，一高兴，又给了山德士五美元的小费。三十五美元，这无疑是一笔巨款！相当于山德士母亲一月的工资。

回到家后，母亲又递给山德士一件旧衣服："你能把这件卖到一百美元吗?"母亲目光深邃，像一口老井幽幽地闪着光。

这一回，山德士没有犹疑，山德士沉静地接过了衣服，开始了思索。

两个月后，机会终于来了。当红电影《霹雳娇娃》的女主演拉佛西来到了纽约宣传。记者招待会结束后，山德士猛地推开身边的保安，扑到了拉佛西身边，举着旧衣服请她签个名。拉佛西先是一愣，但是马上就笑了。我想，没有人会拒绝一个纯真的孩子。

拉佛西流畅地签完名。山德士笑了，黝黑的面庞，洁白的牙齿："拉佛西女士，我能把这件衣服卖掉吗?""当然，这是你的衣服，怎么处理完全是你的自由!"山德士"哈"的一声欢呼起来："拉佛西小姐亲笔签名的运动衫，售价一百美元!"经过现场竞价，一名石油商人以一千美元的高价收购了这件运动衫。

回到家里，山德士和母亲，还有一大家人陷入了狂欢。母亲感动得泪水横流，不断地亲吻着山德士的额头："我原本打算，你要是卖不掉，我就派人买下这件衣服。没想到你真的做到了！你真棒！我的孩子，你真的很棒……"

一轮明月升上山头，透过窗户柔柔地洒了一地。这个晚上，母亲与山德士谈心。

母亲问："孩子，从卖这三件衣服中，你明白什么吗?""我明白了，您是在启发我，"山德士感动地说，"只要开动脑筋，办法总是会有的。"母亲点了点头，又摇了摇头："你说得不错，但这不是我的初衷。"

"我只是想告诉你，一件只值一美元的旧衣服，都有办法高贵起来。何况我们这些活生生的人呢？我们有什么理由对生活丧失信心呢？我们只不过穷一点，可这又有什么关系？”就在这一刹那间，山德士的心中，有一轮灿烂的太阳升了起来，照亮了山德士的全身和眼前的世界。“连一件旧衣服都有办法高贵，我还有什么理由妄自菲薄呢！”

从此，山德士开始努力地学习，刻苦地锻炼，时刻对未来充满着希望！从卑微中走出高贵。若干年后，山德士的名字传遍了世界的每一个角落。他就是肯德基的创始人——哈兰·山德士。

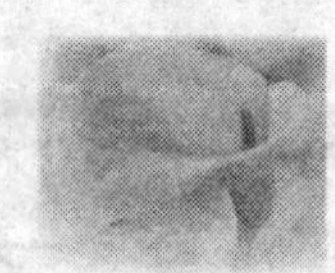

从垃圾工到顶级技师

●曙 光

欧洲瓷都——麦森，是德国的一个小镇，位于厄尔士山脚下，毗邻捷克。这里的陶瓷制品闻名世界。与陶瓷齐名的还有一个人，他叫贝特格。30多年前，贝特格还是麦森陶瓷厂里的一位垃圾工。麦森陶瓷厂的技师是一位意大利人，他叫普塞。麦森陶瓷厂完全靠这位技师和他的几个徒弟支撑。有一天，厂方因为跟普塞技师意见不合而发生争执，普塞技师一怒之下带着自己的几个徒弟回到意大利。

麦森陶瓷厂因无人接替普塞的位置而被迫停产。麦森陶瓷厂的高层领导顿时乱成了一锅粥。就在这时，贝特格站出来向厂领导说："能不能让我试试?"厂领导不停地摇头："就你，一个垃圾工也想干技师的活?"贝特格当即从家里拿来了自己烧制的一个花瓶，说："请您看看这个，它的质量跟咱们厂的产品相比哪个更好?"厂领导看后，一个个目瞪口呆，纷纷问贝特格："这个花瓶真的是你烧制的?"贝特格肯定地回答说："是的。"原来，这个在厂里毫不起眼地干了近十年的垃圾工，居然每天都在偷学普塞技师的手艺，连厂方正式派去跟普塞技师学艺的工作人员都没能学到的东西，却被贝特格全部学会了。

厂方问贝特格："你有什么需要，尽管提出来。"贝特格说："我现在的月工资是20欧元，能不能将我的月工资提高到30欧元?"贝特格害怕厂领导不答应赶紧解释说："我依然还做我的垃圾工，我只是兼职做技师而已，因为我的母亲患有严重的哮喘病，每月需要服用10欧元的药物，而我的工资只够全家人每月的生活费。”原来，贝特格非常羡慕那些学徒工，他们每月可以拿30欧元，而自己则只能拿到20欧元。于是，为了向学徒工看齐，更为了母亲每月能够吃上药，他偷偷地学起了烧制陶器的手艺。

厂领导回答说：“只要你能够取代普塞，你不但可以不再干运垃圾的工作，而且从现在开始，你的月薪也跟普塞一样，每月薪金为10000欧元。”麦森陶瓷厂终于又开始运转了。贝特格，这位当初的垃圾工，做梦也没有想到拿这么高的工资。如今，麦森已成德国陶器重镇，而贝特格的名气也远远地超过了意大利任何一位顶级技师。

打开隔壁的窗

●包利民

作家刘墉曾在文章中讲过这样一个故事，在图书馆里，两个看书的人吵了起来，只是因为一扇窗子的问题。一个人嫌屋里空气不好，要开窗，另一个怕冷，不让开。管理员要开一半，两人都不同意。图书馆的主任来了，轻而易举地解决了问题，两个人都满意。主任做的很简单，只是打开了隔壁房间的窗子。这样一来，既流通了空气，又不会让人感觉到冷。

这是刘墉在讲解双赢的道理。其实许多事情许多问题，并不只是除是即非的，这中间，会有许多巧妙的办法折衷，还曾听过一个故事，是讲一个卖报纸的人的。

这人在街头摆摊卖各种日报晨报晚报什么的，每天许多人在此流连，可是真正买报纸的人并不多，大多只是翻看一下，或者拿纸笔记下些资讯，就离开了。起初他很不乐意，因为这样一来，报纸翻旧了，更不好卖了，虽说剩下的给退，可是总觉得不舒服。于是经常和顾客发生口角，生意更不好了。后来，他冷静下来一想，这样不是办法，便苦思对策。终于，他想出一个好办法，他把一些版面多的报纸拆开来卖，卖单版，这样一来，大家可以按需要买相应的版面，不但方便，而且省钱。再后来，他又开始回收，如果买了报纸的，当天返还，可退还一部分钱，这样一来，又有了利润空间。于是，再没有了先前的苦恼，而且，那一片，没有一个卖报纸的能有他做得好。

这种双赢的沟通实是人生的一种大智慧，不只是在生意上，在为人处世方面，也都是很重要的。只是我们大多为固有的思维所困囿，其实，打破局面很简单，只要将心的一半站在别人或对手的角度上，就会豁然开朗。就像随手打开隔壁的窗一样，阳光清风会不期而至。

淡泊名利

● 陈洪娟

凯撒大帝的一生充满了传奇色彩，他以卓越的才能建立了古罗马帝国。临终前，他叮嘱侍者："我死后，请把我的双手放在棺材外面，让世人看看，像我这样权势显赫的人，死后也是两手空空。"

居里夫人一生两次获得过诺贝尔奖，得过各种奖章16枚，拥有名誉头衔117个。有一次，一位朋友去她家做客，看见她的小女儿正在玩英国皇家学会颁发的一枚金质奖章，大惊道："居里夫人，这枚奖章代表着极高的荣誉，你怎么能给孩子玩呢？"居里夫人却笑笑说："我是想让孩子从小知道，荣誉就像玩具，只能玩玩而已，绝不能永远守着它，否则将一事无成。"

正如凯撒和居里夫人所言，人生一世，草木一秋，人来到这个世上，只不过是一个来去匆匆的过客。名和利，都是过眼烟云，都是身外之物，生不带来，死不带去。不管是腰缠万贯的达官贵人，还是为生计辛苦奔波的凡夫俗子，谁也逃脱不了这一自然规律。

淡泊名利，不追求虚妄之事，这是一种智慧，是一种境界。芝兰生于幽谷，不因无人问津而不秀，这是一种淡泊；梅花开于墙隅，不因阳光不照而不香，这是一种淡泊；流水绕山而行，不因山石之阻而纷争，这是一种淡泊；无花之树结果，不妒姹紫嫣红而孕育，这也是一种淡泊。颜回"一箪食、一瓢饮，不改其乐"，视功名为瓦上之霜，视利禄为花尖之露，凭着这份淡泊，成了千古安贫乐道的典范；齐白石晚年谋求画风变革，闭门十载，潜心练习，终成国画巨匠；钱钟书学富五车，闭门谢客，静心书斋，不求闻达，留下旷世名篇。“淡泊以明志，宁静以致远”，为人处世，工作生活，保持淡泊的心态，生命变得更加纯净，事业将更辉煌。

淡泊名利，说起来容易，做起来难。从古到今，有多少人挣扎在名利场上，正所谓“天下熙熙，皆为利来；天下攘攘，皆为利往”，能有多少人真正做到淡泊名利、笑看人生呢？司马迁说得好：“名利本为浮世重，古今能有几人抛?”，由此可见，没有包容宇宙的胸襟，没有洞穿世俗的眼力，没有一定的身心修养，是万难做到的。

人生如草木枯荣无常，生命如流星时光短暂，多一份淡定，多一份从容，多一份宁静，用淡泊的心态、清醒的心智和从容的步履走过岁月，我们的生活就会收获另一种精彩。

悼念一棵树

● 徐仁河

这是一棵树，是株雪松。

这株雪松长在一个叫做街心花园的地方。街心花园坐落在小城的最中心地带，两条城市主干道吻合在一起催生了它。它的左边是巍峨的市政府大楼，在它的右边则是本城惟一的新华书店。往前面走一点点就是电影院和大百货商店。街心花园其实不大，充其量只能称之为花坛。曾经也的确种了几株花草和树木。花草很普通，如今我已经记不得它们长得什么模样了。树倒记得几株，印象最深的还是居中的那棵高大雪松。它们都在街心的花坛子里日日厮磨，间或抬起头来打量过往的车辆和人群。路过花坛的人们若有闲暇也会去偷窥花草们的生活，西风撩拨蟹爪菊的粉脸，青蛙向美人蕉示爱，白粉蝶在玫瑰花丛中快活，雪松在最高处俯视着花坛中的一切，它负责抵挡毒辣的夏日阳光和冬之风雪，像个尽职的卫兵或者忠厚的长兄。谁路过看到，脸上都会不自觉地露出笑容。花草和蛙虫都这么有情有义地生活，人为什么不呢。

但是有一天，它们的厄运悄悄降临。有关方面说要把城市主干道进行现代化改造。记不得是哪一天，街心花园的铁栏杆被市政工人拆除，紧接着花草被连根拔起，我那天正好路过清除的现场，那个印象给我太深，我形容之为血腥。街道此处散落着曾经鲜活的生命，那些花草太过普通，谁也不肯俯身下去，把它们移摘进自家花园。最悲剧的莫过那株雪松，它被拦腰锯断，树冠肢解，上了装运车。树根像一颗披头散发滚落在地的巨大头颅，怒目而视过往的人群。

街心花园被拆除后，铺上了水泥地面。两条交汇的街道霎时豁然开朗，一眼能望得到头。但是可以想象的是车祸和人车刮蹭的事件屡屡发生。交通部门不得不装上红绿灯，画上斑马线来疏导车流和人群。

当初却不是这样的，如果我没有记错的话，街心花园未拆除的时候，车辆和人群自觉地在花坛的四周环行，并未发生任何交通事故。

我怀念那片花草，那株雪松，更怀念当初街心花园的安宁和谐。

第一次的力量

●浅　水

有一个容器，里面装满了一层冷掉、变硬的厚蜡，它的表面很平滑。现在，拿一壶热水，倒一些在蜡上，热水会在这片平滑的表面自由地到处流动。因为热水的关系，水到之处会在表面留下浅浅的沟痕。蜡的表面留下一条条水道，像是热水专用的水床。

这时，如果再倒热水到容器里，会发生什么事呢？

不管水倒在哪里，现在热水不会像第一次一样自由地到处流动，只能顺着先前留下的水道流，水道会再加深点。当然，如果你再倒进更多的热水，水道只会变得更深，但还是一样不会再产生其他水道。

这个故事有什么意义呢？它可以暗指第一条道路、第一个印象、第一次创业……而这些“第一”都留下了深刻的影响。像小溪、小河、大江和峡谷就是这样形成的。地表上的凹凸地形并非一直都是像我们现在所看见的模样。一百多万年前，在某些地区下的大雨形成了现在山谷里的各种岩石地形，大雨所及或雨水累积之处造就了未来地形的轮廓，时间只是再把轮廓加深而已。

一条道路一旦形成后，我们可以改变它吗？当然可以！我们不就改变了溪流、小河，甚至大江河的水道吗？只是越深洼的水道或越强劲的水量，就需要用更多的方法和力量来改变。不过，改变河道是一回事，消除原来的水道又是另一回事。水流从此改走了新水道，但原来的水道还是会存留好一段时间，即使水流枯干了，只要来一场大雨，又可能变回原来的河道。

在很多事情上，我们都可以看到热水与蜡的道理。像我们对一个人的第一印象和看法通常会深深地印在我们的脑海里，很难改变，即使这个印象是错误的。

盎格鲁萨克逊人说："人只有一次机会让人留下好印象。"这句话说得一点也没错，更指出了我们常常低估"第一次"的重要性。因为，坏印象是很难完全消除的，尽管双方后来的关系改善了，但是只要一有事情或发生令人不舒服的场面时，之前的坏印象就会再回来，把彼此间好不容易建立起来的良好关系破坏掉。

"第一次"往往是成败的关键，我们必须"意识"到这一点。只要我们能够真的了解了"第一次"的重要性，我们就会更重视、更注意每一个新开始、每个第一次或每个新情境。

点燃人生的灯火

● 张世普

不止一次听到有人感叹过年没什么意思，我想这和心情有关，想得到的都得到了，没有什么期望，过年所以平淡无味。如果心中还有渴望，渴望生活更加幸福而温暖，渴望一个永久的归宿或者一个全新的起点，就会盼望过年。就好像对着一个遥远的对象，远远地看着它，虽然距离很远，心里却温馨如昨。

在希腊神话中，西西弗斯被天神处罚，每天要把一块大石头推上山。石头推上山顶又滚落下来，循环往复，永无休止。然而加缪却认为，这是对人世热爱所必须付出的代价，这个荒谬英雄是快乐的，他举起了更崇高的真诚，在苦役中一次又一次地征服命运。或许，春节就是西西弗斯推到山顶的那块石头。

记得有首诗写到，沿途观看风景，让心灵去旅行……的确是这样，人生就像一场旅行，当静下心来慢慢地品味人生之旅，就会发现原来最美的风景总在前方。还好，每年有春节要过。还是冬天的时候，过起春节，其实是希望春天早来。冬天的雪飘下来，不断飘下来。进入腊月的夜空不再宁静，间或有鞭炮飞鸣和烟花绽放，色彩缤纷的鞭炮、烟花散处，点燃了久违的激情。窗外寒风凛冽，雪花飘零，心情却温暖美好，因为春节人生真的少过了许多冬天。

有个青年女作家的小说，写一个男子曾经深深暗恋一个女子，在他的心中，她如天外飞仙。为得到她的爱，他连续九个除夕捧着花在她家门口度过，在第十个除夕，在漫天飞舞的雪花里，他得到了她的心，有情人终成眷属。花费十年的光阴去等待，人性的美好可以如此，这也是人世最坚实、最温润的组成部分。

春节其实就是一根牵引风筝的线，无论风筝飘多远，永远有只手抓着长线，那只手才注定是心灵的归宿。像归巢的鸟儿，一个个从远方飞往自己最初和最终的归宿，飞往自己最魂牵梦萦的那片土地。只有这样才能解释春节期间数以亿计的人口涌动，以一种牺牲尊严、舍弃工薪、近乎朝拜的方式向春节回归。

央视《人与自然》节目介绍了一种叫依米的小花，生长在沙漠中，绽放时无比绚丽。但是，一株依米花往往需要四至五年的时间在干燥的沙漠里吸取水分，然后一点点积蓄足够的营养，才能开花。用五年时间为开一朵花努力，这是何等顽强。这个世界上万物都有灿烂一回的时候，这是上苍赐给万物的权利。

除夕夜里，万家燃起灯火，星星点点，照亮整个夜空。无数灯火见证着无数家庭在难得地团聚，夜空仿佛也高远起来。过年，在那一霎，忽然绽放出所有的美丽，有喜有悲，有笑有泪。世间的心情若真的都像除夕灯火那般明亮，即使只是瞬间，也能照亮漫漫人生。

放大新闻的价值

● 唐宝民

1998年，世界各大新闻媒体几乎同时播报了一条新闻，就是作为欧洲国家统一货币的欧元将于1999年1月1日起正式在欧洲国家启用，这条新闻播出之后，引起了一家公司的高度关注，这家公司的研发人员仔细研究了即将启用的欧元，他们发现，与欧洲国家原有的货币相比，欧元的设计尺寸比所有欧洲国家原有货币尺寸都要大，作为生产皮具的公司，他们知道，这样一来，欧元区国家居民原来使用的货币票夹就无法使用了，急需一种新型的能用来装欧元的票夹，而且整个欧元区国家，市场十分广阔。这家公司立即行动，按照欧元的规格设计出了40多种欧元专用票夹，生产出来之后投放到欧洲市场，恰逢欧元启用之际，人们发现规格大一些的欧元无法放到原有的票夹中，正发愁没有一种适合放欧元的票夹，于是，这家公司推出的欧元专用票夹就派上了用场，大受欢迎，立即被抢购一空，而且接连不断地收到大批订单，就这样，一个小小的票夹，就使这家公司轻而易举地赚取了几百万元的利润，这家公司就是中国浙江长虹皮件公司。

上个世纪90年代初，有一位企业家打算投资房地产，恰逢青岛市建立了黄岛经济开发区，颁布了多项优惠政策招商引资，他就以200万元买下了黄岛经济开发区的3.3公顷土地使用权，然而，由于青岛市区和黄岛之间隔着数海里的大海，两地之间坐轮船要花两个多小时，遇到大雾天气，就一周不能通航，所以，客商根本就不看好这个经济区，他买到手的那3.3公顷土地，只能长期闲置，其他一些同样购买了土地使用权的地产商，便转手将土地使用权低价转让，根本不要求赚钱，只求不赔钱就行，只有他不为所动，非但如此，有一天，他竟然反其道而行之，又在黄岛购买了6.6公顷的土地使用权，大家对他这个举动深感不解，因为这等于把钱往水扔，有的人甚至嘲笑他是傻瓜。其实，他这样做，是因为他几天前在报纸上看到了一条新闻，新闻的内容是：应中国外交部的邀请，韩国外相即将于近日访问中国。这是一条当时尽人皆知的政治信息，但他却敏锐地意识到了这里面的商机，他通过这条新闻传达的信息进行了如下推理：韩国外相来访，意味着中韩两国即将建立外交关系，韩国与山东隔海相望，以前因为没有外交关系，所以韩国客商无法到山东投资，建立外交关系后，韩国客商自然会纷纷来青岛投资，那时，黄岛经济开发区的地价一定会大涨特涨。几天后，韩国外相正式来华访问，几个月后的1992年8月24日，中韩两国正式建立外交关系，果然如他所预测的那样，众多韩国商人来青岛投资，黄岛经济开发区的地价上涨了几十倍，他也因此大赚了一笔。他就是著名企业家孙寅贵。

“欧元即将启用”以及“韩国外相即将访问中国”这两件事经新闻传播后，成为了世界上尽人皆知的新闻，但只有浙江长虹皮件公司的研发人员和孙寅贵发现了其中的商机，并一举创造了财富的奇迹。这再一次印证了这句至理名言：商机无处不在，这个世界是有心人的世界。有心人总能在被别人忽略的信息中发现价值，并因此为自己的人生创造辉煌。

改变人生从质疑自己开始

●曙 光

他出生在美国圣地亚哥一个贫民家庭，父母没有固定工作，长期生活在饥寒交迫之中。

高中的学业都没有完成，迫于生计，他辍学了。辍学后，他找到的第一份工作是到一家小餐馆洗盘子，每天下午 4 点上班，常常工作到翌日凌晨。这样的生活让他疲惫不堪且极为厌烦。丢掉洗盘子工作后，他又到一家停车场去洗车，不多久，又换到一家洗洁管理公司工作，常常洗地板到深夜。如此不间断地更换工作，让他总忍不住会想："可能我一辈子只会洗东西吧？"

工作期间，他开始尝试改变自己的生活——每天辛勤的体力劳动之后，他都会用 5 个小时的时间来进行学习。当时，很多同伴都不能理解——为什么一个做体力劳动的人每天还要这样拼命读书？

20 岁那年，他开始到处旅行，曾经和两位好友用 300 美元，横越了美洲、欧洲、亚洲和非洲，靠汽车和步行，行程 1.7 万英里。在非洲，撒哈拉沙漠让他吃尽了苦头。就是那个时候，他开始意识到——每个人都必须横越自己的撒哈拉沙漠。

30 岁那年的一个晚上，他怎么也无法入睡，他质问自己："为什么我这么努力，却还是住在便宜的公寓中，不能开名车、住豪宅？"这时，他忽然意识到，成功或许没有捷径，但是如果有的话，那一定是一些规律而已。

从那个夜晚开始，他开始认真思考成功的方法。通过观察同一家公司的顶尖业务高手，他开始学习他们拜访客户以及时间的管理方法。之后，他开始对自己进行有序的调整，并制定了一系列新的工作规划。不久，他的业务水平开始迅速提升，很快赚到了数倍于以前的收入。这样的生活，过了将近十年，他也渐渐从一个名不见经传的小业务员，成长为一名业务出色的业务员。他的业务越做越大，为很多的老板赚取了百万财富，也为自己赚取了巨额财富。

在他的人生事业一片光明的时候，他又开始不断质问自己——这就是我想要的生活吗？他突然放弃了这项事业，转去做演说家和作家了。凭着自己的执著与智慧，以及对成功的特殊理解和对成功规律的准确把握，很快，他就成长为在国际上光芒四射的演说家和潜能激励大师。他开始不断出版专著，四处演说。

二十多年来，他足迹遍布 90 多个国家，曾经在 40 多个国家举行了成功演讲，每年有 40 多万人接受过他的言传身教。他成了全球业务员顶礼膜拜的心灵导师。他还曾经是比尔·盖茨的业务导师。巴菲特、迈克尔·戴尔和杰克·韦尔奇也都曾听过他的演讲。他出版了多部成功学著作，作品畅销全球。

他就是美国著名成功学大师安东尼·罗宾逊的潜能激励导师，全美最具影响力的演说家和成功学讲师，当今世界上最知名的心灵导师——博恩·崔西。

敢于翱翔才能翱翔

●刘 锴

1914年7月4日，在美国西雅图市举行的国庆庆祝活动现场，出现了一架飞机，在空中作着各种精彩的表演。人群中爆发出一阵阵掌声和呐喊——20世纪初期，飞机还是一个绝少有人接触的新鲜事物。

飞机降落后，飞行员马罗尼便被潮水般的人群围住了。人们不但羡慕他的勇敢，更是对飞机这个怪物能够翱翔于高空充满了好奇。

这时，马罗尼笑着问周围的群众："有谁愿意和我一起飞上天去试一试吗？"连问三遍，无人应声——对飞机这种新鲜事物，人们好奇的同时，也对它生有无穷的恐惧：这东西飞在空中，上不着天下不挨地，谁知道它会不会摔下来？

这时，一个青年人霍地站出来，大声对马罗尼说："先生，我想我可以同你一起飞上天！"

飞机在马罗尼的操纵下，稳稳地飞上了天空，然后在空中作着各种精彩的动作。那个青年人尽管平生第一次飞上天，心里有些害怕，可还是好奇地问这问那，不住地观察马罗尼驾机的每一个动作。20分钟过后，在人们的欢呼声中，飞机稳稳地降落下来，青年人面带微笑走出机舱，他大声向周围的人们呼喊："真的不错，可以上去试一试！"

观众包括飞行员马罗尼都为年轻人的勇气报以热烈的掌声。这个年轻人从此对飞机产生了浓厚的兴趣。不久，他就萌生了制造飞机的念头。在好友的帮助下，他用当地廉价的木材制造新型的轻便飞机。1916 年，这个青年人制造出了世界上第一架浮筒式小木飞机。在人们惊讶的目光中，青年人亲自驾着自己研制的飞机进行飞行试验，一举成功！此后，这个青年人在西雅图郊区正式成立了“太平洋航空产品公司”。1917 年改名为“波音公司”。这个敢于挑战蓝天的青年人就是“波音”公司的创始人——威廉·爱德华特·波音。90 多年来，波音公司始终致力于新产品的开发和探索新技术，从民用飞机、军用飞机到航天飞机、运载火箭、全球通信卫星网络、国际空间站，成为全世界最大的航空航天公司。第二次世界大战中赫赫有名的 B—17（绰号“空中堡垒”）、B—29 轰炸机，以及东西方冷战时期著名的 B—47 和 B—52（绰号“同温层堡垒”）战略轰炸机，美国空军中比较出名的 KC—135 空中加油机以及 E—3（绰号“望楼”）预警机均是波音公司的产品，就连美国总统乘坐的专机“空军一号”也是由该公司出产的波音 707 以及波音 747 改装而成的。

不管这个世界上有多少“不可能”，只要敢于“站出来”、敢于“站起来”，那么就会有创造奇迹的诸多“可能”！梦想翱翔、敢于翱翔的人，才能最终在万里长空纵横驰骋、自由翱翔。

感恩是一种责任

●蒋 平

湖北襄樊的几名特困生，因为受助之后没有及时感恩，而被资助方取消特困资格，消息传出，一时公众哗然。

支持者认为，滴水之恩，当涌泉相报，一个连感恩都不懂的人，不值得资助。

反对者认为，感恩取决于一个人的自愿，正如资助者也是出于自愿一样，举凡自愿的事物，不应沦为作秀与炒作的工具。

争论还在继续。

但我始终认为：保持一颗感恩的心，是一种美德。不管受人资助与否，这种美德必须要在每一个人身上具备的。人活一辈子，不可能万事不求人。从小到大，值得我们铭记和感恩的人不胜枚举。

著名钢琴家郎朗和著名笑星郭德纲，在未出道之前，都曾遭遇过挫折和困惑，幸运的是，他们在各自的舞台上，遇到了欣赏自己的观众，听到了激励自己上路的掌声。就是成名之后，那些掌声依然在他们的生命里飘荡。在我看来，铭记那些普通人的掌声，也是一种感恩。

一个人可以不报恩，但不可以不懂感恩。

感恩无须刻意表现与追求，有时只消在心里铭记，一封信、一句话，一个动作，一段表情，都可以作为代言方式。对感恩者而言，都是举手之劳，而它带来的温馨，却是任何物质财富所不能比的。

四年前，一位湖南少年黄珂，为了感谢 50 多位默默资助自己治病的好心人，在生命进入倒计时之际，在父亲的帮助下，辗转全国数十个城市，行程1.3万多公里，只为向30多位恩人当面道谢。这种言谢，没有给帮助的人还一分钱，但它却感动了很多人，感动了整个中国。这是一颗经典的感恩心，一声“谢谢”，穿越了时空，超过了千言万语，胜过了遍地黄金白银。

感恩是一种责任。

正如《感恩的心》歌中所唱：“感恩的心，感谢命运，花开花落我依然会珍惜。”

怀一颗感恩的心，用感恩之心成就你我，以感恩之爱完美人生。

钢铁大王应对危机

●姚　剑

当经济危机突然来临，当命运让你饱受厄运，你应该怎么办？怎样才能建立起自己事业的王国？昔日的世界首富、美国“钢铁大王”安德鲁·卡内基用他的经历告诉我们应如何面对。

1848年初，美国加利福尼亚州内华达山区发现金矿的消息，传到了饱受经济危机之苦的苏格兰。顿时，整个苏格兰掀起一股空前的“移民潮”。5月，安德鲁·卡内基的双亲向朋友借钱凑足路费，带着13岁的卡内基和5岁的次子汤姆，与其他来自苏格兰的穷苦移民一起，挤在阴暗、低矮的客舱里，来到了纽约港。

刚移民到纽约，一家人辛苦地劳作，但每周只赚5美元，日子过得相当清苦。为了给父母分忧，卡内基进了一家纺织厂当童工，周薪只有1美元2角。但即使在如此艰难的逆境里，卡内基也没忘记给自己充电。在白天劳累一天后，晚上还参加夜校学习，课程是复式记账法会计，每周3次。这段时期他所学的复式会计知识，成了他后来建立巨大的钢铁王国并使之立于不败之地的法宝。

这段经历的卡内基告诉我们，面对经济危机和厄运，第一步就是要面对困境不放弃，要为未来积极做好知识和其他方面的储备。成功，要从自强和自学开始。

1849年冬天，从夜校回家的卡内基得知匹兹堡市的大卫电报公司需要一个送电报的信差。第二天一早，卡内基立即赶去面试。大卫先生打量了一番这个矮个头的苏格兰少年，问道：“匹兹堡市区的街道，你熟悉吗？”卡内基语气坚定地回答：“不熟，但我保证在一个星期内熟悉匹兹堡的全部街道。”他顿了顿，又补充道：“我个子虽小，但比别人跑得快，这一点请您放心。”大卫先生满意地笑了：“周薪 2.5 美元，从现在起就开始上班吧！”这时，他年仅 14 岁。

在短短一星期内，卡内基实现了面试时许下的诺言，熟悉了匹兹堡的大街小巷。两星期之后，他连郊区路径也了如指掌。他个头小，但腿很勤，很快在公司上下获得一致好评。一年后，他已升为管理信差的负责人。

这段经历的卡内基告诉我们，面对经济危机和厄运，第二步就是要勇于抓住机会，并且要勇于为理想创造条件去奋斗。成功，要从自信和勤奋开始。

1853 年，宾夕法尼亚州铁路公司西部管区主任斯考特看中了有高超的电报技术的卡内基，聘他去当私人电报员兼秘书。1865 年，卡内基果断地辞掉了铁路公司的职务，开始一门心思地干自己的事业。他创办了匹兹堡铁轨公司、火车头制造厂以及铁桥制造厂，并开办了炼铁厂，开始涉足钢铁企业。1881 年，卡内基实现了童年的梦想，与弟弟汤姆一起成立了卡内基兄弟公司。19 世纪末 20 世纪初，卡内基钢铁公司已成为世界上最大的钢铁企业。他的成功在很大程度上取决于他任用了一批懂技术、懂管理的人才。时至今日，人们还常常引用卡内基的一句名言：“如果把我的厂房设备、材料全部烧毁，但只要保住我的全班人马，几年以后，我仍将是一个钢铁大王。”1919 年卡内基因肺炎去世，享年 84 岁。

这段经历的卡内基告诉我们，面对经济危机和厄运，第三步就是要善于利用人才，并且要使各种人才人尽其才地为自己去奋斗。成功，要从爱才和惜才开始。

给人生算一笔账

●宁甬力

一个偶然场合，听到一位社会学家认真而又略带玩笑的告诫："你的生命还有10000多天！"乍听起来，煞是一惊。但在心里算算，又确是一个不争的事实。对于那些已经成家立业、事业有成、年届不惑的中年人而言，可不就是10000多天！

心惊还不止于此。那位社会学家接着又报出一串数字，真是一笔实际发生却又不为人所觉察的"大账"，大致是说：10000多天中，除了工作之外，你还有10年以上的时间在睡觉，有5年的时间在吃饭，有4年的时间在等待（等人、等车、等红灯、等电梯、等排队），有3年时间在无聊或发呆，有2年时间在厕所，有1年的时间在吵架……

听出什么了吗？原来除了金钱，相对我们的一生，还有一样东西从来都不会嫌多，那就是"时间"。

"千金散去还复来"，金钱是可以赚取的。可当时间过去了，谁能再次奢求重来？在不经意间，我们的时间，已经被太多的东西所占据，被太多的无奈所耗费。将这些刨除在外，一年里，或者这一生里，我们还有多少时间真正承载属于自己的快乐？

毫无疑问，关于时间，关于生命，这是不得不好好算算的一笔"大账"！

"经营"本是个与事业和生意有关的字眼，后来被不断沿用开来，所谓"经营城市"、"经营家庭"、"经营感情"，不一而足。这种沿用，不是生搬硬套，而是一种观念的转变。算算时间和生命这笔"大账"，或许我们还要再沿用两个名词：经营时间，经营人生。

在这个世界上，时间是一种最公平的资源配置。身价千万与不名分文者一样，一天就是一天，一年就是一年，不会因为财富而多出一分一秒。同时由于自然规律使然，时间的总量，对于个体的人而言，又是一个无法突破的有限数量。倘若以此为前提，那么我们改善自己人生“效益”的手段，惟有提高时间的质量、生命的质量。

不得不承认，当代绝大多数人在“经营人生”方面，是短视而漠然的。大多数的时间里，会沉浸在数字带给我们的财富苦乐中；某些特殊的时点，我们也会突然重视起健康的话题。但总体上，“我应该怎么活”，“怎样才能让生命更有质量”，仍然是一些不为人关注的命题。

于是我们常常抱怨太忙、太累，于是我们常常感叹钱有了，快乐却没了，于是我们常常摆脱不了无聊与乏味的心境，于是我们常常羡慕那些潇洒的“外国人”如何如何……

难道真是我们“命该如此”吗？显然不是！

忙与不忙、钱与快乐、乏味与充实、潇洒与狼狈的背后，是我们的观念出了问题。如果渴望摆脱，那么我们真的就该分出一点心思，从现在开始，好好经营自己的人生。

给生命一个微笑

●佟晨绪

人生是一个转瞬即逝的过程，在这个过程中，我们不可避免的要经历很多坎坷、挫折。这样的坎坷、挫折会让我们感到痛苦甚至绝望，但是我们不能抱着痛苦生活，我们应该笑对人生，时刻给生命一个微笑，因为微笑是生命之链上不可或缺的一环，如果让它脱落了，生命怎能延续呢?

你见过黄山迎客松吗? 它一侧枝丫伸出，如同人伸出臂膀微笑着欢迎远道而来的客人，雍容大度，姿态优美。然而它的成长却是十分艰苦的，上天似乎对它有些不公。当它还是个种子的时候，它被丢弃在山崖间，为了生存，它只好破土而生，盘根错节于危岩峭壁之上。黄山山峰陡峭，土少石多，根本无法留住很多水分，但是它却以惊人的坚韧与刚强突破了生存的底线，深深扎根顽石之中，创造了生命的奇迹。所以，我们也应该向它学习，学会微笑的面对生活，微笑的面对坎坷，这乃是人生的至高境界。

有人说，生命像朵花，乐观者预祝它结下甘甜的果，悲观者则会担心它会消尽短暂的香。

人生就是这样，如果你微笑的构筑未来，眼前就会呈现一片光明；如果你将思维囿于忧伤的樊笼，未来就会变得黯淡无光。长此下去，你不仅会失去起码的信心和拼搏的勇气，还会失去生活的快乐，变得一蹶不振。

著名诗人泰戈尔在《花儿努力地开》中写道：“你知道，你爱惜，花儿努力的开；你不知，你厌恶，花儿努力的开……”所以无论人们以什么样的态度对待花儿，花儿都不卑不亢，总是在努力的开放，同样，无论等待我们的是好事还是坏事，我们都应该微笑的度过每一天，让微笑成为生命的主旋律。

让我们给生命一个微笑吧，即使再艰难的人生也会因为有了笑容而变得轻松，再困苦的人生也会因为有了笑容而变得从容。

含蓄是一种收藏

●晓 其

愿意保存在记忆中的事相对是被美化了的。没有骚扰，没有为难，亦没有岁月流逝刻下的印记。

有人说过，一瞬要比永恒长。在某种程度上的确如此。按我的理解，那意思是，懂得将最好的一瞬收藏在心里，便可以一世都拥有完美无瑕的记忆。

看过一幅照片：海滨一栋白色的木屋，在筑着白色木栅栏的阳台上有一张木质的白色吊椅，用两股粗粗的白色缆绳系着，旁边放着几株小小浓绿的盆景，开着鲜红的碎花，在一片天然恬淡中点出一份生气。在这里，若是坐在吊椅上轻轻摇动，可以尽情享受清晨紫蓝色天海一片的浩瀚，可以在宁静深夜的黛色月光下听那动人的爱情诺言……

要是就此知足，见好就收，将之收入记忆，那一定是很美的。

就将此事作比喻，若是认真起来就麻烦了：白色木屋要一尘不染，天天打扫护理，美丽盆景要精心浇灌修剪，海滨别墅里得备有一流的现代化设施……

这还远远不够。浴室的毛巾肥皂要不断更换，厨房的油盐酱醋茶缺一不可，卧室的床单被褥需要日日清洁整理，客厅的音响影碟要符合时代风尚……

若想远离尘世获得这份幽静，少说也得备上两辆高马力名车，最好还加架直升机。管家、厨子、女佣、园丁、司机，加上跟班，少说也得六、七个，因此还要加建一排员工宿舍。

正常情况下，如此昂贵的花费，就算支付得起，多半也得上了大把年纪以后。

于是就感觉不到浪漫了是不是？否则那就只好将就吧，硬撑吧。于是，一望无际的海有点冷酷无情，花似乎也已经成为累赘，而月亮再怎么看都没有那么圆了。

欣赏带来愉悦，愉悦产生感动，这一正面效应是一种美好的情结。任何人都应该珍惜自己不寻常的感情活动，那被搅动的心灵的涟漪，都是心灵中美好情感与真善美事物的外在的共鸣，这种心弦的震颤是有相当审美价值的。实际上对所有人来说，具有审美价值的内心活动都是精神财富。

懂得欣赏生活的人最好学会将憧憬含蓄地留在心里，作为一种心的收藏。那样的话，花好月圆便可以恰如其分地展示其含意了。

好人的解释

●寒　雪

有一个称谓，它没有名额限制，但也不是每个人都会有此殊荣。它不会获得金杯银杯的奖赏，但却会长久的在熟悉的人中流传。

善是他们的根本。衣衫褴褛的人来到面前，他们会翻箱倒柜为他找一件温暖的衣裳。饥饿的人来到面前，他们宁愿饿着自己的肚子也要给他一餐温饱。饱受疾患的人来到面前，他们会倾囊所有送去一份温情。他们最看不得别人受苦，他们总是在第一时间里给那些遭遇灾难的人以抚慰，并和他们同洒一腔热泪。

热心是他们行动的体现。不管是熟人还是陌生人，只要有求于他，他们都会竭尽全力。碰到问路的细致给予指点，遇到负重爬坡的急忙在后面推一把，看到需要救助的全力以赴，知道了谁有难处总会及时伸过去一双温暖的手。

谦让付出好像是与生俱来。不管是在家庭、单位、社会，他们总是把享受让给别人，把方便让给别人，把荣誉让给别人。在家中任劳任怨的是他们，在单位勤奋敬业的是他们，在社会上默默无闻献身于公益事业的是他们。

正义的热血流淌在他们的胸腔。他们崇尚社会的公正，人人的平等。也许，在伸张正义的过程中，他们会遭受排斥，遭受打击，遭受意想不到的苦痛，但为了心中的神圣的公正他们会义无反顾勇往直前。

他们时时为别人着想着，他们处处为别人着想着，他们事事为别人着想着。因为他们的善，因为他们的热心，因为他们的谦让付出，因为他们的正直无私，他们被称为“好人”。可正因他们的“好”，他们累了自己，苦了自己，痛了自己，伤了自己；也正是因为他们的“好”，他们生动了自己，成全了自己，完美了自己，壮大了自己。

他们就这样默默地行走着，没有豪言壮语，所做的事也不惊天动地。这个世界，因为有他们而温暖，因为有他们而感动，因为有他们而阳光，因为有他们而丰满。他们是世间的魂，是社会的脊梁，是美丽的花，是行走在天地之间的爱的使者。

机会就是跑在前面

●睿　雪

在俄罗斯莫斯科市的一个镇上，一家名叫“瞬美”的服装店虽然店龄不长、规模不大，但生意绝对是最火爆的，因为这个店有一个非常厉害的秘密武器——试衣镜。

说起生意火爆的秘诀，老板莫洛斯总是笑嘻嘻地对别人说三个字——高科技。其实，在前一段时间，因为竞争强大的缘故，瞬美服装店的生意并不好。为了提高营业额，莫洛斯想尽了办法，但一直没有见效。

一天，莫洛斯在上网时浏览到一个信息：俄罗斯 ARDoor 公司设计出一种虚拟试衣镜，可以让人无须脱衣即能换装。这种镜子的具体用途是：每个人只要站在镜子面前拿着衣服放在胸前，然后按动镜子上的几个按钮，就可以看到自己“穿”上衣服时的3D 影像。这一信息让莫洛斯兴奋不已，因为他最能明白女人逛街时最大的特点，那就是想买衣服却又觉得试衣麻烦。

莫洛斯决定买来这样的试衣镜，可遭到了妻子的反对：“这样高科技的产品都还不知道什么时候能生产并热销开呢，你现在购买不是要花高额的价钱?”

“这就是商人要注重的地方。高科技产品虽然价格高，但是它的价值也最高，因为它新鲜。对我们来说，越跑在前面，机会就越大，你说呢?”莫洛斯这样分析给妻子听。妻子觉得也挺有道理。

第二天，莫洛斯马不停蹄地外出联系这种试衣镜。事实果然如妻子料想的一样，虽然他购买到了一面镜子，但价格高得出奇。但是，他们马上又看到另一笔财富滚滚而来：镜子摆出去之后，瞬美服装店客源简直可以用“车水马龙”来形容，每个女性顾客一进店都是直奔柜台拿来好几套衣服，然后站在镜子前“试穿”。大大加快的试衣时间引发的只有一个结果：女顾客们购买的衣服量大大增加。短短几天时间，莫洛斯就发现赢得的利润已经超过买镜子的成本。一个月下来，莫洛斯就赚得盆满钵满。此时，3D试衣镜虽然已经慢慢有人销售，但莫洛斯已经抢先一步狠狠赚了一笔。

懂得抓住高科技，莫洛斯快人一步赢得不菲利润，这足见一点：机会就是跑在前面。

坚守你的高贵

● 崔鹤同

一个年轻人，决心以写作为职业，一直孜孜以求。但在相当长的时间内却没有写出令人满意的作品，为债务所困，几乎穷困潦倒。但尽管如此，为了使作品臻于完美，他总是一遍遍地修改小说。一次，在小说付印前一刻，他还要求出版商等一等，说某些地方得改动。

出版商不同意，因为这会增加他的成本。但年轻人却坚决要修改。出版商恼怒了："如果你愿意损失稿费的话，你就可以改！"如果换了一般人，就会妥协，但年轻人却毫不犹豫地放弃了一半稿费，将那部小说进行了修改。正是这种兢兢业业、一丝不苟的精神，他的作品越写越好，最终成了一个伟大的作家。他就是大名鼎鼎的、19世纪法国伟大的批判现实主义作家巴尔扎克，一个堪比拿破仑"用笔完成他用剑所未能完成的事业"的杰出作家。

有一位建筑设计师，为一家大公司作建筑设计。公司对他的设计方案不满，要求改变一些细节。而在设计师看来，这些改变会影响整座建筑的审美取向，不同意改动。但公司是买主，决意要改动。公司对设计方案的评判直接关系到设计师的报酬。但设计师竟然坚持己见，不买账。公司很恼火，威胁他：如果不改变，我们有权中止合同！设计师说：我宁愿带着自己的才华回家睡觉，也不会将平庸的思想安插进我的设计蓝图……

这个设计师叫贝聿铭。他曾经为北京香山一处建筑做规划设计。但是，施工者并没有严格按照他的蓝图去做，而将建筑大门前的小广场按自己的“感觉”另行安排。贝聿铭发现后痛心疾首，从此再也没有去过那里。

至今，那座建筑也没有因设计师是贝聿铭而辉煌，因为它不像是大师的作品。

也正因为贝聿铭遵循自己的设计理念和艺术风格，不为利益所左右，心无旁骛，一路走来，成为世界顶级设计大师。

坚守你的高贵，做你自己，你将作别平庸与委琐，成就非凡与卓越。

鉴宝见人生

●苗连贵

喜欢看央视的《寻宝》，喜欢这节目的口号："三分藏宝，七分故事"。宝藏有故事，藏宝折射人生，这在鉴宝环节里表现得尤为充分。

淮北一位妇女持一块玉璧，温润如凝脂，灯下熠熠生辉，专家鉴定为汉璧，非常珍贵，价格不菲。妇女无限欣慰，她说这是老公留下的，但两个月前他已"走了"。老公一生热爱收藏，但所遇尽假，今天终于鉴定出一件真品。她说她不会卖它的，这是老公一生的心血，她要永远保存，看着它，就像老公仍活在家里一样……她禁不住失声唏嘘。鉴宝中的真情故事很多。

鉴宝中的亮点是那些在寻宝中抓住机会的人。专家桌上放着一把陶壶，它的主人是一位年轻人。他说他常跑乡下，但所遇不过是一般的盘碗。一次，他又去了乡下人家里，失望之余，忽见床下有一把陶壶，不大，青釉，看样子极普通，但有一对别致的耳环。他问这个卖不卖，女主人笑笑说："拿去吧。"他从床下拿起来，一股尿骚味扑来，原来是用作小孩尿尿的。就这么一个"尿罐子"，专家鉴定年代为晚唐，价值至少在10万元以上，欣喜自不待言。他给自己总结：人生不要灰心丧气，机会总是有的，运气青睐不辞辛劳的人。

一位女商人的宝物得来也令人心羡：一块田黄玉雕，仅60克重，小巧玲珑，她买时花了25万，专家说她"捡漏"了，现在至少值60万，1克1万。田黄，玉中至贵，其价之高，黄金不能望其项背。女商人春风得意，仿佛在生意场赚了一把。她说，看准了的事就要大胆做去，否则后悔一辈子。她当时"进货"，是要有些胆识的。

但藏宝中更多的是失意者。一位藏友的一对梅瓶，自称是北宋官窑，花了30万，当时他几乎是孤注一掷，结果专家鉴定为民国仿品，最多值几千元。我见他顿时面如死灰，汗从头上淌下来，心里不知怎样在熬煎呢！

最惨的是英德一位女子，她以30万元加一辆40万元的“奥迪”换了李可染的《米芾拜石图》，结果是伪作，一文不值，失落、懊悔、还有几分悲怆一起写在她的脸上。那画不过是一幅长二尺余的立轴，从电视画面里映出的真迹看，伪作笔力实在太弱，技法粗劣，连我也看出来了，她何以眼拙如此！

其实，我对这些看走眼的藏宝者是很钦敬的，悲喜转换，只在瞬间，巨大的落差，这需要多么坚韧的心理承受力啊！

也有心胸放达的。东莞一位女教师，藏品是一件玉瓠，鉴定前，她信心满满，因为她看到香港拍卖行“国宝”级的拍品照片，与她的一模一样。专家将她的鉴定为现代工艺品，她沮丧到极点，但只一会就恢复常态，笑笑说：纵不能成“国宝”，我就当它是“家宝”吧，它还是蛮招人喜欢的。一位归侨，重金从海外购回一件青花瓷，元代的，专家鉴定为假，不值钱。他说：但我喜欢，无论真假，喜欢就是它的价值。我对他的心态很欣赏。

我对专家是很信服的，一件藏品，把它的来龙去脉、艺术成就、市场价值，说得明明白白；他们对花天价买了赝品、当了“冤大头”的藏友，既同情，又不得不据实相告；对“有眼不识金镶玉，错把黄金当黄铜”、没有把握住机会的寻宝者，深表惋惜。经专家妙语点评，一些看似不起眼的藏品，顿时活了，变得光彩夺目；一些看似逼真、华美的仿品，被专家撕开伪装立时黯然失色。

鉴宝里有太多故事，每一件藏品都是一段历史、一段人生。《寻宝》组每到一地，持宝者人山人海。“乱世藏金银，盛世兴收藏”，“收藏兴，万事兴”。收藏热的风起云涌，不正是世道兴盛的一个侧影吗？

经营自己的劣势

● 肖启榫

日本鹿耳岛有一座豪华的假日酒店，尽管酒店的装修、服务都算上乘，但由于酒店旁边有一座荒凉的土山，山上荒草丛生，一派萧条，严重影响客人的兴致，导致酒店的生意一直兴旺不起来。

这座荒山成了影响酒店生意的重要障碍，也成了酒店老板西村的一块心病。他一直想广植花木来美化这座荒山以改善酒店生意。然而要在这座荒山上栽种花木将是一笔不小的投资，由于酒店生意比较清淡，要追加这笔投资西村已显得力不从心了。

经过一番苦思冥想后，西村决定利用都市人爱好花木的心理绿化荒山。他在酒店大堂及当地媒体推出如下广告：本酒店旁有大片空地，土质肥沃，附近有充足水源专门留作本酒店旅客植树之用。您若有雅兴，不妨种下小树一棵，本店将在其旁边的小石碑上刻上您的尊姓大名和植树日期，当您再度光临时，您手植的小树已经枝繁叶茂了。这项服务，本店仅收树苗费 200 日元，并将永久代为管理您植下的树。

西村那份独具匠心的广告推出后，立即吸引了一大批对绿野和花木有着特别感情的都市人，他们纷纷跑到酒店来联系植树业务。有的植树留念，以便再度光顾之时欣赏、回味一番；有的为刚出生的儿子、孙子植上一棵同龄树；特别是很多新婚夫妻都赶到这里来植上两棵“夫妻树”，寄托白头到老、永不分离的心愿。

推出植树服务后，这家假日酒店开始变得热闹非凡、门庭若市，逢节假日客房都需提前预订了。几年过后，酒店旁边的荒山变得树木葱郁、鸟语花香了。而酒店为绿化这座荒山，不仅未花一分钱，仅出售树苗一项就净赚了上千万日元。

多年后，西村在接受记者采访时，被问及他的成功秘诀时，他意味深长地说：我只是用心经营了自己的劣势而已！诚然，人们大都热衷于经营自身的优势，那样或许离成功会更近些。但“人生不如意事常八九”，当劣势不可避免的横亘在自己面前时，我们不妨静下心来，用心去经营自己的劣势，要在“不如意的八九”中寻找解决问题的办法，最终让劣势转变成优势，进而走向成功。

敬畏一棵树

●金　鑫

我无法继续阅读，兀自陷入无边的树阵……

老实说，我以前对于树是不够尊重的。生于乡野之间，玩得兴起时，折柳当鞭，掰枝作剑，劈竹为枪，俨然是个长缨在手、手握利刃的将军，驰骋于田圩小径之上。有许多次，甚而将正在生长的、笔直的树苗连根拔起，砍斫雕刻，曲为弧形，系以尼龙绳，制成弯弓。又摘下枝条一堆，削成箭矢。我们用土制的弓箭，来捕射那些飞鸟走兔。我不知道树会不会疼痛，丝毫没有拿它当回事，只觉得树贱如草芥，卑微若尘。

今年春天，到中山植物园学习。这个与世半隔的园子，占地近三千亩，遍植花草树木，人置身其中，只是星星一点。一个晴朗的下午，我携着梭罗的《瓦尔登湖》，走进一片树林。这是一处斜斜的山坡，满目皆树，树与树相挨，枝与枝相接。山谷底端的那些树，生得瘦瘦长长，为了获得阳光，它们竭力向上挺进，直逾过山包顶部。譬如其中一株，连根折倒，近乎枯萎，逢着阳光雨露，复又萌出新芽嫩枝，迎风摇曳。这些卑贱的树木，为了生存，竟然爆发出如此旺盛的生命力。它们似乎毫无畏惧，裸裎着枝干，袒露着斗志，年年、月月、日日地直面连聪明的人类也为之瑟缩的风霜雷电。

脚下的一株，根须延绵数米开外，我估量了一下，有近十米。它的触角，粗粗细细其状如蛇一般游出很远。树，沉默的树，如一排排悍勇的士兵，将我层层包围。小说影视里的树精树怪顿时如影随形，我无法继续阅读，兀自陷入无边的树阵。这个没有武器的绿色物种，队列森严，令人不敢移步。我一下子被镇住了，惊得站了起来。

其时，午后的阳光正烈。树，毕竟是树。我迈向一棵老松，该是阮籍笔下的“郁郁涧底松”了吧。我开始仔细端详它。树干粗过人身，倘论年岁，不知超过我多少倍。这是一棵其貌不扬的树，你看看，黑得如墨，土得掉渣，也许，黑可以显出它的尊严，黑可以获得更多的光热吗？树身净是一小块一小块的裂隙，恰似一个饱经沧桑的老人，满脸的皱纹，可依然铁骨铮铮，如钢裂，如铁断，决不肯显出意志的衰退。老松像个退伍的老兵，即使离开军营，军魂仍在，就连它的叶子，也尖如钢针，不可冒犯。

风过丛林，树开始放声歌唱，低沉地，缓缓地，由远及近，由近及远，彼此应和，它们彼此印证作为一棵树的存在。它们并不如我想象中的寂寞，也并不如我意念中的那么无趣。我无法得知树的心事，树一定也是有心事的。若有谁知道，一定是鸟儿。鸟与树朝夕相处，不离不弃。鸟与树，是天生的情缘。

面对一棵树，仰视一棵树，它们无言无语，汲取天地间的日月精华，主干直指苍穹，枝叶密如罗网，地根深不可测。我不由得心生敬畏。

看你是什么表情

●李良旭

美国摄影师大卫·克里特别出心裁地创作出一组摄影作品。他在繁华的街头进行了一种惊奇摄影小测验，他想看看街上行人面对给自己造成麻烦的事件会是一种什么表情。他躲在暗处，让他的助手出场，然后悄悄地拍摄出种种场面来。

在纽约摩根西大街的人行道上，助手拿出篮球突然挡住了一个小伙子的去路，在他面前左右摇晃着做出传球动作。面对突然出现的这种场面，小伙子站住后微微一愣，但很快就露出一丝笑容。他就想往左边让一下，没想到，那人又往左边传过来。他往右边让一下，那人又往右边拍过来，就好像跟他故意过不去似的。左闪右突中，小伙子就是过不去。无奈，小伙子索性站住不动了，不过，他的脸上始终露出微微笑容，不急不躁地看着这个人。一会儿，助手收起篮球，往前走去。小伙子这才耸耸肩，继续走他的路。不过，一路上，他好像一直在笑。面对刚才不可思议的一幕，他感到很有趣，心里面还一直回味无穷呢！

前面走来了一个美丽的少女。助手拿出篮球突然在她面前左右摇晃着拍打起来。少女一惊，看着眼前这人滑稽的拍球动作，她莞尔一笑，转而弯下腰，伸出手，跟他抢起篮球来了。眼疾手快中，少女已将篮球抢到手，她在他面前玩起了花样运球动作。把眼前这男人晃得一愣一愣的。开怀一笑中，少女将篮球传给了那个人，然后娉婷而去。

前面来了一对老夫妻。老太挽着老伴的胳膊，慢慢地走来。助手来到他们面前，拿出篮球突然在两人面前左右摇晃拍打起来。两位老人站住后，随即相视一笑，面露慈祥地看着眼前拍打篮球的人。间或老爷子还下意识地伸出手想去拍打下跳到眼前的篮球。一会儿，助手收起篮球走了。两位老人这才移动起步子向前走去，一路上，两人频频颔首，一缕温暖的笑意在他们脸上绽放。刚才那有趣的一幕，仿佛让两位老人有了谈不完的话题。

大卫·克里特还让助手拿着相机故意挡住行人拍照、让女助手一路奔跑故意拥抱错人、让助手请路人故意推车、让助手拍人肩膀故意认错人……

大卫惊讶地发现，这街头即兴表演，甚至带有恶作剧的成分，路人的脸上表情常常是惊讶，随即会心一笑，从没人表现出厌恶、发火，甚至是恶语相向。大卫在摄影作品的旁白中深情地说道，面对生活中发生的不如意的事情，看你是什么表情，就能窥探到你的内心世界。你是什么表情，生活就是一种什么表情。始终拥有一种从容、淡定地笑脸，这是一个社会文明的标志，更是一种内心的强大和自信。

快乐储蓄罐

●王　伟

因为一些鸡毛蒜皮的事情，我和同事闹了点小摩擦。烦恼像大头苍蝇一样萦绕在心头，令我连续好几天情绪低落，于是我找老同学下象棋排遣心中郁闷。书桌上放着的一只粉红色的塑料储蓄罐吸引了我的目光，储蓄罐的重量非常轻，不像其他人那样存满了硬币。我问老同学罐里放的是什么东西，他报以神秘地一笑，叫我自己打开看看。

我拧开盖子，用力抖动储蓄罐，里面掉出来一堆长短不一，五颜六色的小纸条。随手打开一张，只见上面写着："今年我通过了会计初级资格考试，明年继续加油，争取拿下中级资格考试！"再打开第二张，我看到老同学写着："我的财运太好了，前几天买的彩票中了300块奖金！"第三张上面写着："父亲的腰椎间盘突出有了明显好转，可以自己下地走动了！"我一口气又看了好几条，都是老同学记录自己这些年来的快乐事情，字里行间弥散着发自肺腑的率真和喜悦。

很多人喜欢将自己的快乐写进日记或者博客，但像老同学那样做成小纸条存进储蓄罐的，我还是闻所未闻。这种别出心裁的做法到底有什么用场，我有点不明就里。老同学大概猜透了我的心思，连忙解释给我听："快乐的事情如同平日里多余的零钱，兴奋一阵过后也许就会沉淀在角落里难见天日，我把它们记在小纸条上并存放在一起，慢慢地就积累起一笔不小的财富。以后当我遇到不开心事情的时候，就把储蓄罐里的小纸条全部倒出来，一条一条地过目，还没等到看完，自己就会发现，原来我拥有这么多的快乐，我又有什么必要怄气呢？一想到这里，肚子里的气就会完全消掉。”

在老同学的眼里，快乐其实和金钱一样，也是我们生活中不可或缺的财富，同样需要用心储蓄和打理。如果把快乐比作存款，把烦恼比作债务的话，快乐不正是偿还心灵债务的良药吗？当我们有余钱的时候需要积攒下来备需，当我们手头紧的时候需要提取出来应急。这么浅显简单的道理，我怎么就没想到呢？

回到家里，我立刻仿效老同学的做法，把落满灰尘的储蓄罐找了出来，绞尽脑汁回忆最近几年的快乐事情，逐条记录到小纸条上，最后投进储蓄罐里。

我轻轻地捧起属于自己的快乐储蓄罐，眯眼窥视着里面屈指可数的小纸条，心里偷偷地在想，和老同学比较起来，我拥有的快乐竟然是如此之少，自己还哪有时间，哪有资格去抱怨生活中的不美满呢？想到这里，连日来笼罩在心头的阴霾顿时一扫而空，我暗暗下定决心，要全身心地投入生活，创造出更多的快乐，也让自己的快乐储蓄罐迅速富足起来！

宽容之美

● 照日格图

胖瘦的两个人在无垠的沙漠中艰难前行。在荒无人烟的沙漠中他们并不缺少话题，可因为一个小得可以忽略的争议两个人吵得面红耳赤。胖子的手掌重重地落在了瘦子的脸上。瘦子并没有还手，争吵也这样进入了尾声。气极难忍的瘦子在沙面上用手指写下："我的朋友今天打了我一巴掌。"

旅程还在继续。他们穿越了沙漠，进入了沼泽地。胖子因为身体上的原因陷入了沼泽里。看着将要被沼泽湮灭的时候，胖子把含有最终希望的眼神传递给了前几天他曾打过的瘦子。瘦子的手暖暖地伸过来，成了胖子在泥泞里的最后、也是最好的救赎。获救的胖子感慨万分，在一块巨石上刻下了这样几个字：今天我曾负过的朋友救了我。

风会带走写在沙漠上的文字，那是朋友间最大的宽容；石头上的字却会流传千载，借宽容的温度，朋友间的友谊得到了永生。

一位哲人曾说："我们应该宽容三种人。首先应该宽容自己，因为人永远不会完美无缺；其次还要宽容敌人，燃烧的愤怒可能会伤及自己；最后要宽容朋友，最浓的友谊可能会将你推入最深的仇恨。"

芸芸众生中人们在不休地争论，无止境地探讨，不过是为了一个简单的道理：我是正确的。为了这个虚名人们可以舌战群雄，为了这个虚名人们也可以六亲不认，为了这个虚名人们可以奋不顾身。当然，在坎坷的人生路上坚持自我没有错，在个性化的年代坚持真理也毋庸置疑。

然而，宽容却是最美的。

宽容是自我的延续。学会宽容的人能在“山重水复疑无路”的逆境中发现“柳暗花明又一村”的希望；学会宽容的人能在人云我云的浮躁世态中给随波逐流划上句号，给自己留一片海阔天空，在虚虚实实的名利之外展翅翱翔。

宽容是高尚的品质。斤斤计较是小人所为，敷衍了事是庸人之道。宽容是一种高度，是在千百次锤炼后凝成的真理。宽容的人是站在高端审视真理与世间真善美的化身，能在万般诱惑下坚强地寻找属于自己的生活方式。

宽容是纯真的境界。生气是用别人的瑕疵惩罚自己；嫉妒是用别人的优点桎梏自己；阿谀奉承是徘徊在不现实的高度下的影子。只有宽容才纯真，才能让人们轻松地达到成功的彼岸。

不会宽容的人永远活在冬天，他们用毕生的精力在寒冷中挣扎；忘记宽容的人永远活在秋天；微微悲凉与孤独中寒冷早晚会来临；假装宽容的人永远活在夏天，在暂时的繁华过后找不到真实的温暖；只有学会宽容的人才永远活在春天，偶尔有寒冷袭来，他们会在自己的心中打开一扇窗户，那里莺歌燕舞、百花争艳、生机盎然。

宽容是永远的美，会指引我们走向成长，走近成功。

雷锋是一座灯塔

●周 礼

每年三月，我总会不由自主地想起一个人，他就是雷锋。尽管他离开我们已经将近五十年，但每每想起，心中仍涌现出无比的感动，浑身上下都充满了力量，仿佛有一个声音在冥冥中对我说，努力工作，全心全意为人民服务。

提起雷锋，可能有人会说："老土，都什么时代了，雷锋早过时了，我们现在都谈论周杰伦和范冰冰。"雷锋真的过时了吗？我们的时代真不需要雷锋精神了吗？答案当然是否定的。当你遭遇歹徒挟持时，你是否希望有一个见义勇为的英雄，将你救离于危险的深渊？当你跌倒时，你是否希望有一双温暖的手，将你轻轻扶起，并告诉你，不要害怕，我们永远支持你？当你遇到困难时，你是否希望身边的人，都能向你伸出援助之手，帮你渡过眼前的难关……

不言而喻，我们需要雷锋精神，也需要做一个像雷锋那样的人。无论社会发展到哪个时代，也无论物质有多么丰富，雷锋精神都永不过时。

"雷锋出差一千里，好事做了一火车。"哪里有困难，哪里就有奋不顾身的雷锋；哪里有邪恶，哪里就有挺身而出的雷锋。雷锋是正义的守护神，雷锋精神是正义的象征，只要有雷锋精神的存在，邪恶势力就休想抬头。正义感是一个人最基本的信仰，也是一个人最基本的需要，如果一个时代没了正义，那么这个时代离灭亡就不远了。

当我们失去信念时，我们会想起雷锋爱国、爱党、爱人民的坚定信念；当我们学习中遇到挫折时，我们会想起雷锋刻苦钻研的钉子精神；当我们工作懈怠时，我们会想起雷锋全心全意为人民服务的高大形象；当我们面对别人的求助无动于衷时，我们会想起雷锋助人为乐、无私奉献的高尚情操；当我们虚度光阴时，我们会想起雷锋艰苦奋斗、忘我工作的优良作风……雷锋精神是一种催人奋进的力量，它将激励着我们，乘风破浪，奋勇向前。

“一滴水只有放入大海里才能永不干涸，一个人也只有当他把自己和集体事业融于一体的时候才能有力量。”雷锋告诉我们，人的生命是有限的，只有把有限的生命投入到无限的为人民服务中去，那样才会幸福和快乐。雷锋精神就像一盏灯塔，指引着我们前进的方向。

每个人都可以成为雷锋，每个人都可以成为人民心中的英雄。如果你是一棵大树，那就为人们在夏天里撑起一片阴凉；如果你是一只小鸟，那就为人们叫醒每一个黎明；如果你是一缕清风，那就为人们驱散心灵的阴暗，如果你是一轮明月，那就为夜行的人们送去一片光亮……

没人应该为你付出

● 唐慧忠

小时候，家里来了客人，父亲就叫我去借把酒壶来斟酒。

隔壁的吴爷爷家里有一把好酒壶，是他女儿从城里带回的，细瓷红花，上有“杜康酿酒图”，漂亮极了。每次斟完了酒，父亲怕打碎了这把精致的小酒壶，便马上让我去送还。我每次送酒壶的时候，总是小心翼翼地捧着酒壶，因为借来时是把空壶，而送还的时候，父亲在里面盛了一壶满酒。

小时候家里常借的东西，还有一个酿酒用的特制木蒸罐。

父亲爱酒，所以每年家里都要用糯米自酿几缸米酒。酿米酒是母亲的事情，先把糯米洗三遍，然后去邻居王奶奶家借那个用来蒸糯米的特制大木罐，下面是一口柴灶，几根干树枝正旺旺地燃着火，上面支一口大麻锅，将糯米蒸熟后，再用几粒自制的大饼药作引子，搅拌在糯米里，最后，将糯米倒进一口大瓷缸里，外面用稻草围蓄起来，待蒸酿几天，站在屋里也能闻到浓浓的酒香味后，甜米酒就酿成了。

母亲向王奶奶借的木蒸罐并不急着让我还的，等几天出甜米酒了，母亲舀一大碗甜酒放在木罐里，然后才让我给王奶奶家送去。有一次我问母亲，为什么每次都要给王奶奶家送一大碗甜酒呢？借她的木蒸罐又无伤无损完璧归赵。母亲总是语重心长地对我说：“儿啊，我们每个人都应该学会领情啊！”因为母亲懂得以情换情知恩图报，所以，每次王奶奶都很乐意将东西借给我们。

长大后，我成了一名作家，在大大小小的报刊发表了不少作品。于是，有许多陌生作者找上门来索取投稿信息，并让我帮他们修改稿子。开始，我总是乐此不疲地帮他们做些力所能及的事。但后来渐渐地有些倦怠了。因为我将辛辛苦苦整理的信息给了他们，或费尽心思给他们修改文章后，有些人竟连“谢谢”都不会说一声，好像这些都是我应尽的责任和义务。

而这其中也有这么一位文友，我们经常在一起交流心得，相互指点迷津，时间一长就成了无话不谈的朋友。每次给她的文章提出修改意见后，她总会留一句“谢谢”。我说都老朋友了，还客气什么呀！她却很认真地说：“感激你是应该的，因为你并没有给我修改稿子的义务！”

是的，这世上没人应该为你无偿地付出！你在向别人索取的同时，是否先想到了付出呢？其实，我们都应抱一种感恩的心态面对身边的物和事，这并不是说凡事都要等量交换，但你在得到别人帮助的时候，至少应该有一颗感恩的心，至少能够从心底诚心地而不是敷衍地对给予你的人道声“谢谢”。

这并不是一件很难的事。可就是这么简单的两个字，却往往让我们许多人都忽略了。

母爱如斯

●孙　逊

五月的天府之国，原本是一年中最美的季节：春归芳草绿，阳和物候新，一派生机勃勃、春意盎然的锦绣景色。然而，未曾料到，在2008年的五月，竟隐匿着一个罪恶的日子——5月12日14时28分，一场突如其来的大地震向巴蜀大地袭来。顷刻间，一个个美好的家园在地动山摇中化为了废墟，一个个幸福的家庭在山崩地裂中化作了乌有……而在此次大地震中，有这样一位年轻的母亲，她用羸弱的身躯保护着一个嗷嗷待哺的婴儿，她以博大的母爱呵护着一个稚嫩而鲜活的生命，直至她生命的最后一息。

5月13日下午，抢救人员在都江堰一处坍塌的民宅里发现一位被垮塌下来的房子压死的女子。抢救人员透过废墟的间隙看到她双膝跪着，整个上身向前匍匐着，双手支撑着身体，身体下面一个三四个月大的孩子还在熟睡中。当抢救人员把孩子抱出来时，发现襁褓中有一部手机，手机屏幕上有一条已经写好的短信："亲爱的宝贝，如果你能活着，一定要记住我爱你。"手机在抢救人员中传递着，每个看到短信的人都唏嘘不已……读罢这则啼血的文字，我不禁泪流满面。

当厄运降临的前后，这位年轻的母亲在做什么、想什么？我想，地震发生前，她或许正专注地谛听孩子甜美的鼾声；她或许正深情地亲吻孩子稚嫩的脸庞；她或许正忘情地唱着舒缓的摇篮曲；她或许正构思一篇抒发自己初为人母喜悦之情的诗歌……灾难发生后，她或许一次次的在废墟中拼命地呼救，一次次的在瓦砾下痛苦地呻吟，一次次的在余震时悚然地惊叫，一次次祈求苍天保佑孩子的祈祷……其实，我的任何想象已毫无意义，重要的是，在生死攸关的时刻，她从来没放弃作为一个母亲的神圣责任——保护孩子！是的，当轰然坍塌下来的瓦砾向孩子袭来的时候，她用自己的生命换来了孩子的安全。

总有一种情景让人泪流满面。面对安然无恙的孩子，怎不让人潸然泪下——为母子二人从此阴阳相隔，生死两茫茫；面对不幸罹难的母亲，怎不让人为之感动——为她那句惊天地、泣鬼魂的临终遗言："亲爱的宝贝，如果你还活着，一定要记住我爱你。"

雨果说："慈母的胳膊是慈爱构成的，孩子睡在里面怎能不甜?"我以为，这位年轻的母亲之所以堪称崇高，不仅因为孩子在她身体庇护下睡得很甜，更在于她用自己的生命彰显了人性的光辉，印证了母爱的伟大。如果说，一个个生命在废墟瓦砾中陨灭，是人间的最大不幸，那么，一个个生命在残垣断壁中诞生，则是世间奇迹。这位年轻的母亲用生命抒写下天地为之动容的故事，用生命谱写了一曲母爱之歌！

母爱如斯。让我们以最沉痛的感情悼念这位不幸罹难的年轻的母亲。

你戴着纸枷锁吗

●李 晓

电影《梅兰芳》里的开头，讲的是梅兰芳的大伯因为奔丧，没在太后面前穿红，便被赏了一纸做的枷锁，一旁的奴才对他恶狠狠地威胁：撕破一点就弄死你！

纸枷锁，冥冥之中也锁定了梅兰芳的一生。在这个京剧大师孤独的一生里，很少看见他开怀的大笑，总是抿着嘴浅浅的笑，极少露出牙齿。他的面容，就是清冷的月光。他对孟小冬的爱，在满城风雨里，似乎也没有一次大胆而又热烈的拥抱，让她的骨头发出声音来。他去见她，也是拿着一把雨伞，怯怯地徘徊在走廊外，直到风把门吹开，直到孟小冬看见他眼里噙着的思念的泪花。他的一些演出，也总是不能挣脱开纸枷锁的无形束缚。

这一纸枷锁，成就了梅兰芳大师一生命运的写照。他在舞台上有过多少次辉煌，但寂寞之中却没有让自己的性情人生，有过一次真正的盛开。只有一手一手扶着他托着他，推动他走向辉煌舞台的邱如白最懂他，邱如白说，谁毁了梅兰芳的孤独，谁就毁了他的一生。

纸枷锁啊纸枷锁，把一个京剧大师的一生也无声地锁住了。回顾我们每一个人的一生，不也是常常戴着这样一副纸枷锁吗？

因为这样一层一捅就破的纸枷锁，我们却谨小慎微，唯唯诺诺，环左右而言它，笑里藏着痛，乃至痛得无法呼吸。我们在冰上行走，把冰也一直当成是睡着了的水，怕惊醒了它。我们从来没有用力，张开双手，对它说一声：“不！”更不用说，戴上真实的镣铐跳舞了。

想起一个故事，一头大象在幼小的时候，主人用一棵小小的木钉把它给拴住了。直到这头大象长成庞然大物，只要看见木钉，它便老老实实地站住，双腿发抖，对一棵小木钉也充满了恐惧。

纸枷锁，锁住了一个人的满园春色，锁住了一个人的浩荡世界。因为，它锁住了一颗心的自然奔腾，锁住了一个人对最真实和常识性东西的亲近之情。

一个人，在这世界上，对自然和生命，是要有所敬畏的。如果每个人把心中的纸枷锁，能做到在敬畏与谦卑之中保持一种向上的力量，带着这样的纸枷锁，是一种和谐之美，一种刚柔互济。

最遗憾的是，如果带着一种面具式的纸枷锁，它挡住了风和阳光，挡住了目光和脚步，便注定了命运的彷徨和酸楚，让生命之花过早地枯萎了。

你带着这样的纸枷锁吗？如果有，请你轻轻地用一下力，挣脱它，只需扭一扭脖子，或者，抬一抬腿。

牛顿的苹果思维

●马敬福

牛顿是英国伟大的科学家，他对人类的杰出贡献是发现了万有引力。而令他发现万有引力的，并非花园中一个掉落的苹果，而是他自幼养成的善于默想的“苹果思维”。

牛顿的好友史塔克利曾回忆说，他经常看到牛顿在花园里祷告默想。有一天，一个苹果从树上掉下来，正好打在他的头上。他拿起苹果继续默想，然后反复地抛起苹果。后来，他就发现了万有引力。史塔克利后来问牛顿在花园里都默想些什么，牛顿说，他在想这个世界到底都有什么规律，他觉得，世界上的万事万物是一种神奇的力量创造的，因而世界万物是有序的，是有规律可循的。苹果掉落的时候，他就想，苹果从树上脱落，为什么不飞上天？为什么不向左飞，不向右飞，总是垂直地落到地面呢？苹果如此，其他物体是否也是如此？史塔克利把牛顿的这种发现一个问题就问其规律何在的默想方式叫做“苹果思维”，并在日记中写道：“牛顿的‘苹果思维’，使他发现了我们视而不见的东西，因而他可以成为一名伟大的科学家，而我们只能是个俗人。”

成功与失败，贫穷与富有，其实只在一念之间，善于思考，善于发现别人视而不见的东西，你就会成功，否则，你只能失败。善于思考，善于寻找别人看不到了商机，你就会富有，否则，你只能贫穷。“苹果思维”是在默想中寻找生活的规律，是在默想中寻找看似平淡，但却暗藏玄机的命运载体。我们整日奔波劳碌，像机器人一样常年重复一件事情或一项工作，没有时间默想，没有时间思考，我们的生活永远不会发生改变。如果我们每天能抽出一个小时，或是更短的时间，坐下来静静地思考我们一天的所见所闻，然后选择一件事情，多问几个为什么，我们就会发现，我们身边其实有很多可以改变生活和命运的机遇，那些机遇被许多人匆匆放过了，我们抓住它，大胆去尝试，生活的“万有引力”就会掌握在你的手中。

牛顿用“苹果思维”改变了世界，我们可以用“苹果思维”改变生活。

盘点生活

●杨 建

时光如白马过隙，仿佛只是个囫囵觉，又到岁尾年未时。匆匆的步履每当走到这一段光阴，我都要对即将逝去的一年生活进行一次盘点。商家年终清仓盘点，那是一种经营规则，为的是核定盈亏，我在年终盘点生活，为的是索检生活质量和得失。

我对日子一向比较敏感，对它总是怀有一种几近不切实际的憧憬。记得从能自觉进入生活舞台的那段岁月起，就将自己的每一天设计得丰富多彩。学习工作的、婚姻家庭的，事事完美得让自己梦中都在微笑。后来经盘点虽是盈少亏多，心头一次次徒然地生起怅然若失的苦闷，但依旧要丁是丁卯是卯把生活盘点一清二白，生怕在光阴飞逝中，美好的东西失去得太多太多。

盘点生活，又让我懂得了欣赏生活，学会以欣赏的态度去对待每一天开始的生活。人至中年，行踪也匆匆，世事已知晓大半，人生的碰碰磕磕，生活的输输赢赢，都已一一经历过，深知冷静和坚强的重要，对于荣辱成败似乎已不那么看重，只要心里充满阳光，眼前亮着爝火，对生活保存着永远的快乐并笑对人生，不让自己成为生活这部重车的辕马，少点物欲多点情趣，生活的每一天都是鲜活的有质量的。

盘点生活，能让我的生活轨道明晰起来，懂得生活就是面对现实微笑，就是跃过障碍注视将来。人生是个充满艰辛与曲折的过程，甜酸苦辣、福祸顺蹇，交织成生活的全部内容。我的每一个思考，每一个希望，每一个快乐，都填进这一个个平平常常的日子里。通过盘点，可以知道自己是否有积极的人生态度来正视困难。也能唤起自己对生命的珍惜，知道千金一刻的道理，让生活时时为我敲响警钟，让我从慵懒中自拔，在蹉跎中奋发，让生活成为我的良师益友，指点迷津伴我远行，教我知荣辱、明利弊、衡得失，让我懂得该怎样去掀开生活的每一页。

日子是生活的一级级台阶，让我一步步走向生命的夕阳，日子又是生活长出的一片片叶子，在我心头投下一片片新绿，日子更是生活铺就的一条长长大道，让我义无反顾地走过或平坦或坎坷的岁月。新年，总在脚后跟尾随而至，它的来临总给我平添了几分清醒。回首凝望，一个人恐怕难以有无悔的昨天。人生既然是一个漫长的过程，每一段生活经历便不过是一个驿站。采摘到的无论是鲜花还是荆刺，驿路的记忆都将是远去的风景，不必太在意，要紧的是要好好地生活，认认真真地盘点，并且真心实意地过好每一个今天。为自己留一份清醒，为自己平凡而美丽的生活干杯。

朴素是一种美

●王凤英

墨西哥电信大亨卡洛斯·斯利姆是美国《福布斯》杂志新一期富豪榜的世界首富，身家535亿美元。斯利姆的卡尔索集团旗下拥有墨西哥电话公司、拉丁美洲最大移动电话运营商美洲移动通信公司、百货大鳄桑伯恩集团等企业，经营涉足旅馆、饭店、石油勘探、金融和建筑，在墨西哥雇用大约21万名员工。他在海外还持有美国奢侈品零售商萨克斯公司和《纽约时报》的股份。然而，谁能想到，他在生活上却是一个及其简朴的人，现年70岁的斯利姆至今依然佩戴一块塑料手表，他没有私人飞机，不喜欢奢侈品，生活日常开销全部从自己2.4万美元月薪中支出……

那年，单位效益不好，同事武师傅辞职下了海。经过几年的奋斗，武师傅摇身一变，现在已经是腰缠万贯了。那天，武师傅邀请我们这些昔日的工友到他家里一叙。路上，我们展开了丰富的想象力：武师傅家里装修得一定像宫殿一样美丽，武师傅本人更是西装革履、皮鞋锃亮。谁知，等到了武师傅家后，我们这些人立刻目瞪口呆，大跌眼镜。原来，武师傅家里只是进行了简单的装修，干净而整洁；武师傅则身着一套休闲装，脚上登一双手工布鞋。看出我们的疑惑，武师傅感慨地说，其实我本来就是一个穷孩子出身，虽然现在有钱了，但是觉得只要家里干净整洁就好，衣服鞋子穿着舒适就行，完全没必要过奢侈的生活。

我的父母都是退休职工，条件还算不错。可是，他们却几十年如一日，始终保持着朴素的优良传统和作风。那天，我去父母那里吃饭，发现父亲在修理一台电风扇。我对父亲说：“一台电风扇也值不了几个钱，干嘛费那个劲?”父亲反驳说：“修理一下还可以用，干嘛要浪费那个钱?”我的母亲，居然还穿着那件多年前的旧衣服，我也曾多次给母亲钱让她买几件新衣服，都被母亲一一拒绝了，母亲说：“这件衣服除了样式有点过时，它完好无损，而且穿着也舒服，为什么一定要买新的呢?”其实，想想我们的父母，他们并不缺钱，只是早已经习惯了这种朴素的生活罢了。

朴素是一种美，朴素是一种崇尚简单、真实、本色的生活。朴素不是土，不是粗陋，而是一种经过时间沉淀的最清纯的美。或许衣物过时了可以买新的，但有些东西永远不会过时，比如勤俭朴素，因为它是一种高尚的行为情操，是一种人生追求，一种社会责任，更是一种真诚的生活态度。

人生需要“让利”

●苑广阔

著名收藏大家马未都，在收藏界素有口碑，他总是能淘到别人淘不到的古董，买到别人买不到的宝贝。他成功的秘诀在哪里？用他自己的话说，就是要懂得“让利”。他在遇到自己中意的古物的时候，也会砍价，但不会大砍，更不会砍到让卖者无钱可赚的程度。恰恰相反，他会根据自己专业的判断，在得出一个合理价格的基础上，再主动加一些，让对方多赚一点钱。

如此一来，卖古董的人就会觉得这人好说话，自己和他做买卖，不会亏本，还能多赚一些。以后手里再有其他古董和宝贝，就会首先联系马未都，先请他来看，他不要了，再去联系其他买家。这，就是马未都总能先人一步，占领先机的秘诀。

无独有偶，新希望集团董事长，被称为川中首富的刘永好，在谈到自己的生意经时，也表达过做买卖要懂得“让利”于人的经验。在刘永好看来，只有懂得让利，生意才会长久，买卖才会越做越大，钱才会越赚越多。

做买卖需要让利，道理看似简单，做起来并不容易。因为追求利润最大化是生意人的本性，谁都想自己多赚一些，而且是越多越好。殊不知，在很多情况下，你想多赚，别人就会少赚，甚至是亏本，久而久之，就没人愿意和你做生意了，或者你就从对方生意的“重点”合作伙伴成为“一般”合作伙伴了。

做生意需要让利，人生同样需要“让利”。在公司，你不能因为自己能力强，就想把所有的工作都做了，把所有的奖金都拿了，那样以后别人就不愿意和你配合了。在官场，你不能为了自己的升迁而堵死别人的路，让别人无路可走，只有大家都有路走，你自己才会走得稳妥，走得踏实。

人生懂得“让利”，不但对自己有好处，对别人有好处，对这个社会和这个世界同样有好处。鲁迅说过：世上本没有路，走的人多了，也就成了路。在一个本来没有路的地方，如果你不懂得“让利”，只想一个人走，不愿意让别人走，那么，这条路的形成就会很慢，或者是形成了路，但却很窄，这样你自己也走不好。而只有懂得“让利”，允许别人也来走，路才会早日形成，而且会越来越宽，越来越好走。

生命的支点

●亚 亚

阿基米德说，只要给他一根够长的棍子和一个支点，他就能把整个地球翘起来。其实，生命就如同跷跷板，一边是喜悦，另一边是苦楚；一边是对理想的憧憬，另一边是对现实的无奈；一边是有限的生理生命，另一边是无限的精神生命；也需要一个支点支撑起整个生命。我们在这个支点两边的追逐、来回、徘徊构成了我们对生命最原始的呐喊。

什么样的支点才能承受起我们整个生命的重量和追逐？米兰·昆德拉说，是爱情，因为它是我们的“生命不能承受之轻”；村上春树说，是“挪威的森林”，因为那是我们的精神栖息地；雨果说，是文明，因为他要用笔去完成拿破仑用铁骑也未能完成的统一欧洲的大业。我说，其实这个支点就在于我们生命两端的中点，例如现实承受着过去与未来的生命，例如日子承受着物质生活与精神生活，例如心理承受着理想与现实的无奈痛苦，例如……

但怎样寻找放置这个支点的最佳位置，以让生命的跷跷板两边都得到平衡呢？米兰·昆德拉因为支撑不起“生命不能承受之轻”，只能逃避地“生活在别处”；王非因为对感情的失望，只好徘徊在“爱与痛的边缘”；就连流浪一生的“纯粹诗人”里尔克也万分急迫地追问道：“何处/呵/何处是居处/”。

其实，在里尔克诗意的田野之外，大哲学家海德格尔从存在主义的角度把生命的本源和人的精神活动结合在一起：呐喊和挣扎是生命存在的方式。挣扎使生命的意义呈现出来，呐喊作为生活的原音，是生命的另一种语言。当然，这种语言并非是海德格尔一直批判的抽象概念或命题组合，也不是“羚羊挂角无迹可寻”地飘渺梦呓，它是一种既清澈分明又可言说的闪闪发光的境界，是对“生命存在”的追思。

生命的界限在于，我们永远在于生命这块跷跷板两边不断地升与降、进与退。只有一种生命属于我们，同时我们也在不停地向往、挣扎、追求另一种生命的形式。生命可以波动，可以平淡，可以反叛，但生命无法脱离这个支点。

生命不朽。不朽在于呐喊。生命的呐喊由此谱成了人类文明中最让人刻骨铭心的乐章。鲁迅的《呐喊》、杰克·伦敦的《旷野里的呼唤》、余杰的《铁屋里的呐喊》等这些无一不是对人的生物性与超越性、必然性与偶然性、存在与文化所做的一种深刻的张力运动。他们把呐喊作为生命的一种语言，他们对生命意义的追问，对人的存在之意义的呈现，构成了确立人类定义的最伟大的尝试。在这种尝试中，当生命以一种合理的姿态想征服他们，迫使他们在现实面前跪伏时，他们用自己的喉咙喊出了对生命的反抗，成为了时代最有力的声音。因为，就生命的呐喊本身而言，有着很多很多永恒的价值。

生命，就是这么一块跷跷板，用支点撑起来的跷跷板。

呐喊作为对生命的语言，是无限精神对有限生命的追问与反思。

生命的美丽，有时恰恰在于一种坚忍不拔的承受和对生活最原始的呐喊。

生命需要删繁就简

●章小琴

约瑟夫·熊彼特是上个世纪全球享有盛名的经济学家，青年时代的他曾经立下宏愿，要成为全欧洲最有名的骑士、最令人羡慕的恋人和最优秀的经济学专家。随着时间的推移，熊彼特发现，这三个目标要全部完成几乎是不可能的，于是他放弃前面两个愿望，专攻经济学研究，终于成为经济学界的一代名家。熊彼特的成功启示我们，人生不能熊掌与鱼兼得，生命需要删繁就简。

生命是有限的旅程，要想使生命过得充实而有意义，必须学会删繁就简，锁定目标，活出精彩。历史的长河中，现实生活里，因为没有目标而致一事无成者固然很多，因目标过多，还事事要争第一而致“出师未捷身先死，长使英雄泪沾襟”的遗憾事也不少。

成功从确立目标开始，目标明确者，往往能取得更大成功，目标不明确，成功就要大打折扣。美国有一位大学教授，曾经对即将毕业的同一届学生进行问卷调查，结果发现这些即将走上人生旅程的同学中，百分之二十几的人没有人生目标，百分之六十的人目标模糊，百分之十的人只有短期目标而无中长期目标，只有百分之三的人有清晰而长远的目标。25年后，这位教授再向这些同学进行跟踪调查，发现那百分之三有清晰而长远目标的人，全部创下了辉煌的事业，成为社会名流；百分之十有短期目标的人，全部成为专业人士，生活在社会的中上层；其他的人因为一开始就没有目标或者目标模糊，大多默默无闻，生活在中下层。

现实生活中，很多人不是没有目标，而是不断变换目标，造成目标太多，分散了注意力，削弱了战斗力。这种人往往能力强，心气高，恨不能有千双手，同时做成一千件大事，结果，由于超出了自己的能力极限，不仅难于事事如愿，还有可能因透支健康而折寿。英年早逝的陈逸飞，累倒在《理发师》的拍摄现场，其敬业精神固然可嘉，但是却不值得他人效仿。笔者认为，从某种程度上说，陈逸飞就是一个成功的画家，他在其他产业上再努力，也不能做出与其在画界相比拟的业绩来。可能是旁观者清，当局者迷的缘故吧，生性好强、过于追求完美的陈先生或许自己并没有意识到这一点，或许明知如此，还要绷紧了生命之弦与自己较劲，连上医院的时间都舍不得拿出来，最后，中国过早地失去了一位名画家。

明确目标后，还需要删繁就简，抛开与目标不相干的杂念。人生在世，离不开金钱，但投入过多的精力去追求永不满足的物欲，就会误入歧途。越是目标明确者，越能把金钱当成干事业的物质基础和事业成功后收获的副产品，绝不会当拜金主义者，做物欲的奴隶。越是事业心强的人，越乐意过简单生活，在他们看来，活得简单，才能活得轻松，活得自由，从而有更多的时间去享受生命的乐趣。很多人之所以痛苦不堪，往往是失去平常心，把欲望看得太高，把追求不到的东西看得比生命还重要，无法解脱。由于在欲望上永不满足，很多自以为坐拥巨富和盛名的人，实际上他们的生命已经被财富和虚名所左右，失去了生命的灵性。所以，不管是贫是富，位卑还是显达，我们都要用平常心去看待。感谢上苍给了我们所拥有的一切，让我们懂得什么叫珍惜；同时，感谢上苍给我们留下了很多不能到达的空间，使我们学会放弃，懂得删繁就简的基本道理。

失败的微妙之处

● 李兴海

很早之前读过顾城的一首诗，名叫《自然》。此诗极为简短，六句而已：“我喜欢一根投出的长矛，一棵树上的十万片叶子，大地密集的军队。他们在狭长的路上露出脸来，沉甸甸地晃动着鸟巢的旗帜。这就是生命失败的微妙之处。”

许多人说，这首诗继承了顾城一如既往的诗的风格，朦胧，且忧伤绝望。但我并不这么认为。即便诗中说过“这就是生命失败”这几个字。

想想，我们喜欢的事物有多少？书籍，城市，衣物，建筑，音乐，等等，不计其数。如果，非要我们再从这些庞大的领域里，逐一列举出我们此生所爱过的或是中意过的事物的名称，我想，我们是用尽一生也无法列举完毕的。因为，它们随着时间的推移在不断变化和增长，不断以新的面目来到我们的生活之中，让我们坦然接受，并满心欢喜。

它们的数量，何止是一棵树上的十万片叶子？何止是大地密集的军队？

有人说，正是因为我们越发富足的生活，物欲才会不断膨胀，让人觉得空虚，寂寞，甚至，不知此生的意义是何。

可我们为何不静心去想一想，浮躁真是在日益繁华的时代才出现的吗？回首贫穷落后的年代，比浮躁更为恐怖的病征简直数不胜数。

浮躁是一直存在的。“他们在狭长的路上露出脸来，”那么不幸，就是这短暂的一刻，我们窥到了它的面容，并且是那么深刻难忘，铭记在心。我们有着太多的不幸，因为我们喜欢的事物太多，不懂得如何抉择。彷徨和无奈，让我们有了贪婪，有了四顾之心。

我们所喜欢的事物，在自己的眼中来说，毫无疑问，是美好的，是向善的。既然如此，那么为何我们就不能追求美丽的东西？谁规定了，美丽的事物，一人一生只能喜欢一个？选择一个？

有人在这样的思绪里读到了回忆，有人读到了悲凄，但恕我愚昧，我仅仅读到了生命的可贵。不管是多少片叶子，多少棵树木，多少个鸟巢，这些都不重要，重要的是鸟，因为有了鸟，才会有鸟巢，有了鸟巢，所有的树才有长出叶子的意义，譬如，为鸟儿遮风避雨，譬如，为它们伸展开《自然》的旗帜。

“这就是生命失败的微妙之处。”的确，生命是蕴藏着失败的。但，同样也蕴藏着成功与美丽。微妙之处在何处？不得而知。只是，我从不把忧伤之物看得更加忧伤，即便，是自己理解错误。

我想，拥有一颗纯美阳光的心灵，就算生命失败，此生也有了诸多可供旁人惊羡的微妙之处。

谁更有智慧

●康立娜

网络上有一条很受争议的微博。

麦肯锡无疑是美国有名的富翁，他坐飞机只坐头等舱，他解释说："我在头等舱认识一个客户，就能给我带来一年的收益！"比尔·盖茨当然比麦肯锡更大牌，有人在经济舱看到他问他为什么不坐头等舱：比尔说"头等舱比经济舱飞得快吗?"——是比尔·盖茨的节俭值得崇敬呢，还是麦肯锡的"机会战略"值得学习呢?

由此引发议论纷纷。

坚决支持比尔·盖茨的很多，拥护力挺麦肯锡的也不少，理由五花八门。也有对提法本身就质疑的，比如，有人说：这好比市面上贩卖的"成功学"书籍一样，总会有人千方百计地从成功者的故事中挖掘所谓的感悟或方法，牵强附会得一点都不靠谱，一会儿鼓励无论如何要坚持，没过一会儿变了，成功有时就是懂得放弃，两头通吃啊? 乱七八糟的。

这让我想起林语堂在《人生不过如此》序里的一些话。他说自己没有受过学院式的哲学训练，所以倒反而不怕写一本哲学书。观察一切也似乎比较清楚，比较便当。还说自己知道一定会有人说所用的字句太过于浅俗，太容易了解，太不谨慎，在哲学的尊座前说话不低声下气，走路不步伐整齐，态度不惶恐战兢，等等。

话到此处，并未放弃，他说："现代哲学家最缺乏的似乎是勇气。但我始终徘徊于哲学境界的外面。这倒给我勇气，使我可以根据自己的直觉下判断，思索出自己的观念，创立自己独特的见解，以一种孩子气的厚脸皮，在大庭广众之间把它们直供出来；并且确信在世界另一角落里必有和我同感的人，会表示默契。用这种方法树立观念的人，会常常在惊奇中发现另外一个作家也曾说过相同的话，或有过相同的感觉，其差别只不过是它的表现方法有难易或雅俗之分而已。如此，他便有了一个古代作家替他做证人；他们在精神上成为永久的朋友。”

照此看来，难说比尔·盖茨和麦肯锡谁更有智慧、更优秀。你不是他，他们也不是我们，没有谁的成功能够复制，用自己的心去感悟，收获才是自己的。

水的“职称”

● 张庆和

水也有职称，完全是一种自然形成状态，并非人为的评定或赐予。

水的职称基本可分为动态、静态和气态三大系列。在各自的系列中，又分为初级、中级、副高级和正高级四个档次。

先说动态系列。动态系列从低到高排序为：泉、溪、河、江。

泉是动态之水的童年期。它虽然天真幼稚，但其未来可长可短，可大可小，前途不可估量。人们对待它往往喜爱有加，庇护有加。在它面前，有时会使人产生一种发现新生的感觉。

溪是动态之水的少年期。此时的它清纯可爱，小鱼小草小鸭是它最好的伙伴。它虽浅，却浅得透明；有时也爱拨弄个浪花什么的，但终不会形成大碍、大害。所以，人们都对它能善以待之。

河是动态之水的青年期。它富于想象，勇于创造。有时它是人类的朋友，能帮助人们做很多好事；有时它是人类的敌人，会咆哮，会肆意妄为，会给人们带来灾难。但只要人们掌握了它的脾性，使其多积善德，少行恶事，还是能够做得到的。

江是动态之水的老大，也是该职称系列的最高一档。它精力充沛，奔腾不息，从不间断自己的追求，具有动态之河所没有的那种力量。它的目标是大海，因为它知道，只有那里才是生命永存的最好选择。

其次是静态系列。静态系列当指塘、湖、海、洋四个职别。

塘是池塘，村村寨寨哪里都有。人们离它很近，因而它给人们的生活提供了不少方便。小的时候，我之所以学会了游泳、打水仗，交上了“水朋友”，都是它的赐予。塘是我在故乡成长的一片难忘的亲密和温柔。

湖是湖泊。想跨入这个职称档次并不容易。想想看，全中国，乃至全世界也没有多少，至于那些名湖名泊就更是凤毛麟角了。

海是大海。它容纳百川，吞吸万物。人世间的所有酸甜苦辣，还有什么浊流污水，它都能容之纳之，并以其自身所具有的强大功能，再化之合之。人们啊，当您来到这个世界后，也许什么都可以忘记，但千万不要忘了自己所制造的那么多垃圾，正是因为有了海的帮助，这世界才避免了那么多难以消除的恶臭与肮脏。

洋是汪洋，它是静而不静之水。由于它远离人群，大多数人对它还比较陌生，见识它，了解它，真正地认识它，尚须时日。故不赘言。

至于气态系列，当推人们所熟悉的雾、云、虹、霓了，这也是动态和静态之水的一种升华。

这一系列，犹如人的精神状态，它无时限，分布广，来去自如。当然，由于这一系列毕竟是以一种柔性形态呈现的，所以，人们常要把它视作景观，视作艺术，予以仰视，想象，寄托心情。

综观这灵性的、且赋有职称级别的水，它们不争不抢，不离不散，各司其职，精诚合作，实乃和谐有序。不像人世间的有些蹊跷事，人为的因素太多太多：分明是一条小沟小溪，却非冠以大江大河之名衔；分明是一片云、一道虹，却非要把人家往池里塞，往塘里按。也不像有些聪明人，凭借着自己所占据的有利地形，随意操控和糟践“规则平等”的原则。或者朝别人打冷枪，或者把手伸得老长老长，专取摘枣子、摸桃子的角色。今天，琢磨水的“职称”，明晰了许多做人的道理，便是收获。

鞋里看人生

● 卢素玉

我曾把鞋子说成是“臭脚的容器”，看来是不对的。应该说它是人生的容器，你想想，把睡眠时间除开，人一生其实是在鞋上度过的。鞋子，因脚与路的较量而出现，与尘土结下不解之缘。漫漫人生路上，有多少刺脚的荆棘、硌脚的石块、烂脚的秽物，没有鞋子，人的脚怎能忍受刺、硌、蚀的摧残？

对生命的祝福，往往少不了鞋子。我们那里至今还有这样的风俗：凡小孩做满月，做周岁，做十岁，或是成人做寿，祝贺的人至少要备一双鞋作礼物，那意思是祝福人家稳稳当当地走向新的人生里程。十岁那年生日，我收到很多礼物，最中意的还是二叔送的一双旅游鞋。它那么合脚、软和，今天想起来，还感到甜甜的。

过去的女性精于女红，但只有与你生命最亲密的女性才会为你做鞋。常忆儿时冬夜，母亲在油灯下纳鞋底。那鞋底厚呀，母亲用顶针使劲地将半截针穿过去，又用针钳子夹住那透出的针拔呀拔……我在摇曳的烛光中渐渐睡去，次日一早，枕旁或许就卧着一双新鞋，鞋里装满了母爱的温暖。

德国曾经有一个展览，里面有幅黑人抱着流血的一双赤脚痛苦万状的照片，一个名叫弗里茨的人当众流下了眼泪。他办起修鞋店，建了捐鞋台，从而带动德国人逐年向非洲捐鞋。如何面对他人因裸足而带来的痛苦，也可测出人性的深浅来。

鞋与脚还有一个合与不合的问题。鞋子最重要的品质不是美观，也不是耐穿，而在于合脚。鞋子合脚，人才能在人生路上迈开大步。鞋松不得，也紧不得，脚与鞋要经过一个磨合过程，才能达到“合”的极致。听老人说过，三天穿不上是一双好鞋，三天穿得上是一双草鞋。鞋子开始是要紧一些的，需要鞋拔子帮忙，才能勉强把脚装进鞋子里去，三天不舒服过后，就开始跟脚养脚了。现在不少女性穿鞋只讲时髦漂亮，不讲跟脚养脚，彻底违背了人类穿鞋子的初衷，长期穿着不合脚的鞋如自虐如受刑，真令人叹息。

自从五千年前，第一双鞋子穿在远古初民的脚上，人类就再也离不开鞋子了。从襁褓中那种底部塞满棉花的软鞋，到能行走后穿的布鞋、皮鞋，再到驾鹤西归时用两层布做的一双象征性的鞋，人一辈子穿的鞋构成了一串长链。鞋，它陪伴我们走过生命的坦途，也走过生命的泥泞；走过希望的田野，也走过失败的荒漠。各式各样的鞋负载着我们的生命，把我们送抵一个又一个人生的渡口。

“人生能著几两屐”是谢灵运说的话，意在劝导人们寄情山水。我们何尝不能把这句话视为对人生的劝诫，流光不驻，生年有限，我们无论如何也不能辜负那些疼爱我们生命的鞋。

信用是一笔财富

● 徐峰光

曾经有一个叫托马斯的人，有一年，他向友人借了40万元，没有财产担保，也没有存单抵押，只有一句话："相信我，年底无论如何都还你"。到了年底，他的资金周转非常困难，赊款催不回来，借款又催得紧，为了还朋友这40万，他绞尽脑汁才筹足这20万元，余下的20万元怎么也筹不到。

怎么办？老婆劝他向朋友求情，宽限两个月，托马斯摇摇头。公司里的"高参"给他出主意说：反正你朋友也不急用钱，不如先还朋友20万现金，其余的开一张空头支票，等账户上有了钱再支付。

托马斯勃然大怒，呵斥这位"高参"是没有信用的人，并毫不犹豫地辞退了这位跟他多年的搭档。最后他决定用自家的私房去抵押贷款，但银行评估房屋价值24万元，只能抵押18万元。托马斯横下一条心，与老婆郑重商量后，把房子以20万元低价卖出去，终于筹齐了40万元。一家人再到市郊租了间房屋住。

朋友如期收回了借款，星期天准备约一帮人到托马斯家去玩玩，却被他委婉地拒绝了。朋友不明白平日豪爽的托马斯为何变得如此"无情"，便一个人骑车前去问个究竟。当朋友费尽周折才在一间农舍里找到托马斯，他的眼睛湿润了。他紧紧地拥抱着托马斯一个劲地点头，临别时掷地有声地留下一句话："你是最守信用的人，以后有困难尽管找我。"第二年，托马斯的公司陆续收回了赊款，生意做得红红火火，他又买了新房，添了小车。然而天有不测风云，正当他在商场上大展拳脚时，却被一家跨国公司盯上了。那家公司千方百计挤占他的市场，并勾结其他公司骗取他的货款。托马斯的公司遭受了沉重的打击，公司垮了，车子卖了，房子押了，他破产了，不仅一无所有，而且负债累累。

托马斯想重整旗鼓，但是巧妇难为无米之炊。他想贷款，却没有担保人和抵押物。他走投无路的时候，又想起那位曾经借钱给他的朋友，他带着试一试的心理，找到了朋友，朋友没有嫌弃失魂落魄的他，不顾家人的反对，毅然再借给他 40 万元。他有些颤抖地捧着支票，咬咬牙，坚定地说："最多两年我一定还你！"

曾经溺水后的托马斯再到商海里搏击，自然会小心谨慎，而又遇乱不惊。他成功了，两年后不仅还清了债务，而且还赚了一大笔钱。每当有人问他怎样起死回生时，他便会郑重地告诉对方：是"信用。"

由此可见，"信用"是我们每个人做人的基础，是成才立业不可忽视的重要条件，更是决定一个人命运的重要因素。因此，在强调建立个人信用的今天，每个人都应该努力塑造美好的品格。只有这样，当自己遇到困难时，才能及时得到他人的帮助，因为信用本身就是一笔财富。

学会感恩和包容

● 黄裕源

日前，收到一个久未联系的朋友发来的E-mail，看过之后忽然明白，生命的旅途中，本来我们可以有更多的轻松和快乐，但是欲望、执著却使我们拥有了越来越多的压力和困扰，让我们难以有闲暇的时间去欣赏美好的世界，去享受快乐的心情。有时，清理一下我们的心灵，学会放松、珍惜、感恩和包容，你会发现自己变得越来越轻松！

记不清哪位名人说过："完美的生活由五个元素组成，即健康、工作、家庭、友谊和精神组成，快乐的人生由感恩和珍惜组成。"我非常认同这种观点，对这种观点也有深切的体会。

三年前，我突然得了一场病，而且病情严重，马上住进了小榄人民医院，对我来说，那是我平生的第一次住院。住院一个多月，与病魔的抗争和那种病魔缠身、生离死别的滋味至今使我刻骨铭心。最终从鬼门关回来并逐渐康复的我仿佛是一种重生，我的心态变得那么平和，觉得自己从此快乐起来了，那是因为我学会了放松，学会了珍惜，学会了感恩和包容。

记得我生病期间，单位领导、同事、亲人、朋友对我的关心、支持、鼓励使我感到亲切，感到温暖，特别是局长、党组书记都在百忙中抽出时间，带领工会领导等人专程从石岐到小榄（20多公里路程）人民医院来看我，让我备受鼓舞。所以，我认为活着就要过好每一天，要珍惜身边的每一个人和身边所拥有的一切，不要总是盯着别人的缺点，尽量去发现别人的优点，只有别人快乐了，自己也就感到快乐了。我最大的体会是：健康才使人变得幸福，工作才使人变得充实，家庭温暖才能使生活变得温馨，“放松”才能享受一分快乐的心情，友谊可使生活之泉涓涓不息……一个人要是具备这些方面没有理由不快乐。

记得我在乡下老家养病期间，什么压力都没有，但我觉得还是缺点儿什么，后来我经过思考才发现，人不工作会变得无聊，没有朋友会变得孤独，没有约束会变得放荡……尽管我还没有完全康复，但我还是来上班了。我又回到我喜欢的工作岗位，回到了我的同事身边。现在，我对单位、对事业、对自己，甚至对人生、对世界都有了更深刻的认识和了解，我觉得自己变得更加充实，更加开心，更加珍惜身边的一切。

压力是成功的动力

● 王瑞红

1983年，美国人伯森·汉姆用徒手攀壁的方式，登上了有“世界第一高楼”之称的纽约帝国大厦，在创造了吉尼斯纪录的同时也赢得了“蜘蛛人”的美誉。美国恐高症康复协会聘请他去做心理顾问，伯森·汉姆接到聘书后，打电话给当时的协会主席诺曼斯先生，让他查查会员档案中第1042号会员的情况。诺曼斯翻开会员档案一看，才明白这位会员就是伯森·汉姆。原来，这位被誉为“蜘蛛人”的吉尼斯纪录创造者，曾是一位恐高症患者。

诺曼斯感到很不可思议。一个恐高症患者竟然会成为一个“蜘蛛人”？他决定去拜访他，以解开其中的谜底。然而，令他想不到的是，他在伯森·汉姆那里得到的答案却简单地不能再简单：我们为什么不变压力为动力，挑战一下自己呢？

诺曼斯先生听了这句话，最终悟出了其中所包含的哲理。伯森·汉姆之所以能从一个恐高症患者成为创造吉尼斯世界纪录的“蜘蛛人”，是因为他是一个善于挑战自我、变压力为动力的人，在整个挑战自我的过程中，他的眼光始终朝前，把脚下的每一步当作一个起点，心无旁骛地朝着目标前进。心里有了向前奔的目标，就没有了瞻前顾后的犹豫，而高度对他来说，就构不成前行的威胁，恐高症自然就消失了。

伯森·汉姆对待压力善于挑战自我的态度值得我们学习。在我们为成功而奋斗的路上，有的人一旦遇到压力就垂头丧气，知难而退，一副穷途末路的样子让人怜也让人厌，他们不知道眼前的困境仅仅是成功路上一次小小的挑战，让一个个机会从自己短浅的目光中溜走。他们不知道，人的潜力是无限的。有压力不是坏事，压力常常与希望同在，面对压力，善于挑战压力带来的困境，将压力转变为前行的动力，也许你会收获意想不到的成功。

一位大学毕业、刚走上教学岗位的年轻人一天给学生上课，他在讲台上卖力地讲，但底下调皮的学生却不认真听讲，有的在交头接耳说悄悄话，有的在打瞌睡，而有的则在底下偷偷地看小说。见学生如此顽劣，这位老师很生气，过去没收了学生的小说，并训斥学生："不好好学习，一天到晚就知道看些闲书，看这些闲书有什么用？它能让你考上大学吗？""闲书没用，你能写出来让我们看看吗？"他的话音刚落，这位胆大的学生就反驳他。

学生的话让他始料不及。深受刺激的他，事后决定无论如何也得写部像样的小说，让这些毛头小子看看，让他们心服口服，尽管他学的是理科，写文章不是他的强项。

于是，他利用闲暇，开始了小说创作。他出生在乡村，乡村的人和事他最熟悉，他就从写自己的故乡的人和事入手，开始了乡土小说的创作。半个学期过去了，这位锲而不舍的老师终于克服了种种困难，以及困难造成的压力，捧着自己的处女作站在了学生面前，学生们因此由衷地敬佩他们的老师。而这位只想在学生面前挣回一点面子的老师，却从此一发而不可收，与文学结下了不解之缘，以至于后来走上了职业写作的道路，成了一位以写乡土小说见长的作家。

在生活中，我们会遇到形形色色的压力。科学研究表明，有的时候，压力往往会成为成功的动力。在某种压力的驱使下，人们往往会超越自己的生理和心理极限，创造生命的奇迹。由此可见，成功不仅仅需要智慧，有时还需要来自外界的压力。很多时候，成功是逼出来的。

有一则谚语说得好："如果你想翻过墙，就先把帽子扔过去。"你的帽子已在墙那边了，你就别无选择，你就得面对成功路上的种种挫折与压力，下定破釜沉舟的决心，义无反顾地去争取成功的机会。而生活在这个充满竞争的社会，我们要想成就一番事业，不妨给自己适当地增加一些压力，挑战一下自己的能力，或许我们能在压力的逼迫下，最大限度地发挥出自己的潜能，像"蜘蛛人"伯森·汉姆和那位从教师成长为作家的年轻人一样，创造出不凡的业绩，得到意想不到的成功。

一步之间

● 李庆益

前些日子，我到一幢办公大楼去办事。这幢楼不是新建的楼，从斑驳陆离的外表上看得出，楼大概建于20世纪80年代末。我要去办事的地方就在这幢楼的九层。我本想坐电梯上去，抬头看时，却发现电梯的指示灯不亮。我想大概是电梯坏了，反正九层也不算太高，走楼梯吧。于是，我没有多想，沿着旁边的楼梯就上了楼。楼梯窄小，有些黑，大白天也亮着灯，走的人寥寥无几。我有些纳闷：到这个权力部门办事的人怎么如此少？

当我急冲冲地爬上九层，找到办事人员，已是气喘吁吁。我喘着大气对那人说："到你们这里办事，可把我累得够呛。"那人用奇怪的眼神看着我，说："你不是坐电梯上来的？""你们的电梯坏了，怎么坐呢？"我也有些奇怪，难道别的地方还有电梯？"没有坏呀。""没坏？那怎么指示灯不亮？""哈哈……"那人笑着说，"电梯还能用的，只是指示灯前些日子坏了，还没来得及修呢！"

哦，原来如此。

回头想一想，我甚至觉得自己有些笨：那天，只要走上前一步，按一下电梯指示灯，我就免了爬上九楼的辛苦。然而，我却被表面的现象所蒙蔽，见指示灯不亮就认为电梯也坏了，没有做任何的尝试就轻易放弃了。生活中许多事情同样如此，没有尝试或者说不敢尝试，就会多走许多弯路，更有甚者会背道而驰。

一步之间，云泥之别。

一张小饼的启迪

●唐厚梅

说起当今风靡于世的比萨饼，竟起源于一张小饼。

当年，意大利著名旅行家马可·波罗在中国旅行时，从一个小摊贩那里买了一个馅饼吃了，那是产于中国北方的一种葱油馅饼。回到意大利后，马可波罗还对那个葱油馅饼的味道念念不忘。为了能够再次吃到葱油馅饼，马可·波罗找到了一位厨师，他将葱油馅饼的味道与形状向厨师描述一番后明确地表示，希望对方能够将这种饼制作出来。可是笨手笨脚的厨师忙了半天，也没能将葱油馅饼做好。那时马可·波罗早已饿得饥肠辘辘，他见厨师竟然忘记将馅料放进面饼里，便索性将馅料倒在面饼上卷起来吃。结果发现，其味道并不比在中国吃到的葱油馅饼差，只是做法略有差别。

这就是最原始的比萨饼。由于其味极美，这种饼很快便在意大利传开了。凡是吃过一口的人，从此都会喜欢上这种饼。据统计，意大利总共有两万多家比萨店，仅那不勒斯地区就有1200家。大多数那不勒斯人每周至少吃一个比萨饼，有些人几乎每天午餐和晚餐都吃。食客不论贫富，都习惯将比萨饼折起来，拿在手上吃。久而久之，这便成为鉴定比萨饼手工优劣的依据之一，好的比萨饼必须软硬适中，即使将其如皮夹似的折叠起来，外层也不会破裂。

1958年，当美国的卡尼兄弟吃到了这种饼后，不由大声地赞叹它的美味，于是他们在美国堪萨斯州开了一家比萨饼专卖店，这就是全球第一家“必胜客”餐厅。如今，在遍布世界各地近

100 个国家和地区，“必胜客”已拥有 12000 多家分店，包括在中国的近 40 家分店，每天接待超过 400 万顾客，烤制 170 多万个比萨，“必胜客”也成了全球最为著名的比萨专卖连锁企业。

一张小饼，从一个不起眼的小摊贩那里，发展到遍布全球，其身价何止翻了亿倍？从表面上看，这张饼靠的是好运气，出身于小摊之家，却能与著名旅行家马可·波罗相遇，并得到赏识，后又被美国的卡尼兄弟成功地推向市场。可仔细想想，你就会发现，一辈子走南闯北的旅行家吃过的东西何止一张小饼而当年摆在卡尼兄弟面前的产品也并非仅此一样，可是，能够成功的却是这张小饼。这样看来，这张小饼依靠的完全是自己的特长——令人喜欢的味道。

小饼是这样，人也一样。如果你拥有了这个世界上独一无二而又令人喜欢的“味道”，那么，成功就一定会向你招手！

有味道的生活

● 张庆华

王蒙早期有一篇不太出名的短篇小说，名字忘记了。说的是一个考上异地大学的男孩，一直十分怀念家乡的中学同学。一放寒假，就迫不及待地登上了回乡的火车。他怀着热望，渴望快一点和久别的男女同学重逢。但令人失望的是，他发现令他朝思暮想的往昔同学，对他这个老同学的出现，并没有想象中的激动，他特别想见的一个早已心仪的女孩，也没有表现出特别的高兴。相反，老同学们的兴奋点集中在新集体、新生活里。一句话，他成了多余的人。于是，他怀着酸酸的感觉和淡淡的惆怅，重又坐上了回程的火车。

我看这篇小说的时候还小，理解不了其中的含义。但我心里充满了对主人公的同情，尽管我的感觉也是酸酸的。觉得他的老同学该对他热情点嘛，毕竟他现在是客人了，再说以前大家在一起很快乐。

后来，我又看了前苏联作家安东诺夫的短篇小说《雨》。故事情节很简单，一个学工程的女大学生分配到野外的建筑工地。从报到的第一天起，大学生就不满意这个地方和工作。她想了许多办法，终于如愿以偿办成了调动。在一个雨蒙蒙的早上，大学生坐上了回城的火车。外面的雨渐渐模糊了建筑工地的轮廓，早已向往的新生活就在眼前。但不知道为什么，大学生突然感到说不出来的一种空虚和伤感。她和工地和那些粗犷的建设者毕竟有过千丝万缕的联系，也有过许多值得回忆的东西。想到这里，刚才初上火车时的兴奋劲消失了……

两个大学生，一个生活在新伙伴中，却格外留恋旧时的友谊和情趣，而他的老同学早已融入到新的天地，有了新的交往的圈子；而另一个大学生徘徊在新旧两地，她追求的新生活就在一步之遥的眼前，但内省和回忆又使她对逝去的岁月燃起了依恋之情。

两篇小说的开头和结尾，都有主人公在火车上反思的描写。而且确切说，两位作家把人物内心的复杂、曲折和美丽刻画得入木三分。这两篇小说各有动人处。但相同的是，两位作家都把主人公的惆怅、甚至失落的场景放在行进的火车上，另外，两个人的情感都有相同之处。

就人的欲望而言，都不可能完全满足。于是，就有了遗憾，有了回味，有了新的内容。上面说的两个主人公后面都会有新的故事。那个回到新集体的男大学生也许慢慢地在和新同学的交往中，尽管有时候还想念旧日的老同学，但身边终归燃起新的憧憬和希望，另一片更广更有诱惑力的天地在不远处召唤他……

而那个离开建筑工地的女大学生，进了城市，也许得到了优越的环境，但是不知道为什么，竟然常常回忆和沉浸在细雨蒙蒙的工地和那里的人和情，而且这种感情要持续很久……

这就是生活。完美是没有的。生活总是有缺憾的。而正是因为有缺憾，才显得有味道。因为味道在生活中很重要。当然，有各种各样的味道。但我喜欢、欣赏的不是官场失利、生意赔钱的懊恼，不是因过于琐碎的愿望得不到而引起的烦恼，而是纯粹精神上的、有诗意的味道。对，要有诗意。一个人活着要是没有诗意，没有想象，没有一点点浪漫，终究是乏味的生活。

永不放弃

●魏咏柏

在很早以前的一届奥运会上，最后一个项目是马拉松比赛，人们把眼睛都集中在一个来自非洲小黑人身上，因为那一年，是非洲国家第一次进入奥林匹克。

发令枪响了，小黑人一路领先，把那些白人选手远远地抛在了后面，大家都感到十分惊讶。当小黑人跑到离终点大约1000米的转弯处时，意外发生了，不知道从哪儿扔来的一个罐头瓶子，正好砸在小黑人的脚背上，突如其来的打击将他重重摔倒在地上。眼看着白人选手一个一个从他身旁跑了过去，小黑人没有退出比赛，而是顽强地爬了起来，一瘸一拐继续向前艰难地跑着。很多人都替他感到惋惜："完了，别说冠军，就连名次都拿不到了。"在赛场的终点，第一名、第二名、第三名陆续产生了，按照奥林匹克赛制规定，当前三名出线的时候，颁奖仪式就可以开始了，可是主持人却突然宣布，颁奖仪式将稍后进行，因为还有一名运动员没有回来。

不知过了多久，赛场大屏幕上出现一个黑人艰难走动的身影，不到两百米的距离此时此刻对这个小黑人来讲是那么的遥不可及。他一次次摔倒，又一次次爬起来，脚下的鲜血在跑道上拖出一条清晰的痕迹。眼看就要到终点了，他再一次摔倒，一个工作人员跑过来想要扶起他，他轻轻摆动着手臂，用别人听不懂的语言对他说："别碰我，我是一名运动员，你一碰我我就犯规了。"最后，他强忍着痛苦站了起来，咬紧牙关朝前紧走几步，然后高高举起双手，朝那根终点线扑了下去，就在倒下的一瞬间，他触到了那根终点线。

那场马拉松比赛，大家都忘记了谁是冠军，谁是亚军，所有的人都只记住了那个顽强的小黑人。这个真实的故事至今还在拷问我：当身处逆境时，你能不能做到不放弃呢？

智慧之门

●张　雨

逆向思维

日本有家企业，生产圆珠笔，其产品优势是使用时间长，然而投放市场后销路并不好，原因在于圆珠笔芯中的油墨还没有使用完，笔芯上的圆珠就坏了。这显然是一个致命的质量问题。为此，厂家不惜重金请来许多专家对笔芯上的圆珠质量进行攻关。但是做了很多努力，效果都不理想，专家断言：只能改进到目前这种效果了。厂家万分苦恼，无可奈何，圆珠笔生产陷入困境。

后来，这家企业的一名普通的操作工竟然用一个极为简单的方法，轻而易举地解决了这个令许多专家都束手无策的难题。他只是将笔杆截去了一段。这样，笔芯上的圆珠报废时，油墨也正好用完。

这家企业凭着这个简单的方法，终于走出了困境，赢得了广阔的市场空间。

其实，这位工人与专家的不同之处就在于逆向思维。因此，当我们走到无路可走的时候，不妨转过身，打破传统常规的思维模式，换另一个方法去思考问题，那么，柳暗花明的惊喜就会展现在我们的面前。

超前思维

美国有一家规模不大的缝纫机厂，在第二次世界大战中，生意十分萧条。厂主杰克看到百业俱凋，只有军火是个热门行业。于是，他把目光转向未来的市场，他告诉儿子，缝纫厂需要转产，生产残疾人用的小轮椅。儿子大惑不解，但还是遵从父亲的意愿。

经过设备改造，一批批小轮椅生产出来了。随着战争的结束，许多受伤致残的士兵和平民，纷纷购买小轮椅。杰克工厂的订货者盈门，产品不但在本国畅销，连国外也有市场。

超前思维，预测未来，才能抓住机遇，在商战中游刃有余，立于不败之地。

动态思维

有三个著名演员应邀到一个剧院同台演出。他们向剧院经理提出同样的一个要求，即在海报上把自己的名字排在最前面，否则，他们将退出演出。

三个演员同台献艺的消息早就传出了，总不能改为个人专场演出，何况这几位演员都是走红明星，得罪哪一个对剧院的经营都不利。这真是一个令人头痛的问题。

不过，剧院的经理略经思索之后就满口答应了他们的要求。

到演出那天，海报不是一般纸面的形式，而是一个不断滚动的大灯笼，三个演员的名字写在灯笼上转圈呈现，谁都可以说自己的名字是排在最前面的。于是三位演员皆大欢喜地参加了演出。

由此看来，当我们遇到难题时，用传统的办法解决不了时，那就尝试着用动态思维吧，换一种方法，或许会成功的，因为动起来，所以更精彩。

有一种拯救叫信心

●邵火焰

在英国南部一个名叫拉伊的小镇上，耸立着一座巨大的铜像，远望像凌空翱翔的雄鹰，近看才知是一个人在飞腿射门。当地人称这座铜像为“希望之神”。很多人在生活中遇到困难的时候，都会到这儿瞻仰一下这座铜像，以获得战胜困难的信心和勇气。

这个铜像是谁呢？他就是英国人心中的民族英雄贝鲁姆。贝鲁姆出生在这个小镇上，家乡的人们为了纪念他，而给他铸了这座铜像。

1938 年，贝鲁姆还是一名州足球俱乐部优秀的足球前锋。第二年第二次世界大战全面爆发，贝鲁姆应征入伍，他和十几个战友在同德军的交战中兵败被俘，关押在纳粹集中营中。德国兵扬言要让他们生不如死，因此每餐给他们的食物就是一小块黑面包，并要他们从事强体力劳动。德国兵还拿他们恣意取乐，隔不了几天就要这些饿得发晕的战俘在满是沙砾的场地上跟他们踢足球。与其说是比赛，还不如说是德国纳粹折磨战俘的一种办法。德国人还有一个用意是，鼓舞德军的士气，创造要让英国人永远进不了一个球的神话。情况也的确如此，英国战俘不但每场比赛都输，而且从未进过一球。德国兵就借此奚落英国人为蠢猪。在这种肉体和精神的双重折磨下，贝鲁姆的战友们都产生了轻生的念头，他们觉得这遥遥无期的非人生活不知什么时候才是个尽头。贝鲁姆想挽救他们，他知道饥饿还可战胜，但如果没有活下去的信心就会把人的精神摧垮。

贝鲁姆很快有了计划。在比赛的前几天，贝鲁姆让战友们每餐匀出一点黑面包，都攒下来，留给比赛那天食用。比赛那天，他吃得饱饱的。贝鲁姆入伍前是优秀的足球前锋，比赛开始后，贝鲁姆就像一匹野马，在赛场上不停地奔跑，很快打乱了德国人的节奏，仅 3 分钟便获得一次单刀的机会，攻破了德国人的大门，踢进了一球，此时，全体队员受到了激励，信心大增，都拼尽全力在场上狂奔，尽管最终还是输给了德国队，但战俘们看到了没有什么神话是不能打破的。贝鲁姆成为了集中营中希望和信念的支柱。

尽管最后贝鲁姆被秘密处死，但他点燃的希望之灯永不熄灭，他的战友们再也不破罐破摔了，他们有了好好活下去的信心和勇气，他们坚强地活了下去，后来终于等来了一个机会全部越狱成功获得了自由。

当我们陷入危机甚至濒临绝境的时候，这时能拯救我们内在因素就是信心。信心有时来源于一个微笑，有时来源于一句话，有时就是贝鲁姆脚下的那一粒进球……人永远不能失去的是信心，信心产生勇气和力量。信心点亮希望之灯，在希望之灯的照耀下，我们终会有走向成功的那一天。

亮在云里的一盏灯

●邓博文

杰克是加拿大渥太华州的一名白人青年，自从父母离世后，他对这个世界充满了仇恨，脾气也变得越来越暴躁。十四岁，因打架滋事，他被学校开除了，一怒之下，他一把火将校长的房子给烧了，看着校长一家人在熊熊大火面前失声痛哭，杰克感到非常的惬意。

十六岁之前，杰克一直在恶作剧和打架中度过。十六岁生日那天，一个黑帮组织向杰克提出了邀请，他想都没想就答应了。这天，也是他正式去报到的大好日子，杰克叼着雪茄，穿着西装，快乐地走在路上。

前面，一个挺着大肚子的孕妇正艰难地朝前面走着，她的手里提着一个包。杰克的眼睛顿时亮了，他猜想包里一定装着很多钱，要是能把这笔钱抢到手，那不就是一个最能证明自己的机会么？想到这，杰克立刻兴奋起来，他似乎看到了自己将来混得风生水起的样子。于是杰克毫不犹豫地快步走过去，抢了包，再狠狠地推了一把女人，迅速溜了。

突然，一个小女孩从远处跑来，焦急地问："大哥哥，你见过一个孕妇么？"杰克的心里有些不忍，他说："小妹妹，有什么需要我帮你的吗？"小女孩说："大哥哥，你能帮我一起去找这个人吗？她是我的继母，刚从外地来，对这里不熟悉，我的父亲病倒了，正躺在医院里，她是来送救命钱的。"杰克一愣，下意识地摸摸揣在怀里的包，心里开始发颤。

小女孩拉着他的手说："哥哥，你是个大好人，就帮帮我吧。”杰克两手摩搓着，忽然觉得心里有什么东西一下子破碎了。他咬咬牙，跟着小女孩往回走。所幸，孕妇已经晕倒在路边，杰克背起女人，快步朝医院走，到了医院，他悄悄地把包放在女人的身边。

那个晚上，杰克失眠了，他把手摊在空中，手心里仿佛还残留着小女孩的温暖，那晚是他想得最多的一个夜晚，16 载苦心包裹的黑暗在小女孩一瞬间的温暖下溃不成军。

第二天，杰克没有再去黑帮那里，就像小女孩所说的那样，他决心做个好人。是的，所有的一切都已经过去，小女孩的话像盏明灯指引着他，让他得到了重生。从此，他再也没做过任何坏事。在大家的见证下，他正义、善良的行为也得到了街坊邻居的认可。

杰克的名声也越来越大，在渥太华州，提起他的名字，没有谁不竖起大拇指，他成了人们心中最值得尊敬和信赖的守护神，他也因为多次帮警察破案，被评为了最有正义的市民。

后来，杰克参军了。不久后，他成为了一名特种军人，在一次解救人质的过程中，他击毙了 10 名悍匪，自己也光荣牺牲。

在他的墓碑上，赫然写着一行字：让善良和正义撒满人间，旁边是盏巨大的灯。

不要让你的心灵蒙尘

● 郭小郭

人生就像徒步行路，一路奔波，难免沾染尘土，这时候不妨在路旁树阴下歇歇脚，掸掸身上、裤管上的土再赶路，这一路才有更多美丽的风景装进心中。

人生是带着心灵行走的一段旅程。无论走到哪里，走了多远，都不要让你的心灵蒙尘。我们曾经急匆匆地赶路，我们曾经忽略了心灵的真正需求，我们麻木、浮躁，像一列火车在快速路上不敢、不想停下来。就这样，渐渐丢失了应有的幸福和快乐。殊不知，那是因为我们的心灵早已蒙上了一层尘土因此变得冷漠而迟钝。为何不慢下来，读读书，听听音乐，听听广播，享受生活中难得的闲暇呢？

对闲适生活情趣的追求，周作人在一篇随笔中这样写道："我们于日用必需的东西以外，必须还有一点无用的游戏与享乐，生活才觉得有意思。我们看夕阳，看秋河，看花，听雨，闻香，喝不求解渴的酒，吃不求饱的点心，都是生活上必要的——虽然是无用的装点，而且是越精炼越好。"

对于心灵来说，闲适是最好的清洁工具。闲读，闲游，闲听，闲聊，闲居，只要是慢下来的，就有了一种雅致的意境，一种回归自然、轻松和谐的意境。如此，生活才会更健康，生命才会更有意义。我们需要时常轻抚自己的心灵，擦拭掉懒散、空虚、急躁、痛苦、无奈和茫然，它们无足轻重却毒害不浅，染尘的心灵会因此将我们带进消极的人生之路。

约翰·列侬曾说："当我们正在为生活疲于奔命的时候，生活已经离我们而去。”

打扫心灵，永远清楚地知道自己想要什么，想做什么，心是透明的，世界也是简单而美丽的。与赶路相比，我们要的是风景，与金钱相比，我们要的是幸福。想沉静，想平淡，想潇洒，想超脱，想实实在在地把握自己，想留一分纯情，坦坦荡荡地面对外界，那就不要让你的心灵蒙尘，让心灵始终洁净无瑕，做善良、快乐、充实的自己。读书，可以让心灵充盈而不再庸俗；旅游，可以让心灵开阔而不再闭塞；思考，可以让心灵沉静而不再浮躁；交友，可以让心灵博大而不再狭隘……

时常打扫，一路走来，心灵上的杂物就会随时摒弃，心灵也就会始终保持着纯净美好的本色。

常眷顾我们那颗不被蒙尘的心灵吧。

为母亲写诗

●姚利香

母亲是一方土地，母亲是一缕阳光，母亲是一条河流……每句赞美母亲的话语仿佛都是一首诗。古今中外的诗人们尽情歌颂着伟大的母亲，写下了数不清的名作佳句。

如唐代诗人孟郊的《游子吟》：“慈母手中线，游子身上衣。临行密密缝，意恐迟迟归。谁言寸草心，报得三春晖。”诗中描写的是母亲缝衣的普通场景，而表现的，却是诗人深沉的内心情感。慈母的一片深笃之情，往往正是从日常生活中最细微的地方流露出来，朴素自然，亲切感人，拨人心弦，催人泪下。

当代诗人江河在《母亲与我》中写道：“她说她怀我的时候，一天要把隆起的衣裳抚平几次，织成的小衣服叠得平平整整，想着我就要来了，她看不见我想我蜷着身子睡得好吗……”一位母亲，从怀孕那一刻起，便在内心埋下了母爱的种子，小小的婴孩在腹中一天天长大，母爱也在发芽。正因有了圣洁的母爱，怀孕中的母亲，才格外美丽。

“妈妈又坐在家乡的矮凳子上想我，那一只矮凳子仿佛是我积雪的屋顶……”这是诗人海子在《给母亲》（组诗）中的诗句。母亲就是儿女的故乡，无论儿女走多远、走多久，母亲都会在远方牵挂着、守望着。倘若某天，她深爱的孩子打来一个电话，她马上会欣喜若狂、泪湿眼眶。

女作家、诗人冰心在《纸船》中写道：“母亲，倘若你梦中看见一只很小的白船儿，不要惊讶它无端入梦。这是你至爱的女儿含着泪叠的，万水千山，求它载着她的爱和悲哀归去。”母亲是我们的生命之源，有一天她终将会远离我们，可思念却会化作一只只纯白的纸船，沿时光之水执著漂流，去寻觅母亲的方向。

“我不记得我的母亲，只是在游戏中间，有时仿佛有一段歌调在我的玩具上回旋，是她晃动我的摇篮时所哼的那些歌调……”这是印度诗人泰戈尔在《仿佛》中的诗句。泰戈尔 13 岁丧母，母亲的面庞是模糊的，但母亲的爱与影响却无处不在，并将陪伴一生。

翻翻日历，又将是母亲节了。也许你我不是诗人，但在这样的日子，依然可以为母亲写首诗。用一颗感恩的心写诗，把对母亲的爱全都写进诗里……

生命中最美的姿势

●王国民

19 世纪的一个冬天，在芬兰西部小城考哈约基的一座露天广场里，乔丽斯的个人演唱会正如火如荼地进行着，这是她的第一场个人演唱会，盛装的乔丽斯在万众瞩目中格外迷人，她的歌喉犹如天籁，观众们深深地陶醉其中，尖叫声、呐喊声此起彼伏。

乔丽斯正欲表演一段舞蹈，以此来结束这场精心准备了三年的演唱会，突然意外发生了，乔丽斯捂着胸部蹲了下去，再也没能站起来。乔丽斯被送到了医院。经过检查，医生告诉乔丽斯和朋友一个不幸的消息，乔丽斯患上了红斑狼疮，晚期，医生说，她的性命不会超过三年。

那一刻，所有的人都愣住了，凡是听过她音乐的人都坚信，不出三年，她绝对可以红遍西班牙，甚至红遍整个欧洲，而现在这种期待却被医生的诊断结果彻底击溃，没有人愿意相信，但这确实是事实。

乔丽斯开始了漫长的治疗，很多朋友都会过来看她，给她信心和勇气，说实话，乔丽斯在得知自己的音乐道路即将终结时，也绝望过，可是她舍不得她的梦想，再一次拿起了手中的话筒。

三个月后，乔丽斯再一次站在了演唱会的中心位置，几万名观众静静地坐着，没有呐喊，没有尖叫，大家都静静地等着，一身孔雀西装打扮的乔丽斯从天而降，她微笑着说：“不能大声歌唱了，那我就轻声吟唱吧，我会一如既往地坚持我的梦想，直至不能呼吸。”如雷的掌声中，乔丽斯轻轻开始了她的歌唱，她的声音依旧动人，依旧动人心弦，一如她当年一样。

这次演唱会后，乔丽斯再次进行化疗，因为化疗，她的头发已经全部脱落，因为病魔侵袭，她已经不能再站起来了，只能靠着轮椅行走，来看望的朋友都很难过，可是他们坚信，没有什么能阻挡她梦想的脚步，就是病魔也不能够。

三个月后，乔丽斯已经彻底不能说话了，她就拿起了手中的笔，她说："不能唱了，我还可以写，不能写了，我还可以听，心若停止了，就让我的灵魂在天堂继续歌唱吧。"

在乔丽斯病后的第二年，她应邀参加了一次演唱会，这次演唱会是专门为了感谢乔丽斯而开，里面的所有的歌曲，都是由她填词谱曲。乔丽斯坐在轮椅里，面带微笑，如果不是熟知内情，没有人知道，她只剩下数月的生命。演唱会后，所有的认识和不认识的人都争着和她合影留念，乔丽斯没有拒绝，她伸出双手，摆出胜利的手势，这一幕感动着身边所有的人。

乔丽斯终究没有过完这年的圣诞节，她带着微笑的表情，从容走了。按照她的遗愿，她的骨灰洒在了家乡的土地上，她说，那样，就是在天堂，她也能听到人间的歌唱。

在她的墓碑上，刻着一张照片：她摆着胜利的手势。所有来过的人都说：那是我们见过的，生命中最美的姿势。

鼓励是一种美德

●晓　言

有位理发师傅带了个徒弟。徒弟给第一位顾客理完发，顾客照照镜子说："头发留得太长。"徒弟不语。师傅在一旁笑着解释："头发长使您显得含蓄，这叫深藏不露。"顾客高兴而去。徒弟给第二位顾客理完发，顾客照照镜子说："头发剪得太短。"徒弟无语。师傅笑着解释："头发短使您显得精神、朴实、厚道。"顾客听了欣喜而去。徒弟给第三位顾客理完发，顾客笑道："花时间挺长的。"徒弟无言。师傅笑着解释："为'首脑'多花点时间很有必要，您没听说：进门苍头秀士，出门白面书生？"顾客大笑而去。徒弟给第四位顾客理完发，顾客笑道："20分钟就解决问题。"徒弟不知所措。师傅抢答："如今时间就是金钱，'顶上功夫'速战速决，为您赢得了时间和金钱。"顾客欢笑告辞。

晚上打烊。徒弟怯怯地问师傅："我没一次做对，您为什么每次都替我说话？"师傅宽厚地笑道："不错，每一件事都包含了两重性，有对有错，有利有弊。我之所以在顾客面前鼓励你，原因有二：对顾客来说，是讨人家喜欢，因为谁都爱听吉言。对你而言，既是鼓励又是鞭策，万事开头难，我希望你以后把活儿做得更加漂亮。"徒弟很受感动，从此，他越发刻苦学艺，技艺日益精湛。

鼓励出效果。老师鼓励学生，学生更加奋发。长辈鼓励晚辈，晚辈越发孝顺。上司鼓励下属，下属加倍尽职。老板鼓励员工，员工格外敬业。夫妻互相鼓励，家庭和睦、婚姻美满……人是在鼓励中扬起生活的风帆，在鼓励中享受成功的喜悦，在鼓励中创造奇迹的。鼓励他人既是处世的艺术又是做人的美德。被鼓励的人心怀感激，恰是对鼓励者最好的回报。

和梦想手牵手

● 雪燕裳

她1965年生于一个小村落，父亲在她小学一年级的时候就让她辍学了。因为家庭贫困的父母还要供能为父母挣钱养老的哥哥上学。

她擦干了眼泪，在一张小纸上写下了自己的四个梦想：出国留学、读完学士、硕士和博士。然后，她将写有这四个梦想的纸条放进一个瓦罐里，埋在家门后的大石旁。

11岁，她结了婚。她在丈夫不断的毒打中成了五个孩子的母亲，年过三十依然贫困。直到有一天，一个国际援助组织的志愿者团队路过她居住的村庄。她向带头的一位志愿者乔·拉克女士说出了自己的四个梦想。乔·拉克女士告诉了她一句鼓舞人心的话——只要你有梦想，你就能实现。

她开始为国际救援组织工作，攒下工资攻读函授课程，从小学课程一直补到高中。1998年，她被美国俄克拉何马州立大学录取。

为了不丢下五个孩子，她不得不带着丈夫一行七人到美国留学。

梦想是美好的，现实是残酷的。很快，留学梦变成了噩梦，微薄的助学金难以维持一家人的生活，一家人被迫挤在冰冷、残破的车式房子里。无所事事的丈夫用拳打脚踢发泄着不满，孩子们总是饥寒交迫。

她不得不打几份工，利用一切时间学习，缺少睡眠，还要忍受家庭暴力。俄克拉荷马州立大学因为她交不起学费，打算开除她。她觉得自己真的是坚持不下去了。

好在，她的善良和才智打动了身边的人，一位学校官员亲自干预并发动老师学生伸出援助之手。当地的慈善机构组织定期捐出食品，国际救援组织提供房租补贴。就这样，她实现了自己的两个梦想——留学美国和完成学士学位。

当她在美国西密执安州立大学开始学业时，丈夫因为患艾滋病走到了生命的边缘。在近一年的时间里，她边上学，边照顾孩子和丈夫，直到他去世。

此时，她开始为改变她命运的国际救援组织担当项目评估专家。同时在改变自身命运的过程中找到了属于自己的真正的爱情，她与一位病理学家马克·特伦恩特结为夫妻。

她用毅力和智慧抗拒着生命中的一个个“高度不可能”，她实现了自己的全部梦想。2009 年 11 月，她成为美国媒体聚焦的人物，来到美国最著名的日间谈话节目“奥普拉秀”向世人讲述自己的故事，相信这个时刻，她将感动非洲，感动世界。

她的名字叫特莱艾。她相信，梦想就在路上，只要肯努力，总有一天，自己会和梦想手牵手。

黄永玉的人生哲学

● 张军霞

被誉为中国“鬼才”的画坛大师黄永玉，一向有着自己特立独行的做人与处世方式，前几天，从杂志上看到一篇文章，谈到了他对人生的几点看法，感觉颇受启示。

“摔倒了赶快爬起来，还可以欣赏摔倒时砸的坑。”漫漫人生路，谁能总是一帆风顺，偶然的跌摔，总是难以避免。面对困境，有人干脆躺在原地哭泣，但是眼泪能改变什么呢？除非你是一粒黄豆，哭着哭着，不小心把自己变成了豆芽！否则，眼泪既不会变成帮助你爬起来的梯子，也不会等到从天而降的馅饼。聪明的人，会把眼泪咽到肚子里，咬着牙站起来，掸一掸衣服上的灰尘，对某些围观在旁等待看笑话的人挥挥手。接下来，如果能做到欣赏摔倒时砸下的坑，又是另一种更高的境界了。

“充满爱心的对待一切”。这话看似简单，其实不然。对于我们喜欢的人，或者并不讨厌的人，献献爱心不算什么大不了的事。但是，对于那些在我们困难时幸灾乐祸，甚至落井下石的人，不做到恩断义绝也就罢了，又如何谈得上爱心呢？历经坎坷却一直保持乐观心态的黄永玉，却总是抱着以德报怨的心态对待身边的人和事，向我们展示着一代大师的胸襟和风采。

“死死抱着自己的业务，不放松”，对黄永玉老师来说，一天到晚像只工蚁一样画画写字，做自己喜欢的事情让他总是那么快乐。芸芸众生如我们，也应该在八小时之外，找到自己喜欢的事情，可以是读书写字，种花养草，也可以是旅游，音乐和美食。做什么并不重要，重要的是它可以提升我们的人生品味，陶冶心灵。有了这样的喜欢做支撑，生活中就会少了很多的抱怨，每个日子都可以变得那么充实。

遇到坎坷时不抱怨，用爱心回报世界，做自己喜欢的事情。黄永玉老师的人生哲学，像一盏明亮的灯塔，为我们指引着人生的航程。

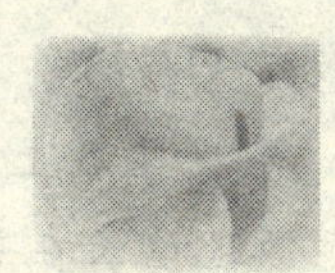

伤害是生命的一味药

● 郝金红

有一农场主，为方便拴牛，在庄园一棵榆树的树干上箍了一个铁圈。随着榆树的长大，铁圈慢慢地长进了树身里，榆树的表皮留下一道深深的伤痕。

一年，当地发生了一种奇怪的榆树病，方圆几十里的榆树全部死亡，惟独那棵箍了铁圈、留下伤痕的榆树却存活下来。为什么这棵榆树能幸存呢？植物学家对它产生了兴趣，于是组织人员对它进行研究。结果发现，正是那个给它带来伤害的铁圈救了它，它从锈蚀的铁圈里吸收了大量的铁，所以才对真菌产生免疫力。这是一个真实的故事，它发生在上世纪 50 年代美国的一家农场。这棵树至今仍郁郁葱葱地生长在美国密歇根州比犹拉县附近的那个农场里，充满生机和活力。

不仅是树，人也是如此，伤害有时会成为生命的一味药，让生命在伤害中变得更健康，更坚强，更充满生机、活力和希望。

时间的配方

●许亮生

一年365天，谁也别想多出半天，一天24小时，谁也不可能多出一秒。时间是最公平的，对每一个人来说都一模一样，它从来没有偏袒过谁。

然而，同样是一天24个小时，不同的人却可以配出迥然不同的生活花样，可淡泊宁静，也可潇洒热闹；可紧张匆忙，也可悠然自得；可脚踏实地，也可梦游太虚；可搏风击浪，也可扁舟垂钓……全看一个人大脑司令部的宏观调控。我们姑且称这种给自己生活作安排为“时间的配方”，它像是一个老中医针对不同身体状况，开出的一个个方子。药的配方不同，对身体也就有了不同的功效。

不管你是有意识还是无意识，人们每天在消费生命的24小时，都意味着在给自己的时间作配方。

如果，你一天有10个小时甚至更多时间伏案上网，一坐不肯起来。被那些聊天、视频、游戏、图片、文字迷得废寝忘食，吃饭匆匆，吞云卷雾，澡也懒得洗，上厕都嫌麻烦，零点过后了还舍不得关电脑。这种几乎用全部时间泡网的网虫生活就是“愚者配方”。长此以往，不知不觉你会腰肌劳损、腰椎间盘突出、视力下降、神经衰弱……都是你“生活配方”不当的必然结果，它使你身体向崩溃滑去，且无力阻挡。

如果，你能对自己每天24小时做科学的安排：天亮闻鸡起舞，早晨花两小时去散步，或者跑步、打拳、登山……用8小时好好上班工作，早中晚各用1小时吃饭间歇，晚上用2小时看报读书或看电视，再用 2 小时上网，最后用 7 个小时左右来睡觉，且规定必须在十点半之前入眠，以保证次日能够再早起晨练，这就是“智者配方”。持之以恒，必然会使你身心健康，劳有所获，生活充满快乐的阳光。

以上“愚者配方”和“智者配方”只是一个大致的列举，具体怎么配方，因人而异，不同的人对自己的时间只要稍作搭配调整，就可以调制出千变万化的时间配方，使自己的生活丰富多彩。它像化学反应一样，有什么样的调配，就有什么样的反应，且千奇百怪。

其实，很多疾病除了饮食卫生质量低劣、饮食搭配不当造成之外，也与时间配方有关。你的时间配方不对，更容易造成对你的健康损害。光吃药，不解决时间合理搭配问题往往于事无补。

时间，是一枚金币，每个人都平等的拥有。不懂时间配方的人，也谈不上这枚金币的消费。你打算用你的金币去买什么？全看你的时间配方能力和智慧。

天才就是用心

●张本科

电影演员周星驰小时候很喜欢表演，但由于没有经过专业的训练，他的表演很青涩。有一天，他被叫到片场跑龙套，演一个死尸。对表演有着极高热情的周星驰向导演提出了自己的设想，希望能表演一个与众不同的死尸。导演不相信眼前的年轻人会有什么好的创意，随便答应说，随你怎么演，反正就是一个死尸。

影片中，周星驰被击毙，倒在血泊里，当场死亡。就在这组镜头将要拍完时，意外的事情发生了：只见周星驰晃晃悠悠站了起来，导演赶忙喊停。一系列武打动作因周星驰意外的“起死回生”而宣告作废，需要重新布景，重新拍摄。中午，周星驰到片场食堂打饭，被告知没有饭。一个老演员气愤地责怪周星驰：都怨你，害得大家都没有饭吃。

这件事对周星驰打击很大。从此，他开始用心观察，不断思考，努力向身边的演员学习表演技艺。一段时间之后，虽然仍是跑龙套，但他的表演水平有了质的提高。

一次，周星驰又在一部电影中跑龙套，仍然表演一个死尸。这次，周星驰的表演很到位。几分钟之后，这组镜头大功告成。就在导演将要喊停的时候，一个女演员发现倒在血泊里的周星驰身上有几只蟑螂，这个女演员特别怕蟑螂，吓得大叫起来。周围的人纷纷跑过来，拿起棍棒向蟑螂一顿毒打。自然而然，这些棍棒都结结实实地打到了周星驰的身上。周星驰强忍疼痛，始终一动不动，一声不吭。

事后，导演问他，当时你为什么不起来？周星驰说，因为我演的是一个死尸，导演没喊停，我不能起来。导演很感动，对其他演员说，知道什么是专业吗？这就是专业！你以后就跟我拍片吧。从此，周星驰结束了跑龙套的生涯，开始了真正的“星”生活。

在电影《喜剧之王》中，周星驰用接近纪实的手法再现了自己的成长历程。他用自己的亲身经历诠释了一个亘古不变的真理：天才就是用心，用心才能专业。

为别人鼓掌

● 唐宝民

她毕业的时候，被分配去了大兴安岭的一个林场小学当教师。她是一个志向高远的人，在教学之余，她勤奋写作，文章不断见诸报端。随着发表数量的增长，她的才能渐渐被发现了，先是调到了县教育局，后来，又调到了市作协，出了几本书，现在已经是业界小有名气的作家了。

有一次，她应邀回我们学校为我们这些学弟学妹们作报告，谈到自己成功的缘起，她说："当年刚入学的时候，我其实是个很自卑的女孩子，对自己没信心。但有一次，老师让我在课堂上当众朗读自己的一篇作文，我读完后，老师带头鼓起掌来，全班同学也跟着一起鼓掌，在那片掌声中，我找到了自信，因为我知道，虽然我在许多方面不如别人，但我有一项是很棒的，就是写作才能。从那天起，我就写啊写，每当遇到挫折失败的时候，我都会想起那次曾属于我的掌声，于是就重新鼓起了勇气，终于走到了今天！所以，我要真诚地感谢那次掌声，感谢那天给我掌声的老师和同学们！"

天才音乐家郎朗，从小就喜欢弹钢琴，9 岁那年获得了全国钢琴比赛的第一名。父母很高兴，为了他将来的发展，父亲辞掉了工作带他来到北京，在中央音乐学院找到了一位很有声望的老师教他，希望他将来能考取中央音乐学院附小。然而，那位老师认为他不是那块料，在听他弹了一首曲子后，说你根本就没有天分，别弹琴了，中央音乐学院不适合你。这样的话对于年仅 10 岁的郎朗打击太大了，对他父亲的打击也很大，父子俩决定不学钢琴了。于是他去借读的学校办退学手续，那所学校的音乐老师见了他之后很高兴，希望他能为同学们弹一首新的曲子。他说我已经决定放弃音乐，不学琴了。那位音乐老师很吃惊，并劝他不要轻易放弃自己的选择，要求他为大家弹奏一支曲子。同学们将他拉到了钢琴旁边，他只得为大家弹了一支曲子。一曲终了，老师和所有的同学都为他鼓起掌来，在掌声中，他的梦想再次复活，并决定继续学习弹琴。1999 年，在芝加哥拉维尼亚音乐节上，他因替代生病的钢琴家安德里瓦兹演奏而一举成名，当年他只有 16 岁。现在，他每年在全球巡回演出上百场。一次掌声，使一个险些被埋没的天才改变了命运，使他成为了世界著名的钢琴演奏家。

在成长的过程中，我们难免会遭遇失败，从而使自信心受到致命的打击，此时此刻，如果我们能得到别人的掌声，我们就能重新点燃自信的火种，并满怀希望地继续上路，并因此而在人生之路上踩出一片辉煌的足迹来！学会为别人鼓掌吧，这是一种爱的表达方式，看似无足轻重的掌声，也许就能改变人的一生。

温暖来自路上

●周 洋

他，有着主持人、演员、歌手的多重身份。而且他从一个打工仔熬到一个风光无限的主持人，经历了太多鲜为人知的辛酸。

有一年冬天，他在外打工——在大大小小的酒吧唱歌赚钱，临近春节，他准备回家过年了。北方，寒气袭人，他在火车站排了一晚上的队，买了一张回上海的站票。

火车站里，人山人海，归心似箭的人们行色匆匆。他扛了一卷行李随着向前涌动的人群不由自主地挪动着脚步。过了检票口，如同扑食的狼群一样，人们一齐涌向了火车上车口。他抱着行李踉踉跄跄地挤到门口，好不容易爬上了火车。

车厢里人满为患，水池上，厕所里都是人，恶浊的空气令人作呕。打开窗户透一透气吧，凌厉的寒风扑向汗津津的脸庞，刀划一样尖尖地疼。他在过道旁拣了一块一尺见方的空地把行李放下，然后坐在行李上不由得打起了盹。

在火车“吭哧吭哧”的车轮声中，夜色渐渐地深了。他似睡非睡地将息着，突然感到双脚冰凉，两条裤管被风吹得鼓鼓的。迷迷糊糊中，他想起了自己的行李卷。为什么不把双脚伸进行李中呢？想到这里，他用脚挑开一个口子，伸了进去。果然很暖和，像儿时在冬夜钻进父亲的被窝里一样。

就这样，他随着火车摇摇晃晃地在周围此起彼伏的打鼾声中睡着了。

不知过了多久，火车加速时车厢猛地一晃，他差点从行李上栽倒。突然间，他感觉到自己的双脚好像在一团肉里，暖暖的，柔柔的。他清醒过来，定睛看时才知道，自己的双脚竟然伸在了一位老大爷的脊背里。定是他把老大爷的领口当做口袋，把脚伸了进去。晚上，老大爷始终保持着一个姿势，用身体温暖着他的双脚。那该多凉啊！他的心猛然一揪，眼圈一下子就湿润了。老大爷看见他醒来了，看着他内疚的表情，慈祥地笑了，说："娃儿，醒了？到哪里啊？"于是，他和老大爷像亲人似的聊了起来，下车后他才想起竟忘了向老大爷说一声"谢谢"。

时至今日，他在节目里讲起这件事时，眼圈还是红红的。他说他感谢那位素不相识的老大爷，在那个严冬里，温暖了他的脚，也温暖了他的心，更温暖了他的人生。他就是戴军。

雪中送炭是一种高尚，舍己为人就是一种伟大。肯用自己的体温温暖一个不相干的人，又该是一种怎样的担当呢？记住这个故事，记住那一方暖人的脊背。

我放下 我快乐

●薛俊美

常言说，人生有四大喜事：他乡遇故知，久旱逢甘霖，洞房花烛夜，金榜题名时。想来也是，人的一生，为了一件又一件的凡尘琐事，困扰身心，压抑自我。每每有人皱着眉头，喟叹曰：好累，我不快乐……

有这样一个故事：一个国王整天都郁郁寡欢，提不起精神，于是令大臣四方打探“快乐”。有一天，大臣终于找到了一个整天快快乐乐的农夫，就把他带到国王的面前。国王打量着衣衫褴褛的农夫，询问他快乐的理由。农夫说：“我以前跟你一样，也是不快乐。我会为没有饭吃担忧，为没有钱花烦恼，为孩子们整天无休止地吵闹暴躁不止。我甚至有一天为脚下没有鞋子穿大发脾气，就赤脚跑到了街上。这时，我看见了一位没有脚、高位截瘫的人。”听完这个故事，国王莞尔，原来快乐如此简单!

其实，得到的越多，花费的时间、精力和物力以及人力就都会不计其数。这一过程可谓是艰辛坎坷，劳心费神，担忧和焦虑占据了生活的全部。

生活被一些含贬义色彩的词语充斥得满满当当，精神高度紧张，神经得不到片刻松懈，身心超负荷运转。长此以往，“身心”将不“身心”，何谈不累，何谈快乐?

所谓的“物欲横流”，所谓的“钱权不分家”，所谓的“隐私绯闻”，其实无一不是人们自己挖空心思、处心积虑制造出来的精神文化垃圾。

时光飞逝如电，物换星移几何。浩瀚宇宙，莫测苍穹，人的

“小我”实在不值一提。却偏偏要自己折腾自己，还美其名曰“我折腾，我快乐”。殊不知这背后的潜台词是：我折腾，一身病。

就像一把沙子，你越想全部抓在自己手里，哪知抓得越紧，从指缝间漏掉的沙子就越多。

放下欲望，得到神清气爽；放下焦虑，得到心静自然凉；放下是是非非，得到君子之交淡如水……

俗话说得好，拿得起放得下。尝试着卸掉一些，自然一身轻松，就像打扫完房间，屋内光洁如新；就像洗却污垢，通体洁净清爽；也像金蝉脱壳，重获新生。

佛曰：我放下，我快乐。

一米的距离

●春 华

3 月 11 日，日本大海啸发生时，居住在岩手县大槌町的 74 岁老人芊子，正和丈夫桥本在距离海边一公里的公路上散步，没想到灾难突如其来。

桥本的第一反应就是马上跑到避难所去，也许快速奔跑对年轻人而言是轻而易举的，但对于他们来说，无异于比登天还难。因为芊子在 20 年前就得了白内障，视力几近失明，每天的生活都是桥本来照顾的。

来不及多想，桥本拼命抓住芊子的手往高处逃跑，但巨浪还是像恶魔一样跟随其后，不多时两人一起陷入浊流之中。

眼睛看不见的芊子，不知道发生了什么，呼啸而来的恶浪狠命地冲刷着他们。他们踉踉跄跄，东倒西歪，但一直是执手相牵。

最终，意外还是发生了，芊子的手脱落了。桥本一攥手心，竟是空空的，情急之下，他索性闭着眼睛摸索，他相信芊子一定在他身边：就像这 20 年的生活一样，他们时刻都形影不离。

这短短的十几秒，对桥本来说，恍如隔世。

幸运的是，十几秒过后，桥本再一次抓住了芊子的手，几经周折，他们终于相依相偎，逃到了高处的斜坡上，躲过了一场劫难。成功逃离大海啸的老夫妻，在避难所里相拥而泣。

他们的事迹在避难所广为流传，当记者听说了这个感人的故事后，纷纷前来采访，记者问："大叔，你是如何在短短十几秒内准确找到大妈的位置，然后抓住她的手的呢？"桥本略显镇定地说："这是我的心灵感应，海啸把芊子冲倒时，我刹那间感到远隔天涯，但心告诉我，她一定就在我的身边。"

而芊子的回答更让记者赞佩："孩子，在脱手的那一刻，我告诉自己，一定要拼尽全力稳住位置，只要不超过一米远，桥本一定会抓住我。幸运的是，我们成功了。"

原来，他们背后还有一个感人的故事，当年芊子患眼病时，几次都想到自杀，是桥本一次次地鼓励她，他对芊子说："我就是你的眼睛，我们今生形影不离，我不会让你离开我一米的距离！"

话音刚落，芊子的眼泪就汹涌而出，桥本赶紧为芊子轻轻拭去泪水，两个古稀的老人竟像初恋般甜蜜。

失明的芊子再也看不到桥本的模样了，但彼此都能感觉到20年来两人相依为命的一颗心，哪怕只有一米远的距离。

总有一条路为你延伸

●夏元秀

1987 年，一个小男孩出生在北京一个普通的工人家庭，大一点后，他调皮、贪玩、不爱学习，小男孩的顽劣特点都能在他身上找到。他以为生活会一直一直这么无忧无虑的过下去，然而10 岁那年，一场事故发生了。1998 年 2 月，他因意外触碰到高压电，失去双臂。昏迷后醒来的他，并不知道胳膊没了意味着什么，“再接上不就行了。”但当他得知接不上了，自己再也没有双臂时，“脑袋一片空白。”仿佛一夜之间，那个懵懂的小男孩长大了，懂事了。

在家人的精心照料和不懈鼓励下，他终于走出了残障的阴影。12 岁，他开始学习游泳，14 岁，在残疾人游泳锦标赛上获得两金一银的优异成绩，随后，他被查出患有过敏性紫癜，不得不放弃游泳生涯。19 岁，他第一次学习钢琴。然而，他的求学路非常的坎坷，他曾经找过一个钢琴老师，老师说：“我只会教人用手弹琴，用脚我自己也不会。”他又找到一家私立音乐学院，校长给他的回应是：“你进我们学校学音乐只能是影响校容。”他对校长说：“谢谢你这么歧视我，我会让你看看我是怎么做的。”

后来妈妈帮着他，借了 13000 元钱买了一架钢琴并进行改造，在琴键旁边做了一个木基座，可以让他把脚跟垫在上面进行弹奏，琴椅也调整了高度，从而解决了身体重心的问题。没人可以告诉他该怎样用脚弹钢琴，控制脚趾的灵活度也绝非易事，刚开始由于大拇指的宽度比琴键宽一倍，所以按下去常常出现连音，他想了一个办法，就是每次弹的时候，将拇指侧立着弹。他每天坚持7个小时的练习，一年内就达到了钢琴7级的水平。其间他的脚趾磨破了无数回，抽筋了无数次，但仍咬紧牙关坚持下去，他说“正常人能做到的，我也一定能做到。”

2006年他加入了北京市残疾人艺术团，并开始自己编曲填词。他说：“我能像正常人一样生活，养活自己，虽然我可能体会不到别人的幸福感，但我能够在琴声中感受到更多的幸福。”随后2008年4月30日，他参加北京电视台《唱响奥运》节目，演奏钢琴曲《梦中的婚礼》，《讲述》播出了他的故事《断臂琴缘》；2009年12月3日，参加在广州举行的全国双上肢障碍者书画及才能展示活动；2010年5月，参加湖南卫视《快乐男声》济南唱区预选赛；2010年7月，参加东方卫视《中国达人秀》。

2010年8月8日，东方卫视选秀节目《中国达人秀》的比赛现场，舞台上放了一架钢琴，一个戴眼镜的男孩走上舞台，他没有手，两个袖管空空的，没有人知道他究竟要怎样弹钢琴。他坐在特制的椅子上，脱下鞋子，把脚放到了钢琴上。立刻，优美的旋律醉了整个比赛现场，也感动了在场的每一个人。2010年10月10日晚，《中国达人秀》总决赛在上海体育场举行，他毫无悬念地拿下中国达人秀的冠军宝座，成为第一位“中国达人”。

在随后的庆祝中奥建交40周年维也纳金色大厅音乐盛典暨2011年中国年开幕式上，他又以一曲缠绵悱恻的钢琴名曲《梁祝》，震撼了奥地利观众的心。

他，就是无臂钢琴师刘伟。

“径折全疑尽，峰回徒自开”。上帝是仁慈，他关了一道门，必定会为你打开一扇窗。人生本就是个未知数，我们谁也不知道下一秒会发生什么，假如你在人生的绝谷中迷了路，不要灰心，静下心来努力的寻找，总有一条路为你延伸。

最天使

● 李良旭

位于澳大利亚悉尼东部海岸，有一座临海的悬崖。自19世纪以来，有不少人选择在这里结束自己的生命，平均每周这里就要发生一次自杀事件。人们叫这座悬崖叫“自杀崖”。

当地一名叫唐·里奇的男子，今年已80多岁了。50多年来，他与这座“自杀崖”紧紧地联系在了一起。他坚守在这悬崖边，一直试图劝说那些来到这里想自杀的人。他把至少1600多人，从死亡线上拉了回来。人们亲切地称呼这位名叫唐·里奇的人，叫“最天使。”

“最天使”唐·里奇本来是一名人寿保险推销员，他家就住在“自杀崖”附近，每天早晨，里奇起床后所做的第一件事，就是来到窗前观察“自杀崖。”如果发现有人站在距离悬崖边非常近的地方，他就会马上冲过去，然后，站在那人的身后，对那个人亲切地说道，朋友，请过来喝杯茶吧！

听到声音，那人总是神情落寞地回过头来。他看到的是一张温和、善良的笑脸。这张笑脸虽然陌生，但很亲切、透明。这张笑脸似乎纤尘不染，洎满着信任、理解和平等。透过这张笑脸，仿佛看到了那个人一颗善良的心。就这一刹那，这张陌生的笑脸，让那就要跳崖的人萌生了继续生活下去的希望。

一些获救者回忆道，当他们站在悬崖边，看到脚下滔天巨浪，内心里却比这巨浪还要不平静，此时，他们失魂落魄，心如死灰，对这个世界已没有一丝留恋了，正酝酿着从这一跳了之时，突然，听到身后传来一个柔和的声音，“朋友，请过来喝杯茶吧！”

仿佛石破天惊，这声音听起来像天籁之音，瞬间，击中了他们内心的一丝柔软。他们缓缓回过头来，看到的是他们一生都没有见过的一张温和的笑脸。在这种温和的笑脸面前，他们只能用心迎上去，去接纳这种笑脸，即使是去死，也要暂缓。

有人问里奇，是什么力量，使您坚守在这“自杀崖”50多年，一直没有放弃，拯救了一个又一个生命。

里奇的目光里突然柔和起来，眼睛里泅上了一层晶莹，他深情地说道，50多年前，一名自杀者曾在绝命书中写道，如果有人在我去跳崖的路上，朝我微笑，我就不跳了。这句话，深深地震撼了我的心，我想，那些选择告别这个世界的人，他们内心里其实还是非常渴望留恋这个世界的。他们需要的其实并不多，有时仅仅需要一张笑脸就行了。可是，就这么简单的需要，他们也得不到，这不能不说这是我们人性的悲哀。社会的冷漠、人的冷酷，就像是一只无形的推手，将他们推到了悬崖边，使他们走上了绝路。这个世界缺少的正是一种爱，一种关心和帮助。所以，我选择了终身守候在这悬崖边，尽我最大的努力，帮助那些试图自杀的人。

那些一个个试图自杀的人，在他们即将要跳崖的一瞬间，看到的是一张不设防的笑脸。就是这张温和、善良的笑脸，给了他们继续生活下去的希望和勇气。

但是，里奇也有一种人生的遗憾。他说，一次，他试图劝回一位就要跳崖的女孩子。那位女孩子听到里奇的声音，缓缓地回过头来。她看到里奇的笑脸，一下子愣住了，无神的眼睛里，顿时，噙满了泪水。她向里奇露出一个凄美的笑容，然后，义无反顾地从悬崖上跳了下去。每每说到这件事，里奇就会数度哽咽，流露出一种深深的自责和不安。

女孩子的母亲听说了这件事，专程赶来，亲自向里奇表达谢意。她对里奇说，我的女儿是幸福的，她在跳崖的一刹那，至少还看到过您的笑脸。她是带着您的笑脸走的，她看到了天使的笑脸。

天使在人间。我们每一个人都有可能成为一位像唐·里奇那样的“最天使”，而这并不难，有时，仅仅给他人送去一张笑脸就行了。

智者的写意

●余征征

智者的生存方式：在灵魂的空间里，那如苍松般坚毅的智慧，永远充盈着年轻的朝阳，充满正午激情的活力，充实在不过百年的生命之中。

智者自始至终在自己平常的人生中接受着挑战，在挑战中学会独特的创造，给平常的人生携来一缕缕打眼的温馨亮色。

智者不仅仅善待如春天般美丽的人生，而且用一种极平常的心态择善，择适而从之，从不透支无价的生命，因为生命是易碎的瓷，有着精心的呵护，破碎便失去了一切。

智者的生存方式：总是让自己的思想从容地投到多级的世界，智者总是把自己置身在一种宁静的和谐之中，这种宛如月下白玉兰的和谐是智者的自救。

智者生活在惯常的生活之中，不仅仅为活着而活着，在惯常生活中感受、品味，发现生活中如音乐般舒缓、轻逸之美，每一段都是简洁的美丽。他的存在是为平常生活中的人和事感恩，这种感恩是智者心中厚重的责任，他是为自己和生活中的人们共同寻觅一条甜蜜、务实的平安路。像上帝一样用承受忧伤、欢乐、迷愁、苦难的头脑，宽广的心灵，诚信的行动去思考人生之路的位置，因为这条路充满着幽韵的希望。

智者的生存方式：是一种亲切的方式。在他的灵魂祖国里诞生的智慧，是历经痛苦、忧愁、大恨、大爱的考验，在生命的天空静静飞行着，这种飞行是深切的体悟。

智者这种独立特行的体悟，潇洒地穿越突如其来的黑暗废墟。找到小桥流水般明亮的生存方式。就像一位久居城市的人，看到久违的故乡炊烟。

智者的智慧不是扑朔迷离的心计，而是亲切慈祥的颖悟，人们心中永久的感动。

智者的生存方式：在极其有限的生存空间，有规律地延伸着自己的生存，创造着生命。他拓展生存空间，思维空间，心理空间的方式是科学的，理性的态度，而不是虚张声势，自暴自弃，铤而走险，剑拔弩张那种过激行为。

智者有时候在自己的生活乾坤，有时也会不经意给自己戴上一副镣铐跳舞，他依然从容面对，不觉这是一种沉甸甸的负担，而是用一种平和心态对视着，考验着自己。这种坚忍的考验，就像酽酽秋茶，苦尽甘来。

智者的生存方式：不以物喜，不以己悲。面对宠辱而不惊。不会同他生存的世界格格不入，他的心中装着活下去的灿烂为理由和真理诸如一念之差，失之交臂的错误即使与智者相遇，也会迅离智者，这样的错误在智者灵魂的疆土，没有投宿的理由。

智者的生存方式：对生活时常保持一种虔诚的宗教感，正因为有这种醇厚、厚重、圣洁的宗教感。智者他在敬仰他的人们心中就有一种自然的神圣感、庄严感、安全感、信任感。

智者对生活怀有心仪和敬畏之情，他不会伤害、亵渎生活，以及生活中的人和事。

智者那种大智大慧的生存方式，就像小葱拌豆腐那样简洁而又有韵味。

智者的生存方式：他的智慧即使面对始料不及的生活痛苦，他的镇静自若，不焦不躁，宁静致远的从容大度，就像增长贤文中的醒心益智的恒言。他把玩着痛苦，鉴出一缕缕精彩。

智者面对生活的痛苦，给痛苦幽一默，让痛苦含笑离去。

智者的生存方式之所以让人钦羡，是因为他的机敏智慧。他的智慧来自于跨越痛苦、忧愁、荣辱、浮华等过程中，那种虚怀若谷的气概，宛如悲智双修的禅机的境界。

向对手伸援手

●刘 涛

商场如战场，对手就是敌人。在激烈的竞争中，用的都是重拳出击、弹压对方的狠招，鲜有向对手伸援手的。

1997年8月6日，计算机界传出了一条惊人的消息，微软公司总裁比尔·盖茨宣布，他要向陷入危机中的苹果电脑公司注入资金1.5亿美元。消息一传出，电脑界无不为之愕然。

苹果电脑公司是一家大名鼎鼎的高科技企业。20年前，乔布斯与伙伴乌兹尼克在美国硅谷的一个破旧车库里创立了引起电脑产业革命的苹果电脑公司。乔布斯一开始就把电脑定位为个人可以拥有的工具，像汽车一样，可供每个人使用。这在当时可是破天荒的观念，因为对一般人而言，那些大型电脑简直是一头巨型怪物，被供奉在电脑中心的冷气房中精心保护着，只有少数受过专业训练的人，才可以接近并利用它来做点事。

苹果公司刚刚诞生便一鸣惊人，它的销售业绩连年递增，经营规模不断扩大，企业实力迅速增加，它在个人电脑市场占有率上曾一度超越老牌巨人IBM公司。但进入20世纪90年代以来，随着形势的逆转和一些强大竞争对手的出现，苹果公司的优势逐渐丧失，市场占有率急剧萎缩，财务收支状况连年恶化，1995年、1996年都连续处于亏损状态，亏损数额高达数亿美元。

苹果公司虎落平阳，昔日的王者风范逐步消退，差一步就要被淘汰出局，此时微软若再出重拳，肯定会将其逼上绝路。在这生死存亡的关头，昔日的对手突然伸出援助之手，不仅让苹果深感意外，也让世人迷惑不解。微软的此番行动所为何来？

比尔·盖茨走这一步棋，自有他的考虑。

原来，美国《反垄断法》规定，如果某个企业的市场占有率超过一定标准，市场中又无对应的制衡产品，那它就要面临垄断方面的调查。若苹果公司彻底垮了，那么以微软公司操作系统软件的市场占有率（约92%），美国司法部门和联邦贸易委员会就会按反垄断法进行质疑，若真那样，微软公司为这场诉讼付出的费用将大大超过它从苹果让出的市场份额中赚取的利润。

若是让苹果支撑下去，两者操作系统软件相加就能差不多占领全部个人计算机市场，在这种情况下，微软与苹果的标准实际上就会成为整个行业的标准，别人只有跟着走的份儿。在这当中，由于微软实力大大超过苹果，它完全可以左右局势，不必担心受到苹果的牵制。因此，保留苹果公司显然对微软有利。

向对手伸援手，利人更利己，援助苹果公司之举为微软公司自身发展赢得了更大的空间。

一座断桥的启示

●赵文斌

南非开普敦地处印度洋和大西洋交汇处，不仅有举世闻名的桌山、好望角、海豹岛点缀在它的周围，而且市内的现代建筑和欧式建筑布局和谐相得益彰。漫步在这里，常常不由自主地从心底惊叹它的美丽。然而，给我印象最深的是市西的一座断桥。

这本该是一座立交桥，桥面在即将达到最高点时戛然而止，手腕粗的钢筋张牙舞爪地伸在外面，大大小小的混凝土块七零八落地挂在钢筋上和横躺在路面上，仿佛这里刚刚经历过一场地震。看看这座断桥，再环视开普敦的美景，一种落差刺激着视觉，就像看见一块可口的奶油大蛋糕上落着一只黑苍蝇。

见我皱着眉头，开普敦朋友布莱克很平静地说，其实我不说你也看得出，这是一个豆腐渣工程遗留下来的。15年前，因为计算错误，桥建到快一半时轰然倒塌，三名建筑工人当场身亡。那是一场灾难，建设局局长被判了三年徒刑，随后，开普敦打算尽快清理掉这堆建筑垃圾。在狱中的建设局局长得知这个消息，写信恳求市长留下这座断桥。但大多数市民不同意这么做，认为每年有上百万的外国游客来开普敦，在如此美丽的地方出现这种丑陋的建筑垃圾，简直是在全世界面前丢脸，是全体开普敦人莫大的耻辱。

就在准备撤除断桥的前一天晚上，开普敦电台广播了三名身亡的建筑工人家属致全体市民的一封信。

热爱开普敦的人们：

这座城市给了我们无比的荣光，我们都以它为骄傲。断桥是刻在每个市民心头的耻辱，在我们还要加上一份痛苦。每次看到它，我们都忍不住思念我们的父亲、丈夫和儿子。早一点让它消失，也许会平息我们的思痛。但是，流过血的伤口会永远留下个疤，不承认有疤的城市是虚弱的。我们这座城市不仅需要美丽，更需要一种勇敢的品质。我们的家人用生命告诉了我们，勇敢地面对耻辱，铭记耻辱，踏着耻辱才能追求明天的完美。不要让耻辱轻易地离开，即使耻辱里包含着痛苦。让断桥时刻地警示我们吧，这样我们未来才能做得更好。

第二天，断桥保留了下来。开普敦议会专门做出规定，任何人不得撤除断桥。后来的每一任建设局局长宣誓就职都选择在断桥前，保证用责任来修补曾经的耻辱。市长会把一个小盒子交到建设局局长手中，盒子里是断桥上的一小块混凝土。

夜色渐晚，大西洋的风越过桌山，轻拂着这座城市。夜色中的布莱克看着断桥，专注而坚定，他告诉我，那个入狱的建设局局长是他的父亲。我心头不由地一颤，布莱克、他的父亲、三位建筑工人家属和全体开普敦人是勇敢的，他们直面耻辱不回避，把断桥当做了耻辱之碑、责任之碑。在人生的道路上需要一座座丰碑记录骄傲，也不妨立一座耻辱之碑来铭记责任。

断桥的右边，一座新的立交桥已建成通车，挺拔而牢固地屹立着。

凭吊古战场

●苑广阔

几乎每个男人，在他的少年时代都有一个金戈铁马梦。他们手持买来的塑料手枪、长枪，或是挎着木头刻成的大刀，在河边的草丛里和院外的土堆上对着想象中的敌人呐喊和冲杀。

长大了，有人真的去当了兵，挎上了威武的钢枪，而绝大多数人，都只能收起当年的梦想，在生活的其他领域努力打拼着。我就是属于那种怀有军人梦，却没有军人命的一个。现在的我，带着厚厚的近视镜，每天坐在电脑前面敲敲打打，和梦想中横刀立马，纵横驰骋的军人简直天壤之别。

但心底那颗梦想的种子一直都在，只是需要一种力量把它唤醒。当某一天，我有缘站在古战场的时候，这颗种子很快醒来，让人心里热血澎湃。

有位作家说，每个人都应该找机会去凭吊一次古战场，感受一下苍凉与悲壮。属于我的机会来了。

今年5月份，我和一个朋友去了一次广西桂平的金田起义旧址。当时的金田村，现在已经叫金田镇了。古战场在一片山坡上，自然就是洪秀全领导的太平军与前来围剿的清兵殊死较量的地方。据当地百姓介绍说，当时战争打得惨烈异常，双方死伤无数。当战后取胜的太平军收拾战场时，光是各种刀枪武器就拣了整整十几马车。

现在的古战场，已经看不到任何战争的遗迹，远处是树，近处是草。但人站在那里，仍旧能够感受到当年战争的悲壮和惨烈。尤其是当呼啸的山风迎面而来，好像是千军万马席卷而过。

我仿佛看见旌旗猎猎中，包着红头巾的太平天国将士正策马冲向敌阵。大刀横卧，长矛向前，马嘶鸣，人呐喊，人马如风般卷入敌阵，让敌人胆战心寒。这样的场景，即使出现在梦里，也会让人激扬振奋浑身如过电一般。

昔日的战场，今人的怀想。站在战场中间，无法不让人把自己也想象成当年的一员战将。现在的我，可能永远也圆不了童年的那个梦了。

远处的水田里，赶着水牛犁地的农夫，把我拉回到现实之中。回到金田镇的时候，正是圩日，集市上熙熙攘攘，一派繁华祥和的气氛。还是和平年代好啊！身边的朋友如此感叹。是的，人人都有军人梦，但是当军人真的上了战场，说明和平已经被打破，战争的灾难已经降临。谁又能仅仅为了圆自己的英雄梦，而可以不顾背后生灵的涂炭，家园的毁灭呢？我们不是生不逢时，而是生逢其时。

当然，对和平的热爱，并无碍我们对古战场凭吊时那种悲壮和激荡的情怀。这次凭吊，让我的心灵得到一种震撼，一种洗礼，更加热爱阳光下的和平。

让道也是给自己出路

●乔　歌

父亲从20多岁就开始开车，先前是驾驶大卡车跑长途，天南海北，真是没少跑。20年下来，父亲跑遍了大半个中国。后来，父亲又开过各式各样的车。这么说吧，我18岁前在家乡公路上见到的车，我父亲都开过。他这位老驾驶员，驾龄40多年，行程达百万公里，愣是大小事故都没出过。

可以说，这么多年下来，父亲见识过各种各样的路况，遭遇到过形形色色的突发情况。小时候，我最喜欢听父亲讲在路途中遇到的故事，有些新奇，有些好玩。父亲的这些故事，为我打开了感知世界的窗口。对于一个乡村孩子来说，这可是莫大的幸福。直到我成年后，我才听父亲说起那些恐怖吓人的驾驶经历。有十多年，父亲每年都要去福建好几趟。父亲说，最想去的是福建，因为那里的风景好，那里的风土人情好；但又最怕去福建，因为那里的山路简直就是人间地狱。父亲说，走山路的那个惊险，没法说得清楚，反正动不动就见车滚下山去，或是散落一片，或是火光浓烟冲天。见此情形，心不打怵腿不发抖是假的。父亲说，征服高山峻岭间那一条条山路，胆量、技术自然不可少，但更重要的是要有给别人让道的心境。在那山路上，稍微一逞强，就可能害人害己。父亲说，他每回走在山路上，心里都在时刻提醒自己，对面有车要过来，得给他人留好道。尤其是那些陡坡急弯窄路之处，父亲更是尽可能少占路面，紧贴着自己道路的最右侧，哪怕边上是悬崖，他也绝不抢人家的道。

从我学车到买车这段时间里，父亲时常会向我传授他这位老驾驶的经验。他说得最多的是，走在路上，不要只顾自己通得过走得顺。要学会给别人让道，大家都在路上，你只有让人家有路可走，你才能安全通过。你要是不给别人留道儿，危险就悄悄地跟在你身后了。

说实话，起初我听不明白父亲这号称一辈子总结出的驾驶秘诀。现在都什么年代了，父亲老土了。现代崇尚的是“走自己的路，让别人去说吧”，要不就是“走别人的路，让别人无路可走”。我离开驾校开车独自上路后，才慢慢体会到父亲这一秘诀的神奇之处。处处不但不占人家的道不抢人家的道，还时时有意让出自己的道，让那些喜欢超车、开车有些野的顺畅而过。遇到特别窄的路段，先观察一下对面的车能不能过得去。看似是让，其实是给了自己更多的空间。

当下是个竞争的时代，人人都在理想之路上竭力奔走。尤其是遇到独木桥或羊肠小道时，人们只顾奋勇向前，很少有让路之举。是啊，抢一份先机，夺一条好路，看似是能更快地接近成功，有些时候也是成功的重要因素，但更多的时候，我们在路上争抢时会被挤出道，甚至会掉进沟里坠入峡谷中。很多时候，给别人让道就是给自己出路。

缺陷的哲学

●王 聃

这是一个一生都在与死神赛跑的人。

不满三岁，他就患了令人闻之色变的猩红热，医生断言他将活不过10天。

18岁那年，他又得上一种无法确诊的怪病，以致天主教的神父为他举行了只有病重教徒才有的临终涂油礼。

第二次世界大战时，20多岁的他参加了海军。然而1943年8月，他所服役的鱼雷艇被敌军击沉。他虽然依靠自己的力量与勇气游了几个小时，到达邻近的一个荒岛，但因此脊髓受损，随时有可能瘫痪，一生都需靠药物来减轻痛苦。

几年后他在伦敦又染上永远不可能治愈的阿狄森氏病。这种病导致他身体虚弱，全身血液循环不正常，肌体失去抵抗感染的能力。

另外，他还有胃肠不适、起因不明的过敏症、听力下降等疾病。即便他后来成了国家最高元首，他也只能经常躺在床上，洗着热水澡或在水温高于32摄氏度的游泳池里下达指令，因为温度太低将会诱发他的多种致命疾病。而他出行时，身边也始终离不开一名手提黑匣子的助手——黑匣子里面装的是一旦他疾病突然发作用来挽救生命的药物。

然而就是这个终生受尽病痛与苦难折磨的不幸者，却攀上了那个时代几乎无人企及的高度。长年因病卧床的他拼命阅读了不计其数的历史与军事著作，是哈佛大学和斯坦福大学的高材生。在行政问题助手西奥多·索伦森的帮助下，他创作了《勇敢者》

一书，且凭借该书获得了1957年的普利策奖。同时他又是一位卓越的社会活动家，连续三届竞选上了国会参议员。43岁那年，他又力挫群雄，成为该国历史上最年轻的国家元首。

他就是美国第35任总统约翰·菲茨杰拉德·肯尼迪。

在他的回忆录中，有这样一句震撼人心的话：没有不可战胜的缺陷，人人都是自己命运的建筑师。

每个人都是被上帝咬了一口的苹果，完美和缺陷总是并存着的，这是谁都无法改变的自然逻辑，重要的是他怀着怎样的一颗心去面对。完美的人生固然令人羡慕，而有缺陷的人生如果像肯尼迪般加以抗争并试图改变，它也将变得丰盈与富有激情。永远不要抱怨命运的不公，造物主有一千个理由给你遗憾，生活就有一万个理由让你的美丽以另一种姿势盛开不败，而这一切尽把握在你温暖的手心——或许这就是缺陷的哲学！

起航的感觉

● 张从英

你未必真需要在一艘船上，但不妨试试拥有这种起航感。

无论开端之后是否继续美丽，那都不是人所能预知的——比如风浪，比如暗礁，比如拖延一切的坏天气，但能够感到起航给你带来的那一份驱使力，能够让自己再次觉得自己对自己仍有着一个很大的责任，那就很好。

你一定听过“我心累了，我不可能再爱了”这类对白，道理是一样的，一个人假如失去出乎意料的能力，那么他当然是不会想到再去起航的。他多数觉得去不去都无所谓了，人生如茫茫大海，他很快就跑到岸边坐着，远远望向夕阳，在自己的回忆里泅泳。

起航当然不是个美丽童话。由此之后步步为营、全神贯注，身边茫茫大水既很壮观也是危险。浩瀚千里，这样的空间既可视为自由，也可看做浑沌。阴晴变幻，时而需要克服，时而需要顺应，一切都在于自己的抉择。而当境况越是关键，人就越能强烈感受到自己的存在，也能真正衡量出自己能力的最大极限。

海是一个奇怪的东西。会上瘾的。去问问老海员就明白这道理，对于航行，他们很少申诉疲倦或后悔，很多老海员虽然人老了但一颗心还是长久泡在海里的。乘风破浪，特别摇晃，也因为长久处于摇晃才更觉悟平衡之重要。航行魅力，真的无法抗拒，因为海让起航的人一直年轻地活着。当在海上看到一群群正在越洋的鸟，便会明白这个道理，它们绝对没有停下来的可能，只有永往直前。

有一次朋友跟我说，他发现自己很喜欢到机场去。他说，甚至只要在那里感觉一下，都有一种想象式的解渴感觉。当然，人人性格不一样，喜欢脚踏实地的人，偶尔跳跃就很快乐。我倒喜欢来真格的，也不介意义无反顾，既然义无反顾那就无须反顾，浪里总也有些平静的时刻。

假如以为自己是因为要抵达某处而起航，那也不是的。因为人生不一定都会抵达目的地。海明威老爷子无疑把一切看得太两面性了，不是征服就是翻船，其实，无论是相对比较安稳的陆地，或是相对颠簸的海上，目的地从来没在任何人的人生里打过包票。有些人抵达，有些人在其他地方上岸，有些人就像海上钢琴师那样宁愿一辈子选择待在海上，只是不同的苦行，都有各自价值上的选择。

喜欢起航的感觉，因为能有起航就表示不会长久停泊在同个港湾，因为每一次起航都让我感觉生命能再度出发。

虽说未必真需要在一艘船上，但下回假如又遇到一艘船，不妨到甲板上眺望看看，多数就能明白。

看　会

●贾玉奎

开会是一项十分重要和必要的工作，许多会不仅要开，还要下力气开好。但会议过多过滥，不仅无益而且有害。这些年，文山会海似乎成了祖传牛皮癣，不仅治不了它，它还专治老中医。人在单位，你绕不过会议；打开新闻，你躲不开会议。但是，哪些会议是真正有效的，哪些会议该开，哪些会议不该开，其实你瞥一眼会场就明白。不妨“三看”：

一看讲话人的“做派”。台上那个报告的人，是会议的灵魂。这个会议开得行不行，报告人就是一块试金石。要是报告人精神头倍儿足，劲用上了，会议就行。如果连他都无精打采，恍恍惚惚，像霜后的茄子，应付了事，那就完戏。如果他的表情如念经诵佛一般，那一定是在讲些子虚乌有、不咸不淡的东西，或者是大段朗诵套话，信口制造废话，那这个会议八成就是应景之作，务虚之举。

二是听会者的神态。台下听众的神态是会议的晴雨表。如果他们伸长了脖子，竖起了耳朵，眨巴着大眼小眼，听得很投入很专注，或者，不定期能掏出笔来，在小本上时时地记几句，甚至奋笔疾书，笔走龙蛇，那这个会肯定行。如果他不时地还会心一笑，或者说，不时地还来那么一次开怀大笑，脸上露出喜形于色的兴奋，那就更妙。如果他表情麻木，无动于衷，甚至似睡非睡，那你就有理由推断：这个会白瞎拉倒。也不排除报告人所讲的也还不错，但这帮人根本不想听、不愿听、不爱听，这也等于对牛弹琴，不如不弹，趁早别召集这样的会。

三看会场上的气氛。最出色的会，应该是台上一根针，牵引着台下无数根线，台下听会者跟着台上报告人的起伏，台上人的报告像轻风掠过听众的海面，泛起阵阵涟漪，这个时候，极容易爆发掌声、长时间掌声。于是，会议的指导思想、精神实质等等，就会烙制到听会者的脑子里去了。如果会场上交头接耳，叽叽喳喳，或者人人低迷，或者鼾声四起，那还不如紧三火把话收尾，宣布散会。

连报告人都打不起精神的会少开；使与会者打瞌睡的会别开；开起来气氛如一堆死灰的会，最好能提前预测，别把它列入工作计划。

麦子店随笔

赞美的力量

● 陈甲取

音乐家勃拉姆斯出生于汉堡的贫民窟，13 岁便混迹于酒吧为舞会弹琴伴奏。他酷爱音乐，却无从系统学习，因此他对自己未来能否在音乐上取得成功缺乏信心。

1853 年 9 月，20 岁的勃拉姆斯来到音乐大师舒曼家里。舒曼用亲切的话语打消了勃拉姆斯的拘谨与害羞。勃拉姆斯取出他创作的一首c C大调钢琴奏鸣曲草稿，手指灵活地在钢琴上跳动，一曲弹毕，舒曼感动得热泪盈眶，他热情地张开双臂抱住勃拉姆斯，兴奋地喊道："天才呵！天才！年轻人，你是缪斯女神派来的一位音乐使者……"

正是这发自内心的由衷赞美，驱走了勃拉姆斯的自卑，同时也给了他从事音乐事业的坚定信心。当晚，舒曼提起笔，写下音乐评论《新的道路》，热情地向音乐界推荐这位新的天才。从那以后，勃拉姆斯与舒曼结成了忘年之交，而他的精神面貌也焕然一新，音乐灵感滚滚而出，成为了音乐史上一位卓越的艺术家。1854 年，舒曼精神错乱住进了波恩的一家精神病院，勃拉姆斯伤怀于恩师的不幸，毅然搬进病院照顾他。在舒曼逝世后，勃拉姆斯自发承担起了照顾舒曼寡妻克拉拉和 7 个子女的重任。

真挚竭诚的赞美是最好的口德，爱默生说："在你每天的生活之旅中，别忘了为人间留下一点赞美的温馨，这一点小火花会燃起友谊的火焰。"舒曼以激赏与赞誉表达一种有效的激励，让初出茅庐的勃拉姆斯树立了坚定的自信，帮助他走出了困境，最终成就了自己的音乐事业。舒曼一句诚心诚意的赞美，不但成了勃拉姆斯一生中的转折点，造就了一位音乐大师，而且打动了勃拉姆斯，两人就此结成亦师亦友的忘年交。

给手帕加上创意

● 鄢世洪

在韩国首尔一处景区的附近，有一家手帕店。店主朴贞子经营这家手帕店已经有些日子了，由于地方相对偏僻，尽管朴贞子服务够周到努力，但手帕生意却愈加惨淡。朴贞子时常后悔自己选错了经营对象，准备再过些日子就把店铺关张，另寻出路了。

这天，朴贞子的店里来了一对看样子是刚从景区里出来的年轻情侣。女孩子走得急，汗水都出来了。她要了一条手帕后，没有立即离开，却在店里站着。朴贞子估计他们可能都走累了，就给他们递了座，端了水，让他们歇一歇。

情侣十分感谢，于是和朴贞子聊了起来。

聊天中谈到景区，年轻的情侣不禁抱怨起来，说这个景区虽然名声远扬，却根本没有什么看头。

朴贞子说："怎么会呢？这个景区景点众多，而且好玩的地方也多。"说着，她就忍不住如数家珍地向两名情侣谈起景区的景点和各个景点的特点来。

听完她的介绍，女孩子沮丧地对男孩子说："我们肯定没有游完这个景区，你看，老板说的地方我们哪有印象啊？"男孩也点了点头。

再问了问两个人的行进路线，朴贞子确定，他们只去了景区几个景点，有很多有价值的景点还根本没有去。

这时，女孩子用手中的手帕擦了擦汗，然后欣赏起朴贞子手帕上的花鸟图案来。看着看着，她忽然像发现了新大陆一样，兴奋地对朴贞子说："很多来此地游玩的游客对景区的景点都不熟悉，你何不把这些景点的详细位置和行进路线都绣在手帕上，这样，游客又能用手帕擦汗，又可以根据路线玩遍景区，岂不痛快?”

女孩的一句话让朴贞子茅塞顿开，她懊恼地拍了拍自己的脑袋，说：“唉，我怎么就没有想到呢，守着景区这座金山，我怎么就不知道利用呢?”她连忙朝女孩说“谢谢”，感谢她给自己出了一个好主意。情侣摇摇头，说更该感谢朴贞子的款待。不久，他们就离开了。

朴贞子立即着手景区路线的绘制，并迅速联系手帕制造商，让他们赶制一批“导游手帕”。

“导游手帕”投入市场后，朴贞子在景区附近加大了宣传的力度，想办法让每一个来景区旅游的客人都知道有这款既可以擦汗又可以当做旅游地图的手帕存在。结果，因为手帕既实惠又浪漫，还可以作为景点纪念品保留，很快博得了游人的青睐。朴贞子的小店生意变得越来越好。

朴贞子看准商机，又在首尔其他景区开了连锁店，生意越做越大。

有时，给产品加上一个合适的创意，就会获得意想不到的成功。

生活不是活着

●石 兵

生活不是活着，因为活着很简单，而生活很复杂。

我们总是喜欢谈论生活，并对于生活有着各种各样的期待，我们急于追寻自己想要的生活，于是一切故事就会从此展开，追寻财富时我们要精打细算，追寻艺术时我们要捕捉灵感，追寻爱情时我们要付出真心，追寻友情时我们要将心比心。但无论我们在追求什么，都比单纯的活着更加丰富多彩，这也包括那些得了绝症的人，他们生活的目的是活着，但他们生活的意义却并不是活着。

某种意义上来说，每一个人活着都是为了更好的生活，当一个人成年之后，他的生活就被赋予了更多的意义，为了父母妻儿，为了朋友，为了心中的理想，为了实现个人价值，也正是因为追求不同的生活才让我们活着具有了更为积极的意义。

在追求理想生活的过程中，我们不可避免地会出现一些不良情绪，挫败、疲惫、沮丧、烦躁，它们如影随形令我们避之不及，但事实上，它们也是生活的一部分，因为任何事物都有正反两面，它在给我们带来困难的同时，也是我们迈上成功顶点的阶梯，正是因为它们的存在，我们才学会了更多的东西。

棋风与人生

● 尹明发

有人说，围棋是一部用棋子显示的“活孙子兵法”，我说，围棋就是一种休闲娱乐中语言艺术。人生如棋，如果你用心地来聆听，便会读懂棋语。

有人说马晓春的棋就像是金庸笔下的桃花岛武功，轻灵飘逸、别具一格。谁不喜欢明快飘然，谁不羡慕倜傥潇洒？潇洒，其实就是一种英雄本色，胸襟博大者，倚楼风雨，淡看江湖，才子不羁而豪放……马晓春走路的姿态就很飘逸，无声无息，似乎像漫步太空，又好像花蝴蝶穿越花丛，他的身姿似乎总向一边倾斜，棋里棋外他都“妖”得飘逸——力战间，硝烟弥漫，“妖刀”在闲庭信步中，让强虏灰飞烟灭；生命中，风雪萧萧，淡然在潇洒脱俗间，让风雪如雾散去。

有人说李昌镐的棋风是积跬步而及千里。古人云：“静而生慧”，超脱红尘，物游神外，李昌镐曾经真的有点“成佛”的味道。在一次大赛中，一位记者对着李昌镐连续拍了几十张照片，在回去冲洗的时候发现，这几十张“不同”照片其实拥有着一个共同的“底版”，没有丝毫的不同……雨打芭蕉，谁都可以拥有这样的境界，只要你把心交给一片芭蕉叶和快活雨滴，浮躁与妄俗就会一点一点消去，清逸与纯真就会一缕一缕纤尘不染的从内心流出，红了樱桃，也绿了芭蕉。

李世石的棋，不仅锐气，而且霸气。曾有人打过这么个比方：小李就是山巅的一块石头，对手就是山洞里的一条蛇，蛇始终不敢轻易出动，因为，你不知道山巅的那块巨石什么时候会落下……霸气源自于一个人的气韵与风度，这种霸气让人折服，霸气不是恶气，霸气也不是不讲理，霸气更不是蛮横，为什么有些人，一出场就众人皆折服呢。霸气，是一种基于自信的纵横捭阖之气，一种万山之中我为峰的凌厉之气，人生中无霸气则无自信，无自信则无成功。

古力的棋大开大阖，总让人荡气回肠。看古力的大杀之局，有人会眼花缭乱，有人会提心吊胆，有人会声嘶力竭……岁月如歌人生豪迈，这或许就是性情古力的生活写照吧。当年，古力在合肥参加中国围棋新人王赛时，他夺冠后一顿狂饮，结果突然感到心脏有点不适，于是在大雨瓢泼的夜里被送到省立医院急救了。“直挂云帆济沧海，长风破浪终有时”是一种超然的豪迈；“生当做人杰，死亦做鬼雄”是一种悲壮的豪迈；“自信人生两百年，会当水击三千里”是一种潇洒的豪迈……论成败，人生豪迈，有了一分豪迈，人生便多了一分精彩。

棋海无涯，人生无限，我们都是生活中的一个棋子，无论黑白，都有各自不同的价值。在棋局中看人生的进退，在棋局里悟人生的悲喜，这就是学棋人的幸事吧。

Google 为什么能赚钱

●郭　龙

现在互联网上的网站已经多不胜数，而广告更是数不胜数。有的时候当你打开一个网站时，就会有无数的广告涌出来，有横幅广告，有漂浮广告，更有让人烦不胜烦的弹窗广告，甚至还有病毒广告……无数的广告似乎成了网站的通病。

可是并不是所有的网站都这样，Google 的简洁就是一个例子。在 Google 的首页从创立起就一直以简洁而著称，Google 的首页一个搜索框然后是 Google 的 LOGO，再就是几个标题，如此简洁的首页在互联网是很少见的，更让你想不到的是 Google 的首页从创立之日起到现在基本就没有什么大的调整，除了偶尔出现的几个 LOGO 涂鸦。

那么为什么 Google 的首页不像其他网站那样到处都是广告呢？这与 Google 成立时的一个故事有关。在 Google 刚创立的时候，由于从布林和佩奇都是斯坦福大学的学生，因此他们没有多少资金来支撑 Google 的发展，再加上当时一些投资人并不看好 Google，因此 Google 也没有外部资金的注入，整个 Google 的发展都是靠从布林和佩奇前期所赚的一些钱来维持 Google 正常的运转。

可是很快从布林和佩奇的积蓄就没有多少了，如何把 Google 维持下去，则成了从布林和佩奇的一个大问题。从布林和佩奇与公司仅有的几名员工一起讨论如何才能维持 Google 运转下去，这时候 Google 公司员工的意见分成了两派，一派认为 Google 应该学习其他的网站在网站上放一些广告，这也是其他一些网站的通用做法，而且已经有一些广告商表达了想在Google首页做广告的想法。

可是另一派员工包括从布林和佩奇都认为Google不应该在网站上放广告，因为这是Google从创立起就确立的原则之一，不以金钱为目的，永远把用户体验放在第一位。最后经过激烈的讨论后，从布林和佩奇决定Google网站首页上永远不放广告，尽管做广告很赚钱。

可是一个很现实的问题摆在了从布林和佩奇的面前，如果不放广告，那么怎么来维持Google的正常运转呢？最后从布林和佩奇决定开发一种新的广告系统。经过努力很快从布林和佩奇开发了Adwords广告系统，Adwords即我们通常在Google的搜索页面右侧中看到的赞助商链接广告形式，而Adwords的赚钱方法很简单也很合理，比如有一家卖帆布鞋的公司向Google投放了广告，当有人在Google的搜索引擎上键入关键字“网球”、“乔丹”或者“帆布鞋”时，这家公司的信息就会出现在右侧的赞助商链接中，如果搜索者想知道更多关于帆布鞋的信息，自然会点击这家公司的网址，而每一次点击都被Google记录在案，作为收费的依据。

Adwords的运用是Google一下子扭亏为盈，而且也为Google赢取了良好的口碑，因为Adwords把广告和搜索的真正有清晰的区分，用户不会把广告误以为是真实的搜索结果，同时因为广告都是和用户搜索结果最匹配的，因此广告使用户的搜索更加完美。很快Google凭借雪白、干净、清晰的主页，高速快捷的搜索，每月吸引3.8亿用户，年销售额达到90亿美元。

如果当初Google像其他网站一样打广告，那么绝对不会有现在互联网巨头Google，可是正因为没有Google没有把赚钱放在第一位，而是把用户体验放在第一位才有了今天的Google。

永远把用户放在第一位而不是赚钱，也许这才是为什么Google能有今天成就的真正原因。

拂过心湖的清风

●范烛红

成功时总有人为你喜极而泣，受挫时依然有人陪你默默流泪，这个人就是母亲。多少年了，母亲的爱平静地抚慰着我这颗柔弱的心，像清风不时拂过湖面，荡起了一串串温情的涟漪……

犹记儿子出生的那个春天，我从集市上买了十来棵果树苗，回家后发动全家兴致勃勃地栽在屋后的空地里，也算是在这个季节里种下了一个美好的愿望吧。儿子三岁的时候，母亲搬到了河对面的二弟家，在为我辛辛苦苦地带了三年的孩子后，她又忙着去为弟弟们操持家务去了。母亲似乎从未感到过劳累，她就像一只沿河而来满载而归的货船，在这一港口卸下人们急需的物资后又匆匆驶往下一站。母亲突然不在身边，我感到日子冷清了许多。当生活中遭遇一些大大小小的梗塞时，我总会忆起母亲的好来，但多半时候，我会禁不住地因羞愧而脸红起来。在母亲眼里，我永远是一个长不大的孩子，回想自己从嗷嗷待哺到长大成人，母亲不知为我吃了多少苦，操碎了多少心。

但是这些年，我想我一定遗忘或忽略了许多本该牢记于心的事，像母亲苦难沧桑的一生，像母亲霜染双鬓的容颜，像母亲渐渐佝偻的脊背……或许，母亲真的老了，她太累了，太多的琐事已让她疲于奔波，也就无暇再顾及我这个小家了，我以为。然而，很快我就发现我错了，而且错得是那么刻骨铭心。在这个时节，似乎是在蓦然之间，我发现那些果树的枝头居然挂满了沉甸甸的果实：橙黄的枇杷、橘红的杏子、绿嘴的油桃……阵阵诱人的香味沁人心脾，惹得远处的蝴蝶都款款地飞进了果园。可一时间，我脸上一度洋溢着的丰收的喜悦却戛然凝固了。我无颜去面对它们，因为我清楚地记得，自己在栽下这些树苗后就再也没有留意过它们一次，哪怕是浇一次水或施一次肥。

风儿不停地摇曳着树叶，刹那间也摇醒了许多我难忘的记忆。记不清是从何时开始，我隔三差五总会看到院门角落里搁着几把新鲜的蔬菜或十来只鸡蛋；我不在家的时候，屋后的排水沟总有人翻弄；被风刮破的窗玻璃不知不觉中又完好如初；雨后路上的坑洼总有人填平……最使我感到汗颜的就是这些可怜的树苗，幸亏有母亲不忘为它们剪枝、浇水、施肥和喷洒农药，若非一番精心的侍弄，它们绝不会对主人有如此珍贵的馈赠。我想，果实熟透的那一刻，地底的泥土一定会聆听到它们因感动而颤抖的轻响；根叶潮湿的那一瞬，淅沥的雨水一定会分辨出它们吮吸后呢喃的梦呓。而我呢？我何时对自己所受的恩惠有过回报，哪怕是怀揣一颗感恩的心呢？

这一刻，我突然明白：当我种下的希望不再需要清风爱抚的时候，母亲的爱又默默地幻化成了一丝丝润物无声的细雨。

“墨守成规”的BBC

●徐　跃

1939年9月，英国和法国对德宣战，第二次世界大战全面爆发。英国广播公司（BBC）作为政府资助的英国最大新闻广播机构，立即作出反应。12人监督委员会通过紧急磋商，确定专门辟出广播线路面向国内外进行战争正义性的宣传。执行委员会接到监督委员会的授权后，立即调整广播线路，由之前的临时的不系统的报道，变为全面的系统的专门的报道。

这类广播的内容，无外乎战事的及时报道，用以鼓舞士气，进行战争动员。BBC也不例外，他们派出大批记者，奔赴战争前线，采访及时新闻。那时候，英国人以及周边邻国对于战争的信息源，几乎全部来自BBC。BBC受到了英国民众的热捧，英国人的业余时间，几乎全部用在收听BBC的战争信息广播上。

但是，后来发生了一件事，几乎让BBC与民众走向了对立。

原来，BBC执行委员会，为了加大宣传力度，决定设立一个固定的节目，用英语和德语两种语言，面向德国广播，企望从意识形态领域，动摇希特勒的纳粹主义。

若要达到这样的目的，当然离不开对希特勒的《我的奋斗》的批驳。因为这本书全面系统地阐述了希特勒的“理想”：“创建第三帝国和征服欧洲”。它是德国法西斯内外政策的思想基础和纲领，是德国法西斯发动第二次世界大战的思想和行动的纲领，全书充满了民族主义狂热和对马克思主义、犹太人的仇恨。书中大肆宣扬日耳曼人是上帝选定的“主宰民族”，宣称“新帝国必须再一次沿着古代条顿武士的道路”。这本书，在德国，被法西斯主义者奉为至宝。

方向确定后，每到节目时间，BBC就从《我的奋斗》中，节选一段，原文播出。接着针对性的发表“本台评论员文章”，对刚刚播送的那段文章进行批驳，当然，每次都少不了大骂一通希特勒，以激起民众对他的仇恨，希望唤醒被蒙蔽的德国青年。

这个固定节目，在饱受战争祸害的民众之中，颇受欢迎和支持。但这年年末的事，就让民众大呼伤不起了。原来，按照规定，到了年末，广播公司须向所有稿件的作者支付稿酬。这其中，竟然包括希特勒。因为广播公司在节目中，每次都原文广播了希特勒的《我的奋斗》的一些章节。按照规定，也同样要向希特勒支付稿酬的。于是，广播公司就执行了这个规定，通过中立国瑞典，向希特勒支付了相应的稿酬。因为公司认为，按照英国法律，任何人的知识产权都应该得到保护，哪怕他是纳粹头子希特勒也同样如此。

对此，一些英国民众很愤怒，认为广播公司是在资助纳粹，帮助纳粹，是在助纣为虐。为此，广播公司毫不退缩，针锋相对。通过广播与一些民众进行了辩论。公司认为，这场战争的本身，就是为了打倒独裁，赢得自由与民权，如果因为希特勒是纳粹头子，就可以肆意侵害他的知识产权，那么，我们的行为与希特勒的独裁何异？BBC的观点最终为英国民众所接受。

安妮和她的栗树

● 刘学正

“我们望着窗外的蓝天和那棵栗树，光秃的树枝上还滴着水珠，河鸥和其他的鸟俯冲飞过时，树看起来几乎呈银色。我们都被这幅景像感动得说不出话来。”二战期间安妮·弗兰克在日记中这样写道，她躲在与世隔绝的密室中，唯一可以看到的风景就是天窗外的那株栗树。

安妮是一个德籍犹太女孩，为了躲避纳粹的迫害，她随父亲移居到荷兰的阿姆斯特丹，德军占领荷兰后，被迫藏身在父亲公司的密室里。搬进密室那天，安妮刚过完13岁生日，他们在今后的两年里饱受孤寂和饥饿的折磨，时刻面临被捕的危险，安妮把每天发生的事情都记录在一本花格日记本上，并称它为好朋友“凯蒂”。

安妮在日记中写道：“白天，我们尽量不说话、小心挪着脚步，不然会被库房管理员发现，爸爸说附近又有犹太人被搜出来带走了，我们的处境很危险……”孤寂、恐惧时刻笼罩着安妮，她透过窄小的天窗看到了一株栗树，看到了枝桠上自由自在的小鸟，也看到了生命的希望。“我的一生，不可能总是战乱、痛苦和死亡，当我抬头仰望栗树时，我感觉一切都会好起来。”

此后，她燃起了对生活的热爱，饥饿再次来临时，她写道：“肚子咕噜咕噜的，可全是各种各样的调子。凡·达恩先生是深沉而低调，像大提琴；彼得是高音，像是吹长笛；当我们围在一起吃晚饭时，好像一个管弦乐队在调音……”她还写道：“我得学习，才不会变成蠢人，我要上进，将来要当新闻记者或作家，这是我的愿望!”

这种热情也感染着密室中的每一个人，以至于安妮对患有牙病的彼得说：“我很想帮帮你”时，彼得回应道：“可你一直在帮我呀，用你的充实和快乐。”

1944年8月，由于有人告密，密室被纳粹发现，半年后安妮在集中营里走完了短暂的一生。后来，侥幸活下来的安妮的父亲得到了这本日记，他流着眼泪读完，并历尽千辛万苦，将这本珍贵的日记整理出版。迄今，《安妮日记》已被翻译成60多种语言，累计出版上千万册，感动着全世界的人们。

安妮曾许下一个愿望：我想继续活下去，即使在我死后。“凯蒂”没有失言，安妮活了下来，虽然她已经死去，但她活在了无数人的心里。“我们的栗树开满了花。它覆盖着绿叶，比去年还要漂亮。”安妮在被捕前写道。

成功永远是不完美的

●郭 龙

他是国内一家上市大公司的高管，是公司的骨干人才，而薪水、待遇也远远高于同行业的标准水平，工作发展前景也很是看好。可是他却依然不开心，因为他一直希望自己能够创业，而且也一直有一个很好的项目，可是他又怕创业失败，因此他一直在犹豫中。

有一天，他无意中来到了北京郊区的一所古寺，古寺已经有上千年的历史了，由于缺乏修缮，因此古寺很是破落，游人也很少。他来到了寺中，看着破落的古寺，他又想起了自己：如果安稳于现在的现状，那么收入、福利等各方面的待遇都不错，而且发展前景也不错，可是自己的理想却实现不了，可是如果一心去创业，如果创业失败，那么就会一无所有，甚至负债累累……

就在他正想得入神的时候，一个老僧坐在了他对面。等他抬起头来的时候，老僧正看着他微笑："施主，何事导致如此心事重重?"他本想拒绝老僧，可是又想老僧是局外人，即使告诉老僧也没有什么大的影响，说不定还能从老僧这里得到答案。

于是他一五一十地把自己目前的困境告诉了老僧，老僧静静地听完了他的叙述。老僧沉寂了一会儿说道："请施主到我禅房一叙。"他跟着老僧来到了禅房。老僧给他泡了一杯茶，然后又拿出一个葫芦，递给了他，他看着老僧递过来的葫芦很是纳闷，给自己葫芦做什么？老僧又递给他一块盐巴，然后对他说道："请施主把盐巴放进葫芦里，然后去装满水，要装的不能再装下一滴水为止。"

他不知道老僧葫芦里卖的什么药，可还是听从老僧的吩咐去外面的水池把葫芦里装满了水又小心翼翼地拿到了老僧的面前。

老僧看了一眼葫芦然后又说道："请问施主，如果现在要你尽快将这些盐巴溶化，你会怎么做呢?"他不知道老僧是什么意思，可他还是想了想说道："要想尽快让葫芦里的盐巴溶化，最好的办法就是摇动葫芦，这样就能很快溶化盐巴了。"

老僧又问道："可是要让你不能把葫芦里的水摇出来呢?"他说道："这没有办法，要想不让葫芦里的水摇出来，只能慢慢等待盐巴自己溶化了。"老僧又说道："如果把葫芦里的水倒出来一半再摇呢?"他想都没有想就说道："这肯定比等待盐巴自己溶化快多了。"

老僧说道："如果你想让盐巴溶化，可是又不想让水摇出来，只能等待盐巴自己溶化，如果你想让盐巴快一点溶化，则只能倒出一半的水再摇，请问施主有什么万全之策没有，即可以让盐巴快速溶化，又可以不让水摇出来呢?"

他想都没有想就说道："这肯定没有万全之策!"老僧看着他说道："既然施主知道没有万全之策，又何必苦苦的非要找一个万全之策呢?"

他看着老僧突然明白了，这哪里是说盐巴和葫芦，分明就是说自己，葫芦里的盐巴不倒出一半的水来只能慢慢的等待它自己溶化，可是那要很长时间，而自己现的困惑又何尝不是这样，本来创业和现在的现状就像葫芦和盐巴一样，不可能有万全之策，而自己却一直在苦苦的寻找着一个万全之策，这与不想让葫芦里的水摇出来又想让盐巴快速溶化有什么两样……

他谢过了老僧，回到了家。第二天，他向原来的公司递交了辞呈，在众人的不解中，他带着自己的几个朋友开始了创业，不到一年他的公司就在互联网界刮起了一次旋风，他创办的网站叫开心网，而他就是开心网的CEO程炳皓，而他原来所在的公司则是知名的互联网公司新浪。

创业成功后的程炳皓，永远记着老僧的话，因为是老僧使他明白最重要的一点：成功永远是不完美的。

给他人一次买单的机会

●杏　园

冯巩是我国著名的喜剧表演家，可就是这样一个活跃分子，年轻时却极其自卑。那时，冯巩还没有走进公众视野，生活极其窘迫。朋友们知道他的困境，都很体谅他，在各方面都努力照顾他、帮助他。冯巩十分感动，但这也触动了他内心深处敏感的神经。

有一次，冯巩领到了一笔演出收入，兴冲冲地给几位知心朋友打电话，准备请大家吃饭。几位朋友很爽快地答应了，晚上如约而至。饭桌上，大家谈得十分愉快，一顿饭让冯巩觉得自己也可以努力给朋友带来快乐了。可是，宴席结束后，当冯巩赶去服务台结账时，却被告知，有朋友已经将账给结了。

虽然感激朋友的仗义，但冯巩心里却很不痛快。一直以来，自己都在接受朋友的帮助甚至是救济，自己好不容易有了能力，本以为可以补偿朋友，可以让自己更理直气壮一回，不想却被朋友抢了先，让自己的计划落空。如此下去，以后还怎么敢主动邀请他们呢？

后来，又发生了几次这样的事情，冯巩每次都"请客未遂"。一次酒足饭饱之后，当朋友们都准备离开时，冯巩却坐在凳子上一动不动，直到有人发现了异样，冯巩才忍不住抖出了心里的"症结"。这一次，冯巩说得十分直接："当我没有能力买单的时候，你们替我买单，我十分感动。但我告诫自己，这不是我想要的生活，因为我们是朋友，我希望我们站在同样的位置。所以，现在我有能力了，我希望你们能接受我真心的邀请，给我一次买单的机会。如果每次都是你们替我结账，虽然能理解你们的善意，但会让我觉得自己低人一等。”这时，朋友们才明白，冯巩坚强的外表下，隐藏着一颗敏感的心。后来的日子里，大家都很尊重冯巩的意愿，不再为他自作主张了。而冯巩，也因此更轻松地融入到朋友们的氛围中去，和谐而自在地与大家相处了。

类似的事情其实也经常发生在我们周围，我们总是以为自己能理解朋友，总是自以为是地替他人解决问题。殊不知，有的时候，他人更希望通过自己的努力自己来完成，我们的过分主动也许是在帮倒忙。给他人一次买单的机会，不仅是让他人证明自己的实力，也是对他人自尊心的一种尊重和维护。

给未来写信

● 章鸿夏

我有一个习惯，就是给未来写信。当十五岁的我，在一个阳光明媚的午后，静静地坐在教室里，拿起笔给二十五岁的自己写信时，那时会问：你现在在做什么工作、住在哪里、生活好不好等问题。

现在，我已经可以回答自己十年前提出的问题：在国有企业工作，住单身宿舍……这时再写一封信，那就是要给三十五岁的自己。如果给十年后的自己写一封信，我又会想说些什么呢？

不久前，一首“李雷和韩梅梅”的歌曲红于网络，这是八零后对于自己青春年少岁月的感慨，虽然只是小众意识，但也反映出了人类的共同点，即对过去美好时光的无限追忆。时光，是人生中最宝贵的东西，“一寸光阴一寸金，寸金难买寸光阴”总结得很精辟。十几岁的人，很少具体规划自己的人生，他们活在青春年少的叛逆和充满幻想的岁月里。二十几岁的人，面对现实生活的压力，逐渐被磨平棱角。三十几岁的人，“而立”之后，开始忙于工作和追求知性的成长，把自己放在一个自由自在的机器里，每天只花半小时来检阅他的家庭，但却会在年老时开始依恋孩子。四十几岁的人，已没有自己的时间，青春远去，他开始渴望青春。五十几岁快退休的人，害怕和恐惧退休之后空虚寂寞的生活，到“鬓发各已苍”的时候，也许还后悔自己以前没有多陪亲友。很多时候，大家都在后悔，为了减少后悔这种不能改变的东西，我们在给未来写信时，是不是也在对自己做一种规划呢。

十年之后，二〇二〇年，我三十五岁，那时正是中国崛起的关键时期。当再看写给自己的信的时候，我是不是能作出满意的回答呢？或者，能够在未来读信时，将遗憾程度降到最低呢？十年之后，还会有下一个十年，再下一个……

抓住自己最后的美好时光，人生的轨迹需要自己去书写，也许抓住一根稻草，你就能改变自己。

记着别人的好

●李君山

手中的铅笔滑落地上，身边的人弯腰帮你捡起；素不相识的人把手机借给因为忘带而急用的你；初进一家公司，门卫热情地给你指明要找的地方；早晨去小吃部吃了早餐，一摸口袋发现没带钱，老板一挥手，明天一起给……这些别人对你的好因为太琐碎，太微小了，而常被忽略。

无论乘务员的心情如何委屈，她都要露出八颗洁白的牙齿，那是公司的规定；无论妻子身体或心情如何不适，她都要为你洗衣做饭带孩子，因为她是你的老婆，她就应该以你为中心。凡此种种，不胜枚举。别人的好，对于有些人来说，那是理所应当，天经地义的，而恰恰忘了，别人也有这样的需要：爱人需要呵护，同事需要帮助，那些素不相识的人也希望看到你的微笑。那些举手之劳的小事，我们做了，别人也同样会感动，会有春日暖阳的幸福。

母亲曾告诉我一句话，记恩不记仇，路才会越走越宽。“恩”是什么，我曾狭隘地理解过它，搜寻记忆的每一个角落，实在寻不出一件可以称之为“恩”的事情。公司里，老板升迁我的职位，那是因为工作的需要。老婆一日三餐做饭，那是因为我给家里挣钱太辛苦。下属迁就我，那是因为我掌握着他们奖金分配甚至人事的去留。对母亲的话始终没有领会，虽然认为它正确，但并没有身体力行过，只是盲目地认为她的话有道理。相反，对于别人的一个哪怕无意中的伤害，却耿耿于怀，久久不忘。

随着年龄渐长，经历的事儿多了，才真正领会这话的内涵。

“恩”并非狭隘的生命拯救、权力相许、金钱相赠，别人的恩别人的好就是那些举手之劳令人愉快的琐碎小事；而仇，其实也只不过是人与人之间的隔阂猜疑冷漠。而这些猜疑冷漠，更容易让我们忽略他人给予自己的好。记着别人的好需要一种宽容大度的胸怀，记着别人的好，才会发觉生活处处是阳光。心念着别人的好，才能时时提醒自己，把别人对自己的好传递给别人，温暖别人，给别人也带来幸福。

每天只卖20张门票

●张珠容

在美国，波浪谷绝对算得上一个奇特的景点，因为它不仅景观奇特，而且每天只限定20个人进去游览。

三十几年前，几位美国本土的摄影爱好者无意间闯入了美国亚利桑那州北部的一个朱红悬崖的峡谷。在这里，他们看到峡谷有着许多五彩缤纷的奇石，并且砂岩上的纹路像波浪一样。美到令人窒息的景色让几个摄影爱好者纷纷驻足，他们给它起了一个很形象的名字——波浪谷，然后拍摄了大量的照片带回去。

当波浪谷的照片公布出来之后，很多人都赞叹不已。为了能亲眼看到这样的景观，各国的旅游爱好者纷纷来到美国准备进入观赏。许多旅游开发商见此情景，立刻动起了歪脑筋：把波浪谷开发成一个旅游景点。

就在开发商准备夺标、旅游者准备游览的时候，美国政府出面了，他们很坚定地提出：波浪谷是地球的财富，是全人类的财富，我们要做的就是保护、保护、再保护！我们坚决不能让它们成为一两代人纵欲的玩具，而要留给千秋万代。

这样的声明立刻引起了大批旅游者的不满，他们强烈呼吁：这样漂亮的景观不应该常年封闭，而应该对全世界热爱大自然的人开放！随着这样的呼吁声越来越强烈，美国政府开始感到一种莫大的舆论压力。该怎样做才能使波浪谷既不受到破坏，又能让众多旅游爱好者欣赏到它的美？

经过很长一段时间的商讨，美国政府终于想出了一个两全其美的办法。在地质学家和环境保护专家的意见指导下，一个近乎于孤本的简单规定在人们敬慕的目光里颁布出来了：波浪谷每天只发放二十张门票，全球不分国家、不分种族、不分信仰、不分贫富，机会均等。

怎样获得这样的门票？美国政府公布了两个申请的办法：1. 网上申请。每个月月初的第一天，申请人可以在指定的网页填写申请表格，这些表格会有专人受理。在这一天，网页将发放未来四个月一半的门票。无论申请者在世界哪个角落，只要申请成功，就会在规定期限内收到美国寄来的附有步行地图和环保指南的门票。2. 现场申请。在犹他州 89 号公路上，美国政府专门设置一处“帕瑞亚谷管理办公室”，每天发出十张门票。前提是，所有申请者必须在九点前进入办公室并填好申请表。九点整的时候，所有人进行抽签决定。是哪十个人会拿到门票，就全看运气了。

两个申请方法公布之后，所有人都没有异议了，因为这样的申请方法最公平、最简单也最有效。有幸拿到门票的人进入波浪谷之后，都只会拍摄一些景致，尽量维持它们最原始的状态。而未能申请到门票的人仍然在网络或者实地继续申请着。很多人说：“波浪谷的申请过程虽然竞争很大，但是如果运气来了，就像中彩票一样万分兴奋！”

每天只卖 20 张门票，美国政府就这样既保护了一个自然保护区，又满足了全世界旅游爱好者的强烈愿望。

美好为何只在镜子里

● 苑广阔

有一段时间，我被一个问题深深地困惑。这个困惑我的问题，甚至其本身就不太容易说得清楚。也许这样说，更容易理解一些：当我骑着电动单车行走在路上的时候，我从电单车反光镜里面看到的是一个陌生的世界，这个世界因为陌生而新奇，因为新奇而令人向往。而实际上，我就走在这条街道上，就走在镜子中那些楼宇旁。

这只是举个例子，这样的事情，当然不仅仅会在电动单车的反光镜里出现，看电视的时候，看到里面播出的漓江山水，梦里水乡，同样令人无限向往，但当我漫步在漓江边的时候，那种感觉却荡然无存。最后，这种情景还出现在我的梦里，在梦里，我到了一个陌生而美好的地方，兴奋得像孩子一样狂奔。但醒来以后，才知道是黄粱一梦。

我一直不知道怎么把这种感觉对别人说，我怕别人以为我精神有问题。直到有一天，我碰到的一位心理医生，小心翼翼地对她说了自己心里的困惑。她笑着说："其实你不用担心，这不是什么心理问题。很多人都有这种感觉，包括我在内。只是有些人说了出来，而有些人不说而已。"

她进一步解释说，如果按照心理学的观点来看，人之所以产生这种困惑，主要在于两点：距离感和满足感。距离产生美，对于我们天天身处的风景，相处的人，我们已经感觉不到他们的美，但是经过镜子的折射，变化，这种美又出来了。而正是因为我们不满足于现状，才让我们觉得远处的，不属于自己的就是美好的。

一语惊醒梦中人，仔细想想心理学家的话，还真是这个道理。我自己走几步路就可以到达的漓江，平时没有觉得它有多美丽，多漂亮，但是到了电视里，到了宣传画上，觉得那是“远处”了，那是风景了，所以也就觉得好看了，漂亮了。

对于我们的工作和生活，也是一样的道理。我们坐在办公室里，吹着空调，翻阅着文件，觉得这样日复一日的工作，实在是无趣无聊无奈。但是那些在烈日下搬着砖头，在酷暑中汗流浃背的劳动者，他们又该多么羡慕我们的工作啊?

我们觉得不幸福，是因为我们不满足；我们羡慕远处的风景，是因为距离产生美。而决定我们是否幸福，是否满足，仅仅在于我们看待问题的角度。

明白了这一点，我心释然。尽管我同样会在梦中去到一个让我激动，幸福的地方，但是我也学会了在现实中寻找幸福。

你就是拯救自己的神

●曹卫华

从前有个人，相貌丑陋，瘦长的个子，走路姿势难看，双手不协调地晃来荡去，街上的行人都要掉头对他多看几眼。

他不但出生贫贱，而且身份低微，母亲是私生子，遭人白眼和羞辱是三天两头的事。

他有心爱的女友，但离结婚还差几个月时，女友不幸去世。这使他心力交瘁，卧床数月不起。

他没有受过良好的教育，为了维持生计当过摆渡工、种植园的工人、土地测绘员、店员和木工。失业后，自己创办企业，但不到一年就倒闭了，弄得他债务压身，不得不四处奔波，疲惫不堪。

他的名言是："虽然有过心碎，但依然火热；虽然有过痛苦，但依然镇定；虽然有过崩溃，但依然自信。因为我坚信，对屡战屡败的最好办法，就是屡败屡战，永不放弃。"

他死后，别人评价："他是一位达到了伟大境界而仍然保持自己优良品质的罕有的人物。"

他就是亚伯拉罕·林肯，后来成了美国历史上最伟大的总统。

不是每个人都能成为总统，毕竟总统只有一个。但纵观古今中外，很多人生的奇迹，都是那些最初拿了一手坏牌的人创造的。当你发现自己根本毫无优势时，最重要的是拥有一颗永不放弃的心，笃信这个世界没有谁能够左右你，你就是拯救自己的神。

惟有如此，有一天，你才会发现：其实所谓的远方，就在眼前。

怒放的格桑花

● 钱浩宇

玉树，像一个硕大的“L”形字母，刻在海拔3800米的唐古拉山脉大峡谷内。素享“江河之源、名山之宗、牦牛之地、歌舞之乡”、“唐蕃古道”和“中华水塔”的美誉。一场7.1级强地震，摧折了这片神奇的土地。短短几秒钟的时间，生命消逝，家园成为一片瓦砾。结古镇扎西河道两岸，悲伤成川。

4月21日，举国哀悼。无法割舍的血脉相连，将全国人民的心连在一起。点亮心中祈福的烛火，悼念逝去的人们。在3800米的高度，十指相握，把温暖传递。关注震区的孩子们。我想，灾区的天空，一定是雨落不停，那是痛失亲人的孩子们无尽悲伤的泪水。我想，灾区的每一寸土地，一定承载着无限的哀思，孩子们脸上一定没有一丝笑容。

欣慰地看到，是我想错了。玉树的孩子们，比我想象得更坚强。高原的风，高原的气候，让他们比常人更具有坚韧的性格。在那难能可贵的坚韧里，我看到的更多的，是乐观向上，积极面对困境，努力帮助别人的精神。

人们不会忘记，一位刚被救出来的藏族小女孩，眼神清澈，表情镇定。平静大方地对救出她的叔叔说：“打扰你们了！”人们不会忘记，地震中有幸逃生的藏族孩子，顾不得伤痛，立刻投身到救人的行列中。人们不会忘记，痛失七位亲人的孩子，沉静如常，忙着捡柴火，烧开水，一刻不闲。

人们不会忘记，11岁的哥哥带着3岁的妹妹给母亲献花。母亲已经离世，哥哥说，我会养活妹妹，看着她长大。

人们不会忘记，13岁的藏族小女孩次乃拥青，被厚重的石板死死地压在废墟下。54 个小时，在黑暗与恐惧中，无畏地坚持，坚信一定会有人来救她，这是她坚定的信念，这信念支持着她的生命，她最终被救了出来。

如果说次乃拥青让人佩服，16 岁的更松代吉的行为，就让人感动了。在玉树地震发生后，她用双手把 9 位亲人从废墟中救出。

人们不禁要问，是什么给了更松代吉如此大的精神力量，支撑她完成这一壮举。玉树藏族自治州民族中学初三班藏族学生依西向秋勇救老师的行为，也许能让人找到答案。说起救出老师的英勇经历，依西向秋显得很平淡："老师跟我们就像兄弟一样，他平时就教导我们，要助人为乐。"

当大雨夹着冰雹无情地扑向这片本已满目疮痍的土地，一位藏族女孩用双手护住坐在小板凳上正为灾民诊病的边防军医的头部，尽力地为他遮挡风雨，她叫央青。

一个画面令人难忘。废墟旁，一群孩子在踢球。风扬起尘土，孩子们的脸上露出快乐的笑容。它让我们看到了希望。孩子是玉树的未来。有这样乐观的孩子，玉树的明天一定灿烂辉煌。

灾难突袭，而生活依然要继续。宁静的灾后的清晨，琅琅的读书声从活动板房内传出。四年级的藏族女孩尕松卓玛大声朗读着艾青的诗作《我爱这土地》，稚嫩的童声清脆而有力。她说，我喜欢上课，这样就可以学到知识，做一个对祖国有用的人。

这就是地震灾区的孩子们。他们朴实无华，心地善良。他们不怕危险，英勇顽强。他们怀抱理想，懂得感恩。他们像高原上的格桑花，美丽不娇艳，纤细却挺拔。

格桑花，也叫格桑梅朵，是藏族人心中最美丽的花，代表幸福吉祥。它杆细瓣小，看上去弱不禁风。可风愈狂，它身愈挺。雨愈打，它叶愈翠。太阳愈曝晒，它开得愈灿烂。这寄托了藏族人民期盼幸福吉祥等美好情感的格桑花，在藏族人民眼里，是高原上生命力最顽强的一种花。

在我心里，每个玉树的孩子都是一朵顽强盛开的格桑花。

清明是一个词

●任崇喜

清明是一个很特别的词。这时节，刚刚从严冬走出的人们，在蛋黄般的嫩阳下，在吹面不寒的杨柳风中，可以如丛草般疯长的心事一样遐想：暖阳，晴空，轻风，春燕呢喃中，草木回青，万物萌发，草儿们伸展柔弱的胳臂，树儿们绽出婴儿般的嫩叶，花儿们氤氲着青涩的面庞，河边的柳已笼起蒙蒙烟雾，一派春色春水在天地间那么轻盈明朗。大地万物到了这时节，尽显出骨子里那点不甘寂寞的性情来，纷纷扬花拔节。即便有雨，春雨如烟，天蒙蒙，地蒙蒙，含珠的桃苞，挂露的垂柳，一齐和着那蒙蒙的烟雨向您扑面涌来，令人心旷神怡。

写下“清明”一词，就觉有一枝花从烟雨深处斜逸出来，隐隐约约的还有牧童、酒楼、只可遥看近却无的草色……

想想看，清和明是多么吉祥与爽朗的字眼，冰雪消融，草木青青，天气清澈明朗，万物欣欣向荣。清明这两个汉字并列在一起，原本就应该神奇地构成生动的画面。这不，连古人在《月令七十二候集解》中也说：“三月节……物至此时，皆以洁齐而清明矣。”不然，怎么会有“满阶杨柳绿丝烟，画出清明二月天”、“佳节清明桃李笑”、“雨足郊原草木柔”等诗句。

毕竟已是美好的春天了。

“清明时节雨纷纷，路上行人欲断魂。”清明节的雨飘扬了千年，从古老的诗歌中一路飘来，潮湿了心情。就如同我敲击键盘的这时刻，窗外的雨声淅淅沥沥地敲击着玻璃窗，在这个夜晚发出奇怪的声响。似乎是我那个久远的族地在我的记忆里消失后的呻吟，一点点从我的耳畔隐去，却又落在瓦上，最后化为一声声的低吟，叩击大地。

每次阅读杜牧的这首诗时，心一直介于生死之间痛苦地荡漾着，是生命的沉重。“黯然销魂者，唯别而已矣”。这一句人生普遍关注而又刻骨铭心的离愁别恨，让人临风回首，向逝者奉一炷感念的心香。

在农耕时代甚至现在，生者对死者的缅怀、悼念，只能在一堆黄土处，凝目远眺，似乎这样可以望穿生死界限，似乎只有这样，才能表达对逝者悠长的思念，才能从挥洒的清泪中找到些许安慰。逝者的肉体永远被埋入泥土深处，埋入岁月，埋入历史深处，个体生命已完全终结，而那由几个符号组成的名字却永远地埋在生者的记忆中，刻在岁月风尘都打磨不去的石碑上。人生一世，草木三秋。这难免让人伤怀，生前的酸甜相处，使人刻骨铭心。

按旧俗，清明节的前一天是寒食节，是纪念那至孝而拒绝名利的介子推的。这一天，禁止生火，家家户户只能吃生冷的食物。古人常把寒食节的活动延续到清明，久而久之，人们便将寒食与清明合二为一。现在，清明节取代了寒食节，拜介子推的习俗，也变成清明扫墓的习俗了。

一场雨，使愁断肝肠的清明时节鲜活而生动，颇具人情味。清明节是一个很重要的节日。连号称乐天的白居易也不禁潸然泪下，他说：乌啼鹊噪昏乔木，清明寒食谁家哭。风吹旷野纸钱飞，古墓垒垒春草绿。棠梨花映白杨树，尽是死生别离处。冥冥重泉哭不闻，萧萧暮雨人归去。

雨，一场特别意义上的雨，不缓不急，无声无息地下着。似人们磨不灭的记忆，清晰却又朦胧，忘记却又记起。柳林摇晃着惹眼的新绿，条条柳枝轻扬漫卷，若即若离的烟云，分不清是雾还是柳絮，给人一种如梦如幻的感觉……不缓不急的雨中，浓浓淡淡的烟，是祭扫者的寄托和希冀，升腾着，升腾着，直至与漫天的雨雾连在一起。明明灭灭的火，是祭扫者的梦幻和情思，跳动着，跳动着，火焰中幻化出一位位思念中亲人的影子。

清明飘雨，像抛洒的眼泪，也许只有这样才应了这种气氛，才能给予逝去灵魂的慰藉。不知这清明的雨能否把历史上的那场大火浇灭，让一个人子完成最后的心愿？这样的纪念，不知是否真正合乎介子推的本意？

清明是一个极重要的农时季节，也是二十四节气中惟一俗演成民间节日的节气。清明是一道分水岭，过了清明，冬闲的日子就戛然而止。“清明时节，麦长三节。”一切的心事和幸福从这时开始出发。

“清明前后，种瓜种豆。”紧张繁忙的一年就这样开始。一个热烈的季节就要来临了。在这季节的递嬗中，生生死死，湮灭与辉煌，一切自然而真实。

生命的意义就是这样简单而复杂。

让心灵回归村庄

● 宫凤华

村庄是散落在黑土地上的缕缕炊烟，是刻录在庄稼上的阵阵吆喝，是涂抹在晨光中的朵朵云彩。

以广袤的田野为背景的村庄，其布局并没有多少细节的意蕴，却布满了精致的农事小品，村庄平添了许多充实与自足。

朴素、平和、宁静、诗意的村庄，是中国版图上农耕文明的恒久记号。人其实就是村庄里的嘉木，安逸、温和、自信，谦抑，似遗世的隐逸者。

有人说，心灵是一首诗，一首激情澎湃的诗；是一幅画，一幅色彩斑斓的画；是一首歌，一首常唱常新的歌，其实，心灵是一座村庄，一座吉祥宁谧的村庄。

我们已经远离了鸡鸣犬吠、清风流水、芦苇菖蒲，远离古朴的游戏、袅娜的炊烟、昏红的夕阳、沉默的草堆、清亮的小河、远离清明的祭扫、春天的踏青、河边的晨读、浅滩的野炊、田埂的剐草、酷暑天的纳凉。

西方谚语：乡村是神造的，城市是人造的。村庄里衍生着远离贵族的呵护、粗粝环境的锻铸、生计奔波的辛劳、贫穷落后的愚昧。

从村庄里走出陶渊明、王维、孟浩然、沈从文、刘绍棠、刘亮程。他们灵魂深处烙着乡村的印记，他们用艺术诠释着村庄对人们的恩惠。梵高在乌尔那个地方的田野里承受阳光烈辣的烘烤，在旷远无边的静寂里感受着生命深切的跃动，凝聚成阳光般燃烧的笔调。米勒把目光投向拾穗的农妇。梭罗感叹于湖边的静美，搭起简陋的木屋，以《瓦尔登湖》引得后人凭吊膜拜。

回归村庄，便拥有了陶渊明“采菊东篱下，悠然见南山”的怡然、陆放翁“小楼一夜听春雨，深巷明朝卖杏花”的雅致、杨万里“儿童急走追黄蝶，飞入菜花无处寻”的情趣和范成大“昼出耘田夜绩麻，村庄儿女各当家”的忙碌。

让心灵回归村庄，远离虚幻的网络、疯狂的追逐、迷茫的追星、浮躁的节奏，虚伪的应酬。学会风来了，权“千磨万击还坚劲”；霜打了，必“霜叶红于二月花”；受宠了，“富贵不能淫”；受伤了，“刑天舞干戚”。

在这个充满喧嚣和浮躁的世界里，让我们的心灵回归宁静的村庄吧。从这座村庄里走出的人必定打上村庄的印记，他们灵魂的版图上必定留下平和、恬淡、坚韧、沉默、隐忍、坚毅、旷达的美丽符号。

三位成功的母亲

●鲍海英

在我国近代史上，有三位母亲，她们的成功，总是不断给人们以启迪。

第一位母亲是个乡下女人，出嫁前一直在家做农活。后来嫁了老实厚道的丈夫，依然住在很闭塞的山村里，整天围着灶台转，小日子过得一点也不如意。她的脾气一天比一天暴躁，甚至对丈夫也缺乏应有的温柔。这样过了几年，丈夫得下不治之症离她而去，只留下一个嗷嗷待哺的儿子。

自此，这母子二人在小山村艰难地生活着。人们都很可怜这苦命的女人，认为她只有改嫁才能把儿子拉扯大，而后再给儿子娶一房媳妇，让他能像村里大多数后生那样过一辈子，自己能靠儿子养老送终，也就不错了。谁知她一直不肯再嫁人，等儿子到了识字的年龄，她便从小山村搬走了，搬到一个小镇上，还请了一位先生教儿子。儿子聪明好学，进步很快，表现出一定的天分。于是她又带着儿子历经磨难搬到繁华的大上海，省吃俭用，供儿子在一所条件不错的中学读书。再后来，儿子长大成人了，有了自己的抱负，想出国留学。她又想方设法四处筹钱支持儿子远渡重洋，尽管她是那样地舍不得让儿子离开自己，但什么话也没有说。

这个女人可能不懂得环境造人的道理，但是为了儿子的成长，她像古时孟母择邻而居一样，一次次搬家远行，从而成就了儿子的事业。

第二位母亲23岁就成了寡妇，在家族中备受大嫂二嫂的冷眼歧视。但她多半只是忍耐着，从来不会打骂孩子来出气，忍到无法再忍的时候，就轻轻地哭一场。

在管束儿子方面，她自有自己的主张。她从来不在别人面前骂儿子一句，或者打他一下。每当儿子做了错事，若是犯的事小，她总要等到第二天早晨孩子醒了才教训他。若是犯的事大，她则要等到晚上人静时，关上房门，先是责备一番，然后行罚，或罚跪，或拧他的肉。而且，无论怎样重罚，总不许他哭出声来。

有一次，儿子在用手擦眼泪时，不知擦进了什么细菌，后来足足害了一年多的眼疾。她又悔又急，听说眼疾可以用舌头舔去，她就真的用舌头去舔儿子的病眼。

在她严厉的管教与仁慈、温和的呵护之下，儿子度过了幸福的少年时光。从儿子14岁离家起，儿子始终记着母亲的教诲，并有了待人接物的和气和拥有宽恕人、体谅人的广阔胸襟，这些都让儿子受用一生。

第三位母亲长得瘦小、机警，从儿子4岁起，她就教他认字，认识药名，教他思考和决断。

当儿子开始逃学、跟乞丐赌骰子而变得不易管教时，她想不出处置他的好方法，从而认为与其让他在家中堕入下流，不如打发他到外面去学习生存，于是就索性让他去做一名军人，为此她特地为他缝了一套灰布制服，送他进了军队。之后，他虽是依然贪玩得厉害，但分内的事却做得极好。

当亲戚来提亲时，她的儿子却相信了一位同他十分要好的白脸男孩的谎话，他以为他爱上了男孩的白脸姐姐，并且相信那白脸姐姐也正爱着他，当即拒绝了亲戚的提亲。母亲知道后什么也不说，只是微笑。过了几天，白脸男孩开始向他借钱，通常是今天借钱，明天即还，接着后天借去，大后天又还，结果算来算去还有一千块左右的亏欠算不出用到什么地方去了。后来，那男孩没有再来，和他姐姐恋爱的事情不消说也结束了。

为这件事情，母亲哭了半年。她不是不原谅儿子的荒唐，也不是因失落了那一笔巨大数目的钱而流泪，而是因为儿子那种乡下人的气质，到任何时候任何一处总免不了吃城里聪明人的亏，想来十分伤心。最终，她只是给儿子写信说："已经做过了的错事，没有不可原谅的道理。你自已好好地做事，我们就放心了。"

正是这样的母爱，成了儿子的动力来源，让他即便陷于完全绝望中，还能充满勇气和信心地度过黑暗生活，由一个才智平凡的乡下青年成长为优秀的作家。

这三位优秀的母亲，她们分别是傅雷、胡适和沈从文的母亲。在教育孩子成长过程中，虽然我们的孩子可能成不了名人大家，但这三位优秀母亲的做法却能给我们以启迪。

诗意女性性情芬芳

●郭 利

起风落雨，花开花谢，阴晴冷暖，岁月更迭，自然的光阴流转已经让少女如花的容颜日渐暗淡。还有情感困顿，教子烦恼，沉重家务，工作纠葛，生活压力，如此种种，让行走在红尘间的平凡女子，总也摆脱不了世俗琐事的牵绊，总要面对心情的起伏涨落。

竹里吟风红尘远，诗词一曲岁月长。

做饭的间隙顺手拿起饭桌旁的一本诗经，读到“投我以木桃，报之以琼瑶”便情不自禁微笑；睡觉前翻开床边的一部宋词，映入眼帘便是“流光容易把人抛，红了樱桃，绿了芭蕉”，于是这美丽的词句装点了一夜的清梦；等车时瞥一眼唐诗，“江流天地外，山色有无中。郡邑浮前浦，波澜动远空”何等壮阔豁朗，让周遭为之渺小；吃完晚饭做完家务，陪孩子做作业时间稍稍宽裕一点，那就读一篇骈俪的赋吧。默读“寄蜉蝣于天地，渺沧海之一粟。哀吾生之须臾，羡长江之无穷”这满怀对人生的追问和思考让人无限感慨。那些或优美或明艳或蓬勃或婉约的诗句华章，渐次落入心间，如清风吹走生活的乏味，如珠玉照亮天空的阴霾，如熨斗熨平千疮百孔的心灵。那诗的韵律是如此的婉转悠扬，那诗的节奏是如此的整饬流畅。仿佛春花缓缓绽放，美丽芬芳，赏心悦目。这一路读着想着，便是口齿噙香，物我两忘。

捧一卷诗在手，便浑然忘却凡间妇人的卑微琐碎，心也变得清明而悠然。

诗经楚辞，汉魏古诗，以及从辉煌唐诗一路绵延下来的宋词元曲明清诗歌，四言五言七言杂言，诗词歌赋骈曲，各有各的情怀风致，各有各的风采味道，都让女人爱不释手流连忘返，都让女人心生欢喜诵读不止。

无论是浪漫的李白还是深沉的杜甫，是“兴酣落笔摇五岳，诗成笑傲凌沧洲”的恢弘壮阔，还是“丛菊两开他日泪，孤舟一系故园心”的沉郁顿挫；是李商隐“沧海月明珠有泪，蓝田日暖玉生烟”的惘然还是柳永“衣带渐宽终不悔，为伊消得人憔悴”的深情；是屈原“后皇嘉树，橘徕服兮。受命不迁，生南国兮”的坚贞挺拔还是明人陈所闻“乌啼不管旅愁牵，梦回偏怪家山远”的柔情淡雅都让女人喜欢感动。

读书的时候，读南朝民歌“忆梅下西洲，折梅寄江北。单衫杏子红，双鬓鸦雏色”少女情怀清新明媚，旖旎浪漫；热恋的时候，读着“上邪，我欲与君长相知”、“欲寄彩笺兼尺素，山长水远知何处”既有真情澎湃又有欲说还休的矜持；当了妈妈，便天天读着“白日依山尽，黄河入海流”、“大漠沙如雪，燕山月似钩”只把诗词当做了催眠曲，夜夜伴随孩子悠然入梦。亲人离世，无以遣悲，读到“人生代代无穷已，江月年年只相似”、“江畔何人初见月，江月何年初照人”终于豁然开朗。婚姻沧丧，情感困顿，又是“老当益壮，宁移白首之心；穷且益坚，不堕青云之志”重新唤起对生活的勇气和信心。

三十年风雨烟波，一首首诗读过，那些穿越千年的诗句见证了从少女到妇人的全部情怀，抚慰着女人沧桑迷惘的心灵，滋润着女人满是风尘的容颜。漫读那些或激昂或婉约或悲壮或恬淡的诗词，生活中纵有多少烦恼纠葛也云散天开，窗外即使飞雪满天也挡不住心中的鲜花烂漫。

诗让女人的心精致玲珑，诗让女人的心明媚灿烂；诗让生活局促的女人视野恢宏，诗让柔弱卑微的女人笑看云卷。再平凡的女子也会因诗而激情飞扬，再普通的女人也会因诗而别具风采。读诗的女子永远有美丽单纯的幻想，读诗的女人永远有沉静从容的情怀，那抑扬顿挫的节奏，那平平仄仄的音韵，那起转承和的格律构筑起女人丰富生动而又美丽强大的精神世界，那是任何岁月风霜也侵蚀不了的，是任何跌宕坎坷也无法颠覆的。

有诗相伴的光阴如此美好，有诗浸润的心灵如此通透。

红颜可以凋零，青春可以走远，可女人诗意的心永远如花似锦。

西北的树

●若　荷

从大西北一路走来，树的风景一直在吸引着我：散步在马路上我去看树，坐在行驶的汽车里我去看树。去华清池的时候，汽车走过一段路，路的两边竟然全是半搂粗的树，伸展的枝杈呈穹状弯曲着，长满浓密的叶片，如同撑开的一把长长的巨伞，遮天蔽日，甚是蔚然壮观。在宾馆门前的马路边上，分列着两排粗壮的五角枫，枝繁叶茂，看上去已有些年头了。正是初秋时节，西安的夜里，刚刚下了一场小雨，五角枫就越发显得蓬勃精神了，微风吹来，枝叶在乍凉的秋风中生动地对我摇曳着。

西北的树，如同西北的人一样有着不甘懦弱的身躯和精神。提起树，西北的同伴是很自豪的。他说西北缺水，曾经有过全年无雨的历史，土地的沙化和干旱使树难以自然生长，因此大部分靠人工栽植。但是西北的树是顽强的，还是小树苗的时候，它就必须抗得住风沙的吹打，耐得住干旱的考验，而无论什么样的环境下，它都要茁壮生长，直至长成大树。

没有水的临照，没有山的依靠，也没有草木和它相映，它的部落与部落之间是遥远而又孤独的，它没有任何的娇饰，与众不同地生存着，在整个的西北部就是这样。它是这样的不屈不挠，是这样的伟岸大气而凛然，为什么不能成为一道亮丽的风景呢？

西北人执著地培育着每一棵树，爱惜着每一片绿色，他们经营这片绿色如同经营自己的家园。和我一样热爱绿色的不只是西北人，还有那些哲人和智者，他们最初从沙化的土地上植物的拔节声里听出了痛楚的一声悲叹，于是奔走呼号地倡导绿化，遏制风沙。盼着草木茂盛，河水长流，森林经年郁郁葱葱。直到今天，这种盼望已生长成一种信念种植在人们的心头，并且一代代前赴后继，踵事增华。信念如树，支撑着人类的灵魂和精神，有了信念，精神家园就永远不会荒芜；树是土地的生命，有了树，土地就变得生动、就变得鲜活，人类就有了赖以生存的青山碧水，明丽的阳光和湛蓝的天空，绿色，生机无限，经营绿色，富民强国。

曾经无数次因树而感动。记得有一次，也是在异乡，久久等待最后一趟班车，秋雨冷寂而又无声地落着，头顶的半空是一块陌生的站牌，再上面是高大的枫树，它张开宽阔的臂膀一样的树冠包围着我，为我撑起一片无雨的天空，那一刻，总有一份感动，一份温暖，悄悄流进心底里的每一个角落……

一生只为打磨一部戏

●詹伟明

他出生在英国首都伦敦。小时候，曾是一名口吃者，性格非常孤僻，公众场合他很少说话。

幼年时，因为躲避二战，他们举家迁往纽约。

每天，父母都会通过收听广播，了解大洋彼岸的局势和动态。乖巧懂事的他坐在桌子的一旁，似懂非懂地聆听着追踪报道。

一天，电台在播报愈演愈烈的二战，但这次增添了不同于往常的内容。一种铿锵有力的声音，霎时响彻每个人的心底，那是乔治六世在号召英国人民奋起抵抗纳粹的精彩演说。

因为感受到希望，父亲高兴地手舞足蹈，母亲在一旁郑重其事地说：乔治六世，我们的国王，曾经患过和你一样的病症。但今天，这场演说太精彩了……

说者无心，听者有意。自那以后，他开始认真地接受口吃治疗，拼命地练习发音。有时，甚至为了某一重音，会耗上几个小时。但他始终坚信：我可以和乔治国王一样。

一天、一月、一年……直至 16 岁，他的口吃病才得以治愈，但年少的他已经知晓：不管做什么事情，只要用时间和耐心去打磨，就会有收获。

成年后，在朋友的引荐下，他进入好莱坞，开始了自己的编剧生涯。虽然拥有满腔热情，但所写剧本根本没什么反响。不甘心平庸的他，决定打造一部拿得出手的精品。冥思苦想之后，他想到了自己幼年时的经历，想起了乔治六世的那篇精彩的演讲，霎时，一个故事就在他的脑海中成形。

此时，他遇到了一个更大的难题：必须接受乔治六世遗孀伊莉莎白开出的条件，只有等她去世后，这个故事才被允诺讲述。

无奈，他只得等待，再等待。然而，这一等就是28年。但是，他的内心非常平静。在这段漫长的日子里，他认真琢磨乔治六世的自卑、绝望和委屈，一遍又一遍的修改原稿，足足改了50遍，一个波澜壮阔的故事在他的笔下被写得云淡风轻。

功夫不负有心人。2011年2月28日，依据此部剧本筹拍的电影《国王的演讲》在奥斯卡金像奖的颁奖典礼上，获得最佳原创剧本奖，他就是该片74岁的编剧家大卫·赛德勒。

成名后，大卫·赛德勒经常被记者们提及一个相同的问题："你为什么愿意耗尽一生的精力只为等待一部戏？"他总会淡淡一笑，意味深长地说："我是耗尽一生的精力只为打磨一部戏。"

其实，电影《国王的演讲》在本届奥斯卡颁奖礼上大获全胜，是我们早已料到的结局。因为，我们相信，经过几十年的耐心和坚持打磨最终呈现出来的影片又怎么不会散发迷人的醇香呢？生活中的我们，如果能用这样的耐心和坚持对待每一件事情，那么也会收获属于自己的那份美丽人生。

樟木的雨

● 米玛次仁

樟木，我曾来过多次，但以前都是出差，长则三五天，短则一两天。而这次是工作岗位调换至此地了。到达樟木给我印象最深的就是那连绵几天的雨。临行前，朋友们提醒我一定要多带些药，可我没有太在意，觉得樟木毕竟是在海拔 2000 米的半山腰还能潮湿到哪里去？现在看来，是我太低估樟木的雨了。这里的雨量能让你寸步难行，这里的雨水能让你腰腿酸痛，这里的雨声能让你彻夜难眠。

可不是么，自进入六月以来，差不多每天都有雨水的不期而至，刚开始的几天还觉得雨中的樟木很特别、很惬意。可是，进入六月中旬后樟木的雨量更大了，频度更高了，持续时间更长了，我已经有多日没有看到太阳了。进入七月后，下雨已经是常态，不下雨是意外，就算雨停了，天还是雾蒙蒙的。樟木诗意般的梦境已经被嘈杂的雨声冲刷得支离破碎，膝盖也告诉我，我最担心的风湿病要犯了。

樟木的雨，是最能考验人耐心的了。瓢泼大雨也有，雷鸣闪电也有，但更多是那种绵绵细雨、昼夜不停。樟木，在藏语中可以翻译为“脸”，雨中的樟木像是姑娘的“脸”被一层灰色的纱巾蒙住，让你辨不清轮廓。天空、群山、远处的房屋都消失在这层灰色的纱巾中，只觉得你头顶上的天被捅了个窟窿，你走到哪里窟窿也跟到哪里，雨成了这里唯一的主题。那条七弯八拐的马路差不多成了一条小河。路上已经很难看到行人，汽车从“河”

上驶过溅出的污水能飞得老远。雨中的樟木，到处都是屋顶的铁皮和塑料棚被雨水敲打的声音，波曲河奔腾的声音一天比一天更大。夜深人静时，这些声音汇成一曲杂乱无章的“摇滚乐”让人难以入眠。

樟木检验检疫局在樟木口岸工作区域有五点一面。这五个点分布在从海拔 1700 多米的中尼友谊桥联检现场到海拔 2300 米的帮村。友谊桥位于樟木的最低点，桥的那头是尼泊尔的达度巴尼镇，桥下流淌的就是波曲河。出境货物查验场位于樟木镇的上端，家喻户晓的“国旗老阿妈”次仁曲珍家就在帮村。

从友谊桥到帮村约 15 公里，海拔落差近 600 米，所以在樟木出门不是上山就是下坡。在联检现场和查验货场工作的同志们每天要往返数趟。在樟木，堵车和塌方是常有的事情。这时，就免不了要雨中步行。雨中的樟木，到处是水和泥，走路与河没有什么两样。难怪大家说在樟木特别费鞋，一双崭新的皮鞋哪能经得起如此反复的“洗礼”，先是浸泡接着变形最后开裂，不到一个月的光景已经是面目全非了。鞋子如此，裤子也不能幸免，一个来回就能把一套笔挺的制服弄得惨不忍睹。

对松软的山体来说，这种连续不断的强降雨是非常可怕的，因为所有的地方已经被雨水浸泡松了，表面的泥土已经被雨水冲走了，各种地质灾害可能会随之而来。去年夏天，一块七八十立方米的大石从帮村头上的山上滚落下来，庆幸只砸坏了一台卡车和一些路面，并没有造成人员伤亡。就在两天前，口岸工商局办公楼的后山上又发现一块吉普车大的危石快掉下来了，那一带的人已经临时转移。雨大了，就会断电断水。雨大了，樟木往外界的唯一的路就会中断。

事实上，这种情况已经屡见不鲜，我们最担心的是从镇到友谊桥的8.7公里。这一段多处属于塌方带，职责所在，我们一个科的职工每天要经过那一路段，风雨无阻。如遇不测，最糟糕的情况就有可能是献身边关了。13年前，我们一名优秀的干部就是在一个雨夜不慎坠落悬崖，失去了宝贵的生命。

想到这里，我对樟木的雨已经开始厌恶。听着雨声提不起任何兴趣，更多的是担心和忧虑。

由于全员轮岗，西藏检验检疫局大多数干部职工都在樟木工作过，时间或长或短，都要面对这里的艰苦和风险，都领教过这让人烦心的没完没了的雨。

今天中午，天终于放晴了。我做的第一件事情就是晒被子。雨后的樟木美极了，山像是被抹了一层油一样，绿葱葱的山涧顿生出无数涓涓细流，遇到陡峭的岩石形成数十米高的小瀑布。在群山的掩映下，樟木镇显得格外安详宁静。

然而，这种美景还没有看够，樟木的雨又来了。

（作者为樟木检验检疫局局长）

咫尺的美丽

● 张忠辉

不经意就想起了千手观音那个舞蹈，想起了那些用心灵去聆听音乐的舞者们。因为如此的不同，所以如此的震撼。有些音乐，确实是和心灵息息相通的，所以就会有了伯牙鼓琴的典故。之于音乐，并不太懂，但对于理查德·克莱德曼的钢琴曲，却是有着一种特殊的爱。那一曲致爱丽丝，那一曲命运，或轻柔舒缓，或大气磅礴。十指抚琴，高山流水，是一种深沉，也是一种欢快。太动感的音乐，很像是一种宣泄，激情只是燃烧在某个瞬间，而激情过后，是很少会用心去品味的，就如同红酒和啤酒，是决然不同的。

在这个世界上，总是会有千奇百怪的人，所以就会有千奇百怪的生活。但怎么样生活都是好的，只要心态是好的。禅语曰：好雪片片，不落别处。即使走过千山万水，走过的仍然是我们自己。生活是一张白纸，有些时候，很想用一支多彩的笔把它描绘的绚丽多彩，而有些时候，却只想用一支单色的笔让它展现出一种唯美的色彩。

大自然是很美丽的，我们所居住的这个小城也是很清丽的。山清水秀，树绿花红。而这些近在咫尺的风景，是很少有人会用心去品的。习惯了的美丽总是会缺少了一种新奇。所以，风景往往都是远处的美。

广场上的天空飘着许多美丽的风筝，摇曳生姿。我想，如果线的另一端没有了牵绊，它应该是属于自己的。直到飘到了一个安宁的地方，让自己有一个舒缓的休憩。当风起的时候，再度飞扬。想起了以前看的一部电视剧，名字叫做《尘埃落定》。如果这个世界上没有了风，那么尘埃也许就真得落定了，但是，又怎么会没有了风？所以，尘埃不会永远都落定，也不会永远都飘浮。走走停停，停停走走，最后，融散在风中。

夜里八九点钟了，商铺里面已经很少有生意了，店主和伙计们也都坐在前厅里听着外面的音乐，神情淡然。卖菜的大姨已经开始收摊了，不知道这一天的收成会怎样，好辛苦的生活，却也自得其乐……

人们总是会在喧闹中去度过一天又一天，为事业，为家庭，为生活而左右奔波着，难得能够让自己有个清闲的心境去细细的享受生活。期冀每个人在生活里的每一天，都能够从平淡中汲取那些生命里最朴质的精华。

抓住自己的风筝

●天　歌

她祖籍河北赵县，小时候，许多小伙伴聚集在一起玩追风筝的游戏，即把风筝放得高高的，然后一起剪断线，让风筝任意飞，然后孩子们开始追赶，看谁能追上那只最大最美的风筝。按当地的说法，谁能追到最漂亮的风筝，长大后他肯定就有大出息。不过，她显得很另类，她既不剪断自己的风筝，也不去追别人的风筝。大家都笑她傻，而她不辩解，只是呵呵地笑。

长大一点，是要培养兴趣的时候了。她父亲是一名画家，便让她跟着学素描，希望她将来能在作画上有一番成就。但很多时候，她对画画总提不起精神，常在父亲不注意的时候玩别的。父亲摇头：这孩子，天生没有艺术家的素质。

这时妈妈来教导她，因为妈妈是舞蹈演员，便把她带在身边，希望她能沾染点舞者气质，将来在文艺上有所建树。不过妈妈同样很失望，她太没自信了，总说自己练不好舞蹈，说自己不是舞蹈家的料，索性与妈妈分道扬镳。

18 岁那年她喜欢上了文学，尤其喜欢童话故事，她的处女作《会飞的镰刀》被收入北京出版社出版的儿童文学集。这给她带来了很大的鼓励。只是她的创作不被人看好，因为当时正流行先锋主义、魔幻主义、意识流之类的文学形态，而她选择儿童文学，走现实主义道路，很难有所突破。

可是，她不管别人的议论，她只是喜欢写自己的故事，虽然通俗，但有乐趣。后来她写了《哦，香雪》《没有纽扣的红衬衫》

《红衣少女》等小说，其独特的视角、清新的文风、细腻的情感、柔婉的叙述引起了文坛的关注，她也开始被越来越多的人接受和喜爱。

再后来，她陆续推出了一系列重量级的文学作品，比如《玫瑰门》《大浴女》《笨花》《永远有多远》等，成为现实主义文学的重要收获，她也跻身中国当代著名作家行列。

她就是铁凝。2006 年 11 月 12 日，她被选为中国作家协会主席，这是新中国继茅盾、巴金后的第三位作协主席，因其女性身份她再次引起人们的关注。

在谈到自己的成功时，铁凝说，保持自己的个性，这是我的秘诀。她说，小时侯，每次玩追风筝的游戏，我剪断线后，不仅追不上别人的风筝，连自己的风筝也弄丢了。于是，从那时起，我就明白了人生的道理，当你没能力追上别人的风筝时，最好是先抓住自己的风筝，或许它不大不美，但它是你的。这是人生成功的信念，也是一种明智之举。

由一条广告想到的

●徐　颖

入冬下班后的一个晚上，我一边为去学“奥数”的妻儿准备晚饭，一边漫不经心地看着电视。忽然，一条公益广告引起了我的注意。

广告是一组连续的镜头，描述的是一位国家工商管理人员的一天行程。

动景：

穿上——一双干净的皮鞋

接过—妻女送上的整洁的公文包

上班—在妻女的目送下

走进—庄严地挂着“立党为公，执政为民”横幅的办公大楼

走入—整洁的办公室

坐到—摆放井然有序的办公桌前

静景：

办公桌上—摆放着一盆心爱的白兰花

台历上—写满了一天的行程

穿行—在城市之间……

最后画面：

一双干净的手，一颗纯洁的心。

这是我看到的最人性化、最有效果的公益广告。

这是我们这些平凡的人生活、工作、家庭、爱情的写照。这条广告没有说教、没有做作、没有夸大、没有缩小，但却“润物细无声”地溶入了我的心田，我从中看到了和谐的家庭，恩爱的

夫妻，热诚的工作，纯洁的心灵，一个平凡人的不平凡的人生……

也许是儿时有关伟人的书看得太多抑或在学校所受远大理想教育的缘故，多少年来我一直想做一个不平凡的人。曾梦想过做一个科学家，即使不当那个总结出“元素周期律”的门捷列夫，也要当发现“条件反射”的巴甫洛夫，为此，我上大学时情有独钟地读了化工系。

走出大学校门工作至今，时光已过十几载。几年来在心浮气躁地企图摆脱平凡的努力中，我意外地找到了平凡生活的精彩。

此时我开始仰视那些在烈日曝晒下几十年如一日埋头与土地对话的人，我开始佩服那些以前自己曾不屑一顾摆小摊开小店的小商小贩，开始敬畏那些在平凡的工作岗位上一干就是一辈子的人，我钦佩他们的坚守，钦佩他们忍受平凡与寂寞的勇气和耐力，开始被他们虽卑微但绝不卑贱的生命所感动。

正是这些支撑着我们这个社会的许许多多平凡人的普通事，使得我重新去思考重新去审视平凡的博大与深刻，使我体味到了生命中的另一种强悍另一种伟大，感悟到了生活中的另一番风光另一番壮丽。

在缺少英雄的年代，我不敢自诩为高尚的人，但我要努力做一个平凡的人，做一个普普通通简简单单快快乐乐的平凡人，做一个懂得享受生活懂得享受生命的平凡人，做有“一双干净的手，一颗纯洁的心”的平凡人。

要用生命去做的事

● 骆朝晖

我的周围有太多这样的人，或者说我自己多多少少也是这类人中的一分子：每天茫然地上班、下班，不迟到、不早退，完成了工作定额，到了固定的日子，心安理得地领回自己的工资奖金，高兴一番或者抱怨一番后，仍然茫然地上班下班。在他们眼里，工作只是饭碗，工作就是为了工作而工作。在这种被动状态下，各种各样的推脱借口我们耳熟能详："我没有学过"、"我没有时间"、"现在是休息时间，你过一小时再来看看"、"领导不在，我做不了主"……日子就在一个个借口中显得乏味琐碎，人就在这样的日子里变得平庸冷漠。而就在这时，美国人费拉尔·凯普的作品《没有任何借口》犹如晨曦里的第一缕阳光，照进了我暮霭沉沉的心灵，它使我原本波澜不兴的灵魂瞬间经历了惊涛骇浪：工作竟然可以有着这样的理念和内涵！

费拉尔·凯普认为：工作不是一个关于干什么事和得什么报酬的问题，而是一个关于生命的问题。好一个非凡的理念！众所周知，人的一生只拥有一次生命，人最宝贵的东西莫过于生命。把工作提高到了生命的高度，我们还有什么理由不专注于它，不自觉为它而付出，不倾情珍视它，不奋勇维护它？"用生命去做事"，以这样的眼光再来重新审视我们每天进行的工作，我们会发现工作不再仅仅是一个饭碗，不再是一种负担，平凡的工作一下子变得意义非凡。有了这样的认识，我们会自觉自愿地工作，会自发地付出更多的智慧、热情、责任、想象和创造力。行文至此，我不由得想起了一位饱经风霜的老人，她是我高中时期的英语老师，这位当时已60多岁的老教师一生坎坷，一身病痛，但只要站在讲台上，她总是一脸微笑，仿佛生命里撒满了阳光，超负荷的工作屡次使她倒在讲台上，一俟病痛缓解，她又像一座丰碑挺立在那里，母亲般微笑地注视着我们，是她用干枯的双手把我们送进了高校的大门。毕业之际，我们去老师家道别，老师的家十分清贫，我们问她为什么这么拼命地工作？老师还是一脸微笑："工作就是我的命，学生带给我快乐，工作带给我满足，让我感觉活着真好!"当时的我无法理解老师的情怀，现在的我终于豁然开朗："工作就是用生命去做事"的理念其实早已渗透了老师的生命。

树立了工作就是用生命去做事的理念，我们就能获得一种超然的人生态度和宽广的胸怀。也许你的努力并没有获得上司的赏识，也许与同事之间相处多有过节儿，也许工作环境并不如你所愿，但静下心来想一想，自己已工作数年，多少会存在一些宝贵的经验和资源；与上司和同事或成功或失败的相处，多少会让自己学会一些人际交往之道……暂时的挫折是成长的代价，所有这些都是自己成长的轨迹，有什么理由不去感谢生命中的这些点点滴滴呢？将工作与生命并重，你就会从内心去珍重工作，动人的微笑就会从心底油然而生。

在我收藏的记忆里，有一双怨愤的眼睛始终伴随着我，触痛着我。那是溧阳一家外贸工厂一位报检员的眼睛。那时的我刚刚加入到检验检疫的队伍，繁重的工作压力、潜在的工作风险，复杂的人际环境压得初出茅庐的我喘不过气来，心里常常有股难以言表的怨怒。一个骄阳似火的中午，这位报检员从溧阳赶来报检，午休时办公室里只有我一个人，我几乎是毫不犹豫地以午休为借口拒绝了她，报检员一脸愁容地在接待大厅里等了两个小时。下午上班后，报检员走进来递上报检资料，我检查后冷淡地告诉她递交的报检单证不全，请明天再来。报检员带着无声的愤怒离去，转身之际凝固了一双怨愤的眼睛，这让公事公办的我感到了一丝异样。现在我无数次在心里痛骂自己当时的冷漠无知、麻木不仁。费拉尔·凯普告诉我：用生命去工作，既然你选择了这个工作，选择了这个岗位，你就必须接受它的全部，而不仅仅只享受它带给你的利益和快乐，困难、压力、屈辱、责骂都是工作中必须接受的一部分。我没有权力寻找借口，转嫁压力，逃避责任，躲避风险。遗憾的是这样深刻的教诲来得太迟了。当然，相信这迟到的教诲不会让我今后的生命再出现类似的遗憾。

“不积跬步，无以至千里；不积小流，无以成江海。”不能再犹豫了，从明天开始，我会像呵护生命那样去呵护工作，敬业、责任、服从、诚实将成为我生命的元素，“没有任何借口”。不，为什么从明天开始？就从现在开始！

幸福，在大洋彼岸

●戚锦泉

在日本，有个姓小田的小男孩，因为体弱多病，他报名参加学校的拳击活动，在活动中，他认识一个来自美国的男孩。小田从男孩口中知道了许多有关美国的情况，他为此很着迷，整天想着如何才能到美国去。

父亲在一个港口负责装卸工作，这里的轮船经常往返日本与美国之间，小田想到了偷渡。一切都已准备好，最后一刻却被工头发现了。小田并没有气馁，他决心要当一名贸易商人，这样才有机会到美国去，于是他考取了明治大学商学部商科。大学毕业后，小田如同一只无头苍蝇一样，四处碰壁——工作还是没着落，而仅有的那点钱早已花得精光，怎么办呢？他沮丧地想。就在这时，有人告诉他，一家制片厂招聘剧团实习管理员。又是一个与理想毫无瓜葛的工作，他失望地想。

最后，小田不得不前去应聘，他已经饿得实在撑不下去了。时有凑巧，另一家电影公司的常务董事长也在那里招聘新演员。董事长从人群中发现了小田，并问道："你愿意做演员吗?"

"演员?"小田一愣，十分关切地问，"做演员，可以到美国去吗?"

"哈哈……"小田幼稚的话，逗乐了董事长，他随即一脸认真地说，"如果你出了名，可以到任何地方去。"

于是，小田便跟着董事长走进东映电影公司，开始了他的电影生涯。他从一个小配角做起，经过多年的打拼，渐渐成为一个家喻户晓的大明星。1969 年，他受聘于美国电影界，被邀请赴好莱坞出任电影《战火熊熊》的主角。他终于实现了自己的理想。

他的艺名叫高仓健，一个我们熟悉的人。

成名后的高仓健回忆道：“少年时代的我一直认为，幸福，在大洋的彼岸……我一直这样想着，并且产生了一个念头：无论如何应该到美国去一趟。”

“幸福，在大洋的彼岸”，谁也想不到，正是这个看似有点“庸俗”的理想，支撑着穷困潦倒的高仓健，一步步地熬过来，成就了辉煌的人生。

树是线装书

●张佐香

地上有树，很少有人思考树作为一种生命形态存在的意义。我常去访问一棵棵树。树是线装书，逐字逐句翻来覆去研读品味，才能读出精髓。

我去树们中间逍遥，绿树森环，蓊郁一片。每株树都绿叶纷披，枝叶密密匝匝地簇拥着。花美在面庞，树美在姿态。有些树挺拔健壮，枝繁叶茂，有些树枝叶横向平伸，有些树枝干虬曲嶙峋，表皮呈漆黑粗糙状，却有历经沧桑，威武不屈之美。树们无不呈现出向上的张力，豁达的气势。随着光与影的移动，绿的浓淡瞬间万变，仿佛大自然奏响了庞杂的绿的交响。时时会有色彩艳丽的花儿呈现眼前，或红或黄，或大或小，或花团锦簇，或孤芳自赏。它们和草儿共同编织树的绣花鞋。我款款漫步，一步步走进幽深，一步步走出尘寰。径上净得无一丝沾染，林中静得只有风与树叶耳鬓厮磨的爱恋。宁谧中我是一株行走的树。鸟啼碎了树的绿梦。

院内有树，路畔有树，野外亦有树。我是树的爱慕者，从树旁走过，我的目光会被它粘住，有一种想去拥抱它的冲动。我被它巨大的宁静震慑，尘嚣侵扰的心灵，回归旷古未有的宁静。心中似乎注满了一汪清涟之水，轻盈得如碧水里绽放着的一朵睡莲。静静地穿行于密林，树温润的幽谧浸着绿韵的芬芳扑面而来，闻之沁沁润肺，洗骨涤髓，身心惬意而愉悦，盈注着清凉的绿意。

用哲学的眼光来看，树和人皆是宇宙演化的产物。它的存在是神圣的，它和人类有着共同的名字叫生命。树的历史，比人类的历史久远；树的生命力比人类的生命力顽强。树扎根大地，沐浴风雨雷电，关注日月星辰，将山川日月之灵演化为一种物质。一滴水能映出太阳的光辉，一棵树亦浓缩着宇宙的信息。树的年轮中有岁月的波纹荡漾，树是有灵有智的。它与山河大地飞禽走兽风云雨雪电雾的关系，比人类更深入更和谐。它是处理这些复杂关系的大师。树林中的一片叶子，一颗果实，一茎小草，一条藤蔓，一只蜂和鸟，是那么气韵生动和血脉相通。

树是造物主用来救助人类德行的密语。它立足于大地，并伸出枝叶拥抱天空，尽得天地风云之气。树有两个天空，一个是枝叶迎迓的上方，—个是根须伸展的足下。天地合一，树缘此而具备了某种无限。树为人类献出了枝叶花果根干，却从未索取过。树的风范不靠前呼后拥的虚势，它靠自己光辉的生命形态，使人望之而生敬仰爱慕之情。面对人类热切或漠然的目光，树则一律回报以静谧的眼神。树的一生需要战胜种种苦难，匍匐倒地的躯干在泥土里重新扎根，拦腰砍伐的残肢依然会绽出新绿。而那些守护着戈壁荒滩的树则一生都在书写生命与自然搏斗的史诗。

倘若有来世，我想做一棵树。我只生长我自己，长得蓊蓊郁郁，长得遮天蔽日，长得轰轰烈烈。我的身上洒满了七彩阳光，落满了甘霖雨露，沐浴着如水风声，倾听着虫吟鸟唱。爱树的人会留在我擎起的绿阴里，思索关于人生的话题。

手心里的春光

● 程应峰

站在严冬的尽头，总让人对春天生出一份亲近的渴盼。任何人，一旦真正经历了冬日的冷酷，定会对荡漾的春光萌生出感恩的情愫。

春天里的第一缕阳光，姗姗来迟，在立春十多天后，我才有缘将它抓在手心里。那天早上，当我睁开睡眼惊喜地看见映射在窗帘上的那一抹橘黄的时候，我在心中默默说了一声，真正的春天来到了。

这之前的天气，先是雨夹雪，后是阴雨绵绵，感觉中这样的日子持续了好长一段时间。这些日子里，难得出一次门，常常是一整天一整天闷在屋子里，昏天黑地地上网，麻木不仁地看电视，雨雪和阴寒无形之中缩小了自在活动的空间，夺去了生而为人所能拥有的很多乐趣。

出门办事，穿行在雨雪之中，即使打着伞，也逃不开那份湿漉漉的感觉。回到家，第一件事就是搓着手在火炉上取暖。那些时日，被褥是潮湿的，室内空气散发着霉味，心境也挤扎着一份难言的阴郁。常有人说，这天气什么时候可以晴朗起来啊！

总算熬到了阳光灿烂的这一天。我没有半分犹豫，衣服往身上一披，就迫不及待拉开了窗帘。金黄色的阳光，水一样泻进窗口，泼了我一身。那一刻，一股暖流，流向身体的各个部位，感觉舒适惬意，这何尝不是上苍的恩赐啊。我伸出手去，捧了一捧阳光在手心里，这仅仅是阳光吗？这分明是让芸芸众生牵挂和惦念的黄金般的春光呀！

家家户户的阳台变得缤纷起来，五颜六色的被褥沐浴在阳光之中，开始了和春天的第一次对话。这一刻，我逼仄的视野里，阳光下的阳台，阳光下的街市，阳光下的树木以及河流，开始变得明朗而生动；城市的街道有了来来往往的人群的点缀，便有了鲜活的内涵。屋外满目明媚的春色，有谁还愿意呆在屋子里啊。怪不得宋朝诗人叶绍翁有诗云："春色满园关不住，一枝红杏出墙来。"春天的阳光照射着，走出门墙之外，又何止是一枝红杏的心事？

春天的阳光，给生命注入的不仅是丝丝缕缕的温暖，还有全新的活力，它以无穷尽的能量，让天地万物复苏，变得生动、真实而且灿烂。

我用双手感受着春天的存在，我甚至想要在春日的阳光里，就这么将手一直伸展着，一直伸展到人生的尽头。真的，我舍不下满手春天的阳光，更撇不开春光给予我的种种有益的生命启示。

人生只有一把盐

● 廖仲毛

著名企业家、中山华帝燃具股份有限公司总经理黄启均提出过一个在业界有很高知名度的“一把盐”理论，黄启均认为：任何企业的资源都是有限的，如果将它比作一把盐的话，那么市场就好比一大锅汤。如果将这一把盐一次性地全部倒进锅里，可能一锅汤感觉不出什么味道，但是如果把汤一碗一碗舀出来再放盐，每一碗都够味道。这就要求企业要把资金用在“刀刃”上。这也就是为什么企业都要制定一级目标市场、二级目标市场、三级目标市场的原因。只有把手中的“盐”用好，企业才能不断做大。

黄启均的这番话使我想到了人生。在这个世界上，我们想追求的东西很多，但是人的能力、精力总是有限的，如果能把人生仅有的一把盐用好，也许我们的个人发展会更顺利一些，成就会更大一些。要把人生这把盐用好，我想首先也要学会选好碗，不管碗大碗小，碗多碗少，关键是要选准。这就要求我们对人生目标进行准确定位。要通过定位，把自己的意识集中在特定的目标上来，找出实现目标的方法，将其付诸实际行动直到成功为止。

正确的人生定位，就是做自己力所能及的事。了解什么是自己做不好的，可能比了解什么是自己能做好的更难。大凡成功者，都是在青少年时期就对人生进行了规划，确定了奋斗目标，放弃了与目标不太相关的爱好，因为他们深知，一手难抓两鱼，放弃是为了把目标抓得更紧。如果你明知自己的书法之类的业余爱好不能修成正果，不如暂时用慧剑斩之，待事业成功，正式退居二线之后再重新拾起它们。

确定了人生目标后，我们就要集中精力去实现这一目标。集中精力才能跑得更快，只有专注于自己的目标，精益求精，才能在平凡的岗位作出别人不可小视的业绩来。中国是制造业大国，产业工人的数量居全球第一，但是中国生产的产品却只有极少数能达到国际一流水平。同样是钟表，中国生产的钟表只能卖二、三流的价格，而瑞士人生产的钟表却能卖出极品价。同样是国内的技工，有人每月拿几百块钱工资，有人却能拿十几万甚至几十万元的年薪，个中原因，除了企业管理上的差异外，还与产业工人追求技艺的执著程度和责任心的强弱有很大关系。海尔集团总裁张瑞敏说，把一个简单的事成千上万遍地做到位，不出错，也是一种大能耐、大贡献。张瑞敏举例说，如果让一个日本员工每天擦6遍桌子，他一定会一丝不苟地每天擦6遍，而我们中国的员工第一天会擦6遍，第二天也会擦6遍，可是第三天就会擦5遍，第四天可能只擦4遍，这就是为什么我们的企业引进了许多一流的设备，而产品质量却达不到原装水平的原因。

人生只有一把盐，选好你的那碗汤，即使别的汤再靓再香，也不生动摇之心，成功离你就不会太远了。

轻轻地让我们凝聚

●黄殿琴

我不知道什么是昨天，就这样从早晨到夜间，今天与昨天永远相连，这条锁链跟着一块奔跑；快乐与不快紧密相连，系在时间的柱子上，是个除不尽的数目，剩下许多奇特的余数。这余数似乎是一个看不见的负担，我支撑着却还是被压倒了压歪了。我怀着妒忌去看小鸟的幸福，它们不忧郁不厌倦地生活着，徒然地愿望着。我问小鸟：你在向我陈述你的幸福吗？小鸟沉默着也惊奇着飞走了，飞得那么远那么快，这疑问这锁链跟着它在跑。小鸟，倏然而至又去，破坏着我的安宁，时间一页一页不间断地掉落，落在我怀中，于是：我回忆。回忆真正逝去的每一个瞬间，沉入雾的夜中并且永久消失的瞬间。

谁步履艰难，谁能否认这个重担，为了唤起吗？于是就感动了吗？在昨天和今天的篱笆中间，像是捡起一个失掉的乐园。游戏总被扰乱，因为是从忘记中被呼唤，“思恋”是通行口号，它走到“爱”这里来，就成了一个永久能够完成的过去式，它把现在的生命夺走，封印着永不间断的“曾经”。是啊，最小的幸福只要它不间断地存在，它就比最大的幸福还幸福。让这一点点幸福成为幸福吧！我不能坐在幸福的门槛上，忘记幸福的时光，我站在焦点上，知道什么是幸福，知道把幸福向着新的幸福推进。如果没有忘记的能力，就请想象着我，这个不能睡眠的人，失眠是有度数的，到了这个度数，我就把一切都分散为无数动点，这动点需要光明但也需要黑暗。黑暗的力量，那个力量，由于度数，规定了边界，过去的被忘却，让它成为现在的掩埋者，造就出破碎的形式，为了惟一的选择，为了惟一的苦痛，为了惟一的枉结，那内心的树根就越来越深刻。

我也就更多地从那里所获得，强为己有，弥漫滋长，我也就有了必要的定律，有了定律带来的观察，这观察挺立在不可替代和不可征服的强壮中，在愿望和欲望的网里，所颠倒，所牵引，所估量。

手持天平，手不战栗，看清重量，就会有更多纯粹而完整的未来。

数完行程的日子，白天的眼睛被太阳刺花，就像珠峰上的雪粒划破眼睛，然而，我却被冻僵，眼睛寂寞着，心中的家有了乌云的色。冬天的风还是春天的风在头发上变成零碎的切片，语言的切片，这些都像是烟的淡味，淡味中又觉出浓意，这背后呈现的坚忍不拔和无始无终的情意生活成为安逸和逃离的解药。这样的行程将我的眼睛冻上。再睁开，只要是我一个人，就仍然是苍白无力，是最沮丧的时候，是从未有过的痛大于快的经历，是无法弥补无法重复的焦渴。

我永不愿再接受和感受。这是令我震惊的冷峻。坐下来，拒绝前进，也不是一塌糊涂，当我连自己的脚都看不清的时候，那一定是风来的太猛了。我不喜欢这样的告别，却又给我点跟随。别给我曙光，曙光，是失望前的希望，更是希望前的失望；给我点攀登珠峰的意义，因为“它在那儿!”；给我点胸怀，因为我总对于心灵的碰撞显得吝啬。我想到一架机器，印纸的机器，那完好的纸印出来的原因是由于机器上的螺丝钉不松不紧，就像照相机不是把镜头调到尽头，才可能拍出清晰的照片，绝好的照片是由于镜头调节到最合适的位置，我厌恶那个勤奋的、如此负责任的手拿工具的检察员，他只知道把螺丝钉拧得很紧，他生怕螺丝钉掉下来，可是，拧紧的螺丝钉再也印不出舒展的东西，所以，我怕，过紧的相思，由于时间久了，变成皱紧的纸张，变得僵硬。

不管怎么，都让我们轻轻地凝聚吧!

古槐 一个强盛生命力的影像

●孙 逊

槐树之于北京，几乎遍布街头巷尾，是京城绿化林木中最平常的树种。然而，有一棵槐树，却让我数十年记挂于怀，念念不忘——那是一棵粗壮而高大的古槐。

我为什么对这棵古槐如此情有独钟呢？话还得从30多年前说起。

在全国农展馆北面有一条叫麦子店的街道（也叫枣营路），上个世纪70年代初期，这个地区除了有一座隶属农展馆的畜牧馆外，还是一片以种植小麦为主的农田。记得那是仲夏的一天，我陪朋友换煤气路过此地，老远就注意到在已泛黄的麦田里零零散散地生长着或大或小的树木。其中的一颗槐树，树干粗硕，枝叶繁茂，微风起处，浑圆的树冠就像一只鼓胀的绿色气球，在麦田的波峰浪谷间飘来荡去，招惹得栖息在树枝上的鸟儿不停地唱着欢快的歌儿。金灿灿的麦浪，绿油油的槐荫，脆啾啾的鸟鸣……此番景象，诗意而空灵，宛如一幅美妙的田园画卷，让人心旷神怡，深深地烙印在我的记忆里。

随着1983年中国第一家五星级宾馆——北京长城饭店落户麦子店，这里便拉开了“大开发”的帷幕。各路房产大亨纷至沓来，“跑马圈地”；各方建筑师接踵而至，一展才华，一时间，整个麦子店成为了一个巨大的建筑工地。伴随着推土机和打夯机一声紧似一声的轰鸣声，一幢幢形形色色的楼堂馆所如雨后春笋般拔地而起，远远望去，那闪烁的霓虹、摇曳的楼影、飞奔的车流、匆忙的步履、娇艳的花坛，相映成趣，宛若一条当空舞动的彩带，把麦子店装扮得如同“丑小鸭”瞬间变成了“白天鹅”一般，楚楚动人，分外妖娆。今非昔比，当下的麦子店，已完全彻底地模糊了“东郊”概念、“城乡结合部”范畴，成为最能代表北京现代化发展进程及其国际化大都市水平的地区之一。

然而，让人遗憾的是，当设计师们把投资者们的商业意图转化为案头的设计图纸，最终又物化成一片阴森森的水泥“森林”的时候，麦子店就像一位失语的历史老人，只能茫然而无助地接受眼前所发生的一切，包括那已消逝了的槐扶麦浪、鸟衔槐荫的旖旎景色。然而，值得庆幸的是，在高楼大厦的夹缝之间，竟然有一棵古槐劫后余生，奇迹般存活了下来——尽管高楼大厦挤占了它原本宽阔的空间，阻隔了它原本辽阔的视野，但它却以自己的存在，宣示着生命的顽强，诠释着生命的活力，主张着生命的价值，捍卫着生命的尊严。无疑，这是一种坚守，一种对生命的坚守。我想，古槐得有怎样宽广的胸怀和怎样坚强的毅力，才能如此持久地践行着对生命的坚守啊！

说来也巧，多年前的一天，我所在的单位由芳草地搬到了麦子店，而且我的办公室竟与古槐相距不足百米——虽然，我不能完全肯定这棵古槐就一定是我记忆中的“那一棵”，但它是当年若干树木中的一棵则是毫无疑问的。于是，搬来新址办公的第一天，我就迫不及待地朝它走去。然而，眼前的一幕，着实让我吃了一惊：古槐的生态环境已荡然无存，古槐只是成了“繁华景象”中的一个点缀、一个衬托，它孤寂的相隅而立，就像一位被人弃养的鳏夫！

不知怎的，伫立在古槐下，我竟想到了已故著名诗人卞之琳和他那首著名的《断章》：“你站在桥上看风景，看风景人在桥上看你。明月装饰了你的窗子，你装饰了别人的梦。”我沉吟着，心想，难道是设计师们从卞先生《断章》中获得了创作灵感，试图再现“‘槐荫’装饰了你的窗子”这样的意象吗？或许，你有能力“克隆”一个与《断章》一模一样的建筑景象，却不可能复制出与原作相同的意象来。换言之，即使你“复制”的东西可以以假乱真，也只能是“另一个”，而不可能是“那一个”，正像北京大观园的建设者们试图物化出“那一个”《红楼梦》，终因其“形似神不似”，此“红楼梦”，非彼《红楼梦》，而饱尝学界奚落之苦一样。所以，我以为，古槐之于设计者，无疑是他们设计理念中一个亮点，古槐之于“看风景人”，无疑是他们视野中的一抹美景，而古槐之于我，则是心头上一个挥之不去的郁结。

我一直困惑，为什么保护与开发一经联姻，历史遗存便改变了模样呢？应该说，“在保护中开发、在开发中保护”是一个不错的理念，问题是有些人的行为常常与之相悖，一些不该拆的拆了，不该砍的砍了，似乎惟有盖高楼、种草坪、建广场才有国际化大都市的气派。其实，一个城市的古树、古建筑是这座城市的历史“锚地”，是地域文化的活化石，是人文精神的特殊载体，它们作为一个城市的“形象语言”，是任何“建筑语言”所不可替代的，它们所标示着的表述系统和意象形态，具有惟一性、排他性，是一个独一无二的真实而客观的存在。记得当年，美国前国务卿基辛格在参观天坛时曾说过这样的话：“天坛的建筑很美，我们可以学你们照样修一个，但这里的美丽的古柏，我们就毫无办法得到了。”是的，钞票可以在不太长的时间里筑起一座金碧辉煌的天坛，但美元却不可能使一株树苗在短时间内长成一棵参天古树。因而，面对眼前“楼是鳞次栉比的‘一群’、槐是孤零零的一棵”的景象，我满怀感慨，不胜怅然。

客观地说，这棵古槐也是幸运的，至少要比契诃夫《樱桃园》中的樱桃树幸运得多，没有倒在伐木机的轰鸣中、推土机的碾压下。这不能不说是一个生命的奇迹。我该怎样来定义这个奇迹呢，是瞬间发生的意外？是不幸中的万幸？抑或是万劫不复中的重生？其实，任何定义都是跛脚的，倒是古槐背后所暗合着的有关“生命”与“奇迹”的哲学关系，值得人们去认真探究和深入思考。记得易卜生曾经说过这样一句话：“伟大的人物都是孤独的。”依此推论，孤独的古树也是伟大的。而古槐之所以伟大，在于它，于孤独之中，彰显出一种非凡、一种气势、一种雄奇、一种超拔；在于它，于恶劣的环境下，体现出一种自强不息、矢志不移的大无畏精神；在于它，于苍老遒劲、嵯峨挺拔之中，折射出一种蓬勃朝气、一种昂扬锐气、一种浩然正气，还在于它，于窘迫的生存空间、寂寥的孑然伶仃、凄怆的孤立一隅之中，昭示出一种壮美的悲和一种悲壮的美。或许正是由于这样的原因，我欣喜地发现，这棵古槐虽历经风霜雨雪的侵蚀，岁月尘沙的荡涤，却没有憔悴，没有疲惫，就像一位和蔼可亲的长者，在那里默默地向世人讲述着它与这片土地的因果关系和曾经的历史。

我常想，作为“存在个体”的古槐，蕴涵着某种哲学意义：它虽没有松柏的四季常青、梅花的暗香浮动、翠竹的妩媚多情，但在春天里，它奉献着一树蓬勃；夏天里，它展示着一树热烈；秋天里，它昭示着一树丰硕；冬天里，它彰显着一树坚强。由树而及人，古槐的精神，的的确确是值得我们学习、学习、再学习的。我们应该学习它：面对厄运时，镇定而理性；面对逆境时，冷静而从容；面对赞美时，不骄而理智；面对顺境时，谦恭而谨慎。我们还应该学习它：让生命，在春天里，孕育着蓬勃的生机与活力；让人生，在夏天里，荡漾着热烈的激情与渴望；让思想，在秋天里，承载着丰硕的愿景与遐想；让精神，在冬天里，积聚着坚强的意志与毅力。而这一切的一切，不能不让我肃然起敬，不能不让我顶礼膜拜。

我爱古槐，因为它蕴藏着一种巨大的精神力量。

我爱古槐，因为它是一座让人景仰的精神高峰。

长征在召唤

●殷建忠

1984年3月，76岁高龄的美国人哈里森·索尔兹伯里，在妻子和几位中国官员的陪同下，从江西到陕北，沿着当年红军长征的路线，经过三个月颠簸与跋涉，走完了两万五千里的路程，一年以后，中文版的《长征——前所未闻的故事》在解放军出版社出版。

事隔50年之后再去写长征这样一个历史题材，是有很大难度的。这连当时许多中国的史学家也不愿去写，因为历史上已经有很多人不止一次地写过长征，作品很多，再去写这样一个沉积了50年之久的题材，是很难出新意的，何况还是一个外国人，对中国的人情事理又隔了一层。但是，读过这本书的人几乎都有这样一个体会；对于一段历史，一个事件，重要的不是要写多少遍，而是要怎么去写。在这本书中，索尔兹伯里对于长征的关注总是显得与众不同，他更善于把目光聚集在长征中的一些平平凡凡的人员身上，那些过于年轻的红军战士，那些肩挑沉重辎重的挑夫，那些红军队伍中艰难翻越雪山的妇女，那些无声无息深入泥沼中的无名的战士，一切的一切，通过索尔兹伯里对他们生存状态和个人命运准确描述，展示出那种在种种苦难和危机中求生存的人们整体的爱恨情仇以及他们所共同经历的坎坷与悲欢，从而带给我们一种对长征这一历史史实与以信迥乎不同的感受，展现出长征史诗般惊心动魄的一面。

出身于新闻记者的索尔兹伯里在写作上最擅长叙述个人轶事轶闻，在这个二战时期就奔波在欧洲战场上的美国人，其特殊的人生经历使他对中国共产党领导的革命和其政权充满了兴趣，这种兴趣后来就凝结在了长征这一历史事件上。正是基于这种特殊兴趣和他的独特经历，索尔兹伯里关注历史的时候，那种看似“局外”的角度，却能够以更好的视角审视包含在长征里里外外的“平凡”事件以及隐藏在它们背后的种种政治斗争。在作者笔下，即没有被神化的领袖，也没有褒贬一面倒的情况。同时，作为一名西方非共产主义人士，索尔兹伯里按照自己的观点，运用大量的资料，对长征中发生的一系列事件和其中形形色色的人物，进行了坦率的剖析，对于人们普遍关心、有争议的人和事，他尽可能地以翔实有据的资料来说明真相，甚至还揭露了一些阴暗面，有些话也说得很尖锐。在今天，我们不可能要求每一个关注中国的西方人，都像我们自己一样熟悉我们的历史，也更不可能要求他们以我们自己的方式来阐述历史，但是，像《长征——前所未闻的故事》这种对于历史独特的解释方法，却更能引起我们对历史的一些重新思考。

历史选择了朱老总

●殷建忠

1927年10月的一天，在地处闽粤交界处筠门岭的茂密森林的薄雾中，走来一支队伍，他们衣服褴褛，许多人没有戴帽子，不少人绑着纱布的伤口还渗出黑紫色的血渍，有的斜挎着枪支，有的干脆把枪当成扁担，上面挂着破烂的行囊和斗笠。走在队伍最前面的，是一位满脸胡须、面色黝黑的人，他的草鞋早已破了，用一条带子横七竖八地捆绑在脚上。这支部队就是当年开创新中国革命事业的红军，领头的人就是朱德。

自从朱德率部参加起义，“打响武装反抗国民党反动派的第一枪”，中国共产党领导的武装力量就开始了艰难的起步，于是我们也看到了开篇的一幕。然而在此之前，作为一名旧事军官，朱德可从来没有这么“惨”过。在蔡锷组织的“讨袁护国军”中，他因出色的指挥才能和战术技巧而声名大振。护国战争结束，朱德担任旅长、川南守备部队司令，被授予少将军衔。在1927年，尽管朱德率领的是一支疲惫之师，但是，在他身上的一切都发生了变化，包括他身后的那支部队。而所有的变化，都源于1922年。

今天，让我们翻开《红军之父》（解放军出版社出版），再来回顾一下1922年的那个春天，因为它不仅是朱德个人命运的分水岭，而且是整个新中国革命的一个关键时刻。1922年那个寒意料峭的春天，命运的机缘将这位滇军少将推向了另一种人生境遇；先是出逃香港的军阀唐继尧潜回云南，反攻昆明，朱德转眼成了通缉对象。既而在上海，他见到劳动保险先行者孙中山，孙中山对朱德及与他同去的滇军将军金汉鼎说："你们俩是滇军名将，我可以答应你们的是先付10万大洋，作为军饷，以你们之影响回到滇军中去，重振滇军，然后进军广东，打倒陈炯明……"又有10万大洋重振旗鼓，在那个军阀混战的年月里，凭求告的名气，加上他的才能和智慧，扬名立业，干出一番事业来，那是轻而易举的事，然而在这样的机会面前，他却做出了令当时很多人难以理解的抉择，34岁的朱德踏上了一条远渡重洋的道路。

促使朱德做出这个抉择的原因只有一个：有个叫孙炳文的人给朱德带来了一些小册子。

1922年春，孙炳文带给朱德的是一些宣扬共产主义思想的小册子，朱德看了那些小册子后，便渐渐不安起来。并且他开始感到以往革命最终没有取得成功，"一定是在某个根本性问题上出了毛病"。

在上海，面对孙中山，朱德沉默片刻说："我想到欧洲去。"

从此，朱德开始了他独特的人生命运，为着他心中的理想，为了他一生的光荣与梦想，开始了艰苦的跋涉。1927年，是坎坎坷坷的一年，当朱德率领他的部队在中国南方的丛林中穿行时，令他心痛的事情发生了：一些士兵因不能忍受行军的艰苦，加上对革命信念的动摇，私自离开了部队，在行军的路上，有人捡到了一支支他们离队时丢弃的枪支，还有子弹。朱德在那个时候领略了一种前所未有的苦涩与痛苦，直到10年后，在抗日战争的战场上，他才向采访他的美国作家史沫特莱女士道出了当年的苦楚，但是，对于共产主义的信仰，他一刻也没有动摇过。

历史就像是一本书，我们把它翻到1949年10月1日。那是共和国开国大典的时刻，在天安门城楼上，当毛泽东宣布"中华人民共和国中央人民政府今天成立了"的时刻，在当时几乎所有的电影、照片中，人们都难以找到朱德的身影——他抓住了一位摄影记者的双腿，以使那位记者能够将身体探出城楼上的汉白玉栏杆，拍摄到毛泽东宣布的全景。这就是朱德与众不同的地方，是从1922年到1949年的27年里。朱德所经历的艰辛与痛苦，连他自己也不能细数，然而当他们用鲜血和苦难换来了成功，把新中国的历史照耀得如此灿烂辉煌的时候，朱德却有意或是无意地把自己留在回顾镜头之外。在整本《红军之交》中，我们时常会讲到诸如此类的描述，不经意间，我们会开始用另一种眼光来观察文章所展示给我们的朱老总。

真实来源于生活

●张 平

前几天，儿子对我说：“家里那本《危机四伏》我看了，和你的风格倒是蛮像的。”

说实话，我也有这种感觉，可能就是因为这个缘故吧，这本书我读起来感觉十分亲切。这种亲切除了因为在其中能看到同自己作品殊途同归的东西之外，还有一个原因就是我在写《十面埋伏》前，曾采访过许多公安系统的人和事，在《危机四伏》中的许多细节和环境都是我所熟悉的，我所感念的。

认识胡玥是在1996年的张家界笔会上，才知道她的人生阅历其实很丰富，她当过教师，记者，编辑，甚至是警官。现在想起来，也许正因为她有如此多的生活积淀，才能写出《危机四伏》这样的小说。

有时候，和几个朋友聊天，他们对能把长篇小说写得很大气的女性作家为什么会那么少的原因大都归于同样的看法：女性思维的感性成分大于她们的理性成分，因此她们能够写出很出色的散文，把一些人生的小感悟表述得淋漓尽致，但她们却很难把这些细小的粘连成线，进而拓展成面，然后汇聚成一道汹涌的大江大河。我觉得《危机四伏》首先是一部很大气的作品，作为一个女性作家敢于涉足这样的题材，并能把它写得错综复杂，大气磅礴，也确实非常不易。在《危机四伏》里，小说的主线相当清晰，主人公和几个次要人物之间的副线与主线交织在一起，使得故事情节盘根错结而又丝毫不觉杂乱。在写作中，能否把握一个庞大的人物关系网是一个作家能不能写好长篇小说的重要标志，尤其对于一个女性作家，胡玥做到了，而且做得很成功。

我印象里的胡玥举止得体而又温文尔雅，有时候甚至显得有些不爱说话。看她的作品时，我渐渐明白这是因为她喜欢经常思考的缘故。其实她想说的东西很多，而这些东西大都从她的笔下平和而有序地涌出，犹如泉水一样，看上去似乎并不显得沉重，但时间久了，亦可滴水穿石。

前几天，我又翻了翻萨特的《存在与虚无》，其中所阐述的“介入文学”观，使我印象很深。他认为作家要投身到改造社会的活动中去，对各种政治事件和社会问题发表自己的见解，文学作品要干预社会。所以今天我在阅读胡玥的作品时，便有这样的感觉。假如一个直面现实的作家的作品中能力争做到这一点，从某种意义上讲，他（她）的作品首先就成功了一大半。而那些所谓技巧，所谓的文学意义，也就变成退而求次的东西了。就像鲁迅一样，他能始终保持着那种作家特有的忧患意识和责任感，是值得每一个作家深思学习的。

胡玥的小说表面上看起来像是一部推理侦破小说，但隐藏在作品背后的东西却是厚重而深刻的。“不论无辜的人看起来多像有罪的人最终还是无辜的，而有罪的人看起来多像无辜的而最终仍有罪，一个有罪的人无论在面对的过程中做多少伪消弭和抵赖，你自己又怎能把你自己的灵魂从罪恶中救赎出来呢?”这段话是《危机四伏》里的话，我想还有一句话作者没有说出来，那就是：只是无辜的人和有罪的人原形毕露的时间让人觉得太久了而已，可能这才是《危机四伏》真正想要说的。

阅读与聆听

● 王久辛

《行走的刘索拉》真是一个好名字。“行走”就意味着节奏与韵律均包括其中。封面上，刘索拉虽不再娇媚但仍透着几分秀色的黑白肖像，总能使人与款款而来的“玉人行”之类联想起来。多年从事文学创作或热爱文学多年的读者，大多都读过刘索拉的小说。索拉的语言节奏有较为新鲜的感受——快速、紧凑，当然，内质里有一种音乐感。前不久，听说昆仑出版社的侯建飞君编了一本音乐方面的书，便打电话，讨了一本，当然，就是这本《行走的刘索拉》了。先读书，后听CD。比我想象的，要差一厘米，比我感受到的，要多一厘米。

《仙儿念珠》开始的英语对话，我听不懂，所以不知道他们在说什么。有点神秘，当然，真正的艺术都有点神秘，更何况凡进入审美境界的艺术都应当具有神秘性，像偷情者的幽会与情侣间的暗示，隐秘、简洁、微妙。而音乐，真正好到极致的音乐，在我看来都应如此。聆听《行走的刘索拉》CD无疑是谭盾、瞿小松、叶小刚、郭文景等乐坛四大才子创造的延续，特别是与谭盾的《山谣》系列暗合的一种创造，其人声的运用，虽与谭盾的带有神性与山野诡气的人声不同，却更加人性化了。我对刘索拉的艺术个性的张扬精神充满了敬意，却对她的现在与未来，仍抱以更为长远的瞩望。

“文化不可交流”。这是刘索拉无意中道出的一个真理。尽管文化不可交流，但人们却是渴望交流的，就如那令人难以破译的人声，越是难以交流，就越是让人憋闷得渴望交流。说穿了，刘索拉也是俗人一个，因为她亦渴望交流。她说“文化不可交流”，那用心与用意正好相反。我猜她要说是：如此，您就不再交流了吗？她不是问我，是问大家。

告诉与启示

●石　英

中国国门时报自2011年初以来，重点推出了一个令人注目的栏目——《名人与书》。截至现在，《名人与书》专栏已刊发的访问记近三十篇，足可辑成册矣。

也许，在一些报刊设置和组织此类栏目，记叙名人事业与生活及至某个方面的花絮已不是什么新鲜创造，个别借此炒作以期升值实则格调不高者已令人生厌，但《中国国门时报》此举好就好在并非追求俗尚。它的创意严肃，选篇精当，内容充实，名人和各篇之间多有特色。它似为访问记，实为一篇篇记叙性散文。访问对象中，举凡资深文学家、编辑和卓有建树的新闻工作者，颇有文才的，“作家和学者型”部、省级的领导，年轻的文学“新锐”和见解深邃的理论家，在教学和研究方面成就很高的教授与酷爱读书的艺术家等等，在《名人与书》专栏中均有鲜明的展示和令人信服的成果。

如按因果关系而言，与其说是“名人与书”，不如说是“书与名人”，也就是读书与成为名人的关系。在这方面，《名人与书》专栏文章给读者的印象最深。大凡“名人”，必须有某一方面或不止一个方面有突出建树，在同类或同行业中拥有更丰富的知识积累或卓见成果的才能，在实践中做出了令人瞩目的贡献。《名人与书》的亲切之处在于，最清楚不过地表明读书确是“名人”志在攀登的可靠的阶梯。如有的“名人”在童年和少年时代家境极其贫寒，根本无缘读书，仅是由于个人对书的嗜爱，以近于西汉匡衡的读书方式，才使自己点滴积累了初步的知识基础，不仅开阔了眼界，走上了革命道路，而且也为日后在知识上达到更高的层次，担负比较重要的工作提供了不可或缺的条件。由此，更使其人与书结下了不解之缘，令人信服地印证了书贻人以滋养，人予书以报偿的无形却有形的辩证关系。

从一些“名人”的读书经历中还不难看出：最初接触的书种在其一生中影响极大，甚至在很大程度上确定了他的人生走向。如有的“名人”在老师的提示下最早涉读了鲁迅的作品。当时因年龄幼小，有的字句尚不能甚解，但鲁著中的深刻思想和独具的魅力还是吸引了他，乃至终生不离。鲁诗中的名句“横眉冷对千夫指，俯首甘为孺子牛”成了他真正的座右铭，也是他整个人生观和价值观的基石。

人固然选择了书，书同时也选择了人。这些“名人”，博览是他们的共性，但也有一定的“偏好”。他们选择和倾向于某类书籍，有时是由于机缘，有的是出于个人的天赋爱好。如有的“名人”自幼酷爱中国古典名著，而当后来全成为作家后，其小说作品有很深的传统小说作品的影响，并在此基础形成了自己的艺术风格。

许多“名人”还谈到了在当前电视影像的冲击下，读书依然是不可替代的求知之梯、奋进之路、成功之途。书的非凡价值决不会因时代的推移而减弱。

《名人与书》专栏文章不仅是告诉读者“名人”们曾经怎么做，更重要的是启示人们将怎样去做。

读亨利·米勒

●温亚军

亨利·米勒1891年生于美国纽约一个美国人家中，曾就读于纽约市立大学。他一生著有七部小说、两部剧本及一些书评、游记等作品。他是一个非常有争议的作家，其作品是《北回归线》、《南回归线》、《黑色的春天》。因为他的小说中存在着露骨的性描写，英语国家长期拒绝发表和出版他的作品，所以他的作品最初都在法国面世，不说别的，就他的作品模式和那种自称为“流氓无产者的吟游诗人”的作派，影响了中国的不少作家。比如什么什么“宝贝”，什么什么“像谁那样疯狂”之类，还有台湾的林佛儿直接就写了个长篇小说《北回归线》，就这一方面的原因，可以说亨利·米勒对中国作家的“贡献”不小。

不管怎么说，亨利·米勒是一个伟大的作家。

他的作品形成了一种独特的社会批判风格，专写一些与社会格格不入的人物，通过他们来攻击西方社会，并不惜用一些不太雅观的文字，他所写的那些人物基本上都是他自己在丰富的生活经历中接触过的，他所用的语言也是他所接触的那一阶层人普遍使用的语言。他通过竹那个表面粗野的社会来表达他对社会深思熟虑的看法，他形成了强烈的反叛精神，他的反叛精神尤其表现在反传统方面，他在西方文化氛围中感到非常压抑，同时他又是一个标榜民主自由的国度里长大的，思想上没有多少约束，他在精神上的自由导致了他在创作上的自由，他没有躲避和隐藏，这就是亨利·米勒的高明之处。

应该把亨利·米勒看做文学上的革新者，他在作品中重建自我的努力使他形成了一种独特的风格，也产生了一种独特的体裁。他处于理性状态中来处理自我，也写出了自然状态中的自我，即处于最简单的生命运动中，排除了一切伦理道德、宗教等文化因素的自我，并且他集成了各种现代主义手法，加上他雄厚的文学基础，无论是在写作风格还是在思想倾向上，他有他的精湛独到之处，他的小说语言和要描述的人物都充满了活力。他以纯朴的诚实娓娓道来，他所遭受的种种耻辱和失败并不是以失落感、沮丧或万念俱灰的情结而告终的，而是以渴望对一种更加丰富多彩的生活如醉如痴的、贪婪的渴望而宣告结束的。其中的诗意非得剥去艺术的外衣方可发现，非得屈尊降低到所谓的“前艺术水准”时方可发现。在他的小说中，能够看到被活生生撕裂的伤口，从中探寻人类希冀借助艺术曲折隐晦的象征的外衣，在有些人看来，他厚颜无耻地呈现给人们的都是不能见到阳光的龌龊东西，其实，这是人们害怕看到自己真实一面虚伪的误解。

亨利·米勒是一位生活在真实的幻想之中的作家，而不是一位幻想着真实的作家。

因此，他被视为美国该文坛的一位怪杰。

读福克纳

●温亚军

人生如痴人说梦，充满着喧哗与骚动，却没有任何意义。

应该说，福克纳在1949年因《喧哗与骚动》被授予诺贝尔学奖后，他一度被冷落的作品才重新引起了文坛的重视。在《喧哗与骚动》和《我弥留之际》为福克纳赢得高度知名度之后，他的又一部作品《圣殿》因一些暴力描写，被称为“美国小说虐待的代表作品”给他带来了一些负面影响。

后来，《八月之光》使福克纳名气大振，长盛不衰。他的“八月之光”是指他家乡实有的自然景象，更暗示了它包含的古老深远的底蕴。在艺术形式上，福克纳把现代主义的技巧和传统的艺术手法有机地结合了起来，改变了他以前的作品里一次只让读者通过一个人物的视角去观察和理解的叙述方式。如果重点读《八月之光》，就会感觉到福克纳艺术创造力非同一般。这部小说是一个多线索的情节结构，选用的是两条平行线相互对照，一条是莉娜的故事，主要出现在首尾两章，占的篇幅虽然不多，却构成了这篇小说的框架。第二条是克里默斯的故事，这是小说的主体。介于两条平行线索之间的还有牧师海托华的故事，他的故事除了自身的意义外，还在小说的叙事模式中起着类似读者或者第三者的观察与反馈作用。福克纳发挥出天然浑成的组合功力，对读者也具有了挑战性，他又运用了一种高度自由的组合结构，将莉娜受了卢卡斯·伯奇的欺骗而怀上身孕，去寻找孕儿父亲作为引子，重点叙述放在了发生在杰弗生镇上的一桩凶杀案上，莉娜要寻找的负情汉——卢卡斯·伯奇与真凶克里默斯的故事。莉娜与其说是福克纳塑造的一个人物，不如说是他有意运用的一个非价格化的意味隽永的象征。莉娜自在地行进在路上的形象贯穿小说的始终，不仅为整个小说构建了一个框架，更暗示了一个以乡村为背景的淳朴人生。莉娜坦荡无忧的人生之路写得相当绝妙："她俨然是大地母亲的化身，负荷身孕的体态象征着潜在的蓬勃生机，她以强大的生命力和超然的人格与小说中其他悲剧人物形成强烈的对照，并给他们以人生的启迪。她身上闪现着自然淳朴、宽厚仁爱、坚忍不拔、乐观自在的精神。"而真正的杀人凶手克里默斯，他的一生是悲惨的一生，他的悲剧是他自己都不知道自己是白人还是黑人，他存心要把自己驱逐出人类，他杀伯顿小姐，却不为自己开脱，这是他的性格悲剧。

福克纳的创作是富于精神性的，他所要关注的是要揭示心灵深处闪烁的光，这种光所蕴涵的启示在头脑倏忽闪现，他为了保存这种光，怀着十足的信心抛弃了任何在他看来是非本质的东西，无论是偶然性也罢，还是一致性，都充分体现出了一种能让人想象又能触摸到的东西。福克纳独具特色的叙述方式和简朴化的语言风格，还有对小说艺术规律的开拓性创新，使他的作品永远在世界文坛占有一席之地。

读纳博科夫

●温亚军

弗拉基米尔·纳博科夫1899年出生于圣彼得堡。十月革命后，他全家逃往欧洲，其间他侨居巴黎、柏林，1940年移居美国并加入美国籍。1961年，他侨居瑞士的蒙特鲁斯，1977年去世。他的大部分作品都是用俄文字写的，他对俄国政治的不满导致他对政治的冷淡，但他对艺术的追求却是执著的。他不喜欢任何团体、任何流派，他强调自己的独创性，所以有一本很著名的访谈录，叫做《固执己见》。最具有代表性的作品是《洛丽塔》。

《洛丽塔》完成于1954年，纳埔科夫自知这部作品中一个中年男人与一个未成年少女的畸变故事在当时的文化氛围里一定会招致非议，所以他连真名都没有署。书稿先后四次遭到出版社的拒绝。最后在巴黎奥林匹亚出版，并且遭到强烈的抗议和谴责，同时，纳博科夫一跃成为新闻人物和畅销书的作者。

《洛丽塔》到底有多么的不道德，只有读了这部小说后，你才会发现，原来是受了商业炒作的蒙蔽。但他仔细分析，小说本身是和道德背道而驰的，这是《洛丽塔》曾一度被查禁的原因。《洛丽塔》中虽然不凡色情描写，可一点都不低级下流，作者写亨伯特与洛丽塔两性之间的关系，纯属天经地义的正常性行为。只是道德的准绳把亨伯特猜谜洛丽塔的行径视为触犯了道德神经，他没有计较亨伯特暧昧行为的社会内涵和道德后果。

不管美国当局和社会上对纳博科夫怎么批评和评价，纳博科夫本人则说："小说中同洛丽塔关系不道德的不是我纳博科夫，而是亨伯特自己。他们关心他，而我不。"纳博科夫的意见当然不是说亨伯特同洛丽塔的关系是道德的，而是说这个问题与他小说艺术毫不相干。不是对立的，而是无关。“我永远也不后悔自己写了《洛丽塔》，她就像一个美丽的谜——其结构和结局都像谜，两者互为一面镜子，就看你怎么去看了。”

这个“固执己见”的作家，在另一种社会制度的国家里，谁能把他怎么样，他照样成为一个伟大的世界级作家。纳博科夫是多么忠实地服从于自己的想象，他选择了这一点，或者另一点，以及其他种种，把它们融为一体，构成了新的艺术形式。如果按照纳博科夫的意思理解，小说与他本人的关系完全可以脱节，这可能就是一个大作家的特性，我们不妨回过头来，回顾一下许许多多的世界名著，它们基本上都不是作家本人委曲或者说是苦难的叙述，这些作品大都是为了人类或者说是民族的命运而赞叹，而不是为宣泄个人的私愤而怨声一片。

如果读读纳博科夫的作品，再看看他的自传，应该明白写作不是在写自己。

寻找你的“奶酪”

●梁小恩　余妙霞

在刚刚过去的2001年，美国医学博士宾塞·约翰逊著的《谁动了我的奶酪》一书以其特有的魅力风靡世界。该书一出版，全球销量就超过了2000万册，连续78周蝉联亚马逊网上书店最畅销书榜首！美国NBC名人运动栏目著名主持人查理·琼斯说：“《谁动了我的奶酪》这本书改变了我的人生。它拯救了我的工作，并引领我到了另一个领域，取得我梦寐以求的成功。”据说，美国77家大机构、大企业集团以本书中的理念指导员工的工作与生活。此书影响之大，由此可见一斑。

《谁动了我的奶酪》究竟是一本怎么样的书，有如此大的吸引力呢?

在一座奇妙的迷宫里，住着四个小家伙：老鼠嗅嗅、匆匆及老鼠一般大小和人一般模样的小矮人哼哼、唧唧。他们每天穿上运动服和慢跑鞋在迷宫无数曲折的走廊穿梭奔走，寻找他们心目中美味的奶酪。功夫不负苦心人，他们终于找到了奶酪仓库C站。这里有各式各样的鲜美可口的奶酪：有嗅嗅和匆匆喜欢的那种适合啃咬的硬一点的奶酪，还有哼哼唧唧渴望的带字母“C”的奶酪。于是他们在这里筑起了自己的安乐窝，惬意地尽情享受着这睦奶酪，日子就这样在幸福中一天天地流逝。终于有一天，C站的奶酪忽然没有了！面对突如其来的变化，两只小老鼠并没有多大的惊慌，立即穿上挂在脖子上的运动鞋，动身向迷宫深处走去，寻找新的奶酪，并找到了他们所见到过的最大的奶酪仓库：奶酪N站，这里有更新鲜更丰富的奶酪，他们又开始了新的幸福生活。

哼哼和唧唧呢，却被C站没有奶酪的情况惊呆了！哼哼声嘶力竭地嚷道："谁动了我的奶酪！""这不公平！"他们天天都呆在已没有奶酪的C站哼哼唧唧，饥饿使他们变得越来越虚弱。唧唧经过激烈的思想斗争，终于意识到"生活在变化，日子在往前走，我们也应随之改变，而不是原地踟蹰不前。"于是他在奶酪墙上留下"如果你不改变，你就会被淘汰"这样一句话后，朝着新的目标出发了，最后也找到了奶酪N站。哼哼依然只在原处追忆和抱怨已消失的美好时光，在对苍天的追问中郁郁寡欢，消极等待。

唧唧说得好，事情总在变化着，世界在不断改变着，如果我们不改变自己以适应变化，就会被这个千变万化的社会淘汰！嗅嗅、匆匆虽然头脑简单，但他们一旦嗅出潜在的危机，看出已经发生的变化，就立即作出相应的行动，因而拥有自己的"新奶酪"；哼哼只愿意慵懒地呆在自己熟悉的领域，享受着现在的一切，害怕变化而否认和拒绝变化，当现成的"奶酪"被吃光后，只有饥饿虚脱而死。而唧唧能看到自己的错误，坦然地面对自己，及时调整自己去适应变化。难怪柯达公司资深副总裁迈克·莫里这样说："《谁动了我的奶酪》是一本既简单又容易理解的指导手册，我们每个人都可以用它来处理自己所处的充满变化的环境。"

巴黎的冯骥才

● 李　媛

前两天晚上，和一位出差广州的年轻朋友通个话。他是去做一个项目，在羊城逗留了3个多月。他打电话给我完全是出于寂寞——感到在那里与当地人的沟通——精神上的沟通有困难。据他说，广州人过于务实，不管夜茶喝到几点，谈的都是买卖，文化人谈文化是会受到歧视的，所以，他格外希望早日回到北京。我当然能理解他的处境，就和他谈到香港，之后拿巴黎对比，我说你适合去巴黎，巴黎相当于中国的北京，那里的人精神至上，艺术至上，接着举了几个例子。举完了才想到，例子都是从冯骥才那本《巴黎，艺术至上》里看来的。

《巴黎，艺术至上》是大冯新出的一本散文集，所载皆为法国游记。许多人出国走一遭回来都能搞出这么一本集子，一举两得，一鸡两吃，可惜没多少读者想看，不过，惟独这一本很有意思。

其一，一般的游记是游到哪里说哪儿，触景生情，思绪万千；景色一变，情绪和感想也跟着变，真正叫做是散文。而这一本不然，这一本是万变不离其宗，走到哪儿都牵挂着一件事：巴黎的人文之谜。书由破题开始，至谜底揭开告终，每一篇谈论不同的事物，集合起来有统一的主题，形散神不散，读完后印象鲜明而毫不芜杂，可以算是写法上的生动的创造。

其二，一般的游记是先游后记，客随主便，游到哪儿记到哪儿。譬如跟着一个访问团走，游下来大家的观感大同小异。这一本不然，这一本是先有想法后有游历，主随客便，想到哪儿游到哪儿，独行侠式，游下来体会就相当独特。作者是内行，拍摄的照片、选择的插图十分精美，与正文内容相映生辉，也显示出丰富的主观色彩。

其三，一般的游记是流动人口的记录，走马观花，浮光掠影；这一本游记是留滞人口的记录，冯骥才和妻子为了写这部书或考察这部书的主题两次到法国，第二次在巴黎居住了两个多月，悉心地体验当地风土民情，入微地辨析异域文化的细枝末节，力求甚解。譬如，为了认识梵高，他们不惜专门从奥维尔跑到阿尔，再跑到荷兰。所以，是一部深入生活的玩得比较细的写得比较扎实的游记。

这是有闲阶级才能干出的事，不过，没有有闲阶级，又哪来的那么多艺术遗产呢？

应该说冯骥才的观察是很仔细的，比如，他注意到，真正的巴黎女郎要到书店里发现，她们很漂亮，但是拒绝美国文化的浅薄和粗野，在电视和图书之间，首选的依然是图书，她们呆以静静地立在书架前翻阅上几个小时。法国人很会穿衣服，色彩上颇有修养，喜欢在所有的颜色里都加进一点灰色，因为“文化浅显的国家爱用艳丽夺目的原色；文化深远的国家则多用中性和色差丰富的复合色”。巴黎地上是绘画的世界，地下是音乐的世界，而巴黎一幅最大的图画在天空。与中国的绘画从来不画天空相反，法国绘画中的天空是一个美丽的、透明的、充满大气的生命，永远存在取之不尽的题材。当然，法国人也以浪漫著称，街头成为接吻的圣地。作者曾见过一对年轻人在街中心热烈相吻，来往的车辆并不按喇叭，只是鱼贯地绕过前行。作者弄明白了法国式的吻与美国式的不同：“法国人幻想着一个长长的吻能够到达永远，而美国人的吻不超过一分钟就开始脱衣服了”。如此等等，都说明着作者的见闻是极有启示性的。我们觉得，换了一个人去巴黎，也住上两个多月，却不见得能看出这些东西来，这是为什么呢？

如果法国的确是一个精神至上的国度，那么写法国游记的人也应该起码是位艺术家，还应该是位有闲心的艺术家——在中国，不是所有的作家艺术家都愿意为了穷究一个形而上的命题跑到国外去的。这样说来，冯骥才写这本书是最合适的。他也有点精神至上。

所以，我打算把我看完的这本书寄到广州去，让我的那位朋友不至于太感寂寞和孤独，在他回北京以前。

最后一根真实的航空管道

● 黎云秀

北村是一位著名的先锋派作家。他的小说大多是对生命，对爱情敏锐而独特的思考，有些小说充满了神秘的艺术色彩，令人产生强烈的阅读欲望和阅读冲动。

北村前期的作品充满了极端的诗化。近几年，他开始有了转向，对现实生活给予很大的关注，对小人物亦予以了极大的关怀。他在写作过程中贯穿着良心的立场，这是一个作家最可贵的品质。因此，他的作品可读性强，具有独特的艺术魅力，尤其中青年读者对他的小说情有独钟。有人说，如果你爱过，北村的小说会让你产生强烈的共鸣；如果你还没有爱过，它将教你如何去爱。这听起来像是广告词，却点出北村小说具有大众化的普遍意义。当然，这不仅仅是他所让读者看到的一个小小层面，正如评论家南帆先生所说："北村决不肯像一些新写实作家那样，允许他的人物自得其乐地徜徉在这些尘世意象之中。"他对人类生存境遇有着深刻的洞察力与超前性。

《周渔的火车》是北村的一部小说精品集。它收入了北村不同时期最优秀的8个中短篇小说，其中《周渔的火车》已被孙周拍成电影，由巩俐、梁家辉主演；另一个中篇小说《强暴》已授权姜文拍摄；其余的均被多家报刊转载过。这部书已由作家出版社出版，当时很快在市场上热销，许多媒体纷纷介绍了此书，或连载，或为北村作人物专访。一部纯文学作品，而且是人们普遍认为在销售上最为困难的小说集，竟能引起市场及媒体如此大的反应，的确令人吃惊。但当你看完这本书后，就不会为这种"火车”现象（《周渔的火车》简称），感到惊讶了。

北村对文学的热爱和追求从时间上说，那是很遥远的事了。他20岁毕业于厦门大学，17岁开始发表小说。著有小说集《聒噪者说》、《玛卓的爱情》、《长征》；长篇小说《施洗的河》与《老木的琴》等数百万文字作品。眼下，他的又一部长篇力作《台湾海峡》也由作家出版社出版，此小说已由张绍林拍成25集电视连续剧。而在此之前，他的多部小说与影视剧本《武则天》、《城市猎人》等都被大众公认的大腕导演张艺谋、吴子牛搬上银幕和荧屏。这在当代中国作家中是独一无二的。虽然有些作家说北村已经改变了自己的心灵，把文学纯粹变成了挣钱的工具。但是说这种话的人是很逃脱“吃不到葡萄就说葡萄是酸的”之嫌疑。

作为一个一直用心灵写作，并视写作为生命的纯文学作家，北村能从纯粹的先锋走到今天，绝不是一种偶然。

北村在《神圣的启示与良知的写作》中这样写道：“我们必须正视人的罪恶及其在文化中的后果。如果缺乏神圣背景，人文精神的实践是不负道德责任的。在西方有海德格尔的附逆，在中国有周作人的妥协，如果不站在良心的立场，尼采的人文精神就会实践为法西斯主义，让良心告诉我们，并让我们看见，尼采的发疯和那个发了疯的时代的关系。在奥斯维辛死去的是人性，不是神；当人性杀害犹太人时，人性就杀害了自己。”

北村在本书的自序中写道：“从写每一篇小说起直到现在，我唯一对得起读者的是，我总是以真诚面对你们，我从来不为文学之外的原因去违背文学的规律，或者违背良心。这是最后一根真实的管道，请保留它的某种纯粹吧。

这就是北村！

青春与生命的礼赞

● 李保初

新华社的王枫女士得悉我编过几种世界华文文学作品（其中包括诗歌集）丛书，就辗转找到我，介绍我阅读青年诗人王涛先生的新作，我愉快地应允了。

王涛先生在出版这本《只有浪知道我们相爱最深》的诗集前，曾出过《渔人的晚餐》，两书都有马来西亚著名华文诗人吴岸先生作的“序“。从介绍中知道，王涛的生平、经历，是颇不平凡的。作为一个生在渔村、靠半工半读念完中学，修过渔网，当过职员、记者、行销人员的王涛，成长为颇有名气的诗人，其中的艰难、困苦、挫折是可想而知的，付出是超乎一般青年人的。这在他的诗歌创作中得到了反映。这严酷的生活考验，对王涛来说是幸也非幸也？我以为这是生活的厚赐，是创作的沃土，是成就诗人的可贵条件。古人云：“穷而后工”，生活太优渥、道理太平坦、创作太顺利，是不利于诗人的成长、成熟与夺取大的成就的。

谈到诗歌的社会功能，很多人都会说是审美，这当然也是一种看法，也不能说不对。但我同时要说，诗的更重要的功能是示爱，是礼赞和弘扬诗人爱自由、爱祖国、爱和平、爱人类的热烈而博大的爱。当然这示爱不能是说理说教，而应该是独特的感受和艺术的传达。我以为，首先在于发现。能否在日常的、平凡的诸如一盏小灯、一颗小草、一轮落日中发现美，发现人生哲理，这是检验和区别诗人的试金石。通常所谓的灵感，主要的体现就在这里。灵感的根源是诗人的旺盛而深挚的爱，表现则是对这爱的美的传达和艺术表现。我读王涛的堃，就常验证以上的看法。正如他自己所说：诗集的出版“印证了我的存在，我的坚持，我的爱”，“我活出自己的尊严与价值，愿为生命的尊荣而奋斗，为爱而战”。请看诗集的开篇一首《烛》：

在断流的寒夜里
恍然明白
你的光里的泪
才是真爱

待听到有人喊：
电来了
灯亮啦
而你已然躺下
躺在一堆血泊中

这里的烛，是诗的意象，是颂赞的主体，你不觉得它就是为人类、为光明而牺牲的大爱的化身么？它甘愿在人类面临黑暗时用“泪”、用“血泪”、用“躺下”来表示自己的爱，它为这爱而牺牲自己是那样自觉、自愿，这是一种伟大而崇高的爱。小诗与青年诗人的思想境界在这里得到突出而完美的表现。

《痴》是另一种爱：

明知饵上有毒
可我仍张口吞噬
只因垂钓的
是你

就像标题所示，这的确是一种“痴”，是一种愚，但是验之于生活，验之于古往今来的人与事，有多少这样的“痴”啊！的确，爱是一种情感，有时是排拒理性，不要多少理由，不考虑后果的！原因只有一个“只因垂钓的是你”。但读者不要以为，这类现象只存在情爱生活中。不，在比这范围宽泛得多的场合，也同样存在这种爱“痴”，或者叫“痴”爱。历史上许多悲剧不就是这样发生的吗？诗人只是写深切的感受，艺术地概括无数的现象。理性的解释不是他的责任。在这四行诗前，读者能无动于衷吗？这就是小诗的艺术魅力。

《人参》也是一首耐咀嚼、有意蕴的好诗。前一节用“是地面太冷酷吗？/是人间太绝情吗？”作为背景铺垫和衬托，不确定的询问语气使诗意颇灵动，未见人参但人参的形象已呼之欲出。接下来的第二节简洁而决断，完成了人参形象的刻画。“藏身在云雾中/修炼成须长发卷的/另类人/坚贞/不死的灵魂。”从人参的生长环境、长相特征，一下子跳到“另类人”，这里的人格化既自然又确切，当然，诗眼自然是结尾两行。“坚贞”，是真品格，“不老的灵魂”，是对其节操的颂赞。这首诗真的是小巧玲珑，耐人寻味。

综上所述，经过十几年的生活历练和艺术打磨，王涛的诗作已进到了一个新层次，新境界，其中不少篇引人思索与回想，极有艺术容量和品位！

青年诗人王涛正处于创作的旺盛期，人生的成熟期，生命的辉煌期。在此，作为读者与朋友，我当然非常希望这旺盛、这成熟、这辉煌，早日到来，早日实现，换个说法即希望他早日功成名就。

写作，是为了亲近自己

● 李洁非

尚未翻开书页，即从封底看到了这些话：电影厂的岁月在我的一生中是九重宫殿，我从这头进去，从那头出来，我的爱与性、我的心痛、我的疯狂、我的黄上衣与木耳环，我的北京和广州、我的恋我的情敌、我的花与酒、我的西园和明园、我的无赖……

这么一长串“我的”。

其意义，我想不仅仅是强烈地突出着第一人称。当把书翻到最后一页，在《跋》里，我读到了这样一句话：“写作首先应该照亮自己。”

我相信，这一直是林白写作的基本信念。从她过去的书里，我们能够看到这个信念在怎样支撑着她，引导着她。这种引导经历了《子弹穿过苹果》，经历了《一个人的战争》现在则抵达于《玻璃虫》。

读《玻璃虫》，我隐隐约约有一种意识：很可能，我们以往对一些外在于写作者自身写作体验的理论、概念或“说法”过于看重，而对写作者中究竟渴求什么、寻找什么，或写作在何种意义上于他是一件快乐的事，有所忽视。

这就是林白所表白的：“写什么不重要，怎么写也不重要，是否深刻不重要，是否富有道德感也不重要。关键它能否激扬你的生命，驱除你内心的黑暗，使你微笑、乐生、感恩。”当然，这只是她的表白，事实上，重要与不重要，不同写作者心目中的答案很不相同的。但在此，我们至少明了了对林白来说，哪些重要，哪些不重要。

于是，很有意思地，这本《玻璃虫》在她的所有作品里空间如何？可能会有截然相反的感觉。而我已经清楚地了解到，作者本人的感觉不仅非常之好，甚至不夸张于说，她有一种偏爱的心情。尽管“不识庐山真面目，只缘身在此山中”。一位作家对其作品的判断出现偏差极为常见，但我感到，这里情形有所不同。在此，林白不是简单地谈论和比较她诸多作品的质量，而是在表达写作的体验。她说：“在此前的长篇写作中，我明显感到生命消耗的速度在加快，我甚至决定，为了健康地活下去，我将不再写长篇了。”我以为，这句话有理由被我们认真对待。

关于20世纪后半期中国的文学写作，可能有许多评价的参照尺度，在这些尺度下，也可能形成大相径庭的各种看法。但是有一点我认为却是任何人都不能否认的，这就是，整个这一时期的文学写作，都具有一种骨子里的不自由状态。这时所讲的“不自由”不仅仅是外部了的、意识形态的，甚至可以说，最主要的不是这种“不自由”，而是文学写作非常普遍地远离自己、为文造情、趋炎附势、钻笼人套。这个“笼套”，可以是某种政治威权，也可以是某种文化潮流，还可以是某种流行的艺术观念及其表现模式。略加夸张地说，这几十年来的中国文学，其实脸谱化、行当化了，写作者们犹如生、旦、净、末、丑，人们很容易可以指出他们中哪些是岸然的须生，哪些是生猛的花脸，哪些是打诨的丑角，哪些是长袖善舞的青衣，哪些是风流倜傥的小生……虽然也有流派也有“大师”，但表演俱循程式，身段、用嗓的套路一目了然。很奇怪的是，直到最近，即便十分年轻的“新生代”作者，也呈现出非常惊人的群体特征。面对这样的情形，我经常想起庄子对斗鸡的讽喻，他描述说，这些被关在笼里的公鸡，虽然个个一副雄赳赳的样子，又有什么生趣呢？“神虽旺，不善也!”我认为，林白言语中的苦恼，正是如此。

美丽的八音盒

●周玉奇

你不能不折服于细节的力量。找到了细节，你就找到了人物，找到了情节，找到了主题。激情导演冯小宁不仅擅长大制作，也擅长寻找小细节，让细节贯穿影片始终，用细节刻画人物，打动观众。有幸参加中国大学生首届电影节，观赏冯小宁的收山之作《紫日》，我被那个时时在眼前转动、时时在发出美妙音乐的八音盒吸引了。

生活在东北大兴安岭的杨玉福老人手捧八音盒，沙哑的嗓音讲述着1945年发生在中国大兴安岭的一幕幕悲壮而又动人的故事。日本少女秋叶子，怀揣八音盒，被日本军国主义强征入伍，来到中国东北战场。混战中，与大队失散。她遇到了苏联女军医和集中营唯一的幸存者杨玉福。三个语言不通、相互敌对的人之间充满了戒备，他们在茫茫林海中摸索前行。在险恶的环境中，三个人从相疑、相知到相帮，终于走出大森林。然而面对他们的是一幕恐怖的场景：不甘心战败的日本法西斯军人，正在屠杀侨民，其中不少是老人、妇女和儿童。被日本军国主义思想毒害甚深的秋叶子大声喊叫着“战争结束了，可以回日本啦”，然而日军的子弹却射向了秋叶子。八音盒在转动，清脆的音乐在山谷间回荡，而秋叶子血洒异国他乡。

影片延续了冯小宁作品如诗如画、写实亦写意的一贯艺术风格，继《红河谷》的西藏雪域、《黄河绝恋》的黄土高坡之后，再将大兴安岭的层林尽染展示于银幕之上。不同的是，《紫日》中的茫茫林海不仅仅是人物活动的背景与环境，而是一头随时可以吞噬他们生命的巨兽。景观与人物命运融为一体，充满了强劲的张力。《紫日》一片对白极少，它以大量洗练的电影语言和紧凑的情节扣人心弦。人物丰富细腻的内心世界靠眼神诉说，人物的命运、人物之间的微妙关系借助八音盒的传递、得失这样的细节表现，更加委婉动人。艺术化的处理自然地引出人们对战争与人性的深层次思考，避免了直白与浅薄。

三国演员新秀表演真实细腻，爱恨情仇尽在眉目之间。富大龙饰演东北汉子杨玉福，表现出他的刚烈、质朴的性格特征，前田知惠饰秋叶子一角，天真、纯洁的气息扑面而来，而安娜扮演苏联女军医娜佳，既有她军人的干练，又有她女人的浪漫。她在听到苏军大胜、战争结束的消息时，脱去全身的衣服，全裸着冲下山坡，跃入湖中畅游，整个画面近一分钟。在蓝天、白云、绿水的衬托下，充分展示娜佳的形体艺术美，又深刻地表现了作为一个女人、一名母亲、一名女军官对和平的渴望以及和平降临时抑止不住的巨大喜悦。影片《紫日》就是一只美丽的八音盒，它至今余音袅袅，三日绕梁不绝。

冬日访防川

● 李长春

防川村距珲春市区 75 公里，是中俄、中朝交界的端点。我们一行 6 人在珲春检验检疫局的同志带领下驱车而往。道路是新修的柏油路，非常平坦，在晨光中路边的树丛已落尽了叶子，枝干纵横交错，层层密密。很快，在公路的右侧，我们看到了图们江。隔岸可清晰地看到朝鲜的民居、树木和山峦。临近沙丘公园，连绵起伏的黄沙造型，细密得像一块大黄布斜披在山坡上，当地居民告诉我说那是风的功劳，是风照顾这块美丽的地方，把海沙送到这里，美化了防川。

防川村只有 17 户人家，村子是个三角形，它的北侧是俄罗斯，南侧是朝鲜，东侧则是朝、俄与图们江的交界，并建有大铁桥。"鸡鸣闻三国，犬吠惊三江"就形容了这个地方。村党支部书记是位朝鲜族大叔，叫黄武吉，他对远道而来的我们非常热情，黄大叔为我们联系好当地的驻军，使我们得以访问了防川边防哨所。

哨所建在一座小山坡上，坡下就是朝、俄隔江交界的土地了。哨所纯白的色调与青山绿水相得益彰，拾级而上，山上建有哨塔等几座建筑物。石阶旁立有江泽民主席在 1995 年 6 月 23 日为连队题词"当好国门卫士，固我中华边关"的石碑。哨所的陈新福排长热情地领我们参观了连队荣誉室和哨塔，哨塔高约 30 米，铁制的楼梯曲折而陡立。排长向我们简单地讲解了周边的地理情况，我透过照相机的长焦镜头，可清晰地看到左侧俄罗斯哈桑区的民房，有一位身着黑色衣服的老人正向一座小房子走去，他的身后还跟着一只小花狗，悠闲的样子，像是去邻居家喝茶。

下了哨塔，我们来到边境线。这里有座“土字牌”。土字牌上模模糊糊地能看出“土字牌，光绪十二年四月立”几个字。土字牌是清朝八个字牌之一。1860年《中俄北京条约》签字之后，清光绪年间（1886年）清政府派钦差大臣吴大澂、副都统伊克唐阿同沙俄谈判疆土事宜，立土字牌，土字牌上的字为吴大澂亲书。从此，中国的土地就界定于这耻辱的土字牌下。150多万平方公里的国土就这样无偿地丧失了，通往日本海的出海口也同时拱手相让。土字牌黑灰色的石面，字间显露着百年风雨的雕痕，记录着中华民族一个多世纪的沧桑。望着这块石牌，感慨万千。这时，我们都默默无言，似有一股热泪在眼中涌动……

屈辱的历史已成为过去，土字牌的今天像一名忠实的卫士，丈量着国土，延伸着中华民族不屈不挠自强不息的自信心和凝聚力，我们与它合影，向它致久久的注目礼……

雪　祭

●曾有情

电影作为西藏边防哨所的奢侈品，一年顶多摊上一两回，而且是城市人嚼腻的老片。因此，影讯的光临总让哨兵们释放过多的狂喜。在等待中熬过了漫长的周期之后，这天，兵们的泪眼里上映了一个影片之外的悲剧故事。

一串电话铃声把电影消息捎到了哨所，寂寞的兵们身上的兴奋细胞顿时活跃起来，都急切地盼望着去揭开一个新鲜的银幕上的故事，而这个故事从营部出发，要在雪山险道上跋涉两天，才能在大家的眼前展示。

被称为小山东的营部放映员年仅 19 岁，每次下哨所放映都要做充分的准备。为防止路上的严寒冻裂机器，他必须用四床军用被子把发电机、放影机严严地包裹两层，牢牢地捆绑在两头牦牛背上，再备上人畜足够的粮草，迎着已经减小规模的风雪上路。牦牛蹄窝缓缓地印在开山期的第一天，这之前长达 5 个月的封山期通往哨所的路便埋在雪层中。崎岖的山路上，牦牛的风铃叮当如雪域古歌的浅吟，那人那畜步履中一步步蕴藏着艰难。

这是一片盛产风暴的雪土。哨所没有礼堂，兵们都知道，几间简陋的兵舍因其窄小而无法将那些编剧、导演、演员们合作的情节请进室内享用；而野外又无法在狂风中悬挂银幕。大家清楚地记得九个月前的一场“电影会餐”，兵们身裹皮大衣，脚蹬“三斤半”（大头鞋），在操场上刚刚看了个序幕，风暴乍起，银幕先是狂舞像一面翻卷的旗帜，演员的头、手、脚等局部便流失到空中，让人看不完全，台词很近都听不见，却又被风捎得很远；接着，一个风头猛地打来。银幕连同那些角色那个故事都被掠夺而去，如狂暴折断的风帆般飘忽。全体观众伴着愤怒的叫骂踉踉跄跄地追赶银幕。银幕如一只巨大的蝴蝶，时而高飞，时而低行。兵们追出三里多路，与风的赛跑最终以劫持者的胜利而告终——银幕沿着深深的山崖慢慢地沉落下去，那张白色的薄薄尸体葬身雪腹了。兵们流出了难过的泪水，这些坚强的男儿在哭一种渴望的幻灭。

没有了悬挂的舞台，影片里的角色们又何处可栖？失落启发着智慧，外号叫"豆芽"的小个子兵突发灵感，建议用白床单代替银幕，很快便被采纳。一张单人床单窄窄地容不下那么多角色，于是，选了精于针线的王班长将四张床单缝合一起，垂挂起来。角色各就各位，故事重又开场。哪知风再次恶作剧，四张床单的缝合处像利刀划薄饼一样齐刷刷地破开，把个美丽的故事漏在漆黑的空中。

小个子兵"豆芽"为自己创举的覆灭而沮丧万分，他把目光怨恨地投向远处，接触到千米开外的一座冰山，猛地灵光照亮双眼，一个伟大的发明跃入他的脑际。于是，冰山宽阔且基本平坦的正面成了永远被风撼它不动的银幕。虽然有些凹凸的表面把人物景致篡改得东扭西歪，声音时闻时无，兵们却知足地看了一部还算完整的影片，欣赏完毕，已近清晨六点了。

用冰山代替银幕的发明上了军区的报纸，西藏有类似境遇的哨所以至边疆的老百姓也纷纷效仿，兵们说真该给"豆芽"颁发一项发明专利和一枚奖章。

营部放映员小山东和他的"牦牛放映队"正在路上忍受颠簸时，哨所的兵们却在成倍的喜悦中忙碌。白天兵看兵，晚上数星星的哨兵们，许久连生人都没见过了，电影里的面孔尤其魅力无穷，自然要做一次高质量的欣赏。故而，大家来到冰山前，收拾整理那道坑坑洼洼的斜度舒缓的坡面，便于能比较舒适地安放马扎。他们还搭着人梯，用刀用斧铲除隆凸的冰疙瘩，在冰山正面削出一块较平的面积，尽可能创造一方一劳永逸的天然银幕。

很累，但很喜人。

小马扎已摆放整齐，一切就绪。小山东是全哨所最受欢迎的人，大家都盼着他来。十多双眼睛望着那道进出哨所必须经过的山梁，久久地迎迓那个携带故事的人。

到了该来的时间而他没有来，过了该到的时候而他没有到，那亲切的身影始终未能在人们的盼望中出现。

打电话询问营部之后，一个不祥之兆顿时在起点和终点同时袭入人们的心头。营部和哨所都派人去找。小山东的名字被人们焦急地喊着，响遍了沿途的雪山和乌云低垂的天空，没有回应。一个残酷的现实终于逼近了人们的眼帘：

一段崎岖的山路被雪崩折断，半座雪山如一堆烂泥摊在山底，四周松散地摊着一大片新鲜的冰石，一顶棉军帽滚落于数十米开外的远处，用军被严裹的放映机被碾成瘪瘪的一团，一只牦牛的尾巴露于土层的表面，留下生命消亡的线索，其余的，其余的都在乱石散冰的覆埋之中……

那部还没放映的影片叫《爱并不遥远》，但因一场无法抗拒的自然的暴力，瞬间变得人也遥远，爱也遥远。

小山东，一个青岛籍的战士，成了那些编剧、那些导演没有完成的影片，永远在兵们的眼前上映……

难忘南沙

——一个转业军人的回忆

● 肖斌

我与南沙结缘，是在南海舰队某部服役期间。

那一年，我作为海军“洪河舰”的政治主官，率部队执行代号为“6—23”的军事任务，第一次来到了梦牵魂绕的南沙。

我们的舰艇编队在海上航行了三天两夜，终于来到了祖国的最南端，那是一片82万平方公里的神奇海域，由230多个岛礁、滩涂和沙洲组成，它就是富饶的南沙群岛。南沙群岛距祖国大陆2000多公里，这里有丰富的渔业资源和海底矿藏，1988年以来，我英勇的海军官兵在远离大陆的永暑、华阳、赤瓜、东门、南薰、渚碧等礁上建起了永久性哨所，他们用顽强的毅力，战胜孤独、高温、高湿、缺水、缺菜等困难，用自己的青春热血为祖国谱写了一曲曲撼人心魄的壮丽凯歌。

将军感动得流泪

那年3月，正是一个风高浪涌的季节，也是二代铁皮高脚屋“海上猫耳洞”建成之初，湛江港鼓声震天，欢歌笑语，这是南沙换班船即将驶离码头的场景，一群朝气蓬勃的年轻战士整装待发，他们斗志昂扬，精神抖擞，白净的脸上洋溢着青春的笑容。这时南海舰队的几位将军也赶到码头送行，舰队司令员王永国将军抚摸着点位的肩头一再叮嘱：“守卫好祖国的南大门，争做优秀士兵。”当时，战士们那“请祖国人民放心！请首长放心！”的口号响彻天宇，让所有在场的人为之动容。仅仅半年之后，也就是这年的9月换班船返回，王永国将军再次赶到码头迎接，然而，将军见到战士们时，他不敢相信自己的眼睛：战士们黑得让人无法辨认。将军上前与战士们握手，流下了热泪，他动情地说："孩子们，你们受苦了……"

水比黄金贵

在大陆，水是普通不过的东西，然而，在南沙却贵如黄金。南沙是海洋王国，四周都是又苦又涩的咸水，淡水必须从大陆运来，南沙官兵备上千个塑料桶，装载淡水，南沙战友每人每天只有5千克淡水，包括洗衣、做饭、饮用。在华阳礁流传着这样一个故事，1998年礁上台风不断，又大又猛，巨浪一次一次漫过礁堡，把所有的淡水都灌进了咸水，饮不得，用不得。只有厨房还有一桶25千克的水是准备做饭用的。礁长当机立断宣布停止做饭，把25千克水分给礁上每一个战士，要求战士们用各自分得的水等到换班船到来，而此时离换班离礁还有一个星期。后面两天，几个战士都因缺水口腔溃疡，有两个干渴得昏迷不醒，这时礁长把自己仅有的一军用水壶水从箱子里取出来用棉签在战士的唇上润，并坐在一旁安慰战士们，等我回了大陆，我一定发明一部自制的淡水机，让守礁的战士们不再挨渴。

信是南沙官兵最珍贵的食粮

大凡当过兵、等过信、盼过信的人都知道没有信的滋味，南沙官兵远离大陆、远离亲人，最希望的就是能读到充满亲情与温馨的信。每当补给船靠上礁堡码头，都会让你看到一场开心好笑的场景，官兵们放下欢迎的锣鼓，不是急着去搬运渴盼已久的蔬菜水果，而是一窝蜂围着背着一包信的礁长，有时礁长和战士们开玩笑，背起信就往前跑，战士们就围追堵截，那场面就像儿时伙伴在操场上你追我赶。当战士们跑累了以后，礁长会把信一一分给战士们，战士们却把信按日期排好队，细细地慢慢地品尝，如同喝甘甜的乳汁一般。

官兵们为了减少父母、妻子、朋友的思念，有时补给船一上岛，就让战友带下去10多封信，并要他们按每10天发一封的时间寄出去。在南沙礁盘上，战友们最不愿看到的是电报，这个报信天使，常给守礁官兵带去辛酸和眼泪。有一次补给船上礁，东门礁副礁长刘清泉一下收到两份电报，一封是“母病故速归”，一看日期已经整整过了38天；一封是“速回家办理离婚手续”，妻子发来的。刘清泉把自己关进房间，望着桌面上摆着的海石花和虎斑贝哭了起来，海石花是他采集来准备送给母亲的，母亲每次住院他都未能尽一点孝心，他想采集这束白色的海石花送给母亲，表达一点孝心，没想到来不及与母亲告别母亲就已经升入天堂！那对美丽的虎斑贝是他准备送给妻子的，而妻子却要与自己离婚，怎不叫他心碎呢！

南沙是“火海”，离赤道只有3个纬度，太阳一出海就直射在礁盘，地面温度最高达摄氏60多度；南沙是“湿海”，空气一捏一把水，晒干一把盐，人呆在那里就像泡在糨糊里，一天到晚都是粘糊糊的，这种湿热，穿心透骨，令人头痛欲裂；南沙是“苦海”，缺水少菜，守礁官兵长年累月吃罐头吃得口腔溃疡，有的甚至患了“恐罐症”；南沙是“险海”，常年狂风不断，不留神就有可能丢失生命。

然而，经过全体守礁官兵的不懈努力，这个属于生命禁区的岛礁，如今已经变得生机盎然。特别是第三代高脚屋建成以来，战士们每次上礁前都要从家乡带去泥土，或是从部队营区带上一袋泥巴和花盆。在守礁官兵的精心呵护下，一盆盆太阳花红得热烈，美到极致，礁盘上还种了蔬菜和椰子树，守礁官兵们还在水泥顶上用贝壳和鲜花建起了“袖珍花园”，创造出了富有特色的岛礁文化，如今南沙真是个五彩缤纷、绚丽多姿的世界。

转业到检验检疫系统工作后，每当碰到困难遇到挫折时，我常常会想起在南沙执行任务的那段艰苦的岁月，是难忘的军旅生活增添了我克服困难、战胜挫折的勇气。

大漠情思

——一封发给口岸同仁的 E-mail

● 张启甲

戈朋并致各同仁：

你们好！

那天我踏雪登上飞机仅 4 个多小时后，便初尝到了南粤那湿湿海风和腾腾热浪抚面的惬意。特别当看到了那一栋栋鳞次栉比的摩天大楼和无地不绿的秀树翠叶以及人流车流的忙碌奔波，我这才对现代化都市景象有了一种真切的感受。

老实说，咱们在口岸待了这么多年，早已习惯了山地无语，静听天籁的寂寞。猛然闯入这喧闹繁华的世界，整个思维就像是从幼年跳进不惑，什么都没来得及准备，但什么都已展现在你的面前了。尽管这画面也曾在电视里见过无数次，但当直面眼前的存在，我依然无法做到不吃惊，不激动。

比如说刚到广东局第二天的中午，我就看到在办公楼的大厅里有许多女同志在老师的指导下练健美操；还有一些人在会议室里听讲座、复习考研资料等。同他们深聊后我还发现，广东同行们对各种问题的思维、价值取向、危机心态等等方面表现得很超前。

戈朋，别人那灵活的思想，应变的机智，利落的言行，就总有股无形的压力在激励着我。其实，作为同龄人，我们并不比他们缺少什么，仅仅是地域上的限制和不同，才造就了他们一个局一天的工作量相当于我们局一年的工作量。

这样就决非是妄自菲薄，更谈不上长他人威风，灭自家志气。我只是感到面对这样大的工作压力，广东的同行们咋就会有这种越是困难越向前的气概，再多再难的工作他们都临阵不惧，一件一件地逐项落实，有条不紊。答案很简单，这就是责任使命使然。

如果说苦，他们苦在满负荷中的高效运转，那是一种疲惫劳顿的苦；咱们苦在心神寂寞，就连氧气也吃不饱，有人没人都得在岗位上守着，那是一种焦灼难耐、说不出的苦。

刚才看天气预报，说咱那里又要降雪。

就如咱们在口岸上常叨叨的那些话，生在新疆，长在新疆的咱们，对新疆老有种忘不了的情，舍不了的根。无论咱走到哪儿，身处何方，最牵心动肝的总是生咱养咱的那片故土。虽说眼下的新疆依然是底子差、欠发达，但富庶繁华将不期而至。我想，处在咱这个年龄段的人，的确太需要多出来看看外面世界的精彩，只有认识到差距，才能生出发奋的动力。

南粤这次采风，除了工作，我们还逛了一些风景名胜区。看了大海，进了渔港，也领略了颇具现代派的太平天国影视城，并抚历了虎门炮台那依然坚固的厚厚城阙。

人都说登上昆仑，始知高峻；到过虎门，才懂深沉。当我触摸着那用荔枝蜜、糯米汁掺和砾石粘土夯筑而成的城垣残壁时，心中骤然升腾一股“喊叫天”的欲望。

再有三五天，我就要回新疆了。我想，南粤的秀雅馥郁不只属于那些为她付出辛勤汗水的南粤人，这里的自然、人文乃至时代精神，属于咱们每一位中华儿女。待我把在这儿的所见所思带回新疆，带回口岸，届时我们共享一次“精神大餐”吧。

遭遇死人沟

●楚 眉

新疆线是世界上海拔最高的公路，也是中国的219国道，但实际上她连内地的一条县级公路都比不上。除了刚出新疆叶城有八九十公里的柏油马路以外，到西藏阿里地区首府狮泉河的1060公里路程全是颠簸不已的土路。能跑起来的地方，车后必定拖着绵延数公里的烟尘；没法跑的地方，路面上全是直径50厘米以上的大坑。至于被洪水冲毁的路段，走河床、在鹅卵石堆里跋涉就成了惟一的选择。

新疆线最骇人的还不是糟糕的路况，而是高海拔、氧气稀薄引起的高原反应。“死人沟”就是一个让人谈虎色变的地方。上山之前有很多人提起这个地名，其实她原名“泉水沟”，如今地图上也还是沿用原名。听说四十九年前，解放军进藏先遣部队从新疆进藏的连队曾在泉水沟全军覆没，于是这里就改名叫“死人沟”。

从叶城出发的第四天，我们的车队要经过死人沟。在昨夜住宿的甜水海，大家都有不同程度的反应，好多人一宿没睡着，现在眼看着要到死人沟了，我心里多少有些紧张。

天没亮我们就出发了，漆黑的原野上毫无生气，只有车前的灯在黑暗里洇开一片朦胧的光晕，而前面车的尾灯像是旷野里狼的眼睛，红得有点阴森。

荒原的日出乏善可陈，淡青的晨曦从微露到袒陈也不过是一刻钟的工夫，然而路中间的水滩此时显出了璀璨的景象。那是因为夜里水面结了冰，车轮碾过的时候，冰块和冰屑四处飞溅，被光一照显得晶莹灿烂，那瞬时的辉煌壮丽看上去惊心动魄、摄人心魂。

羚羊、野驴远远地奔跑，野兔、旱獭立在路边冲我们好奇地张望。我们的车在“注目礼”中驶上山梁，翻过去是一片开阔的盆地。盆地的大半被一个湖占据了，湖南平静无波，在初升的太阳照耀下透着安宁娴静的气度。湖的那一边是雪山，看起来寒意凛然，好象这充盈于天地之间的冰寒全是它一手造成。

司机忽然说：“这就是死人沟。”

“什么?!”我瞪着眼睛大叫。在我的印象中，“死人沟”应该与深不可测的狭长山谷、终年缭绕的云雾、以及山脚下累累的白骨联系在一起，谁能想到它是这样的平和安静，又是这样开阔大气呢?

我们下了车，在路边的帐篷里吃拌面。老板娘是四川人，但脸上早没了川妹子特有的那种白皙柔嫩，而是通红粗糙的，一看就是高原生活的“杰作”。她动作缓慢，说话也喘着粗气。在这海拔五千多米的高原上，动作稍快稍猛都会有生命危险，所以到了这儿，连笑是轻轻的了。有几个年轻的小伙子一下车就蹲在冰坑边大吐特吐，脸色惨白的，眼神也黯淡无光，不用说，这是死人沟在大逞威风。

死人沟只有五顶帐篷，能为过往行人提供简单的饭菜面食。对面有一个兵站。除了这几十号人，还有许多巨大漆黑的乌鸦，在湖边的空地上起起落落；两只狗邋里邋遢的卧在冰地上。不远处有个汉子蹲在垃圾堆后面，或许他已把四周的群山都看作了他家厕所的墙。

“这就是死人沟吗?”我情不自禁地问。

“哦，这就是死人沟。”我又自言自语地答。

从这里我们就要告别新疆进入西藏了。

西陲第一哨

● 张雨生

满目荒凉中，汽车奔驰了300多公里。忽然，前方有哨兵出现，示意我们停车。到了祖国的最西部，再往前100多米，就是国境线，那边是塔吉克斯坦。这是我们仰慕已久的地方，心中升腾起一股神圣的敬意。

昨天到达喀什，南疆军区政治部主任见面就问："祖国最西部的边防哨所，你们去过没有?"我翻开中国地图册："是不是在吐曼河的河梢上?"他笑笑说："好找不好去。你们就看这个点吧，特色就是最西部。兰州军区首长给他们题了词，称西陲第一哨，看后一辈子忘不掉。"

出喀什不远，为我们当向导的王秘书就让停车问路。我奇怪，一问，才知他和司机也没有去过西陲。我不免忐忑："这向导怎么导呢?"好在二位很自信。司机说："向西就一条路。一个劲地跑下去，准能开到。"王秘书说："到了不能跑的时候，准有哨兵拦住，不会让我们跑过国境线。"

真叫司机跑到了，也真叫王秘书说着了。

停下来，找来了哨所的带队排长。带着一个班，五名战士，在这里执勤。小伙子长得敦敦实实，说话也直率："这里没什么好看的，就两处建筑，一是宿舍，二是哨楼，别的什么也没有，连野生动物都不来。"我看看他笑了笑。这里倒需要有点幽默的人带队，免得生活太枯燥，太寂寞。

先走进了他们的宿舍。两间小平房，整洁、干净，被子叠的方方正正。两个战士在哨所执勤，三个战士在宿舍学习。他们掀起洁白的床单，床板就是桌子，坐在小马扎上，趴在那里读书，写笔记。看见我们走进来，都很礼貌地站起来立正。

宿舍里有空调，这是我不曾想到的。一问，才知道空调是地方政府赠送的，电是从境外接过来的。塔吉克斯坦那边有铝矿和炼铝厂，电力很充足，离这里又近，一度电合人民币两角多，很便宜。这件小事，却能看出两国关系相当友好。

哨所建在吐曼河边，高十多米。今天有难得的好天气，晴朗朗的，正午的阳光照在白瓷砖墙上，闪闪发光。哨楼顶上的五星红旗，飘得呼啦啦响。在内地，应该说是刮大风了，但在这个大风口里，却算是很小的，扬不起沙尘，空气清新得很。爬上塔顶，哨兵打开高倍望远镜，让我们看雪山和山口。雪山在对方境内，叫列宁峰，海拔 7000 多米，离这里五六十公里，阳光灿烂，很是耀眼。对面的山口里，即使跑过一只黄羊，也能看得一清二楚。

哨楼南侧是山坡。战士们从河沟里抬来鹅卵石，拼成了一幅中国地图，足有篮球场大。地图的正中间，摆出“祖国在我心中”六个大字，字上刷着白石灰，分外醒目。我对排长开玩笑说：“你刚才的介绍不全面，说你们只有两项建筑，实际上少了一项。这项建筑我看更宏伟、更有意义。是不是?”排长抓了抓头皮，忽有所悟：“今后，我得说三项了。”

参观之后，我同三位战士谈心，问哨所的生活苦不苦。他们相视而笑，不愿回答。一位战士说：“我给您唱首歌好不好?”我说当然好。他站起来，大声唱到：“你问我守在哨所苦不苦，远离家乡是否孤独?要说苦也真苦，茫茫雪山半年不通路；说孤独也真孤独，山顶上只有我们一间小屋。为了祖国不怕苦，我就是哨所旁边的白杨树……”

唱完了，这位战士说，这首歌代他们回答了我提的问题。他还悄悄地告诉我，作者曾到他们连来体验过生活，写的就是他们这个哨所的事。我笑了，问：“你们哨所旁边哪有白杨树?”他说：“连部那边有，还多着哩。”

离开边防连，果真看见一棵粗大的白杨树立在路边，立牌标示：“扎根树。”这是战士们的自喻，也是他们的自豪。惟有他们，才像这棵大树一样，在祖国最西部的边陲深深地扎下了根。

告别铁皮房

●张启甲

申奥成功的第二天上午，依然激动、欣喜的我们刚一踏上赴伊尔克什坦口岸的旅途时，便接到了吐鲁洪科长（现为口岸检验检疫工作负责人）从山上打来的电话：“我们从铁皮房里搬出来啦！现在口岸也有了无线通信发射站，萨马兰奇说的北京那两个字，我们就是从电话里听到的。”

在去口岸252公里的一路颠簸中，吐科长那句“我们从铁皮房里搬出来啦”的话一直在心里萦绕。是啊，经历了5年多的寒暑岁月，终于要告别那4个人居住在仅8平方米铁皮房里的历史，其重要、欢喜就跟听到北京那两个字的感觉一样。

与吉尔吉斯斯坦相连的伊尔克什坦口岸，是我国古丝绸之路上的一个重要通道。20世纪中期前，这儿一直是中俄、中苏两国边民进行贸易、征戎、觐见、旅游、探险等往返于中亚、西亚的重要通道。1992年国务院通过了对该口岸道路建设的审批立项，1997年7月20日口岸开始临时过货。

当初，口岸设在海拔3000多米，四周雪山相围、大河环抱、离边境线仅300多米远的一个山坳里。在用砾石铺垫的一大块平摊上，置放着20多间用铁皮集装箱改制的小房屋，这便是十几个单位和部门的办公、生活房。这种房屋空间狭小吸散热快，有太阳的时候，就像是个蒸笼，天一黑，又冻得人发抖。如果不是职业的使命感，谁也不会在这个天气变幻无常、风大氧少、无草无树的雪山沟里多停留一天。

5个多小时后，汽车刚驶过斯姆哈纳大桥，掩映在雪山山腰处的口岸新址立现在眼前。

和等候我们多时的大伙见面寒暄后，吐鲁洪、张炎。曹力、米吉提、依明江等人便领着我们参观了他们的新楼。

置身新楼，谈及变化，大伙你一言我一语争相介绍："以前我们7个人挤在一个大铁皮箱里，现在我们有了780多平方米的两层小洋楼，而且每个人都有一间12平方米的卧室，还有卫生间、淋浴器、电源一插，想洗就洗，太享受了。""过去我们那个小铁皮屋，宽高2米，长3米，山上本来氧气就少，加上4个人挤在一块儿，还是上下铁架床，谁翻个身，大伙儿都有感觉，你看现在，室内净高就3.2米，想吸多少氧气就吸多少。"

走出这座欧式风格的银灰色两层楼房，大伙还陪我们一块参观了楼外800平方米的活动场地。300平方米的车库、花园和草坪等。

"哎，还有最精彩的一笔呢。""是啥?""温室大棚呀。"一谈到温室大棚，大伙都喜不自禁地说这是口岸上最大、最好、最漂亮的一个温室大棚。

走进这个近200平方米的钢架玻璃大棚，各种水、暖、电及育苗箱、调温器等都已安装完毕，几位前来帮忙的民工正在铺施羊粪。吐科长说："今晚上就可以浇水了，过两天把地一翻就能下种。有了这个棚子，闲暇之余我们即可娱乐，一年四季还能有绿色看，有新鲜蔬菜吃，这可是去年李局长来我们这里时，特意嘱咐要建好的一个项目。"

晚饭后，我们乘车来到了5公里外的口岸原办公、生活地——铁皮房。

看着这块人去屋空的故地，面对眼前的这一座座7月里的万仞雪山，想着曾在这儿度过的那一幕幕有欢笑、有酸楚、有艰辛、有追求的件件往事，大伙都说特留恋那段甘苦相伴的幸福时光。他们还说，铁皮房的历史虽已成过去，但今后把关服务的重任还将继续，为不负党、人民和上级领导的关心厚爱，为地方经济发展，他们仍将以"特别能吃苦、特别能战斗、特别能忍耐、特别能奉献"的精神，让青春和生命的旗帜映红那高原雪山，再创新的辉煌。

忆军犬艾虎

● 王贵贤

转眼25年过去了，但军犬艾虎的英姿，在我的脑海里依然那么清晰，那么高大，他令我深深思念了25年。它当年一幕一幕的动人事迹，仍然感动着我和我的战友们。

1976年的春天我们坦克五连驻防某山区，执行武器装备的警戒任务。全连的指战员分住在相距300米的两个山沟中，地形复杂，自然条件恶劣，三四月份还寒气逼人，残雪未化。我们这些刚刚入伍的新战士，对于晚上一个人挎枪执勤警戒，心中都有点发怵。这时，艾虎成了我们最要好的朋友。

经过一段时间的朝夕相处，它的种种神话传说变成了令人佩服的现实。

艾虎是经过严格训练的优秀军犬，像军人一样，它有严格的作息时间。每天晚饭以后，它不用战友打招呼，自己就走向另一个山沟的哨位、每过四十分钟，它围绕武器装备库巡逻一次。到早晨7时许，它又回到另一山沟，和我们一起吃早饭后，就到自己的窑洞去休息。周而复始，从不间断。它的记忆力惊人。我们自己饲养的几条狼犬，因没有经过严格的训练，需要我们拉着去执勤，只要你稍不留神，它们就不知道跑到什么地方去了。更令我们担心的是，它们不管认识不认识，只要看见穿军装的人，不叫也不咬。艾虎却不是这样，只要见到是不认识的人，不管穿不穿军装，迅速扑上去撕咬，毫不留情。在我们驻地，经常遇到生产队的一些羊群的打扰，不利于警戒工作，有时劝说也不顶事，因为牧羊人也有凶猛的牧羊犬，对人特别凶，执勤战士根本不敢靠近。但是，不管是牧羊人还是牧羊犬，只要一见到艾虎，立即就走了，尽管艾虎也没有叫，只是停下来看他们几眼。因为他们深深知道艾虎的厉害。

据我们的老领导讲，艾虎是立过三等战功的光荣犬，我们团入朝作战时，艾虎担负着全团指战员饮水井的警戒任务，曾抓捕过一名投毒分子。从朝鲜战场回国后，艾虎就一直担任重要的警戒任务。按1976年计算，这时的艾虎已有23年以上的军龄了。从年龄上讲，它已相当于人的七八十岁的高寿了。因此，我们全连指战员，对艾虎都非常敬佩和爱护。每到春秋它换毛时，我们用梳子仔细梳理，炊事员做它最爱吃的饭。记得发生过这么一件事，我们连队卫生员的爱人来探亲，因为我们住的窑洞一摸一样，有一次雨后的上午，她不小心推开了艾虎的房门，被艾虎咬得满地打滚，卫生员把艾虎打了一顿。不料，全连上下对卫生院齐声谴责。

1977年5月，艾虎得病了。它先是大口大口地喘气，过了一段时间后，又不能进食。连队王指导员和卫生员天天给它输液喂药，干部战士心急如焚。但是，艾虎最终还是走了，结束了它辉煌的军旅生涯。我们给艾虎举行了隆重的葬礼，干部战士眼含泪水，排着整齐的队伍，把艾虎安葬在连部门口的高山上，并竖了一块石碑，上面刻着六个大字：军犬艾虎之墓。

25年来，当年的战友们天各一方，但是，只要相聚的时候，大家总要提起艾虎。因为，它是我们难以忘怀的忠诚的“战友”。

天池的眼睛

● 郝敬堂

到阿尔山旅游，少不了要去天池。阿尔山的天池远不及新疆的天池有名，可在当地却是旅游业的一块金字招牌了。

“高高的山上一盆水，谁上去了谁后悔。”这话挺让人败兴的，可它并没有影响我等游客登临的兴致。既然是旅游来了，就是要看个新奇，不看，怎么知道是“后悔”？再说了，人的一生中经常要做些“后悔”的事情，人生路上这一连串的“后悔”恰恰是认知世界不可逾越的坎儿。上的“当”多了，人就会变得聪明起来，“吃一堑长一智”说的就是这个理儿。

阿尔山的天池很年轻，是属于火山爆发形成的那一种。据说，阿尔山的火山最后一次爆发是在清代的道光年间，距今也不过是280年。由于它年轻，也就没有留下多少缥缈的神话和传奇。可在当地人眼里，它的确是一道为阿尔山增光添彩的风景了。

汽车在大草原的腹地穿行，迎面扑入视野的是绵延不断的绿色，绿的青山，绿的森林，绿的草原，那绿色是望不到边际的，在视野的末端和蓝天融为一体。在都市的霓虹灯下生活久了的人，在目睹现代都市文明已经目光疲惫的人，渴望回归自然的心灵是迫切的，渴望绿色的目光是贪婪的。5个多小时的颠簸，人们并没有感到旅途困乏，看到天池的路标又陡然生出一种“登临绝顶我为峰”的豪迈。

上天池的路陡峭而悠长，有484级石阶，从山下望去，像一抹云梯，由近而远地消失在密林深处、导游小姐介绍说，走天池的路是一条腿上山，一条腿下山，会很累的。起初，听不懂这句话的含义，走了一段路才发现，上山的路不是一步一个台阶，而通常是两步一级台阶，身体的重心始终落在一条腿上，自然是疲劳有加了。

登山的石径上爬满了游客，上上下下，来来往往，上山的人一步一喘地艰难地向上攀登，大有“不到长城非好汉”的气概。下山的人则带着满身的疲惫摇摇晃晃地回归，脸上凝聚着征服者凯旋的快慰。“前面还有多远哪?”上山的人问。“还有一半的路，慢慢地爬吧。”下山的人回答。“上面有什么好景致?”上山的人问。“不上去是要后悔的。”下山的人答。“不上去后悔，上去了更后悔。”另一位下山者补充道。鼓劲儿加油也好，在头上泼冷水也好，丝毫没动摇上山者的信念，大家依然执著地、步履艰难地向山顶爬去。

登上天池，已经是精疲力竭了，可游客的兴致不减，各自忙着邀天池照相，选角度、选背景、摆架势，留下“到此一游”的纪念。

“买蘑菇吧，花脸蘑。”我举起相机，调好焦距，正专心致志地取景时，身后传来一个微弱的叫卖声。转过身来，我发现这里另一道不为人注意的景观——一群卖蘑菇的小姑娘。她们的年龄大致相仿，只有十一二岁，不用猜，她们就是这山里的孩子。在和她们交谈中知道，她们筐里的蘑菇是她们亲手采来的，有干的，也有鲜的，是纯正的野山菇，是城里人所说的那种绿色天然食品。她们说，放暑假了，在家没事干，每天都上山来，卖完了就去采，采来了再去卖。来这里的游人不多，一个假期下来，至多能挣个学费。在卖蘑菇的小姑娘中，有一位与众不同，她是残疾人，瘦小的身躯旁放着一根拐杖，面部表情凝固着，丝毫没有少女的灿烂。据说，她的右腿和右臂是幼年时在一次车祸中失去的，从此，身边的这根拐杖便成了她人生路上须臾离不开的支撑。她没有诅咒命运，也没有放弃追求，用大山塑造的坚毅的秉性依然站立起来，用一条腿一只手勇敢地挑战人生。一天天，一年年，她就这样用一条腿上山，一条腿下山，谁能知道她心里装着多少苦水，又有谁能知道她为此付出了多少艰辛？人们说眼睛是心灵的窗户，我注视着残疾小姑娘的那双眼睛，像那圣洁的天池，是那么的清澈、透明，藏着忧伤，又闪动着渴望。我不由得被那双眼睛征服了，那目光像一束雷电交汇成的天火照得我自惭形秽、人生就如这登山，每一步都要付出艰辛的代价，有的人望而生畏，就此却步，最终只能留下一个望山而叹的感慨。只有那些坚忍不拔的攀登者，才能领略山顶的无限风光。我突然觉得，眼前的小姑娘不再是一个弱者，而是一个征服命运的强者。我走到她面前，给了她一张 20 元的人民币，而没有拿她的蘑菇，她挣扎着站起来，对我说："叔叔，你别走，拿上这蘑菇啊！"我再回首看到那双真诚的眼睛，透过那双眼睛，看到了那颗美丽而诚实的心灵。

地中海抒情

● 全革军

接到总公司让我春节前回国述职的通知，深感领导对我的关怀。但因为业务的关系，我只有推迟行期。站在 CCICMARSEILIE 的阳台上，遥望如天上之水的地中海浮想联翩……

时间过得真快，可能是“两眼一睁，忙到熄灯”的原因，一晃，我来马赛已是一年零七个月的时间。

记得前年夏天我提着行装，由德国匆匆忙忙赶到马赛，也是站在这阳台上，放眼望去，前方是一望无际的地中海，颇似天上之水，左边一条蜿蜒的小溪流向大海，右边山上是马赛的标志“奶奶庙”（即圣母院），而背后就是著名的马赛足球队主场——宏伟的“威乐德海母”体育场。真是一个好地方啊。

但由于种种原因，当时 CCICMARSELLE 面临着困境。

我清清楚楚地记得，就是在农历大年三十，收到了税务的通知单。我连夜赶往巴黎，向大使馆请示，商量对策，坐了一晚上火车，巴黎又下着雪，我的心里凉透了，在中国，大家正在观看春节晚会，可我们 CCICMARSELLE 的工作人员却要为公司的生存而奔波。有时出差，为了省钱，巴黎的 CARE DELYON 火车站，就地铺三张报纸过夜。没有水果吃，趁天黑到下边的商店后面捡野果吃，没有工资可发，10 个月才发一次工资。

但是，组织的信任，CCIC 的职责让我们备感自己肩上的重负。为了让客户知道 CCICMARSELLE 的存在。我在互联网上做持久的广告，介绍 CCICMARSELLE，它的职责及每周工作 7 天及一天工作 24 小时的工作态度，以赢得客户的信任。

记得今年3月份，业务已上来，我用那仅有的一台四能打字机一个月打了400多张证书及发票，直打得我“眼冒金星”，后经请示购进了第一台微机，从此再也不用到别人的微机上去做广告了，再后，我又购进了第二台微机。我曾开着那台旧福特车，跑遍了意大利，验货到哪里，就把CCIC宣传到哪里，神经始终处于紧张状态。

冥冥之中，自有天意，经过一年的努力，CCICMARSELLE迎来了自1992年开业以来的最好形势，2000年的检验批次是1992年至1999年批次总数的8.3倍。2000年税纯利润超过30万美元。

我永远不会忘记，我曾站在洋人的法庭上，自豪地用法文、英文向他们介绍我们CCIB及CCIC。我们用实际行动证明了那位伟人的话：我们中国人有志气有能力在不远的将来赶上和超过世界先进水平。

这里是没有硝烟的战场，这里有的是无声的竞争，只要我们代表先进的生产力，代表大多数人的利益，代表先进的文化，我们就能无往而不胜。

我们工作在国外，我们遵纪守法，我们勤奋，有党的正确领导，我们是一支不可小视的力量。

面对眼前的地中海，心中涌动着激情，真是：

滚滚地中海流水/浪花淘尽英雄/是非成败转头空/老港依旧在/圣宫夕阳红/伊夫岛上铁面人/惯看秋月春风/一壶浊酒喜相逢/马赛多少事/都付笑谈中。

不是说梦

● 全革军

那是1999年6月，我在马赛开始了CCICMARSELLE的检验讲座。当时我们刚刚起步，客户不多，我经常去海边散步，看那些正在兴建的别墅。一日，我拣回一张别墅的售房广告，便拿回办公室贴于醒目处。一起的几个北京商人调侃我，说我现在“连吃饭都快困难了，还想住别墅，简直是痴人说梦，不，是全人说梦”。

今年的7月18日，当我在购房合同上神圣地签上自己的名字时，心情是怎样的激动，两年前那一幕仿佛就在眼前，而我们的CCICMARSELLE早已今非昔比了。

这两年来，CCICMARSELLE由弱变强，积累了400万法郎的资本，并且以250万法郎一举购进了位于海边最理想之处的“海滨别墅”——一栋三层楼，另带150方平方米的私人花园。

这是我第一次购房，更是第一次在国外购房，那种骄傲振奋的心情是不言而喻的。在海边散步时做的“梦”现在真的在海边实现了，这种成功感是我人生难得的一次品味。而这种品味是我在50岁“知天命”的岁月才感受到的，这使我想到了很多很多。

人生有许多幻想与理想，有许多挫折与成功，也许时间的流水可以把一块棱角锋利的石头冲刷成光滑如镜的鹅卵石；也许人生艰辛会使一个充满浪漫情调的理想主义者变成一个终日为衣食忙碌的现实主义者；又或许严酷的命运坎坷会使一个高昂的乐观主义者变成一个失落的悲观主义者，但在我心中，始终都存在着一种向往、寄托和追寻。回想奋斗的旅途，我可以问心无愧地说，我从来没有放弃过梦想与追求！

几十年前，在中学时代学过的《钢铁是怎么样炼成的》中的一句话一直是我的座右铭：人的一生应该是这样度过的，当他回首往事的时候，既不因碌碌无为而羞耻，也不因虚度年华而懊恼，这样在他临死的时候，他能自豪地说，我的全部精力都献给了世界上最壮丽的事业……现在，我正以此准则奋斗着。

自签订合同以后，只要我在马赛，每天都要到工地去看这座属于我们自己的别墅。看着它，我总能体会到一种成功的思绪，我在心里大声地说——这并不是说梦！

布拉戈维申斯克印象

● 李长春

俄罗斯远东地区阿穆尔州首府布拉戈维申斯克（海兰泡）是俄远东地区第三大城市，人口约25万，与我国黑龙江省黑河市隔黑龙江相望，航距仅有800米。两市之间互为边贸、旅游出入境城市，春夏季用轮船往来，秋冬流冰期用气垫船，冰封期时的往来则用大轿车和卡车运送人员及货物。在黑河市有许多旅行社办理去布拉戈维申斯克旅游护照，有一日游或者三日游，非常方便。

我去时正值冬季，气候非常寒冷，好在这个城市的供暖设施较完善，室内温暖如春。我住在该市最有名的捷亚宾馆，一栋12层的建筑。馆内的设施较为落后，宾馆的大门是铝合金的，进门的正面是前台，是木制的，有两名女服务员负责接待，大门的右边是一组沙发、一个报刊亭、卖商品和食品的小卖部，客户的门是木制，很粗糙，门和门框基本合不拢，缝隙较大；地板也是老式木地板；衣柜则是用粗糙的胶合板制造的，柜门上下对不齐，关不严；电视柜上有一台中国产的康佳彩电，桌子上有一部日本产松下电话机。灯具是老式钨丝灯泡，室内的一角放有一个相当于80年代初的北京产雪花冰箱。卫生间没有浴缸，只有一个只能容纳两只脚的小池子和一个喷头，三条分别挂在不同地方的毛巾。入睡时没有被子，只有一条毛毯。宾馆的服务员基本是中老年妇女，负责打扫房间和看门。捷亚宾馆的一层有一个赌场，昼夜开放，赌场不大，但赌具俱全，轮盘、纸牌应有尽有。里面灯光昏暗，乌烟瘴气，赌客在这里整夜地赌。赌场里的女服务员主要负责发纸牌和送饮料食品等，男服务员则是保安，维持秩序。

布拉戈维申斯克市的市容很好，小城挺漂亮，房子看上去虽然比较旧，但街道干净、整洁。城市里汽车不多，但没有看到自行车，汽车也多是是日本产的二手车，各种品牌的都有，还有俄产伏尔加、拉达等品牌，偶尔也能看到中国的夏利和 2020 吉普车，但汽车大都不是新的。如果要到其他地方去，在街上随便招手拦一辆车，给车主 20 卢布，他会很高兴地送你去，司机的素质较高且守纪律，街上基本看不到交通警，但遇到红灯，司机会自觉地停下，行驶在路上时，如有行人横穿马路，司机也老远地停车，并示意让行人通过。

这里的市民收入水平较低，据了解，普通职员的一般工资每月 800 卢布，折合人民币 240 元左右，政府官员也就是 1500～2000 卢布。百货商店里的商品虽比较丰富，但物价较高。商品大多是进口货，意大利，土耳其的服装鞋帽，法国的化妆品，日本的电器，中国的彩电、VCD、塑料制品等。一台 29 英寸彩电要 1 万到 2 万卢布。我们一行 5 人吃了一顿俄式西餐，也不过有几块面包、土豆沙拉、黄油、鱼子酱、一碟牛肉、一瓶果汁、一盆饺子汤，竟要价 1200 卢布。

市民们很讲礼貌，也很友好。我遇到一位俄罗斯大叔，他主动上前用中文和我打招呼，与我攀谈，热情地介绍这里的风土人情。有时也遇到麻烦，市场上和街道上时有老太太和孩子走过来要一个卢布，即使你不给，也不会遭遇纠缠。有个别警察会找上门来查护照。一天，一个男警察和一个女警察来到我的房间，看了护照就说有问题就拿走了，让我去他那里去解决。我们的翻译去了之后才知道是宾馆没有在护照上盖章。警察说你们出 100 卢布请他喝酒或一起去喝酒，就可把事情摆平。翻译说你没有权力查护照，到前台盖了章就完事了。也有人冒充警察，也是查护照，目的是骗钱，骗酒喝，不过这种人不敢在有人的地方与你周旋，你也不必害怕，如果你态度强硬，他也就溜之大吉。

总体来说，这个城市还是值得去看一看，虽然它只是远东边境的一个城市，但也是我们了解俄罗斯的一个窗口。

亲历“大决战”

●赵 勇

带着信心，带着国人的期盼，2001年7月11日，我随申奥支持团队从北京启动来到世人瞩目的城市——莫斯克。申奥“大决战”将在这里打响。

出乎意料，世贸中心不准申奥支持团人员下车停留。

7月的莫斯科，天气闷热且变幻无常。一会儿天空乌云密布下起小雨，一会儿太阳又从乌云中探出头来。着实让人们感受了一下莫斯科的“桑拿浴”。但是，人们支持申奥的激情远比天气“热”得多。

7月13日莫斯科时间18时（北京时间22时）最最激动人心的时刻就要到来。申奥支持团乘大巴来到莫斯科世界贸易中心门前，这里就是申奥“决战”的战场。天空下着小雨，奥运五环旗在雨中飘扬，出乎人们的意料，本应在世贸中心门前举行的申奥声援活动被俄警方取消了，理由是“确保会场的安全”。人们的脸上露出无奈的表情，只能呆在车里焦急地等待会场内的消息。而更具有戏剧性的是人们要得到确切消息还得用手机询问远在北京电视实况转播的情况。时间一分一秒地过去，大家屏住呼吸等待着。莫斯科时间18：10分（北京时间22：10分）通过手机传来了振奋人心的消息，幸运降临到北京，北京以56票绝对优势取得了2008年夏季奥运会主办权。此时此刻，人们为北京而呐喊，呐喊是因为等得太久；人们为北京而流泪，流泪是因为爱得太深。爱国从此不再是口号，实践承诺从今天开始。

莫斯科街头中国人笑得最灿烂

北京申奥成功的消息传遍了莫斯科，莫斯科给北京带来了好运。莫斯科的街头涌动着中国人的笑脸。7月13日的晚上，对于在莫斯科的每一个中国人都是最高兴、最骄傲的时刻。陪同申奥支持团的俄罗斯小姐娜塔莎、小伙子谢尔盖兴奋地握住我们手连声说："祝福你们，中国真棒，你们赢了！"谢尔盖说，他对中国感情很深，他在广州大学学习了4年，8月他还要带着俄罗斯冰上芭蕾舞团到北京。大家拥抱在一起感受莫斯科申奥"决战"胜利喜悦，莫斯科的夜晚更加美丽动人。

当我们冒着小雨举着国旗走在莫斯科红场时，俄罗斯人很友好地向我们打出表示胜利的"V"手势。有几个年轻人跑过来"抢走"我们手中的旗子，欢呼、跳跃，加入到中国人的队伍中。人们的笑脸在国旗的映照下显得更加灿烂。

莫斯科中国餐馆痛饮庆功酒

我们来到一家莫斯科中国餐馆，映入眼帘的是一幅祝申奥成功横幅标语，上面签满了中国人及俄罗斯的名字。出来迎接我们的是一个来自北京的老板，当听说我们是从北京来，激动不已。他说："我十年没有回北京了，见到你们就像见到了家人一样格外亲切。今天北京申奥成功，我备感骄傲。因为我是中国人！"大家报以热烈的掌声，整个餐馆一片欢声笑语。这位中国老板动情地说：申奥成功，大家今晚要多喝几杯庆功酒，这顿晚餐由我来免费供应。面对一桌桌丰盛的中国饭菜，就像回到了自己的家里，大家频频举杯，还有人拿出从北京带来的二锅头酒开怀畅饮。白酒、啤酒交融在一起，酒精悄悄爬上了每个人的面颊，像一朵朵开放的玫瑰。离别餐馆时已是凌晨两点，人们还没有忘记在那幅申奥标语上签上自己的名字。

自带饭菜去聚会

● 丁孝文

刚到美国不久，我应邀参加美国中友协里士满分会举行的联欢会。请柬上“自带饭菜”的说明让我顿起兴趣。只听说美国人喜欢AA制，“自带饭菜”又是怎样的呢？

中国驻美国大使馆将有6人前往。其中两人前一年去过，张罗的事就由他俩负责。我们准备了具有中国特色的食品：主食有馒头、花卷，凉菜有酱牛肉、熏鱼、芹菜拌腐竹、辣白菜。放在冰筒里带到里士满，新鲜如故。

聚会在一个会员的住处举行。两层小别墅，后面院子很大，还有个游泳池。我们下午6点抵达时，院子里已来了50多人，男女老少，有说有笑，好不热闹。在后院的拐角，放着两张大桌子，已经放上许多饭菜：水果或蔬菜色拉，自制面包，烤猪排，牛肉汤，中国的饺子、红烧肉，以及土豆片等小吃。可乐、雪碧等饮料也应有尽有。

因为是美中友协组织的活动，中国大使馆的人一到，大家全都围了过来：拥抱问候，握手寒暄，隔得远的就点个头，气氛一下子活跃起来。

我们打开冰筒，拿出装在袋子和饭盒里的食品，一股香味扑鼻而来。主持人顺势宣布，晚餐开始，请大家自取食物。80多个人很快排成一队，依次取菜。大家站着，边走边吃，边吃边聊，1个小时下来，差不多能与绝大数人打个招呼。

我注意到，大家在取菜时，每一种都会夹一点；吃的时候，则要仔细品尝。吃到自己喜欢的，再回来要一点，并问一问这是谁家带的。于是，烹饪也成了交谈的一个话题。餐后，使馆负责人给友协会员介绍了中国国内形势和中美关系，回答了他们的提问。晚上 8 点 30 分结束时，大家依依不舍地离去。

在此后的 3 年里，我参加了多次这样的聚会，每次都是高兴而去，满意而归。自带饭菜聚会，好处多多。一是，准备起来方便。有空的做点吃的，没空的从超市买点，不用太费心。二是，有利于客人交谈。吃的时候，站着坐着都可以，而且吃“百家饭”，多了一个与陌生人交流的话题。三是主人省事。准备一些一次性餐具即可，省略了餐后收拾餐具的麻烦。四是，聚会地点不限。家中、公园、野外均可。

中国人爱面子，请客要讲排场。但现代社会，人们更重视交流，更注重随意。现在，请完客将剩菜带走，青年人吃饭各付各的，已被越来越多的人接受。也许有一天，自带饭菜聚会，也会为普通中国人所接受。

点点滴滴皆形象

●丁孝文

作为中国的一名外交官，当外国友人称赞中国文化源远流长、经济高速发展、国际影响稳步扩大时，我体会到作为一个站起来的大国的自尊与自豪。然而，作为一个普通的中国人，我永远也不会忘记一次不愉快的经历，它使我深为自己的同胞感到惋惜。

2001年，我乘国航班机去泰国首都曼谷。这架飞机上有一批参加新马泰七日游的中国游客。飞机刚着陆，仍在快速滑行，那些兴致勃勃的游客便站起来打开行李箱盖，要往下拿东西。乘务员赶紧制止。飞机停稳后，他们争先恐后，提起行李往前挤，弄得周围的外国乘客莫名其妙。那架飞机没有进入停机坪，机场大巴也到晚了。烈日炎炎下的机场显得格外燥热，早早离机的那些游客不耐烦了，有人掏出皱巴巴的报纸杂志遮阳，有的在飞机下面烦躁地转悠，有的干脆把包放到水泥地上坐下来。两个外国人不解地看着眼前的一切，一个问："他们怎么坐在地上？"另一个回答："他们是从中国来的。"站在他们身后的我，听着这段对话，一种既愤怒又无奈的感觉涌上心头。

中国经济尚不发达，也存在一些社会问题，老百姓受教育的水平还不够高，这是事实。中国人没有必要为博得外国人的好感而活着，出国无需装模作样，这可以理解。但是，走出国门，外国人眼里，他们就是中国的化身，自己的一言一行很可能成为别人评判"中国人"的依据。那些参加七日游的人，并不缺钱，他们缺少的是起码的言行举止的常识和修养。我们的旅行社难道就不能在出国前给他们讲一点礼仪礼节知识和衣食住行应该注意的事项吗？哪怕收点钱作讲座也行。

出门作客，我们会打扮一下，换身衣服。孩子出门，父母还会提出几条要求。不知道，当我们中国人走出国门时，能否打扮一下自己的外表，整理一下自己的举止，给人留个好印象？起码不要给人以没有修养的印象。

一个国家的形象是由一个个公民的个人形象组成的，当我们走出国门时，请别忘了自己是一个中国人。

偏　见

●丁孝文

在美国的中餐馆就餐，最后总有一道特别的甜点幸运脆饼。幸运脆饼形状像饺子，里面有一张小纸条，写着一句祝福的各方面或警语。这只小“薄脆”总能在客人离去前带来一阵开心的笑声，增加一份情趣。

一次我陪一个美国代表团回国访问，在中餐馆吃惯了幸运脆饼的美国朋友竟在餐后向服务员比划着要这种东西。我忽然明白，这是人为造成的误解。

中国人饭后从来就没有吃脆饼的习惯。上个世纪初，在美国开餐馆的一位华人为吸引美国顾客，大胆创意，发明了这种小东西，并申请了专利。饭后送幸运脆饼的做法传开后，便成为中餐饭后的必备。这老前辈无意中使美国人对中国产生了一个小小的误解，当然这个误解是善意和愉悦的。

然而，在现实生活中，这种有意无意的创意或发挥却在中美两国之间制造了误解甚至偏见。在美国，中国被一再误解甚至扭曲。舆论为了制造新闻吸引读者，有关中国的报道不是抓人就是腐败，不是人权糟糕，就是对外扩张。许多美国人访华后才连呼上当受骗。但更多的美国人哪有机会都到中国来看一看。就连许许多多美国政界的知名人士也没来过中国。

偏见往往来自无知。在一些国会议员的发言中常有这样的奇谈怪论：中国人民没有自由，生活在水深火热之中；达赖是西藏的救星；台湾是一个民主国家；新疆、内蒙古甚至广东都要独立……这些骗人的鬼话连许多美国人都不相信。许多美国人不解地问，即便如此，为什么有那么多企业要冒这么大的风险到中国投资？

中国有个话说：谎言重复一百次也会变成真理。不久前，一个美国代表团访华。一天上午，一位团员神色诡秘地问我，他们能不能有两个小时自由活动的时间，我不假思索地答应了。中午，他们回来了，兴奋地告诉我，他们去了一个教堂。我说：这有什么值得大惊小怪的。他们说，他们看到教徒们进进出出，没有受到任何限制，做礼拜的人和美国没有什么两样。他们解释说，他们在美国，从电视、报纸上得出的印象是，中国禁止老百姓信仰宗教，政府严密监视，教徒不敢公开活动，只能偷偷在家中祷告，被政府发现后要蹲监狱。

我听了只能无奈地摇摇头。毕竟，大多数美国人还来不了中国，美国主流媒体还不会摘掉有色眼镜报道中国。我们能做的，只能是尽自己的微薄之力，一个一个地去介绍、去解释。我相信滴水穿石，但又担心等待太久。

一顿难忘的午餐

● 丁孝文

我在美国工作期间，参加过数百次涉外宴请，但有一顿午餐至今仍记忆犹新。

请我的是一位叫维克的女士，五十多岁，曾是美国前国务卿、前总统国家安全事务助理基辛格的助手。维克创办了咨询合伙公司，主要为客户提供与中国有关的服务。

我是经朋友介绍，在一次宴会上认识维克的。她和蔼可亲，可能因为我初乍到，英语听说反应不快的缘故，她说话时速度较慢，让我有充分的时间作出反应。临别前，维克掏出名片说："以后有什么事，请不要客气。"

我也没有客气，告诉她，我过去对美国了解不多，以后少不了要请她帮忙。大约两个星期以后，维克托助手打来电话，请我吃午饭。这是我到美国后第一次有美国人请我，自然是既兴奋又不安——毕竟这是第一次应邀，而且与主人也不太熟悉。

维克先带我到她的办公室，那是在华盛顿市中心一幢高级办公楼上，进入公司，窗明几净，而且从过道就能看见里面的工作人员。

维克的办公室，算不上豪华，却是井井有条，既有办公的气氛，也有会客的环境，让人备感舒适。再看墙上，全是她和基辛格在中国的照片，几张与中国主要领导人毛泽东、周恩来、邓小平、江泽民的合影放在显眼位置，旁边是她本人与中国历任驻美国大使的合影。她指着墙上的照片——向我介绍。对几位中国大使，她都能说出一两点特别之处。

然后，她带我和一位助手去吃午餐。我们在附近一家相当好西餐馆坐下，一边喝冰水，一边看菜单。虽说上大学我学的是英语专业，可菜单上的英文菜名对我来说，只是一个个孤立的单词，只知道单词的意思，不知道说的是什么，也想象不出来做的菜是什么样子。

维克似乎看出了我的尴尬，她说，西餐菜单上法文较多，翻译成英文只能看出主要是什么原料做成的，而做法和调料连许多美国人都不一定看得懂。点菜抓瞎是常有的事。中国菜，式样多，而且常常是点一个菜，大家分着吃。这个菜不喜欢吃，可以多吃点别的菜。吃西餐就不同，美国人吃饭通常只要一个色拉（或一个汤）、一个主菜，点上一个自己不爱吃的菜，很可能就要挨半天的饿。

“那可怎么办呢?”我怕在外事场合出洋相，便顺势向她请教。

她说，办法只有两个：要么豁出去，什么都学着吃，点上什么算什么，吃下去就是了；要么一边请教一边摸索着吃，请朋友推荐可能符合自己口味的，尝过之后，记住自己爱吃的，有那么几个多数餐馆都有的品种，临阵点菜就不用担心吃不上自己喜欢的菜了。我告诉她，我比较挑食，不吃羊肉做的菜，不吃奶油、奶酪、黄油做的菜，不吃带血的牛排或类似烤肉，不吃生海鲜。

“那你就没有多少可以挑选的了，”她摇摇头说。“你不妨尝尝蟹肉饼，几乎没有你说的这些东西，还伴有炸土豆或水煮蔬菜。”她蛮有信心地说。

于是，我第一次要了蟹肉饼。主菜上来时，一股蟹肉香味扑鼻而来。所谓蟹肉饼，就是切碎的蟹肉加上少量面粉，做成中国的狮子头形状，经过烤制而成，里面放了调料，外脆内酥，口味极像中餐。价格也不贵，通常在 12 至 18 美元之间，尝了一口，非常香，真可谓“一见钟情”。我从此一发而不可收拾，蟹肉饼几乎成了我在美国工作期间对外宴请唯一的主菜。特别是秋天螃蟹上市时节，当美国朋友看见我点蟹肉饼时，常常会惊讶地问：你怎么这么会点菜？他们哪里知道，我一年四季点的都是这个菜！

好朋友，贵在为对方着想。在我到美国工作初期，维克给了我许多帮助，她的耐心、细致、周到，给我留下了深刻的印象，使我较快地适应了美国的工作。因为她的指点，我这个不爱吃西餐的中国人，在美国就不会因为找不到合适的菜而挨饿了。

不卑不亢中国人

●丁孝文

我随中国一个官方代表团前往美国，参加一次重要的外事活动。在旧金山转机华盛顿时，正是这个机场发生“鞋底炸药事件”刚过3天，气氛仍较紧张，不时可以看到持枪警察在巡逻，机场安全检查十分严格，这在预料和情理之中。

经过长达1小时的“翻箱倒柜”式的托运行李检查和“全身抚摸”式的人身检查之后，我们来到登机口前，只见四五个安检人员坐在那里，等候登机的乘客已排成长队。我们曾担心误机，见舱门尚未打开，这才松了一口气。美国联合航空公司引导员将我们带到安检人员的面前。

一位男士叫我们逐一接受搜身、翻包检查。我们刚通过安检门，手提行李被仔细检查过，全身也被搜过，连裤带扣都翻过来看了，登机前再查一遍纯属多余。但作为乘客，我们对这一特殊安全措施还是理解的，并给予配合。我们接受了很不舒服的搜摸，一位女团员还要求我们脱鞋接受检查。

我们正要转身登机，突然发现站在一旁等候的其他乘客正依次鱼贯而入，没有一个人接受检查。我们意识到，这样的“特殊关照”有些不对劲，于是走回来问安检员：“你们为什么只查我们不查他们?”安检员回答：这里是随机抽查。”这样的答复令人难以置信。我们反问道：“随机抽查怎么就只查我们一行8人?上百名其他乘客怎么一个也没有碰上?”一位女安检员无言以对，只能狡辩：“这是为了你们的安全!”我们更不服气了：“难道他们的安全就没人管了?”

作为要客和官方代表，我们本应得到相应的礼遇，却连普通美国乘客的待遇都没有得到。这种做法令人气愤。

团长向美方安检人员提出交涉，指出这样做是不公平的，是搞双重标准，是对中国人的歧视，并要求他向上级报告并作出解释。正在登机的其他乘客显然也注意到这里发生的一切，有人流露出同情的目光。

见我们据理力争，不肯让步，几位安检员自知理亏，为了有所交待，也为自己找个台阶下，一阵嘀咕之后，走到队伍后面，将最后三位美国乘客叫来，让他们接受与我们一样的搜身和翻包检查。

据观察和事后了解，美国航空公司在办理乘客登机手续时，要求在登机口前抽查少量乘客。接受额外检查的多是外国人，特别是美国境外购买机票的人。中国人在美国机场受到歧视性检查司空见惯。

这次经历，至少可以说明两个问题。一是，在所谓人权至上的美国，一些人还有种族歧视的思想。美国发生的所有恐怖事件均与中国人或华人无关，无端怀疑是没有道理、不可原谅的。二是，在受到歧视性待遇时，我们应当理直气壮地交涉。我们应当让歧视我们的人明白，中国人崇尚礼让，但不可侮辱。好比日航事件中的中国乘客，通过交涉取得了很好的效果，其影响将是长久的。如果哪家航空公司再想那样对待中国乘客，它不能不三思而后行，掂量掂量后果。

中国人在国外，一定要不卑不亢。平等待人，谦虚礼让，是中国人的美德。但是，如果别人不平等待我，不以礼相还，我们就得据理力争。否则，听之任之，不仅不能感化对方，反而会使对方误认为中国人好欺负，会更加有恃无恐。

自然景观的人文设计

● 丁孝文

欧洲著名的莱茵河发源于瑞士境内的阿尔卑斯山，在苏黎世附近形成莱茵河瀑布。无论是落差、规模、每秒钟流量，莱茵河瀑布都赶不上世界上几个有名的大瀑布，也算不上奇观。然而，瑞士人独具匠心的景观设计却使它别有意境，使游客流连忘返。

莱茵河瀑布的步行登山道从山谷下盘旋到山顶，并在两个地方岔支道。第一个支道延伸到瀑布溅入河口的地方，也就是瀑布的最下面。巨大的急流冲起波涛，水雾萦绕，气势壮观。站在步行道顶端的观景台上，水流轰鸣声震耳欲聋。景与声的交融，动与静的汇合，让人不禁赞叹大自然的魅力。

第二个支道延伸到瀑布的飞悬途中。站在这里的观景上，飞流直下，不知来自何处，不知冲向何方，给人以无限的遐想，动感十足，让人感觉到时间与空间的飞逝。

站在瀑布的源头，也就是登山道的尽头，抬头望去，莱茵河的上流并非湍急的水流，而是风平浪静。眼前是一个转折点，水流由静而动，平缓的水流突然悬空而下，冲向河床。

三个观景台抓住了瀑布三个最典型的阶段，让游客从不同角度和高度观看瀑布的形成过程，捕捉瀑布瞬间的美感。

在瀑布源头水流飞下的地方，原来是一个突兀的小岛（亦或称为石堆），长着一些杂草、灌木和几棵小杂树。在冲击的水流中，显得有些死板。然而，瑞士人在小岛上，插上一杆红底白十字的瑞士国旗。在低矮灌木中的这面旗帜，总是在浪花的吹拂下迎风飘扬，使孤岛有了生气，有了活力，有了鲜明的色彩。这是点睛之笔。人们在观赏水流变成瀑布时，眼中飘动的红色使整个瀑布充满了魅力。

第三个成功构思，是在源头建起一个圆顶小木房作为观景台，这个小木房设计得小巧玲珑，有点像中国的亭子，人远处看，与周围的景致非常协调。观景台透明的四周用木框镶嵌玻璃，站在里面观景，夏可以遮阳，冬可以避风，风雨无阻。小木房共有5个侧面，每个侧面由20格（5×4组成），自下而上第二行和第三行中间四个格子的玻璃是有颜色的，共6种。5个侧面朝着不同的方向，通过这些不同颜色的玻璃，可以看到不同颜色的瀑布、五颜六色的河面、水流和岸边建筑，经过大自然的点缀和人为的修饰，会产生意想不到的效果。试想，绿色的瀑布是什么样？蓝色的呢？红色的呢？加上角度的不同，效果更是奇特。看过彩色的“瀑布”，走出观景台，游客无不感慨。

莱茵河瀑布的三个独特设计，令人赞叹。瑞士素有“世界公园”之称，自然景观举世无双，然而，瑞士吸引各地游客，恐怕与他们精心规划，设计景点也是分不开的。中国的自然景观很多，许多是世界上独一无二的，从莱茵河瀑布的人文设计，我们是不是能学点什么呢？

富有人情味的贺卡

●丁孝文

去年圣诞节，我收到一对美国老人寄来的新年贺卡。老先生80岁，是个地道的美国人，当了一辈子的军人。老太太今年82岁，祖籍湖南，二战期间参加美国飞虎队的医护工作。两位老人膝下有一儿一女，都已成家立业。老人热爱生活，喜欢运动。前年，老先生开着车，带着老伴，从东海岸开到西海岸，再从南部开回来，历时一个多月，沿途参观游览，探亲访友。

这对很有生活情趣的老人寄来的贺卡也很别致。贺卡是电脑设计的一幅漫画，画上老太太双手扶着高高的梯子，老先生爬在梯子上装饰屋顶，墙上已贴得五颜六色。老太太仰着头，关切地看着丈夫；老先生歪着脑袋，嬉笑着望着妻子。两个人的头部用的是真人照片，既风趣，又逼真。

这幅漫画至少可以传递三个信息：老两口生活得很幸福，老人身体非常健康，老人对未来充满希望。看到这张贺卡，我的思绪就飞到了大洋彼岸的美国，想起和他们在一起度过的美好时光，心中的牵挂也变成了遥远的祝福。

在国外，自己设计贺卡的人很多。你若是一家人的朋友，可能会收到一张全家福做成的贺卡；若是一位小朋友，他可能寄给你一张他画的画；若是志趣相投的朋友，寄来的贺卡有可能是以该领域的活动照片或有纪念意义的留影作背景。还有不少人喜欢来一张“精彩回放”，以风趣、幽默的语言回顾过去一年的大事：比如结婚、搬家、换工作、生孩子、长工资等等，甚至家里新添了一只活泼可爱的小狗宠物，也成为“回放”的内容。前年，我收到一位美国朋友寄来的贺卡，那年他结婚了，他在寄给我的贺卡中这样写道：今年，我鬼使神差，被一位美国可人的小女孩迷上了。我从此失去了自由，得到了温暖与幸福。当然，你不必担心，她和我一样欢迎你的光临，只是她不允许我喝那么多啤酒。

收到这个个性化的、有人情味的贺卡，你一定不由自主地重温你们之间的友谊，想起那张熟悉的面孔。

如果是买来的现成的贺卡，西方人一般都会写上几句祝福、问候的话，加上一两句只有你们之间才能明白或者才能说的话，比如绰号、昵称或者曾在你们之间发生的故事等。

贺卡在中国普及已有10多年了。但我注意到，最近几年收到的贺卡，寄卡人动笔写的东西越来越简单，人情味越来越少，甚至没有。大多数贺卡，只有一、两句诸如圣诞快乐、新年愉快之类的客套话。有个一官半职的，只签个名，由下属装信封、写地址。更有甚者，连签名都没有，只有一张贺卡和一张名片。贺卡到了这一步，唯一的作用可能就是提醒一下对方，别忘了你这个人。这样的贺卡，没有什么保留价值，许多人也就是看一眼，就随手扔进纸篓里。

贺卡是朋友之间联络或重温感情的，是个人之间的情感交流。失去个性，缺少人情味，贺卡也就失去了它最重要的价值。寄这样的贺卡，会演变成事务性的客套，甚至变成一种负担。收到这样的贺卡，也不能带来多少愉悦，却迫使你再回寄一张同样没有意义的贺卡。

人是有感情的。市场经济除了竞争，还应当有人情味。贺卡不是商业往来信件，我们应当还它以本来面目。给这个商业味道越来越浓的社会增加一份温情与关爱。

远　行

● 孙友田

平生第一次远行是去哥伦比亚参加第四届麦德林国际诗歌节。

那是一次飞越太平洋、印度洋和大西洋的远行。那是一次从亚洲经非洲到达美洲的远行。远行为“煤”而歌。诗歌节主要采用朗诵的形式。7天内共举办35场朗诵会。30个国家的60位诗人在各个会场分别朗诵自己的诗作，为麦德林下了一场友谊与爱情的“诗雨”。

我参加的朗诵会是在麦德林植物园露天剧场举行的。与我同台朗诵的有葡萄牙、阿根廷、哥伦比亚、巴西、印度等国的诗人。当我和译员一起登上讲台时，主持人用纯正的西班牙语介绍：“孙友田，中国诗人，1936年12月15日生于安徽省萧县。1957年毕业于淮南煤矿学校，曾在江苏徐州煤矿生活16年……”

我感到背后站立着祖国的矿区和英雄的矿工。我为曾经是个矿工而感到自豪。

煤炭是由亿万年的植物演变而成。如今，植物园繁茂的枝叶和盛开的花朵都在倾听远古的绿色之歌。

我朗诵《大山欢笑》。这是一首描写六十年代矿区兴旺发达的短诗，采掘乌金的歌，洞开心灵的诗，在南美洲苍茫的大陆上回旋。最后一行：“我是煤，我要燃烧!”被诗评家誉为：“当代矿工宣言”。

朗诵的另一首是《矿工与海》。写一位老矿工在海边疗养院度过的一段难忘时光。当朗诵到“他把半个世纪劳累/都丢在松软的沙滩/一捧彩色的贝壳/复活了一个童年”时，台下的听众发出了欣慰的微笑。他们分享着地球那面中国矿工的幸福。

大洋彼岸的友好之邦第一次听到中国诗人的朗诵，第一次感受中国矿工的生活。有位国立大学矿产系的大学生听了我的朗诵后，专门跑到宾馆向我表示：“听了您反映旷工生活的诗，我受到很大鼓舞。毕业后我也要到煤矿去，代我向中国矿工问好。”

矿工是人间的太阳，太阳是宇宙的矿工。

矿工是伟大、神圣的传火族。

我给煤矿一个由矿灯陪伴的青春期，煤矿给我了《煤海短歌》《矿山锣鼓》等10部诗集。六十年代，我曾带着煤歌参加全国文教群英会，走进庄严的人民大会堂。九十年代，我又带着煤歌出席国际诗歌节，飞进鲜花盛开的哥伦比亚。

诗的矿山和矿山的诗将永远陪伴我远行。

白桦林的呼唤

●知 了

对于中年的我来说，俄罗斯是一声亲切的呼唤，只要提到俄罗斯这个词，就会使我想起普希金、托尔斯泰、柴可夫斯基、列宾，而一提到他们，心中就会涌起激荡和期盼之情，当我真的走进它时，它也张开双臂迎接我这远方来的客人。

莫斯科的“时光隧道”

游览莫斯科你会感受到，地上和地下是两个完全不同的概念，或者说使人有一种隔世之感。有地下宫殿之称的莫斯科地铁犹如“时光隧道”，它自1935年开始建筑，至今已发展到161个站点，506座电梯，7860辆车次，总里程270公里，每天运送人次达上千万。在“共青团”和“革命广场”地铁站，我们被它的装潢豪华所惊叹，它就像一幅幅精美的工艺品，使人蹑手蹑脚地走在其中，生怕碰到什么。莫斯科地铁一直可以延伸到莫斯科郊外的金环，金环像一座金边镶嵌在莫斯科周围，这里有许多中世纪古城镇，在一排排白桦树的掩映下，保存有坚不可摧的城堡、精美的木板教堂和松散的集市。金发碧眼的导游告诉我们，俄罗斯人爱在这里度周末，这里是莫斯科人的户外之家，人们亲切地叫它金环，因为这里能让他们感受到列宾画笔下的田园和俄罗斯伟大的过去。

镶嵌在圣彼得堡身上的红蓝宝石

圣彼得堡被列为世界第8位最受欢迎的城市，这是有它的道理的。它至今保存着1000多处名胜古迹，这在世界上任何一个城市恐怕没有谁能和它相比。圣彼得堡坐落在波罗的海沿岸，被芬兰湾所紧紧拥抱，它由40多个岛屿、300多座桥梁相连，是俄罗斯第二大城市。

圣彼得堡始建于1703年，1914年第一次世界大战后，改名为彼得格勒，1924年列宁逝世后易名为列宁格勒，直到1992年又恢复了它的原名——圣彼得堡。1918年以前它一直是俄罗斯的首都。圣彼得堡是一座风景秀丽、风格和谐统一的城市，宽阔的涅瓦河、精雕细刻的建筑群、高高的镀金屋顶、风格各异的教堂、纵横交错的运河以及幽静的公园、绿地、白桦林，使圣彼得堡享有另外一个名字——冻结的音乐，没有谁能替代它。

最令人夺目的是冬宫和夏宫，它是点缀在圣彼得堡身上的一对红蓝宝石。冬宫占地9万平方米，是俄罗斯最著名建筑之一，是18世纪中叶巴洛克建筑风格的典范，如今作为博物馆收藏着来自世界各国近300万件艺术品。而夏宫的豪华一点不亚于冬宫，我身边一位跑遍世界的张先生对我说，夏宫有卢浮宫的典雅，有凡尔赛宫的富丽，更有白金汉宫的奢华，对我来说实在没有可比性，我懵懂着只顾点头，然后把头仰向穹顶，天花板上巨幅古典壁画精美绝伦，墙壁上的壁画金碧辉煌，华丽的大厅里，一器一物都搭配得十分完美。这时张先生对我说了一件不据实的消息，他说去年普京在夏宫与来访的布什会谈时，布什就像个孩子一样不停地左看右看，这里的一切都使他感到惊奇，这话是不是实情暂且不去管它，但它足以说明俄罗斯民族是一个艺术品位较高的民族。

在游览完莫斯科和圣彼得堡后，我们议论着一个问题，那就是莫斯科和圣彼得堡哪个更具特色和魅力，更值得使人留恋？如果让我选择，我会把他们当成一对双胞胎，一个聪明漂亮，一个深邃奥妙，哪一个都让我不忍割舍。

花岗岩宾馆遇“艳”

入住花岗岩宾馆的晚上，一顿不好不坏的中餐，算是叫我和同伴吃饱了，比斯拉夫阳卡那顿俄餐有味道。走出宾馆，发现我们居住的宾馆地势很高，对面是居民楼，在宾馆和居民楼之间是一条地势低洼的公路，它通往海参崴主要港口金角湾。正当我和北京市作家协会的曹先生茫然四顾，议论海参崴的感受时，忽然发现对面居民楼的一处阳台上，有两个女孩在向我们这边招手，俩人踮着脚大胆地向这边投来飞吻和拥抱的姿势，这一幕吸引了我们的好奇心，我和同伴惊讶之余，同时做出了个大胆决定——过去探个究竟。

我们下了坡穿过公路，没走多远就来到两个女孩子眼皮子底下，两个女孩对我们的行动显得有些手足无措，其中一个转身回屋拿出了个大红气球，一不小心还飞了。我对曹先生说，瞧，人家已经亮红灯了，曹先生却仰着头用刚学会的几句俄语问话了：卡拉西瓦雅借五十嘎（漂亮的姑娘），兹德拉斯特五一捷（你好）……话还没说完，两个姑娘大笑起来，竟用汉语和我们搭起话来，原来她们懂中国话。这时，我俩忽生一念，何不让她俩当导游，逛逛海参崴的夜景？我们把意思传达过去，两个女孩交流了一下回答说：可以，但要付小费，我们说当然。俩人让我们在楼下等一会儿。说真的，在等那一会儿时，我们的心里直发毛，实在是有些冒险。过了一会儿，俩人出现在我们面前——哇！一个亭亭玉立，具有雕塑般的质感，一个楚楚动人，像个美丽的洋娃娃，我们连说带比划在楼下讨着价，最后商定导游2小时，付小费300卢布，折合人民币80元，于是，我们搭车（在海参崴只要顺路都能搭上不要钱的车），奔向海参崴景点最密集的地方——金角湾码头。

傍晚时分的码头除了敞开的海滨迎接我们，大多数景点已经关门了，我们只能在海滨旁闲逛，照了几张相后，两个女孩建议带我们去看看远东国际大学，一个秘密也由此揭开，原来，俩女孩是这所学校汉语系一年级学生，租住在花岗岩宾馆附近，平时除学习外，就为住在对面宾馆的游客做导游，挣点学费，她们说这是勤工俭学。我用飞吻和拥抱的姿势开玩笑地问：就用这种方式？俩女孩泼辣地笑了。我问她们去过北京吗？其中一个叫什么娃的说去过，上中学时随做生意的父亲去过一次，还说北京给她的感觉美极了，刚才听到我们说中国话，觉着特亲切，她就是为这选择学习汉语的。

与两位热情活泼的姑娘的奇遇，给我们的旅程平添了不少情趣，此刻，夜幕下的远东国际大学灯火通明，海参崴的夜景华彩初放。

购物不打折

和香港、新马泰旅游一样，在海参崴购物也是一件必不可少的任务，与其说是导游的诱导，不如说我们更自觉和踊跃，按行程规定，第三天到金角湾购物。

金角湾是海参崴三个港湾中最有名的（另两个是乌苏里湾、阿穆尔湾），是世界著名的不冻港，100 多年来围绕金角湾而建的纪念性建筑、景观也多，如远东苏维埃政权战士纪念碑、潜艇博物馆、海员纪念碑、国立远东大学、圣尼古拉大教堂、火车站等。海参崴火车站是西伯利亚铁路的终点站，也是通往亚洲、太平洋各国的起点，从海参崴到莫斯科 9288 公里，时差早莫斯科 7 小时，坐火车要 7 天 7 夜。一大早，我们先来到金角湾海滨码头，这里有一处“海鲜品尝大世界”，售货棚里排着长长的队，露天凉棚里已坐满了人，也许是近水楼台先得月的缘故，海参崴人常常把海鲜当成早点。看着人们一手把着啤酒，一手拿着蟹腿、龙虾，吃得有滋有味，实在令人垂涎欲滴，我和同伴花 70 卢布买了 4 个龙虾，花 30 卢布买了两杯俄罗斯鲜扎，加入到露天排档中。龙虾吃起来特别脆，味道十分鲜美，听懂行的人说是热蒸后迅速冷冻才有这种鲜美的味道，啤酒的味道也鲜，比我们的燕京啤酒柔和，不蜇舌，颜色有些像他们的红茶。这顿随意的“零食”很像一首舒曼的浪漫调，悠闲而富有情趣。

在海参崴乃至整个俄罗斯购物，要了解他们的两种风格，一是重实用，二是讲诚信。海参崴的商场、餐厅的门脸都不很大，从小小的门脸上看永远让你感觉只是一户人家，并且常常关着门，门脸的招牌也很简单，没有奢华的装饰，一般只镶一块小小牌匾，稍讲究些的再镶一块，上写某某街和门牌号码，仅此而已，可当你推门进去，里面却很大，琳琅满目的货品、敞开式的服务，任人选购。由于税制不同一些进口商品的价格也不同，XO、人头马比国内便宜几百甚至上千元，正宗的俄罗斯远望镜、紫金戒指、精美套娃价格却不菲。另外一个特点就是购物不打折，打折实际是对商品质量提出的一种变相质疑，在国内司空见惯，然而在这里，打折却变成一种含有几分侮辱对方诚信度的意味，他们不是不懂打折，只是不会给你打折，买就买，不买就不买，俄罗斯售货员是不会满脸赔笑追着你买的。我们在海参崴一家体育用品商店购物时，有两位同来的朋友要买皮包，非要按照国内的规矩打折，软磨硬泡不说，还让导游帮忙说话，最终，俄罗斯姑娘摊开双手莞尔一笑，便不再理那两位客人了。

我看中法40年

●吴建民

2004年1月27日是中法建交40周年纪念日。40年在人类历史上不过是短暂的一瞬间，然而中法关系在这40年里却取得了前所未有的进展。

2003年6月1日，胡锦涛主席在埃维昂（Evian）与法国总统希拉克会谈时指出："现在是中法建交以来最好的时期。"我当时作为中国驻法大使在场，我认为，胡锦涛主席的这句话讲得十分贴切，完全符合中法关系的现状。

为什么说现在是中法关系最好的时期？我看最主要的是因为中法关系进入了全面发展时期。国家关系如同一个建筑物一样是需要支柱的，中法关系有三大支柱：政治、经济和文化。

中法关系的政治支柱是牢固的。在冷战期间，中国和法国各自奉行独立自主的外交政策。在两极体制互相对峙的局势下，两国都奉行独立自主的外交政策，这不能不说是双方的一大共同点。法国虽然是北大西洋公约组织的成员国，但它在1966年退出了北约的军事一体化组织。法国对国际问题经常发表一些独到的见解，引起了国际公众舆论的重视。独立自主是中国外交的一个鲜明特点。中国对待国际问题总是能够根据问题本身的是非曲直提出自己的看法，而不是依附于任何大国或大国集团，这也是中国人讲话往往能够引起人们注意的重要原因。冷战结束后世界进入了一个新的时期，也是一个向多极世界过渡的时期。在这个时期里，主张多极还是单极、主张多边主义还是单边主义，成为国际关系的一条主线。中国和法国都赞成建立一个多极世界，因为多极世界有利于和平与发展，是一个更加公正、民主、稳定和和平的世界。在当今世界上，公开声明主张建立一个多极世界的国家还不是很多，但法国是一个，中国是一个，这不能不说是在冷战结束后的新时期中法之间的又一大共同点。领导人之间的关系也是一个重要的标志。1999 年 10 月，江泽民主席访问了希拉克总统的故乡科雷兹省，并下榻在希拉克总统的私宅——碧蒂古堡。2000 年 10 月，希拉克总统访问了江主席的故乡扬州。中国的国家元首与外国国家元首互访对方的故乡恐怕是绝无仅有的。在碧蒂古堡，希拉克总统设晚宴款待江泽民主席一行。第二天早上，希拉克总统与江主席共进早餐，然后整整一上午陪江主席参观。在扬州，江主席也投桃报李，与希拉克总统共进晚餐、早餐和午餐，并陪同希拉克总统参观。我从事外交工作以来参加过多次领导人之间的会晤，然而江主席与希拉克总统在各自故乡与对方的会晤给我留下了难忘的印象。他们的谈话内容不仅广泛而深入，而且气氛好，这种融洽、亲切的气氛在其他场合是难以看到的。人们都热爱自己的故乡，这也许是人类的一种共同感情，所以两位领导人在各自故乡的会晤就别具一格了。2001 年 11 月，当时的国家副主席胡锦涛访问了法国。希拉克总统一贯十分重视年轻一代的领导人，所以胡副主席这次对法国的访问受到他特别的关注。他破格在爱丽舍宫举行了一次由 80 多人参加的国宴来款待胡副主席一行。在举行国宴前，希拉克总统还专门从吉美博物馆借来了几件中国的珍贵文物，并亲自为胡副主席讲解。希拉克对中国文化的了解之深让人瞠目结舌，他讲起中国文物，特别是青铜器来，简直是如数家珍。2003 年 6 月 1 日，胡锦涛主席在出席埃维昂南北领导人非正式对话会议之前与希拉克总统举行了会谈，希拉克亲自到码头迎接胡主席，码头铺上了红地毯。这一天到埃维昂去的各国领导人为数众多，但希拉克总统亲自到码头去迎接一国领导人仅此一次。双方谈得很融洽，有很多共识。此外，希拉克总统过去常常跟江泽民主席通电话，现在经常与胡主席通电话。两国领导人的交往如此频繁，这在中法建交40年的历史上是少有的。

2003年4月25日至26日，法国总理让·皮埃尔·拉法兰对中国进行了首次正式访问，我专程从法国赶回国内接待拉法兰总理。这时正值北京“非典”疫情的高峰期，大街上人迹寥寥，然而拉法兰总理的车队从机场驶入市内时，一些老百姓都出来观看。拉法兰总理分别对胡锦涛主席和温家宝总理说：“希拉克总统十分重视法中关系。当前中国人民正处在抗击‘非典’的困难时期，我应该来中国，对中国人民表示同情、支持和声援。”胡主席和温总理都十分感动，两人都不约而同地在会谈时说到“患难见真情”，高度评价拉法兰总理在此时此刻访华。

中法之间的经济关系正在取得新的进展。截至2002年底，按法方的统计，两国贸易额已达140亿欧元，法国对华已经到位的投资达50亿美元。这两个数字都是创记录的。从1999年开始，法国每年增加的对华到位投资都接近10亿美元。我在法国前后工作了四年零八个月，在离开法国时，我看到法国经济界对中国的兴趣从来没有像今天这样大。2003年年初，法国企业界举行研讨会，研究当前应该到何处去投资。法国一家大型跨国公司的总裁说：“如果你要问我的话，我的回答是：第一是中国，第二是中国，第三还是中国！”这样的话我在法国还是第一次听到。法国不仅大企业对华有兴趣、并大多都在中国设了点，现在中小企业对中国的兴趣也在上升。当然，中法双方领导人都认为当前双方的经贸关系还达不到两国政治关系的高度，还大有进一步发展的潜力。

中法两国的文化交往从来没有今天这样频繁。我在法国任职期间，发展两国的文化合作是我工作的重点。1999年，中国在法国举办了“文化周”；2000年秋到2001年春，中国在法国举办了“文化季”；从2003年秋至2004年夏，中国在法国举办“文化年”。这些活动都是中国对外文化交流史上罕见的。

2002年11月，“中国文化中心”在巴黎正式挂牌启用，李岚清副总理出席了揭幕仪式。这是我国在西方大国设立的第一个文化中心。法国代表着欧洲古老的文明，中国代表着东方悠久的文明，中法文化合作的深入对双方都大为有利，因为文化的交流是思想的交流、感情的交流、心灵的交流。通过这种交流，不仅可以了解到对方文明的优秀成果，而且可以更好地维护和发扬自身的文化特性。希拉克总统有一句名言“全球化不是单一化”，法国的各级领导人都十分强调：在全球化背景下，要花大力气维护文化的多样性。这是十分明智的。生物的多样性是我们在自然界里宝贵的财富，文化的多样性是人类社会的宝贵财富。如果全球化损害了文化多样性将是人类共同的损失。

中法之间的政治、经济和文化关系齐头并进、相互促进，这在两国关系史上还是不多见的。回顾40年历程，在很长的时期里，中法政治关系不错，但经济关系上不去。因为当时中国国力薄弱，中法贸易额长期徘徊在几亿美元的水平上。后来，中法之间搞了些大的经济合作项目，比如大亚湾核电站、武汉神龙富康汽车公司等，但文化合作仍滞后。而今天，三大支柱都很活跃，中法合作出现了喜人的局面，这是中法两国共同努力的结果。

40年的中法合作硕果累累，然而从长远的角度看，这仅仅是个开始，因为两国合作的巨大潜力还远远没有发掘出来。中法的政治关系有待进一步深化；中法在经济、贸易、科技、教育和军事领域的合作还大有可为；两国文化的合作还有待于我们进一步推进。如何在新世纪把中法合作推向一个新的高度，这是中法两国都需要共同思考的问题。我有以下几条粗浅的想法。

一、加深两国人民之间的相互了解，增加在人力资源上的投资。我们生活在信息时代，信息的流通和获取大大加快了，但这并不意味着两国的相互了解。“百闻不如一见”，加深相互了解最好的方法就是增加人力投资、扩大人员的交流。在我任职的四年多时间里，中国旅法留学生的人数翻了一番，达到一万多人。但是这个发展速度远不如德国和英国，因为我离开法国时，中国留德学生人数为三万多人，留英学生为五万多人。法国驻华大使蓝峰向我表示，他要争取在任职期间使中国留法学生人数再翻一番。我十分欣赏他确定的目标，我还希望中国有更多的人学习法语，有更多的中国青年到法国留学，学习其长处，推动中法合作的发展。国家之间的交往说到底是人与人之间的合作，如果双方了解对方的人多起来了，两国的合作就会自然发展起来。

二、发掘中法文化合作的潜力。法国是一个非常重视文化的国家，法国研究中国也是西方国家中最早的。中华文化博大精深。我想，随着中国的崛起，世人会重新认识中华文化的价值；中华文化要发展也必须吸收外来文化的营养。法兰西文化对人类文明作出了重大贡献，我不知道大家是否想过这个问题：20世纪初，中国人为了寻找救国的道路，先后向美国、英国、法国、德国和日本等国派出了大量的留学生。今天我们回头看，在这些留学生当中最杰出、对中国革命和建设影响最大的是留法的学生——比如周恩来、邓小平、陈毅、聂荣臻、李富春等人。中国作协主席巴金在回忆录中说：“我在巴黎学会了写小说。”大画家徐悲鸿是留法的，音乐家冼星海也是留法的。有人说《义勇军进行曲》有《马赛曲》的影响。我想出现上述的事实不是偶然的，这说明中华文明和法国文明结合时就会迸发出光彩夺目的火花。

三、重视中小企业间的合作。法国的大公司都到中国来了，但中小企业间的合作才刚刚起步。法国全国有200多万个中小企业，它们创造了法国75%的就业机会。中小企业的生命周期是五年，每年有一大批死去，也有一大批新生。这些企业之所以能生存下去必定有其长处，其中一定有许多正是中国现代化建设进程中所必须的，只是我们不了解而已。中法之间有几十对友好省市，友好省市之间的关系必须由经济活动来支撑，否则这种友好交往是难以持久的。我觉得，我国的各省市在发展对法合作时，既要重视大企业，也要重视中小企业，让中小企业的活力充分发挥出来。

“饮水不忘掘井人”。在我们纪念中法建交40周年时，我们都十分缅怀中法关系的奠基人——毛泽东主席、周恩来总理和戴高乐将军。因为他们的远见卓识，早在1964年1月27日中法就正式建立了外交关系。法国是西方大国中第一个与中国建交的。

40年来，中法互利合作的发展证明他们当时决定建交不仅是完全正确的，而且是富有远见的；不仅有利于中法两国，而且有利于世界的和平与发展。我们相信，在新世纪，在中法两国人民的共同努力下，我们一定能不断发掘中法合作的潜力，把中法合作推向新的高峰，这不仅会造福两国人民，而且对世界的和平与发展也是一个福音。

（作者为原外交学院院长，中国前驻法国大使）

把绿地铺得远些　再远些

华静　中国国门时报周刊部主任

《绿地》作品集的清样放在我的案头，我望着这厚厚一摞纸，心情久久不能平静。因为收录在这本书里的每一篇作品，凝聚了我们许多美好的回忆。

十七年耕读情悠悠。我与《绿地》副刊结缘属职业使然。

细想，中国国门时报创刊之初，就开办了副刊。后来又创办了周末版，《绿地》依然保留其间，其内容设计不改初衷。在这块园地上，一路走来，我们默默耕耘，倾注着激情和心血，从哲思小语、美文天地、随手拈来到麦子店随笔、亮马河夜话、咀嚼岁月、细说心语、艺苑撷英……所有的栏目都在传递一种动人心脾的情愫、催人进取的力量、令人回味的思考。

搁笔念想，落笔成梦。我和我的同事们在策划上加强对版面的理解。约稿、采访，写稿、选稿、改稿、设计版面、排版，出大样，然后修改、完善。第二天早早到报社，等待见报纸最新的一面，那种兴奋和成就感让我们难忘。这个时候，我们毫无保留地把自己的智慧点点滴滴融进稿件和版面中。我们擎着“为他人做嫁衣”的无名旗帜，满怀热情而又胸有成竹地在文章见报前有所作为。我们清楚地认识到，一个人的价值大小不在于名字见报次数的多少，而在于自己对所负责版面工作实际贡献的大小。《绿地》是沟通报纸与社会的桥梁和纽带。我们要做的就是向广大读者提供健康有益、丰富多彩的精神食粮。《绿地》副刊的作用是多方面的，既有宣传功能，也有学习知识、陶冶情操的功能。功能越多，拥有的读者就越多。我对此感慨：办报需要事业心，需要忘我投入，更需要激情和热爱。

“只要我们能梦想的，我们就能实现。”这是镌刻在美国肯尼迪宇航中心大门上的人类誓言，我们行走在路上的时候，也常常擎着真善美的灯盏；在五光十色的生活长廊中奋力向前的时候，我们因为拥有一片纯净的绿地而显得神圣庄严。

《绿地》从诞生到韶华时节的每一个阶段，在报刊社几届领导的支持下，坚守到今天已经有十七年了。正因为社领导们历来重视文化副刊的编辑工作，这才让《绿地》至今活跃在读者的视野中。《绿地》是我们的依恋和牵挂。那些真诚的表达，淳朴的情怀，温暖的文字，曾经那样富有魅力地拨动过我的心弦。所以，在整理作品集的时候，感到非同一般地亲切、兴奋、轻松和愉快。

许多作者、读者来信说：“绿地给予我一个和社会交流的机会和愉快的氛围，让我不再每天重复过着日子，不再平庸地思考了。”

“生活中，不仅需要知识，还需要有那么一点精神的支柱。绿地的内容武装了我，我用这些哲思小语来升华自我。”

“文字承载着智慧，思想使人类尊贵。而心灵让人类伟大。人类的精神天空，一代代人熠熠生辉。这就是《绿地》副刊作品带给我的启示。”

2002 年 1 月 28 日，芜湖有线电视台的记者刘巍来信说：“我一直有幸阅读《绿地》副刊，觉得有品位，好看。在全国同类版面中当属一流，并有自己的特色。所以，千里之外也来凑个热闹，今寄拙文一篇，敬请笑纳指教。”

2004 年 3 月 10 日，南通市委研究室的黄鹤群同志来信说：“订阅了《中国国门时报》，几乎每期必看。特别是周末版及《绿地》副刊，因其可读性、知识性都比较强，很耐看，很喜欢看。”

2005 年 11 月 12 日，外交部老干部笔会的张兵会长来信说：“读贵报，受益匪浅。我尤喜周末版。这是一份品位很高的副刊。

多数周末版被我保留或剪报留存。《绿地》上的文章都是经典美文。”

……

更多的读者称：每当周五《国门副刊》到来，我们争相传阅，爱不释手。《绿地》版面格调高雅，文笔清新，内容独到，富有知识性、可读性、趣味性皆备的新颖气息。品读一篇篇美文，如同畅饮甘露，胜过享用美味的生日蛋糕。读《绿地》副刊作品，我们天天过生日。

把心门打开。最多的梦想，最纯的情感，最强的求知欲，最真的人生态度……我们一边打造《绿地》产品，一边为更多人的希望播种。我们为引导读者“如何诗意地栖息在大地上”而不断更新观念。

副刊刊登的文学作品需要跳出共性，追寻生命个体的光辉。

《绿地》副刊作品集的出版，也是检阅我们副刊作者队伍的笔耕成绩。为回报广大读者，我和我的同事们不惜花费大量精力，从2000多篇已刊登稿件中撷取《绿地》副刊历年来具有代表性的近600篇优秀作品收入《绿地》作品集里，这也是散发着芬芳的用心之作。这些充满着真挚情感的文章，充溢着思想之美，文学之美与语言之美，相信读者会喜欢它，亲近它。

虽然也不否认有的作品水平参差不齐，但其间的真性情，依然值得充分肯定。我们更加看重的是，除了电子信箱里的诸多来稿，还有那些用各种笔体写成的、饱含着各界读者情感的信件，这都是足以使温暖、信任、赞许繁衍、使感动升值的信件。因为里面蕴藏着广大读者对我们中国国门时报的关注、关怀和祝福。

我抄录一段读者来信作为本文的结尾：我喜欢《绿地》副刊的作品。在这片土地上，随手可看到以情动人、以理悟人、以文悦人的作品。我们希望这片绿地越铺越远，让更多的人欣赏到它独特的风景……

我们将以本书的结集出版为新的起点，重新出发。